U0749665

浙江师范大学非洲研究文库
非 洲 人 文 经 典 译 丛
总 主 编 洪　明 刘鸿武
副总主编 胡美馨 汪　琳

印达巴，我的孩子们：非洲民间故事

第一册　花蕾慢慢地绽放

Indaba, My Children
African Tribal History, Legends, Customs and Religious Beliefs
Book One　The Bud Slowly Opens

Vusamazulu Credo Mutwa
[南非] 乌萨马祖鲁·科瑞多·穆特瓦 著
应建芬　汪双双　陈秋谷　等 译

浙江工商大学出版社 | 杭州
ZHEJIANG GONGSHANG UNIVERSITY PRESS

图字:11-2018-294号

图书在版编目(CIP)数据

印达巴,我的孩子们:非洲民间故事 / (南非)乌萨马祖鲁·科瑞多·穆特瓦著;应建芬等译. —杭州:浙江工商大学出版社,2019.12

(非洲人文经典译丛 / 洪明,刘鸿武主编)

书名原文:Indaba, My Children

African Tribal History, Legends, Customs and Religious Beliefs

ISBN 978-7-5178-3283-6

Ⅰ. ①印… Ⅱ. ①乌… ②应… Ⅲ. ①民间故事—作品集—非洲 Ⅳ. ①I407.3

中国版本图书馆 CIP 数据核字(2019)第123969号

印达巴,我的孩子们:非洲民间故事

YINDABA, WODE HAIZIMEN: FEIZHOU MINJIAN GUSHI

[南非] 乌萨马祖鲁·科瑞多·穆特瓦 著

应建芬 汪双双 陈秋谷 等 译

出品人 鲍观明
策划编辑 姚 媛
特约编辑 金义明 陶舒亚
责任编辑 董文娟 王 英
封面设计 林朦朦
封面插画 张儒赫 周学敏
责任印制 包建辉
出版发行 浙江工商大学出版社
(杭州市教工路198号 邮政编码310012)
(E-mail:zjgsupress@163.com)
(网址:http://www.zjgsupress.com)
电话:0571-88904980,88831806(传真)
排　　版 杭州朝曦图文设计有限公司
印　　刷 杭州高腾印务有限公司
开　　本 880mm×1230mm 1/32
印　　张 37.875
字　　数 711千
版印次 2019年12月第1版 2019年12月第1次印刷
书　　号 ISBN 978-7-5178-3283-6
定　　价 149.00元(全四册)

“非洲人文经典译丛”
编委会

本书的版权购买和翻译出版获浙江师范大学外国语学院学科建设经费、浙江省“2011协同创新中心”非洲研究与中非合作协同创新中心支持。

总　序

非洲文学作为世界文学的重要组成部分，既拥有灿烂的口头文明，又不乏杰出的书面文学，是非洲不同群体的集体欲望与自我想象的凝结。非洲是个多民族地区，每个民族都有自己的语言。仅西非的主要语言就有100多种，各地土语尚未包括在内。其中绝大多数语言没有形成书面形式，非洲口头文学通过民众和职业演唱艺人“格里奥”世代相传，内容包罗万象，涵盖神话传说、寓言童话、民间故事、历史传说等，直到今天依然保持活力。学界一般认为非洲现代文学诞生于19世纪末20世纪初，五六十年代臻于成熟，七八十年代形成百花齐放的局面，迎来了非洲文学繁荣期。这一时期的一大特点是欧洲语言（英语、法语、葡萄牙语等）文学与非洲本土语言（阿拉伯语、斯瓦希里语、豪萨语、阿非利卡语、奔巴语、修纳语、默里纳语、克里奥尔语等）文学并存，有的作家同时用两种语言写作。用欧洲语言写作是为了让世界听到非洲的声音，用本土语言写作是为了继承和发扬非洲本土文化。无论使用何种语言创作，非洲的知识分子都在奋笔疾书，向世界读者展现属于非洲人民自己的生活、文化与斗争。研究非洲文学，就是去认识非洲人民的生活历程、生命体验、情感结构，认识西方文化的镜像投射，认识第三世界文学、东方文学等世界经验的个体表述。

20世纪末，世界各地的图书出版业推出各区域、各语种“最伟大的100本书”，如美国现代文库曾推出“20世纪最伟大的100部英语作品”，但是其中仅3部为非裔美国人所创作，且没有一位来自非洲本土。即便是获得20世纪诺贝尔文学奖的非洲作家也榜上无名。在过去百年中，非洲作家用不同的语言，以不同的形式和风格，创作了不同主题的作品。尽管这些作品被翻译成多种语言在世界各国出版，但世界对于非洲文学的独创性及其作品仍是认知寥寥，遑论予其应有的认可。在此背景下，在出生于肯尼亚、现任纽约州立大学宾汉姆顿分校全球文化研究所所长的阿里·马兹瑞（Ali Mazrui）教授的推动下，评选“20世纪非洲百部经典”的计划顺势而出。津巴布韦国际书展与非洲出版网络、泛非书商联盟、泛非作家联盟合作，由来自13个非洲国家的16名文学研究专家组成的评委会从1521部提名作品中精选出“百部”经典，于2002年在加纳公布了最终名单。这可以说是迄今为止最权威的、由非洲人自己评选出来的非洲经典作品名单。

细读这一“百部”名单，我们发现其中译成中文的作品只有20余部，其中6部为诺贝尔文学奖获得者所著，11部在20世纪80年代（含）之前出版。许多在非洲极具影响力的作家不为中国读者所知，其作品没有中文译本，也没有相关研究成果。相对欧美文学、东亚文学，甚至南美文学，非洲文学在我国的译介与传播远远不足。

非洲文学在我国的译介历史可追溯至晚清，但直到20世纪50年代才真正起步。这既有文化方面的原因，也有政治方面的原因。非洲虽然拥有悠久的口头文学历史，但书面文学直到殖民文化普及才得以大量面世。书面文学起步晚，成熟自然也晚，在我国的译介则更晚。中华人民共和国成立以后，非洲国家逐渐摆脱殖民枷锁，中非国家建交与领导人互访等外交往来带动了20世纪五六十年代的非洲文学翻译热潮。当时译入的大部分作品是揭露殖民者罪恶的反殖民小说或者诗歌，这和我国当时的意识形态宣传需求紧密相关。70年代出现了一段沉寂。自80年代起，非洲数位作家获诺贝尔奖、布克奖、龚古尔奖等国际文学奖，此后，非洲英语文学、埃及文学逐渐成为非洲文学译介的重心。进入90年代以后，我国学界开始从真正意义上关注非洲文学的自身表现力，关注非洲作家如何表达非洲人民在文化身份、种族隔离、两性关系、婚姻与家庭等方面的诉求。非洲文学研究渐有增长，但非洲文学译介却始终不温不火，甚至出现近30年间仅有2部非洲法语文学中译本的奇特现象。此外，我国的非洲文学译介所涉及的语种也不均衡。英语、阿拉伯语文学的译介多于法语、葡语文学，受非洲土语人才缺乏的局限，我国鲜有非洲本土语言创作的作品译本。因此，尽管非洲文学进入中国已有数十年，读者对其仍较为陌生，“非洲文学之父”阿契贝在我国的知名度也远不及拉美的马尔克斯、博尔赫斯。

不了解非洲文学，就无法深入理解非洲文化，无法深入开展中非文化交流。2015年初，浙江师范大学外国语学院策划了“20世纪非洲百部经典”译介工程，并计划经由翻译工作，深入解读文本，开辟“非洲文学研究”这一新的学科发展方向。经过认真研讨、论证，学院很快成立了“非洲人文经典译丛学术组”，协同我校非洲研究院，联合国内其他高校与研究机构，组织精干力量，着手设计非洲人文经典作品的译介与研究方案。学院决定首先组织力量围绕“20世纪非洲百部经典”撰写作家作品综述集，同时，邀请国内外学者开办非洲文学研究论坛，引导学术组成员开展非洲经典研读，为译介与研究工作打好基础。

2016年5月，由我院鲍秀文教授、汪琳博士主编的近33万字的《20世纪非洲名家名著导论》出版。这是30余位学者近一年协同攻关的集体智慧结晶，集中介绍了14个非洲国家的30位作家，涉及文学、社会学、人类学、民俗学、哲学等领域。同年5月，学院主办了以“从传统到未来：在文学世界里认识非洲”为主题的

“2016全国非洲文学研究高端论坛”，60余名中外代表参会。在本次会议上，我们成立了“浙江师范大学非洲文学研究中心”——这也是国内高校第一个专门从事非洲文学研究的研究机构。中心成员包括校内外对非洲文学研究有浓厚兴趣且在该领域发表过文章或出版过译作的40余位教师，聘任国内外10位专家为学术顾问，旨在开展走在前沿的非洲文学研究，建设非洲文学译介与研究智库，推进国内非洲文学研究模式创新与学科发展。

与此同时，我们从百部经典名单中剔除已经出版过中译本的、用非洲生僻语言编写的，以及目前很难找到原文本的作品，计划精选40余部作品进行翻译，涉及英语、法语、阿拉伯语、葡萄牙语与斯瓦希里语等多个语种，将翻译任务落实给校内外学者。然而，译介工程一开始就遇到各种意想不到的困难。仅在购买原作版权这一环节中，就遇到各种挑战。我们在联系版权所属的出版社、版权代理或作者本人时，有的无法联系到版权方，有的由于战乱、移居、死后继承等导致版权归属不明，还有的作品遭到版权方拒绝或索要高价。挑战迭出，使该译介工程似乎成了“不可能完成的任务”。但我们抱着“20世纪非洲百部经典值得译介给中国读者”的信念，坚持不懈，多方寻找渠道联系版权，向对方表达我们向中国读者介绍非洲文学和文化的真诚愿望。渐渐地，我们闯过一个又一个看似不可能闯过的难关，签下一份又一份版权合同，打赢了版权联系攻坚战。然而当团队成员着手翻译时，着实感受到了第二场攻坚战之艰难。不同于大家相对较为熟悉的欧美文学作品，中国读者对非洲文学迄今仍相当陌生，给翻译工作带来巨大挑战。在正式翻译之前，每位译者都查阅了大量资料，部分译者还远赴非洲相关国家实地调研。我们充分发挥学校的非洲研究优势，与原著作者所在国家的学者、留学生，或研究该国的非洲问题专家合作，不放过任何一个疑惑。译介团队成员在交流时曾戏称，自己在翻译时几乎可以将作品内容想象成电影情节在脑海里播放。尽管所费心血不知几何，但我们清楚翻译从来都不可能尽善尽美，译文如有差错或不当之处，我们诚挚邀请广大读者匡正，以求真务实，共同进步。

在中非合作越来越紧密的今天，人文领域的相互理解也变得越来越迫切，需要双方学者进行全方位、多角度、深层次的系统研究。我们希望在中国文化走向非洲的过程中，也将非洲经典作品引介给中国读者。丛书的出版得到了浙江师范大学非洲研究院的大力支持，长江学者、院长刘鸿武教授是国内非洲研究领域的领军学者，对本项目的设计、推进提供了十分重要的指导意见，王珩书记也持续关心工作的进展。杭州电子科技大学非洲及非裔文学研究院院长谭惠娟教授在本项目设计之初就给出了宝贵的指导意见。借此机会，我代表学院向他们一并表示衷心的感谢！

“非洲人文经典译丛”的出版是我们在非洲文学文化研究的学术道路上迈出的第一步。随着我们对非洲人文经典作品的译介和研究的深入，今后将会有更多更好的成果与读者见面。谨希望这套丛书能够为中国读者了解非洲文化、促进中非人文交流尽一份绵薄之力。

浙江师范大学外国语学院院长

洪　明

2017年12月于金华

序　言

在龙舌兰香味弥漫的非洲大陆上，有一个坐落在黑暗森林里的村落。当村里的老者坐在火光熠熠的篝火旁讲述这些故事的时候，围绕在他们周围的那些孩子总会张大嘴巴，感到不可思议。

在这些嬉笑的孩童的注视下，老者总是安然地坐着。他的斗篷围在他饱经风霜的肩膀上，他用深邃的眼神凝视着这些围坐在他身旁的孩子，那是一张张充满渴求目光的脸庞。这是一群涉世未深但已经行走在人生这条不确定道路上的孩子，他们的脸上还未曾留下被生活的苦难蹂躏的痕迹，苦涩的皱纹未曾爬上他们的眼角，愤怒和病魔也从未折磨过他们，这是一群稚嫩的，纯洁的，又充满好奇的……孩子……呀。

火焰在圆形的黏土火炉中飞舞，就像那些为生命中一些微不足道的小事而感到欣喜不已的姑娘。火焰毫不留情地将一个小女孩投掷的树枝与圆木吞噬，便只留下那灼热的灰烬。火焰用它赤红的火光照亮了人们的脸庞，也用这些微弱而短暂的光亮嘲讽着那寂静虚无的漫漫黑夜。

霎时间，老者感受到他肩膀上那份来自孩子们急切期盼的沉甸甸的责任感，而他那瘦弱的肩上仿佛也多了一个肉眼可见的凹印。他叹了口气，那是一声短促而又尖锐的叹息。他清了清嗓子，将痰吐进了炉火中，凑近炉火擤了擤鼻涕，正如他父亲所做过的，正如他爷爷所做过的，正如他无数的祖祖辈辈所做过的那样。接着，他开始讲他的故事。那是一个非常非常古老的故事，并且他知道他必须一字不多、一字不漏地将故事完整地叙述出来，就像多年前他听他祖辈们所讲的那样："印达巴（Indaba）[①]，我的孩子们……"

正是通过这些故事，过去非洲草原上班图（Bantu）[②]人的世界才能得以重建；正是通过这些故事，那些跨部落的友谊或仇恨才能长久流传并生生不息；正是通过这些故事，年轻的一代才能知道自己的祖先是谁，自己的敌人是谁，自己的朋友又是谁。简而

---

① Indaba：意指委员会、集会，或者讨论会。文中类似于一个招呼词，来来来，集合了，大家围坐过来听故事之意。文中非洲语言大多保留原文，做音译处理。

② Bantu：班图人是班图尼格罗人的简称，非洲南半部说班图语系诸语言的各族人民的统称，原住尼罗河上游，后逐步向南散布，并吸收了部分原居住在热带森林地区的俾格米人，现包括芳人、杜阿拉人、巴尼亚卢旧达人、布隆迪人、基库尤人、巴干达人、尼奥罗人等，各有各的语言文化和风俗习惯。可详见https：//baike.baidu.com/item/班图人/10726443。

言之，这些故事反映了那千百年前的非洲大陆的实况。

的确，非洲的原住民没有丰富的史料记载这片土地上过去的事。的确，他们也没有雄伟的金字塔来刻画那段他们被篡位者和暴君所统治的时光，或镌刻每一场战争成败的经过。但是这些故事传递着他们的历史，并且，他们会继续向后代讲述这只属于他们的故事。

有那么一群人，他们的手心里有着黑色的胎记，他们有着与生俱来的出众的记忆力，可以记住并能够一模一样地复述他们所听过的每一个字。这些人被告知部落里的历史，并且发誓永远不会篡改它们。任何人但凡违背自己的诺言，他的部落都将会受到残酷的诅咒，这诅咒不但会缠绕他的一生，也将缠绕他的后世子孙。这些故事的讲述者被称作乌姆兰多（Umlando）的守护者，或者被叫作部落历史的守护者。

我，乌萨马祖鲁·科瑞多·穆特瓦（Vusamazulu Credo Mutwa），为自己是部落遗产守护者中的一员而感到骄傲与自豪，并且今天我将告诉你们关于我们部落的绝对真实的故事——

“印达巴，我的孩子们……”

引　言

在非洲这片土地上发生过很多奇怪的事情，这些事情迷惑、恶心和震惊着世界，尤其是近些年来，这种情况愈演愈烈。对于这些事情，地球上的人类知道的东西少得可怜，所以才会完全无法理解。若想要很好地剖析解读这些事情，我们首先就要将这些故事展露在人们面前，将这些代表着非洲人独特的思考方式的故事告诉世人。

很多人也许会很难相信我在这本书中所讲的故事，但是我一点儿也不担心这个，因为不论世人是否相信，我在这本书里所讲述的一切都是千真万确的。

我在这本书里讲的很多故事也许会震惊和激怒很多人，比如我的许多班图同胞，他们憎恶自己的所作所为和秘密被泄露给外人。根据我们部落的规定，我已经成了我们种族的叛徒，因为我写下了这些故事。也正出于对部落规定的敬畏，我还是选择对一些原本应该写下的故事进行了回避。尽管被打上叛徒的烙印是一种奇耻大辱，但是我依旧坚信我承担这风险去做的一切到最后都将有助于我的族人，就让时间来证明我这样做到底是对还是错吧。近些年来，非洲大地上有过数不清的苦难和杀戮，而杀戮又导致了憎恨和更多的苦难。但是，最可悲的事情是，这些苦难和杀戮明明是可以被制止的！只要那些在非洲的西方统治者对黑人的心思哪怕有着比现在稍多一点的了解和理解。

肯尼亚的茅茅运动（Mau Mau Uprising）①、安哥拉的叛乱、刚果（金）的大屠杀，以及发生在南非的暴乱和杀戮，一切的一切都将用血永久地书写在人类历史的长河中，一切的一切都将被刻画在时间荒漠中的白骨上。而所有的这一切都只缘于黑人与白人之间缺乏相互理解，也就是一个种族对另一个种族的所思所想彻底的不了解。

最可悲的是，这种不了解往往只存在于一方——总是存在于

---

① Mau Mau Uprising：20世纪50年代肯尼亚人民反对英国殖民者的武装斗争运动。茅茅是该运动组织的名称，其意义说法不一。一说为当地人在举行反英秘密宣誓时，在门外放哨的儿童发现敌情时常发出“茅—茅”（Mau-Mau）的呼喊声，以做警告，由此得名。第二次世界大战结束后，曾在英国军队中服役的肯尼亚人纷纷复员回国。这些受过反法西斯战争洗礼的士兵，具有一定的民族民主思想，他们利用传统宣誓的办法，开始组织茅茅，最初只有2000多人。他们提出的夺回土地、废除种族歧视、争取生存和独立的口号，很快就得到各地农民的响应，其力量迅速壮大，宣誓参加的群众超过100万人，武装部队曾达1.5万人，以基库尤人为主体。可详见https：//baike.baidu.com/item/茅茅运动/3033440。

强大的那一方——白人的那一方。任何一个不懂英语、法语或者葡萄牙语的黑人，如果他想要去研究白人的文化（正如我所做的），那么他能做的只有经常去附近镇上的二手书商店里买书。他每个月至少要购买和阅读20本以上的不同种类的书籍和杂志，而这种阅读最起码要持续10年。他必须阅读经典的文学作品、高深的哲学著作，甚至还有那些肤浅低廉的悬疑和科幻书籍。他必须阅读荷马、维吉尔、亚里士多德的著作，以及很多很多其他作者的书籍。他必须翻阅沃尔特·司各特、伏尔泰，还有彼得·切尼的书籍。他必须极为细致地阅读新闻报纸。

渐渐地，随着时间的流逝，他或多或少地对白人的文化，对他自己的生活方式，对自己的希望和志向有了一些清晰的认识。但是鲜有白人愿意自找麻烦地去细心研究非洲文化。这种研究文化的方式当然不包括那些白人驾车驱驰、流连在非洲各个村庄内，恣意拍摄部落那些舞蹈着的人的照片，并且问他们一些问题。随后他们就打道回府，写出那些到处都是错误的、到处都是狭隘印象的、平庸而无厘头的书。这种由欧洲人写的关于非洲的很多书都应该被丢进垃圾桶！

虽然很多医生、传教士和科学家都在非洲定居了好些年，甚至他们当中的很多人都操着一口比本地人还标准的方言，但是他们对非洲文化的理解，对非洲生活的理解，都只是片面的。他们中的很多人仅仅通过将非洲人和白人做对比来研究非洲文化。他们当中很多人研究非洲仅仅是为他们所支持的霸权主义寻求理论支撑而已。

我曾经听一位备受尊敬的著名白人学者说过：祖鲁人（Zulus）[①]在开战前跳舞的时候，他们会让自己进入一种几近癫狂的愤怒状态，并且演示出他们将在战场上对敌人进攻的行为。这种描述，尽管听起来很有逻辑性，但是这与事实根本不符，就像启明星和在腐烂的南瓜里爬行的虫子一样，有着天壤之别。

另一个不论是在海外还是在南非的大多数人中都盛行的谬误——他们认为非洲人实施一夫多妻制是为了展现财富和声望。如果这个说法是真的，那，我，乌萨马祖鲁·科瑞多·穆特瓦，就是阿善提（Ashanti，在迦纳南部及同多哥和象牙海岸毗邻地区）第一族长最喜爱的"夫人"了！你可以去问南非任何一个人类学家，问他们谁是最伟大的祖鲁国王，他们一定会毫不犹豫地回答你"当然是恰卡（Shaka）[②]"。但是，如果问那些著名的白人历史

---

① Zulus：祖鲁人，亦称阿马祖鲁人，是南非的主体民族，主要分布在南非纳塔尔省、莱索托东部和斯威士兰东南部。属尼格罗人种班图类型，使用祖鲁语，有用拉丁字母拼写的文字。可详见https：//baike.baidu.com/item/祖鲁人/1707255？fr=aladdin。

② Shaka：恰卡（约1787—1828），英文也写作"Chaka"，南非班图人祖鲁国家的奠基者，祖鲁酋长辛赞格纳之子。他实施了一系列革新措施和统一祖鲁民族的活动，为南非班图人社会的发展做出了贡献。1818年，恰卡任祖鲁各部落联盟首领后，着手大规模改革。他首先改革军事制度，将具有战斗力的男子不分部落地按年龄等级组成"同龄兵团"。他被称为"非洲拿破仑"。可详见https：//baike.baidu.com/item/恰卡/10104423？fr=aladdin。

学家，答案就未必了，他们中的很多人并不认为恰卡是最伟大的祖鲁国王。

所以，现在你应该可以明白我想在这本书中阐释些什么了。我冒着被白人甚至是黑人责难的风险，去为两个种族间更好地相互理解打下坚实的基础，去摧毁那些错误的理解和虚假的“事实”，去告知大众他们必须了解和正视的非洲文化。

有这么一句对于律师来说绝对不会感到陌生的名言，那就是“你无法在谎言中找到正义”。我想，这也同样适用于人类交往，人与人之间需要相互信任和相互理解。对对方充满恐惧和不信任的婚姻必然是无法长久的，对对方持有偏见的婚姻也必将如此。

任何国家的任何种族间的交往亦是如此。若是种族间缺少对对方清晰的了解，比如不知道对方是怎么想的，他们信仰什么，渴求什么，以及为什么会这样，那么他们之间便不会有真正的理解。人们无法在猜忌之上建立友谊，因为猜忌孕育着怀疑、憎恶和杀戮。而黑人和白人之间恰恰存在着很多猜忌。现在非洲面临的许多所谓问题都可以追溯到以前一个或者两个种族所做的愚蠢的行为，而那些行为都源于对对方的了解不够。只有展示出一幅完整的、清晰的、未经修饰的，包含着其最好和最坏一面的非洲全貌，白人才有可能避免重犯曾经犯下的那些令人难以置信的过错，那些在短短10年间夺走将近300万非洲人民生命并使非洲遭受着无尽苦难的过错。

天知道为什么白人和黑人在理解上的隔阂会如此之大，以致至今还有数以万计的非洲人始终认为，在这个科技日新月异的时代，白人并不像普通人类一样交配，白人妇女并不像黑人女子一样以那样一种疼痛的方式生孩子，而是认为白人妇女会产下闪闪发光的玻璃蛋，这些蛋在第二天就会孵化出一些小恶魔。存在的这样的误解一定让你觉得不可思议吧！也许吧，但事实就是如此。

成千上万的罗得西亚（Rhodesia）[①]的黑人，还有生活在西葡萄牙的非洲人，都赋予了白人神一般的可怕力量。他们坚信白人是某种神奇花朵的后代，出生在暗流涌动的、冰冷的、没有生机的海底某处。他们也坚信金发的欧洲人是半人类半植物的（因为他们争辩说，看到白人头上长着的金黄色头发，就想到这和人们在玉米棒子顶上看到的玉米须是一样的）。

白人和黑人在理解上的隔阂是如此之深，以致有些白人甚至拒绝承认这样的事实：非洲人也是人，就像印第安人、中国人，抑或欧洲人自己。他们宁死也不愿意接受这样的事实：黑人也能成为艺术家、雕刻家、建筑师和老师等等。非洲黑人在这些人的眼中只不过是一种懒惰的、愚蠢的、固执的生物，只不过是一种

① Rhodesia：罗得西亚，位于南部非洲的英国殖民地，1965年11月11日单方面宣布独立后取的新名，沿用至1979年5月31日。1980年4月18日更名为津巴布韦（并获得了国际社会的普遍承认），沿用至今。可详见https：//baike.baidu.com/item/罗得西亚/8014693？fr=aladdin。

半人半猿的物种，别无其他。在我穿过南美和其他非洲大陆的旅途中，我碰到过无数这样想的白人男子和白人女子。

因此，这本书……

“良药苦口”是在我们巫医中广为流传的说法。同样地，人们也不能奢望在面对像跨种族仇视和误解这样的根深蒂固的顽疾时能闪烁其词，顾左右而言他。所以我先提醒读者们，这本书一定会让你们大吃一惊。这本书绝不会去迎合那些希望粉饰太平，乐于看到虚假“事实”的读者。这本书会开诚布公地讨论非洲种族间真实的生活，他们的宗教信仰，他们的手工艺，等等。在接下来的章节中，你们将会读到当代非洲人对文明化进程的那些与众不同的奇怪反应，以及他们对当下发生在非洲的事情的看法。

你们将会读到很多被刻意规避从而不为世人所知的事情，而这些事情对于所有生活在非洲这片大地上的黑人来说却都是常识。

尽管我将我所知道的事情展示给了世界，但是这并不代表我拥有绝对的话语权，这并不代表这本书会阻碍类似书籍的发声。我希望这本书可以为更多类似书籍的出版打下基础并为其他非洲作家铺平道路。他们中的一些人比我对这片土地有更深的了解。此外，我从一开始就声明过，我写这本书的重要目的是打破许多谬论。就因为没有人去质疑其准确性，或者没有人敢于去揭示故事的另一面，久而久之，自然而然，这些谬论被当作了事实，就像所谓祖鲁国王丁刚（Dingane）[①]杀害比勒陀利亚开拓者（Voor-trekker，亦称“移民先驱”）彼得·雷蒂夫（Piet Retief）的事件。这个我将在后续的章节中具体讲述。

为了让读者们能更好地读懂这本书，作为作者，我也在此先做个自我介绍。

我是一个土生土长的南非人，是来自纳塔尔（Natal）[②]的祖鲁人。我的父亲曾在纳塔尔附近动荡的安波（Embo）区担任天主教传教士。

我的母亲侬玛布努（Nomabunu）是兹寇·摄兹（Ziko Shezi）的女儿。兹寇·摄兹是位酋长，并且是参加过结束祖鲁纷战的乌

---

① Dingane：丁刚（1797—1840）。1828年发动“宫廷政变”，刺死恰卡，夺得因科西（国王）宝座。1834年到1840年，领导人民斗争，为维护祖鲁国家的统一和独立做出了贡献。可详见 https：//baike.baidu.com/item/丁刚/12197？fr=aladdin。

② Natal：纳塔尔省，是南非联邦和1994年以前南非共和国四个省之一，此后改称为夸祖鲁-纳塔尔省（又称夸-纳省）。纳塔尔省位于南非的东部，东临印度洋，西与莱索托、自由省为邻，以龙山为界，北与斯威士兰和莫桑比克毗邻，南与东开普省以姆塔姆武纳河（Mtamvuna）为界。纳塔尔省面积92180平方千米，班图语系部族占90%。当地人信奉基督教、印度教、伊斯兰教或非洲传统宗教。首府彼得马里茨堡。殖民者入侵前，祖鲁人曾建立过国家。1843年被英国侵占，1844年沦为开普殖民地的一个省，1856年成为单独殖民地，1910年成为南非联邦的一个省。可详见https：//baike.baidu.com/item/纳塔尔省/469281。

伦迪战役①的老兵。他同时被公认为是最厉害的巫医、部落圣物的保管者，以及本族历史的守护者。

因为我的母亲，一个不信上帝的人，坚决拒绝转化为基督徒，所以我的父母在我出生后不久就分离了。我是在外祖父的庇护下长大的，并且一开始是作为替他拎药材袋的跟班，也因此接触到了他的一些不能为外人知晓的禁忌和秘密。

1928年，我父亲回来征求我外祖父的同意要把我带走。因为我非婚生子的身份一直是兹寇家族的耻辱，所以我的外祖父不顾我母亲的强烈反对同意了。

我的父亲、继母、他们的三个孩子和我在同一年的年中来到德兰士瓦。我们住在波切夫斯特鲁姆（Potchefstroom）另一头的一个农场里，我的父亲是那里的一个工人。1932年，我的同父异母的兄弟伊曼努尔（Emmanuel）被农场主，即我父亲的雇主鞭打而死。但是在当时的情况下，这件事只好被隐瞒下来，不了了之。

在接下来的20年里，我们从一个农场换到另一个农场，最后停留在一座位于约翰内斯堡南部郊区的矿场，我的父亲至今仍然在那里做建筑工。

1954年，我在约翰内斯堡一家有名的古董店找到了一份工作。

---

① 乌伦迪战役：发生在1879年7月4日，是祖鲁最后一个主要的战役。其间，英国军队击破了祖鲁的军事力量，并击败了祖鲁军队。随后，英国又立即占领、摧毁了祖鲁首都乌伦迪的皇家村落。

那是一家专门从事非洲艺术品交易的商店。除了受雇于一家陶器公司的6个月以外，我一直在那家古董店工作。

作为一个业余艺术家，我游历了祖国的很多地方，先是在1946年和1948年与一位天主教牧师一起，然后是1958年和我现在的雇主同行。

从罗得西亚回来之后，我去祖鲁拜访了阔别30多年的母亲和外祖父。在他们的要求下，我放弃了信仰基督教，接受了洗礼，以便被训练成一个巫医，做好能够在我外祖父去世后承担起神圣的部落遗产守护者责任的准备。

我现在已经完成了成为药师的训练，并且获得了许多知识，而这些我都将于本书中讲述。

1960年3月，我爱着的一个年轻的巴苏陀（Basuto）女子，那个我希望和她结婚以取代我那不忠的配偶的女子，死于在南非东北部靠近弗里尼欣（Vereeniging）的城镇沙佩维尔（Sharpeville）[①]发生的那场警察枪杀示威群众的惨案中。

在她下葬的前一晚，她的父母、她的兄弟、她的两个姐妹，

① 1960年3月21日，南非德兰士瓦省沙佩维尔镇的非洲人举行大规模的示威游行，反对南非当局推行种族歧视的“通行证法”。通行证法是南非当局颁布的几百项有关种族歧视的法令之一，规定年满16岁以上的非白人必须随身携带通行证，证件不全者随时会遭到逮捕。南非当局出动大批军警，使用了喷气式飞机、装甲车、机关枪和催泪弹等镇压示威群众，致使72名非洲人被枪杀，240多人被打伤，这就是震惊世界的“沙佩维尔惨案”。

以及他们的三个孩子各自剪下一撮头发，扔进她还没盖上的棺材里，并发誓不论花费多长时间，甚至搭上他们的性命，都要为她报仇。我为她举行了被称为“首领大血祭”的仪式，即割开我左手的静脉，让10滴鲜血滴进玷污她深棕色的细长身体的巨大子弹疮口里，并宣誓要告知全世界关于班图人民的真相，以拯救我们陷于丧亲之痛的同胞。我发誓要完成这一使命，哪怕是面对牢狱之灾、痛苦折磨，甚至地狱之火和永恒之地的无边黑暗，这些都不能挡住我的道。

这本书仅仅是我履行承诺的开始，我的誓言是支撑我继续这难以忍受的生活的唯一信念，并且这个誓言将被我的子子孙孙延续下去。所以，就算这部手稿被销毁，我也会写一些类似的其他作品，直到其中一部被公开——即便在我死后。

（译者：蔡承希）

谨以此书献给

艾伯特·S.沃特金森

（ALBERT S. WATKINSON，我们熟知的“Beka–panst”，

一位忠诚的守护者）

和他的妻子埃伦·沃特金森

（ELLEN WATKINSON，我们熟知的“Londining”，

无数人承蒙她的庇佑和保护）。

正因为有他们的帮助、支持和鼓励，这本书才得以问世。

人物表

uNkulunkulu 乌库鲁库鲁	至高神
Ninavanhu-Ma 尼娜瓦胡·玛	伟大的母亲，创造女神
Tree of Life	生命树，创造女神拟人化的男性对等物
The Kaa-U-La Birds	卡乌拉鸟，传说中会说话的鸟
Kei-Lei-Si（Nelesi） 克雷斯（纳勒斯）	赛瑞勒利的母亲
Za-Ha-Rrellel（Sareleli） 扎哈雷利（赛瑞勒利）	初代人类邪恶的国王——托科洛希之父
Amarava（Mamiravi） 阿玛拉瓦（马米拉维）	初代人类最后的生还者，阿玛利尔的第二代人类之母
Odu 奥杜	比加奥尼最后的生还者，自然培育的血肉之躯，是班图第二代人类之父

Gorogo 格罗格	弗洛格人的首领，布须曼人和俾格米人之父
Zumangwe 祖玛格韦	狩猎者，马林巴的第一个丈夫
Marimba 马林巴	所有部落歌者之母，是音乐女神，幸福女神
Watamaraka 瓦塔玛拉卡	阿玛拉瓦的转世邪恶女神，恶魔之母
The Monster	受命控制瓦塔玛拉卡的怪物
Kahawa 卡哈瓦	马林巴和祖玛格韦的儿子
Mpushu 姆普殳	卡哈瓦最亲密的朋友
Somojo 索莫基 Kiambo 基安博	瓦卡姆比部落第一村庄里的巫医和他的朋友
Namuwiza 纳穆韦扎	女祭司，瓦卡姆比部落第一村庄里的女巫
Nangai 南迦	被众神与马赛人遗弃的神，后来是瓦卡姆比部落的领袖
Mulungu 木隆古	光之父
Koma-Tembo 科马·登博	马赛人的战俘，马林巴的第三个丈夫

Dzumangwe 祖芒韦	狩猎之神
Lozana 萝扎娜 Lukiko 鲁姬蔻	卡哈瓦的两个妻子
Rarati 拉拉蒂	把牛引进班图的努巴女孩
Malinge 马林格	由于滥杀动物被处决的小伙子
Katimbe 卡提姆比 Ngungu 奈衮古 Lembe 勒姆比	马林格的父亲、祖父及曾祖父
Mandingwe 曼丁韦	马林巴的一个大块头的女厨师
Kamago 卡玛格	木匠；木雕师
Nonikwe 诺尼珂韦	眼盲且驼背的先知
Mutengu 穆腾古	诺尼珂韦的舅舅，村主任
Lusu 鲁苏	诺尼珂韦的亲生父亲

Luchiza 鲁敕扎	穆腾古的大儿子
Mbomongo 姆博蒙哥	独眼恶棍，反叛者的跟随者
Kalembi 卡勒姆比	瓦卡姆比部落的的巫师师祖
Lumbedu 鲁姆贝杜	巫医，高级酋长淳韦的篡位者
Ojoyo 欧吉九	鲁姆贝杜的妻子们
Vunakwe 巫娜珂微	
Taundi 陶迪	
Lulinda 卢林达	
Mulumbi 穆鲁姆比	鲁姆贝杜和欧吉九的儿子们
Gumbu 古姆布	
Temana 蒂马娜	古姆布的博茨瓦纳人妻子
Songozo 宋格祖	鲁姆贝杜的村庄邻村的村主任
Mbimba 穆碧巴	来自宋格祖村庄的男孩

Chikongo 敕刚果	鲁姆贝杜最小的妻子卢林达的情人
Timburu 提姆布伦	敕刚果的祖父
Mburu 姆布鲁	敕刚果的父亲
Manjanja 马加尼加	敕刚果的母亲，敕刚果父亲的第一个妻子
Chwenyana 齐雯亚娜	敕刚果父亲的第二个妻子
Chungwe 淳韦	部落的最高首领，高级酋长
The Strange Ones	异乡人，马邑提人（腓尼基人），可能来自加蒂村庄
Mulaba 姆拉巴	博茨瓦纳人的首领，邻村的村主任
Zozo 祖祖	鲁姆贝杜的妻子巫娜珂微的驼背兄弟
Kadimo 卡迪莫	迪莫的儿子
Dimo 迪莫	卡迪莫的父亲，食人族之王
Sodimo 索迪莫	卡迪莫的祖父
Karesu 卡瑞苏	非洲腓尼基帝国的皇帝

Kadesi 卡迪西	卡瑞苏的继承人，但是被卡瑞苏谋杀
Makira–Kadesi 马卡拉·卡迪西	混血儿皇后，是她被谋杀的丈夫的继承人
Lumukanda（Mukanda） 鲁姆坎达（姆坎达）	腓尼基帝国的一位贵族家的奴隶们
Lubo 鲁波	
Obu 奥波	
Luluma 卢鲁玛	
Makira–Luluma 马卡拉·卢鲁玛	在卢鲁玛体内的马卡拉·卡迪西的灵魂
Watamaraka–Kadesi 瓦塔玛拉卡·卡迪西	在马卡拉·卡迪西皇后体内的邪恶女神瓦塔马拉卡的灵魂
The Wild Huntress	狂野女猎者，马卡拉·卡迪西的白化变种女儿
Munumutaba I–V 姆努姆塔巴（一世—五世）	姆努姆塔巴帝国的历代皇帝
Malandela 马兰德拉	最高首领，恩古尼的国王

Vivimpi 维维皮	马兰德拉的三个儿子
Bekizwe 贝基兹韦	
Zwangezwi 兹旺兹威	
Muxakaza 穆克卡萨	马兰德拉的妻子们，以及他其余的奴隶
Zuzeni 祖则尼	
Celiwe 塞丽薇	
Katazile 卡塔齐勒	
Nolizwa 诺利兹瓦	
Lulamani 鲁拉玛尼	
Notemba 诺特巴	
Nomikonto 诺米康顿	马兰德拉的妹妹
Vamba Nyaloti 万巴·尼亚洛蒂	马兰德拉的巫医
Nyaloti 尼亚洛蒂	万巴·尼亚洛蒂的父亲

Mulinda 穆琳达	万巴·尼亚洛蒂的妹妹
Luojoyo 洛奇奥	万巴·尼亚洛蒂的母亲
Mukingo 穆金戈	万巴·尼亚洛蒂的表弟，养育了万巴·尼亚洛蒂的三个妻子
Luva 卢瓦	万巴·尼亚洛蒂的巫医朋友，是一个间谍
Dombozo 多博佐 Mutumbi 穆图比	万巴·尼亚洛蒂的两个随从，他们不仅互为朋友，还是同志关系
Lumukanda 鲁姆坎达	迷失的不朽之人，食人者
Luanaledi 卢娜乐迪 Mvurayakucha 姆拉亚库查 Mbaliyamswira 姆巴里亚姆斯韦拉	鲁姆坎达的三个女儿，“处女之魂”
Mukombe 木库姆比	一个被杀害家族的最后幸存者，由鲁姆坎达收养
Madondo 马东都	策划杀害木库姆比家族的相关者
Muti 穆蒂	马东都的父亲

Nomeva 诺米娃 Mamana 马马纳 Muwaniwani 穆瓦尼瓦尼 Lozana 萝扎娜	马东都的妻子们，后来都被鲁姆坎达变成了僵尸
Bafana 巴法纳 Madoda-Doda 玛东达·东达	马兰德拉的两个贴身男童仆
Ngovolo 奈戈沃罗 Malangabi 马兰加比 Mapepela 马普普拉 Ziko 兹寇 Majozi 马约兹 Solozi 索洛兹 Jeleza 杰勒扎	马兰德拉的一些彩虹将军 （和平时期的议员和战争时期的上校）

Dambisa-Luwewe 丹比莎·卢韦薇	来自邻近布鲁巴部落的一个间谍
Mitiyonka 米提勇卡	马兰德拉的父亲
Munengu 穆奈古	丹比莎·卢韦薇的父亲
Muvedu 穆维杜	卢瓦的真名
Luao 卢奥	以“达禾迪”这一假名字传递信息的一个间谍
Mbobo 姆波波	万巴·尼亚洛蒂后来的朋友们
Lusu 卢苏	万巴·尼亚洛蒂后来的朋友们
Mabewe 玛贝韦	万巴·尼亚洛蒂后来的朋友们
Lufiti-Ogo 卢菲蒂·奥戈	星之母——完美女神，由星之子创造，经过完美进化却被灭绝的人种
Spirit of Nature	自然之神
Namulembu 纳穆乐布	在马兰德拉宫殿里的一个瓦芒韦女人
Lulama-Maneruana 鲁拉玛·玛纳鲁阿纳	鲁拉玛尼的新名字
Bekizwe 贝基兹韦	马兰德拉的弟弟，曼波的高级首领

Tandani 坦达尼	贝基兹韦已故的第一个妻子
Zulu 祖鲁 Qwabe 奎瓦贝	贝基兹韦的两个儿子，后来被马兰德拉领养
Kanyisile 坎尼斯勒	贝基兹韦的第二夫人
Pindisa 平迪莎	坎尼斯勒的女儿
Tembani 特巴尼	平迪莎的养母
Nunu 努努	贝基兹韦新王后，现在的第一夫人
Nsongololo 奈松贡罗洛 Ntombela 奈托贝拉 Mavimbela 马维姆贝拉 Mavuso 马乌索 Dudula 杜杜拉 Shungu 顺古	曼波的一些彩虹将军

Shondo 尚多	曼波的高级巫医
Mpungozo 姆彭戈索	和平典礼的主持人
Luti 卢提	被活埋的曼波牺牲者
Mdelwa 曼德瓦	被活埋的恩古尼牺牲者
Nozipo 诺兹普	曼德瓦的情人
Nonsizi 诺西兹	曼德瓦的母亲
Nonudu 诺努杜	在和平典礼上正对着恩古尼女王演奏的曼波女人
Mboza 莫博扎	鲁姆坎达的主厨
Govu 戈沃	鲁姆坎达的另一个厨师
Celiwe 塞丽薇	马兰德拉的一个妻子，后来成为恩古尼的女王
Mabovu 马博沃	女王塞丽薇的其中一个丈夫
Xhosa 科萨	阿玛·科萨这个新部落的创建者
Noliyanda 诺利亚达	科萨的女儿，鲁姆坎达使其永生，并成为曼波女王

Vumani 乌马尼	被诺利亚达搭讪的年轻男孩
Ngozo 奈戈佐	被留在万巴家里的一个老年男子
Valindlu 瓦林达鲁	命运的信使
Tandi 坦迪	瓦林达鲁的新娘
Gojela 戈杰拉	一个胆小鬼
Mlomo 马洛莫	戈杰拉的父亲
Malevu 马勒乌	戈杰拉的战斗领袖
Kokovula 可可乌拉	伟大的首席巫医
Mandatane 曼达塔尼 Silwane 斯尔瓦尼	巫医可可乌拉的两个助理
Hlabati 哈拉巴蒂 Madolo 马多洛	塞丽薇女王的两个巫医

Munengo 穆嫩戈 Shabasha 沙巴沙 Shumba 舒姆巴	姆努姆塔巴十二个儿子中的三个
Mpolo 马波罗	姆努姆塔巴的其中一个参谋
Muwende-Lutanana 穆温德·鲁塔娜娜	姆努姆塔巴收养的孙女
Muxakaza 穆克卡萨	马兰德拉的第一夫人，姆努姆塔巴王位的继承人
Lumbewe 伦贝韦	姆努姆塔巴营地的一个预言师
Tondo 托多	掘墓人
Demane 德马那 Demazana 德马扎纳	穆温德·鲁塔娜娜为鲁姆坎达生的三胞胎中的两个
Vura-Muinda 乌拉·姆英达	黑暗女神，所有部落的守护神
Sozozo 索佐佐	分散在各处的曼波部落余党的领袖
Mpongo 姆蓬贡	索佐佐新任命的参谋之一

Luzwi-Muundi 鲁兹韦·穆恩迪	班图的救世主，将在遥远的未来诞生
Zodwa（Ntombi-Zodwa） 佐达瓦（奈托姆比·佐达瓦） Ntutana 奈图塔娜 Duduzile 都督兹勒 Nonsizi 诺西兹 Tandiwe 坦迪韦	一个首领的五个女儿
Gawula 伽乌拉 Mvezi 梅维兹 Fanyana 法尼亚纳	首领的五个女儿中三个女儿的男友
Tambo 塔姆波	伽乌拉做巫医的祖父
Liva 利瓦	一个荣誉鼓手
Mbewu 姆贝乌	强壮的猎人
Tetiwe 特蒂韦	姆贝乌的第一个妻子

Kikiza 基基扎	特蒂韦婚姻中的仇敌
Ndawo 奈达沃	偷牛贼
Dedani 德达尼 Baningi 班尼吉	一对兄妹，奇怪的饥民
Ma-Ouzarauena 玛·奥扎劳纳	一具被诺利亚达、尼娜瓦胡·玛等独立灵魂占领的女性躯体
Lishati-Shumba 利沙提·舒姆巴	变年轻后的鲁姆坎达的新名字
Gandaya 甘达亚	传说中的大象，神圣的卡里巴峡谷的守护者
Luamerava 鲁阿姆拉瓦	卡里巴的幻象
Lakota 拉科塔	一个煽动者
Vundla 乌恩德拉 Dondolo 东多罗	巫医可可乌拉的巫医助理
Mabashana 马巴沙纳 Nontombi 诺托姆比	诺米康顿的女仆

Jovu 加乌 Audi 奥迪	在齐马巴耶神庙，穆克卡萨的阉人随从
Lukuma 鲁库玛	穆克卡萨的混血奴隶
Wadaswa 瓦达斯娃	穆克卡萨的霍屯督女仆
Dolo 多罗	一个老人
Bengu 本古	多罗的女婿

目 录

第一册　花蕾慢慢地绽放

我的选择　/001

生命树的神圣故事　/005

自我创造　/005

看啊！初代人类降生了！　/029

一个种族的灭绝　/034

你的末日，噢，阿玛利尔！　/053

扎哈雷利的最后一宗罪！　/060

后　记　/073

第二代人类的降生
或“你的磨炼，噢，阿玛拉瓦”　/076

瞧瞧初代人类幸存者！　/076

在格罗格和奥杜之间　/092

花蕾慢慢地绽放　/109

龙之后代　/123

第二册　永远挺立，噢，兹马·姆布吉

异乡人的到来　/216

印达巴，我的孩子们

关于鲁姆坎达的故事　/262
静悄悄的夜　/262
天堂有什么秘密？　/274
瞧，这个骗子　/290
当草遇上火　/300
鲁姆坎达的叛变！　/311
时间长河下　/318
兹马·姆布吉的污点　/333
盲了的视而不见　/345

第三册　“阿萨兹”行记

在我的网中——一只死苍蝇　/367
“我，不朽之人”　/383
无辜者亡　/397
直面施暴者　/412
瞧！毒蛇出击！　/437
胡狼的话一个字都不能信　/451
挣脱死亡之爪　/475
掷回战矛　/503
让和平主宰一切　/544
他的养子们　/584
看，彗星　/607

必死之人　/620
温柔却又致命的矛　/648
哦，麦加瓦纳，向您致敬　/673
一个女人的复仇　/693
天灾降临　/713
大瘟疫来袭　/740
开启伟大的新征程　/767
巨象甘达亚　/790
插　曲　/812
南方行记　/817
玉米三角恋　/843
余音萦绕　/860
附　言　/865

第四册　瞧！我的非洲

绪　言　/869
人类还是次人类？　/875
班图人的宗教与信仰　/898
第一部分　/898
对卡里巴的诅咒　/945

印达巴，我的孩子们

班图人的宗教与信仰 /955

第二部分 /955

班图的法律 /1004

部落的烙印 /1028

关于彼得·雷蒂夫的真相 /1031

班图人的知识 /1057

概　述 /1057

符号书写 /1066

打　鼓 /1075

数字精髓 /1093

巫医们的行进 /1104

觉醒吧，我的非洲！ /1117

译后记 /1125

我的选择

哦，不要让我听到便士哨（或爱尔兰锡哨）的哨笛
和茶叶箱形吉他演奏发出的刺耳的声音；
也不要给我讲那遥远的美国西部牛仔们的故事！

哦，让现代的乌合之众感到兴奋的那些歌曲和胡说八道的故事，
都不是为我而作的。
是谁？远离自己部落的山谷，
带着反叛的热情，仿效外来文化！

不沉迷于他乡时髦的低声哼唱，
不陶醉于故土新派的欢快狂闹，

我要远远避开这令人疯狂的靡靡之音，
只想回到家乡，飞奔回部落长老们居住的家。

在那里，在猴面包树或平顶的蒙加树上，
鸟儿不停地叽叽喳喳，
灼热燃烧的沉香熏得和煦的微风都带着醉人的香气。
在那里，远处晦暗的群山映衬着银色的天空，
让人不由生出敬畏和崇敬之心，
这景色渐欲迷人眼！

在那里，在古山的缓坡上，
长着胡须的山羊、绵羊，以及蹒跚的奶牛在吃着草儿；
在那里，远盖过母牛的哞哞声，公牛发出可怕的咆哮声，
来震慑远方的敌人！

在那里，我会坐在尢巴巴姆库鲁（Ubabamkulu）跟前，
听他给我讲述那往昔的故事；
在那里，我要跪在年老的哥古鲁（Gegulu）的面前，
聆听那些曾生活在这片土地上的生灵的传说。

在那里，再一次，我脑海中回想起

那永远消逝的伟大的日子；
回想起在这岁月不留痕的平原上，
那久远的南方武装的密集部队！

那些早已逝去的人的话语，
从黑暗的漫长岁月的深处，
触及我的灵魂，
像巫术和医药，将点燃我的整个心中之火——
并引导我生命的独木舟驶向崇高海岸！

借助能透过灵魂、穿越时空的敏锐的眼，
我将见证伟大帝国的崛起、繁荣和消亡。
我将目睹勇敢行为或无耻行径，
这些现在都已被永远刻在了名人录上。

我将与恰卡军团一起再次进军，
像一个木偶，感觉不到快乐和恐惧，
只为杀戮而生，什么受伤，什么苦痛，都不屑一顾，
只知刀剑无情。

我将再次感受心中早已停止跳动的爱，

散发出灼灼热焰，
用姆坎达（Mukanda）来统领独木舟战舰；
猛攻兹马·姆布吉（Zima-Mbje）的铜墙铁壁。

在这里，在这些代代相传的古老的故事里，
我感觉到我族人的灵魂和心跳，
这是在其他人讲述的故事里所感受不到的，
因为在我的心里已经没有地方能够容纳其他了！

这棵树正茁壮成长着，哦，我的孩子们，
它深深地扎根于这片原生大地，
所以永远以你们的祖先和祖国的传统为荣吧！

（译者：陈碧禾）

生命树[1]的神圣故事

自我创造

星辰都不见了，太阳也不见了踪影，
月亮和地球更不知哪儿去了——
只有黑暗他自己孤零零地在那儿——
无边无际的黑暗。
一切都不存在，只有虚无。
这虚无啊，他既不炽热也不冰凉，
既不曾死也未曾生——
他是比不存在还要糟糕得多的虚无啊，
这令人心惊胆战的虚无。

---

① 生命树：Tree of Life，也常被译为宇宙树和世界树。

这虚无要持续多久，
没人知道；
不管我们怎么努力也永远无法得知，
为什么这里什么也没有却存在着虚无。

没人知道虚无他在不可见的时间之河上游荡了多久——
那广袤的银河，
他既没有源头也没有尽头，
他曾经是，
现在是，
以后也将一直是这样。

直到有一天——
不知道称其为“有一天”是否合适——
时间的长河渴望着虚无，
就像一头有血有肉的野兽，
渴望着他的美女伴侣。
而在这奇怪的虚无和时间的碰撞之下，
生命之火的最细微的火花闪耀着。

这小小的、微妙的火花慢慢开始思考，
并逐渐对孤独的世界产生意识。
除了虚无没有人可以听见他的哭泣，
他像个没人照顾的婴孩，
在这深不见底的孤独的虚无中——
在这黑暗阴冷的森林里，
迷茫又绝望。

“我存在着——我就是我！”
这鲜活的想法伴随着在黑暗中迸射的小小火花，
使他整个为之沸腾，
他试图从曾经无处可逃的地方逃脱——
试图避开这奄奄一息的、空虚的、黑暗的、彻底的虚无。
就像一只小小的萤火虫，
迷失在一个他永远无法逃脱的、
黑暗阴冷的冰山之下的洞穴里。

“我必须变强，否则只有死路一条，”
很久很久之后那火花如是想，
“因为以我现在的大小和状态，
如果虚无想要吞没我的话，我就没有活路可走。

所以我必须让自己变得强大，
这样我就可以跟虚无相匹敌了！”

然而火花找不到东西来喂养自己成长，
所以他只能靠自己养活自己。
他一直狂野地生长着，
直到最后他的母亲虚无开始意识到他的威胁，
并决定摧毁他。

虚无一开始尝试着用光明的敌人——黑暗去闷死他，
但是火花却用变得越发明亮来抵抗——越来越明亮。
接着虚无对火花下了冰冷咒语，
冰冷——火热的致命敌人，
但是这使火花变得越来越大，越来越火热。

这鲜活的火花他的的确确在生长着，
直到最后他长到了和虚无一般大。
而为了让自己继续成长，
他吞噬了他的母亲虚无，
然后用没有人见过的最奇异的闪光消化了她。
“我就是我！”他骄傲地说。

但是时间之河对火花的所作所为感到十分生气，
他迅速派出寒冰之神去直接对抗火花。
一场巨大的战斗马上拉开了序幕，
火花——现在已经变成了可征服四海的高飞的火焰，
用无数飞跃的火苗充盈着整片天空，
试图去融化寒冰之神，并完完全全地吞噬他。
就在这时，寒冰之神突然爆炸，
他将那冰冷潮湿的气息吹向火焰，
但仅仅把一部分火焰变成了冰冷雪白的灰烬。

这场很早之前就开始的凶残的战争，
直到如今依然在猛烈地进行着，并将持续下去，
直到时间停止流动。
部落的智者预言，
如果有一天火焰赢了，
那世上的万物都将毁灭于一场致命的大火之中，
而如果胜利属于寒冰之神，
那所有的生物都将被冰冻至死。

但愿至高神——全知全会的万能之神和天地万物之主，

能确保不管是火焰还是寒冰都永远不会赢得这场战争。
因为不管是谁打败了谁，
那太阳，那月亮，那地球和那星辰，
以及所有的生命，都将终止。
但愿这两个对手可以一直打到地老天荒，
因为在他们无休止的冲突中，
生命才得以依存。

从余温尚存的灰烬——
火焰在战争中受寒冰之神重创后的损伤中，
诞生了伟大母亲圣母始祖玛（Ma）[①]——，
最早拥有人类之形的女神。
无所不知的最仁慈的女神圣母始祖玛，
根据至高神的意愿创造了自己。
她对火与冰之间充满破坏性而又毫无意义的战争感到不满，
于是她从遥远的永恒十门赶来，
为这个宇宙重塑秩序。

① Ma：圣母始祖玛，全名为“Ninavanhu-Ma”，译作尼娜瓦胡·玛。传说中的创造女神，伟大的母亲。

现在圣母始祖玛开始执行至高神乌库鲁库鲁（uNkulunkulu）[①]的命令，

她借助从火焰中迸射出的火花创造了星辰、太阳，

以及我们现在所站的地方。

(后面会再讲到月亮。)

尽管不朽，但是伟大母亲却被奇怪的情感和欲念所诅咒，

而之后她又把它们传递给了人类和兽类。

这些情感对于诸神来说是奇怪的，

像愤怒、饥饿、忌妒和痛苦，

抑或是爱、性欲及对香甜食物的渴望。

伟大母亲圣母始祖玛受着这些欲念的折磨，

它们就像她体内的毒瘤一般。

也正因为如此，故事的讲述者们，

部落的智者们，

把她描绘成了一个不完美的永生者。

这就是为什么那些遍布洲际的雕刻者总是把她刻画得略有

① uNkulunkulu：乌库鲁库鲁，祖鲁人的至高神，该词既有“非常伟大者”的意思又有“非常古老者”的意思，即“最大的神”，亦即“始祖”。据祖鲁人的传说，人类起源于一片被称作“乌恩兰加”的芦苇丛，而把各族解救出乌恩兰加的就是乌库鲁库鲁。所以，他既创造了太阳、月亮等万物，又创造了人类；他既是造物主，又是人们最伟大的祖先。他在祖鲁语中还有另外的名字，即“老天爷”或“天上的酋长”。

缺陷。

要么一条腿是畸形的，
要么一侧乳房比另一侧大得多，
要么两只手大小不一。
就是从我们的伟大母亲圣母始祖玛那里，
我们凡人和我们的兽类兄弟遗传了所有的缺陷——
有缺陷的种子孕育出有缺陷的芽。

当伟大母亲圣母始祖玛创造好了星辰、太阳和地球，
她就坐在铁之山塔巴津比上，
一边休息一边等待至高神的进一步指示。
正当她坐着的时候，
一种奇怪的感觉突然涌上她的心头，
一种她自己也说不清的感觉，
但是现在我们知道这种感觉叫孤独。
她悲痛欲绝地哭泣，
这哭声是那么响又那么久，
以致星辰们都颤抖着从天边坠落。
而她纷纷落下的泪珠，
在她的脚下汇成一个巨大的湖，

湖水向四面八方流去，
形成了我们如今所见的潺潺小溪和泱泱大河。

终于，至高神命令女神停止她古怪的情绪化的表现，
并勒令她去修复她对地球造成的破坏，
包括坠落的星辰和洪水般的泪水，
然后在这片混乱中建造一个完美的宇宙。

“不！”泪流满面的圣母始祖玛大声抗议，

这声音比莫西·奥·图尼亚瀑布（Musi-Wa-Tunya）[①]落入赞比西河（Zambesi）要响亮得多。

“不！绝不！我绝对不会从这里离开，
直到找到一个能与我一起劳作的伴侣！
难道您不知道我现在有多孤单吗？
在那些寂寞的时间里我可以找谁倾诉？
这些贫瘠的田野？这些沉默又崎岖的山峦？
还是那些愚蠢的总是傻傻地冲我眨眼的星辰？

---

① Musi-Wa-Tunya：莫西·奥·图尼亚瀑布，又称维多利亚瀑布，位于非洲赞比西河中游，赞比亚与津巴布韦接壤处。该瀑布宽1700多米，最高处108米，为世界著名瀑布奇观之一。欧洲探险家戴维·利文斯敦于1855年在旅途中发现了它，并以英国女王的名字为其命名。维多利亚瀑布于1989年被列入《世界遗产名录》。

啊！您让我去创造这些没用的东西到底意义何在？
这些星辰、太阳，还有这个名叫地球的可怜的大碗？
就我，就我孤独一人，
还要在这里劳作多久，创造这一切？
这些完全没有感知的垃圾？”

从越过永恒之地边界的远方——
那是男神、女神，或者恶魔都不能到达的地方，
传来了至高神冰冷低沉、丝毫没有感情的声音。
它就像暴风雨般盘旋在用星辰装饰的闪闪发光的天空中，
就如旷野之上的雷鸣，
回荡在山谷间，
悬崖峭壁都被震荡得如同在狂风暴雨中摇晃的树。
一个接一个的电闪雷鸣撕裂着天空，
盘旋的暴风横扫着平原，
巨大的地震让山峦咆哮，化为平地，
而平原则被挤压隆起，形成新的山脉。

这崩塌的世界——
尚未被人类、草地、树木和兽类亵渎，
在这令人畏惧但又欢欣鼓舞的万物之主的声音下畏畏缩缩，

战战兢兢。

“你这个粗俗的东西，
我是你的神，你的主人，现在听我说，
我让你去创造新世界，
我的命令容不得你来质疑。
你的本分是去做而不是去怀疑，
你的本分是毫无怨言地服从。
我让你做什么，你就做什么，
不需要明白为什么要这样做。
至于创造这个宇宙的目的，
那唯有我知道，
我也将永永远远保守这个秘密。
根据我的要求去创造吧，
立刻，马上！”

女神缓缓起身，站在了塔巴津比——
这永恒的铁山的山顶。
她站得笔直，像根石柱，美得惊天动地，
没有一个凡人曾见过或者将见到这样的美。
她那双金色的闪光的眼睛透过了黑暗的星空，

看到了最遥远的永恒之地。
这是多么远多么远的距离啊，
她只能模糊地辨认出火焰的光。
这无形的、永恒的、不死不灭的乌库鲁库鲁，
这无上的至高神。

慢慢地，圣母始祖玛举起她发光的手并直指天堂，
她那可怕的孤独带给她的悲伤和遗憾都消散在九霄云外。
她张开她那泛着银色光泽的嘴唇说：
“您说的，哦，至高神，我都明白了；

我是您手中任意使用的工具，是您掌中卑微的玩物，
您的每一个命令，不论好坏，我都应当无条件服从。”

（译者：陈奕璇）

于是世间变得万籁俱寂，
连那躁动的天国也归于沉寂，
那吞噬万物的波澜壮阔地席卷大地的大海又退回至海岸，
像个因调皮捣蛋被抓了现行的羞愧难当的小男孩儿。

有史以来第一次，

宇宙听到了至高神的声音。

就像巨大的红日归寂于起伏的山脉，

就像连绵的浮云染上火红的霞光，

女神圣母始祖玛听到至高神的声音再一次响起：

“噢，粗俗的东西啊，你想要一个伴侣的愿望，

我应允了。”

银光闪耀的女神那金光闪烁的眸子里顿时迸发出深深的喜悦，

唯有她自己可知可感，

可不断汹涌澎湃狂嚣的火焰在她水晶般剔透的经脉里流淌，

越来越热，奔流在她战栗的躯干里，

比那雷霆万钧的克布拉·巴·沙（Kebura-Ba-Sa）大瀑布的湍流还要猛烈。

她的胸部被四只巨大的乳房充盈着，

每一只都有着坚挺的宝石绿的乳头，

它们因她如释重负地大大舒了一口气而都鼓胀起来。

她呼吸的热气，简直可以把大象都蒸发了，

这使得她扩张的鼻孔和张大的嘴像三个闪光的喷口，

汇聚成一团红热焦灼的光。

“伟大的主人，”她问道，
“您会派一个什么样的伴侣给我？”

“你在将来会被称为女人，
而与你对应的另一半，你的伴侣——他将被称为男人！”

“一个男人？”女神问道，她沉浸在巨大而无形的愉悦中，
“噢，我的主人，这个人，这个男人会是什么样貌？
他会如我一般美丽吗？”

“听着，”至高神声如雷霆，
从无边无尽的永恒之地传来，
“在我眼中，万物皆无关美丑。”

“伟大的神啊，”圣母始祖玛坚持道，
她的好奇心驱使着她继续发问，
“您的孩子应当有权利知道
更多关于您给她觅得的有望成为她伴侣的人的消息！
他对我来说有何用处呢？”

“他会给你带来满足感，

并且你和他将会为这片大地带来生命。”

“但他会是什么模样呢?”这个好奇过了头的女神坚持问道，
“他会像我一般美丽可爱吗?”
然而至高神对此不置一词。
“他会是什么模样?”圣母始祖玛不肯放弃，
“我怎样才能认出他呢?”

“你自然会认出他来，尽管他并不像你所说的这样。”

女神立刻离开了，
前往她在山下的圣地，
去休息片刻，但不是睡觉，
对男神和女神来说，他们从不需要睡觉。
她的脑海里充满了关于她未来男性伴侣的美丽幻想，
而且好奇心使她的心灵焦灼。
她好奇他会是什么模样，会带给她什么幸福。
尽管已被预告过他和自己长得大不一样，
但她还是希望他会是一个如她一般美丽的生命。

她万分好奇却耐心地等候着。

她吃了点特殊种类的金属，
可时间慢慢消逝，
到夜深时她实在饥饿难耐，便离开了洞穴，
到平原上搜寻她最爱的食物。
她找到的第一样东西不过是一块索然无味的花岗岩，
她咕哝着将它吐在一个小峡谷里。
她继续觅食，等她满足了食欲，
她返回洞穴，焦急地等待天亮。

然后当第一束阳光投向东方那尖牙状的群山，
而群山向平原掷下各自的光影时，
女神听到了一个令人敬畏的声音在嘶哑地呼喊着她：
“来吧，我的伴侣，我一直在这儿等你。”

这个闪耀着银光的女神欢呼着，
她没有走向平常的出口，而是飞奔冲入山的一侧，
所过之处，飞沙走石，尘土飞扬。
她张开双臂……
“我的伴侣！我的伴侣！你已经……”

她的欢呼声渐退于轻柔的喘息声，

她渴望的双臂有力地张开，

飞扬的尘土遮不住她轻盈闪耀的身体。

但是——噢，我伟大的神啊——实在是太可怕了！

这些手臂不像她的那样，

而是那种爬行的藤蔓；

皮肤上镶嵌着片片粗糙的花岗岩，

还有钻石和铁矿物；

这分明是个可怕的矿物怪兽！

他那畸形的巨大的躯干类似地球上有史以来最大的猴面包树，

躯干的顶部长出一丛丛枝丫，从此以后我们就这样称呼它们了。

躯干的中部凸起许多布满血丝的眼睛，个个燃烧着熊熊欲火。

眼睛下面的一张邪恶的大嘴巴里，露出上千颗獠牙。

时不时地，一条长长的绿色舌头，

就像一条隐匿的鳄鱼那样，

伸出来舔一下花岗岩般粗糙的嘴唇。

树的一些枝丫上长出巨大的缓慢流着如同蜂蜜般金色的液体

的乳房。

不同于那普通的树，这棵树有很多的根须，
像螃蟹或者蜘蛛的很多脚，可以用来四处移动。
而这样的景象，
那些有生命力的根须，
在如岩石般坚硬的平原上爬来爬去，
就足以让群山战栗！

“来吧，我的爱人，来到我身边吧！”
树边嘶吼着边将女神拽拉近身旁，
并野蛮地吻了她一下，
他那花岗岩般粗糙的嘴碰伤了女神泛着银色光泽的嘴唇。
“我是生命树，你的伴侣，而且我渴慕着你！”
“啊啊啊啊啊，”圣母始祖玛尖叫着，“这不该是这样的！
你绝不是我的伴侣——与我做伴——绝对不行！
放开我，你这个丑陋的、穷凶极恶的怪物！”

“放你走？我可是刚刚才遇到你呢！
你，我的心头爱！
我抱住你可不是为了放你走的！”

“什么……?”女神气喘吁吁地说，

可越来越多的枝丫将她紧紧地包裹住，

不剩一丝一毫逃离的希望……

在这里，我亲爱的读者，我应当像俗话说的那样，

闭上臭嘴，

把余下的部分留给你们自己去发挥最极致的想象!

只要说这接下来的磨难时刻

必定使女神万分懊悔胆敢向至高神讨要这个愿望就够了。

当这棵生命树最终松开她时，

圣母始祖玛已经被彻底吓坏了，

她尖叫着越过平原，疯狂地逃离着。

她飞奔回至高神那里，祈求他能收回那个恐怖的伴侣，放过她。

可惜圣母始祖玛得到的回复只是：

“我已经实现了你的愿望，

你还想要更多吗?”

我亲爱的读者，你们可以想象，

圣母始祖玛是怎么仓皇逃离的。

生命树无休无止地疯狂地追赶着她，

不惜动用他那数量庞大的全部枝丫。

就像任何一个年轻男子所不愿见到的，
即使是自己臆想出的新娘背离自己并逃回娘家！
智者曾说过：
“人，只要第一次尝过那杯灌满了的爱的花蜜，
就永远不会舍得打翻它了！”

越过平原和峡谷，越过重重山丘，
爬下座座险峻的山坡，
女神惊恐不已地逃离着，拼命地向前跑。
时而在地上，靠着这银色的双足，
时而在空中，像只被捕食的鸟。
然而不论她跑得多远多快，
生命树在她身后如影随形，
一直追着她到贫瘠荒凉的沙漠，
那在多年后被称为卡拉哈里沙漠（Kalahari）①的地方。

---

① Kalahari：卡拉哈里沙漠，亦译喀拉哈里沙漠，亦称喀拉哈里盆地，是非洲南部内地高原的一个大而如盆地般的平原。它几乎占据了博茨瓦纳全部、纳米比亚东部的1/3，以及南非开普省极北的部分，在西南部与那米比（纳米比亚）的海滨沙漠混为一体。喀拉哈里沙漠南北最长处约为1600千米，东西最大距离为960千米左右，其面积估计有930000平方千米。它北临恩加米湖，南界奥兰治河（Orange River），东起东经26°左右，西迄大西洋沿岸附近，主要在博茨瓦纳、纳米比亚境内，部分属于安哥拉及南非共和国。

到目前为止，尽管疲惫不堪，
生命树依旧燃着熊熊爱火。
而他的猎物，
虽然因恐惧而无法遏制地全身冒着寒气，
却依旧美丽如初，令人垂涎欲滴。
终于，在长达数年的逃跑和追逐后，
他们一头扎进了马卡迪卡迪（Makarikari）[①]盐沼中。
而就是在这里，圣母始祖玛得以在水中向前疯跑，
就像那些在水中发亮的银鱼。
而后如猫头鹰一般飞向夜空，
而下方，独留她的伴侣，那棵生命树，
在泥沼中蹒跚前行。

正是在这里，这个粗俗的永生之物几乎成功逃脱了。
而恰恰也是在这里，
一道灵感闪过生命树那了无生气的大脑，

① Makarikari：马卡迪卡迪盐沼，世界上最大的盐碱滩之一。有源出津巴布韦西部的纳塔河及一些小河注入，多水年份的雨季，其通过博泰蒂河与达乌湖承受奥卡万戈河来水。其气候干燥，蒸发强烈，旱季全部干涸，成为一片盐滩，富含盐碱资源。其周围是重要牧区，最低部分为卡拉哈里沙漠，在一般气候条件下是一系列浅水滩、沙碱地、草场，在这里栖息着成千上万的红鹳。

而这一闪而过的想法立马被付诸行动。
生命树从湖的底部舀起了巨大的成堆的岩石、黏土和沙砾，
并且滚成了一个大大的球，
那球甚至比乞力马扎罗山（Kilimanjaro）还要大。
然后汇聚所有枝丫的力量形成雷霆一击，
他用力扔出那可怕的飞弹，
直击向他的爱人，
那现在几乎已经远在天边的爱人。

那球不偏不倚地朝目标飞去，
紧接着，逃亡的女神感到后脑勺受到沉重一击，
她一头从空中栽下，
无力的、昏迷的，但依旧超自然的美——
那奇丑无比的生命树蔓延开他的手臂，
去保护她使其免受倒栽葱般栽下的危害——
“我最爱的爱人。”他咯咯地笑着。

这个巨大的球从女神头上反弹回来，
落入现今月球的运行轨道。
至高神凭借他那无所不能的智慧，
带着灿烂的神光，宣布那是来自保护者的爱，

并以此来定义神的爱，
以及后来的人类、兽类、禽类和鱼类的爱。
今天，这片黑暗大地上的所有部落都敬仰那神圣飞弹的力量，
和它对我们的生命和爱的影响。
在黑暗的森林里，
人们打起鼓，举行最神秘的仪式，
只为向那颗飞弹致敬，
因为女神圣母始祖玛和我们最庄严的树——
生命树最开始的结合，多亏有了它的助力。

即便是在今天，也如同所有的往昔岁月，
看到月亮，爱人们就会想要去寻找彼此的怀抱，
妻子们就会想要去投入她们孩子父亲的怀抱。

啊！月亮的力量是如此强大——
又有谁敢去质疑它？
看！不论何时，当满月升起，
永恒的赞比西河蜿蜒流淌，波光粼粼，让人眼花缭乱，
卡里巴（Kariba）[①]唱赞歌的歌手这样唱着：

① Kariba：卡里巴，津巴布韦的城镇，由西马绍纳兰省负责管辖，位于卡里巴水库西北端，接近邻国赞比亚。

“噢，被生命树投向飞奔中的圣母始祖玛的飞弹，

您穿越星空，

将您那柔和的银光洒向大地，

让所有的生物感受到爱情那迷人的力量。

这些光束照进狮子的灵魂深处，

让它忘记去围捕斑马，

指引着它回到在树下等它归来的伴侣身边，

在那里找到解脱，放下痛苦。

好战的王者沐浴着柔和的月光，暂时放下血腥的捕杀，

偎依在它爱人的身旁。

洒向四面八方的柔和的月光，让他们停止战争和劫掠，学会了爱。”

（译者：陈　洁）

看啊！初代人类降生了！

在圣母始祖玛被俘获后，

生命树紧紧控制住女神，

再也没有让她逃脱过。

有一天，

圣母始祖玛身上突然发生了一些不寻常的变化，

随着时间的流逝，这些变化在不断加剧，

让她感觉到恐惧和压力。

这样子持续了大概一千年那么久，

圣母始祖玛突然感到一阵撕裂般的疼痛，

疼得她在一瞬间失声痛哭，

她窝在丈夫的触须里，疼得翻来覆去。

第一次疼痛发生后，一次又一次的疼痛紧随而来，第二次、第三次……
女神痛苦的呻吟声响彻平原，
回荡在远处的群山间。
愚钝的生命树并不懂得为什么会这样，
还以为他的新娘又在尝试逃跑，
于是用许多触须更加紧地困住她，
这越发加深了她的痛苦。

随着时间的流逝，这种剧烈的疼痛加倍了，
就这样又被折磨了五十年，
直到这种疼痛变得完全无法忍受时，
圣母始祖玛从生命树爱的怀抱中挣脱出来，
在光秃秃的地上扭动翻滚，
试图缓解这难以名状的痛苦。
她的疼痛是如此剧烈，
她的努力也没有取得任何成效，
为了自我催眠，她开始数星辰。
现在许多部落还有这种说法：
“如果痛苦，就数数那些星辰吧。”

当他的妻子因痛苦而扭曲，因承受分娩之痛而号啕时，第一位父亲——生命树，只能无助地、眼睁睁地看着。
很久很久之后，终于，
伟大的女神从可怕的痛苦中解脱出来，
第一代有血有肉的强大的、
不计其数的人类，诞生了。
他们快速地扩散开来，
在贫瘠的卡拉哈里沙漠里繁衍生息。

与此同时，生命树也发生了最剧烈的变化：
绿色的新芽从扭曲的枝干间萌发，
结出不计其数的种子，
落在岩石覆盖的平原上。
种子落到哪里，就在哪里生根发芽，
不论是坚硬的岩石，还是贫瘠的沙地。
它们努力挣扎着去获取一点点的水分，
很快，各种各样的植物开始茁壮成长，
宛若一条富有生机的绿毯，覆盖在大地上。
紧接着，和群山相抗衡，
郁郁葱葱的森林覆盖了大地。
在风中咆哮，在雨里狂欢，
一棵棵绿树的根伸展着，

接力一般将陡峭的山脉铸造成连绵起伏的平原。

在完成这一切后，
生命树又孕育出充满活力的、嗷嗷叫的、咆哮的兽类。
从四散开来的枝丫间，
它们“砰砰砰”地掉在长满青草的土地上，
不计其数，涌向森林。
从树干的缝隙间，
各种各样的鸟儿涌了出来，
摇摇摆摆地四散开来，
欢快的叫声响彻整个天空。
鸵鸟、朱鹭、鹰、火烈鸟，
还有一些我们听过却从未见过的，
比如双头的会说话的卡乌拉鸟（The Kaa-U-La Birds）。
这些我们只在传奇中听过，
后续我会再来讲一讲。

那个迄今为止原本毫无生机、死气沉沉的大地开始慢慢复苏，
各种生灵的声音在森林和山谷间回响：
野兽打斗的声音，
野兽呼唤同伴的声音，

鸟儿向着暖阳愉悦地歌唱的声音……

生命树孕育出数不胜数、种类繁多的生灵，

很多因被毁灭之神埃法（Efa）吞噬而永远地从地表销声匿迹了。

我们今天所能见到的这些，无论有多少类别，

其实都仅仅是有幸存活下来的少得可怜的一点点零头而已。

（传说中有三种狮子，但现在仅存一种。）

从生命树的树根处，

各式各样的爬行动物爬了出来，

还有密密麻麻的各类昆虫，

像奔腾不息的河流般蜂拥而出。

生命之歌开始在大地上被唱响，

但是这首今天还在被唱着的歌终有一天将会消失，

直至被遗忘。

历史的太阳已经升起，并且在今日仍旧闪耀，

但是毫无疑问终有一天也终将落下，并且永远地落下。

（译者：陈越威）

一个种族的灭绝

卡里巴峡谷①的圣灵们告诉我们，

第一代在地球上行走的人类都源于一个相似的种群。

他们看上去几乎一模一样，

个子都差不多高，

肤色红得像非洲的平原。

那时还没有黑色皮肤或褐色皮肤的人，

① 卡里巴水坝就位于赞比亚与津巴布韦之间的赞比西河的卡里巴峡谷。该坝水电工程向赞比亚各城镇、津巴布韦的哈拉雷（Harare）地区和布拉瓦约（Bulawayo）地区，以及津巴布韦南部地区供电。此外，大坝截流形成的卡里巴湖是世界上最大的人工湖之一，湖长282千米，最大宽度为32千米，总面积约有5180平方千米，是赞比亚的著名旅游景点之一。

也没有俾格米人（Pygmies）[①]、布须曼人（Bushmen）[②]，
或者霍屯督人（Hottentots）[③]。

巴刚果（Ba-Kongo）[④]的智灵们同意卡里巴峡谷的圣灵们所

---

① 非洲俾格米人又称尼格利罗人（Negrillo），是非洲中部热带森林地区的民族，被称为非洲的“袖珍民族”，其成年人平均身高1.30米至1.40米。他们崇尚森林，男子狩猎，女子采集，没有私有观念，财产归集体所有，血统按父系计算，严格实行一夫一妻制。如今，中部非洲各国政府已相继采取措施，帮助他们改变生活方式，走出森林，参加现代社会生活。但是，绝大多数俾格米人仍然依恋祖先的生活方式，喜欢继续过封闭的原始生活。目前俾格米人在世界上濒临灭绝。可详见https://baike.baidu.com/item/俾格米人/795605?fr=aladdin。

② 布须曼人为南部非洲和东非最古老的土著居民，又称桑人，主要分布在纳米比亚、博茨瓦纳、安哥拉、津巴布韦、南非和坦桑尼亚。一般认为布须曼人属尼格罗人种科伊桑类型，与蒙古人体型接近。可详见https：//baike.baidu.com/item/布须曼人/3391993？fr=aladdin&fromid=6954301&fromtitle=布须曼人。

③ 霍屯督人，自称科伊科伊人，主要分布在纳米比亚、博茨瓦纳和南非。一般认为霍屯督人属于尼格罗人种科伊桑类型，但其实际更像是远古蒙古人种的后代。霍屯督人使用霍屯督语，该语分多种方言，属科伊桑语系，有新创制的以拉丁字母为基础的拼音文字。霍屯督人的体质特征和语言同布须曼人相近，因而他们合称科伊桑人。可详见https：//baike.baidu.com/item/霍屯督人/2633719？fr=aladdin。

④ 巴刚果人在班图人大迁徙过程中，由赤道以北地区南迁到刚果河下游地区，并在13世纪末或14世纪建立了早期奴隶制国家刚果王国。15世纪末，葡萄牙殖民势力侵入，由于遭到巴刚果人的不断反抗，葡萄牙殖民者于17世纪前期被迫撤离。但是，长期内乱和推行的奴隶贸易，使刚果王国陷入瓦解状态。19世纪末，刚果河下游地区被法国、比利时和葡萄牙瓜分。至第二次世界大战后，巴刚果人所在的三国始获独立。

说的，

他们甚至都说人类始祖的身上没有毛发，
他们的眼睛是金色的，像圣母始祖玛，
那位历经折磨才带他们来到世间的女神。
这个黑暗大地上所有的智灵和圣灵都一致认为
人类始祖家族分裂为多个种族——
诸如高大的瓦图图西人（Wa-Tu-Tutsi）[①]、
矮小的俾格米人或者叫巴特瓦族人（Ba-Twa）、
卡拉哈里沙漠的矮小的黄褐色皮肤的布须曼人，
还有为了猎捕奴隶而无情地袭击我们部落的长胡须的阿拉比人（A-Rabi）——
是缘于贯穿人类罪恶史的一次重大事件。

激励我的斗志吧，先辈的神灵们！
给我勇气，让我来继续告诉世人那些初代人类的圣灵所说的！
就让我来打破吧，噢，做个背叛之徒，
就让我来打破这坚守部族秘密的牢笼，
哪怕只有一次，

① Wa-Tu-Tutsi：瓦图图西人，亦称巴图西人（Batusi）、瓦图西人（Watusi或Watutsi）。卢安达和蒲隆地境内的尼罗民族，是身高最高的民族，平均身高1.83米。可详见https：//baike.baidu.com/item/图西人/7540800。

就让我来说给外面的世界听，

这个不能言说的故事，

这个所有的智灵——所有的巫医，

都知晓的却只能深埋在灵魂最深处的故事。

这个有关初代人类——恩古尼人（Nguni）[①]、曼波人（Mambo）、隆达人（Lunda）和巴刚果人——的禁忌传说，

又是一个怎样的故事呢？

当宣誓保密之鼓的鼓声缓缓响起，

圣灵们聚集起来再一次讲述这个故事，

这个对于最年轻的一代来说最神秘的故事。

“绝不告诉陌生人，绝不告诉卑贱的下等人……”

初代人类的圣灵们都说了些什么呢？

噢！我必须张开我的嘴，

一个叛徒的嘴，但满口真言，

只因坚信我所做的一切都是为了我的族人好。

尽管要泄露我土生土长的这片土地的秘密，

但我必须张口告诉你们，

① Nguni：恩古尼人，是非洲南部和东部操班图语的民族之一。按父系传代、继位和继承遗产。现在分为三个部落，各部落政治都相当发达。

所以，聚拢过来——“印达巴，我的孩子们……”

据说，时间已经过去了上万年，
这片原生大地一直处于和平中，
宁静的天空，
宁静的被森林覆盖的平原，
宁静的弥漫着花香的山谷和岁月静好的丘陵。
只有特定的一些野兽被允许猎杀，
这还得遵循至高神的律令，
并根据对食物的需求。
这里没有对生命无节制地破坏这般的野蛮，
就如现代人所沉湎的，
为了满足自己那怪诞邪恶的灵魂，
而展开的人与人之间的斗争，
用秘密和残忍的意图锻造出的无形的长枪短剑。
这里没有任何愤怒，没有任何憎恨，
没有所谓“这是我的，那是你的”，
没有斗争，没有对立。

人与人之间轻声细语，

人类与兽类和睦相处，
人类无须惧怕凶猛的野兽，
反过来兽类也无须害怕人类。
那些日子里，人类不用承受情感的折磨，
他们不知担忧为何物，
不像现在伤痕累累的我们。
他们张开双臂迎接死亡，
笑脸盈盈，
因为，不似我们这些堕落的凡人，
他们深谙死亡之道——
那是生命永远的朋友。

但自以为是这颗灾星，
正从远方地平线浮现，
人类的败落越来越近了。

曾在一个被藤蔓遮蔽的洞穴里，
一位有些人叫她纳勒斯（Nelesi），
但更多人叫她克雷斯（Kei-Lei-Si）的美丽女子，
产下了第一个畸形儿。
他不仅肉体畸形，而且灵魂扭曲：

他枯槁的身躯撑着巨大而耷拉的脑袋，
上面嵌着一只目光短浅的独眼；
他的四肢瘦瘪僵硬，
歪七扭八的，像只晒干的黑斑羚；
他的嘴也完全歪向一边，
满口的污言秽语；
他瘦得只剩皮包骨的脖子上满是皱纹，
像已饿死两天的老秃鹫；
他的肚子小而浑圆，
以一种最令人作呕的方式从他的胸膛下凸出；
他的嘴唇松垂着，
一串串沾了糖霜似的口水不断淌下；
他的鼻孔只有一个，
呼吸时伴随着令人厌恶的嗞嗞声。

现在的部落故事讲述者把这令人不悦的怪物叫作扎拉勒利（Zaralleli）
或扎哈雷利（Za-Ha-Rrellel），一个恶魔！
正是这个人——不，这个怪物，
他把所有邪恶带来世间。

任何时候，当这些初代人类的孩子出生后，
母亲会直接带着孩子去找会说话的双头鸟卡乌拉鸟祈福，
并请求它们为孩子赐名。
因此纳勒斯
（我们宁愿坚持用克雷斯，因为这才是她确切而纯洁的名字）
带着她那可怕的孩子
去离她洞穴不远的
又大又老的卡乌拉鸟那儿。
它瞥了她一眼，
继而因为她带来的东西而战栗。
从这个女人高举的半死畸形物身上，
卡乌拉鸟看到了恶魔，
这是如此强大、如此邪恶的魔灵，
如果放任不管，
假以时日，他必将把整个宇宙搅得天翻地覆。
看到预见的未来，
它不由得发出充满无限恐惧和苦痛的尖叫声：
“咔——啊，女人！你抱着什么啊！
毁掉他，杀掉他，事不宜迟！”
“什么？但这是我的宝贝，我的孩子啊！”
母亲绝望至极地哭喊道。

但鸟儿响亮有力的声音响起，
回音响彻了整个山谷和山脉：
“人类的母亲，我请求你，
摧毁你的后代，趁一切还来得及！”
“但是你哪里看到过有母亲杀死自己孩子的啊？”
可怜的母亲跪倒在地，恳求道。

“为了拯救人类，拯救所有星球，
还有所有未出世的人，
我请求你，人类的母亲，
摧毁你臂弯里的东西！
你抱着的根本不是小孩，
而是实实在在的恶魔，一个会吃人的，
只会给全人类招致血腥未来的恶魔！”

“我的孩子是恶魔？
他是世界上最可爱的孩子！
我最爱的孩子！
——摧毁他？绝对不行！你休想！”

“我命令你……”但鸟儿的话还没有说完，

克雷斯就尖叫着转身跑开了，
像头雄鹿穿过灌木丛，
而她的孩子紧紧抓着她那沉甸甸的乳房。
卡乌拉鸟立刻起身追赶，
并用意念召唤其他同伴一起，
追捕这个逃亡的女人。

仅有一次，她停下来喘口气，
在一个长满草的小斜坡上，
环顾四周，她看见黑压压的一片——
成群的双头六翅的彩虹鸟。
她记得这些鸟儿几乎是不飞动的，
除非到了万不得已的时候。
“哎呀！我的孩子，它们来抓你了！
但是只要我还有一口气，我就不会让它们得逞！”
带着这种信念，她转身朝山上快速地跑去。
但是当她从山的另一边下来时，
大鸟们发现了她并向她俯冲下来，
爪子在她的背上撕扯出深深的沟壑。

不久她逃进了黑暗的森林深处，

而鸟儿们也还在不知疲倦地追赶着，
所过之处，大树被连根拔起，飞沙走石。
它们咆哮着俯冲下来，
一次又一次地请求她，
为了人类的生存，交出她的孩子。

“不，绝不，说一千遍一万遍都没用！”
她一边大口喘息，一边往前逃，
绊倒了、跌倒了，以及擦伤了腿，
也只是爬起来以更快的速度前进。

很久很久之后，她发现了一个深洞，
她毫不犹豫地跳了下去。
像经历了一千年那么漫长，
他们才最终摔落在地，骨头发出碎裂的声音。
好长一段时间，他们毫无知觉地躺在那里，
躺在地下河——
一条咆哮着发出巨大声响的，
奔流穿过好几米长的地下山洞的河流的堤岸上。

这个愚蠢女人的邪恶产物，

他并没有死，因为他刚好落在母亲身上，
于是，注定，很快他会长大并祸害这个世界，
以他邪恶灵魂里释放出的乌烟瘴气。
很快星辰们将边羞愧地悲泣，
边诅咒克雷斯这个女人
和恶魔扎哈雷利。

而另一面，漂亮女人和她的畸形儿子
在洞穴中生活了很多年，
泥泞堤岸上的鱼蟹足够养活他们。
可怜地面上的卡乌拉鸟们还在寻找他们，
在森林，在平原，却徒劳无功。

一天，克雷斯刚抓捕鱼蟹回来，
就看见她的儿子坐在火堆边，
哼唱着一段快乐的曲调。
这使她大为惊讶，
因为在这之前他还从没有说过一个字呢——
更不用说哼曲调了！
“我的儿子！”她松了一口气，心里满是欢乐。
“你会说话了……你在唱歌……”

“嘘……”他说，然后克雷斯看见
他一直盯着一些铁矿石，
这是她自己带进山洞，
生火时用来作为打火石的。

一种冰冷的恐惧袭向这个可怜的女人，
当她的视线挪到这些剩下的铁矿石上时。
她全身被害怕与恐惧冰冻住，
因为在她儿子锐利目光的注视下，
铁矿石开始成形了！
如同被催眠了似的，她观望着，
看到铁矿石变得柔软并开始流动，
一会儿竟有了心跳声，并生出两根光亮的触角，
触角的顶端还生出许多血红色的小眼睛，
一张看起来饥饿难耐的嘴巴也开始成形，
朝着克雷斯邪恶地咆哮，
露出了他剃刀般锐利的牙齿。

女人恐惧地尖叫，
她意识到她儿子事实上是在创造——

他哼唱的调子其实是咒语——
使迄今无生命的一堆铁矿石成形并拥有生命。

像被摄魂夺魄了般，她就那样呆看着，
看着这活物继续生长，
生出像蝗虫的腿脚一样的躯干，
继而是一对蜻蜓的翅膀，
再是像金属般发光的老鼠尾巴，带着毒刺，
一根透明的带着深绿色毒药的刺！

“我的孩子！”她哭问着，“这是什么……怎么……为什么……”
“这，”他毫无感情地说道，
“是我的征服武器之一！”
“征服？征服什么，我的孩子？”
“征服一切——地球、太阳和月亮！”

随即他转向迅速生长着的金属怪兽，
用他那畸形的手指向他的母亲，
呵斥道：“抓住她，尽情地吃！”
听到这声命令，恐怖的怪兽一跃而起，
扑向那被吓坏了的女人，

用它那像昆虫一样的腿抓着她。

“我的儿，我的儿，我做了什么——
你为什么要这么对我？
我是那个生你养你的人啊！”
“我非常清楚你是谁，
但是没有人要你生我养我啊，
尤其是我。”
“是我保护你免受大鸟们的伤害啊，孩子，
它们一心想要杀了你！”
“据我所知，”扎哈雷利冷漠地说，
“这只是一种女性的本能，
你只是遵循了一种自然规则。”
“发发慈悲吧，我的孩子。”克雷斯哭着说。
“慈悲算什么东西？
你现在对我来说已经没用了，
我现在已经可以完全独立了，
我再也不需要你的保护了。
我现在需要的只是给我的新仆人来点营养品，
好让他更快地生长和繁衍。”

由金属矿石制成的怪物托科洛希（Tokoloshe）[①]从嘴里伸出一根长长的针头状的物体，

然后刺穿了她的胸膛和心脏，

怪物随之吮吸起来，边吸边逐渐生长。

在她极度痛苦的濒死之际，

作为恶魔扎哈雷利的母亲，

她看透了一切。

她看见她儿子令人发指的未来，

她看见他强大的魔灵吞噬整个地球，

乃至整个宇宙。

终究鸟儿们是对的，

可惜，当她认识到这个错误时，已为时太晚。

现在她已经没有能力摧毁自己的孩子了，

没有能力拯救人类免受他邪恶的影响了。

她的眼神在垂死之际变得呆滞，

她看见怪物收回了邪恶的针头，

---

① Tokoloshe：托科洛希，指非洲南部班图人民间传说中的水中精灵。

她看见它生了几百个银色的蛋。

在她儿子的一声令下，
这些蛋全部爆裂开来，
快速变成几百个长得跟母体一样的怪物。
她最后看见的是四个小怪物得意扬扬地把她儿子高高举起。
“再见了，母亲。”他回过头看了一眼说道，
那充满蔑视的最后一眼。

怪物们带着他离开了被火光照亮的洞穴，
去了山洞里更黑暗的地方，
慢慢地，从他们明亮的眼里发出的光芒
驱走了所到之处的黑暗。
此时随着一声轻轻的叹息，克雷斯死了，
孤独一人且永久被遗忘在这地下通道的迷宫里。

地球上第一个首领的荒诞统治，
扎哈雷利的统治，即将开始。
现在他也被称为特瑞勒利（Tsareleli）或赛瑞勒利（Sareleli），
这位赤裸裸的邪恶的畸形化身即将在世上扩张，
像一朵闪耀却有毒的花。

灾难，啊，灾难，全人类的浩劫！
灾难啊，无人能够幸免，包括那些尚未出生的人。

恶魔扎哈雷利出现在地下通道里，
被四个金属矿石制成的怪物高举，
而剩下的由金属矿石制成的托科洛希，
则聚集在一朵巨大的云后面，
只等一声令下就动手奴役和屠杀。
这支空中怪物部队首场消灭之战的对象
就是神圣的双头卡乌拉鸟们。
成百上千只神圣的鸟儿从远方赶来，
全力以赴，拼死一战，
只想要阻止这支邪恶大军。
一场浩大的空中战斗开始了，
一刻不停地持续了一百多天，
看得所有人类和兽类都胆战心惊。

鸟儿们用爪子和喙奋力撕咬着，
给对方造成了巨大的损失，
但是那些金属矿石怪物的毒刺，
对攻击者造成了更大的伤害。

成百上千的鸟儿坠落到地上，
它们的血很快被吸干，
而这些金属矿石制品一旦滋养了自己，
就又产出更多的同类。
一个被神圣的鸟儿击败，
就会有成千上万个来替代他的位置。
因此这些鸟儿很快就被打得落花流水，
那些残存者只好四处逃散。
“全输了！”在落日中飞离的一只鸟儿号哭道，
“人类有祸了——世界有祸了。”
但是数以百万计的红皮肤的初代人类，
在听到这最后一声悲叹时，
并不理解它的含义。
直到几个世纪之后，
他们，跟恶魔扎哈雷利一起，
痛苦地死去，
他们才明白这灭顶之灾，
这种族的灭绝。

（译者：陈越威、费逸伦）

你的末日，噢，阿玛利尔！

在他成功打败卡乌拉鸟们之后，

作为克雷斯畸形后代的他与一群胜利的机器人昆虫一起降落到地上，

向数以万计的躲着观战的初代人类许诺，

他将给大家带来丰衣足食、和平安宁和穷奢极欲的新生活。

首先，他告诉大家，他是受神的指派来击败邪恶的卡乌拉鸟们，

因为这些鸟长久以来置全人类于野蛮与无知的境地。

事实上是至高神亲自派他来，

将人类从贫困和疾病的水深火热中解救出来，

只要人类愿意死心塌地地追随他，

他们将不用再在庇护所或者洞穴里苟活。

他一定会消灭所有危险的野兽，
为人类缔造一个和平的世界。
人类不需要播种，也不需要收获，
这些金属怪物将甘心为奴，侍奉好人类这个主人。
他向全人类许诺所有的这些，
和充满享乐与舒适的生活，
不谙世事的初代人类轻信了他的话，
然后盲目地听从了他们所听到的建议。

历经两代，现在的扎哈雷利，
早已发现了长生之术，
正至高无上地统治着这个王国——
一个有史以来最不可思议的国度。
就是在这个国度——
传说中叫作阿玛利尔（Amarire）或者穆利尔（Murire），
人们居住在亮闪闪的金色小屋里，
过着随心所欲的生活。
他们想去哪里就能去哪里，
所有的事情，从耕田播种到收割囤粮，
自始至终都由托科洛希们来完成。
人们也不需要生火做饭，

一个人无论想吃什么，
只要想着往锅里填满哪些想吃的，
然后命令这个锅开始煮就行。
人们外出也基本不需要走路，
只要往门外一站，心念一动，
就能够到任何想去的地方。
人们也不需要自己抬手把吃的喝的往嘴里送，
只要一声命令，
壶就会把里面的东西倒进他的嘴里。

但随着时间的流逝，
这些异常懒惰的人变得越来越衰弱不堪，
他们开始觉得连一些最最简单的事情，
比如咀嚼食物，
都变成非常艰难的事情！
于是最高首领扎哈雷利给了他们超能力，
只要意念一动，食物就能直接进入他们的胃里——
人们不会因为咀嚼而扭伤下巴，
也不会因为吞咽而使食道挫伤！

这一切的后果就是人类丧失了肌体的功能，

手啊，脚啊，食道啊，下巴啊，都没有用了。

而最严重的是男人和女人，他们觉得生为父母实在是太痛苦了，

因此几乎所有的男人和女人都开始失去他们生育的能力。

他们都变得不孕不育，除了那位歌手，

美丽的阿玛拉瓦（Amarava）——她是谁，稍后再说。

邪恶暴君的超能力在人体方面已经没有任何用武之地了——

所以他转向人的认知和禁忌的事情，

至高神告诫人类永远不能去触碰的那些禁忌。

首先，他告诉子民们关于长生不死与青春永驻的秘密，

来拯救他的王国——现在几乎都已经绝育了，

除了唯一还有生育能力的阿玛拉瓦。

其次，他派遣他的金属怪物去抓野兽，并把它们打得血肉模糊，

然后从这一团团浆状物中，

他创造出类似人类的新生物（次人类）。

这群奇怪的生物被指定为奴隶，

在他扩张的王国中供人娱乐和驱使——

这些生物，就像南非高粱蛋糕一样被制造出来，

被叫作比加奥尼，低等人中的最低等。

传说这些比加奥尼看起来就像巨大的猩猩，
完全没有毛发，全是死气沉沉的肉和血液——
他们总是散发着一股腐烂的气味。
他们的肤色从绿色到深棕色，
就像腐烂的肉一般，
同时他们也像红皮肤的主人一样不能够生育。

扎哈雷利制造出的这些可恶的新生物，
不像他伟大母亲的创造，
他们既不会说话，
也不能自我思考。
他们麻木且盲目地服从他们的主人，
不管主人的指令有多荒诞，
就算让他们喝光河里的水，
他们也会一直喝到自己撑死为止。

当阿玛利尔充满了所有这些娱乐时，
生命树对圣母始祖玛说；
“我们都生下了什么样的种啊？

看，他们丧失了所有生命的意义！
他们过着自私又一无是处的生活，
甚至都不再繁衍后代。
我们必须立马毁灭掉我们最初的努力，
让一切都重新来过。”

“不，让我们先给他们一个警告吧，
希望他们能够迷途知返。
这都怪那位邪恶的暴君，是他将他们引入歧途的。”

“是的，他居然敢创造出这么污秽的生物——
利用金属矿石和血肉制成的。
现在他觉得自己是位神了，是造物主了，
但是我要给他一点教训看看。”

于是生命树命令云朵聚拢到一块儿，
来遮盖住地球，阻碍阳光，
然后用闪电、激流、冰雹来毁坏一切。
王国的大地瞬间被几十米深的水给覆盖，
阿玛利尔的闪光夺目的半个城镇都被淹没了。
但是这没有吓到那位暴君——

他发挥了超常的创新精神。

在他所有金属怪物及类似人类的奴隶的帮助下，

他建造了很多巨大的椭圆形的救生艇——

每一艘都有一百英里长，宽度大约是长度的一半。

在这些救生艇上，他让他们用坚固的金子打造了新的城邦。

人造的太阳挂在云朵的下面，

它光亮得都让真正的太阳感到羞愧！

某天，在他自己的王国散发出的闪耀的光辉下，

扎哈雷利打出了他最后的王牌——

一个最终的、最差劲的决定！

（译者：花思静）

扎哈雷利的最后一宗罪！

在他那用黄金打造的庇护所里有一束耀眼的光，
是由百万块宝贵的石头反射出来的，
覆盖了金子做的墙面。
在远处的一张由金子和象牙做的长椅上，
躺着一个畸形的丑陋的君主。
一条金色的披肩从他身上挂下来，
上面镶嵌着日长石及海水珠。
装满了啤酒的一个大金杯，
飘浮在一举臂之高的空中，
停在他巨大的秃头前，
被变形了的饥肠辘辘的嘴巴一饮而尽。
（传说这个杯子不需要续杯，不一会儿它能自己创造出一杯新的啤酒。)

成百上千的贵族围成一个半圆，
面对着这永生的暴君。
所有人都戴着金项链和金耳环，
腰间围着由银线织成的缠腰布。
他们按照等级，
在一块郁郁葱葱的草甸上有序地坐着。

在中间有一个巨大的银笼，
里面关押着一批比加奥尼，
这些人正在互相砍头，彼此肢解，
只为逗乐他们阿玛利尔的创造者！
这种情况已经持续了一段时间，
到现在只有一个比加奥尼还活着。
这个名叫奥杜（Odu）的笨重的大畜生现在已经冲了出来，
站在那里等待下一个命令。
“睡吧。”帝王厉声呵斥，奥杜随即躺倒，
像一根木棍似的叠在他那些战友的尸体上。
“他是我的最爱，”暴君狞笑着，
“是我创造的最强斗士。”

“太对了，长生不死的施与者。”

伴随着银笼缓缓沉入地下，一位贵族难掩狞笑之声，

“多强的斗士，弄死他太可惜了。”

“扎拉巴扎（Zarabaza），你想得到他吗？

我很乐意把他当作礼物送给你。”

“至高无上的君主！雄威盖天——

我衷心地感谢您！”

看到其他贵族眼中满是妒忌与艳羡，扎哈雷利的嘴角泛起一抹恶毒的笑。

他总是保持着昂扬的斗志，

因为他相信“分而治之”的道理。

（后续多年，其他暴君都纷纷效仿他的做法，

趋之若鹜的君王数不胜数。

智者曰暴君之治长存，

分而治之乃上上之策。）

随后，比加奥尼女奴们上场，

她们不停地跳啊跳啊，直到精疲力竭，一个个倒下，

到最后只剩下一个幸存者，

被扎哈雷利送给了另一个贵族。

看着时间也不早了，君主呵斥大家肃静：

“我的子民们，我将你们召集至此，

是因为我发现了一个惊天秘密——

这不仅能让我成为宇宙之君主，更能使我成为永生之主宰。

我发现我们所有人，

或者说还包括我们的祖先，

都是由一位伟大的女性所创造，

传说中被称为‘圣母始祖玛’的人。

这些传说可能是真的，

我打算派出最庞大的军队，

越过时间之河，

去捕获这位圣母，这位女神始祖玛。”

听到底下的人忍不住发出的惊愕之声，

他稍作停顿，继续吼道：

“来，我给你们看……”

话音刚落，他身旁凭空出现了一个装满魔力液体的银色大碗，

“过来，所有人都靠过来……”

大家纷纷靠近，

这时他命令银碗旋转起来以搅动魔力液体。

当液体再次静止不动时，

奇异的一幕出现在众人眼前：
有一棵巨大的令人生畏的树，
树中坐卧着一个美得惊人的女人。

金色瞳孔，
银色胸膛，
四乳傲挺，
每个乳房都点缀着翡翠般的乳头。

“看吧……”君主叫道，
“凭借军队的力量，我将把她从生命树那里抢夺过来，
我将成为天地万物的造物主！”
于是，几天之后，
生活在这座飘浮着的被称为阿玛克·哈瓦瑞特（Amak-Havaret）的
王国都城里的居民们
就看到了极为震撼的场面：
浩浩荡荡的庞大的铁虫之军，
挥舞着锃亮的大钳子和锋利的爪子，
扬起锯齿状的下颚，
从“创生殿”倾泻而出。

他们首先集结于宫殿广场，
在听到一道清晰的指令后全部消失，
然后重现在神灵世界。
一场亵渎神灵之战已然打响！

大家都死盯着碗中的魔力液体，
看到成群结队的小兵
在夹击那神灵世界平原上的生命树。
他们看到一片片闪电般的钢铁碎片
从生命树的眼睛里迸射而出，
成千上万的钢铁战士顷刻间化为乌有。
他们又一群群地涌上前去，
可仍被树枝横扫。
生命树消灭了超过半数的进攻者，
而这也差不多是他所能发挥的极限了。

无数军队小兵源源而至，
力量完全压倒了生命树，
这个永生之物在耻辱中哭泣！

扎哈雷利在狂喜中尖声咆哮，
他的四个金属矿石制的怪物
从生命树的怀抱中将女神扯离，
并成功地将女神掳走。
其余的金属怪物在一片血雨中，达到了它们残暴的目的。
但他们暂时无暇顾及盔甲暴徒们，
因为生命树虽元气大伤，却无所畏惧，
所有剩余的盔甲军团被他彻底消灭。

国王怀着极大的期待朝碗里望去，
四个怪物带着他们的战利品穿越神灵世界的平原，
直到消失不见，
然后又驮着那银色的生灵出现在皇宫大殿前的广场上。

飘浮之城中的成千上万的臣民纷纷涌来，
以一观传说中的女神始祖玛。
她绽放着梦幻般耀眼的美丽，
躺在金灿灿的广场上。
人们瞪大眼睛好奇地盯着她看，
心中却无半分尊敬，
他们早已失去了对圣物的赞美和崇敬。

对他们来说，地上这银色的生命体来自另一个世界，

而那个平行存在的时空在他们心中勾起的也仅仅是一丝猎奇的欲望。

殊不知，在他们张望的时候，

死亡正在逼近，

但即使他们死亡了，灵魂也依旧肮脏！

神圣女神释放的热量灼伤了他们的皮肤，

他们一个接一个地倒下去，

留下一条条死亡之痕。

女神缓缓起身，紧握双手：

“我的孩子们！我的孩子们，

我为你们承受了这样的痛苦，

命运却早已注定。

我的孩子们……”

话音一落，大地上产生一阵剧烈的颤动……

乌云裹挟着暴雨和冰雹疯狂地冲击着大地。

大地开裂，裂缝中冒出地下的闪电和地狱之火，

地球的爆裂将洪流瞬间变成沸腾的热浪，

地面融化，蒸汽喷涌。

整个大陆消失在热气腾腾的水中，
一个新的大陆又从水中升腾而出。
大平原两侧倾斜，
像木船一样翻转，
将无数的兽类和人类埋葬。
从北到南，从东到西，
号叫的飓风在热气腾腾的地球上呼啸而过。
宏伟的山脉四分五裂，
并以令人绝望的阵势坍塌。

金属和岩石也开始熔化，
但最可怕的是阿玛克·哈瓦瑞特——
王国那辉煌的首都，
那曾经最伟大的城——最终的命运。
当比加奥尼看到他们的主人在四处逃命，
他们的反叛火苗从心底蹿出。

无数的比加奥尼站了起来，
在杀手奥杜的领导下，

他们摆脱了被恐慌笼罩的怯懦，
在狂喜中将敌人了结。
他们彻头彻尾地蹂躏了这座城市，
残酷地将贵族及其夫人们斩杀。
这给了所有的机器人昆虫一个很好的示例，
他们随即也加入了屠杀。

比加奥尼奴隶和阿玛利尔的人们，
双方都在为了主控权而苦苦争斗，
为了争夺这个饱受折磨且分崩离析的世界。
突然，人造太阳伴着惊雷爆炸，
释放出一片炫目到可怕的光辉。
扎哈雷利见证了这一切，但仍然无动于衷，
他对自己的能力自信满满。
他将万世不朽，将把这片废墟重建成一个新世界，
他认为自己拥有的非凡创造力可以做到这一切。
因此，他守在他坚不可摧的庇护所中，
看着数以百万计的臣民被屠杀，
依然云淡风轻。

伟大的女神始祖玛站在无数死尸的血泊中，

为人类祈求至高神的怜悯，
但至高神完全不为其所动。

突然间，一个身形巨大的绿色巨人出现了，
他手拿一把沾满鲜血的斧头，
肩上扛着一个被开膛破肚了的女人，
他向国王宣布自己的存在，
杀手奥杜是最后一个活着的比加奥尼。
“我……杀！”巨人吼道，
突然之间他竟获得了言说的能力。
“死！杀死你自己，
我是你的上帝——你的创造者！”
国王命令道。

不再服从，那似人非人的生灵咆哮着，
将国王的气管连着肺及其他内脏硬生生地拔出，
扔在一个角落里，
那国王再也不会有机会去妄想他的不朽之身了。

扎哈雷利死了，这个可叹的野兽，
活了两百年，最终却要死了，

而且是以这样一种可悲的死法，
是的！
但只是肉体死亡了……他的灵魂还在。

不知何故，他知道人类会成为幸存者，
并在未来的岁月中再次繁荣。
他心中依然充满野心、暴虐和对鲜血的渴望，
并盘算着有朝一日再度归来。
这个邪魔至今还活着，
就在人类的心中。
野心勃勃地酝酿着一个目标——
彻底将我们现在的人类毁灭！

那曾经坚不可摧的堡垒已成一片废墟，
高耸的城墙也是残破不堪，
扎哈雷利看着这一切，
发出最后一声长长的叹息。
生命树的嘴角扬起可怕的笑容：
“你没有摧毁我，扎哈雷利！”

女神奔至她心爱的丈夫的怀抱中。

“那两个人……那两个人必须活着……
作为第二代人类的父母，请放他们一条生路吧，
请赐予所有依然活着的生物怜悯！”
“这个世界，还有这个世界上所剩不多的生命，
我施与你们仁慈，哦，我的至爱，
停下来吧——地震、火灾和风暴，
别再破坏我的大地了！”

宏伟的城市倾覆了，
被永远封存在海底。
真正的太阳冲破了散开的云层，
大海变成了炽热的铜红色。
承蒙我们的女神和生命树的庇佑，
两个身影，一男一女，
快乐地骑在一条机器鱼的背上，
正向升起的太阳前进！

（译者：林珈戎）

后　记

印达巴……让我们先暂停一会，噢，我的孩子们，让我们一起最最认真地回顾一下我们所听到的这些个冗长的传说。

简单来说，至高神创造了宇宙，至于基于什么原因，人们竭尽全力也难以揣测出其中奥秘。至高神利用一个叫作圣母始祖玛的人，让其遵照他的指令行事。作为对她想拥有一个伴侣的请求的回应，圣母始祖玛被赐予了一个奇怪的物种，该物种半植物半动物，叫作生命树。时至今日，这生命树在非洲班图依然是最受崇敬的神。大量具有代表性的生命树的图案被雕刻在黏土花盆上，被烙印在木质勺子、托盘和其他容器上。这些图案也频繁地被描画在各种装饰性雕刻品上，如在乌木、象牙、红木上面。也有一些图案被画在附随的人像中。

在赞比西河南部，位于德兰士瓦（Transvaal）[①]的恩德贝勒（Ndebele）部落的人是生命树最狂热的崇拜者。祖鲁人也是这个神的忠实信徒，但是一些人把他理解为一个巨大的空心芦苇，而不是一棵树。他们叫他Uhlanga Lwe Zizwe，意为“芦苇的民族”。

之后是扎哈雷利（现在一些部落也称他为赛瑞勒利或特瑞勒利），据说他要对人类患的精神方面的疾病负责，比如野心勃勃，以及由爱而生的对所有恶事的欢喜，包括杀戮。

非洲人过去常常杀死畸形的孩子，就是为了杜绝传说中的暴君再生或转世，防止在人类中再次传播邪恶和危险的力量。

在漫漫岁月中，今天矗立在祖鲁兰（Zululand）和特兰斯凯（Transkei）[②]地区的许多巨型悬崖都曾默默地目睹了许多畸形孩子成为牺牲品的惨剧。

---

① Transvaal：德兰士瓦（南非语：越过瓦尔河），在1910年至1994年是南非的一个省，现在分为豪登省、林波波省与普马兰加省三个省，以及西北省的一部分。虽然它已不是一个行政单位，但仍是一个著名的地理名称。1831年布尔人开始侵入，1852年成立德兰士瓦共和国（又名南非共和国），经英布战争，1902年沦为英国殖民地，1910年成为南非联邦的一个省。

② Transkei：特兰斯凯，南非东开普省的一个地区，位于南非印度洋海岸，德班的西南方，莱索托的南面，西斯凯和伊丽莎白港的东北面，由两片互不连接的地区组成，面积4.7万平方千米，是种族隔离政策时期四个独立的黑人家园之一，首都为乌姆塔塔Umtata（现称Mthatha）。1976年宣布独立。1994年重返南非。其人种主要是班图语系的科萨人。这里也是曼德拉总统的出生地。

生命树的标志，常见于恩德贝勒地区陶器和小珠穿制的装饰品上

生命树的标志，常见于史前的班图洞穴壁画上

雕刻的乌木碗，在早期刚果，这象征着生命树滋养和孕育着动物。顶部的形状像一朵花，中空，由许多祭品炭化而成。现见于沃特金森收藏的古老班图雕刻品中

第二代人类的降生
或“你的磨炼，噢，阿玛拉瓦”
瞧瞧初代人类幸存者！

像其他初代阿玛利尔人一样，

美丽的阿玛拉瓦是长生不死的永生者，

除非故意用矛去刺死她，

抑或使她被凶猛的野兽吞食。

但是不像其他初代阿玛利尔人，

她并没有变得不能生育，

她也没有在飘浮着垫子和雪橇的世界里失去走路和跑步的能力。

当然，除了那些扎哈雷利国王创造的次人类外，

一群肥胖的人生活在华丽、梦幻的世界里，

连打哈欠都变成了一件费力的事。

唯有阿玛拉瓦遗世独立，

像一个丰乳肥臀、腰身纤细的女神一样，

傲立在那么多臃肿的、没有生育能力的、令人生厌的卑贱之人中。

人们嘲笑她，叫她野蛮人，

一个粗俗的、没有教养的原始人，

觉得她应该被赶出这座飘浮的金色的城市，

只配住在野人居住的洞穴里。

但是阿玛拉瓦的名字，

后来被班图人曲化为“Mamiravi”或“Mamerafe”，

意为“国之大母神”，

她丝毫不在意这些嘲笑。

阿玛拉瓦沉迷于创作，

在歌唱中，她嘲讽他们空洞的、无意义的、堕落的、自私的文明。

当国王扎哈雷利

为了对生命树发起最具灾难性的攻击，

聚集他那些金属矿石制的怪物时，
阿玛拉瓦独自站在她简陋的银色小屋门口，
无比震惊和入神地注视着，
一大群叮叮当当的铁质蚱蜢
和巨大的青铜制的毒蝎子
轰隆隆地快速移动，前往伟大广场。

像其他阿玛利尔人一样，
她已经知道了这无数个机器昆虫出发的目的，
以及他们打算攻击的对象。
她伫立在那儿，恐惧就像乌云一样使她蔚蓝纯洁的心灵变得黑暗。
“哦，不！”她低声说道，“哦，伟大的扎哈雷利，
这次，这样做，你做得过火了！”

然后，她忧心忡忡地转身，
并命令门自动关上，
她躺在她银色的飞毯上很快睡着了。

一连串的声音将她吵醒，
这是她这么多年来听到过的最糟糕的声音。

因痛苦而疯狂的尖叫声，
混合着胜利的咆哮声和战败的哭泣声，
好像整个城市都在惊涛骇浪中猛烈激荡。

阿玛拉瓦跳离她的飞毯，
与此同时，吩咐次人类用其穿的绿色短裙来包裹她的臀部。
待一切完成后，
这个红皮肤的女孩跳到小屋的门外，
却又以更快的速度跳了回来，
一名怒吼的比加奥尼女奴手持一支矛，
而这沉重的矛正从她的头顶划过，
从光滑的银色墙上反弹，发出一声巨响。

一群凶猛的比加奥尼跑向她的小屋，
挥舞着血淋淋的斧子和刀，
胆战心惊地摔倒在地的阿玛拉瓦注意到
每一个比加奥尼都在摆弄一个阿玛利尔人的头。
他们把这些人头当作石头
扔向那些试图乘飞毯逃跑的人，
弹无虚发，
伴随着尖叫声，这些试图逃跑的人回落到地上。

可惜甚至尚未落地，
就被定格在了矛上。

一个巨大的比加奥尼首先靠近了惊恐地蜷缩着的阿玛拉瓦，
这个比加奥尼看起来是这群人的首领，
他身上有许多十字伤疤，
这些伤疤来自在扎哈雷利的竞技场上数不清的决斗。
他抓住她的一条腿并把她举起来，
就像一个小男孩抓住小老鼠的尾巴把老鼠拎起来一样，
他的刀正要穿过她的身体，
一道炫目而神秘的银光闪过，
一个骇人的清晰声音隔空传来：
“不，不要杀她！放下那个女人！”

壮硕的野蛮人慢慢地把阿玛拉瓦放到了地上，
然后在那可怕的银色的幽灵完全凌驾于他之前，
他粗糙的膝盖已经跪倒在地。
其他比加奥尼暴徒奔向城市中心，
去寻找更多的屠杀对象。

当回过神的时候，

阿玛拉瓦看到了她生命中最可怕的东西。
凌驾于她蜷缩的身躯上的是一个发光的女巨人，
她比这座城市——
注定要灭亡的阿玛克·哈瓦瑞特最高的塔还高。
这个女巨人俯视着她和跪着的比加奥尼男人。
金光闪闪的眼中流露出对她的丝丝怜悯，
四个巨大的翠绿乳头颤抖着，
她张嘴说道：“一切，一切的一切注定灭亡，哦，阿玛拉瓦，
但我确保你将被赦免！”
阿玛拉瓦气喘吁吁地问：
“你，你是谁？”
“我是尼娜瓦胡·玛，圣母始祖玛，
生命树的妻子。”

阿玛拉瓦突然站起来，
从那个用手遮住丑陋的脸，
并且因为害怕而呻吟的比加奥尼男人身上跳了过去。
“圣母始祖玛，人类之母，伟大的女神——
所以这些传说是真的，它们自始至终都是真的！”
阿玛拉瓦眼里含着泪尖叫道：“原谅，原谅我们的不敬，圣母！

原谅，原谅并赦免您误入歧途的孩子们！
赦免被误导的阿玛利尔，赦免我们吧，女神！”

晶莹的泪珠从圣母始祖玛金色的眼睛中流出，
像雨滴一般落在死寂的城市里充满血腥味的街道上。
一阵啜泣好像使她高大银色的身躯被无形的致命炮弹击中，
女神慢慢地弯下身。
她的上方，闪电像火焰熊熊的标枪劈开孕育雨的云，
狂风在金色的街道上嘶吼，
街上散落着成堆的尸体，
就像渔民渔船上的鱼一样。

圣母始祖玛屈膝蹲在受惊吓的阿玛拉瓦面前，
闪亮的银色身影映照出死亡之城的金色圆顶，
就像青铜制的镜子或者深山老林中的池塘。
她有力的手紧紧抱住弱小的阿玛拉瓦，
而比加奥尼男人扭动身体大叫着，痛苦不堪。
然后她用一根银色手指的指尖，
去碰触阿玛拉瓦的两个乳头。
她又摸了摸阿玛拉瓦的臀部并把她扶了起来，
然后亲吻了她肚子的中间。

“人类之母！”圣母始祖玛喃喃说道，
“你必须生下新的人类，
在适当的时候他们将漫步在这片土地上。
你是我赦免的唯一一个阿玛利尔人，
你是这场大浩劫中唯一的幸存者，
我希望我能够赦免更多的我的孩子，
但是我不能，因为有个比我更强大的力量
命令我在所有的红皮肤人中只把你一个人拯救出来，
这个比我更强大的力量也命令我救出奥杜——
一个次人类，因为他将是你的伴侣，
是未来种族之父。”

（译者：葛莹敏）

阿玛拉瓦惊恐地瞪着这个次人类，
一股难以抑制的蔑视、仇恨和赤裸裸的厌恶像洪水般涌来，
席卷并彻底地淹没了她。
不会的，圣母始祖玛绝不会把她，
美丽的阿玛拉瓦，
配给这个臭烘烘的、丑恶的东西做伴侣！
不会的，她，阿玛拉瓦，

初代红皮肤人的女儿，
是绝不会与他结合的——
这个臭气熏得让人想吐的、没有灵魂的野兽，
这个国王从动物的烂肉里创造出来的野兽！

无法抑制的恐惧使得阿玛拉瓦发出一声尖叫，
她哭着恳求说自己宁愿立马被处死，
也不愿与这样卑鄙下贱的东西相结合，
像奥杜，一个比加奥尼，低等人中的最低等。
“我的孩子，”在呼啸不止的暴风雨之上，女神说道，
“忘掉你幼稚的感情，听从我的命令。
现在把你的手放在我的大腿上发誓，
你会照我现在告诉你的去做——
哦！剩下的时间不多了，
我必须尽早离开这个邪恶的世界！”

突然女孩的眼睛以一种奇怪而神秘的方式睁开了——
她窥探到了永恒之地的深处，
她看到了一团旋转的耀眼的有生命的蒸气，
闪耀得比最亮的星辰还要亮，
比夏天正午的太阳还要亮。

一个声音隐隐约约从遥远的地方传来：
“我命令——绝对服从！”

这声音，虽然微弱，却似乎撕扯着阿玛拉瓦身体里的每一根神经，
直到她搏动的每一根血管都痛苦地绞着。
“什么，那是什么？”她询问道。
“那是众神之神，全能的至高神——
现在是，过去是，永远都将是——最伟大的神灵。
我的孩子，我们必须服从他！”
“女神，圣母始祖玛，我发誓服从，”她叹息道，
并把她的手放在女神发亮的大腿上，
宣誓“我发誓服从！”

“再次发誓，我的孩子，
这一次把你的手放在我左侧下面的乳房上。”
她照做了，
发现她的手被女神身体的光辉灼伤。

“现在我要创造一条机器鲨鱼，
来带你穿越海洋，

在那里你将找到新的地方，
是地震后留下的一片安宁之地。
在那里，你和奥杜，将彼此相爱，
再一次让地球重新布满人类。
因为我了解你的固执，
所以我被迫采取措施确保你服从——
你用右手触摸了我，
结果被严重烧伤了——
我用手指烧伤了你的两个乳头，
也在你的腹部留下了一个烧伤的印记。
现在，每当你想要违背你的誓言时，
你被烧伤的那些地方就会给你带来无尽的苦痛，
一种你从未体验过的苦痛。
如果你试图逃离你的伴侣并躲藏起来，
我会给你三天的宽限期，在痛苦煎熬中，
苦痛就会逐步累积。
待三天后，
你的肉将腐烂，并从你的身上掉下，
但死亡永远不会来拯救你，
将你从永恒的痛苦中解脱。

现在我带你去看机器鲨鱼——
专门为你准备的交通工具，
还有我为你选择的伴侣。
孩子，愿你的乳房永远丰满，
你的臀部永远适合生育。”
这是阿玛拉瓦从圣母始祖玛嘴里听到的最后一句话，
就在那一刻，她摔倒在了地上，昏死过去，
因为这个痛苦的经历实在令人难以承受。

然后圣母始祖玛把注意力转向奥杜，
他卑躬屈膝，战战兢兢地伏在她的脚下。
这个可怜的生物，既算不上人也算不上兽，
让富有同情心的她感到深深怜悯。
但是当她把手伸向这个没有灵魂的东西时，
他因不可抑制的恐惧而发出一声沙哑的惊叫，
并向后退缩，嘟囔着像只被催眠了的大猩猩，
这个在特征上与他如此相似的生物。

“奥杜！”圣母始祖玛严厉地说，
“抬起头来听我说——我命令你！”
奥杜抬起了他那张令人作呕的脸，

布满血丝的眼睛茫然无神，
“你在这里见过这个女孩吗，奥杜，——你认识她吗？”
“是的……我见过她……可恨的红皮肤主人中的一个。”
“我把她交给你了，好好照顾她。
和她一起，你们要再次让世界上的人口多起来。”

奥杜愚钝的脑子不能理解这一切，
但他谦卑地表示同意，
他是一个忠实的奴隶。
第一次，在他的生命中，他试图自己思考，
却变得比原先更困惑。
他笨重的身体因实实在在的恐惧而颤抖，
他有了逃跑的冲动，
想逃得既快又远，
凭着他巨大的腿。
他知道他杀了扎哈雷利，
可恶的主人里的首领，
还有其他很多的阿玛利尔人，
但他真是完全不明白，
为什么他所做的一切不仅能免受惩罚，
而且反过来，现在他还被亲切地吩咐去照顾好最后的幸存者！

圣母始祖玛突然变出一张巨大的网，
把两个吓坏了的生物捆在一起。
一恢复意识，他们便紧紧地抱住对方，
乘着机器鱼，穿越海浪。

这座巨大的城市，
在他们身后倾覆沉没。
这条机器鱼冲破翻滚的浪花向前行进，
开辟了一条满是浪花泡泡的路。
大海仍然是肮脏的，
它刚刚吞噬了整个大陆和数以百万计的兽类和人类，
无情而动荡不停的波浪涌起浓烈的气味。
而天上，云朵还在继续飘荡，
伴着雷鸣，射出一道又一道闪电。

当阿玛拉瓦真真正正意识到她是最后一个活着的人类时，
她开始号啕大哭，
一刻不停地哭了整整三天。
他们飞快地穿过大海，
她也慢慢地平静了下来。

夜幕降临，月亮挂在被摧毁的地球上方微弱地笑着。
翻涌的波浪变成了银色的液体，
而这条机器鱼仍然片刻不停地向东游去。

太阳升起，光芒四射。
白日之歌被轻声低吟着一段没有歌词的旋律，
掠过罪恶的水域和裸露的山脉。
兽类和人类的生命完全消失了踪迹。
时不时地，阿玛拉瓦看到冒着泡泡的海面上浮出几块岩石。
这个她生活过的土地上所有的一切，
现在都被淹没在没有激情的海洋之下。
阿玛拉瓦像候鸟一样不知道度过了多少天，
只意识到她的身体和灵魂都很虚弱。
她觉得自己像一株失去了根的植物，
像漂浮在时间之河的水面上的木头。
在一个疯狂的宇宙里，她孤苦无助地哭泣，
哭到再也哭不出来为止。
在她的脑海中有一个想法，
那就是她所知道和所爱的世界，
据她所知，已经永远灭绝了，

未来就像一个丑陋的幽灵在逼近。

阿玛利尔之诗已经被吟唱到了最后一段，
现在命运之鼓响起，又一首新诗开始了。
母株枯死了，但它却在霉菌中播下了一粒种子，
很快就会长出一株新的植物，
这就是自然法则。

（译者：林　岚）

在格罗格和奥杜之间

机器鱼从水中跃起，
停在巨大河流的入口处，
即那个被后代称为刚果（布）河的地方，
它停顿了足够长的时间，
足以让疲倦的流浪者们
扑通一声，落在长满青草的河岸上。

自他们踏上坚实的地面起，
到现在已经是第二天的夜晚了。
阿玛拉瓦正躺在奥杜建的一间凉爽的小屋里，
这间小屋建在又高又结实的柱子上，
而柱子深深地插入河的泥沙里。

随着夜幕降临，
她看到了黑暗笼罩下的壮丽景色，
她可以透过巨大的河面
看到对面层层叠叠的森林和一只小舟。
奥杜正打猎归来，
森林因各种声音而充满生命力，
芦苇荡里的水鸟声，
远处狮子的吼叫声——
无畏的挑战正在逼近的夜晚。

这个事实，她是这世界的一部分，
一个奇迹般地幸免于灾难的世界——
这被野兽统治着，没有被人类玷污的世界，
并不使阿玛拉瓦感兴趣。
她仍然是眩晕的，
而且无法关心太阳是否从东方升起，从西边落下，
就像智者们所描述的那样。

她正在和自己激烈地斗争，
她内心的情绪像一口冒着臭气的大锅，
美丽的自己是否该屈服于奥杜是她最大的烦恼。

她对这个次人类物种极其憎恨，
但她又同样极其害怕因为违背决定未来人类命运的誓言
而招致女神的不悦。

但是人类的本能往往比来自上天的千个指令更强大，
要不是为了大千世界，她才不会妥协去和奥杜共枕。
而后她突然想到一个让她热血沸腾的绝佳主意，
要是……如果……奥杜死于非命——
狩猎时的一个致命意外！
那么女神就绝不会
因为她丑恶伙伴的意外死亡而责怪自己了。

假设奥杜的木舟底部被钻了一个洞，
又被故意塞上了可溶的橡胶……
当她想到奥杜不会游泳时，
她的眼睛里燃起了奇异的火花。
但是之后她又想到了一个更好的主意——
一个非常简单的主意，
这不禁让她惊喜不已。

奥杜爬进了小屋，

背后扛着一头黑斑羚。
他谦逊地把猎物展示给他的女主人，
他还不能把她当作伴侣。
阿玛拉瓦一边唱歌一边剥皮，
把肉切碎当晚餐。
她的手微微颤抖着，
因为难以压抑的兴奋。
不久，不久后她就自由了，她想着，
她将摆脱这个笨拙又丑陋的怪物，
完全不在意他也是个活物的事实。

最后当他们吃得尽兴了，
她生硬地命令奥杜去睡觉。
奥杜立刻照做了，
除非得到指令，否则他什么也做不了。

有段时间，她抱着膝盖坐着，
直直地盯着在小屋中间平石板上燃烧着的火苗，
然后起身去添柴，
她并未在意那从石板上溜到地板上的小火星。

火星接触到铺满草的地板后立马烧了起来并迅速蔓延，
她跳着脚冲出门外，
一到干地上，她就像头正在被猎捕的黑斑羚一样猛地穿过树林，
一颗心怦怦直跳。
当她停下来转过身，
看着那在黑夜中熊熊燃烧着的火焰，
“他死了……至少他现在肯定已经死了。”
她深吸了一口气，“那令人厌恶的畜生——我自由了！”
穿过丛林，她用尽全力地奔跑着，
迅速地拉开她和她的罪恶之间的距离。
不久她闯入一片没有树的小空地，
与数十双发光的眼睛来了个面碰面。

借着月光她认出了那些狮子，
比它们的上一代要大两倍——
她僵立在那里一动不动，只能眼看着
那头最大的有鬃毛的狮子低伏着身子向她走来。
它闻了闻她的肚子，舔了舔她的臀部，
有那么些恐怖的瞬间
狮子还和她深深对视了。
伴随着一声深沉的带着迷惑的低吼，

它慢慢地转过身去，
带着狮群很快离开。
经过一番深思的阿玛拉瓦才明白
这些狮子从来没被人类骚扰过，
而且那老狮子的行为也完全是出于好奇。

在有了这颇为有趣的经历后，
阿玛拉瓦在莫帕尼树上睡了一晚，
她可不希望再次邂逅像狮子那样的四腿部落。
她在黎明时分醒来，疲倦万分，
但是饥饿迫使她到树下来寻找食物。
当她在吃无花果时，
突然，疼痛从她的右手、乳头及腹部袭来，
像被蝎子蜇了一样，
她痛苦地在地上扭动，
但是疼痛每分每秒都在增加，
最终累积到她无法忍受的强度。
透过紫色的雾和难以忍受的疼痛，
她想起了女神的话。
她想起了……她记起了！
她如今非常清楚地意识到

她那晚的举动不是意外，
而是直截了当的谋杀！
被疼痛逼疯了的她冲入森林，
希望再次寻找到被烧毁的小屋，
但是因为失去了方向感，
她迷失在了原始的荒地中。

最后，她祈求圣母始祖玛的饶恕，
但是蓝天始终保持着无情的沉默。
在疼痛的驱使下她再次往前冲，
误闯进了一个她以为是被烧毁的小屋旁的湖。
她不停地叫着奥杜的名字，
她又向前猛冲了一下，
竟是从一个垂直的悬崖上掉了下去，
在悬崖底部她落在一棵树上，
然后陷入了昏迷……

有三个怪物……
一个比一个可怕；
像噩梦折磨着发烧的人……
他们都靠后腿站着，

前腿交叉在他们浅绿色的凸出的腹部前。
他们比平常人要高，
他们的腰围也相当惊人，
综观全世界，
他们看起来像青蛙和鳄鱼的杂种。
当阿玛拉瓦的意识慢慢清醒时，
他们正盯着她看。
当察觉到自己在一个潮湿难闻的洞里被如此巨大的怪物们包围时，
她虚弱地惊叫出声。
她尝试着站起身，
但是被其中一个怪物推回到了潮湿腐烂的芦苇床上。
最大的那个怪物张开了他那可怕的嘴，
发出来的声音难听至极。
第二个向他问了一个很简单的问题，
第一个答道：“格罗格（Gorogo）!”
说着，他离开了洞穴，
留下另外两个守着这个女人。

回来时，他向他的朋友们介绍了
比他们还大一倍的第四个同伴，
他系着一条用芦苇制成的腰带，

戴着一条鳄鱼皮做的头巾。
“他们的首领，”阿玛拉瓦想着，
“一个颇有头脑的种族——他们竟然还有首领!”

格罗格，一个濒临灭绝的聪慧卓群的蛙人族首领，
低下头看着他们奇怪的俘虏，
寻思着要做什么。

他们把她划到动物类，很明显是雌性，
但是格罗格并不理解，
为什么圣母始祖玛在她其余族人都灭亡时
单单救下了她。
一个想法慢慢冒出来，
可能圣母始祖玛送她来拯救一个濒临灭绝的种族，
通过她繁衍后代，
这个种族将使世界再次充满生气，
并成为一个能够主宰世界的种族。

当格罗格透过时间的迷雾一样的面纱瞥见未来时，
他的灵魂都充满了战栗。
他看到他眼前的种族

至高无上地统治着世界，
消灭了从丛林到大海的所有其他动物——
他看到这个种族损害了自己的命运，
反目成仇，
在这令人叹服的大地上，
像残暴的野兽般自相残杀。

随着一声嘶哑的蛙鸣，
首领快速地召集他的长老们去议事，
讨论一直持续到深夜。
到底该拿这个古怪的雌性生物怎么办？
大家提了很多建议，
都是要直接灭了她，
但是最后他们都认识到：
通过她，他们也许能够拯救自己的种族！
他们自己的雌性最近都绝育了，
他们的首领应该有这个荣幸……
全体一致投了赞成票。

但是在他们热烈讨论时，
阿玛拉瓦已经幸运地逃跑了，

等他们得出结论时，
她已经离他们很远了。
但是她的自由非常短暂，
日落前她就被他们再次捉住了。
蛙人们押着她回到格罗格的洞穴，
逼她在那和他成婚。

印达巴，我的孩子们，现在你们明白了“青蛙新娘”是什么意思了吧——
在这片黑暗的土地上，
从豪萨（Xhoza）到巴干达（Baganda），
“青蛙新娘”意味着强迫的婚姻，
一个女孩被逼迫着嫁给一个她不爱的人。

神圣的传说告诉我们，阿玛拉瓦成了蛙人的皇后，
没过多久产下了大量卵，完成了她的使命。
从这些卵中孵化出了黄褐色皮肤的像蛙一样的人，
狡猾的小无赖们——
布须曼人和俾格米人。

第三年，蛙人们遭遇了灾难。

那时候所有人都仅需一年或者三年时间就能长大。
阿玛拉瓦的后代都已长大，适合去打仗了。
阿玛拉瓦像往常一样因为疼痛而无法入睡，
蛙人们给她开了一种奇特的根须药粉，
但是也没有多大效果。

她正躺在洞穴里，远眺着湖，
和那古怪的蛙人们的半浸在水中的村庄，
当耳边传来混着垂死的蛙人的叫喊声时，
她意识到一场战斗正在进行。
她的后代用弓箭武装着自己，
弓箭末梢涂满了致命的一沾就倒的毒药。
只是不消多时，蛙人们就被打败灭亡了——
最后倒下的是格罗格，他们的首领。

于是这样一个几近完美的，
几乎像卡乌拉鸟一样完美的种族，
灭绝了，
而不完美的人类却成功回归了，
愚蠢，又有破坏力的杀人狂们。

我的孩子们，我们部落的智者虔诚地诅咒那一天，

人类踏足地球的那一天，

他们坚信整个宇宙将永无宁日，

如果人类像令人恶心的麻风病一样在这个地球上蔓延的话。

阿玛拉瓦已经变得像蛙人一样聪明了，

当她看到人类无休止的屠杀时，

她的悲伤无边无际。

她提高声音，召唤此刻正鬼鬼祟祟地在受害者的土屋中走动的杀人魔们，

“从里面出来，你们这群肮脏的东西，过来听我说。”

他们走出来，站在远处——

一群野蛮无耻的乌合之众——

外貌和举止比饿得去偷去抢的狒狒还要糟。

阿玛拉瓦感到仇恨的火焰在熊熊燃起——

愤怒和伤痛让她说不出话来，

当她终于能开口说话时，她用恶毒的语言对她的子女们厉声诅咒道：

“快滚，你们这些恶心的小杂种……

从今往后，你和你们可怜的后代将会一事所成，

永远都只是流浪汉和小偷，
一辈子都在偷窃和欺骗中度过，
永远不会进步，不会比现在过得好。”

（译者：卢晓雨）

他们疯狂地逃进了森林。
阿玛拉瓦离开了蛙人的山谷——
那里很快就消散在历史的薄雾中。
她不知道她接下来要去哪里，
也无法顾及太多，
因为疼痛变得如此厉害以至于她宁愿死去，
但是那位更强大的神灵总是打消她自杀的企图。
几天，几个月，她毫无目的地四处游荡，
靠吸食奇特的植物根须药粉止痛，
直到有一天她正站在一处制高点，
一只巨大的手紧紧地抓住了她柔软圆润的肩膀！

她转身与那只大手的主人面对面，
却看到了那个她以为早已经被她谋杀了的生物。
她认出来这正是奥杜，那个次人类，

这当然让她感到万分惊讶。

奥杜解释说，他外出狩猎时遇到了圣母始祖玛，
从她那里得到一个警示，
她已经明白了阿玛拉瓦的心思并看穿了她的狡猾计划，
于是示意他假装沉睡，以此逃脱。

他们说着话，
阿玛拉瓦感到自己很幸运
能回到她所认识的这个真诚的朋友的身边，
她感觉她所有的痛苦都消散在风中，
她突然再一次感受到年轻与自由。

奥杜把她像个孩童般举起，
带着她离开森林——
他丑陋的脸上挂着难看的微笑。
但是至少比格罗格好看，她如是想。
他一直走到栅栏前才停住步伐，
这栅栏是他造起来保护他的新村庄的。
在最大的一间小屋中，
他把她放下来，让她躺在一堆狮子皮上，

温柔地喂她食物。

后来他们穿过了森林，
经过圣母始祖玛的巨大神像，
那是奥杜用砂岩雕刻的，
最后终于到了他停靠在河岸边的独木舟。
她看到了一些露出水面的竹竿，
意识到这是她烧毁的小屋。
奥杜跳入河中向着这些竹竿游去，
从其中一根中取出一样神秘的东西，
这是一块雕刻得精美绝伦的乌木，
形状像用来掌舵的划桨板，
上面的图案和画像让她着迷，
她迫切地想知道这背后的寓意。

奥杜没有解释什么，
因为他知道她很快就会知道谜底——
带她回到那座神像那里，奥杜突然做了一件他从未做过的事情！
他伸出手臂环着她，
硬拖着她穿过圣坛，

然后用那个特殊雕刻的划桨板，
狠狠地打她的屁股。

这个举动被一阵银铃般的声音打断了，
圣母始祖玛忽然出现在他们面前。
她示意奥杜打得差不多就可以了，
给她留点没被打烂的地方让她能够坐在软垫上。
“过了这么久，你总算回来了。
我希望你也长记性了，我的孩子。
没有人可以违背神的旨意。
现在我希望你能够执行我早已下达的旨意。
而你，奥杜，记得毫不手软地用好你手中的那块板，
如果她还想要什么花招的话。”

圣母始祖玛慢慢地消失在空中，
而他们俩还维持着祈祷的谦卑姿势。
之后他们又一起穿过森林回到小屋，
只留两只蝴蝶停在神像上。

（译者：潘澜轩）

花蕾慢慢地绽放

传说阿玛拉瓦这个永生又美丽的女人回去后，
便和她的伴侣奥杜一起过着幸福的生活，
千百年不变。
在这段时间里，
他们有了五千个健康的儿女。

部落中的智者也认为
阿玛拉瓦并不是通过分娩产子，
而是像最早的阿玛利尔人一样，
产下水晶蛋，再用一个月的时间来孵化，
这些孩子在两年后便能成年。
情窦初开后，父母便让他们自立门户，

与精心挑选的伴侣成双成对自谋生路；
很快他们就变成了祖父母，
变成了拥有千千万万个子孙的先祖。

这些新的孩子被称作第二代人类。
他们的长相如何呢？
从传说来看，他们和现在的班图人极其相像。
他们有的长得跟用了很久的锅一样黑，
有的则是棕色的和偏黄棕色的；
有的就像栅栏门柱那样高，
还有的则像灌木丛那样矮；
有像芦苇那样瘦的，
也有像天下公认的神偷的包裹那样胖的。
有些是白痴——
傻瓜也好，笨蛋也罢，
很少有聪明的！
总之，我的孩子们，他们像极了现在那些困惑糊涂的人类！
初代人类曾经有着统一外观的时代过去了，
连同初代人类原本可以实现的尽善尽美一起。
如果当初他们被引导得好的话，
那么现在的他们不仅会面貌不同，

想法与灵魂也将不同。
曾经大家差不多都是一样完美的，
而现在我们有了分化。

千百年来我们的奥杜和阿玛拉瓦——
现在称她为马米拉维（Mamiravi）或者国之大母神，
看着人类的萌芽一点点成长，
最终绽放为鲜艳的花朵。
他们努力着，就像起初作为慈爱的父母亲那会儿一样，
将分化割裂开来的无数子孙后代融合成一个和谐的整体。
当分化的后代中发生争端时，
他们提出建议——他们悉心教导，公正评判。

最后奥杜厌倦了这样的生活，
并且产生了一种复杂的自卑。
奥杜，伟大的神——越来越意识到自己平凡的过去，
这使他萌生了自杀的念头。
他知道这需要精心的筹备，
因为长生者是不死不灭的，
除非他自己彻底毁灭自己，
直到无法治愈的地步。

所以有一天，当所有人都上床睡觉时，
他的身影没入了沉郁的黑暗中，
他开始了漫长的东行——
足足走了一百多天。

最后他来到了一座活火山——
现在白雪皑皑的乞力马扎罗山，
并急切地迈开大跨步，开始攀登这灰色的陡坡——
他选择作为葬身之地的地方。
火山口的烟雾熏红了他的双眼，窒息了他的双肺——
还有那炽热的火山灰令他的肌肤起了水疱，
但是他坚定不移地继续着他的攀登。
他终于在山顶停了下来，
在令人窒息的浓雾中，
带着对圣母始祖玛和生命树最后的祈祷，
他优雅地俯冲进其中一个炽热的火山口中。

奥杜，这个没有灵魂的生物，逝去了，
离开了这个不属于他的世界，
但是作为第二代人类的父神，
他长存于这个世界。

远在西边的孤独小屋中，
阿玛拉瓦感受到她丈夫绚烂的死，
在痛哭声中，她紧紧抓起了一把铜匕首，
狠狠地刺向了自己的前胸，
但是那柔软的铜的刀面却被她的胸骨抵挡。
带着自杀未遂的沮丧，
她尝试着向尖锐的矛冲去，
依然未能成功。

那个叫作祖玛格韦（Zumangwe）的猎人，
和那个叫作马林巴（Marimba）的歌手，
她的后代中最年轻的两个人，
冲进小屋并制止了她。
“不！”马林巴哭喊着，黑木般的胸部起伏着，
“不，您不能带走您的生命！
我们不允许指引我们前行的星星黯然失色，
从空中坠落——
如果您不再燃烧，
不再化身为我们前行的火把——
又有谁能够指引我们避开错误的旅途，

在这条荆棘之路中
坚定地通向生命的山谷?”

黑美人马林巴如是说道
——我们所有的部落歌手都是她的后裔。
初代班图诗人也曾说，
他们的歌喉就是春天的声音，
据说他们的歌声甚至能够让孤傲的群山流泪。
她有许许多多传奇，
多得就像旧地毯上的虱子，
像狗后背上的毛发般数不清。
也许有一天——得到众神的允许——
我也许能够告诉你们马林巴的传奇，
我的孩子们。

祖玛格韦和马林巴抓住了阿玛拉瓦破损的躯干，
束缚住她的双手与双脚，
谨防她再一次尝试自杀。
但是那悲痛欲绝的永生者只用了一个锐利的眼神就冲破了镣铐，
尖叫着冲入了森林中，

去寻找她的挚爱奥杜！

祖玛格韦和马林巴拉响了警报，
很快男男女女的军队喧嚷着进入了热火朝天的追赶中，
追随着他们先祖的步伐。
“来吧，我的兄弟姐妹们，”
马林巴用她那迷人的歌喉唱道：
“让我们像猎狗一样紧紧追赶着她的踪迹——
如果她去世的话，我们将失去所有，
就像风暴中的树叶——
就像年幼的黑斑羚被狮子吞食了母亲——
而我们将承受更大的痛苦，
如果我们没能挽留住她的生命。”

传说中加入追逐队伍的人数有八万多，
他们沿着刚果河追逐，发现了一个痕迹，
是她受伤的胸上滴下的血液。
英勇的猎人祖玛格韦
和他年轻的妻子马林巴，
坚定地带领着追逐队伍
徒劳地追逐着阿玛拉瓦，

而阿玛拉瓦现在踉跄地跌跌爬爬，
领先了他们一天的行程。

两个月后，其中一个追逐者发现了一条惊心的线索，
这使他们毛骨悚然。
还有其他生物在追赶着阿玛拉瓦——
一个非常巨大的生物，
因为他们从遗留的脚印中可以看出——
像是秃鹫，
却又形体巨大。

他们现在需要一个新的策略。
追逐队伍就此停下了步伐，建造起一个防御性的村庄，
而两个领军人物则和其他人一起组成一个小的更灵活的巡逻队。

（译者：潘澜轩）

三天后，他们找到了阿玛拉瓦，
她疲惫地躺在一片处在一条宽大河流中心的泥滩上。
大河正发着猛烈的洪水，

人们没有任何方式可以靠近她。
马林巴悲痛欲绝地喊着：
“哦！人类美丽的星辰！
哦！人类的母亲！
我们怎样做才可以帮到您呢？
看！我们就这样站在这里，
如同一只被叼在麝猫嘴里的飞鸽一般无助。
我们唯一的祈愿就是能站在您的身旁，
您觉得有什么我们可以为您做的吗？”

“你们无能为力啊，我虔诚的孩子们！”
她的声音几乎被巨大的洪水声给掩盖了，
“我最后的愿望，就是孤独而平静地死去。”
“国之大母神啊！”马林巴喊着，
“这就是您牺牲自己的方式吗？
这就是亲爱的您抛弃我们这些可怜的孩子的方式吗？”

他们没能听到阿玛拉瓦的回答，
随即传来的是一声令人惊恐的飞溅声——
远处一个庞大的怪物逆流而上，
又在一团水雾中重新沉回了水底。

马林巴也立即钻入水中，
想要先到达那片泥滩，
可惜水流远比她的勇气来得猛烈，
她毫无反击之力，
又被打回了下游。
她屡战屡败，
但仍反反复复不顾一切，
试图吓跑怪物。
祖玛格韦趁机指挥他的部下向河对面发起飞石之战。

所有的努力，
一群人矛箭纷飞也好，
马林巴一次次勇敢而且几乎要成功的尝试也好，
都没能从洪水的另一边救出阿玛拉瓦，
他们只能无助地看着这一切发生，
一个无人曾经历过的令人胆战的景象。

阿玛拉瓦已经注意到了怪物的接近，
在巨大的恐惧中，
她还是使出了全身的力气，
尖叫着一头扎进水中，

但几乎就在同时，她被怪物快速地抓住了。

“放开她，你这个卑鄙的转世恶魔！”

马林巴绝望地大喊着。

接着让所有人都震惊得屏住了呼吸，

这个可怕的怪物静静地转过身来。

“可怜你们这些无知愚蠢的人类，

你们到底是有多感情用事！

我除掉这个你们所认识的阿玛拉瓦，

完全是出于对你们安全的考虑，

是为了你们好！”

怪物缓缓说道，

“你们太盲目相信外在的形式，

特别是那些肤浅的外表。

什么时候你们混沌的大脑能够学会欣赏那些内在美的东西啊！

任何事情总有你们眼睛看不到的一面啊！”

“啊！”作为唯一一个还能开口说话的人，马林巴哭喊着，

“你难道要告诉我们阿玛拉瓦不是她外表看起来的那种人吗？”

“是的。”这个会行走的怪物回答道。

面对这个怪物，马林巴实在控制不住自己了。

“哈！你不仅是一个和污水池一样污秽的怪物，
还是谎言之父！”

“女人！我只说真话——
这个你们所认识的叫作阿玛拉瓦的生物，
同时也是一个恶魔的新娘，一个背叛女神，
她背叛至高神已经好几百万年了！”

当马林巴听着看着时，
怪物魔掌中阿玛拉瓦瘫软的赤裸的形体开始慢慢地发生变化：
她红色的皮肤变成了金色，
带着金属的明亮感；
第五个乳房长了出来，
像红宝石一样的乳头挺立着，
就如荒凉原野上的蚁丘；
还有她那曾经柔和又清澈的双眼，
变得如同绿宝石一样冰冷；
她的手上甚至生出了第六根手指，
十二根手指上挥舞着如剃刀般锋利的坚硬指甲；
她的背后冒出了狮子的尾巴，
蜷曲得像一条金鞭子！

她的火红的舌头像把叉子，
伸出来舔了舔她那如生铁般的嘴唇。

“崇拜她呀！敬仰她呀！”
怪物喊着，把她举了起来，
“追随这样一个邪恶的生物！
她不仅欺骗了你们，
还欺骗了圣母始祖玛。
看看这个被你们称作阿玛拉瓦的东西吧，
为了她你们都准备不惜牺牲自己的性命了！
看看这个你们曾经崇拜的阿玛拉瓦，
现在已经转世成瓦塔玛拉卡（Watamaraka），恶魔之母了！”

在怪物和他的俘虏消失在一道神秘的火光里时，
马林巴看到了阿玛拉瓦的脸上露出了一丝轻蔑的冷笑：
“有一天我会回来为我自己复仇的，
所有的活物都给我等着！
我会回来的……”

夜幕已经降临，祖玛格韦和他的部下到达了他们的新村庄，
这个国度的第一个村庄，后来取名坦加尼卡（Tanga-Nyika）。

祖玛格韦下令所有看到事情经过的人不准向外透露一个字。

他们都同意遵守一个虚构的说法，

那就是：寻找阿玛拉瓦的行动失败了。

她的身份的秘密被这些人带进了坟墓。

祖玛格韦希望阿玛拉瓦这个名字能够永远为后代所尊敬和仰慕。

现在，你们所有人，我亲爱的孩子们，

从某种程度上继承了阿玛拉瓦的分裂人格。

那就是在你们每个人身上，

都有两种不同的并且长期处于抗争中的品格——

善良与邪恶。

（译者：孙欣然）

龙之后代

辛巴（Simba）这头狮子已经又老又弱了，经常因为饥饿与沮丧而狂躁。没有什么比一头曾经凶猛的野兽发现自己渐渐屈服于年岁的压制更加糟糕的了。并且，在一片充满敌意的森林中，年老是最沉重也是最终的劫数，它可以降临在任何一个生命头上，无论是狮子，还是羚羊。

羚羊通过感受年老所带给它们敏捷肢体的虚弱感，了解到它们的生命之泉已经走向干涸。它们知道对于它们而言，死神已经到来，因为当所有羊群狂奔着脱离狮子的威胁时，它们迫于无奈落在后头——甚至成为一只最没有经验的年幼的小狮子轻而易举可得的战利品。

狮子感受到衰老的冰爪渐渐麻木了它曾经强有力的肌肉，时间这个老妇人让它的头脑混沌，双眼黯淡。狮子不可避免地意识到，它抓到的这只黑斑羚已经是它的最后一只猎物了，对它而言，生命之光只剩下了一簇闪烁着金、红、紫色的火焰了。

因此，狮子辛巴正躺在距离一条缓缓流淌的河流不远的一棵年轻的穆莎拉吉树下，河流被一堆窸窣作响的杂草包围，在河流之中有一群正在慵懒沐浴的水兽，它们的庞大身躯就像是水波粼粼的河流中光滑又闪耀的石子。

一只水兽抬起了它丑陋的脸，打了个大大的哈欠，露出它的钝牙，轻蔑地对着虚弱而行动缓慢的狮子。落日的余晖洒在这头狮子的脸上，慵懒的微风轻轻地撩拨着它的鬃毛，透过高高的杂草丛，几乎看不到它的脸。

在河周围的草丛中，有什么东西动了一下，一只神圣的火烈鸟探出了头，呼吸着森林里的芳香空气，缓缓地拍打着它粉白相间的翅膀，飞到河流的另一边，去找它的雌性同伴了。但狮子辛巴没有看到这一切，在它眼里这片森林已经丧失了魔力。银光闪闪的河流和水兽，火烈鸟和淘气的水獭都失去了它们的魅力。它唯一能够听见的声音便是从它渐渐缩小的胃里传来的饥饿的响声。它唯一能够听到的音乐便是从它笨拙的脑子里传来的像暴风雨一般嘶吼着的饥饿之歌。

啊！狮子辛巴愿意付出它的眼睛，甚至它的这条命，就为了吃上一口哪怕已经死了三天的羚羊的肉。任何东西，不论多么腐烂或是肮脏，就是一具爬满虫子的臭尸，都比等着饿死要好。纵然徒劳无功，老狮子还是期待着哪怕有一只瘦弱残疾的羚羊可以送上门来。它已经整整三天没吃东西了。

看到那些老黑斑羚或老斑马越老却能跑得越快，这实在有些残忍得让狮子辛巴难以接受。为什么这些悲惨的生物如此奇特？难道它们不知道它们只是为了满足狮子的食欲而被创造出来的吗？一群斑马的画面快速闪过它忧愁密布的混沌的脑子。诅咒这些有条纹的过于肥胖的卑劣的畜生！至高神为何要给予它们如此敏捷的腿呢？

老狮子的思绪突然被什么打断了。那些想法如同日出前的迷雾，渐渐地消散。老辛巴抬起它受伤的头，并做好了准备。有什么东西正向它走来……

根据多年艰辛经历积累下来的警觉，辛巴垂下它伤痕累累的脸，透过甜象草看外面的情况。它深吸了一口气。恩哈！毫无疑问——有一股奇怪的香气传过来并且愈加浓烈了！这个东西过来还要些时间。但有一点老狮子可以肯定，来的就是它的食物！老狮子突然有了源源不断的新鲜活力，如同它的脊柱上流动着燃烧液。它兴奋的尾巴开始变得坚硬，一声满足的低吼使它苍老的胸脯鼓了起来，它不由得向前，但又因为多年的经验突然停住。绝不能让这个正在接近的猎物知道它的存在！安静……绝对安静……

狮子等着它的猎物，好像时间的长河都静止了，森林、河流，以及周遭的一切，突然有种奇怪而又虚幻的味道。紧接着，它们悠闲地闯进了狮子的视线，慢慢地踏进了甜象草里……是人！

他们是两种不同的生物——男人和女人。老辛巴眯起了它黄色的眼睛，注视着他们的到来。人类在这里无所顾忌地游走，好像整片森林，所有的树和这条生机勃勃的河流，都是他们的。

（译者：孙欣然）

他们正以万物领袖之姿踱着步。狮子辛巴冷冷地注视着他们，把他们的一举一动都深深刻画在脑海中。当他们越走越近时，他们的气味在它警觉的鼻孔里愈加强烈起来。

这个女人是美的精灵，美的化身。她是完美中的万里挑一，她不只是单纯的美丽，她如一块热石散发暖热那样散发着完美的光芒。等待中的狮子辛巴能够感受到这个女人的美丽和她灵魂深处的美好。它注视着女人精致又美丽的脸庞，注视着她椭圆形的脸和饱满的额头，注视着她清澈明亮的眼眸——那眼眸此刻正好奇又纯真地看着这个世界。它注视着那完美地安置在她正微笑上扬的双唇上的小巧的鼻尖和鼻孔。一定是哪个淘气的女神把她的嘴唇创造成这般诱人的模样，仿佛为捕兽而设的陷阱，捕获着男人们的嘴唇。

她是最玉洁冰清、最尽善尽美的化身。那些心灵手巧的女神一定花了很长时间来悉心雕琢她身体上的每一处凹凸。她这奇迹般的美丽一定是由深棕色的穆莎拉吉树雕刻而成——一座完美的由上好的黑檀木雕刻而成的雕像。

她的衣着质朴：她穿着一条带有贝壳滚边的深色豹纹裙子，红铜手镯和象牙在她的手臂上舞动，一条光芒璀璨的铜项链在她优美的颈项上闪耀，那长方形的链坠上仿佛刻着智慧的奥秘。她的秀发被梳成了两个髻，垂在耳垂旁边——这种发型被称为“猞猁的耳朵”，是部落历史上最古老的一种发型。圣洁的贝壳点缀着她柔软的发丝，一根精致的象牙在她的秀发里若隐若现。

老狮子当然并不知道这些，但它正注视着这世上最负有盛名也最美丽的女人——马林巴，奥杜和阿玛拉瓦——那个无与伦比的女人，即国之大母神——的女儿。它正注视着这个编写出部落里最古老也最美丽的歌谣、创造出数不胜数的乐器的女人，每一件非凡的创造都注定要将她的名字以某种形式传颂——马林巴，音乐女神。

那个男人高高瘦瘦的，但很强壮。他的脸谈不上英俊，但是刚毅又威严，他身体的其他部位也给人这种感觉。如果说他身边的女人是美的化身，那么他便是力量和忠诚的化身。一条未经加工的皮毛围在他充满力量的臀部，他的头上缠着一张巨蟒皮，柔韧的脖子上挂着一条由鬣狗牙制成的项链，一个孤零零的手镯在他的右前臂上发着光。他左手握着一个简陋的水牛盾牌，右手握着一根沉重的木鱼叉，鱼叉的尖顶装着长颈鹿的一根小腿骨。他之所以带着这样奇怪的武器，是因为在那个时候部落还没有掌握从铁矿石中淬炼出硬铁的秘诀。这个秘诀在这之后很多年才被异乡人（The Strange Ones）带到这片土地上来。在这个时代，我们的祖先只知道“铜”这种金属，但铜过于柔软，无法被用在武器上，只能用来作为装饰。

两个人越走越近，老狮子静静地等待着。周围的森林和河流看上去仿佛消失了，老狮子的眼中只剩下这两个人。它注视着他们，无视于其他一切。

它注视着这个男人，虽然这个男人的目光每时每刻都追随着那个女人的令人着迷的脸庞。它注视着这个男人，只见这个男人茫然地看着这个世界，仿佛一只黑斑羚被巨蟒缠绕那样无措。它注视着这个男人，看见他温柔地对女人微笑，那笑容是如此让人心安，他轻柔地对女人说着话，仿佛在试着驱散笼罩在女人眉间的哀伤。老狮子能够感受到一种哀伤牢牢地笼罩在女人心头，就像乌云笼罩在圣洁的雪峰上一样。

渐渐地，老狮子辛巴明白过来，女人是在尝试着催促男人与她一起返回，而不再深入森林。这个不同寻常的女人感知到了危险。突然，令两个人恐惧的一幕发生了，这也正是老辛巴一直等待的绝佳机会！一只苍巅之鸟——老鹰，原本正在高空盘旋，而现在，这个风暴的主人正从瑰丽的天幕俯冲下来。老鹰半展着双翅俯冲下来，它那锐利的双爪已经为它敏锐的眼神所盯上的猎物张开，它直直地掠过了这两个惊恐的人，双翼煽起了令人恐惧的狂风。它俯冲进左边的高树丛，转眼又冲上了云霄——一只孱弱的小羚羊就只能惊恐又无力地挣扎在它锋利又残酷的双爪下。

两个人被吓得根本无法动弹，像是被眼前残酷的暴虓景象惊呆了。老辛巴蓄起了它全身的每一点力量，即使这力量随着年龄正飞速地流逝，它已经做好了进攻的准备！

马林巴感受到一股强大的力量撞击了她的头，把她卷掠到地上，让她直接坠入无意识的深渊。她甚至看不见她无畏的丈夫猛扑向狮子；看不见她的丈夫的木鱼叉从这只被饥饿逼疯了的毛发蓬乱的野兽腹部偏过；她也看不见她的丈夫以超出常人的力量拼命把咆哮的狂狮从她身上拉开；她看不见她的丈夫与狮子的殊死搏斗，它的利爪把他强壮的身体撕成了碎片；她也看不见这头鬃毛蓬乱的凶残猛兽一瘸一拐地从高草丛里拖走了她的丈夫。

狮子辛巴最终还是享用了一顿美餐。

而马林巴公主，瓦卡姆比（Wakambi）部落的酋长，又一次失去了丈夫，这已经是她失去的第二个丈夫了——自从邪恶女神瓦塔玛拉卡对她施下诅咒后。这个恶魔之母有一天找到马林巴，要求她这位奥杜和阿玛拉瓦的女儿成为她在黑暗世界的女仆之一，但这遭到马林巴公主的断然拒绝。于是瓦塔玛拉卡便对马林巴下了诅咒——任何与她相爱的男人都会在三个月内当着她的面死于非命。确实，就是在被诅咒后的第三个月里，与她结婚十六载的丈夫，她年幼儿子的父亲，猎人祖玛格韦，被一只离群的野象踩死了。

马林巴和她的孩子卡哈瓦（Kahawa）爬上了树躲藏，但他们也惊恐地目睹了家庭的顶梁柱死在他们脚下。两年后马林巴又结婚了，为了防止诅咒再次生效，马林巴公主几乎把她的新郎像囚徒一样看管了整整两个月，她不允许他走出瓦卡姆比的村子，更不用说允许他和别的男人一起出去打猎。

但她的丈夫已经厌倦了像没长大的孩子一样被一个女人保护着的生活。他渴望去直面森林中未知的危险，并且像所有勇敢的男人那样奉献出自己的生命。马林巴一而再再而三地恳求，甚至用尽所有她所能想到的手段，祈求丈夫能够待在家里。最终马林巴屈服了，屈服于她英勇的丈夫。她允许他进入森林，但她自己必须陪同他一起，奢求他能更加小心一点。

他们在森林里待了一整天，随着时间的流逝，她能听到那个不安的声音在她的心里萦绕滋长。她开始请求丈夫能与她一起尽快回家。但她那固执又愚蠢的丈夫只是嘲笑她的怯懦并保证什么都不会发生。在狮子辛巴扑向他们之前，他们已经为此争论了不下十次。

现在，太阳正缓缓地越过山头落下，当天空与它光荣又闪耀的一天告别的时候，马林巴正昏睡在草地里。而生活在水中的鸟兽们开始离开它们白天所蛰伏的淤泥，开始它们夜晚的狂欢。红鹳优雅地从它们芦苇丛中的巢穴里步出。寂静的远方开始传来猎人们微弱的号角，一次，两次，三次……然后又重归寂静。

一支由瓦卡姆比战士组成的搜救队正在寻找他们，想查明他们爱戴的公主及她的丈夫到底发生了什么事情，他们为什么还没有回到临时安扎的洞穴和木屋。在高高的甜象草的草丛中，傍晚的微风让美丽的公主从无意识的虚无中惊醒。她坐了起来，头晕目眩，视线模糊。

映入眼帘的第一样东西是血——被踩倒的草地上到处是还没干透的血迹，之前发生在这里的殊死搏斗不言而喻。“我的丈夫!”这个念头第一时间涌上了公主的心头。公主想要克服心中的惊惧和悲伤站起来，但她又无力地倒下了。

虚空之中一个古铜色的幽灵渐渐浮现出来，是瓦塔玛拉卡，那个恶魔之母，她现身了，深黑的嘴唇上挂着一丝狞笑。

“马林巴啊，别妄想找到你的夫君了。他已经在一个很遥远的地方，远在七界轮回之外——永夜之地!”

“我的丈夫……死了！他怎么能死了呢？我一次又一次地告诫过他!”

“你这个可怜的唠唠叨叨的傻瓜，”瓦塔玛拉卡喃喃说道，“我告诉过你，任何与你结婚的男人都会在三个月内死于非命，不是吗?”

仇恨的火光和滔天的怒意在美丽的马林巴那柔和的胸腔里燃烧，怒骂像猛烈的龙卷风从她可爱的嘴里倾泻而出：“你这个黑心肠的不男不女的怪物！你这个从地狱最底层爬出来的令人恶心的巫婆！你不是对我下过诅咒吗？但我仍然可以打败你无耻的阴谋。我已经决定再也不会爱上另一个男人了！”

“愚蠢的人类啊！你们都一样，无论是难逃一死的还是不死不灭的。”瓦塔玛拉卡厌恶地低语着，“你们无数次下定决心，你们无数次发誓自己会做这个不会做那个，但你们被这些无知的诺言蒙蔽了双眼，没有去探究你们人类的本质——你们根本不了解你们自己。你们从未在许诺或宣誓之前衡量自己的能力。现在你告诉我你将永不再婚，我的可怜虫！”

“是的！”马林巴愤怒地吼叫，“我将永不再婚！我以我母亲神圣的乳房起誓！”她尖锐的狂叫声直刺云天。

“低头看看你自己，”瓦塔玛拉卡微笑着说，指着马林巴突起的乳房，“那你认为它们存在的意义是什么呢？”

“我的乳房和我的誓言有什么关系？”

邪恶女神尖利的嗓音变得柔和，她温柔地对这个愤怒又害怕的寡妇说道：“马林巴，你是一个很完美的女人，但是，你，这片土地上最年轻的永生者，却从你母亲阿玛拉瓦那里继承了一个致命的弱点，早在被我诅咒之前——你应该很清楚我指的是什么。这个弱点将会驱使你在十二个月后再婚，然后你将再一次承受我诅咒的痛苦——你的丈夫将会在三个月内横死在你面前，而我只需要在一旁静静地观赏和嘲笑！直到那时，我们再见！

Namirika[①]！”

“Namirika”——这个粗俗的形容词用来描述马林巴这个巨大的弱点再贴切不过了。但有生以来第一次从她宿敌口中听到这个指责，她还是怔住了。谎话连篇的瓦塔玛拉卡这一次说了真话，而这个真话迫使马林巴不得不面对自己。她现在看清了自己究竟是谁，不是那第一部落——有史以来这片土地上形成的部落中第一个不是由暴力统治，而是由智慧和爱来统治的部落的智慧又慈悲的统治者。她不再把自己看成她儿子的慈爱的母亲，一位有着与他十五岁年龄不相符的卓越智慧和比一千头狮子还要勇敢的有着非凡勇气的男孩的母亲，她只是一个非常普通的软弱女人，备受她这漂亮躯体无休止的欲求的折磨。寂静的树林突然像是有了声音，远处的树干上仿佛长出了脸和眼睛在鄙夷地看着她，仿佛长出了嘴巴在嘲笑她。“哦，不！”马林巴感觉透不过气来。在她再一次陷入昏迷时，她听到恶魔之母刺耳的笑声回荡在树林中，仿佛胜利的女神来到了她的永夜之地。

对这个美丽的公主而言，在这一天她不仅受到了直击灵魂的拷问和丧夫之痛，她还看清了自己。这一天迟早会来到每个人的

---

① Namirika：瓦卡姆比部落一个古老的词，在英文中没有完全对应的词。在他们的语言中表达非常粗俗下流的意思，但班图语中没有这层含义。字面上，它组合了两个单词“itch”（渴望）和“hips”（臀部），通常用来描述一个对男人有着无止境的饥渴的欲求不满的女人。

生命里，以最痛苦的方式。我们中的每个人都会穿过生命的沼泽或沙漠，用妄想和虚荣包装修饰自己。我们自欺欺人，告诉自己我们很智慧，很强壮，不可战胜，并且在这个世上我们独一无二。我们这样深信不疑，直到有一天我们见证了这种愚蠢想法的破灭，直到那一天我们才意识到我们与想象中的自己截然相反。

就是在那一天，那数百代人之前的某一天，公主马林巴的丈夫死了，天塌下来了。那时候，时间自己都还只能算是个小婴儿。

她曾坚信自己足够智慧和强大，能够承受命运无情的嘲弄，但她从没有意识到那个女人——阿玛拉瓦生出来的每个人，他或者她的身上都埋着祸种。即使是在她陷入昏迷时，她的脑海深处也能预感到自己将再一次结婚，再一次承受诅咒之苦。

卡哈瓦，马林巴的儿子，感到非常愤恨。他的眼睛因为流泪不止而变得通红，他彻夜无法入眠。他恨他死去的继父无视母亲的警告和反对，甚至把她暴露在危险中。他恨他的继父如此愚蠢，被一头老狮子撕成了碎片。这个头脑固执的男人本应该更有自知之明，而不是陷他的母亲和整个部落于危险和痛苦之中。这个愚蠢的男人，难道他不知道他的妻子聪慧无比，他应该遵从他妻子的每一句话吗？“谢天谢地，这个傻男人终于走了！”卡哈瓦冷漠地想着，“现在我的母亲就能专注于统治部落而不是在那个蠢家伙的臂弯里消磨时光了。”

大家都知道卡哈瓦在他继父还活着的时候就非常讨厌他，现在人虽然死去了，但他对继父的厌恶之情却更深了。他甚至无法理解母亲的悲伤。为什么悲伤，那个一无是处整天游手好闲的傻男人死了岂不是更好，何必为他浪费眼泪?!

卡哈瓦嗤之以鼻，他翻了个身躺在洞穴里的干草上。他甚至开始厌恶洞穴外那一弯苍白的月牙儿。他能听到遥远的地方传来女人低声的哭诉。

（译者：屠铁雯）

他听到远处传来的低沉的哭声，那是女酋长和其他女人聚集在小屋中一起哀悼她死去的丈夫。他也听到了那两千名武装着棍棒和鱼叉的勇士聚集在一起所发出的低吟声，那是他们在小屋外歌颂着女酋长的光荣去世的第二任丈夫。

所有这些声音都使卡哈瓦感到厌恶，他面对着月亮，气愤地哼哼着，像是一头年轻的公牛发现洞穴的入口突然被巨大的黑色影子遮蔽一样。他最好的伙伴，滑头的姆普殳（Mpushu），走过来坐在洞穴入口边。他注视着他所敬爱的女酋长的儿子，他那肉乎乎、汗津津，又像鱼一样的脸上充满敬佩之情。

“哦，姆普殳，我看到你了。”卡哈瓦说。

姆普殳象牙白的牙齿在月光下闪烁，与他乌黑又油亮的脸形成了鲜明的对比。“我也看到您了，马林巴的雄鹰。”

“哦，姆普殳，你可是出了名的睡得早啊！告诉我，在这个时间点，是什么风把你刮来的？”

姆普殳的脸似乎更油了。他那圆圆的大眼睛似乎要从眼窝中飞出来，他大声地咽了咽口水。然后，他就只是坐着，盯着卡哈瓦——看卡哈瓦的嘴一张一合。很明显，他迷失在恐惧的森林中了。

“哦，姆普殳，你的舌头被狗咬了吗？”卡哈瓦问道，“为什么不说话，我的朋友？”

“这个没用的家伙害怕燃起高贵之人的怒火，”姆普殳低声说，“卑微的我害怕被卡哈瓦的愤怒之火烧死。”

“姆普殳，”卡哈瓦轻轻地说，“对我来说，你就像我兄弟，而且你的建议总是让我受益匪浅。说吧，告诉我是什么困扰着你。”

“马林巴的雄鹰，”在短暂的沉默后，姆普殳说道，“小人的担心从不是为了小人自己，而是为小人有幸结为朋友的尊崇的王子。今晚早些时候，小人侧躺在小屋里，听到人们在小屋外议论纷纷。”

“姆普殳的耳朵比女人们用来缝皮毯子的骨针还尖，他的脑袋也比那些丛林里的胡狼更加灵光。那你告诉我，外面的那些人到底在议论些什么？”

“那些住在树上的猴子所生的不要脸的人在说卡哈瓦王子您的坏话。”姆普殳低声说道，“是那个会梦游的大骗子索莫基（Somojo）和那个又肥又傻的基安博（Kiambo）。他们说这真是件奇耻大辱的事情，马林巴的雄鹰没有像别的瓦卡姆比人一样站在主屋外为他死去的继父守夜以表哀伤。基安博甚至到处宣扬，说卡哈瓦王子似乎因为他继父去了永夜之地而很高兴。”

“这条可怜的肥嘟嘟的鬣狗没说错！”卡哈瓦放声说道，“我是很高兴我的继父已经死了，并且，明天，我还要去议会屋，当面如是告诉那些白眼狼！那个男人活着的时候我恨他，就算他死了，我也恨他。”

姆普殳用手背擦了擦全是汗的脸，说道：“马林巴的雄鹰，有时候一个人必须压制自己的骄纵，把他的好恶扔进他心灵最黑暗的森林深处，去做他从没想过要做的事。而对您来说，我敬爱的王子，现在就是这个时候。”

“哦，姆普殳，如果你希望我可以像个伪君子一样装作为自己厌恶的人默哀，那么你可以去睡觉了，因为我永远不会那么做。长这么大，我还从没有虚伪地做过任何事情，现在，我也不屑去做。”

“马林巴的雄鹰，”姆普殳冷静地坚持道，“当您是一名酋长，或者是酋长的儿子的时候，总有一些事情是您必须装模作样也要去做一下的，简单来说就是为了那些您所统治的愚蠢的人的利益，即使这些事情与您的意愿、自尊、良知相违背。一名酋长必须始终保持对他的族人的爱、关心和尊重，否则，他将迷失自我。一名酋长或王子，必须避免被他的臣民所嘲笑或蔑视，因为这种事一旦发生，他就再也不是一名酋长了。您现在对您死去的继父表现出这么明显的幸灾乐祸，这正在使您快速成为瓦卡姆比人的笑柄，哦，我高贵的卡哈瓦。”

“他们到底笑我什么呢？”卡哈瓦急切地想知道。

“他们走远的时候我听到基安博和索莫基一致认为您是一个思想狭隘的傻瓜，您仇恨你继父到了一种荒唐的地步，他都到坟墓了，您还不罢休……”

“什么！”卡哈瓦狂笑，一跃而起抄起他的矛，“这些奸诈的野兽竟然敢羞辱我——马林巴的儿子！用他们酸臭的血让我的矛见红，我要他们以死谢罪！”

“哦，我的王子，杀了这些人只会使事态更严重，”姆普殳冷静地说，“使用暴力和武力是统治者失败的标志，马林巴的雄鹰，杀死自己的子民只会增加他们对统治者的不满。”

“是吗？”卡哈瓦又疯狂地叫了起来，“那你接下来建议我怎么做？你希望我出去亲吻那些侮辱我的人的臀部吗？”

“不，我的主人，我绝不敢建议您随随便便做什么。但是我确实想提议，明天一早您和我去森林猎杀那头吃了你继父的狮子，杀死它，把它的脑袋带回来给这些人看看。那会极大地增加您在我们部落的影响力，您会大受追捧。”

“还可以安慰我可怜的母亲！”卡哈瓦说道，他对这绝妙的建议感到非常兴奋。“哦，姆普殳，你就是智慧的源泉！”

“哦……我希望如此。”姆普殳谦卑地说。

卡哈瓦对于即将到来的狩猎十分兴奋以至于难以入眠。距离上一次猎杀狮子已经有好几个月了，而且，如果有一种野兽是马林巴之子想要灭绝的话，那也必须是狮子。卡哈瓦对于这种动物的憎恨不亚于对他继父的厌恶，并且在他那叛逆又骚动不安的内心深处，对于部落要先求得上天许可才能猎杀狮子的传统感到极为不屑。

当黎明扯破东方的天空，使它露出粉红色的一片时，卡哈瓦故意省略了举行求取上天许可的猎杀狮子的仪式。他非常愉快地洗了脸，用混合了木巴（一种植物）根部粉末的水漱了口，用四齿象牙梳了头。他抓起自己的镶骨矛和象皮盾，飞快地奔向瓦卡姆比部落的大门，等待他的朋友姆普殳。

在大门口，这位年轻的王子极为不耐烦地等着他的朋友，他眼睁睁地看着太阳慢慢升起并把第一缕光线洒向定居的小屋，这是他的母亲统治的世界上第一个有组织的部落，是一个由游牧人民和开拓者，即探索这片土地的初代班图人组成的部族，后来被大家称为坦加尼卡。再后来，其北部分裂为大家所熟知的卢·肯尼亚（Lu-Kenya）[①]。这个巨大的定居点建造在一座陡峭山峰的顶

① Lu-Kenya：卢·肯尼亚，位于非洲东部，赤道横贯其中部，东非大裂谷纵贯其南北。东邻索马里，南接坦桑尼亚，西连乌干达，北与埃塞俄比亚、南苏丹交界，东南濒临印度洋，海岸线长536千米。国土面积的18%为可耕地，其余主要适用于畜牧业。

端附近，它围绕着山顶，就像“荣耀的发带”缠绕在酋长的秃头上一样。定居点的外围环绕着粗原木制成的巨大栅栏，还有一扇坚固的大门，整个看起来像一顶壮观的王冠。在这些围栏之内是五千间小屋。这些小屋十分粗陋，和几代人之后建造的屋子相比要难看得多。山体上方的区域是像蜂窝一样密布的洞穴和自然避难所，里面居住着一些不喜欢这种太现代化想法的小屋的瓦卡姆比人。

瓦卡姆比人加固他们的房屋不是为了防卫人类。因为他们都知道，他们是这神奇又骇人的土地上唯一存在的人类。他们这么做是为了抵挡野兽，那些从未被说书人描述过的，只知道叫迪雅娜或者夜嚎者。那些可恶的恶魔喜欢在夏季的第一个满月即它们交配的季节突袭人类的村庄。它们抓走男人、女人和孩子，在它们黑暗的靠近巨大湖泊的巢穴中狼吞虎咽地饱餐。这湖泊也就是我们现在所知道的“落星之湖”——尼亚萨湖（Nyanza）[①]。

那些日子是可怕的——那些血红的晨曦挂在永恒之地地平线之上的日子，那些放逐之神、季莫巨人、蛇女、食人者、火豹，以及其他险恶、恐怖得无法形容的野兽仍然在地球上肆意妄为的

---

① Nyanza：尼亚萨湖，非洲南部的一个大湖，位于东非大裂谷的最南端。该湖面积约29600平方千米，容积8400立方千米，最深处706米。环湖国家有马拉维、坦桑尼亚和莫桑比克，马拉维和坦桑尼亚对该湖的划分有争议，马拉维认为整个湖面均是其领土，而坦桑尼亚坚持要以1914年之前英国和德国划定的坦噶尼喀和尼亚萨兰之间的边界划分该湖。

日子。

但是我们不要再欺骗自己说这些野兽永远不存在了，它们的确存在。它们披着人皮，成为人类中的恶魔。它们伪装成人类的模样，并在部落里制造战争，使部落分崩离析。它们留下愚蠢的人类并让他们自相残杀。然后，它们会带走人类的尸体，并且承认这惨无人道的罪行是它们犯下的。这些恶魔仍然在我们身边游荡。

卡哈瓦越来越没耐心等他的朋友，他的脚痒得恨不得马上就冲进那未知的森林中去。他急切地希望看到狮子的鲜血溅在大地上。

最后，姆普殳终于出现了，他没带任何装备，并且看起来十分恐惧。他那厚厚的嘴唇一张一合的，像极了刚被渔夫刺中的鱼。卡哈瓦很惊讶。当他那胖胖的朋友突然间喘着粗气说“我的主人，我们今天一定不能去猎杀这头狮子”时，卡哈瓦感到无比的反感，并且有些恼怒。

好一会儿卡哈瓦气得说不出话来，他现在唯一想做的就是给姆普殳狠狠一拳并把他打飞出去。但他竭尽全力让自己平静下来，压制住盛怒——烟雾笼罩着他的大脑，视线也被这团红雾所模糊。当卡哈瓦冷静下来，他缓慢地并以一种极度冰冷的语气说道：“我总是怀疑你是个懦夫，哦，姆普殳，现在，我敢确定。”

姆普殳的眼睛瞪得老大，他原本就乌黑的脸显得更加阴沉了。

他剧烈地吞咽并嘶哑着说："您知道我不是懦夫，哦，卡哈瓦……您知道的！"

"如果你不是懦夫的话，现在就给我拿起武器，我们出发。"卡哈瓦说，还是冷淡的语气。

一段时间过去了，两个人安静地绕过山腰，走向令人压抑的森林。卡哈瓦一心渴望着那头老狮子的鲜血。他的大脑里正生动地描绘着自己得意地站在那只野兽旁边看着它慢慢死去的场景。

但与此同时，姆普殳因为恐惧在剧烈地发抖，毫无来由的恐惧。

大概是过了正午，两个从出发后就没有说过一句话的朋友最终追寻到那头卡哈瓦发誓要杀死的瘸狮子的足迹。他们追踪着狮子的足迹：从它吃了卡哈瓦继父的地方一直到它夜里休息的地方；他们又从找到踪迹的地方一直追寻到狮子撕裂黑斑羚的战场；他们再从动物残躯所在之处一直追踪到野兽安逸休憩的"落星之湖"北岸一个突出的岩石之处。

还是姆普殳先看到狮子躺在那儿的，狮子身上因无数战斗留下的黄褐色伤疤十分明显。它的眼中仍然燃烧着伟大及不可一世的气焰，这种可以在所有高贵的猛兽的眼睛中看到的气势。即使因为年老而孤单、无伴、虚弱，这头狮子仍然和它年轻时一样有着君王般不可侵犯的气场。一个酋长就算在一场野蛮的森林战役中被废黜，但他仍然是一个酋长。

“这是您的狮子，我的主人。”姆普殳小声说着。

卡哈瓦冰冷的眼神中闪过一丝恶魔般的光亮。他举起他那有着尖利无比骨头的矛，并用长及膝盖的象皮盾武装自己，慢慢地，他靠近那头狮子，他的后面紧紧跟着姆普殳。

在卡哈瓦离狮子大约十步远的时候，野兽转过身来，用它那燃烧着的金色目光扫过这两个想要袭击它的人。它静静地，甚至轻蔑地看着这两人穿过大片草地，动都没动一下。随着卡哈瓦又一步步地靠近，它露出自己的牙齿，眯着眼睛，即使这样，狮子也只是躺在那里，冷静地看着这两个猎人。

突然间，卡哈瓦觉得他之前的冲动和勇气正在慢慢消失。突然间，他不再是一个渴望鲜血的勇士，而只是一个因面对无法理解的情形而手足无措的少年。他放下矛，转过身看着他的朋友，刚巧看到姆普殳也放下了矛，这涂有毒的矛刚才正对着卡哈瓦的肾上一指之处。

“你这个奸诈小人！你是不是想从背后刺死我？你疯了吗？”

“哦，不！我的王子。我不得不履行这个令人十分为难而又痛苦的使命，因为只有刺杀您，我才能阻止您杀死这头狮子。”

“你在说什么鬼话，姆普殳？”卡哈瓦完全摸不着头脑。“你……我的朋友……竟然想杀死我……而且……来猎狮还是你出的主意。”

“我绝对不会让您靠近那头狮子一步，我的主人。您看，那头狮子是神设下的陷阱。如果您杀死那头野兽的话，整个瓦卡姆比部落将会完全陷入被灭族的危险之中。”

卡哈瓦张大了嘴，满脸都写着惊讶。他盯着姆普殳看了一会儿，仿佛在怀疑他的神志是否正常。然后他说道：“哦，姆普殳，你现在胡扯得就像只喝醉了的猴子，我求你清醒一点吧。”

“在我离开您之后的那个晚上，哦，马林巴的雄鹰，”姆普殳用他一贯尊敬的语调说，“我深深地进入了梦乡。然后我梦到了一个我从未梦到过的场景。我梦到您和我走进森林去猎杀这头我们眼前的狮子。那个梦是如此清晰，以至于现在我都在震惊它的清楚和准确。在我的梦中，我们走向这头狮子，就是您现在看到的样子，而且，那株草药就在它的爪子中间，精准到如此地步。我看到您刺向了狮子，然后您就从狮子身体中拔出矛转而刺向马林巴，您的母亲。当您刺向她的时候，她冲着您尖叫，鲜血从她的嘴中涌出。

“我惊醒了，但是很快我又再次入睡。我还是梦到了相同的场景，完全一样，连每一个细节都一样。今天早上早些时候，我去找了那个没牙齿的老女巫纳穆韦扎（Namuwiza），就是那个女祭司。她告诉我她也做了一个和我十分相似的梦，只是更长，更精细。她说无论如何我都得阻止您杀死狮子，因为一旦您那么做了，就在今天晚上，整个瓦卡姆比部落将被那些来自北方的冷漠之徒所屠杀。您和我都会被杀死，而您那长生不死的母亲则会被带走。”

姆普殳讲完之后，卡哈瓦仍然盯着他出神了好久。然后，扔下武器，马林巴之子走向老狮子，站在那里看着它。老狮子冷漠地盯着这个年轻人。卡哈瓦的眼中布满了泪水，他转过头对着他的朋友，几乎是严厉地说：“走吧，我们走。”

辛巴看着这两个人转身离去，一直看着，直到他们的背影被森林吞没，并消失在它的视线里。他只是好奇他们来这里是为了什么，为什么他们什么也没做就离开了。除此之外，毫无兴趣。

辛巴已经被自己的虚弱击败，现在它只想待在自己正待着的地方，其他都无所谓。它意识到深深的满足感和平静感，还有一点愉悦的虚弱感在它的脑袋里蔓延，像沉重又舒缓的迷雾一般。它慢慢地把毛茸茸的脑袋放在它的大前爪中间，因为它头脑中聚集的雾气让它的脑袋感到很沉重。

它慢慢地合上了眼睛，再也没有睁开过。

（译者：闫星合）

姆普殳和他因消沉沮丧而异常安静的朋友卡哈瓦离山顶部落他们的家，还有好一段距离。这时，马林巴之子对他这个年长的朋友悄悄地说：“姆普殳，现在不要往后看，不要表现出任何恐惧或是兴奋，一个陌生男人正在不远处跟着我们。”

“他……他是坏人吗？会不会是个杀人魔？”姆普殳结巴着说，他的牙齿由于害怕而不停地打战。

“我不知道，姆普殳，但有一点我可以确信——他跟踪我们是为了知道我们住在哪儿，就算不惜一切代价我们也不能让他发现我们住哪儿！”

“我们……我们接下来该怎么办？”

“我们必须埋伏起来，杀了他或者抓住他。”卡哈瓦冷冷地说道，“他早些时候从灌木丛中张望的时候，我眼角余光瞥到了他的脸。哦，姆普殳，我敢肯定他不是我们的人。一则，他的头发是一种非常奇怪的发型，有一小束挂在额头前。”

“他会来自哪里呢？”

“我不知道，但我想我们可能搞错了，我们瓦卡姆比人不是这片土地上唯一存在的人类，这里有我们先前没有意识到的另一种族的人类存在。那个跟着我们的男人就是那个种族的一员。”

“那么这意味着……”姆普殳喘了口气。

“这意味着我们现在的首要任务是回到住的地方让大家都提高警惕。但眼下我们必须处理跟在后面的那个男人。这就是我们现在要做的……”

这个异乡人又瘦又高，他的身上有一种天生的邪恶，这使得马林巴感到恐惧。虽然他没有武器且被捻角羚皮制成的皮鞭牢牢地捆住了手脚，但是他看起来仍然很危险，瓦卡姆比的勇士们都围着他站着，但他看起来一点儿也不担心。事实上，他仰头看着他们，似乎他们只是毫无用处的寄生虫。

当他误入埋伏圈时，姆普殳和卡哈瓦便用石块将这个高大的陌生男子打晕，并架着他走了很长的路。他们把他带到小山丘上的定居地，呼喊守卫们过来帮忙把俘虏拖进去。大家把他牢牢地捆住，送到马林巴面前审问。她尽了最大努力，却一无所获。

“我们对你没有恶意。”她说，“我们只是想知道你是谁，从哪儿来。”

“哼。”陌生人咕哝了一声。

“我知道你不是杀人魔，也不是夜嚎者。”马林巴辩护道，“你属于一个我们不知道却存在的新种族。告诉我，你属于哪个种族？其他人在哪里？”

“哈！”异乡人咆哮了一声。

“哦，马林巴，这个人是不会回答您的问题的。”缺牙齿的女巫纳穆韦扎尖笑道，“但是我知道为什么他要跟踪这两个年轻人。他是一大群像他一样的生物的侦察员，现在距离我们大概四分之一天的路程，进度非常快。”

“你怎么知道这个的，哦，我尊敬的、智慧的纳穆韦扎？”马林巴问道，并将她美丽而又困惑的脸庞转向骨瘦如柴的老女巫。

老女巫发出一声诡异的尖笑：“甜美的小纳穆韦扎自己昨晚全

梦到了。”

“跟我来，勇士们！”卡哈瓦厉声喊道，“所有在场的长枪兵都跟我来！不能让他们杀我们一个出其不意……无论他们是谁。所有的勇士到我这边集合，召回所有在森林里的狩猎队伍。拿出村子里的每一支矛，每一把斧头。”

因被他们勇猛的领导者所激励，人们快速行动起来。大批装上骨头的矛和鱼叉被取来，而喇叭里传出的爆炸性通知召回了森林里的狩猎队伍。人们跑到这跑到那，将消息传遍整个定居点。

马林巴漠视身边人的举动，她屈膝蹲在被捆绑着的异乡人旁边，端详着他，充满兴趣和好奇，也带着些恐惧和钦佩。这个异乡人是一个男人，是她从来没有见过的一类男人——英俊但又非常邪恶的样子，她想这是一个能杀死成千上万个同胞而不流露出丝毫怜惜或悔恨的人。她看到他狭长的脸、高高的额头和方形的下巴。她看到他残酷的薄唇，以及嘴角处很深的皱纹。她看到他样子奇怪的长鼻子和深邃的眼睛，眼睛深处闪烁着愤怒的火焰。她看到他奇怪的发型——一堆粗毛的头发聚集在额头上方，紧紧地绑着一条细长的皮绳，绕脑袋一圈到另一个更大的发束上，凸出来的发束看上去像女人的乳房长在脑袋后面一样。她看到他的耳朵如何被上下穿透，沉甸甸的铜耳环将它们压垂下来。她看到他的脖子上挂着十条由人的指骨和狮子、豹子的爪子制成的项链。最后，她看到了被姆普殳扔在不远处的他的矛和他携带的其他奇怪的武器。

这支矛和瓦卡姆比部落的那种顶端装备着骨头的矛不一样。它的顶端镶嵌着一块很重的利瓦德拉岩石碎片。值得注意的是，这种矛虽然看起来很重且令人敬畏，但比不上顶端嵌着骨头的瓦卡姆比矛，马林巴如释重负，因为后者可以被磨得锋利，而更脆弱的石头顶部一旦破碎，矛的整个头部都必须更换。

但另一种武器让马林巴充满恐惧。似乎这个异乡人主要依靠这种武器。这是一张好弓，上面用油漆完美地漆着字符串，还有一个沉重的箭袋，里面满是由石头制成的箭。

弓箭对于瓦卡姆比来说还是陌生的，因此许多战士站在周围，满是困惑和沮丧地低头盯着它看。这显然是一种致命的武器，而瓦卡姆比人无法应对。

各种审问手段都失败了，直到姆普殳发现了撬开异乡人紧闭着的嘴的方法。他只是向囚犯走去，冷冷地厌恶地说道："不论什么种族，生出一个这样可怜的懦夫，实在是不幸啊。看看他躺在那儿，吓得几乎尿裤子了，却还装作很勇敢的样子！"

异乡人眯起眼睛，龇着闪闪发光的牙，勃然大怒。他的声音，带着浓重的外地口音，轻得像说悄悄话。他清楚地一字一顿地用瓦卡姆比话说道："你叫我什么？"

姆普殳高兴地吹了声口哨。"看来这头野兽会说话，不是吗？终究不是个笨蛋！我叫你懦夫，哦，害人虫，你肯定是。"

“给我松绑，然后我们可以进一步谈谈……”

“给你松绑？”姆普殳假装惊讶地大叫，然后继续说道，“但我们刚刚才抓到你。”

“你这卑鄙的肥胖的傻瓜！”异乡人大声吼道，“一旦我没有了这些束缚，我会把你大卸八块。”

“没有一个尿湿裤子的外地懦夫能把我撕裂，”姆普殳高兴地说，“尤其是像你这样一个营养不良的人。”

“我没有营养不良。”异乡人吼道，“你在和一个马赛人（Masai）说话，你这只傲慢的狗！”

“你是什么？”姆普殳非常感兴趣地问道，“一个马凯（Makai）？什么是马凯？从哪个泥坑里爬出来的马凯？这听起来像是一种腐肉虫。”

“我说我是马赛人！”俘虏怒吼道，“很快你会在死亡之地上开你这些愚蠢的玩笑。我父亲的军队，狼人飞斯（Fesi），即将到来。午夜你们将死光光。”

“但是我们做了什么让你们想对我们开战？”马林巴继续柔声问道，既然囚犯的口风已经松动了。

“马赛人开战从不需要任何理由。”俘虏嘲笑了一声，“他们随时随地想打谁就打谁。”

“但你是像我们一样的人类，你不能无缘无故地杀人。”美丽的女人抗议道。

“马赛人远超人类。我们是无敌的，我们的战斗力超过所有人，”囚犯吹嘘道，“马赛人是神，而你们是低下的人类害虫。”

“哦！”马林巴吸了一口气。她挺起胸脯，大眼睛因一丝罕见的愤怒一下子亮了起来。

“马赛人是‘伟大的人民’，真正的造物主。对我们来说，战争和杀戮就是生命的气息，比女人的吻更令人愉快，比马鲁拉啤酒更令人兴奋。”

“对于一个落在敌人手中的俘虏来说，你太夸夸其谈了，”卡哈瓦冷冷地说，“如果你觉得这样的经历值得被吹嘘，我很想深吸一口你生命的气息。”

“无论死亡在什么时候以什么形式降临，马赛人都欢迎之至，所以你幼稚的威胁对我没用。”

“你持续不断地赞美你的种族，”姆普殳残酷地说，“但我们并未被打动。对我们来说，你听起来像一个僵尸在重复某个巫师所教的话。你真是人类种族的一个败类。”

“我的灵魂，我的身体，我的生命，我的全部，都属于群山之南迦（Nangai）。”这个人用可怕的口吻说道，“南迦的命令，我全部服从。南迦就是一切，而我什么都不是。”

“谁是南迦？”马林巴问道。

“南迦便是那位神。南迦便是发号施令使万民臣服的神。”

老女巫纳穆韦扎古怪地叽叽嘎嘎地笑起来：“这些可怜的马赛

人是被生活在乞力马扎罗森林中一个被放逐的神下了残忍诅咒的种族。纳穆韦扎知道这一切……呵呵呵……”

狩猎队伍全部安全返回，大门被牢牢关闭。当扫视山下的森林，发现敌人来袭的第一抹迹象时，瓦卡姆比人立即进入紧张的备战状态。夜幕即将降临，大地又一次被笼罩在神秘之下。

在高高的由粗圆木制成的栅栏上，战士们肌肉紧绷，眼神紧张——等待着马赛人像暴雨般向这个第一村落所在的古老山陵的斜坡袭来。阴沉的夜幕徐徐降下，人们变得暴躁易怒，但他们依然眼神坚定，面色严肃。这片土地上建成的第一村落处于吉凶难卜的阴影之下，就像被骇人的秃鹫的残酷爪子牢牢抓住了似的。然后人们听到一个奇怪的声音，一个不是来自这个世界的声音，流过沉默的黄昏，就像一条银河穿过黑暗的森林。

这是一个没有人曾经听到过的声音。它渗透到灵魂深处，就像冷水流过干渴的喉咙——像润滑油，舒缓止痛。男人们不可思议地盯着彼此。其他人公然地、毫无羞愧地呻吟或哭泣。

这是一个超凡脱俗的美人的声音，令每个人感到惊讶的是，这声音自马林巴的喉咙里发出！

她拿着马赛人俘虏的那把致命弓，并把一个葫芦放在弓的中间，把这个致命的战争武器变成了世界上第一把弓竖琴。马林巴不仅发明了第一件乐器，而且正在唱着世界上第一首歌曲：

哦，小星辰多么遥远，
哦，微笑的月亮在那之上；
你在这肥沃的溪谷，
散发出你冰冷的光。

把我的歌放在你光的翅膀之上，
带着我的歌直到世界的尽头，
把我的声音传给神之世界，
越过图拉雅莫亚平原（Tura-ya-Moya）[①]。

告诉永远居住在那的神，
告诉那些统治所有星辰的神，
告诉所有海洋和陆地的母亲，
越过图拉雅莫亚平原。

告诉他们，虽然死亡的鬣狗

---

① Tura-ya-Moya：图拉雅莫亚平原，中亚的哈萨克斯坦西南部和乌兹别克斯坦、土库曼斯坦西北部的广袤低地。北起哈萨克丘陵，东接天山山脉和帕米尔高原，南抵伊朗高原北部之科佩特山脉，西临里海，面积150万平方千米，在北纬35度—47度，东经55度—70度之间。

今晚徘徊在我的村庄，
告诉他们，我会面对所有危险，
我永远不会畏缩。

告诉他们，我，他们谦卑的仆人，
不会为敌人的一个皱眉而畏缩，
因为谁有伟大的神作为盟友，
谁就将是战争的胜利者！

告诉他们，他们的仆人恳求他们，
赐予力量和正确指引。
如果没有来自图拉雅莫亚的引领，
通过生命沼泽地的人会变疯。

瓦卡姆比人敬畏地聚拢在他们酋长的周围，他们睁大眼睛，就像一群受到惊吓的孩子。他们从来没有听到过人类唱歌。当马林巴用短的藤条优雅地敲击琴弦时，他们听到了从来没有听到过的弓竖琴的声音。他们加入了她，因为这首歌的魔力感染了他们，而且不久之后整个村庄都响起了歌声。

他们的歌声，由于经验不足而显得不和谐，在受惊的天空中响起，沉睡的森林随声附和，反复回响着图拉雅莫亚的天籁之音。

穿过森林向瓦卡姆比定居点行进的浩大的马赛军队陷入了混乱中，他们暂停前进，因为他们听到了那神秘的旋律隐隐约约地从黑暗远方传来。

“山之南迦，救救我们！”

就像在绿草原上长出一朵致命的花一样，另外一个奇怪的想法在唱歌的时候浮现在马林巴的脑海里。这个想法与音乐无关，但与死亡有很大关系——很快就会被用到前来的马赛人身上！

她迅速命令战士把结实的捻角羚皮剪成又宽又长的条状物，同时组织妇女在栅栏背后的战略位置收集几堆圆形石头。做完这些之后，马林巴将她的指挥官们召集过来，向他们解释了投石器的用法。这些男人在惊愕中聆听，因为这惊人的女人解释了她刚刚发明的这种简单而又致命的武器的用法。

夜像死亡的面孔一样黑暗。一场强有力的风暴正从东方兴起，卡哈瓦听到了狂怒的雷声，他也看到了灼热闪电的遥远闪光。卡哈瓦独自一人，他是沿着在栅栏内狭窄的小道快速行进的许多卫兵之一，如果马赛人冒险在夜晚袭击，他们就会发出警报。他很兴奋，他的心怦怦直跳，心跳比平常快很多。这就是战争。这不是一个琐碎的纯粹的部族之间的愚蠢的冲突。这是真实的事情，战争中最致命的形式，是一场两个不同种族之间的战争！

有史以来世界上从未发生过像这样的事情——两个不同的种族锁死在一场殊死战斗中。

卡哈瓦不耐烦了，他希望马赛人快来，战斗便可以更早开始。他想看到两个部落所使用的武器的效能，特别是母亲最新发明的武器的效果。它的效果应该是毁灭性的！

（译者：姚嘉祺）

一阵极轻的脚步声引得他转过身。他手里攥紧了棍子。直到一声饱含爱意的亲切呼唤穿过黑暗，卡哈瓦才轻舒了一口气。

“母亲，”他情绪激动地低声道，“您怎么在这里？”

“我也是战士啊，卡哈瓦。”母亲洪亮的声音从黑暗中传来，“我的儿子应当知道，他不是唯一一个无所畏惧的人。他的母亲同样英勇无畏。”

原来那漆黑的人影正是在靠近儿子的马林巴，远远的闪光是她身上铜饰的反光。卡哈瓦迫切地想告诉他最深爱的母亲别犯傻了，快回到小屋去。这世上他最爱的便是母亲，只要她安全，哪怕瓦卡姆比被灭族他也不在意。因此，母亲的下一句话让他的内心瞬间充满了对马赛人的怒意和仇恨。

“卡哈瓦，将我献给即将袭来的马赛人说不定是一个明智的选择。这样就可能使他们放弃攻击村庄，阻止一场不必要的战争。”

“母亲！您究竟要做什么……”

“听着，孩子。我们已经和你俘获的马赛人再次交流过了。他告诉我们，马赛人在很久前就知道我们在此居住。但历经好几代人，他们都只是像往常一样继续着部落内斗，对我们不闻不问。但是不久前，被放逐的邪神南迦奴役着马赛人的灵魂，勒令他们发动袭击，并在扫荡我们的部落后，将我活捉去见他。”

“把您捉去见他！”卡哈瓦愤怒地咆哮道，“他想对您做什么？”

“南迦被逐出神界时，曾被光之父木隆古（Mulungu）的箭射伤，伤口始终无法愈合。他的左臂即将被箭矢上的毒药侵蚀殆尽，他身为一个不朽的神却面临着死亡的威胁。为了活命，他必须生吃其他长生不死物种的肉，比如长生不死的人类。同时还需要每日饮用一点那个物种的血。而我碰巧是唯一一个他的魔爪能触及的选择。”

“啊！”卡哈瓦深恶痛绝地大喊，“我亲爱的母亲！您千万不能有向那种肮脏怪物屈服的念头！我不忍想象您被一个吃人怪物肢解的场景！”

“儿子，我们别无选择。南迦的生命正在飞速流逝。穷途末路之际，他将为捕获我而不择手段，甚至会为此消灭整个瓦卡姆比部落。我绝不允许这样的悲剧发生。我深爱着瓦卡姆比部落的人，我不愿意成为部落毁灭的诱因。”

说完，她转身要走。卡哈瓦心如刀绞，他的母亲便是他的生命，是他情愿倾尽所有的唯一。他不想拥抱没有母亲的未来。无论如何，他是不会同意母亲将自己献给南迦的。

他在母亲的身后骤然跃起，手里的棍子重重敲在了母亲的后背上，并从随身携带的五根战斗用的吊索中抽出两根，将失去意识的母亲的手脚牢牢捆在一处。接着，他将母亲抱到一个靠近山顶的小山洞中，轻轻地让她躺好，又滚来一块巨石挡住山洞的入口。

当他远离山洞时，马赛人蓄谋已久的进攻号角终于吹响了。这场战争是如此的飙发电举。一开始，他们没什么动静，只有狂风和暴雨酝酿的呼啸声。下一刻，眼尖的守夜者发现了试图爬过乱石斜坡偷袭村庄的人影，警报划破天际，环绕着栅栏久久不息。

瓦卡姆比的战士们冲出屋子，顶着令人胆寒的箭雨冲向栅栏。男人和女人被箭雨穿破了身体，神色痛苦，呻吟呼号着。好在他们很快就控制了栅栏区域，并迅速展开反击。约有五千根投石机的吊索被斩断，石头呼啸着砸落，势如冰雹，构成了对马赛战士的第一波反击。马赛的幸存者们退回掩体，从那里他们向定居点射出了飓风般的箭。

在第一波幸存者的火力掩护下，马赛人于黑暗中发起了第二波进攻。即使又一波密集如雨的弹石阻挡在突袭路上，他们依然迅猛地朝栅栏冲去。今夜死去的人多半是被滚石砸烂了头颅或四肢的，死状可怖。他们惨叫着，尤其是当他们被足有拳头大甚至更大的石头砸断胳膊和小腿时。

一群成功突围的马赛人开始翻越栅栏，激烈的白刃战拉开序幕。顶端镶着骨刺或尖石的矛，沉重的木槌，石制或铜制的钉头槌，用头骨或花岗岩做的斧头——人们无情地挥舞着这些武器，战况胶着。瓦卡姆比部落的许多人发觉大口径的河马锤是最好的武器，姆普殳尤其使得灵巧。

战斗持续到午夜时分，暴风雨愈来愈近，风的怒吼同战斗的喧嚣混在了一处。

在那个可怕的夜晚，马林巴的儿子伤痕累累，两次击退了试图单枪匹马攻破栅栏的马赛人。

在愤怒的暴风雨下，这场战斗结束了。雷声轰鸣，震耳欲聋，朝下方挣扎的人发泄着怒火。当恶魔般的雷声撕扯着植被的时候，大地都开始颤抖，孕育着暴雨的云似乎将要燃烧起漫天的火焰，又被一道道紫白色的闪电劈成四散如羊毛般的碎片。一道接一道的叉状闪电撕裂着苍穹，就像斧子凿开头颅一样。接着，一道明亮如正午烈阳的闪电骤然将一棵高大的莫帕尼树从树冠劈开到了树根，恐怖的爆鸣声让最勇敢的战士都畏缩了，他们战栗着，如同抽噎的孩童。

马赛人在暴雨降临前撤退了。瓦卡姆比人也像兔子一样躲回自己的小屋或洞穴以寻求安全。由闪电击中莫帕尼树而引起的大火开始在森林里燃烧，火舌肆意蔓延着，仿佛一个为挚爱之吻旋转跳跃的少女。马赛人被呼啸的狂风吓得魂飞魄散，他们试图横穿森林，躲避这熊熊燃烧的死亡之火，但依旧被狂风挟持着。他们尖叫着祈求神的救赎，可最终都被烧死在大火中。

紧接着，足有婴儿拳头大的冰雹也来了，密密麻麻，无情地鞭打着大地。

风暴在原本美好的午夜肆虐，瓦卡姆比人缩在黑暗的小屋或洞穴里瑟瑟发抖。渐渐地，暴风雨像是耗尽了热情，午夜的风送走了阴云，比井还深的沉默降临在这片茫然的土地上。这是如此可怕的沉默——不祥，又令人恐惧，这是死亡的沉默。

“听啊，卡哈瓦。”两鬓斑白的老巫医索莫基低喃起来，“您听啊！”

“我什么也没听到，索莫基。”卡哈瓦轻轻回应道。

“我的王子，这便是我想说的。听听这沉默吧。这如此不寻常而又熟悉的沉默！”

“就像夜嚎者来袭前的沉默。”姆普殳冷静地分析着。

“夜嚎者只在初夏来袭。”卡哈瓦反驳道，“现在已经是夏末了。”

惊慌的人群不再出声。卡哈瓦的思绪飘向自己的母亲。他想知道被自己困住的母亲在那个黑暗的山洞里怎么样了。顾不得鲜血淋漓的伤口，他起身朝门口走去，但是他没能通过那扇门。

小屋的一部分已被撕裂，即便有蜘蛛网的阻挡，屋顶丛生的杂草和断枝依旧像雨珠般纷纷掉下。卡哈瓦抬起头，蓦然对上一双透过云层的发红发亮的眼睛。这生物的体形超乎想象，它黑色的影子甚至能遮蔽星光——这只如噩梦般恐怖的生物抓住了小屋，用秃鹫般的利爪缓慢而贪婪地撕开屋顶，觊觎着里面的人。

一瞬间，连马林巴勇敢的儿子都被吓得全身瘫软。他盯着夜嚎者的大眼，试图提醒自己不要胆怯。那眼睛就像燃烧着的火焰，又像烧红的铜矿，一对通红的瞳孔足有武士的盾牌那么大。

卡哈瓦本能地掷出吊索，笔直刺进夜嚎者的眼睛里。眼睛被刺中的剧痛让怪物发出一声划破黑夜的哀号，眼睛里的热液全倾泻在地上。另一只夜嚎者闻声而来，迅速地将这只受伤的同类吞食了。

其余怪物依旧在大肆破坏着屋子。多数人设法逃到了洞穴，但部分人则被困在露天地带，他们不得不聚集在一起。许多曾为保卫妻儿而与马赛人战斗的、有千狮之勇的武士像兔子般逃跑了。当游荡的夜嚎者俯冲下来，将他们的妻儿残忍地捣成血浆并狼吞虎咽的时候，他们冷汗涔涔，发了疯似的尖叫着。

只有姆普殳和他身负重伤的朋友卡哈瓦仍被最初的胜利鼓舞着，尚有一战之勇。他们之间横亘着足足六只这样可怕的来自地狱的怪物。他们意外地发现，夜嚎者的眼睛是最脆弱的部位，也极易在黑暗里被命中。而每一次命中，都能让夜嚎者有所消停，给部落带来短暂的喘息时间。

新发明出来的投石机成了最有效的武器。随着实战的增加，卡哈瓦和姆普殳击中目标的技巧越来越熟练。

这一片聚集地已被夷平。没能逃到安全地带的人们被夜嚎者驱赶到一处。恐慌在蔓延，尖叫声此起彼伏，他们即将成为夜嚎者们狂欢盛宴上的食物。但是夜嚎者并没有进一步的行动，像在等待着什么指令。

姆普殳和卡哈瓦知道这是最后一战了。他们的手臂已经因不间断的投掷而酸麻，距离透支只是时间的问题。最终，他们不得不承认自己的无能为力，转身准备逃向安全的洞穴。然而就在姆普殳迈出脚步的一瞬间，一个陌生而浑厚的声音惊得他大脑一片空白：

“我的朋友，我与你同在。”

卡哈瓦扭头去看那个所谓新朋友，他也震惊了。紧跟着他们的，正是先前被俘虏的马赛人——科马·登博（Koma-Tembo）。

预料之外的盟友给了他们新的力量。三人齐心协力，又将一块沉重的巨石掷向夜嚎者。他们的抗争最终被一道并非来自尘世的声音打断了。这声音竟来自他们头顶空荡荡的空气：

“凡人，放下武器，向我的仁慈屈服吧！我是南迦，你们都是我的仆从。”

三个人都被半空中的那个模糊诡异的虚影惊呆了，连吊索都顾不得拿，任凭它们掉在血迹斑斑的地上。南迦到来的意图是如此容易揣摩：

“那个长生不死的女人马林巴在哪儿？”

无人应答。沉默再一次降临，就连夜嚎者也在静静等待着下一个指令。

“小子，我在问你话！”

“马林巴是我母亲，已被我带去了安全的地方。即使是至高神想找到她，也必须先跨过我的尸体！”

“南迦不是来向愚蠢的凡人传话的，也不会欣赏你那幼稚的行为。立刻将马林巴献上来！

“强大的南迦甚至能搜查到老鼠洞！

“卑劣的凡人啊，立刻遵从我的命令。否则我的野兽将把这里变成人间地狱！”

卡哈瓦第一次体会到赤裸裸的恐惧感。他知道南迦是认真的。无论神位与神格如何，神都不会做无意义的恐吓。他们不像人类那样心存良知，有浓烈的情感。神是无法理解爱与忠诚的，这是独属于人类的弱点。或许只有将这些情感传承给人类的圣母始祖玛是个例外。

“卑劣的凡人，你竟敢让我等待，我最多再倒数十次心跳的时间！”

姆普殳痛哭起来。他试图恳求南迦，但神的眼里只有沉默的卡哈瓦，连等待着进食的夜嚎者都被一并忽视了。

“很好，小子，你的时间到了。”

卡哈瓦没有立刻回答。在更漫长的沉默后，他握紧了自己的骨制匕首。姆普殳看到他的眼里闪过一道可怕的光。接着，卡哈瓦非常冷静地回答道：“南迦，我的回答依然是——不！”

匕首出鞘，卡哈瓦的眼神竟让姆普殳一时无法理解。这种眼神理应只出现在备受鼓舞的人身上，或者出现在一直被恶徒折磨而豁然开朗的人身上。姆普殳看到他的朋友轻蔑地凝视着半空中的南迦，眼神难以言喻。紧接着，卡哈瓦面露讥讽，就像是在嘲笑一个行若狗彘的敌人。

神的眼睛里骤然爆发出了凌厉的杀气。他意识到卡哈瓦可能宁愿死去，也不愿用交代换取苟活。他迅速向离他最近的那只夜嚎者下令，指挥它用秃鹫般的利爪抓住卡哈瓦并将他带上了天空。

“现在，小子，你选择交代还是死亡？”

卡哈瓦仰天大笑起来，笑声是如此粗鲁无礼。夜嚎者看了看他，又疑惑地看向了南迦。就连被驱赶在一起的人类也都不解地看着卡哈瓦。

（译者：姚雨嘉）

卡哈瓦最后说道：“在空中闪耀着的太阳底下，最为不幸和可怜的莫过于一个曾经强大有力的生物，现在却顽固不化地守着他那已经消失的力量的碎片。没有什么比他设法欺骗他自己和其他人相信他仍旧拥有着过去的能力的样子更为悲哀的了。你就是这个生物，南迦，你已经不再是一个神了。你不过就是比一般的恶魔稍微好上一些罢了。当木隆古把你从金色的图拉雅莫亚之谷像条带着伤并被殴打过的恶狗一样拉出来的时候，他也剥夺了你的神力。你只会使用武力，南迦，你就像一个普通的人类恶棍一样应该受到折磨。如果你再次拥有你曾经的能力，你就能通过读取我的意念来知道我母亲的行踪。使用武力即承认了自己的失败，你就是一个彻头彻尾的失败者，一个曾经愚弄了马赛人的可怜的造物神。你差遣他们用武力去攻击整个部落，而你只会将自己隐身并进入我们的村庄，然后妄图带走我的母亲。你这个极为不幸的堕落了的造物神，你只能寻求他人极大的帮助。"

"闭嘴，你这小畜牲！如果我想听你那疯疯癫癫又愚蠢的空谈，我自会命令你的！你的母亲在哪儿?"

"用你的神力去找到她啊!"

南迦给那只夜嚎者下达了一个利落的命令，它便慢慢地开始用爪子掐紧卡哈瓦的肉体。

就在这时，一个奇迹发生了：一首歌在夜空之中响起，就像一个有着单纯的怜悯之心并能带来拯救的灵魂。这首歌带着具有魔力的音符，震惊了这些恶魔般的夜嚎者。歌者的手中拿着一样乐器，这在之后被人们称为卡林巴琴。这神秘的乐器在这夜晚发出了令人难忘的旋律并且给正蜷伏着的夜嚎者们施下了一个强大的法术。这歌曲使它们麻痹并最终被摧毁。

它们一起发出了强有力的咆哮，仿佛它们都已经沦为患了奇异的致命的麻风病的病人，它们有鳞片的肉体开始从骨骼上脱落并且慢慢地从斜坡上滚下，裹挟着已被摧毁的村庄的废墟。一缕缕蒸气从它们扩张得如烂泥一般的肚子里喷发出来，它们难闻的肠子里也爆发出难听的响声，并且在这些蒸气里飘浮着那些被它们吞食掉的人的灵魂。

这些灵魂因能逃离出来飘向那片被称为永夜之地的国度，并在那里等候他们的重生而十分欣喜。

但在那之前，他们都加入了这首由一个女人吟唱并用乐器卡林巴琴演奏的歌曲之中。他们在不断地上下浮沉。他们在这黑暗的夜空中舞动、旋转和跳跃，并且他们中的一个小团体篡夺了罪恶的南迦的王位，南迦就像一坨牛粪掉落到发臭的如烂泥般的夜嚎者们的肉体上。所有被驱赶到一起的人也开始被卡林巴琴之歌所吸引。他们撕下被弄脏了的腰带、短裙和装饰物，并把它们都丢在一边，高举他们的手臂来感谢至高神和其他神的救赎。随后，他们也加入了庄严的卡林巴琴之歌中。

死人和活人同置于一处，繁星与他们一同庆祝。众神流下了晶莹的泪水，在悼念和赞扬中颔首。马林巴用这首歌控制着这些灵魂——活人与死人的使者，直到黎明的第一抹曙光染白了东方的天空。

最终，她丢下了她的卡林巴琴，冲向了她的儿子。她伸手搂住他并放声大哭。她亲吻他的额头和双眼，把他紧紧地搂在怀中，她哭了很久，不是因为苦痛，而是自豪、纯粹的喜悦和难以言喻的幸福。在她松手放开他的儿子后，卡哈瓦做了一件震惊了他的母亲和瓦卡姆比其他族人的事——他举起一把废弃了的带着锋利石头的斧头砍掉了自己的右手！但这之后成了这一部落中一条几代人都不可违背的法律。

卡哈瓦举起了自己正在淌血的残肢，向正处于震惊之中的全瓦卡姆比族人宣告说："瓦卡姆比族人啊，以此残肢为证，我要颁布一条全新的法律，直到时间之结被解开的那一天，你们都必须全心全意地接受并使它成为你们生活的一部分。为了阻止我的母亲把她自己献给罪恶的南迦，我只好用一根棍棒把她击晕，然后再把她藏了起来。但是事情的结果证明这样的做法是不正当的。因我击打了为我忍受了九个多月怀胎苦楚的神圣的母亲，我违反了星辰之律。就让这成为你们的法律、你们的谢罪方式吧！任何人，不论是男人还是女人，出于任何原因打自己的母亲，都必须自愿或被迫砍去他们的右手来谢罪。我祈求先祖来赦免我肮脏污秽的罪孽，净化我和我的子孙后代。并且我也恳求我的母亲，这世上最伟大的母亲，美丽的马林巴，能够原谅我。"

"我的儿子，我亲爱的孩子啊，你为什么一定要这么做呢？"马林巴扶住了正要瘫倒在地的卡哈瓦。所有族人也都赶忙过来围着他，想要帮助减轻这勇敢的王子的痛楚。卡哈瓦微笑着抬头看着他的母亲，用虚弱的声音问道："母亲，告诉我您是怎么逃出那个洞穴的。"

"孩子，我没有要逃离，是女巫纳穆韦扎和她的两个儿子在村庄被夜嚎者们侵袭之前搭救了我。随后我花了些时间制造了这乐器来帮助你……"

卡哈瓦昏了过去。

自此，幸福与安康降临在这片土地上，瓦卡姆比人繁衍生息，生活繁荣昌盛，以至于他们有资本能够对马赛人嗤之以鼻。尽管马赛人还是一如既往的固执和傲慢，但他们终于得以永远地从背叛者——南迦罪恶的魔咒中解脱出来。

马林巴创造了许多歌曲：爱情之歌、狩猎之歌，甚至还有丧葬之歌。她还发明了木琴，直到今天人们仍旧称它为马林巴。

人们唱着歌并吹着口哨，他们的灵魂被这些歌曲的旋律和调子所鼓舞，这都是他们永生的女酋长所赐予的。自奥杜和阿玛拉瓦逃离了第一族群居住的那片被毁坏的土地之后，人们第一次摆起丰盛的宴席，跳起欢快的舞蹈，再一次重新感受到这些优美的歌曲给他们沮丧且疲于奔命的灵魂带来的抚慰与愉悦。

整整十年，马林巴都拒绝婚姻。她毅然抗拒着男人们对她充满诱惑的身体的狂热追求，并忍受着无数个孤单的、以泪洗面方能入睡的夜晚所带来的炽热燃烧的痛苦。她看着自己的儿子开心地娶了两个瓦卡姆比女孩，并且在幸福和喜悦中日益兴盛壮大自己的部族。她也看着瓦卡姆比人建起了更多的村庄来为不断扩张的人口提供居所。很快，原来的定居点变成了她以永生之神所拥有的智慧统治着的小小帝国的王国中心。

随着时间的流逝，她发现要拒绝她最杰出的求婚者——科马·登博的狂热追求变得越来越困难。他是一个勇猛无畏的马赛人，曾在多年前被卡哈瓦俘获，并在与邪神南迦和夜嚎者们的战争中与她并肩作战过。

然后一个早已命中注定的夜晚来临了，你瞧，就连永生之神也不能挣脱命运的安排。

这间小屋是黑暗且孤寂的，在黑暗的室内，地球上最美丽的女人之一，无与伦比的音乐女神、幸福女神马林巴独自斜靠在一堆用狮子的和豹子的皮制成的毯子上。

纤长浓密的睫毛下，她的眼里映出了深深的忧伤，一滴晶莹的泪珠沿着她平整精致的小鼻子悄然落下。如果所面对的敌人就是自己，那么这场战争就是最艰苦的。而现在从许多方面看，马林巴就是她自己的敌人。在这小屋外充斥着嬉戏打闹的声音，成百的瓦卡姆比人在享用盛宴，在村里的空地上围着一团篝火跳舞。愉快的夜晚里回荡着人们的笑声和嘹亮的歌声。令人垂涎的水煮肉和烤肉的香味弥漫在空气中。给族人带来了真正的幸福和快乐的马林巴却在这一晚与这一切的欢愉无关。

一个幽暗的影子缓缓地穿过低矮的拱门爬进了这间小屋，马林巴的永恒之心在泪眼蒙眬中骤停了几秒。她清楚地知道是谁刚刚溜进了这间屋子。那是她全心全意爱着的男人，她饥渴的身体中的每一条静脉和动脉中都流淌着对他的渴望。但是，因为惧怕诅咒会注定他的死亡，她并不敢接受他。

远处篝火的黄色光芒映在他极具男人气概的侧脸上，凸显了那深邃的仿佛在燃烧的眼睛，并且使得他那因为傲慢的双唇和坚挺的鼻子而显得硬朗的轮廓变得有些模糊。

尽管只是安静地坐着，人们都能一眼就看出马赛人科马·登博是个为爱、权力和战争而生的男人。马林巴泪眼蒙眬地看着坐在这间屋子门边的他，心中热切地渴慕着他，就像一只黑斑羚渴慕林中小溪里凉爽的水一样。但她没有采取行动，她在向众神暗自祈祷着让这男人与自己保持现有的距离，不再靠近她的屋子。因为这位永生之神知道要是这个伟大的马赛男人再靠近一点点，她炽烈的情感将出卖她——和他！

“哦，科马·登博，我看见你了。”她挣扎着说。

“科马·登博也看见了他生命中那闪耀的太阳。”科马·登博慎重思考后回复道。

“科马·登博是在能将他灼伤的太阳旁取暖。”她说着并勉强地挤出了一丝微笑，“你知道的，坐在这些太阳发出的光芒下是多么不明智。”

“我并不介意被马林巴这无与伦比的太阳灼伤，”他微笑着说，

“我也不介意被她这纯净的河流淹没。”

“马林巴已经告诉这有着木头脑袋的马赛人好多次，为什么她不能接受他作为自己的丈夫，”她说道，“但是科马·登博仍固执地像一只拒绝被扫帚强行扫出茅舍的青蛙。”

“在无与伦比的马林巴面前，科马·登博绝不会以‘不’作为回答。”

突然之间，这位公主的情绪失控了，愤怒的言语从她的嘴中倾泻而出，她对于这个男人的渴望正持续地膨胀着，就像是从乞力马扎罗山的腹地喷涌而出的澎湃着的炽热岩浆。“你这个傻子，科马·登博！你们男人都是愚蠢又顽固的傻子！你被自己的欲望牵着鼻子走，直至毁灭之谷。事情没有你想的那么简单。我已经告诉过你一百次了，我不能接受你作为我的男人，因为你将会在我们成婚之后的三个月内死亡。我是在拼命挽救你的生命，你这脑子糊成了粥的傻子！你必须立刻离开这间屋子。”

“在我从你面前消失之前，哦，我生命中的太阳，我必须先听到你说你爱我。”

这要求让这个备受折磨的女人实在无法承受了。眼泪溢出了她的眼眶，并浸湿了她的脸颊，深深的啜泣使得她美丽的身子都在颤抖。她转过来朝着这马赛人尖叫：“你知道我爱你，你知道这一点已经两年了。你一直不断地问就是因为你喜欢折磨我。现在马上离开这间屋子……汉巴（Hamba）！辛比拉（Simbira）！还有你……你……穆里拉·布西科（Mulila–Busiko）……夜嚎者!”

科马·登博惊呆了，他以一种最不像马赛人的方式大张着嘴巴。他并不知道他生命中的太阳已经爱了他整整两年，并且她不愿意嫁给他只是因为在她脑子里的那个诅咒。而在科马·登博看来，比起终生忍受痛苦和孤寂，和马林巴在爱和幸福中共处上三个月会更加愉悦。当他迈出步子缩短那仅有的分隔了他和他所爱慕的对象的距离时，科马·登博非常清楚地知道他只有三个月的生命了，但同时他也知道这接下来的每一天都将比一千年寿命更有价值。

在他温柔地用带着战伤的手臂将他所爱的人儿揽入怀中时，他就是这样告诉她的。

马林巴因为这个马赛人把手放在她身上而震颤了起来。她战栗着发出了一小声恐惧的喘气声。她想试着把他推开，用尽全力野蛮地推他，但是她的手臂不是在推他，而是越发紧紧地搂住了他的脖子并把他拉近。她的意志力在欲望的岩石前被撞得粉碎，在空中变成了一百万片闪耀着彩虹色的水晶碎片。还有什么比一个人自己身体的背叛更致命的呢？还有什么比流淌在一个人自己血液中的欲望这一全人类的敌人更邪恶的呢？马林巴沦陷了。

后来——在那一晚的深夜，马林巴走到了村子的空地并加入了那彻夜狂欢的盛宴和篝火旁的舞蹈。她的子民从未见过这么可爱的、活泼的、充满活力的马林巴。她是歌曲和欢乐之源，并且她跳起舞来就像一场酣畅淋漓的、能毁坏掉一个城邦的暴风雨。

但卡哈瓦并没有被他母亲的欢愉所欺骗。他清楚地看穿了这一切，就如看穿了一滴透明清澈的水。他看见了那个高个子马赛人走进他母亲的屋子，在他的母亲向这些欢呼雀跃的人们宣布自己的决定之前，他就已经猜出了一切。

马林巴在十余年后决定再次结婚，并且她将要再次承受极大的丧夫之苦。她所有的欢愉和活泼都是在试图麻痹她自己，为了不让自己想到这一不愉快的事实。

一年半之后，这位美丽的瓦卡姆比女酋长独自待在阴暗的森林之中。她坐在河岸上，而这条河流就在多年前见证了她的第二任丈夫被一头年老的狮子攻击并吞食。这同一条河流见证了科马・登博这位英勇的马赛人的逝去，那是她最爱的男人。

那时，科马・登博和五十个猎人，以及陷阱挖掘人一同出去猎捕一头犀牛。这头犀牛在河边上占山为王并常常向从村子里出来打水的成群的妇女冲去。像往常一样，科马・登博主动地承担了最冒险的工作——这一次他选择作为诱饵。在这个工作上，他需要引诱这头野兽跑向事先布置好的用雪杖和草盖好的陷阱范围。一旦进入这一范围，这头野兽就会被躲藏在灌木丛之后的其他猎人用石头和树枝如淋浴般的疯狂投掷而击毙。作为诱饵，科马・登博必须将自己暴露在这野兽面前并主动地引诱它朝着自己冲过来。随后，他将引导这头野兽冲向某一个铺好了足够结实的隐蔽物——能承受一个成人的重量但是不能承受一头野兽的重量的陷阱。

科马·登博成功地将这头暴怒的犀牛引诱到其中一个设计精妙的陷阱里，但是他自己也被绊倒跌入了这一陷阱之中。最终，马赛人科马·登博和这头犀牛在这个致命的陷阱里面临了同样的命运。

马林巴变得十分忧郁和孤独。她渐渐养成了只身前往森林只是为了坐在一个隐蔽的地点并且独自默想的习惯，她所创作的歌曲是她唯一的陪伴。而且她的子民开始意识到他们的女酋长越是受到命运之神的苦待，她所谱写出来的歌曲就越美，并且她发明的乐器就越妙不可言。

她发明了六种不同的芦笛和管弦乐器。

当她正独自坐在河边的时候，如今以“左撇子”而闻名的卡哈瓦沿着河岸向她跑去，他看上去很兴奋，这实在是极难得在他身上能看到的。

“我在这儿呢，哦，卡哈瓦，我就在这儿。”

卡哈瓦从灌木丛下大步走过。他已经全副武装好了，脸上带着如往常一样坚毅的表情。但是他的眉毛却像被一团疑惑的乌云遮盖着，这让马林巴甚为惊讶。

（译者：叶纯怡）

“发生了什么，卡哈瓦，”她一边站起来一边问道，“孩子，发生了什么?”

“跟我来，母亲，”卡哈瓦带着掩饰不住的兴奋说道，“跟我来，因为我一定要给您看这个，它甚至可能会是您迄今为止见过的最奇怪的现象。”

马林巴跟着她的儿子穿过了黑黢黢、阴沉沉的森林，穿过那片微风在高高的草丛中低语的树林，穿过了水獭在苇丛中玩耍、沼泽鸟在高高的卢巴卡上筑巢的沼泽。

他们朝东走向远处的高山，很快马林巴发现自己正在走上一个乱石坡，平地逐渐被甩在身后，渐渐远去。一丛灌木带着恶意的干刺残忍地划破了她滑如凝脂的大腿，渗出了些许纯洁的血。她情不自禁地发出了轻微而痛苦的呻吟声，而卡哈瓦还在继续飞快地移动着，他那石头般的权杖被紧紧地攥住，蓄势待发。可当他看到了划痕和血，一种奇怪又强烈的感觉紧接着涌了上来，即使连他自己也不能确定这种感觉是否席卷了他的整个灵魂栖息地。

“我的天啊!”他哭着喊道，“母亲，您受伤了!”

“这没什么，我的儿子，这不过是一条荆棘的划痕而已。”

“坐下休息吧，母亲。”

“孩子，我不累，我们可以继续赶路。”

“母亲，您坐下。”卡哈瓦固执地坚持着。

“你和你父亲真像，”她虚弱地坐在一块大石头上并面带微笑地惊讶道，“但是你一定不能无休止地使用力量，记住，儿子，因为它最终会摧毁那个滥用它的人。”

“母亲，力量可以很好地用来保护一些想珍视的人和事，我会用它来保护您，我也准备好了去使用世界上所有的力量。”

“我的孩子，你一定不能只把你的爱倾注在一件事或一个人上，你必须学会将你的爱延伸到世间万物上，因为你是这世界的一部分，世界也是你的一部分。”

“我明白了，母亲。”卡哈瓦温和地答道。

“我的孩子，最重要的是，那两个我安排成为你妻子的姑娘，你一定要尝试着去成为她们的好丈夫。她们一直都有抱怨你回到家里的坏脾气——你拒绝碰她们，还对她们为你做的食物吹毛求疵。”

“但是，母亲……”卡哈瓦抗拒地说，“起初我就不想结婚。我没有和女人相处的时间。除此之外，你给我的这两个妻子真的是世界上最糟糕的了。第一个，萝扎娜（Lozana），是一个极其无聊的女人，她可以从早到晚像只在丛林里上蹿下跳的猴子一样喋喋不休。而第二个，鲁姬蔻（Lukiko），则是一个又胖又蠢的傻瓜，不仅会使我想到陷在泥潭里的烂泥，而且闻起来也像，没脑子的样子更是一模一样。”

“我的孩子！”母亲呼喊道，“你说的这是什么话？你在说些什么可怕的东西？生儿育女去继承你父亲的姓氏是你责无旁贷的义务，你的个人想法绝对不能妨碍你去承担这样一份责任。而你是否爱你的妻子并不重要。现在，卡哈瓦，我必须在未来的两个月时间里看到你的两个妻子或是其中一个怀孕……而且我不能容忍你再顶嘴！”

“母亲，在我的生命中有比生一窝又吵又闹的孩子更好的事需要去做。”

马林巴正要发火，却被突然从圆石后出现的卡哈瓦的朋友——滑头的姆普殳打断了。姆普殳因努力爬山而满头大汗，一见到马林巴，他便跪着将双手交叉放在他胖胖的脸前方向她致敬。然后他抬起那鱼一样的脸对卡哈瓦说：“我一直和那些奇怪的野兽在一起，噢，马林巴的雄鹰，我发现了一些非常意外的事，那些野兽不仅是无害的而且十分温顺，实际上，你甚至可以拉着其中一些雌性的耳朵，它们会跟着你走。”

“姆普殳，你说的是什么奇怪的野兽？”马林巴疑惑地问道。

“跟我来，母亲，快过来看。”卡哈瓦催促着。

尽管茫然而又迷惑，但马林巴还是跟着她的儿子和儿子的朋友前往那遥远的东北石山。他们在爬过一座小山后，中途在另一边停了下来。“看，母亲，朝下看山谷里面。”

马林巴的目光顺着她儿子胳膊指着的方向看到了她有生以来所见的最奇异的景象。下面的山谷里满是奇怪的动物，看起来像是水牛，但是影子却更小，颜色也不像水牛那样千篇一律，而是各种各样的，从黑色到暗褐色，从红色到白色。但它们中大部分要么是棕色和白色相间，要么是黑色和白色相间，要么有着棕色的身体和白色的腹部。它们的角也完全不同于马林巴之前看到过的任何东西。

“它们是什么，孩子？”

“我也不太清楚，母亲，但是我从带这些动物来到这儿的幸存者那里得知，这些动物被称为‘驯服的动物’，母亲。”

“‘驯服的动物’？对我而言他们已经够危险了。”

“它们真的很温顺，母亲，而且它们身上有一些在野生动物身上找不到的东西。”

“你是怎么发现它们的，孩子？”

“姆普殳和我出去打猎的时候，母亲。我们俩在我们现在站着的地方看到了那些奇怪的动物。起初，我们俩以为它们是一种羚羊，并决定猎杀它们。但奇怪的是，当我们看到它们的时候它们并没有惊慌逃窜，也没有像水牛那样进攻我们。然后，姆普殳注意到那里有一些人和这些奇怪的生物在一起，我们就上前去查看。我们发现有一个人躺在高高的草丛里，似乎是死于某种传染病。我们还看见有十个男人和三个女人，所有的男人要么死了，要么快死了，而那些女人，还有一个活着，而且她似乎并没有受到这种疾病的折磨。”

“这些人员从哪里来的，我的孩子？”

“我也不知道，母亲，那个幸存的女人看起来太害怕我们了，话也说不清楚，但如果她愿意说话的话，我会乐意倾听的。”

比起称她为女孩，这个幸存的女人其实更像是一个漂亮的小东西，她有着突出的门牙，还有像纯乌木一样的肌肤。她的头发被编成许多细小的辫子，辫子垂在她的额头和背上。她穿着一条豹纹短裙，带着由闪闪发光的珠子和贝壳穿起来的项链，青铜宽手镯在她的手臂上熠熠发光。她抬起头来望向站在她面前的马林巴，接着在这个伟大的女人好奇的注视下，这个奇怪的女孩不自觉地垂下了眼帘。

“告诉我，孩子，”马林巴终于问道，“你从哪里来？”

过了好一会儿，这个奇怪的女孩回答：“我们从……努巴（Nuba）来……”

“努巴在哪里？”

“很远，很远，很远。”

“你带来的那些动物又是什么？”

“这些动物的肉——我们会吃，还有它们的奶——我们也会喝。”

“你们吃这些动物的肉，还喝它们的奶？”

“是的，我们就是这么做的。”

然后卡哈瓦问这个女孩，是什么将与她一起来的这些人杀死的。她用一种奇怪的停顿方式解释说，她的父亲和父亲的仆人，还有她的母亲吃了一个女仆煮的蘑菇，那个女仆自己也吃了一些。而那时她一直头疼得厉害，根本没有食欲，却因此得救了。

马林巴问女孩，她的父亲做了什么要远离自己的家乡。女孩的回答令卡哈瓦震惊，也使马林巴双目湿润。女孩说这是他们那儿人们的信仰：如果一个人向南旅行足够长的时间，最终就会到达和平之地。她的父亲曾是他们故乡的牧师，也是这个神话坚定不移的支持者。因此，他带上了他所有的财富、妻子、女儿和仆人动身向南去寻找和平之地。

突然，这个奇怪的小女孩扑到马林巴的怀里，并祈求保护，因为她现在已经举目无亲了。在他们的土地上有这样一个惯例，就是孤儿需要被收养，即使是被完全陌生的人收养也可以。她祈求马林巴收养她，保护她，并询问是否可以一并接受她的那些牛。

当卡哈瓦和姆普殳将那两千头野兽围捕并朝着瓦卡姆比的高山村驱赶时，马林巴询问女孩的名字，女孩回答道："拉拉蒂（Rarati）……这个是……我的名字……我尊敬的马林巴。"

"拉拉蒂，"马林巴说，"你的名字将会被铭记，人们世世代代都将会为你欢呼，感谢你将养牛业带到部落。在此，我也诚挚地感谢你，我的女儿，拉拉蒂。"

瓦卡姆比的美丽女酋长，无与伦比的马林巴，正和女仆们穿过森林，前往河畔到清凉的河水中沐浴。鸟儿们在树顶上欢快地歌唱，森林里弥漫着成千上万丛开了花的灌木的香气。无数蝴蝶和各色昆虫在白色、蓝色、棕色交织的花海中飞动，甚至那蜜蜂嗡嗡的歌曲也能在耀眼的阳光下听到。胆小的野兔飞奔穿过草丛，勒伊巴和斑鸠咕咕的叫声使这本就非常美好的一天变得更加迷人。

天空是最纯净的蓝色。只有几朵云彩悠闲地飘在永恒无垠的天上，柔软如同羊毛一般，娇嫩得就像阳光照耀下的少女的身体。

当马林巴穿过森林时，她的大眼睛生动得像是月光照耀下的水晶。就像草儿感恩地饮着清晨的雨露一样，她从迷人的森林里品尝灵感：普通的人从中只能看到那些树，而她却看到了它们的尊严和无与伦比的美丽；平凡的人只能听到风穿过枝丫的沙沙声和百鸟无意义的叽喳，而她却听到了自然创作的歌声中荡气回肠的诗词。

当她看到许多年轻男孩聚集在一起，围绕着躺在高高草地上的什么东西时，其实她离河畔已经不远了。那些男孩正在一边交谈，一边激动地打着手势，都明显地拍打着其中一个男孩的背以表示祝贺。他们的声音随着芬芳的空气飘到了耳听八方的马林巴的耳中。而正如人们对这个伟大的女人所期望的，她要过去看看是怎么回事……

（译者：袁　铮）

她离开了她的随从，以便一探究竟。然而，眼前的景象却使她怒火中烧，难受作呕，泪水也难以自抑地涌出了眼眶。为了捕捉年轻的羚羊，一个男孩设计了一种极其凶险却又不易被发现的陷阱。经试验，这个陷阱十分有效。一只年轻的母羚羊不幸落入凶险的陷阱，无情的绳索紧紧地勒住了它的脖子，它就这样躺在地上，奄奄一息，而只需再过几天，这只不幸的母羚羊就能孕育出下一代了。

“你们这些鬼吼鬼叫、横行霸道、毫无文化的混蛋，这鬼玩意儿是谁想出来的？”马林巴异常愤怒地问道。

男孩们无人应答。受到惊吓的他们低着头，一声不响地望着自己肮脏的脚。其中两个男孩同时吓得尿了裤子，这引得马林巴的女仆们发笑。

“我在问你们话呢，你们这些小混蛋！”马林巴大声吼道。

最终，其中一个男孩颤抖着低声回答道：“我……是我做的，酋长。”

“哦，是你吗？”马林巴怒吼道，“现在，你将为你的所作所为付出惨痛的代价！”

“求求您，请您饶恕我！”男孩求饶道。

“我从不宽恕像你这样的嗜血的白痴，”马林巴冷冷地说道，“我命令你现在通过这只动物的鼻孔向它吹气，使它活过来。”

看到男孩抬起死羚羊的头，按照马林巴的指示，竭尽所能想要使羚羊复活，随从们都万分惊讶，禁不住一阵狂笑，但立刻又在马林巴燃烧着怒火的注视下噤了声，一个个都默不作声地看着。尽管毫无用处，男孩还是不停地给已死的羚羊吹气，怀揣着使其复活的念头。他的脸上满是汗水，面颊也因吹气而肿胀起来，他的心更是因为极度的恐惧几乎停止跳动。

“你最好祈祷这只羚羊能复活，你这令人讨厌的家伙，”马林巴恶狠狠地说道，“否则，你将后悔来到这世上。”

男孩儿吓坏了，他竭尽全力，做了他所能做的一切。马林巴和她的女仆们冷眼旁观，女仆们的脸上甚至可见讥讽的笑容。

“为什么，”马林巴最后说道，“似乎对你来说，杀死一个动物比救活它容易得多！”

“哦，伟大的酋长，我无法使它复活，”男孩儿声音颤抖，“它还是毫无复活的迹象。”

“既然如此，你必须接受惩罚。”马林巴冷声说道。

“请您饶了我吧！”男孩儿大声求饶道，“我还年轻，我的人生才刚开始，我还不想死！”

“因你的恶念而亡的那只动物同样不想死。”马林巴提醒道。

“请您饶了我吧……”

“抓住他！”马林巴对她的女仆们命令道，“给我牢牢抓住这个祸害！”

那些轻笑的女仆立即扑向男孩并牢牢地抓住了他。男孩儿又挣又踢，大声喊叫，然而都毫无用处。他向朋友们呼救，而往日那些所谓忠诚的朋友，此时都消失在灌木丛中，宣告那可笑的友谊不堪一击，留他一人面对。“把他带到村庄去，我要当着所有人的面对他做出应有的审判。”

在一座被誉为“瓦卡姆比之丘”的山丘顶部，坐落着“正义的崇高之殿”，聚集在一起的瓦卡姆比人此时正呈半圆形围坐在殿中。而在一块竖立着的被誉为“正义之石”的岩石的底部，矗立着女酋长马林巴的宝座。此时，她正端坐在宝座中，左右两侧各站立着一位长者。

位于她左侧的是“崇高的控诉者”，居于其右的则是“天国的仁者”。“天国的仁者”有义务站在囚犯的立场为其求取怜悯和减刑，尽管他无法帮助其逃避控诉。

当男孩儿被认定有罪后，马林巴有权处决他，因为根据法律规定，目睹囚犯实行其被控诉的罪行的目击者，拥有对该囚犯的处决权。

审判在瓦卡姆比的月升之时才能开始。为了迎接月亮这一神圣天体的上升，所有人都沉默以待。在这种安静的氛围下，即便轻声耳语也是绝对禁止的。夜幕降临，大地被黑色紧紧笼罩，变得混沌模糊。村庄下的森林甚是阴郁，夜空中星光熠熠，狮子用咆哮以示内心的狂怒，豹子则流露出内心对世间万物的蔑视。

因一时放纵摧残其他生命而被马林巴抓获的男孩儿马林格(Malinge)，深知月亮到来的同时意味着自己死亡的到来，他是如此害怕以致呈现出一种呆滞的状态。他转身望向他的父母所在的方向，发现他们正和其他村民坐在那熊熊燃烧的“正义之火”附近。为了更好地照亮“正义的崇高之殿”，人们将“正义之火”以半圆的形状点燃。那儿有七团类似的火，代表着创生七门，它将物质世界和图拉雅莫亚的亮铜色的平原和清新的森林世界分隔开来。在后者的世界里，神灵们获得生命，永生的娼妓丽祖丽(Lizuli)在终极世界成千上万双眼睛的注视下夜夜翩翩起舞。

这些熊熊燃烧的火并非用木头而是用一种名为姆佩科的植物的叶子点燃的，再添加些被男孩残害的那类动物的骨头来燃烧。当某人因谋杀罪被起诉时，火堆就用人类的骨头来烧。在这次的情况下，羚羊的骨头被用来烧火。

马林格向他身为战士的父亲那张阴郁而又长满胡须的脸投去祈求的目光，却不见他父亲脸上有任何一丝怜悯。他的父亲、母亲、兄弟甚至都没有认出他。他意识到自己是如此孤立无助。肃穆的氛围使他心惊胆战，他的眼中不禁噙满泪水。远处的山上，一轮明月冉冉升起。

月亮升起，惊恐万分的马林格失声大叫，他尝试着逃离“正义之殿”，却被姆普殳和卡哈瓦紧紧抓住。

“哦，马林格，挺直身板，像个男人一样接受应得的惩罚吧!”

姆普殳说道，“不要想着从正义之狮的嘴里骗走肥美的猎物。不要害怕，你不会出什么大事的，不过是你的鼻子和耳朵会被切除，而你将会被扔给饥饿难耐的鳄鱼。多值得期待呀，是吧？”

“不！”马林格尖叫道。

“被告马林格，卡提姆比（Katimbe）之子，奈衮古（Ngungu）之孙和勒姆比（Lembe）之曾孙，为了检测自行设计的陷阱的功效，他惨无人道地残害了一条鲜活的生命，”“崇高的控诉者”声音刺耳，他接着说道，“他对一只怀孕的母羚羊的腹部做出致命一击，而现在你们可以在‘指控之堂’看到受害者的遗体。这个男孩在猎杀羚羊时并不饿，他也无意将这只羚羊作为食物带回家给父亲。这显然是随意摧残生命的行为，也是对法律的直接蔑视。马林格必须死。只有他死了，圣母对这恶魔般的行为的愤恨才能平息，伟大的神才不会将他们的愤恨化为凶猛的冰雹惩罚我们。马林格必须死，这不仅是为了制止其他人犯相同的罪，而且通过死亡，他可以将他的罪行带入永夜之地的尘土里，远离瓦卡姆比。”

“崇高的控诉者”端坐着，他极度愁闷地看着聚集在他面前的村民。“正义的崇高之殿”中的空气愈加沉闷。

另一位长者，“天国的仁者”，摇摇晃晃地用他无力的双脚站起，说道：“瓦卡姆比的人们啊！请允许我这个不中用的人说几句话。众所周知，马林格罪孽深重，他理应承受最严酷的惩罚，因为如果我们允许毫无担当的年轻人随意杀害森林中的动物，那么，我们离神剥夺我们赖以为食的所有生物的日子就不远了，而对于栖息在森林中的豹子和鬣狗来说，放眼望去找不到其他动物的日子也将是不久后的事。因此，我对于马林格应受惩罚的事毫无异议。但我恳请大家给他一个机会，让他亲自向大家解释这样做的原因，他为什么违背我们最为古老和最为神圣的法律，最重要的是，为什么他竟敢改动我们规范化的方法，致使这些方法正如这个陷阱显示的那样残酷。”

他支支吾吾地说完后坐下，用手背擦了一下拧成一团的眉毛间的汗水。他满是皱纹的脸上淌着泪水，温存劳累的眼睛红肿并充血。

“站起来，囚犯，”“崇高的控诉者”怒吼道，“站起来告诉我们你为什么破坏了神圣的法律，你为什么胆敢改动我们的祖先发明的东西。难道你认为你比我们的祖先更有智慧吗？”

“不，不是这样的，”男孩结结巴巴，“我只是想……”

“听着，你这个恶魔，”“崇高的控诉者”大喊，“你并不是这个世界的主宰。如果你想要一个可以任你改造的世界，你可以自己去创造一个。然而，在你现在所处的这个世界，你必须认清自己的位置，你不过是一粒无足轻重的尘埃，你必须遵守先辈们制定的法则。对于人们十分满意的东西，你的任何尝试改动的行为都是被禁止的。你似乎淡忘了正是对于发明新事物的热忱给那些初代人类带来了灭顶之灾。别告诉我你从未听说过‘最高生存七律’，因为我知道你懂的。”

我们知道，当一个人深陷绝望的泥沼，他会竭力抓住所有的希望。在人生中最黑暗的夜晚，希望是那颗最闪耀的却又虚幻的星辰。在“崇高的控诉者”看来，被宣判的马林格看到了一丝微弱的希望，并且牢牢地抓住了它。将死之人无所畏惧，他将抛弃所有的敬重和尊严，所言所为均遵从自己内心真实的想法。现在的马林格就是这样。

“你们这些老不死的伪君子！”马林格尖声大叫，“你们根本就不配坐在审判之位上。我发明了新事物，你们就说我违反了法律。”

（译者：周飞悦）

“为什么我们的酋长马林巴没有被指责发明所有那些新乐器呢？”

他胆大妄为的话语刚说完，会场上就响起了一阵阵笑声，马林格想报复那个抓他来审判的女人的希望化为了泡影。会众们哄堂大笑了很久，直到高级法官不得不站起身，大声喊着让大家保持安静。

“你这个彻底的傻瓜！”他低吼道，“你这个可悲无耻的老鼠！马林巴是神的随从，长生不死的女神，这个地球，世间万物，她所做的一切都是在至高无上的神的指引下完成的。尊贵的马林巴，请宣判对这只肮脏的畜生的惩罚。”

马林巴站起来，她的大眼睛在月光下神采奕奕。在月光下，她那双非凡的双眼中也包含着悲痛。她的声音平静而温柔，她说：“马林格，我不是你的死刑执行人，也无法命令你死亡。但我不会让你轻易逃脱。神告诉我你是一个顽固的惯犯，你做这些违法的事情纯粹是为了取悦你自己。你乐于看到无辜的动物们在痛苦中死去。我现在命令，带下去，用棍子打断你的腿让你永不能行走，弄断你的手指，毁了你的双手。”

马林巴低头看着马林格发明的那个可怕而又无情的陷阱，不禁战栗。只有一个疯子，一个残忍的怪物，才会发明这种惨无人道的酷刑。怪不得长老们推翻她的意见，要在天一放亮就把他扔给鳄鱼当食物。

接下来，马林巴跪坐下来开始工作。她拆卸了由长方形的木头扁片和鹿皮皮鞭与丝线捆绑在一起组成的长门，对木块做了一些小小的修改，使它们变得长度厚度不一。她命令女仆们拿来一些不同大小的库萨纳葫芦，并在每个葫芦的一头打开一个大洞，在边上打了一个小洞。她的下一个命令也同样奇怪，把葫芦放在村门口的一个大泥碗里，告诉村子里的所有老妇人连续三天每天都要把早晨的水倒到大泥碗里。马林巴解释道，这不仅是为了给乐器带来永久的祝福，也是为了使葫芦具有韧性和耐用性。

之后，将这些葫芦在动物油中煮，使它们更有弹性、更防水。

在一大群瓦卡姆比男人和女人敬畏和惊奇的注视下，马林巴用她精巧的双手开始亲自组装这个新乐器：她先用四根雕花的木头组装出一个长方形的硬木框架，再用扁平的木头来连接长方形框架的两端，之后她把葫芦们卡在架子中间并用树胶牢牢地粘住以固定。

接着，她用从芒叶蜂巢中提取的薄层覆盖住葫芦上的每一个小孔，并用树胶粘住。葫芦们被安放在中央板下，由大到小排列着。然后是制作每个葫芦顶层遮盖的木条，也是按大小顺序排列，每一块都直接穿过一个对应的葫芦共振器，并用两条皮带悬挂在共振器上。

于是，这样一个传统木琴——马林巴琴——就诞生了。很快，在宴会和舞会上，这个音调悦耳的伙伴发出一个个美妙的音符，像少女的承诺般动听温柔。在节日的气氛中，美妙的音符萦绕在每个人心头。马林巴琴是灵活的乐器，既能通过改变音调来契合令人热血沸腾的欢快的婚礼歌曲，也能使音色变得粗犷低沉来演绎伤感与黑暗恐怖的战争乐章，从而直击人类心灵深处。就连惊险刺激的打猎故事，它都可以惟妙惟肖地演绎出来。无须人声伴奏，一把琴，一个故事，一份情。其他乐器和耳朵交流，马林巴琴会与灵魂交谈，所以马林巴琴被奉为乐器之神。

制作乐器之时需要坚硬而古老的木材，这样才能使其音色醇厚悠远。在选择木材时必须小心谨慎，有数不清的注意事项。木材不能有一点裂缝，木质要紧致细腻。

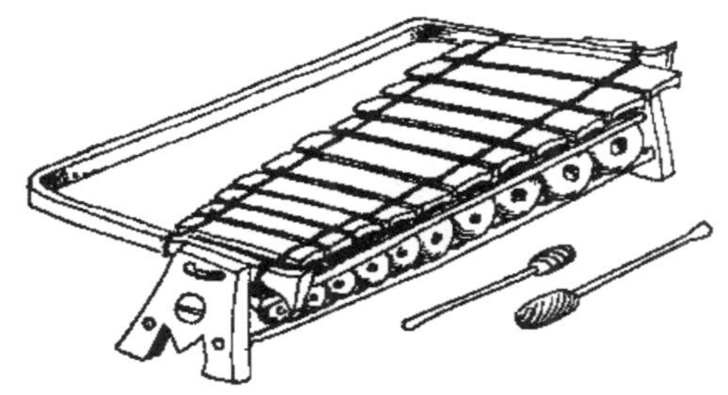

马林巴木琴

马林巴非洲最早的鼓，由用火烧空的粗糙修剪的原木制作而成

曾经被闪电击中的硬木树的木材是制作马林巴琴的上乘之选。绝不能在战争和饥荒时期制作这些神圣的乐器，它们也绝不会由那些不能生育的、精神变态的或身体有任何残疾的人来制造。

“哦！伟大的马林巴，”一个大块头的女厨师用充满爱戴和尊敬的语气低声说道，“很遗憾今天您的仆人没能烹煮您最喜欢的坚果佳肴，瞧，因为旧的灰泥钵整个底儿都破了，现在只是一个无用的空心圆木，只能拿来当柴火了，我们必须请木雕师做一个新的。”

“不要烧原先的灰泥钵了，”马林巴带着神秘的微笑说，“事实上，我一直在等待类似这样的事情发生。我会借此把它变个样，好给人们的生活带来更多的乐趣。神把这些人托付给我，就是要我领着大家走上和平与智慧之路。”

“马林巴酋长的确是智慧之母。”胖女厨低声说道。

“这个世界上没有人是智慧之父或智慧之母，曼丁韦(Mandingwe)。我什么都不是，只是一个仆人，遵照那些你们肉眼凡胎看不到的神的旨意，尽我所能为大家服务。现在把刚刚被宰的羚羊的皮拿给我，也请木雕师卡玛格（Kamago）过来。”

“遵命，马林巴酋长。”胖女厨恭敬地说，面朝她拜了拜，慢慢退出了皇家小屋。

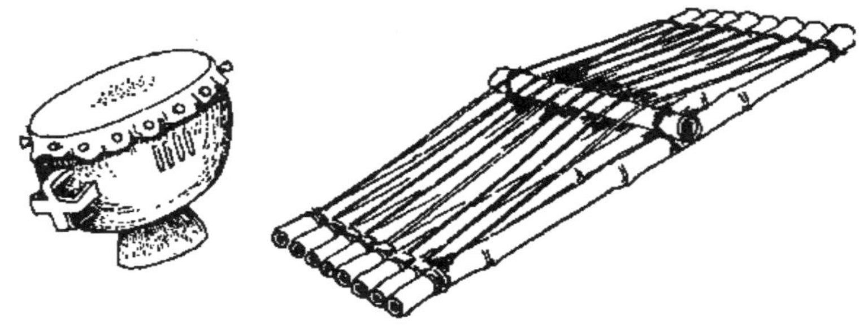

另一种原始形状的班图鼓　　穆基姆比木琴

马林巴第一次转动古老的磨砂臼，开始创造世界上第一面鼓，有史以来第一次，森林将随着鼓的敲打节奏而跳动。这个乐器在瓦卡姆比部落中非常受欢迎，几乎每个人都想在自己的茅屋里有一面鼓。于是木雕师们变得很忙。马林巴制作出大小不同的鼓，每一面鼓都有着独特的音质，从巨大的空洞的隆隆声到轻柔的祈祷声。大个的被称为“男人鼓”，小个的被称为“女人鼓”，孩子们可以随身携带的非常小的鼓被称为“麻雀鼓”。

她命令把最大的一些鼓留存起来仅在祭祀时用，这些圣鼓上都刻有永恒之河的标志，它们被以一种延绵不绝的图案和样式雕刻，图案环绕在鼓的四周，其中许多鼓上还雕刻着代表伟大创作的诗篇的篇章和神圣的象征精神奥秘的图标。她这样做是为了保证瓦卡姆比的文化能流传千古。几个男人被挑选来照看这些圣鼓，这成为他们毕生的唯一使命。这些荣誉鼓手必须定期用动物油涂抹圣鼓，以保护圣鼓的木头和动物皮不被侵蚀。当圣鼓被害虫侵蚀时，他们不得不把它们用湿的动物皮包裹起来，放在一个中空的蚁丘里，用火加热，直到把它烧成火红色。

当一面鼓无法修复时，则由最资深的木雕师负责雕刻一面新的，一面完全一样的复制品，而旧的鼓则被按照等同于酋长规格的最尊贵的下葬仪式埋在墓地里。

马林巴的鼓变得如此受欢迎，以至于马赛人也复制了它们，但不是为了和平。有一天，当姆普殳带着几面鼓去瓦卡姆比的一个村庄时，三个马赛人袭击了他，把他撞倒在泥泞的小溪里，他们不仅抢了他携带的鼓，还要求他再回去多拿几面来。

马赛人是第一个用鼓来传递信号的部族，尤其是军事信号。

给一个马赛人一块石头，他就会用石头砸东西或人；给他任何一块木头，他就会把它变成一个棍棒来打你的头。马赛人的词典里根本没有“和平”或“和平的”这样的词。对他们来说，这些都是毫无意义的抽象概念。

随着鼓的诞生，瓦卡姆比大地上也诞生了许多新的舞蹈。像“bupiro-mukiti”舞，也称生命之舞，由男性或女性舞者表演；“chukuzaya sandanda”舞，也叫狒狒之舞，是一支由男性舞者表演的舞，也是最需要肌肉力量、最劳损肌肉的一支舞……发明这些舞的主要目的就是表达部落的宗教信仰，以及达到对于每个人而言都有益于身体的放松。同时，放松之时又能使人感到像更进一步地投入了极乐的永恒之地的怀抱。

还有一些年轻人跳的舞，例如著名的来自卡维龙多人（Kavirondo）[①]的爱之舞和来自恩古尼的“gqashiya”舞，它们被发明出来使年轻人有机会去发泄多余精力。

（译者：郑家楠）

小诺尼珂韦（Nonikwe）正在等待着。她怀着一种迫不及待的心情期盼着那令人兴奋至极的盛事的到来，她的脸如同午夜的灯塔，那种欢愉与兴奋是她所不能掩饰的。这一切都是因为诺尼珂韦知道一些她村里其他女孩所不知道的事情，她知道，那个伟大

① Kavirondo：卡维龙多人，亦称卢奥人。居住在肯尼亚西部靠近维多利亚湖的卡维龙多平坦地区和乌干达北部。人口仅次于基库龙人（Kikuyu），为肯尼亚第二大民族。

的女神，马林巴，正在来村庄过夜的路上，就是她舅舅穆腾古（Mutengu）为村主任的这个村庄。

小诺尼珂韦是个小可怜。她不仅是个驼背，还是个盲人。不过神给了她极大极稀有的礼物作为弥补，那就是她有预见不久要发生的事情的本领。

这份礼物将这个小驼背从所有八岁的畸形残障的孩子必须被毁灭的瓦卡姆比的法律中解救了出来。一个天生有缺陷的孩子被允许活到八岁。在此期间，观察其是否有一些特异功能，比如预见未来和过去，读心术抑或是能够与动物交流。

小诺尼珂韦被允许活了下来，并且在她舅舅的村里活得像一个酋长一样。她是村里被藏得最好也是被保护得最好的财富。这一切都是因为穆腾古有一个死对头，就住在河对岸的另一个新的村庄里。这个死对头的名字叫作鲁苏（Lusu），他就是诺尼珂韦的亲生父亲。但在诺尼珂韦出生的时候，他就对她极度厌恶并声称这是他妻子和一个在夜间活动的恶魔睡了一夜所生的。

诺尼珂韦的母亲被屈辱地驱逐出了鲁苏的村庄，只好投靠到她哥哥这里，但仅仅两个月后就因心碎而死。过了几年，小女孩渐渐长大了，她拥有超能力的消息也很快传遍村庄。当无赖鲁苏听说后，他就想尽一切办法试图要回诺尼珂韦。穆腾古不仅拒绝了，还抓住鲁苏，打得这肥胖又卑鄙的人几乎丧了命。

自此，穆腾古和鲁苏成了死敌。为了抢回女儿，鲁苏养成了一个习惯，那就是向马林巴直接报告各种对穆腾古不利的指控，例如贪污，以及各种违背瓦卡姆比族法律的行为。这些指控当然全部都是假的，无迹可寻的。

但是马林巴已经忘记了诺尼珂韦。小驼背其实已经老早梦到这个伟大的酋长接下来要做的事，所以那天早上她早早地起了床，并告诉她舅舅，在下午的某一刻他即将迎来女酋长的秘密拜访。尽管穆腾古对这个预言感到很震惊，但他还是马上行动了起来。因为这个看不见光明的小驼背的预言迄今为止从来没有出过一次错。他命令站岗的侦察员第一时间把伟大的女酋长及其随从们到来的消息告诉他。他让他的妻子们准备了各种各样的食物，只为了能够给无与伦比的拥有高贵地位的女酋长马林巴一场得体的欢迎宴。

对于女酋长的到访，穆腾古没有什么可害怕的，因为他根本没有什么隐藏的秘密。他不仅像南风一般忠诚，还如工蜂一样诚实。但他这个人从不打无准备之仗，他在任何事情上都准备得事无巨细，一应俱全，而且他始终认为他必须给任何一个到他村上的访客一个与他们身份地位相符合的欢迎仪式。

穆腾古是一个相当受村民爱戴的村主任。村子里的每一个男人和女人都能够为他的善良、勇气和诚实做担保。所有的人都准备好用自己的生命来捍卫他不被谣言的传播者和背后的诽谤者所中伤。

硕大的陶瓷罐中装满了美味的水牛肉，上好的盆子中盛满了精心烹饪的马铃薯和玉米蛋糕，木盘里则堆满了烤好的野味，如山鹑和珍珠鸡。竹篮里放满了野生的无花果、红透了的桑葚，以及用来自他自家蜂巢的新鲜蜂蜜做的大蛋糕。穆腾古是有史以来第一个在自己的村落里养蜂的人。他把它们养在中空的蚁丘中。他还发现当他披着用鬣狗皮做的披肩时，蜜蜂们就不会来打扰他。

一场为女酋长马林巴这个意外来访的客人精心安排的盛宴已经准备就绪。所有的村民都在专心地等待着这位神秘人物的到来，尽管这位神秘人物并不知道她的到来已是万众期待，她的意外来访已不再是一个惊喜。来自周围村庄的拜访者就像往常一样到这个慷慨的村主任的村上来享用免费的饭菜，也和往常一样给穆腾古讲一些未必真实的故事，然后带着他们饱饱的大肚子和满嘴的油微笑地离开。另一个司空见惯的事就是一些愤怒的人经常会带着争端来到穆腾古的村上，接着，长长的争论和审判就会在村庄中央的“公正之树”底下进行。罚款会以象牙、黑檀木或是铜矿的形式被缴纳，罪犯会被带到外面处死。

生活以它常态的方式在穆腾古的村庄里进行着。中午，一个疲倦的老人在他分外美丽的女儿的陪同下来到了这个热闹非凡的村庄，并祈求一个守卫让他们在小屋里过一夜，因为他实在是太累了，他已经赶了很久的路了。这很寻常，守卫很高兴地收留了这个蹒跚的老人和他的女儿。这个害羞又美丽的女孩吸引了率直的守卫们的注意，他们炙热的目光都投向了这个女孩。

这个老人得到了一整块牛腿肉，他可以尽情吃饱，剩下的他可以明天带着路上吃。

接下来的下午被各种普通的活动占据了，例如拉着大喊大叫的囚犯去“公正之树”底下进行审判。

太阳已经从西山落下，夜幕降临。村主任穆腾古已完成了他管理部落法律的职责，瓦卡姆比的女酋长依旧没有到来。小小的怀疑开始侵蚀这个伟大的村主任的内心。他开始第一次质疑他的小残疾外甥女预言的正确性。最后他大步走进了他外甥女的小屋，单膝跪在这个看不见光明的孩子面前，轻轻地握住她的手，静下心来。

“孩子，那些小小的精灵第一次和我的外甥女开了一个玩笑，瞧，马林巴女酋长还是没有来。”

“但是她已经来了，我尊敬的舅舅，瓦卡姆比的女酋长就在这里。我能够感受到她的脑子里在想什么。”

穆腾古感到非常吃惊：“孩子，这是什么意思？我的侦察员们没有带来任何一点关于女酋长的消息啊，也没有看见任何的侍从，但是你却说高贵的马林巴已经在我们的村庄里了。”

“是的，舅舅。我清清楚楚地接收到了她的想法。此刻，她正得意于自己和您开的玩笑呢，并且她已经深信我的亲生父亲污蔑了您。”

“她在哪里？”穆腾古问道，“难道她让自己隐形了？”

“不，舅舅。告诉我有多少拜访者将在我们村里过夜？”

“有一百多个，孩子、男人、女人、年轻人和老人。”

“尊贵的她扮成了一个普通人，我的舅舅。您可以让所有的拜访者到您的主屋去，这样我就能帮您找到她。”

一百一十个拜访者都聚集到了主屋，一顿奢华的晚宴正在进行中。穆腾古已经知道这众多人中的一个是马林巴，接下来要做的事就是列队认人了。

穆腾古轻轻地牵着他外甥女的手，带着她从所有的客人面前走过。他注意到当这个残疾的孩子走近他们时，大多数到访者会带着一种反感稍微后退。他看见后笑了，要是这些傻子知道这个小小的残疾人和这些所谓正常人一模一样该多好！被一种超人类的力量引领着，这个小女孩来到了那个老人和他的女儿身旁。这个孩子在老人的女儿面前跪了下来，尊敬地取下了她覆盖在头上的披肩。穆腾古一下子认出了他的女酋长，尽管她剃光了头发，以及临时用鱼鳔做了个假的疤痕。穆腾古轻轻地撕下那道疤痕，马林巴那双大大的淘气的眼睛带着笑意看着他。

“我的女酋长，瓦卡姆比的活女神。您为何要开这么残忍的玩笑？”

“我听说你是一个贪污又堕落的男人，并且违反了部落定下的所有法律。我想要亲自看看。穆腾古，我很高兴地说，我发现那些针对你的指控都是假的，毫无根据的。”

所有在场的客人都在他们伟大的女酋长面前跪了下来，一阵深深的寂静降临，就如同一张厚厚的皮毯。接着，马林巴清晰的话音响起：“起来吧，我的子民们，让我们一起享用我们的晚餐，然后我们来表演一小段舞蹈来感谢穆腾古的善良和慷慨。”然后，她转向他，轻轻地说道：“告诉我，穆腾古，你是怎么知道我的秘密来访的?”

“我的女酋长马林巴，是这个孩子用她的上天赐予的超能力指引我的，她是您最忠诚的仆人。”

“我应该给予这个孩子一个礼物来纪念一下这次我来访的经历。在我们罢免她那河对岸恶魔一般的父亲后，我们将任命你的外甥女在接下来的日子里成为那个村庄新的村主任。”

话音刚落，一阵欢呼声响彻全场。人们站了起来，举起他们的右手向村庄新的领导者诺尼珂韦致敬行礼。

（译者：朱凯悦）

然后，马林巴把自己发明的最新乐器递到那个小女孩的手中。这是一把全部由芦苇制成的叫作穆基姆比的手琴。

穆基姆比这种乐器特别适合盲人，或者那些因患过某种热带疾病而虚弱并处在康复中的人使用。许多病人把他们的康复归功于穆基姆比手琴演奏出的那甜美的、鸟鸣般的、舒缓的音符。因此，人们称它为“病人的安慰者”。

一台好的穆基姆比构造如下：芦苇必须在夏天长大，但在尚未坚硬或干燥时就被砍下。它们必须是相同的厚度（如人的小指这般粗）和相同的长度（从手腕到肘部这般长）。八根这样的芦苇被切开，和一节节的芦苇秆子编织在一起，直到整个东西看起来像一个小木筏。然后将更多的绿色簧片连接到筏上，固定两端，再插入一根木头，将这些乐条从中间的木筏上抬起。整个装置放在太阳下晾晒十天。当音乐的灵魂进入它们的时候，编织的结绷紧了，乐条也绷紧了。乐条必须宽度不等，按厚度排列。为了达到更响亮的演奏效果，可以在空心芦苇和树脂密封的开口处插入微小的鹅卵石。

小诺尼珂韦欣喜若狂，感激的眼泪从她失明的眼睛里涌出，她紧紧抓住这把乐器放在胸前。她哭了，好像她的心会融化似的。“谢谢您，我的女酋长。我全心全意地崇敬您，愿您和最高的大树一样崇高。”

“现在，现在，小诺尼珂韦，不要哭了。我会让你的余生过上幸福的生活，你会永远衣食无忧，心想事成。来吧，我所有的子民，让我们在入眠前尽情舞蹈吧。我编了一个新的舞蹈给你们，我的小懒虫们，它就是‘三火舞’。”

女人们成了生命之火的权杖，她们像疯了一样，跳跃着、摇摆着、扭动着。马林巴在中间引领着这群跳舞的人，象征着“生命的火焰”，而另一组舞者所代表的力量试图熄灭火焰。那是一种狂野不羁的舞蹈，它使男人的身体里涌起欲望的洪流，使老人的眼中饱含泪水。村里的每一个妇女都参加了这最奇怪的舞蹈，而所有的男人都出神地观看了她们的舞蹈，并深深地被感动。

但是在村里的另一个地方，三个男人正在商议着什么——他们的心中充满邪恶，他们的灵魂被网在策划针对马林巴的阴谋诡计的邪恶阴影中。一个叫鲁敕扎（Luchiza）的，还只是个年轻男孩，是村主任穆腾古的大儿子。第二个是个独眼歹徒，名叫姆博蒙哥（Mbomongo）。第三个是卡勒姆比（Kalembi），一个老人，在进入这个村庄前，他就一直假冒马林巴的父亲。卡勒姆比在舞蹈开始一会儿就已经发现了一个偷偷溜走的机会，此刻，他正带着怀恨讥讽的腔调对另外两个人说道：“我们不能让这样的事情发生！如果我们不马上阻止这个女人的滑稽的动作，我们很快就会变成一群呆头呆脑、蹦蹦跳跳的傻瓜。这些傻瓜什么都不做，只记得跳舞，从生下来的那一刻到进入永夜之地的坟墓。我告诉你们，我们一定得做点什么。”

“就是就是！”穆腾古的儿子，年轻的鲁敕扎抱怨道，“我坚信，这个女人疯了。谁听说过一个跳舞的国家？然而这就是我们，我们已经成了一个疯狂跳跃的白痴国家！”

“好的，我的主人，”姆博蒙哥谄媚地说，“如果您想除掉马林巴，就由我来为您做这件事吧，我乐意至极。”

“你有什么建议，卡勒姆比？”年轻人鲁敕扎问道，“你是我们三个当中最聪明的，所有的决定必须由你做出。”

“还有两年，”老人慢慢地说，“我们将庆祝阿玛拉瓦和奥杜从初代人类的失落之地逃离出来，这将使我们不仅有机会除掉这个令人讨厌的女人，还有她那顽皮的儿子卡哈瓦。”

“我可不乐意和那个只有左手的独臂疯子对打，”年轻的鲁敕扎说，“打败一头暴怒的犀牛都比和卡哈瓦打仗容易。他就是个怪物，不知恐惧为何物。”

“鲁敕扎，但有一种普通的药可以摧毁最凶残的猛兽，”老人卡勒姆比说，“在节日期间，我们会有很多的机会把药下到他们吃的或者喝的东西里面去，他们根本不会注意到。”

“但马林巴是永生的！”鲁敕扎清醒地说，“虽然你可以重伤一个不死之人，但你无法杀死她。”

“我只是想掌控马林巴一会儿，”卡勒姆比说，“我想让她中毒，让她无助。我不仅能确保她不会再发明任何新的乐器，也能让她永远忘了她是谁。孩子们，我想在那天把她变成僵尸。你们这些被抛弃的傻瓜似乎已经忘记了，我可是瓦卡姆比的巫师师祖！”

“你是说你打算操控那个不死之人的大脑？”年轻人叫道，“但即便这样你也永远不敢那么做的，卡勒姆比！”

“在森林某处有个垂死的神，他许诺谁能将马林巴交到他手上，他就赐予那个人不死之身，”卡勒姆比说，“我想成为那个人。”

“你说的是南迦，那个几乎摧毁了瓦卡姆比的邪恶怪物！”鲁敕扎喊道，“如果我是你，我会小心和那个天界弃徒打交道，巫师师祖。”

“我愿意冒任何风险去获得永生，我的男孩。”老人回答说。

同时在主屋，“三火舞”已经达到了惊天动地的高潮。现在的马林巴，就象征着不死之人的灵魂，她向空中高高跃起，双手摊开朝向高高在上的诸神，跳到空中再回落到底下围成圈的女人们一双双高举的手中，然后女人们把她们爱戴的女酋长欢天喜地地抬到她的睡房里。男人们聚集着，爆发出雷鸣般的欢呼声，高举他们的武器，致以崇高的敬意。

在黑暗中，闪烁的火把映照着点点光亮，一个老人的眼睛里闪烁着难以形容的阴冷、狭隘、仇恨和痛苦的蔑视，一个丑陋的独眼男人冷笑一声，同时一个年轻人低声说道：“还有两年，你这堕落的女人，就剩两年了！”

乌云在马林巴平静的生命上空汇聚形成，即将掀起一场惨烈的惊天动地的狂风暴雨。

鲁苏很害怕，他也有理由害怕。当一个人想要摧毁某个无辜之人并一直诋毁他的时候，他就会害怕那个无辜之人知道所有关于自己的谎言都是他的陷害。而鲁苏更有理由害怕：他的受害者当着两个村子的村民公开要求与他展开致命打斗。现在他站在村子中央的空地上，他那怯懦的眼睛里充满了恐惧，成百上千个坐在他周围看着他的人看起来那么诡异和不真实，就像来自远方幽灵世界的鬼。唯一令人感觉真实的，是他那湿透的腰身。

伴随着雷鸣般的欢呼，穆腾古爬出了自己的小屋，直奔鲁苏。大家都惊讶地看着他，他手无寸铁。令围观村民们更惊讶的是他大声说道："我不打算用任何武器。我要赤手空拳地好好修理一顿这只撒谎的狗。放下你的棍子，鲁苏，徒手来打——我保证你不敢!"

鲁苏颤抖着，他觉得他的勇气很快就要消失殆尽了。他原指望这根棍子，因为他已经练得出神入化。他吓得当场哭了起来，惹得村民们一阵狂笑。"可耻"和"懦夫"的叫喊声刺激着他的耳膜，他的神经完全崩溃了。他转身想跑，但他自己的一位谋士踢了他的臀部，用力拍打他，把他推回到空地上。穆腾古猛冲向他，如暴风雨般拳打脚踢，拳脚悉数落到他身上。

搏斗者们的双脚下扬起阵阵尘土，很长时间内，唯一能听到的就是拳头狠狠落下的声音。最后，一声尖叫从懦夫鲁苏的喉咙里嘶哑地发了出来，他转身跑了，像个疯子。他拨开人群，匆匆逃离愤怒的穆腾古。他跃上高高的围墙，摔在地上，就如同河马一样。他重新站了起来，飞快地冲入森林之中，穆腾古和所有的村民，以及马林巴，一直紧追着他。当他注意到他们越来越近时，他就撒开他的粗短腿更加拼命地奔跑。

鲁苏一直跑，就像风穿过森林。大声哭泣的喘息从他劳累的肺中呼出，流过他干渴的嘴。他顾不上被荆棘划破的脚，顾不上掉下的裤子，他闪亮的黑色臀部被暴露在刺眼的阳光下。

这时，穆腾古的喊声，一个担心害怕而又着急的声音，盖过村民们的呐喊声和尖叫声，传入他耳中："不要去那里，鲁苏……小心！"

追赶的村民们后退，但鲁苏看到了这一机会，他跑得更快，直接跑进了穆腾古的养蜂场。像一团午夜复仇的乌云，一大群一大群蜜蜂袭向他。鲁苏惊恐地尖叫着，蜜蜂们围得他透不过气来，他尖叫着，那些蜜蜂把他裸露的每一寸皮肤都叮了个遍。

他尖叫着跑到河边，看也不看就一头跳进黑暗的水域。当水没过他的头时，他突然感到一种无法想象的疼痛，因为一条巨大的鳄鱼的大嘴巴紧紧地咬在了他肥胖的大腿上。

他认为自己在鳄鱼的眼中看到了一种巨大的快乐，那是他最后看到的。但最后一刻另一个想法冒了出来：他认得那双眼睛吗？是他那早已死去的妻子，诺尼珂韦的母亲的眼睛吗？是她已经转世了吗？……

（译者：杜　江）

银色的月亮高悬在午夜的天空，伟大的尼亚萨湖就像闪闪发光的银盘平躺在图拉雅莫亚平原上，湖面是如此平静以至于人们可以数出倒映在湖面上的星辰。夜是炎热潮湿的，无边的沉默蔓延在阴沉的与湖相接的森林里。

非常令人惊讶的是，那里完全没有动物，没有狮子吼叫，没有豹子倾吐它们的意见。世界上没有一个地方像那时湖边的那片黑暗森林那样。那是荒废的森林，是荒凉的地狱。那里没有生命的气息，但有死亡——以其最丑陋的形式。

这是因为尼亚萨湖在那些日子里并不是一个普通的湖。它是地球的心脏，是通往奇怪而可怕的世界的门户。那些世界曾经都在这片大地上存在过，却因被邪恶霸占而被沉没到大地深处。神要永远埋葬这个邪恶的世界以拯救人类。这个湖周围的森林是一些可怕的东西经常出没的地方，他们周期性地从这片大地的深处出来，食人者、夜嚎者、激情新娘和蛇女，通宵达旦地在相互猎杀。任何一个大胆前来冒险却愚蠢地迷失在森林中的人更是在劫难逃！

在寂静的月光下，一场严峻而致命的狩猎正在进行着。蛇女此刻正在追捕夜嚎者，渴望喝到它们的血。一会儿这一会儿那，可见一个裸体的女性形体，长着一条长尾巴，眼睛像猫，在丛林间飞奔，拼命搜寻那些巨大的怪物，那是她们的食物来源和运动方式。因为人类这个捕食对象变得越来越少，恶魔们之间开始相互猎杀，而众所周知，低等生物世界的这种猎捕绝对是冷酷无情的。瞧，我们的智慧箴言不是都说“恶魔们自相残杀，自取灭亡”吗?!

当这场浩大的、无声的狩猎在月光下的森林中上演时，濒死的弃神南迦正躺在被他当作家的洞穴深处的银云软床上。这一次，这个神心中闪过了一丝希望：终于，他需要用来活命的那个女人将被交到他的手中任凭他摆布。这个不朽的美丽女人，为这个世界上忘恩负义的人类带来幸福付出了那么多，而最后却被她儿子的一个妻子萝扎娜给出卖了，她把邪恶的药物放在了她的食物里。这事发生在奥杜节时，这药物致使她陷入了深深的昏迷，并落到了无情的敌人手上。

瓦卡姆比的巫师师祖曾立誓要把马林巴交给南迦来换取永生。当这一切发生的时候，凶猛的卡哈瓦恰好在很远的地方。他被诡计多端的团伙用一个虚假的报告给引诱开了，这则报告的内容是：一头狮子正在袭击瓦卡姆比部落边界的一个新的边区前哨村庄。卡哈瓦，一个讨厌狮子并且喜欢猎捕它们的人，被支配到了遥远的村庄，和姆普殳一起指挥狩猎。

这一夜，也就是瓦卡姆比的巫师师祖发动叛乱，胁迫受惊的村民奉他为首领的三天后，一条长独木舟悄无声息地驶向弃神南迦在岛上的家。独木舟上有五个人：昏迷的马林巴、独眼的姆博蒙哥、穆腾古的大儿子鲁敕扎、巫师师祖卡勒姆比和卡哈瓦的险恶一个妻子萝扎娜。这些人希望从南迦那里获得永生的机会，作为交出马林巴的奖赏。他们对马林巴做了一个人类可以对另一个人类做的最懦弱的事情。只有星辰们知道马林巴将再也不能歌唱了。

南迦，一从胜利者巫师师祖那边收到这个渴望已久的好消息，就承诺会用他减弱的神力来保护午夜独木舟上的乘客不受任何来自大湖及周围地区各种可怕妖怪的攻击。现在他正躺在那用闪闪发光的云做成的神奇的床上，很不耐烦地等待着他们的到来。他毫无感情地看着，任凭他体内的毒侵蚀他的上臂残肢；他毫无知觉地看着，任凭他左侧长出的大水疱爆发成渗着脓的溃疡。神不知恐惧为何物，南迦并不害怕，他也没有感到任何疼痛。他只对如何让自己活命感兴趣，不管什么理由。

在他自己的光辉照不到的黑暗中的某处，脚步声响起。他坐起身，看到瓦卡姆比的巫师师祖走了进来，他的手扶着马林巴，而他的邪恶朋友们紧随其后。

南迦看都没看在他面前面色紧张的那个人。他唯一感兴趣的是马林巴，他唯一生存的机会。他用手腕扣住她，把她拉到面前。马林巴瘫着，低垂着眼睛，她已经变成了没有灵魂的傀儡。弃神把中空的爪子插进她的上臂，将她的血吸到自己身体里。在目瞪口呆的凡人面前，弃神的身体发生了奇怪的变化：从头到脚覆盖着的水疱逐渐愈合，新的左臂开始生长，他冷酷的眼睛明亮有光彩，犹如新生的恒星，他强大的身体开始震动，彰显出非凡的品质和力量。

最后他放开了那女人的胳膊，站起来非常困惑地看着她，这才第一次开口和巫师师祖说话，以一种奇怪的硬邦邦的声音问道：“你对这个永生的女人做了什么？”

“我把她变成了僵尸，哦，伟大的南迦，”那人幸灾乐祸地回答道，“她现在完全任由您摆布，她不仅不记得她是谁或者她是什么——她完全不会任何形式的独立思考，她将永远都是这样，一个美丽的、没有灵魂的、不朽的僵尸。”

“卑鄙的凡人！”南迦大叫道，“你做了什么？你这无知的小脑袋难道没有意识到你的罪行是多么的凶残吗？你犯了如此大的罪以至于星辰们都在哭泣了。”

当事情发生这样奇怪的逆转时，害怕和赤裸裸的恐惧袭上了巫师师祖的心头，伴随着嘶哑的尖叫，他转身逃跑。但复活的南迦抓住了他，紧紧地抓住了他，而他邪恶的追随者们一个个都被吓晕了过去。“不，凡人，你不会如此轻易地逃脱，你逃脱不了这邪恶亵渎的后果。你和我都站在这里，准备接受更高一级的神的审判吧。”

“但是，我的主人……”巫师师祖哀求道。

“闭嘴，你这个邪恶的家伙！由于你的行为，我现在必须屈服于其他神的惩罚。我只希望审判我的是一个公平公正的神。”

就在那一刻，一道耀眼的光芒和一阵令人的血都会凝固的雷声突然出现。在充满五彩缤纷的光线的洞穴中，一个黑暗的身影形成了。很快，当炽热的雾散去，呜咽着的巫师师祖发现自己正注视着一个银色女巨人的大眼睛，这一眼就让他肮脏的灵魂枯萎了。

“仁慈的圣母始祖玛，大地的母亲啊，”南迦喊道，俯面跪拜，“我这一无是处的东西，不配承受神的名字，我将臣服于您的怜悯和正义。我也将这些凡人全部交由您处置，这些对您忠实的为人类付出这么多的仆人马林巴犯下这种罪恶的凡人！”

“这一点儿也不像是你说的话，哦，南迦，”圣母始祖玛冷冷地说，“谁听到你这样说，都会止不住好奇平时张狂与咆哮的你怎么会变成现在这样了。为什么你说得好像你终于发现了如何去分辨善与恶似的。”

“伟大的玛，当我看到这个卑鄙的凡人对您的仆人所做的事，我立刻开始忏悔我邪恶的行径。我突然想到，一个神如此堕落，以至于纵忍以他的名义犯下如此邪恶的罪行。我想到神应该与邪恶做斗争，而不是不抵抗或者纵容它。”

“的确是这样，南迦，一位神以恶道行事是对他族类的背叛，因为神支持的善道代表存在和生命，而恶道代表不存在和死亡。现在我要对你宣判，南迦，你已经改变了，这是事实，但是你罪恶的污点仍然附着在你身上，所以你不被允许回到图拉雅莫亚平原，而且我要把你从神降级为普通的高阶的永生者，你将被流放到凡人的世界，直到时间的尽头。”

南迦低下头最后说：“您的审判比我的罪轻，哦，大地之母，我感谢您的宽恕。但这个可怜的女人，这个被忘恩负义的凡人谋害的美丽的受害者应该怎么办呢？”

“我的意愿是，你成为她的丈夫和监护人，永远永远直到世界尽头。马林巴酷爱把坏事变成好事，这真的很神奇，这次她遭受了可怕的折磨，结果却是她帮助改造了一个邪恶的神。”

“请修复她的大脑，伟大的女神，请治愈这个我爱的人的大脑！”

“不，”她坚定地说，“你必须按照现在这个样子把这个美丽的女人带回到她的儿子和她的子民身边。接下来的一百多年里，这个美丽的僵尸将伴你左右，你必须统治和引领瓦卡姆比人——一件不朽的功德无量的事情，为这些心有邪念忘恩负义的被称为人的生物——这些胡作非为的生物，他们无情地毁灭那些他们原本应该爱和崇敬的东西。他们从树这里寻求栖身之地却反过来毁灭了树，他们从清凉的溪流取水止渴却反过来用粪便玷污了河流。

“她给人类的子孙后代带来幸福，她给人类带来音乐，但人类给予了她什么回报？带上她，南迦，带她回瓦卡姆比部落。爱她，珍惜她，虽然她没有灵魂，但她的身体会为你生下一百个儿子和五十个女儿，他们将是瓦卡姆比和其他许多未来部落的统治者。

以智慧与力量统治一百年，在这之后你就可以和你心爱的马林巴隐退到我在尼亚萨湖底部为你们准备好的金色的神殿了。”

（译者：潘　超）

“至于这几个邪恶的凡人，为了追名逐利，竟然不惜将朋友、亲人交给别人，我现在把他们交给蛇女，任凭她们处置。”

话音刚落，女神逐渐消失，随之出现的则是一大群蛇女。其中一个蛇女将她的毒牙插进巫师师祖的后颈，毒液扩散进他干瘦的身体里，巫师师祖开始抽搐起来，发出了撕心裂肺的尖叫声。与此同时，另一个蛇女的毒牙深入萝扎娜的臀部，卡哈瓦这个阴险的妻子，大声尖叫着她丈夫的名字，也死了。

在寂静的月光下，蛇女们享用着丰盛的美餐，时而传来的嘶嘶声让人心头一颤。

在漆黑的洞穴之中，南迦打量着这使他全身上下的每条静脉都充满欲念的女子。这位女子依然瘫倒在之前他放开她的位置，无异于一个被孩子遗忘的旧玩具。他走到女子身旁，她抬起头，两眼无光地看着他。泪水在南迦的眼眶中打转，他俯下身，扶起这个美丽的女子，这个曾叫作马林巴的美丽女子，他抱着她，哭得伤心欲绝。随后便轻轻地把她放在他的云做的座椅上。

“我的爱人，明天我们就要回家了。你会看到卡哈瓦，看到拉拉蒂，还有其他所有人。卡哈瓦发现狮子的事情有假之后回来过，他和姆普殳、拉拉蒂已经集合所有人寻找你的下落，你听说了吗?”

他仿佛在和一座雕像说话——因为她一直呆呆地盯着他，双唇张开着……

南迦将这个毫不抵抗的女子搂入怀中，并且第一次亲吻了她的双唇。她的身体颤动着，带着一种难以名状的复杂情绪，她的眼睛也因这突如其来的恐慌和羞涩而闭上了。在洞穴外，月亮似乎更明亮了，还隐约地流露出幸福的微笑。

（译者：吴金杰）

浙江师范大学非洲研究文库
非 洲 人 文 经 典 译 丛
总 主 编 洪 明 刘鸿武
副总主编 胡美馨 汪 琳

印达巴，我的孩子们：非洲民间故事

第二册 永远挺立，噢，兹马·姆布吉

Indaba, My Children
African Tribal History, Legends, Customs and Religious Beliefs
Book Two Stand Forever, Oh Zima-Mbje

Vusamazulu Credo Mutwa
[南非]乌萨马祖鲁·科瑞多·穆特瓦 著
应建芬 汪双双 陈秋谷 等 译

浙江工商大学出版社 | 杭州
ZHEJIANG GONGSHANG UNIVERSITY PRESS

图字：11-2018-294号

图书在版编目(CIP)数据

印达巴，我的孩子们：非洲民间故事 / (南非)乌萨马祖鲁·科瑞多·穆特瓦著；应建芬等译．—杭州：浙江工商大学出版社，2019.12

(非洲人文经典译丛 / 洪明，刘鸿武主编)

书名原文：Indaba, My Children

African Tribal History, Legends, Customs and Religious Beliefs

ISBN 978-7-5178-3283-6

Ⅰ．①印… Ⅱ．①乌… ②应… Ⅲ．①民间故事—作品集—非洲 Ⅳ．①I407.3

中国版本图书馆 CIP 数据核字(2019)第123969号

目 录

第一册　花蕾慢慢地绽放

我的选择　/001

生命树的神圣故事　/005

自我创造　/005

看啊！初代人类降生了！　/029

一个种族的灭绝　/034

你的末日，噢，阿玛利尔！　/053

扎哈雷利的最后一宗罪！　/060

后　记　/073

第二代人类的降生
或“你的磨炼，噢，阿玛拉瓦”　/076

瞧瞧初代人类幸存者！　/076

在格罗格和奥杜之间　/092

花蕾慢慢地绽放　/109

龙之后代　/123

第二册　永远挺立，噢，兹马·姆布吉

异乡人的到来　/216

印达巴，我的孩子们

关于鲁姆坎达的故事　/262
静悄悄的夜　/262
天堂有什么秘密？　/274
瞧，这个骗子　/290
当草遇上火　/300
鲁姆坎达的叛变！　/311
时间长河下　/318
兹马·姆布吉的污点　/333
盲了的视而不见　/345

第三册　“阿萨兹”行记

在我的网中——一只死苍蝇　/367
“我，不朽之人”　/383
无辜者亡　/397
直面施暴者　/412
瞧！毒蛇出击！　/437
胡狼的话一个字都不能信　/451
挣脱死亡之爪　/475
掷回战矛　/503
让和平主宰一切　/544
他的养子们　/584
看，彗星　/607

必死之人 /620

温柔却又致命的矛 /648

哦，麦加瓦纳，向您致敬 /673

一个女人的复仇 /693

天灾降临 /713

大瘟疫来袭 /740

开启伟大的新征程 /767

巨象甘达亚 /790

插 曲 /812

南方行记 /817

玉米三角恋 /843

余音萦绕 /860

附 言 /865

第四册 瞧！我的非洲

绪 言 /869

人类还是次人类？ /875

班图人的宗教与信仰 /898

第一部分 /898

对卡里巴的诅咒 /945

印达巴，我的孩子们

班图人的宗教与信仰 /955
第二部分 /955
班图的法律 /1004
部落的烙印 /1028
关于彼得·雷蒂夫的真相 /1031
班图人的知识 /1057
概 述 /1057
符号书写 /1066
打 鼓 /1075
数字精髓 /1093
巫医们的行进 /1104
觉醒吧，我的非洲！ /1117
译后记 /1125

［由许多古老的马绍纳（Mashona）、文达（Venda）、贝专纳（Bechuana）和瓦罗兹韦（Varozwi）的歌曲和故事编译而成］

这是一个关于南非陨落的腓尼基帝国的故事。如今，这个故事依然经久不衰地流传于南非和中非的村庄里。这是一个真实的故事——巫医们手上有成千上万的遗物能够证明。

锈迹斑斑的破碎的古希腊制造的剑，古老的金币和青铜色的盾及头盔，青铜色的矛和埃及人作战用的斧子……这些遍及南非的被巫医们守护的圣物证实了兹马·姆布吉的故事的真实性。

异乡人的到来

巫医鲁姆贝杜（Lumbedu）昨晚并没有睡好。事实上，他昨晚做了一个很长、很恐怖的噩梦。在梦中，他不停地尖叫，十多种怪物追着他，掐着他的脖子，用大槌把他打伤，把他撕得粉碎。这些怪物中有身型巨大的鳄鱼，也有长着十只眼睛的亮红色猴子。

他噩梦中的来自魔鬼世界的景象和不久前发生的一件事有很大的关联性。昨天，在一场为鲁姆贝杜举办的宴会中，原本就超胖的他可真是把他的大肚子撑得爆炸了。这个宴会是由鲁姆贝杜治好的一个病人为他举办的，这个病人之前发烧烧得很严重，鲁姆贝杜把强力泻药灌进这个病人的肚子里，直到灌满为止——才起到通便的作用，后来这个人的烧很快退了，但是他的胃和肠子都被毁了。

在宴会上，鲁姆贝杜大快朵颐，食量惊人，在场的宾客都大为吃惊和羡慕。他吃了大半只羊——羊的腰、肋骨、肩膀、脖子、头，然后把小部分的羊肉给了一个饿得不行的客人——这个客人震惊地盯着鲁姆贝杜，口水从嘴里流了出来。吃完羊后，鲁姆贝杜就像侵略者一样把目标转向了沾满油的牛肠和一堆卡菲尔啤酒风味的玉米蛋糕。最后，鲁姆贝杜又一下子喝了两大黏土罐冒着气泡的玉米啤酒——盛大的宴会结束了。

仲夏的太阳正在落下，远处的森林被烟雾笼罩着，这使森林显得更加遥远。静静的淡蓝色天空中，几缕青烟从一些村庄升起。在牧场的森林边缘，牛群被赶回家，奶牛的叫声很响亮，公牛的叫声很空旷。

余晖打在男孩满是汗水的脸上，他气喘吁吁地跑过森林，就好像邪恶女神瓦塔玛拉卡在后面追着要吸他的血一样。他很紧张害怕——人们从他的眼睛中就可以看出来，他刚看到了什么？

孩子们，让我们跟着这个男孩——他的皮肤是黑棕色的，很瘦，身上一丝不挂，动作敏捷得像山上的野鹰。恐惧的气息似乎给他增添了成百上千人的力量及一头水牛的耐力。他的脚在流血，树林里的刺深深地扎进了他的左大腿，到处都是血。但是他仍然在继续跑着，不顾身上的疼痛和疲倦。

他刚看到什么了？猜猜吧，孩子们，快猜猜！

看啊，他迅速穿过了树林，眼前出现了一个用围栏围起来的大村庄。这个村庄由十六间小屋组成，周围围着锋利的棍子和带刺的藤蔓。男孩的父亲，即巫医鲁姆贝杜就住在这个村里。男孩快速跑进村子，就像一阵风似的。

“父亲，父亲！”他尖声哭喊道。

男孩的母亲欧吉九（Ojoyo）看到儿子跑过来，摇摇晃晃地过来问他为什么这么慌张。

“儿子呀，你怎么啦？”母亲胖胖的手臂环抱着她的孩子，男孩马上就瘫在她身上。她像抱婴孩一样把小男孩抱进自己的屋子，把男孩腿上的刺拔出来，清理男孩的伤口，然后给他喝了一碗能促进睡眠的卢卡水，男孩很快睡着了。

“我想他一定是在森林里看到什么动物了。”鲁姆贝杜的第三个妻子巫娜珂微（Vunakwe）接下来对欧吉九说。

“我儿子才没有那么胆小，”欧吉九争辩说，“他一定是被森林里的恶灵吓到了，巫娜珂微，我儿子他一定是看到恶魔了，这个恶魔今天早上还让鲁姆贝杜苦恼呢！你难道认为我说得不对吗？”

“欧吉九，我并没有想要与你争辩，”巫娜珂微很随和地说道，“我们最好问问孩子，如果他醒过来……”

“如果他醒过来？”欧吉九发怒了，“如果他醒过来？巫娜珂微，你是希望我儿子他不要醒来吗？你是希望他死，对吗？”

“不是的，不是的！”巫娜珂微对咄咄逼人的欧吉九卑躬屈膝地解释道，“是我一时口误了，我是想说‘当他醒过来的时候’，请您相信我吧。”

“你这个臭女人，你明知道你刚刚说的是什么意思。我要去……”

但是欧吉九还没说完，她的注意力就被鲁姆贝杜的另一个妻子给吸引了。

第二天，太阳已经高高地挂在银色的天空上。男孩穆鲁姆比（Mulumbi）痛苦地爬进他父亲的小屋，跪在低矮的入口前，面对着他的父亲和母亲们。他们看着他，他们的眼睛里充满血丝，脸色憔悴，表情很茫然。

“父亲，”穆鲁姆比最终说，“我要告诉您一些事情，求您一定要相信我。”

“什么事？”鲁姆贝杜呵斥道，他十分自私和懦弱，并不是一个好父亲，“说完就走。”

“父亲，”男孩说，“昨天下午我和其他男孩从宋格祖（Songozo）村庄出发去打野猫。我们一直走到森林深处，来到了赞比西河，并沿着河一直向东走。我们并没有打到野猫，但是打到了一头雄鹿，几个人就把它烤了分着吃了。我们还在吃着鹿肉的时候，穆碧巴（Mbimba）站了起来，害怕地大叫了一声，我们立即扔下手中的食物，拿起了矛和弓，以防其他动物来攻击我们。‘看那边，那是什么？’穆碧巴叫喊道。顺着穆碧巴指着的方向，我们看到有很恐怖的东西从赞比西河里冒出来。父亲，母亲们，你们相信我，那东西真的很恐怖!”

“那是什么?”鲁姆贝杜和欧吉九异口同声地问道。

“父亲，那是一条很大的独木舟，它看起来就像是一条恐怖的水蛇。船的两侧各有一排长长的桨，船上有一大张看起来像皮一样的东西，还有根挂着许多绳子的棍子。这张皮一样的东西就在棍子上张开，所有绳子都从立在大船中间的这根棍子上穿过。大船的最前面绑着三把刀，还有一个人形的雕像，他的头发像狮子的长鬃毛一样凌乱。父亲，其他男孩都跑了，但是我决定藏在草丛里看看船上接下来会发生什么。船越来越近……”

“我勇敢的孩子呀，”欧吉九低声说道，“继续，接下来发生了什么?”

“出乎意料的是，船离河岸越来越近，然后就停下来了。我看到他们跑到船头，然后船桨就停下来了。他们把一个很大的金属容器放到河里去舀水，用绳子把这个金属容器拴住放到船一侧的河底下。他们离我很近，所以我看得很清楚，他们一定会是你们见过的最奇怪的人。他们的皮肤是粉色的——全身都是粉的。他们的头发跟狮子的长鬃毛一样，长度及肩。有些人的头发像美洲豹的斑纹一样又黑又亮，有些人的头发红得像火，但是又有些人的头发就和秋天的玉米的颜色一样。这真是太恐怖了，我害怕极了，趴在草丛里，全身都没了力气。我看着他们在船的边上跳着，光着身子，头发飘在后面。他们跳进赞比西河里游泳、嬉戏，就像许多粉色的鱼一样。有些人在水里或扭打或大笑，有些人则悠闲地游着泳，他们尽情地享受着冰凉的河水。

“随后，一群人从河里走到岸上，慢慢靠近我藏身的草地。我太害怕了，一动不动，闭着眼睛，静静地趴着。我听到他们的脚步声越来越近，他们的声音越来越响。然后我听到了一声大叫，那些走在前面的人看到我了。电光石火之间，一只湿漉漉的手抓住了我的手腕，然后又把我扔到地上。我发现自己对上了一双绿色的眼睛，父亲，母亲们……”

根据班图人的描述而绘制出的马邑提船

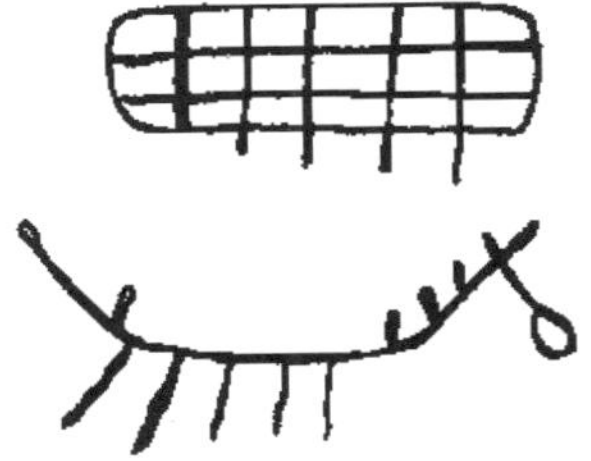

奥兰治河上班图人雕刻的版图版画中的马邑提船的原始效果图

“放屁！哪有人的眼睛是绿色的？”鲁姆贝杜说道，“哪有人的头发跟狮子一样？哪有人的皮肤是粉色的？浑小子说什么谎！”

“鲁姆贝杜，你冷静点。没人比我更了解我们的孩子了，我知道他什么时候说谎，什么时候说真话。穆鲁姆比没有说谎。”

此时穆鲁姆比已经全身大汗，他的手像风中的叶子一样在颤抖着，一种极度恐惧的神色扭曲了他那孩子气的面容。还是卢林达（Lulinda）首先发现了这一点，她美丽的脸庞被忧虑笼罩着，她小声对鲁姆贝杜说：“亲爱的，谨慎点，一定要谨慎点，他遭受

完全根据班图传说中的描述所绘制出的马邑提战士

了极大的刺激，一定被吓坏了。”

“我从来没见过他这样，”巫娜珂微说道，“他不是一个容易害怕的小孩，我觉得他说的是真话。”

“继续说吧，孩子，把剩下的事情告诉我们，然后你就可以回到自己的小屋里躺下了，”陶迪（Taundi）说，“你看上去不怎么好。”

“噢，父亲，母亲们，那些陌生人的眼睛都很奇怪，”穆鲁姆比继续缓慢而虚弱地说道，“有些人的眼睛是蓝色的，有些人的眼睛是棕色的，那个抓住我的人的眼睛是绿色的。那些眼睛似乎能看穿你，在那个人的眼里我仿佛是赤裸裸的，仿佛自己不是人类。我在那个人手里一边哭一边挣扎，他大笑，然后就把我放下了。他给了我一个小的、亮的、圆的金属。它很可能在我跑的时候掉了，那些人很大声地嘲笑我，我就只是一直跑，都不敢回头看。”

突然，男孩的身体倒向了一边，然后就一动不动了。他的父亲和母亲们一跃而起，卢林达最先冲到男孩身边，把男孩抱了起来。“他死了。”卢林达抽泣着说。

整个小屋陷入了一片死寂，这寂静像时间的面纱一样沉重，把未来从我们眼前遮住了。最后，欧吉九无力地抽泣起来。

男孩的故事像野火一样迅速传遍了这片大地，不出几天，几乎所有人都知道了一群粉色的人坐着大船来到永恒的赞比西河的事。宋格祖村庄的男孩们表示从远处的山上目击了当时穆鲁姆比的冒险，并发誓说穆鲁姆比没有说谎。

恐惧像秃鹫的利爪一样紧紧攥住了这片陷入恐慌中的村庄，村民们听到男孩的故事后都很害怕，所以，除非十几二十个人同行，他们都不敢冒险跑出他们村庄的防护栏。

每当村子里的女人们要去河里打水，或去玉米地里收玉米，勇士们就会带上尖骨矛和斧头护送她们。村民们还用鼓声传递警告的信息，声音可以传递到森林深处，警告大家小心粉色皮肤长头发的异乡人。不久，赞比西河河岸上的村子里的村民几乎都迁走了。

每个人整天都在担惊受怕，除了两个私底下通奸的人之外。

夜幕降临大地，看起来就像美洲豹的斑纹一样。令人害怕的寂静盘旋在这片被恐惧笼罩的土地上。树的影子很深，像蹲在树下的恶魔，黑漆漆的，让人感觉很害怕。树影中隐藏着夜晚出来觅食的猎豹、鬣狗。只有一个疯子敢在深夜走进森林，这个疯子——他对一个有夫之妇念念不忘，甘愿冒着生命危险赶往赞比西河河岸上废弃的村子与情妇幽会。

这个男人的名字叫作敕刚果（Chikongo），是姆布鲁（Mburu）的儿子。他确实是在冒着生命危险与一个有夫之妇幽会，这个情妇就是卢林达，鲁姆贝杜最小的一个妻子，而鲁姆贝杜是这片大地上最让人害怕的巫医。

敕刚果的心像是疯了一样跳得很快。他到了森林深处一个废弃的村庄，他和卢林达已经在这“秘密的地方”幽会一个月了。他在门已经掉落了的村子外等着，手里紧紧握着石斧，时刻准备着对付村子里那些可能攻击他的动物。他等了很长时间，月上梢头的时候，从东边的树丛里传来低声的呼喊。卢林达！他的卢林达终于来了！

敕刚果把手里的斧头一扔，张开双臂扑向树丛中的卢林达，卢林达迎着敕刚果猛扑过来的影子，这对疯狂的情人就躺进了扎人的荆棘丛中。

敕刚果不舍地站起身，然后扶着卢林达站起来。再一次，这对情人用一种庄严而温和的方式拥抱起来。卢林达把自己的身体疯狂地贴近敕刚果满是肌肉的身体，她的指甲深深地嵌入敕刚果宽广的背部，抓得很疼，他都流血了。卢林达亲吻着敕刚果热血沸腾的颈部、耳朵、额头和胸膛，然后他俩彼此蹭着鼻子。卢林达随后挣开了敕刚果的怀抱，欢快地笑了笑，声音有些沙哑。月光在卢林达的眼睛上跳动，就像小溪的银色灵魂。

“哦，亲爱的，”敕刚果叹息道，“我还以为你不来了。”

“我差点就来不了了。我觉得那个傲慢的女鳄鱼欧吉九开始怀疑我了。她总是去我的小屋看我还在不在，但是我耍了点小伎俩，我想这是我们最后一次见面了。”

敕刚果的手臂环绕在卢林达纤细的腰上，他们走进了废弃的村庄，丝毫没有注意到正在盯着他们的很多双眼睛。卢林达和敕刚果谨慎地挑了一间最大的屋子，这个屋子的茅草屋顶上有一个大洞，月光可以倾洒到屋子里坑坑洼洼的泥地上。敕刚果干了件特别愚蠢的事——他没有进入小屋查看里面是不是真的像看起来那样，是空着的……

卢林达过了很久才醒来，醒来就惊慌地发现她睡得太久，天都亮了。东边的天空微微泛红，不久后太阳升起，光芒照耀大地，新的一天开始了。卢林达的心跳得比平时快，她想站起来，但是她震惊地发现她的手脚都被牢牢地绑起来了，而且敕刚果也被绑了，他就睡在她的旁边，还没有醒。不止这样……

六个皮肤异常粉的人在他们两个人面前围成个半圆，正看着他们。这些正是男孩穆鲁姆比死前曾经见过的粉色的人，现在他们穿着作战服装将卢林达和敕刚果围住了。他们很高，有种难以想象的异域美，这些恐怖的异乡人围着卢林达和敕刚果，就像由粉肉和亮闪闪的青铜盔甲组成的雕塑。

现在，他们每个人都穿了青铜鱼鳞胸甲，戴了头盔，头盔上有一根或三根某种动物的羽毛。有两个人的腿上穿着亮闪闪的青铜护甲。所有人都拿着盾牌，有些盾牌是皮革的，上面装饰着铁或铜，有些盾牌是铁的，上面装饰着铜。他们还都拿着铁头的矛，带着削铁如泥的剑。

“现在我死定了，”卢林达心想，“现在我们俩都死定了。”

就在这时，敕刚果醒了过来，他一脸震惊。他的嘴张得很大，眼睛瞪得很圆，就像一条鱼发现它的父母是青蛙和蜥蜴一样！

看到卢林达和敕刚果的反应，这些异乡人都大笑起来。卢林达震惊地发现他们的笑声和人的笑声一样，听起来非常真实和温暖。这并不是魔鬼空旷的笑声，而是人被逗乐了的笑声。他们的肤色、体型、头发和衣着都跟卢林达他们不一样——但即使如此，他们确实是人。随后，一个看着像是异乡人领袖的人用陌生的语言向敕刚果提了一个问题，这种语言让卢林达想起了森林深处的涓涓清流。

但是这些异乡人和敕刚果无法进行沟通。随后，红色头发、红色胡子的异乡人领袖和敕刚果的对话变得针锋相对。

最后，还是一个最年轻的异乡人出来打破了这个尴尬的局面。他站到卢林达面前，示意卢林达看着他，卢林达最终尝试着这样做了。这个年轻的异乡人首先指着他自己和同伴，然后再指着自己的嘴和肚子。之后他从皮革袋子里拿出一块肉并且凶狠地盯着它，他吃了一口，又觉得很恶心，便吐了出来。然后，他指了指自己和同伴，以及东方。然后他又数手指头和脚趾头，并且把五指张开举起，示意“十乘以二十”。

卢林达脸上笑开了花，她用力地点头，表示她懂他的意思了。然后棕色头发、蓝色眼睛的异乡人数了五十次手指。他在他穿着青铜鱼鳞护甲的胸部演示女人的乳房来暗示“女人”，然后他数了二十三次手指头，又做了一个“小孩”的手势。卢林达再次笑着快速点头。

“你们俩在笑什么呢？”敕刚果询问道，“卢林达，你看起来和这头危险的野兽相处得很好。”

“我知道他们想要表达什么了。他说在赞比西河的东边，他们有两百个人，其中有五十个女人，二十三个孩子。他还说他们已经厌倦了吃肉，想找点别的食物吃。我觉得他们是某种人类，我很确定这一点。”

“听着，卢林达，”敕刚果粗鲁地说，“如果这些是人，那我就是脚趾间有蹼的有七条尾巴的犀牛。我有预感，他们就是来摧毁我们的恶灵，千万别中了他们的计。”

“亲爱的，别再为我浪费你的脑子了，”卢林达笑道，“我只是理解了他们想表达的东西。我们应该把这些人带到酋长淳韦（Chungwe）那里去。”

“哦，你是说你应该把他们带到酋长的面前，”敕刚果笑道，“亲爱的，你忘了？如果我和你一起去，村民们会首先问一些很让人尴尬的问题。他们一开口肯定会问我们这么晚在森林里干了什么，你也知道的，咱们部落可不会轻饶通奸的男女，我可不想死，我可不想被喂鳄鱼。”

“我当然知道，”卢林达回答道，“不用你来提醒我这点。”

与此同时，异乡人之间也展开了激烈的讨论，其中红胡子领袖和棕色头发的年轻人讲得最大声。有一两次，那个红胡子巨人朝敕刚果他们靠近了一步，手里拿着剑，龇牙低吼，吓唬敕刚果，敕刚果只能举起手臂，放肆地冲着这个气疯了的人大笑。

最后，棕头发说服了红胡子，他们很快就给卢林达和敕刚果松了绑。棕头发、蓝眼睛的那个年轻人把自己的卷发歪到一边，然后疑惑地看着卢林达。卢林达和敕刚果带领他们这些异乡人穿过森林，赶往巫医鲁姆贝杜所在的村庄。

那天清晨，这一行人穿越森林的过程是有史以来最奇怪的事情之一。卢林达自信地走在最前面，紧接着是敕刚果，每走一步，他的神经就绷紧一分。敕刚果的额头上满是汗珠，就像是叶子上的露珠似的。他很紧张和不安，就像一头牛看到了觅食的狮子。

卢林达和敕刚果后面是闪闪发亮的异乡人团队，异乡人团队总共有二十人。但经过卢林达和他们的一番讨论之后，他们其中有些人跑到其他村子的小屋里去了。

这些异乡人头盔上的羽毛挡住了他们大半个美好的面容，只能看到他们的眼睛、鼻子、紧紧抿着的薄嘴唇和方形的脸颊。三个人留着胡子，其中全副武装的大胡子就是他们的领袖。他们一行人穿过森林的时候就像一条条泛着光的活蛇，每个人都像狮子一样警惕，用神一般居高临下的冰冷深邃的眼睛扫视着森林周围的一切，似乎他们已经准备好应对任何可能攻击他们的动物，并很乐意打倒它们。

卢林达和敕刚果对其中一个异乡人很感兴趣。这个人走在最后，很明显，他和这帮人不是一个种族，他和他们之间没什么相似之处。这个人的皮肤比较黑，甚至他的衣服和他们都是不一样的。

异乡人的盔甲下穿着的是制服的短上衣，料子看上去和布差不多。这个特殊的异乡人的盔甲下除了黑绿相间的缠腰布外，其他什么都没有穿。异乡人一般有着长长的头发，但是这个特别的异乡人的头发理得很干净，头上还带着一顶绿色的帽子。他完全没有盔甲防护，唯一带着的东西就是一个很大的皮革包，里面装着几卷类似牛皮的东西，还有几个小药罐，里面装着不同颜色的药——有白色的，黑色的，也有深蓝色的。除此之外，他还拿着很多芦苇秆和奇怪的棍子，棍子的一端有一簇动物的毛发。这个人走得很慢，从脸上的表情看似乎有一种难以言说的痛苦。卢林达很想了解他，他是异乡人中的一员吗，还是不小心被抓起来的，抑或是奴隶？不过她很快就能知道答案了。

卢林达远远地就看到了丈夫鲁姆贝杜的村庄。这个村庄就像是坐落在古老山丘的弧形顶上的圆形标记。与此同时，敕刚果也看到了鲁姆贝杜的村庄，他一把拉起卢林达，亲吻着她的额头和鼻子，随后便消失在森林中。但是敕刚果和卢林达并没有注意到有一双眼睛正在树丛里面盯着他们。卢林达是最不想让这双眼睛的主人发现她的奸情的，这个人就是欧吉九，鲁姆贝杜的第一个妻子，她已经观察敕刚果和卢林达这对奸夫淫妇很久了。

巫医鲁姆贝杜正躺在他屋子里的猎豹皮上，和往常一样装作很不舒服的样子。每当他的妻子们进入他的屋子，他就咆哮、抱怨和扭动，但是她们走了以后，他就一边哈哈大笑，一边摸着自己肥大的肚子。他的第三个妻子，巫娜珂微把一碗牛奶端到鲁姆贝杜匙状的、胖胖的嘴巴边上的时候，欧吉九刺耳的声音响彻了整个屋子，使氛围变得恐怖和紧张起来。

“快把孩子们藏起来！把他们带出村子，藏到森林里去。卢林达来啦！她和一群异乡人一起来啦！”欧吉九哭喊道，“异乡人来啦！”

喧闹和疑惑就像紫罗兰色的毒花铺满了整个村庄。大家都很震惊，尖叫声、痛哭声、嘶喊声和犬吠声撕扯着天空。女人们和孩子们在屋子里跑来跑去，就像受惊的小羊羔。

陶迪是鲁姆贝杜的第二个妻子，她很胖，皮肤像乌木一样黑。当她听到异乡人的消息时，她就吓坏了，她把她最小的孩子扔到一个装着碎玉米的巨大的碗中后，就尖叫着逃出了村子。她就像一个疯子似的跑下了山，直接撞上了卢林达和那群异乡人。

异乡人看到一个黑皮肤的女人横冲直撞地从山上下来，吓得跳到空中，压抑着可怕的尖叫。她像一头雌河马一样掉落进刺人的荆棘丛中，随后便昏了过去。他们十分震惊。

卢林达停了下来，把她的小手放在陶迪肥大的胸上。陶迪还没有死，卢林达就让她的同伴们跟着她继续前行。等他们走远了，陶迪慢慢恢复了神态，摇摇晃晃地站起来，撒腿就跑，她跑得更快了，离鲁姆贝杜的村子也越来越远，一直进入黑色森林的深处。

到正午的时候，陶迪还在跑，她一边跑一边抽泣，声音都沙哑了，全身上下都湿淋淋的，尽管如此，她还在跑。她冲到一片空地，空地的中间是一个村子，村子的门和围栏是用大量的人的头骨、肋骨和大腿骨装饰的。陶迪认出这是迪莫（Dimo）的村庄，迪莫是令人害怕的食人族之王。她害怕地尖叫了一声，转身跌跌撞撞地往森林里跑，但是已经太晚了。

一群纤瘦美丽的食人族女人和带领着军队的迪莫一起出来了。他们一边短促地尖叫和咯咯大笑，以此来表达他们难以言说的喜悦，一边追着痛苦不堪的陶迪在森林里跑，直到陶迪虚脱地跌倒在地。他们抓住了陶迪，高声尖笑，然后把她抬进了村子。他们把陶迪带到一间没有屋顶的屋子里，屋子里三大锅的水已经煮沸了。陶迪在这世上最后看到的是非常美的食人族女人和她们磨得很锋利的牙齿，以及在太阳下闪闪发亮的铜首饰。一个年轻的食人族女人手里握着一把铜刀，这让陶迪很害怕。

“早餐呀，我们看到你了，”一个声音很甜美的食人族女孩说道，“我们看到了你，也很感谢你跑过来喂饱我们。”

卢林达走进鲁姆贝杜的村庄时，村子里很安静。那群异乡人紧紧地跟在她的后面。她提高声音喊了几句，但是没有一个人出来。然后她又搜查了村子的每个角落，但是只发现打碎了的罐子和葫芦、打翻了的酸牛奶，以及屋子后面一只病恹恹的狗。就在卢林达要放弃搜索的时候，一个大的圆形谷仓中传来了打喷嚏的声音，她往里一看，就发现了坐在篮子里面的肥胖丑陋的巫医鲁姆贝杜。他害怕得瑟瑟发抖，全身大汗淋漓，像一碗酸牛奶一样。“不要告诉他们，”他对卢林达轻声说，“不要告诉他们我在这里！”

可卢林达是个不守妇道的叛逆的妻子，她走到村口，让那些异乡人跟着她。她很镇定，并暗示他们鲁姆贝杜就躲在谷仓里。当鲁姆贝杜看到三个戴着青铜头盔的粉色人头的时候，他吓得大叫。异乡人的领袖把鲁姆贝杜的篮子劈碎了，鲁姆贝杜吓得惨叫，领袖拔出了大刀，用一只手把鲁姆贝杜揪了出来。

鲁姆贝杜很害怕，裤子都尿湿了，异乡人哄堂大笑。红胡子巨人和棕头发年轻人用力使鲁姆贝杜站直，卢林达向鲁姆贝杜解释眼前的情况，她解释完了之后，那个年轻的异乡人转过头快速和那个围着黑绿相间的缠腰布并戴着帽子的怪人说了几句话，末了，他还重重地踢了一下那个怪人的臀部。

那个怪人从地上爬起来，坐到了欧吉九的石磨上。他打开了他的包，把包里的东西全部倒在跟前，然后拿起了一卷类似牛皮的东西和一片尖的芦苇叶。他把这片芦苇叶放进装着黑色液体的罐子里，然后开始在牛皮卷上描绘图案，这些图案和人的身形很像。卢林达和鲁姆贝杜震惊地看着眼前的一切，这个怪人在牛皮卷上作画，他通过这些清晰、准确、美丽的图画告诉他们为什么异乡人离开自己的国家来到了他们的国家。

首先，他展示了一场异乡人和另一个种族的残酷斗争，另一个种族的人有长长的头发和胡子。之后，他展示了异乡人是如何被步兵们一举歼灭的。战士驾着神奇的车辆，这些车辆由长得很奇怪的动物拉动——这些动物有下垂的尾巴和鬃毛，像没有条纹的斑马。然后他又画了很多中间有一根桅杆的船，异乡人痛苦地坐船逃跑了。

他随后又画了异乡人战士勇敢地与敌人做斗争，并护送女人和小孩上船的图。怪人画的帆状物代表了船，他还画了水及水底下游着的鱼和虾。他画了一个圆代表着太阳，并且在太阳底下画了一百笔。

“一百天。”卢林达舒了一口气。

怪人并没有理会卢林达的打断，又继续画了异乡人与野兽、狮子、大象和猎豹的斗争，异乡人凭借厉害的金属武器战无不胜。怪人把这个已经画满的牛皮卷放到一边，又拿出了另一个牛皮卷。

当那个怪人在第二个牛皮卷上画完了第一幅画时，卢林达尖叫了一声。画上显示的是在破败的房子附近，两个黑人男女在月光下拥抱，这两个人就是敕刚果和卢林达。

不知不觉中，这个怪人出卖了卢林达，把她的丑事告诉了她的丈夫鲁姆贝杜。之后，怪人又在安静地作画，他把他们整个夜晚的冒险过程画了下来，从敕刚果亲吻卢林达到敕刚果离开。在牛皮卷上，震惊的鲁姆贝杜不仅看到了异乡人的故事，还看到了卢林达和她的情人的故事。画的颜色和线条都很清晰，卢林达是他最小的妻子，他也最疼爱她，但此刻她的奸情却昭然于画笔之下，大家都一目了然。

怪人尝试通过画作跟鲁姆贝杜交流，他告诉鲁姆贝杜，这些异乡人想用武器交换除了肉以外的食物。然后，红胡子领袖和棕头发年轻人轻蔑地把鲁姆贝杜扔到地上，开始搬运一些他仓库里的装着玉米的篮子。他们每搬一个篮子，就放下一件矛、斧头或者是刀，这些都是闪闪发亮的铁制或青铜制的武器。

与此同时，卢林达看到那个围着黑绿相间缠腰布的怪人拿着两把偷来的剑，越过鲁姆贝杜村子的围栏，消失在森林之中。

这些异乡人喝光了村子里所有的牛奶，然后那个皮笑肉不笑的棕头发年轻人站在鲁姆贝杜身边恐吓着他，用肢体语言羞辱着鲁姆贝杜的懦弱。卢林达知道，异乡人此时显然没有注意到怪人的逃跑之举。

欧吉九和鲁姆贝杜的其他妻子及孩子们在太阳下山以后才回来。他们发现鲁姆贝杜正盯着一堆由玉米交换回来的武器，样子十分着迷。欧吉九回到村子后的第一件事情就是去找卢林达算账，当着卢林达的面骂她不要脸。她用生动的语言向大家描绘敕刚果在森林里亲吻卢林达的那一幕。

鲁姆贝杜仍然沉浸在害怕之中没有回过神来，所以由他的妻子们亲自执行法律，她们把卢林达的手和脚牢牢地绑起来，为明天的死刑仪式做准备。她们用自己的皮衬衫殴打无助的卢林达，用热石头烫她的大腿，用手扇她耳光，还对着她擤鼻涕。她们抓住了她的胸部不断拉扯，卢林达痛苦地尖叫。她们还强迫卢林达喝鲁姆贝杜尿罐里的东西。

她们这么做并不是因为她们残忍，而是按黑暗大陆上部落的法律和习俗，一个伤风败俗的女人在被处死之前理应受到这样的处罚。第二天早晨，欧吉九让她的大儿子古姆布（Gumbu）前往复仇者部落所在的村庄，请求他们抓捕通奸罪人敕刚果。

现在，村庄里的复仇者们是一群无首领掌管的人，他们也没有部落里人应有的忠诚。他们致力消灭所有违反部落习俗的人。由于他们不属于任何一个部落，所以任何人、任何部落都可以寻求他们的帮助。很多部落首领都很害怕狂热的复仇者，因为在这片大地奇怪的历史中，很多首领成了这群神秘人矛下的亡灵。这些人选择放弃做父亲的权力，杀女人对他们来说跟杀男人是一样的，他们丝毫不会有什么恻隐之心。

他们过着既没有爱也没有乐趣的生活，他们活着只是为了执行流传了几个世纪的黑人部落法律和习俗。几乎没有人知道他们是谁，因为当他们白天从偏僻的村子里出来的时候，总是戴着缝得很厚的树皮面具。

一个阴天的中午，一个奇怪的身影正往姆布鲁的村庄赶来，这个小村庄就像一只小鸟一样栖息在一块巨石上。姆布鲁是敕刚果的父亲，在他众多子女中，敕刚果是唯一的男孩。

“看！什么往路上来了？”有个女孩问马加尼加（Manjanja）。

马加尼加是姆布鲁的第一个妻子。尽管她才四十四岁，但她的视力不太好。她竭力想看清女孩指的是什么。“孩子，我什么都没有看到，”她对女孩说，“你跟我说说你看到了什么吧。”

“是一个男人，但是他戴着奇尼乌面具，从脖子到脚踝都裹着猎豹皮。他手里拿着一根棍棒，棍棒上雕刻着一个人头和一张很丑的脸。他还带了一把看起来很吓人的斧头。”

听完女孩的描述，视力不好的马加尼加又哭又跳，她知道那个面具男人是谁，是干什么的。她急匆匆地去找她的丈夫和他的第二个妻子齐雯亚娜（Chwenyana）。

“我的老祖宗呀，”姆布鲁哭喊道，“居然是复仇者！”复仇者站在姆布鲁的村口粗声喊道：“里面的人，就是你，姆布鲁，提姆布伦（Timburu）、淳巴（Chumba）和孔多（Kondo）的后代，快出来，到你的村口来，我是不会贸然进去的。你出来，我有话对你说。”

姆布鲁出来了。他是一个骄傲和勇敢的男人。他曾经是一名猎豹的狩猎者，后来因为一头猎豹伤了他的右臂，右臂永远废了。

他站在村口面对复仇者，心里并不害怕，强壮的满是胡子的脸上没有任何表情。

“说吧，复仇者。我听着。”

“你那可怜的儿子——我都不想说他的名字，怕脏了我的嘴，”复仇者说，“你儿子和卢林达有了奸情，卢林达是巫医鲁姆贝杜最小的一个妻子。你可怜的儿子对自己的所作所为一清二楚，他也知道他偷取了另一个男人的心头之爱，这违反了我们的部落法律和习俗，受辱之人可以选择任意一种使加害者缓慢死亡的惩罚方式。因为鲁姆贝杜已经跟我们控诉过你儿子的行为了，所以我们认为你的儿子是有罪的，我们也已经判处他死刑。所以按照法律，你的儿子现在应该前往鲁姆贝杜的村子接受他应得的死刑。你还有什么别的问题要问吗？”

“没有，复仇者，没有问题，”姆布鲁回答道，他抑制住不哭，“如果你说他有罪，那他就是有罪的。”

“现在我就去鲁姆贝杜的村子，在去的路上，我会沿路撒上货贝，”复仇者说，“你儿子一定要光着身子出来，沿着我留下来的货贝一路走到鲁姆贝杜的村子，而且他一定要在黄昏之前赶到鲁姆贝杜的村子，到晚上的时候，他一定得死。”

敕刚果取下了他的缠腰布，在他离开他的父母的时候，他的母亲马加尼加痛苦地抱着他，痛哭着说：“我的儿呀，我的眼睛都快看不见了，你为什么就干了件蠢事呢？”

“母亲，我也不知道，”敕刚果小声说道，“再见了，母亲。”

“儿子，”敕刚果的父亲说，“别害怕，给鲁姆贝杜那只肥狗看看提姆布伦的孙子是怎么死的。孩子，你要像一个战士一样死。死的时候要笑，就像你的战士祖父提姆布伦死的时候一样。”

当敕刚果踏上他年轻的生命中最后一段货贝之路的时候，姆布鲁把哭着的妻子带进了他的屋子，他发誓有一天一定要杀了鲁姆贝杜，即使等上好几年。

下午，敕刚果踏进了鲁姆贝杜的村子。令让他吃惊的是，他一点也不害怕。事实上，他很愤怒，也很想死。当他进入村子后，他就看到欧吉九和鲁姆贝杜的其他妻子围成了一个半圆，她们很生气，斜着眼睛轻蔑地看着敕刚果。她们手里拿着骨刀或者是铜刀。这些女人前面站着的是双手交叉的高大的复仇者，鲁姆贝杜和鲁姆贝杜的孩子古姆布，古姆布的手里拿着一个异乡人离开时留下的金属矛。

“来吧，你们这些蠢货！”敕刚果喊道，“一起上吧！”

“没那么简单，”欧吉九露出了令人生厌的笑容，“我们不会放过你的，不过我们要慢慢折磨你，在我们送你走以前，一定会把你折磨得跪地求饶。”

“你个混蛋！我是不会向你求饶的，”敕刚果生气地说，“我又不是你的丈夫鲁姆贝杜，你们用手指指着他的时候，他就叫得跟猪一样。来吧，放马过来。”

他们下了狠手。但就算敕刚果的整个下腹部被打得血肉模糊，鲜血不断地喷涌出来，他也没有哭喊。他们把敕刚果放倒在地，他也没有想着去挣扎，最后他张开嘴，颤抖着喘了一口很长的气。

“现在我们就要听到你的尖叫了，混蛋！来吧，让我们听听你是怎样尖叫的。”欧吉九喊道。

“做梦！你这个愚蠢的母鬣狗，”敕刚果喘着气说道，“我才不会哭喊呢！但是我真的替你们觉得可惜，就算你们今天杀了我，可明天，或者是几个月后，你们也都得死。你们就像被死亡的网困住的苍蝇，不久之后，死亡就会来临，然后把你们都吞没。”

说完这些，敕刚果就死了。他是以他父亲期望的方式死的，像他的祖父一样勇敢地去死的，没有抱怨。

“他诅咒我们……他死前诅咒我们，”巫娜珂微抽泣着说，她并没有参加这场恐怖的死刑，“我们都被诅咒了。”

“胆小鬼，你安静点。”欧吉九生气地说，“来人，快把卢林达拖出来。”

有人把卢林达从她的屋子里拖了出来，并把她狠狠地甩到敕刚果的尸体上，所有人的眼睛都看向戴着面具的高大的复仇者，等待着他的下一步指令。

“你们做好竹筏了吗？”复仇者问鲁姆贝杜的儿子古姆布。

“是的，大人，我们已经做好了。”

“那你们就把这个女人和死尸拖到赞比西河的河边，把他们面对面地绑在一起，然后把他们推倒，牢牢地绑在竹筏上，再把竹筏推到河里，剩下的就交给鳄鱼解决。就这样。”

卢林达不知道在赞比西河上漂了多久，感觉像是漂了千年万年。她的身体麻木了，精神也濒临崩溃。她一直紧紧闭着眼睛，因为她一睁开眼睛就会看到死去的敕刚果的眼睛。把卢林达和竹筏绑在一起的皮革绳子就像一把烧红了的黄铜刀子一样在割着卢林达的肉，竹筏后面的水流被从敕刚果尸体上流下来的血染红了。这些血吸引了河里所有饥饿的鳄鱼。有一些大型的、丑恶的、鼻子很长的鳄鱼爬到了竹筏上，牙齿紧紧锁住敕刚果的腿，把竹筏往赞比西河的南岸拉。就在卢林达想要放弃求生的念头的时候，一艘船闯进了她有限的视野中，这艘船调转了船头，驶向卢林达的方向。鳄鱼聚集到了竹筏的附近。卢林达看到船上只有一个男人——她可以清晰地看到他在残阳底下的身形。

这艘冲过来的船把聚在竹筏周围的鳄鱼推开。有一条鳄鱼把尖锐的牙齿刺入了卢林达的身体，卢林达以为这条鳄鱼将把她撕成碎片。突然，一只强有力的手从鳄鱼嘴里夺走了她。她瞥了一眼这个人——他嘴角上扬，嘴唇很薄，鼻子很挺，黑色的眼睛闪闪发亮。她见过这个人，他就是从鲁姆贝杜的村子里逃走的那个怪人。卢林达昏了过去，倒在了这个皮肤有点黑的异乡人的臂弯中。

根据传奇故事的记载，这个怪人把卢林达带到了南方的大森林，那里很安全，后来那里变成了瓦卢兹威（Varozwi）的领地。这个怪人把几个小部落的人聚集在一起，融合成一个强大的部落。他教他们技术和他本国的一些知识。时至今日，黑人部落的人认为这个皮肤有点黑的怪人是唯一一个会观星象占卜的人。瓦卢兹威部落是唯一一个把首领尸体干尸化的部落。瓦卢兹威的王子在戴上部落的王冠之前，必须得进入封存着祖辈干尸的洞穴里，并待上四个夜晚。在那里，他要向他的祖辈们祈求智慧和力量，请求他们保佑他，照亮他的路。

但是，除了那个怪人创立了瓦卢兹威部落这件事，由于时间久远，很多关于他的冒险及死亡的细节都无从考证。在众多的部落故事中，如果讲故事的人讲到关于这个怪人的故事，他们只能讲一点点，因为时间这个吃人的恶魔把剩下的故事都给吞噬了。

混蛋父亲鲁姆贝杜有个混蛋儿子古姆布，他跪在他胖胖的父母鲁姆贝杜和欧吉九跟前，向他们提了个建议。这个建议将影响成千上万人的生活，改变整个南方地区部落的历史。这个建议引领鲁姆贝杜走向了毁灭的深渊，并遭受了痛苦的死亡。

古姆布跟他的父母说，因为他们是唯一知道异乡人想要什么的人，他们应该成为唯一与异乡人用玉米、甘薯和牛奶交换铁制的或者是青铜制的武器的人。如果拥有这些武器，那么鲁姆贝杜就可以轻而易举地获得权力，成为高级酋长，继而统治这片大地上的所有部落。像胡狼一般狡猾的古姆布表示：只要配备了这些金属武器，只需几个人就可以轻而易举地铲除整个只有尖骨矛和石斧的军队。那时，古姆布说的是事实。在那个古老的时代，黑人知道的唯一的金属就是黄铜，他们用黄铜做装饰，或者用黄铜做只能用来刺人的刀。

鲁姆贝杜是个自私且野心勃勃的老骗子。听完古姆布的建议后，他用手和膝盖撑着身体，俯身去亲他儿子的脚，就像一个卑贱的奴隶一样。接下来几天，鲁姆贝杜和异乡人进行了频繁的交易，异乡人的船就像一条长着很多条腿的水蛇，一直开往赞西比河的上游。鲁姆贝杜的妻子和女儿把很多篮玉米及白薯放在赞比西河河畔的一个约定的位置，在连续有节奏地敲击鼓后，她们就退到森林里。然后异乡人的船就会靠近河岸，船上的人会把玉米和白薯拿走，然后把一堆金属武器放在那里，以此作为交换。仅仅五天，鲁姆贝杜就收集到了足够配备两百人的武器。古姆布召集了一支杀气腾腾的军队，给军队里的战士配备了矛和短剑。不久后，他发动了一场野蛮的战争，推翻了高级酋长淳韦的统治，并在淳韦的家门口把他给杀了。

于是，鲁姆贝杜变成了高级酋长。这个粗俗的、爱抱怨的、极度自私的恶棍突然发现自己成了两万人的首领。他大摇大摆地走着，就像一只吃撑了的秃鹫。鲁姆贝杜让自己沉醉在权力和野心这瓶散发着迷人芬芳的蜂蜜酒中。他想要征服整个世界，因此他请求和异乡人交换更多的武器。

鲁姆贝杜的军队很疯狂、毫无纪律，他们像野火一样燃烧了整个大地，一个又一个部落首领在新型的金属武器面前倒下，一个又一个部落被奴役。在古姆布带领下的让人闻风丧胆的军队一路向南行进，他们来到古老的博茨瓦纳部落。几个世纪以前，这个部落就被伟大的神灵庇佑着，一直以来都过着和平的生活。在这个地方，古姆布让这个部落的首领，即他的手下败将姆拉巴（Mulaba）把他的女儿蒂马娜（Temana）嫁给他作为人质，后来他把这个女孩带回到鲁姆贝杜的村子，以他父亲的名义留下一些守卫来控制这片地区。

然而在回去的途中，古姆布突遭眼疾，不到六周就完全失明了。有一个晚上，蒂马娜把看不见的古姆布引到一个悬崖附近，把他推了下去，然后她自己也跟着跳下了悬崖。根据传奇故事，在蒂马娜掉落的悬崖底部长出了一片芳香十足的红色小野花，这就是乐蒂马娜花的由来，这种花至今还长在岩石上。

与此同时，鲁姆贝杜成了有史以来统治着最大的部落的酋长。这个部落包括从伊尼扬加尼山（Inyangani）到西边的海岸的整个区域。但是很荒谬的是，鲁姆贝杜的统治只持续了一年零八个月。

鲁姆贝杜沐浴着权力的阳光，大口喝着啤酒。他的妻子欧吉九用很多闪闪发光的首饰装饰着自己，她还有很多奴隶供她差遣。只要提到“鲁姆贝杜”的名字，整个大地都要抖一抖。此时，在赞比西河的河口附近，一个由异乡人建造的草棚村子里，一场奇特的会议开始了。

在一个四角的草棚里，四个男人围着木桌子坐着。第一个人的个子很高，有胡子，头发是红色的，他结实的身体上有很多战斗留下的伤疤。第二个人是个老人，他的头发很长，胡子下垂，他的胡子就像山上的雪一样白。这个老人的额头上戴着一个黄金制的环，上面装饰着几颗珍贵的石头，他穿着紫色的长上衣，上衣外披了一件火红的斗篷。第三个人与救卢林达的怪人来自同一个部落，他的白色的缠腰布上画着奇怪的、神秘的红色和黑色的图案。他的头上系着红蓝相间的布，在他额头上的金色绑带上，盘踞着一条气势汹汹的黄色眼镜蛇。

参加会议的第四个成员是一个看上去很开心的年轻人，他的头发是棕色的，眼睛是蓝色的。他是最后才到的，其他三个成员都坐着等了他一会儿。他走进草棚的时候，眼睛里闪烁着调皮的光，然后他开始对红胡子高个子做鬼脸，开玩笑地拧了一下他那断了的大鼻子。

“你迟到了，我的孩子。”老人说。

“是呀，父亲，说起来都是您的错。我还这么小，您就给我娶了个妻子。现在我每晚都睡不着觉。您看……”

“别说了！国王等着你来跟他报告，而不是听你说你跟你妻子昨晚做了什么!”红头发巨人骂道。

“孩子，”白头发的国王沉重地说道，“我们在这里要讨论一件严肃的事情，不是开玩笑。我们只想知道我们的计划有没有顺利进行：我们假装通过贸易交换给鲁姆贝杜提供武器，让他征服各大部落，待他完成征服以后，我们再坐收渔翁之利。我们想知道鲁姆贝杜是不是还没有识破我们的意图。”

“我们的计划正顺利进行着，而且比预期的还要顺利，”这个年轻的男人说道，“直到现在，我们那个傲慢的、肥胖的朋友还在继续把另一个部落纳入他的版图，不久之后一个大帝国即将诞生，也会有成百上千的奴隶，而这个帝国到我们手中的时候，就已经成熟了。”

“我们不能再等了，必须马上进攻。以前我们需要征服一百个分散的部落，但是现在只要把卑鄙的肥胖的鲁姆贝杜踢下台就好了，他的整个帝国就都是我们的了。”围着缠腰布的男人说。

“我也同意你的看法，”国王说，“我们已经等得太久了，今晚我们就进攻癞皮狗鲁姆贝杜的大本营。”

现在的鲁姆贝杜感觉就像是在星辰上一样，他开心到了极点，就像一个饥饿的乞丐吃了一只偷来的鸡，就像一头有一百万颗牙齿和一千张嘴的狮子。

如果鲁姆贝杜就像一头多嘴的狮子一样对成为高级酋长感到很骄傲的话，那么让他的妻子欧吉九感到骄傲的就是她发现自己成了一个酋长夫人，就像一个秃鹫有了砂囊。每天早晨，鲁姆贝杜后宫的一群侍女用精巧的担架把欧吉九抬到河边洗澡。她用塔姆布提叶子的粉末涂抹肥胖的身体，直到身上满是花香。然后侍女们再帮她戴上铜项链和手镯。她整天都在吃野蜂蜜、玉米蛋糕、很肥的肉及油腻的白薯煲。

欧吉九对鲁姆贝杜的其他妻子越来越尖刻残忍，只要她们敢挑衅她一丝一毫，她就会处死她们。然而，在她腐朽的灵魂深处压着两个罪恶的秘密，如果这两个秘密被人知道了，那么复仇者绝不会放过她，她只能痛苦地慢慢死去。

第一个秘密是：她毒害了善良的巫娜珂微，并把她的尸体埋在自己曾经睡过的屋子里，但是她骗鲁姆贝杜说巫娜珂微掉进赞比西河死了。

第二个秘密是：欧吉九在森林深处的洞穴里锁着一个秘密情人，每当她寂寞难耐的时候，就会跑去找他。这个秘密情人是个只有十八岁的少年，欧吉九知道，根据习俗，引诱未成年人是死罪。小于二十五岁的人都不可以亲吻别人，当然也不可以被亲。

欧吉九从来没有问过男孩他的父母是谁，她唯一知道的是男孩的名字——卡迪莫（Kadimo）。卡迪莫在森林里毫无目的地走着的时候被鲁姆贝杜的手下抓走了，他们都不知道卡迪莫来自哪个部落，所以鲁姆贝杜的手下把他抓进他们的村子进行询问和处决。但是卡迪莫不会说鲁姆贝杜村子的语言，所以当鲁姆贝杜的手下粗鲁地问他的名字和家的时候，他的回答只有可怜的摇头。欧吉九突然发现自己被这个像神一样的少年吸引了，所以她让鲁姆贝杜把这个少年交给她解决。但事实上，她把男孩锁进了森林深处的一个洞穴里，并供她作乐。

这天，异乡人终于决定在夜晚的时候攻打鲁姆贝杜的村庄。从早上一直到下午，鲁姆贝杜和欧吉九都在他们的大屋子里吃东西。根据部落的习俗，他们正在庆祝他们已经持续了二十五年的婚姻。他们一起吃了一只火烈鸟，还喝了一碗蜂蜜酒。他们的盛宴还在继续，他们还吃了一些鸡肉和烤猪肉，喝了几罐玉米啤酒。然后他们一起睡了过去。鲁姆贝杜没有邀请村子里的其他人来参加这场私人盛宴，因为在“火烈鸟仪式”中，只需要丈夫和妻子在场。所以，尽管鲁姆贝杜和欧吉九喝醉了，躺在自己的屋子里昏昏大睡，但是其他人都像早晨的风一样清醒。

大约在午夜的时候，有一个男人跑进了鲁姆贝杜的村子——他不知道他在森林里跑了多久——他跑来告诉鲁姆贝杜：一个村民发现异乡人正在赞比西河的南岸登陆，他们全副武装，看起来不怀好意。而那个发现异乡人的村民现在已经死了。这个男人发现了站在鲁姆贝杜村口的哨兵，他跟哨兵低声地说了什么，然后就瘫在了地上。

“我是鲁姆加（Lumoja）村子的村主任，快去告诉高级酋长，异乡人来啦！他们要打仗，他们已经把除我以外我村子里的所有人都杀了。他们很快就会到这里来。”

两个守卫跑去通知村子里的村民，一个守卫把这个赶来通风报信的男人扶了起来。但是他发现这个男人的后背全是血，在他的左肩胛骨上有一道很深的口子。在身受重伤的情况下，只有顽强的意志力和无比的勇气才能够使这个男人坚持这么久。

恐惧笼罩在鲁姆贝杜的村子上空，星星照亮了黑漆漆的夜空。村民们很害怕，他们光着身子就跑出了村子，跑进了不确定是否安全的森林。尖叫声此起彼伏，就好像他们被猎豹或夜晚出来觅食的狮子抓住了似的。鲁姆贝杜的手下没有纪律性，也并不全都忠诚，他们并不准备在村子里为鲁姆贝杜决一死战，所以在那个夜晚，他们带着鲁姆贝杜的其他几个妻子坐船逃到了赞比西河对岸一个安全的地方。

与此同时，鲁姆贝杜和欧吉九仍然酒醉未醒，他们恍惚地躺在床上，仆人和他们的孩子都在使劲叫他们，但是没用。在黎明到来的一个小时前，欧吉九心中一惊，身体艰难地动了起来，她醒了。在她的灵魂深处突然有一种奇怪的不安的感觉，于是不一会儿，她爬出了屋子。她呼唤门口的守卫，但是没有人回答。整个村子的人一夜之间都不见了。

意识到这一点之后，欧吉九的大脑瞬间清醒了。恐惧蔓延了全身，突然一下，她变得像清晨的露珠一样清醒。

欧吉九听到了森林某处传来的坚定的脚步声，他们在向村子靠进，她还听到金属与金属之间碰撞的声音，这些声音越来越近。她从这些声音中推断出他们肯定是要杀人，后来她又看到了门口的尸体，这又证实了欧吉九的想法。欧吉九很害怕，大叫了起来。

她回到屋内想叫醒鲁姆贝杜，她拼命摇着他，不断叫着他的名字，但是他没有反应，转了个身，继续睡觉，而且呼噜打得更响了。

远处传来一声陌生的叫喊，星空都颤抖了。异乡人到了，战争开始了。异乡人军队冲进村子，就像来自地狱的魔鬼，身上裹着青铜护甲。欧吉九像一条被烫伤的蛇一样爬出屋子，通过围栏上的紧急通道爬了出去，只留醉醺醺的鲁姆贝杜一人在屋子里自生自灭。

这些攻击者把第一个守卫室和其他两个与村口相接的守卫室烧了。不一会儿，村口附近的小部分地方燃起了熊熊大火，火苗和烟不断往天上蹿，云都被烧成了火红色。然后，异乡人进入早已人去楼空的屋子，他们把装着酸牛奶的葫芦和装着玉米和白薯的篮子都搬走了。他们把这些食物搬到一个很大的空地中间，然后放火把整个村子的屋子都烧了。

鲁姆贝杜这时才醒来，他摇摇晃晃地走出屋子，晃晃悠悠地站在黏土门阶上。

“你们……你们为什么要烧了我的村子?”他声音沙哑地喊道。

一群异乡人朝他走过去，他们挥舞着剑和闪闪发亮的铜制矛，但是鲁姆贝杜没有被吓到，而是站在原地，疲倦地看着他们。

其中一个异乡人举剑刺向鲁姆贝杜的头，但是这一剑并不想置他于死地，也不想伤他，这剑在鲁姆贝杜的光头上方停了下来。鲁姆贝杜握紧拳头，站在原地一动不动，眼睛都没有眨一下。

另一个异乡人对异乡人国王那个棕色头发的儿子说：“看，这个肥胖的野蛮人还挺勇敢的，在所有人都逃跑了以后，他还是选择留下来。我还不知道这些黑猪这么勇敢呢!”

突然，在酒精的作用下，鲁姆贝杜跳起了舞。在燃烧着大火的村子的空地中央，他就像一头疯了的猩猩一样上蹦下跳。鲁姆贝杜喘息、跺脚、咕哝、摇晃，他的大粗腿把地上的尘土都搅动了。然后，连鲁姆贝杜本人都还没有想明白，他就抢过异乡人手里的一支矛，然后让它穿过自己的身体。异乡人看到这一幕都惊呆了。

异乡人年轻的王子站在鲁姆贝杜尸体的旁边，难得没有笑。他摇了摇头说：“他真的很勇敢，宁死都不愿做奴隶，跟我们一样勇敢呀!”

“把能带走的都带走吧，”王子说，“父亲终于成为这片大地上的国王，并将统治成千上万的偷窃成性的黑鬼，他一定很高兴吧！”

被鲁姆贝杜安插在异乡人中的眼线背叛了同村的人，让他们都成了异乡人的奴隶。鲁姆贝杜现在已经死了，而鲁姆贝杜的妻子欧吉九的故事还在继续。

欧吉九在往森林里疯狂地逃跑的时候曾停下来过，一回头，她看到村口的两个屋子被熊熊大火燃烧着。这令人胆寒的一幕使她跑得更快了。在她逃跑的路上，她听到森林里有野兽的叫声，于是她就僵住了，心脏跳到了嗓子眼，幸好后来野兽走了。最后她来到一条熟悉的溪流边，这条溪流的对面就是关着卡迪莫的洞穴。天空灰蒙蒙的，黎明将要来了。欧吉九找到了那条通往关着卡迪莫的洞穴的小路，她慢慢地、小心翼翼地走着，因为这条路很曲折，而且路上有很多石头和沙砾。当欧吉九到达洞穴的时候，一个蹲着的丑人从一块石头上起身走向欧吉九，这块石头把洞穴口遮蔽了，阻挡了欧吉九的去路。

“喂，你是谁?”丑人咆哮道，“你要么往回走，要么死。”

“我是欧吉九呀，忠诚的祖祖（Zozo）。”欧吉九笑着对他说。祖祖是个白痴，他长得很丑，背很驼，欧吉九让他在这里日夜看守卡迪莫。

“祖祖看到你了，酋长夫人。”祖祖说，同时跪了下来。

欧吉九命令道：“祖祖，快去把洞口给我打开，之后你就可以回到自己的洞穴里睡觉了。”

祖祖力气很大，他把洞穴门口的巨石移开，然后就回到了自己的洞穴里。欧吉九进到洞穴，在黑暗中寻找她年轻的情人。

“醒醒，卡迪莫，”欧吉九说道，“亲爱的，快醒醒！”

在洞穴的黑暗凹处，欧吉九和卡迪莫并肩坐着，他们低声地说话，不知道说了多久。欧吉九告诉卡迪莫那天晚上在鲁姆贝杜村子里发生的一切，而且她怀疑鲁姆贝杜已经被杀害了。

“现在，你……属于……卡迪莫。”卡迪莫只能说一点点欧吉九部落的语言。

“是的，卡迪莫。”

“天亮了，我们……去……我的部落，你和我……一起回去。”

“祖祖也一起吗?”欧吉九问。

“卡迪莫不喜欢……祖祖，卡迪莫只想和……你。”

“就按你说的办吧，卡迪莫。”

第二天中午，欧吉九和卡迪莫走了很久，他们离那个被烧光了的村子已经很远，而在前天，欧吉九还高高在上、残忍地统治着那个村子。

欧吉九开始变得很怕卡迪莫，因为他对她的态度突然变得很傲慢。他不再称呼她为“夫人”，而称呼她为“你”。她曾想坐下休息，但是他却威胁着要打她。更精彩的还在后头。

“我累了，你背我，胖奶牛。”卡迪莫对欧吉九命令道。

“胖……胖奶牛！”欧吉九倒吸了一口气，“你是叫我胖奶牛吗？”

“是的，胖……奶牛，”卡迪莫说道，“快蹲下，背我。”

“不可能！”

卡迪莫拿着圆形棍棒不断打欧吉九的肋骨，从来没有人像卡迪莫那样打她打得这么狠，欧吉九不停地尖叫，在地上扭动翻滚。最后，欧吉九实在受不了这样的毒打了，她就像个小孩一样在地上抽泣，祈求他不要再打了。

“你为什么要对我这么残忍？”欧吉九呜咽道，“我是你的夫人呀。”

“你是我的晚餐……你是可以吃的夫人。”

“什么！你是食人族的？”

“卡迪莫是迪莫……和索迪莫（Sodimo）……的孩子，我父亲是……食人族的王。”

“但是，亲爱的，你可不能吃我，”欧吉九恳求卡迪莫，“我爱你，而且我还很漂亮……”

“你……在锅里……更漂亮。今晚，我就要回到我父亲那里。快！背我！”

欧吉九不知道背着卡迪莫走了多久，似乎走了几百年。走着走着，欧吉九不小心绊了一跤，摔倒在地，卡迪莫也掉了下来，他把欧吉九痛打了一顿，然后又回到她的背上。欧吉九一路上跌跌撞撞地走着，天空突然变得很黑，就像午夜时一样，几道浅蓝色的闪电鞭打着天空，天上传来的阵阵雷声使大地都为之一颤。卡迪莫让欧吉九在森林里找小洞穴躲雨，这时她才有了喘息的机会。

“离我父亲的村子……不远了，等到了……卡迪莫就有……好吃的肉了。”

“卡迪莫，我求你……”

但是还没有等她说完，一个驼背的面容丑陋的人就闯入了洞穴，这个人抓住了卡迪莫的脚踝，把他拖到正下着倾盆大雨的洞外。外面激烈的斗争持续了一小会儿，卡迪莫大叫一声，一切都归于沉寂。这个罗圈腿、驼背的人就是祖祖，他一直在欧吉九和卡迪莫的后面全力追赶他们，穿过平原和森林，最后才来到这个洞穴中。

“祖祖!”欧吉九喊道，“你救了我！卡迪莫想要吃了我!”

“是的，我救了你，但很快就不是了。你认识巫娜珂微吗?”驼背的祖祖问道。

“嗯，当然认识，她掉进赞比西河了，并且……”

“你撒谎都不脸红呀……你杀了巫娜珂微，我是她哥哥。”

“巫娜珂微没有兄弟，我对她的父亲，以及她的整个家族都非常清楚。”

“巫娜珂微的父亲……不承认祖祖我是他的儿子，因为我长得很丑。我总是独自一人。现在你可以去死了。”

“不！祖祖，你刚刚才救了我……”

“去死吧，欧吉九。”

祖祖将黄铜刀狠狠刺进了欧吉九的身体，一刀、两刀……

在鲁姆贝杜死后，异乡人公然接管了这片土地，人们十分震惊。很快，在自己本国的领土上，成千上万人遭到了奴隶主皮鞭的抽打。很多村子都人去楼空，异乡人强迫村民们上船，把他们带到海的另一边，然后他们就再也没有回来过。

这片土地上发生了从来没有出现过的事情，大家都很震惊。异乡人用铁链把男人、女人，包括小孩都绑在一起，就像在一根线上穿珠子一样，异乡人让这些人搬运建堡垒的石头。整个大陆都要建堡垒，一直建到南边的赫雷罗族（Herero）那儿。异乡人还让黑人像蚂蚁一样挖矿——挖铁矿、铜矿和金矿。塔巴津比神圣的铁山有很多隧道，就是在那里，成千上万个被绑着的奴隶不是劳作着就是死了。

很多公牛和被驯服了的斑马背上驮着黄金、铁矿和象牙向东边走，跨过高山和平原，它们要把这些东西带到异乡人的船上，然后异乡人再把这些东西带到海的另一边。

大象和河马，被几乎所有部落公认为神圣的动物，现在却被异乡人四处屠杀，只为得到大象的象牙和河马的骨头及脂肪。

很多部落从异乡人荒唐的、毁灭的和压迫的统治下逃跑了，甚至有些部族逃到了斯威士兰（Swaziland）部落。

与那些声称了解黑人的人的说辞相反，斯威士人（Swazi）并不是恩古尼部落的一支。八百年前，恩古尼部落迁入了林波波玛（Limpopoma）地区的南部。斯威士人和博姆瓦纳（Bomvana）部落的人比恩古尼部落更早到达林波波玛地区的南部。当恩古尼部落来到林波波玛的时候，他们发现斯威士人退化到了那样一个地步：他们没有建造村子，而是像猴子一样生活在树上，因此恩古尼有个骂人的词“住在树上的人”（由祖鲁人传播扩散）。这个词原本就是用来形容斯威士人的。

斯威士兰部落直接吸收恩古尼的文化和语言，如恩古尼语言中“咝咝”的口音。他们还直接采用了恩古尼部落的武器和战争策略。众所周知，斯威士人习惯把头发留得很长，甚至有人会用红色黏土和野根汁给头发染色，还有些人会把头发弄成两千年前侵略黑人大陆的白人的发型的样子。

异乡人在伊尼扬加尼山附近发展种植业。成千上万的奴隶在那里辛苦地工作，他们种植、锄地、收割玉米或是别的粮食，这些粮食的种子是异乡人从他们那儿带过来的。时至今日，这些令人叹为观止的痕迹仍然存在，并被人们观赏和赞叹。传说在冬天，被打死了的奴隶的尸体会被置于这片农业用地上做肥料。今天，这片耕种地被称作伊尼扬加尼山梯田。从来没有黑人以梯田的形式耕种过土地。

在时间的长河中，越来越多的异乡人来到这片土地，另外，让人讨厌的部族阿拉比人（Arabi）也来到这里。在后来的年月中，阿拉比人给我们造成了很大的恐慌。很多异乡人娶了霍屯督女人或是布须曼女人为妻，因此这里有很多异乡人及黄种人的子女。

鲁姆贝杜死后五十年，异乡人开始在这片大地上建造城市和乡村，最大最重要的城市在马卡迪卡迪湖沼的旁边——今天它变成了很浅的盐地。

根据传说，这个城市大得足够容纳一千多人，城市周围被木头和石塔围住，城市外围的周边还有护城河道。以上的防护措施让这座城市坚不可摧。通往这个城市的唯一入口就是护城河上的短木桥。同时，城市周围涌现出大批的移民。越来越多的商人、奴隶猎捕者和普通的定居者在城墙周边建房子，并安家落户。

尽管高烧和流行的瘟疫已经夺取了很多异乡人的生命，但是异乡人的人口在这片大地上仍有大幅增长的趋势。因为他们和海洋那边的大陆做着生意，他们在家乡、在城市都积累了很多的财富，并过着很奢侈的生活。现在，你仍然可以发现班图巫医保存着古老的锈迹斑斑的剑，剑柄是青铜制的，剑太古老了以至于轻轻用石头一敲就会碎。你还可以发现有很多黄金、银和铜的装饰品——这些装饰品既不是班图人制的也不是阿拉比人制的。经过时间的打磨之后，现在这些装饰品已经被部落历史学家和高级巫医谨慎地保存起来了。现在，在一些神秘的仪式中，有时仍然要使用这些装饰品，而这些装饰品也让我们回想起异乡人在部落的事情。

历史的车轮滚滚向前，异乡人的帝国，像发生的所有谋杀、压迫和偷盗等事一样，慢慢走向了下坡路。到赞比西河河口的船的数量慢慢减少了，曾经挖出金矿、铁矿和铜矿的地方被遗弃和遗忘了。异乡人的帝国慢慢变得与世隔绝，他们把重心放在了奢侈的生活和享乐上。很快，他们每个人的生活主旋律就是唱歌、跳舞、大吃大喝。他们有了一些新颖的娱乐方式，比如在神像面前扮演酒神，这既让人厌恶，又让人觉得很新奇。据说，一些帝国的女王和王后甚至与野兽交配，以此来寻求新鲜的肉体刺激。为了制造集狮子的勇气、耐力、力量和人类的智慧于一体的物种，一些人甚至让他们的女儿和狮子进行交配。

根据传说，有一个异乡人皇帝娶了一个年轻男子当皇后，这个男子以残忍地杀女人为乐，不管是杀他们自己部族的女人还是杀班图的女人。

据说异乡人的皇帝把他们自己比作“星星的孩子”，因为他们声称自己是从天上的行星那里掉到地球上的，然后娶了异乡人的年轻女子为妻并生了孩子。

下一章还会继续讲述关于异乡人的奇闻轶事。故事从毁灭者姆坎达（Mukanda）或鲁姆坎达（Lumukanda）的出生开始讲起，他注定要在异乡人的历史上扮演一个重要的角色。在马卡迪卡迪湖边大城市的一个安置奴隶的肮脏地下畜栏中，鲁姆坎达出生了，他的父母都是奴隶。

他一出生就是一个奴隶。对于他和其他奴隶的孩子来说，自由这两个字什么都不是，他活着只是为了听从主人的命令。他觉得他就是一条小狗，残酷的主人命令他干什么，他就得干什么。

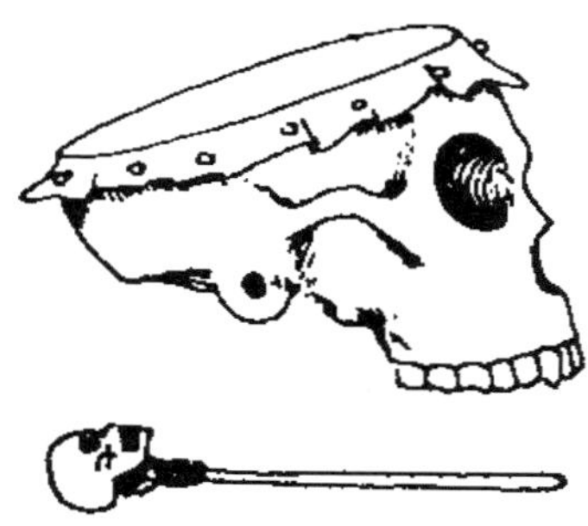

在可怕的马邑提仪式中使用的用人的头盖骨做成的鼓

到这时为止，赞比西河和林波波河之间的黑人部族被兼并成了一个整体，唯一自由的部族已经死了。当强大的英雄鲁姆坎达还只是一个十六岁少年的时候，由于白人皇帝卡迪西（Kadesi）和卡瑞苏（Karesu）的战争，异乡人的帝国突然被分裂成了两部分。（卡迪西和卡瑞苏或许不是他们真实的名字，在时间的长河中，部落历史的记录者有可能把他们的名字记错了。）

故事（根据习俗，我们要用鲁姆坎达自己的话来讲述这个故事）开始的时候，异乡人领袖之间的斗争刚刚以卡迪西的战败和落荒而逃而告终，胜利属于反常的卡瑞苏，他有一个男性配偶。

所以，孩子们，现在最奇怪的故事要开始了——我们伟大的兹马·姆布吉故事的第二部分，这部至今仍被很多部落吟唱的伟大的史诗，在永恒的故事里有一个永生的人，他爱着一个女神并改变了整个帝国的命运。

（译者：钟舒燕、郑雪燕）

关于鲁姆坎达的故事

静悄悄的夜

夜幕已经降临，但我的主人举办的家宴却仍在继续，且根本没有想要结束的意思。由于熊熊燃烧的大量火把，大厅内灯火通明。当我和我的朋友在门口站哨时，耳边充斥着大家的欢声笑语。

宾客们陆陆续续地到来，很少有人想要离开——离开的人基本是因为已经喝得酩酊大醉，饱得再也吃不下了。

一些人在离开我的主人的住所时，是被奴隶们用镀金的担架抬走的，因为他们大肆饮用的啤酒和葡萄酒已经让他们意识模糊，分不清昼夜了。其中有一个人以一种最不高雅的方式出现，他被一个比我的主人的儿子头发还少的人拖了出来，然后一头扎在了这座大房子的泥土台阶上。后来我们得知，这个人就是自作自受，因为他曾热情地告诉这所房子的主人，与其看疯狂又做作的卡瑞苏统治整个帝国，他宁愿让卡迪西坐上皇位。那是一番涉及叛国的谈话，我和鲁波（Lubo）一致认为让这个冒失的宾客就这么离开已经是从轻发落了。

月亮升起来了，阴森的光线使得这座城市的白色房屋显得更加精致与诡异。除了那些像鳄鱼的下颚一样守卫着这座城市的坚固围栏外，马卡迪卡迪巨大的盐水域宛如一座充满惊喜的银矿。几颗星星在天空中闪烁着微弱的光芒，却抵不过神圣夜晚所散发出来的灰色柔和的光，成千上万只蟋蟀的歌声响彻云霄。

我不知道未来会怎么样，也不想知道等待我的将会是什么。我，以及我那些被束缚住的族人，像牲口一样卑贱地生存着。遐想或是梦想对我们来说毫无意义，因为白日梦使得奴隶们的生活比他们脚踝和脖子上的锁链更让人无法忍受。

一个刺耳的声音从我们身后的台阶上传来："鲁姆坎达，二等奴隶，你的主人找你。"

是奥波（Obu）那个老家伙，他是一等奴隶，负责管理所有像我们这样在主人房子与麦地里工作的年轻奴隶。我转过身，跑上几段台阶，然后就低着头站在大厅的门口。主人们和他们的女人躺在或是倚靠在被放置在高屋顶大厅的三面墙下的镀金木质沙发上。沿着第四面墙，在门的两边各站着一个拿着杯子的奴隶。女奴们提着装满水果、肉和玉米饼的大篮子，她们随时准备着给主人空掉的酒杯和盘子添加酒食。

每个沙发的附近都有两张小小的象牙桌，一张上放着熠熠发光的啤酒杯，另一张上放着蛋糕托盘和肉盘。我不禁注意到，大多数的主人现在更加关注的是啤酒杯而不是肉盘。主人们除了戴着金项链和手镯，其他什么也没戴，并且因为潮湿，他们只把白色的披风系在腰间。女人们只穿着浅色的裙子，戴着许多金镯子和项链。甚至，有些人的头上还戴着宽宽的金带。他们的头发颜色从红色到棕色，再到黑色，像浮动的烟雾一样倾泻在光滑的肩膀上。透过大厅里的欢声笑语，我的主人的声音从大厅最远的角落传来：

“嗨，你，在门口的，到大厅中间来。”

“是，主人。”我回答道，然后挺直了腰板，走到大厅中央的空地上。

“看看他，”我的主人朝其他主人吼道，“看看那个高大的黑玩意儿，只有十六岁，却和成年人一样高，而且肌肉发达。我愿意拿两只装满金粉的大象牙做赌注，你们的任何一个奴隶都无法在一场剑战中击败他。”

“好啊，”一个白人女性尖声说道，“我有一个女奴，她可以把你的这个畜生撕成碎片。”

“你赌什么？”女人的话激起了一片兴奋的声音。

“四杯金子和两个金盘子。”黑色头发的女人厉声说道。

“就这么说定了！”我的主人喊道，“快去把那个女奴叫来，让我们今晚好好地观赏一场精彩的对决。”

那个女人将命令吩咐给她的一个男孩黑奴后，男孩便急速跑出大厅，然后消失在黑夜中。同时，我的主人也吩咐其他人拿来了一顶青铜头盔和一把剑，并交给我让我来武装自己。头盔设计得像一个人头，留有一个鼻子形状和两个眼睛形状的洞，并且它完全遮住了我的脸。

这把剑，除剑柄是青铜制的，其余部位都是铁制的，剑尖与剑刃看起来十分锋利，同时整把剑拿起来也相当沉重。我在先前的六次战斗中也使用过与这相同的剑，六次都是我和其他奴隶之间的战斗，而我对自己能否成为最后的赢家一直心存疑虑。

“必胜，二等奴隶!”我的主人吼道，“要么赢，要么死，你要是输了我就割断你那肮脏的喉咙，然后把你发臭的尸体扔去喂狗!”

我自豪地挺了挺胸膛，然后举起自己的剑向主人致敬：“噢，我的主人！我会赢的，我要赢，就像我之前那样。”

“傲慢无礼的东西，”要与我决斗的女奴的主人不禁发出了嘘声，“等着瞧吧。”

让女性与男性进行对抗，是一种不知是谁先想出的新的娱乐方式。但是，我以前从来没有和一个女人打过，而且当我站在那里等候的时候，一种奇怪的不安感在我心底滋生，以至于我几乎想要丢掉剑，跑出大厅。

几分钟后，就看见一个穿得像我一样，戴着头盔、手持一把长剑并且体格高大的对手穿过门，大步走来。她像我一样全身赤裸着，只在她那宽阔的臀部周围缠着一条绿色的腰布。她看到自己的女主人躺在沙发上，那姿势看起来就像一条闪闪发光的蛇，她走过去敬了个礼。然后，她又举起剑向大厅里的其他人致敬。

“上吧，”她的女主人厉声说道，“杀了他，快点！”

那个女奴就像一条惊人的曼巴蛇，不停地旋转着，然后猛然用剑朝我的腹部攻击。但我躲开了，那把闪着光亮的剑仅划伤了我腹部侧面的一点皮肤，同时还带点刺痛感。之后，我们俩一进一退，就像训练有素的杀手一样战斗着，彼此的剑锋在火把的映照下闪闪发光。有两次她用剑刺伤了我，但后来我都全部敬了回去。在一段时间内，我们俩谁都没有占到上风。最后，在我深深地刺伤了她的大腿及左胸上方后，才迫使她退步屈服。

这时，大厅内一片哗然，主人们及他们的女人们再也坐不住了。所有人站立着，就像一个个嗜血的孩童，为我们俩欢呼鼓舞。主人们不断下注，女奴的主人被我主人恶毒的嘲弄激怒了，她愤怒地尖叫说，如果我打败了她的奴隶，她就成为我主人今晚的妻子。

“不只是今晚，”我的主人叫道，“不仅仅是今晚，至少要十个晚上才行！”

“好啊，”女人咆哮道，“如果你的奴隶赢了的话。”

随后，我的对手便开始朝我猛烈施压，她似乎急于杀死我以尽快结束这场决斗。她的剑舞得极快，变成了一个会发出嗞嗞声响且模糊不清的银色物体，而只有我的真实本领才能使我免受致命的伤害。最后，我朝她左胸口的伤口处打了一拳，这一拳几乎要震碎她的心房，只听见她痛苦地大叫了一声，然后我的剑尖便刺进了她的胸膛。

当我跪下来准备摘取她的头盔作为献给我的主人的战利品时，欢呼声响彻了整个大厅。

当我摘掉她的头盔的时候，那个女人瞬间睁开了她带着痛苦神情的眼睛，同时那张黑色美丽的脸庞布满了极为困惑与惊喜的表情。她紧盯着我胸膛上的某处，那是一个黑色的、月牙形状的胎记，与我的深棕色的皮肤形成了鲜明的对比。她看不见我带着头盔的脸，也瞧不见当我认出她时眼里涌出的泪水。她是我曾经最熟悉的女人——十六年前，她的子宫孕育了我，然后她又把我带到这个世界上，哺乳我并将我抚养长大。

“这是你的母亲啊。”奥波那老头在我耳边低声说道。

十六年前，作为一个年轻的姑娘，她自己就出生在奴隶制度下，后来经奴隶主安排，与一个年轻的奴隶结合，最后怀孕并生下了我。就像所有年轻的奴隶一样，她在地下的奴隶棚里度过了两年的光阴，而就是在那个地方，她哺育了我。又过了一年，在我三岁的时候，他们便把我从她身边带走了，直到这个命中注定的夜晚，我才再次见到她。

但她并没有忘记我，她清楚地记得我胸前那个奇怪的新月状的胎记，而且这个胎记也曾令其他奴隶母亲感到兴奋不已。我泪流满面地摘下了自己的头盔，随手扔在地上。她艰难地张开嘴说道："我的儿子……你就是我的儿子……鲁姆坎达!"

"对不起，母亲……天啊，原谅我……"我哭喊道。

"我亲爱的孩子，"她面露僵硬且带着怜悯的微笑，"我原谅你，你不知道……其实我也能杀了你。我很高兴是我死，而不是你。"

"不要死，母亲，不要死啊!"我哭着。

就当我紧紧抱着她，撕心裂肺地哭喊着的时候，她闭上了双眼。当我抬起头时，发现大厅里早已是人去楼空。主人们和他们的女伴们早已成群结队地离开了，他们银铃般的笑声在皎洁的月光下回荡。我的主人早已带着我母亲的主人回到了他的房间，不久之后，鲁波与奥波就同我一起被留在了这寂静的大厅内。突然，母亲的眼睛再次睁开，她朝我笑了笑并伸出手轻轻抚摸了一下我的脸颊，然后双手便无力地垂落在地。只听见她虚弱地说："我的孩子啊，你……做得好……我真的……真的很爱你。我的孩子，你要勇敢……要变得强大……"

最后，她嘴角带着一抹自豪而又无法言喻的微笑死去了。之前从未体验过的，今后也不会再有的悲伤吞噬了我。

鲁波、奥波和我将我母亲的遗体埋在了银湖岸边的一个深深的墓穴里。我们将她的身体放平，并将其双手置于身体的两侧，跟异乡人埋葬尸体的方式一样。她的头盔还戴在头上，剑则放置在她高大身躯旁边的剑鞘里。

“永别了，我的母亲……”

我几乎连站都站不起来，更不要说走路了。因此，当我们打算返回月光照耀的城市时，奥波和鲁波就不得不搀扶着我。当我们踏上那座横跨深沟渠的桥梁快到达大门的时候，一阵响亮的尖叫划破了这静谧的夜晚，一具尸体从城楼一侧的一座巨塔顶上疾落而下，一头扎进了护城河内，溅起无数水花后，像石头一样沉了下去。

“另一起谋杀，”奥波说道，“这是三天内的第二起了，这座城市将会发生什么呢?”

“我知道那掉进去的人是谁，”鲁波回答说，“这是皇帝卡瑞苏的男配偶。众神，伟大的不朽神灵们，现在麻烦来啦!”

当我们走进大门的时候，一群身穿古铜色制服的白人守卫朝我们厉声呵斥，他们是前来调查刚刚发生的案件的。

“喂，奴隶们，站住！掉进护城河里的人是谁？快说!”

“主人，我们不知道。”奥波弯腰鞠躬，回答道。

“晚上这个时候，你们这些狗东西在城墙外做什么?”守卫的指挥官咆哮道。

“指挥官，他们出去埋葬一个死去的同胞，”一个守卫回答说，

“我看见他们从守卫室出去的。”

“那个发出尖叫声的人是从哪里掉下来的？”指挥官质问道。

“他是从塔顶上掉下来的，主人。”奥波指着门左侧的那座塔答道。

“他是什么阶层？”

“他是某一位主人的所有物，主人。”

指挥官转过身，冲他的部下们喊道：“你们动作都麻利点！你们这几个奴隶，待在这里不要动。”

守卫们朝那座坚固石塔的台阶飞奔而去。突然间，一个身穿白色衣服的人像疯子一样地从另一座塔的台阶上跑了下来，朝通往城市中心的大街上奔去。指挥官与在后面看守的两个守卫一起朝他大声喝令，然后追了出去。

“快走，我的孩子们，”奥波对鲁波和我说，“我们赶快回到我们的主人家里去，但是记住千万不要跑。这些街道很快就会被士兵们包围。”

他是对的，当全副武装的士兵们从我们身边经过的时候，我们离主人家的房子只有几个街区的距离了。警报声在夜色中回荡，响彻了整个街道，这警报声把所有的士兵都召集到了城里的塔楼和围栏四周。

“我想知道他们是否抓住了那个在大街上逃跑的人。”奥波若有所思地说。

当鲁波走到我们的主人家的大门前时，他笑着说："不管他是谁，我都不愿意变得像他一样。"

突然，鲁波兴奋地指着我们的右边说："看，快看那边。"

"哪儿？"奥波问道。

"那儿，在花园的墙角，快看！"

我们转过身，顺着他手指所指的方向，看见了一幅令人毛骨悚然的景象。一个身材高大的白衣人刚刚爬上了我们主人的花园周围的高墙，正要往里跳。

"是那个从塔里逃走的犯人，"奥波冷冷地说，"我们赶快到花园里去抓住他。"

我们就像跟踪野猫一样，悄悄地进入了主人精心照料的园地，开始寻找那个穿白色衣服的逃犯，而且我们确信他就是那个把我们城市统治者的男配偶推入护城河的人。我们深知，如果我们让这个逃犯藏在花园中的话，那么对我们所有人及主人来说都将意味着死亡。

最终是我找到了凶手，这令我吃惊不已。当我听到有人在主人房子的角落里低声说话时，我已经走到了奥波和鲁波的前面，并且离他们很远了。我跪在地上，然后慢慢地、小心翼翼地沿着草地爬行，直到能看到那座大房子的拐角。令我大吃一惊的是，那个蓄着胡子的矮胖子竟是我们的主人，他正站在房子后门口的台阶上，并且正和我们所要追捕的猎物——那个蒙面白衣人讲着话。同时，我还看到逃犯站在地面上仰视着我们的主人。我听见了主人对逃犯说的最后一句话。

“……确实如此，但是您必须在被人看见之前进屋，殿下。”

“殿下……”这几个字让我大为震惊！那么，那个午夜逃犯和杀人犯又会是谁呢？整个帝国中，仅仅有两个人物可以被冠上“殿下”的头衔。一个当然就是皇帝本人，而另一个就是他死去的兄弟的遗孀，虽然我从来没有见过她，但听到过许多与她相关的离奇谣言。

这个到访者像白鬼一样走进了屋子。紧接着，在那个令人难忘的夜晚又发生了另外一件奇怪的事情。那就是，我们主人的屋子里响起了三个不同的叫喊声，分别是我们主人的、他儿子的，以及我母亲的女主人的。紧接着，当我们转身跑到前面去拿专门用于晚上看守主人房子的矛时，耳边传来一阵令人毛骨悚然的剑拔弩张的声音，还不时地伴随着破碎的家具的碰撞声。而当我们到达正门时，一声震耳欲聋的尖叫划破了整个夜空。然后，我们听到了我母亲生前的女主人的声音，她大声地尖叫道：“是你杀了他……是你杀死了自己的儿子，你这个罪犯！我要去皇帝那儿告发你，告诉他你正在密谋着对付他。你这个叛徒……你表面上一套，背地里又一套。我要去告诉守卫们，你把这个女人藏在家里！”

大门突然被打开，女人裹着一件蓝色的斗篷从里面跑了出来，她的头发在其身后飘扬。然后我们的主人紧随其后，捂着眼睛上方血流不止的伤口。“奴隶们，快……快帮我抓住她……帮我杀了她……”

（译者：汪双双、王陈琦）

天堂有什么秘密？

当那个女人朝我们跑来时，我们犹豫了片刻。等反应过来后，马上听从了主人的命令，就在她要到达大门口的时候把她拦了下来。

就在主人抬起胳膊，要将那把尖利的剑刺入她的背后时，鲁波猛地推了她一把，然后她便跌跌撞撞地往后退了好几步。随后，就听见“砰”的一声，那个女人躺倒在地，而且剑刃刺穿了她的整个胸膛。“噢，鲁姆坎达，你母亲的仇已经报了。”鲁波在我耳边低声说道。

我以前从未见过如此多的事件会同时发生在一个夜晚。我也从未经历过这样一个让我印象深刻的夜晚，有太多的记忆涌现在脑海中。当我们埋葬好这两具尸体并完成打扫干净主人房子的任务时，黎明快要到来了，而且事实上，东方的天空已经开始变亮。

三个疲惫不堪的奴隶沿着石阶走向地下马厩，那儿其他奴隶睡得正香。

“天啊！”鲁波喟叹着，“我的老爹！我们度过了一个多么美妙的夜晚啊！”

“安静点吧，我的孩子，快点睡觉，”奥波那个老家伙在一旁讲道，“我们很快就得起床了，所以尽量睡一会儿吧。”

但我无法入睡，黎明时分，我仍躺在马厩地上那张潮湿并且长满寄生虫的草板上翻来覆去。我的头脑一片混乱，无法正常思考。但最重要的是，我清晰地意识到我犯下了任何一个人都不能犯下的最严重的罪行——我杀死了自己的亲生母亲。

一个个清晰而真实的惊人画面闪电般地在我脑海中闪过：都是童年我与母亲在一起的场景，我记得那时每当我哭泣的时候，她都会发出一种傻傻的声音来逗我笑。而我记得最清楚的是，她用木头给我做的小玩具——那个被我用来消磨无聊时间的木偶玩具。我流着眼泪，在无法治愈的痛苦和悔恨中呻吟着。但我知道，不管我哭多久，哭得有多么大声，我的母亲都不可能再活过来了。而且我清楚地明白，无论我的生命是长久的还是短暂的，这份罪恶感会一直伴随着我直至坟墓。

我诅咒了奴隶主们，咒骂了神灵，并为所发生的事情狠狠地诅咒了自己。但是我的脑中始终都明白一个事实：所有这些永远都不会让我的母亲活过来。我突然发现自己渴望着死亡。马厩里总共有二十个男性奴隶和十六个女性奴隶，在清晨的时候，我们全部从睡梦中爬起，然后跟着奥波一起到湖边洗漱。当我在水流中沐浴时，一个叫卢鲁玛（Luluma）的年轻女奴朝我走来，然后她把她的小手放在我的胸膛上，问道："哦，鲁姆坎达，你今天感觉怎么样?"

"卢鲁玛，我希望自己已经死了，"我回答道，"我真希望自己已经死掉了。"

"哦，试着忘记吧，我正遭受折磨的哥哥啊，"这个女孩安慰着我，"这不是你的错，都是那些可恶的奴隶主的错。"

"只要我还活着，我就永远忘不了昨天晚上发生的一切。"我对她说，"再无清水能够洗净我这双沾满我母亲鲜血的双手。"

"不要这样评判自己，鲁姆坎达。我们都是命运的玩物，永远不可能对我们所做的一切负责，也永远不可能为发生在我们身上的事情负责，就像玩具不能为孩子们对它们所做的一切负责一样。"

"异乡人曾告诉我们，世界上有诸神的存在，"我痛苦地说，"但我恐怕这些所谓神灵不过是一些人的傀儡……"

"哦，不！鲁姆坎达，"她打断我，"千万别这么说。"

"我想说什么就说什么，"我冷笑道，"如果世上真有什么神灵，或者不朽灵魂的存在，那他们为什么还要以邪恶与腐朽的名义，让这样的事情发生在人类身上？为什么我们生来为奴，而那些人却是我们的主人？为什么在光天化日之下会有如此多的苦难、谋杀、盗窃和争斗发生？我敢说那些不存在的、虚构的、诓人的，所谓的神……”

“鲁姆坎达啊！”女孩喘着气，然后说，“你正在亵渎神灵，总有一天你会后悔你所说的。”

她是对的。

洗漱完后，我们跟着奥波走进了主人的房子，然后跪拜着请安，这是奴隶们一直以来的传统。当我们走进主人的大厅时，发现他已经和他的两个年轻小妾，一边一个地坐在沙发上。但是大厅里还有其他人——一个完全不属于这里，且不同寻常、令人恐惧的陌生人。这是一个身材高大、体型匀称的漂亮女人，她的皮肤几乎和我的肤色一样黑，看上去像一个异乡人与黑人女人生育出来的女儿。这个女人穿着一身从腹部遮到脚踝的紧身衣服，她的手腕和上臂上戴着沉重且雕刻精致的大金镯子，而且肩上还披着一件由亮片编织制作而成的白色斗篷。她的头上佩戴着一条宽大的金色带子，然后她用一双深邃且闪着光芒的、跟男人大拇指第一个关节一样大小的眼睛，注视着这个世界。

我震惊地意识到，她就是我们前一天晚上见到的那个穿着白色衣服攀爬花园墙的逃犯。所以她就是女巫，那个令人畏惧的女巫马卡拉·卡迪西（Makira-Kadesi），卡瑞苏皇帝最害怕的对手。

当我们排着队，走到主人和他的小妾们面前进行跪拜的时候，她就坐在大厅的角落，并用无情的目光打量着我们。

轮到我的时候，我像往常一样跪倒在主人跟前，前臂交叉放置。然后，我便站起来转身要走。

“等等！”

那一声命令就像一个奴隶训练师的鞭子一样打破了大厅的寂静，然后所有的目光都转向了那个穿着白色衣服的黑女人。

“你从哪儿弄来这个奴隶的？”她询问着我们的主人。

“殿下？”

“我问你，你从哪里弄来这个奴隶的？”

“我把他当成一只小狗买下的，最好的一只，”他谦恭地回答道，“殿下是否认识这个奴隶？”

“不认识，”她冷酷地说，“我从未见过这个畜生，但我知道你必须马上杀了他。”

“杀了他？我尊敬的殿下？”主人诧异道，“请问是为什么呢？他是我最喜欢的一个角斗奴隶，赢过很多奖项呢。”

“愚蠢……愚蠢，你真是愚蠢至极！”马卡拉站起身，然后咆哮道，“你听说过关于黑暗摧毁者的预言吗？”

“黑暗摧毁者！”主人冥思一会儿后，惊恐地睁大了双眼，“您是说……”

“是的，蠢东西，我的意思就是你的这个奴隶正是黑暗摧毁者，那些老先知曾经说过他会在未来的某一天出生，像日落时分的秃鹫，将毁掉我们的帝国，”马卡拉·卡迪西女王厉声说道，“告诉我，他身上有没有什么奇怪的胎记?”

“有!”主人的一个小妾回道，“有一天他给我端酒的时候，我注意到他左胸前有一个月牙状的胎记。”

“昨晚我梦见了这个生物，我还梦见太阳神告诉我，他就在这栋房子里!”马卡拉·卡迪西吼道，“抓住他，其他人快给我抓住他！在他死之前，让我仔细看看他。快啊，把他给我抓到面前来!”

奥波与其他两个奴隶抓住我的胳膊，并把我推到那个坐着的女人面前。只见她站了起来，盯着我看了好一会儿，然后展开手狠狠地扇了我一巴掌。

“哈哈!”她尖叫着，“在我看来，他就是我们帝国的祸害，我们必须在他的毒牙长出来之前把他杀死。”

他们将我的手脚绑得严严实实的，然后又把两块沉重的磨石绑在了我的脚踝上，最后他们把我关在我的睡棚里，并且派士兵严密看守着，一直到太阳落山，黑夜像一头鬼鬼祟祟的黑豹悄悄地潜入大地。我知道死神终将来临，而且我很快就可以和我亲爱的母亲在一起了。我感到极大的快乐与满足，还与奴隶们及主人开了玩笑。我叫他们为我做一顿美味丰盛的晚餐，因为我明天就会回来。奴隶们笑了，但是女巫马卡拉与我的主人却很不高兴。当看到主人的脸色发白时，我感到很满足。

等到夜深人静的时候，他们便把我装进一条小船，然后划到马卡迪卡迪湖的中央。船上有这些人：马卡拉、我的主人、主人的两个小妾，以及四个划着这条该死的船的奴隶。

在得到马卡拉的指示后，奴隶们便收起船桨，将我举起并扔入湖中。

冰冷的湖水将我团团围住，使我透不过气。同时，我感到自己就像是一块无助的石头，渐渐沉入黑暗的深渊，往下沉……沉……一直下沉……到湖底。

我的耳边传来窸窸窣窣的声音，身体也渐渐开始发热。慢慢地，我睁开了眼睛，发现自己正对着正午耀眼的太阳光线。

我迅速地闭上双眼，大脑开始思考这个不可思议的现实：我还活着！但这不应该啊。我应该沉在绿色湖泊的深处，而不是躺在马卡迪卡迪湖北岸的某个地方。我应该已经死了，而不是听着沼泽树林里鸟儿的歌声，感受着赤裸身体上的太阳的热度。

“鲁姆坎达!”突然间有一个清脆的声音在呼喊我的名字，听起来像极了我母亲的声音。当我跳起来环顾四周时，我感到一股令人难以置信的力量涌进了身体。

“鲁姆坎达!”这声音听上去像是从森林里的某个地方传来的。

“母亲!”我回应着，“我来啦，我来找您了。”

现在我确信自己已经死了，我明白我这不是在人世间，而是在虚无的世界里。然而我知道我很快就能和母亲见面，然后永远幸福快乐地生活下去。因此，我疯狂地跑进森林，但被红树林的树根绊了一下，脸朝下陷进了泥土里。然后，我又懊悔地跳了起来，环顾了一下四周。只见自己从头到脚都沾满了烂泥，同时还听见从身后的某个地方传来的一阵大笑声。

“我的母亲，”我呼喊道，“您快出来吧！不要再让我煎熬难受了，我已经受够了。”

突然，我的母亲站在了我的面前。她温柔地笑着，手里拿着剑，头上还戴着她的金属头饰。她高大的身躯笔直地立在那里，格外美丽，但她以一种看起来很诡异的方式温柔地对我微笑——就像她死去时的微笑一样。我张开双臂，想要将她紧紧抱住。当我用双臂环抱着她的时候，我闭上了双眼，眼泪掺杂着难以形容的喜悦顺着面颊缓缓流下。但当我睁开眼睛的时候，却发现自己抱着一棵长满苔藓的红树，其他什么也没有。

我跪在地上痛苦地啜泣，那响亮的笑声再一次在森林里回荡。

我快要发疯了……我真的很生气。某人或某物正在戏耍我，试图让我变得精神错乱。我必须逃跑，我要逃离这片邪恶的沼泽地……

我疯狂地穿过森林，沿途的每棵树、每一块岩石似乎都长出一张脸——一张张咧着嘴，朝我狂笑的脸。“快跑啊，你这个罪犯，弑母的黑奴、小偷、乞丐，你跑啊……”接着又是一阵刺耳的疯狂的笑声。

我不知道自己在那片噩梦般的森林里跑了多久。在太阳开始下山的时候，我发现自己已经筋疲力尽了，最后疲惫不堪地躺在了草地上。之前的摔倒导致现在我的脚趾头鲜血直流，而且浑身上下都是泥土。

草丛因里面有什么东西在朝我走来而沙沙作响，我把脸埋进双手，呻吟着："不，不，快走开，让我静一静。"

但当我抬起头的时候，发现那只是一只迷途的黑斑羚。而当它看到从草丛中抬起头的我时，便优雅地跳起来，逃走了。

过了一段时间，我在森林里发现了一个洞穴。这个洞穴的墙壁上满是那些在不久前由巴特瓦人绘成的黄色的人和动物的图画。我把这个废弃的山洞清理干净后，便躺在里面休息。我一定是睡着了，因为当我醒来的时候夜幕已经降临，而且我又饿又渴。因此，我蹑手蹑脚地爬到附近的小溪边，喝了一口清澈冰凉的水。然后我又抓了两只青蛙，由于没有任何可以用于生火的工具，我直接生吃了它们。最后，我回到自己睡觉的山洞，躺在自己用几片绿叶铺成的床上再次入睡。

当我再次醒来的时候，已经是第二天的中午了。这时，我感觉自己已经饥饿得能够吃下十头大象。我赶紧离开了洞穴，然后小心翼翼地避开森林来到了湖边。不一会儿，我便发现了一条通往湖边的捷径。我在那里挖了两个陷阱，并用草和树枝覆盖住，希望可以抓到一只公鹿或者其他能够食用的猎物。然后我就漫无目的地在湖边散步，以消磨时间，忘掉饥饿。

我就这样走了一段时间，突然看到水边一块岩石上有一个看上去熠熠发光的背影。它的形状像极了一个女人，一个身材高大到令人难以置信的女人。她背对着我站立着，我深深地被她的完美形象所折服。这不由得让我想起了古时候那些被供奉在神龛或者他们所谓寺庙里的神灵雕像。

那些异乡人有把雕像放在最适合放置它的地方的习惯，因此我确信这也是他们所做的金属艺术作品之一，而且很可能是某个想象中的女水神的雕像。

但是，如此完美的画面让我不禁很想要近距离地观察一下。所以，我沿着湖岸慢慢地靠近这座雕像。突然间，我发现了一件奇怪的事情：那座雕像正散发出一股肉眼看不太清且涌动着的热气，而且随着我的不断走近，那股热气变得越来越强烈。瞬间，恐惧感遍布我的全身，我转过身，飞快地朝湖边的小斜坡跑去。当确信自己已经离那个雕像有一段距离后，我停了下来，然后回头看了一眼，却看到那座雕像已经转过身来，正直视着我，我因恐惧不由自主地发出了尖叫声。我看着她慢慢地朝我这个方向走来，然后她突然开始奔跑。我大声尖叫着，然后转身开始逃跑，可这神秘的东西却一直穷追不舍。

我沿着大湖的边缘奔跑着，小心地避开森林，但那东西很快就追上了我。她离得如此之近，以至于我能看到她的四只巨大的乳房，而且每一只都有一个闪闪发光的乳头……不仅如此，她的眼睛还是金色的。

惊慌失措间我转向了湖边，然后一头扎进湖里，尽我所能地拼命向前游。那怪物站在芦苇丛的深处，发出之前我所听见的响亮笑声。然后，只见她优雅地朝我这个方向游来，身上的光芒在所经之处留下一道道雾蒙蒙的痕迹。这到底是什么鬼东西？我所确信的是，她不属于这个世界，她就像是一只在鱼群中的鸟，与这个世界格格不入。突然间，我耳边传来一个声音："嘿！你最好还是放弃，不管怎么样，我最终还是会抓到你的。"

"你到底想对我做什么？"我一边加快游泳的速度，一边喊道。

那个声音又在我身边响起："我很孤独，然后渴望有人陪伴……我再也忍受不了了……我想要你……"

"不！不！"我喊道，"你是什么……你到底是什么东西？"

"我就是那个曾经被你否认过的生物，我是一个神，我叫玛。"

这增加了我的恐惧，当她向我逼近的时候，我立马潜入水中试图淹死自己。但她拽着我的头发，把我拖回了岸边。同时，我们还进行了一场短暂的斗争，最后我成功地解救了自己并冲进了森林的深处。过了一会儿，我发现自己没有再被跟踪。"我把她给甩掉了。"我平静而愉快地想着。

我小心翼翼地去看了一下自己设的两个陷阱，但失望地发现自己一无所获。正当我失望地盯着第二个陷阱时，身后突然传来了一阵沙沙的声音。我被吓得僵住了，不由得向前迈了一步，结果就掉进了这该死的第二个陷阱里。那个高大且出奇美丽的银白色幽灵就站在那里，俯视着正躺在自己设的陷阱里的我。她扬起的那抹灿烂微笑照亮了她的整张脸，然后她温柔地开口道："噢，我极其不情愿的爱人啊，你真的是最愚蠢又懦弱的人……你是不是有给自己挖陷阱跳的习惯啊？"

"啊啊啊！"我咆哮道，"你这个怪物，走开，别烦我。"

"你可能还没有意识到，我们是同一类物种，在这个世界上，我选择了你作为我的丈夫。但我是个多么不幸的新娘啊！我的新婚丈夫像个疯子一样地奔跑，甚至还有给自己挖陷阱的习惯。让我们现在就去你的洞穴，然后完成婚礼吧。"

"听着，你这个异类，你从哪儿来就回哪儿去。让我一个人待着，听到了吗？我不是你的丈夫，我也从来没有听说过这种事……"

"喂，喂，喂，是谁相信有恶魔的？你不是有一次告诉过一个奴隶，神和恶魔只不过是虚构的幻象吗？所以对你而言，我是不存在的，我只是你想象虚构出来的，不是吗？"

这个幽灵沿着陷阱的边缘坐了下来，她的双脚就悬在我头顶上方。"噢，我亲爱的曾祖母保佑啊！这东西就不能消失吗？不能像幽灵一样消失吗？"我心里默默想着。

"不，亲爱的，"她扬起疲惫的微笑，"我不能凭空消失。在这个世界上，我的的确确是一个真实的存在，而且我也太爱你了。我不能消失，不能留你只身一人。”我忘记了这东西能够读懂我的心思。

我下定决心要一直待在陷阱里，而这个幽灵似乎对我的固执感到了厌烦，她站起来转身离开了。我决定在陷阱里待到夜晚来临，以便自己可以在黑夜的掩护下逃走。但在日落的时候她又回来了，手里还拿着一捆扭动着的曼巴蛇，然后她把它们全部扔进了我所躺着的陷阱里。

我不知道自己是怎么从坑里爬出来的，只知道要比我掉进去的速度快得多。“哦，我的丈夫，让我们回家去吧，还有很多事情要商谈呢。”

洞外，黑夜里满是各种各样动物的叫声——从远处狮子的咆哮声到山洞洞口树上猫头鹰的孤独鸣叫声。其中，最响亮的声音要数湖边沼泽地里青蛙的叫声了。星星就像丢失的珠宝一样，在黑暗的没有月亮的天空中闪烁着。今天被称为银河的火河是一条烟雾缭绕的宽带，它从天空的一端一直延伸到另一端。一颗失去光彩的星星划过了天空。

当我现在用新的眼光去看这个宇宙时，看到的一切似乎都呈现出一种新的美感和新鲜感。我一直在听一个非常奇怪的故事：一个关于造物的故事——关于生命是如何来到这个地球的故事。

而那个告诉我这个故事的人就是造物者自己。她跟我讲述了有关初代人类、阿玛拉瓦和奥杜等的所有事情。我感到自己非常渺小，在这浩瀚的宇宙中仅是一粒小小尘埃。

“伟大的母亲啊，”我脱口而出，“但像您这样伟大的神，怎么会想要我这样的可怜虫呢？我连一只虱子的爱都不配拥有。”

“鲁姆坎达，永生是一个巨大的令人难以置信的孤独且黑暗的世界，即使是女神，也必须要有一个可以依赖的人来进行倾诉，以逃避人类所谓徒劳无益的‘生活’。我厌倦了独自徘徊在外界的黑暗世界中，被我昔日的爱人生命树——永恒之地暴风雨中的一个凋零的生命——欺骗与抛弃。我希望自己能重返地球，与我所创造的人类交流。我希望通过你来实现，鲁姆坎达。”

“女神……我不配拥有如此殊荣！”

“那又有谁呢？鲁姆坎达，还有谁呢？在这个疯狂邪恶的世界里，还有谁值得我注意呢？没有！但我必须选择一个人，而那个人恰好就是你。”

“一个染血的弑母者……一个杀害自己母亲的凶手？”

“是的，鲁姆坎达，一个双手沾满血迹的弑母者。因为你的行为使你看清了虚假，就是所谓‘生命’。它只不过是一个谎言，是一个从出生到死亡的失败品。你所经历过的生活不过是一场可怕的噩梦，只有痛苦和死亡才是真实的。我之所以选择你，是因为你是少数几个认为生命几乎毫无意义的人。我可以从你身上看到那种永远不会利用任何人或任何东西来支配其他人的特点，仅仅因为你已经开始厌恶生命及它所有的毫无意义的乐趣、它的嘲弄，认为这一切仅是徒劳而已！”

“女神，您为地球带来了生命，您怎么能这么说呢？”

“鲁姆坎达，你听着，我没有创造宇宙和地球，也没有根据自己的自由意志创造出生命。我也是服从我伟大主人的命令，同时我明白他与我一样，也要服从一个更加伟大的主人的命令。天上隐藏着比我所知道的还要多得多的秘密。我只是被告知要按指示行事，且不能有任何疑问。”

“那么，我伟大的女神，地球上生命的意义是什么？我能理解成什么都没有吗？”

“生命的最终归宿就是死亡。一个人出生了，在他死去之前会有一个机会以确保在他之后会有其他人再出生，然后再死亡。你可能会自欺欺人地认为，生命中有比出生、成长、交配、衰老与死亡更重要的东西。但是，赤裸裸的真相迟早会摆在你面前。”

“赤裸裸的真相，就像您吗？”我问道，试图转移这一话题。

“看看那些被你称为异乡人的种族。看啊，他们来到你的国家，占领一切后，还奴役你的人民，抢夺财产。他们都得到了什么？他们所得到的只是一种叫作“财富”的玩具，以及用来与死亡结合的柔软卧榻。他们还不知道，在几个月之内你就会回到那里，然后带领着一群像你一样的野蛮人，把他们的帝国夷为平地。

从现在起，百年之后出生的人将找不到任何有关卡瑞苏和马卡拉·卡迪西帝国中伟大城市的踪迹。你不会留下任何痕迹，而是将它变成一个传说。即使在几千年以后，人们也搜索不到消失的城中——马卡迪卡迪。”

（译者：汪双双、王陈琦）

瞧，这个骗子

在这座古老而又伟大的城市里发生着混乱和流血事件，成堆的尸体堵塞了狭窄的街道。到处血流成河，两股对立的势力就像野猫一样在令人震惊的城市中随时可能再次发生冲突。但是现在这片土地上有了和平和欢腾的气氛，因为残暴的卡瑞苏皇帝被推翻了，而且在一场历时短暂的血腥起义中被女皇马卡拉·卡迪西的追随者们所俘虏。

夜幕降临时，城市灯火辉煌。随着夜晚的到来，歌声和噪音在宝石般的夜空中久久回荡。各种疯狂的庆祝活动正在雄伟的宫殿中进行，花园及宫殿的台阶上都挤满了人，大家就好像是一群在蜂蜜上飞舞的苍蝇。每当获胜的女巫女皇马卡拉·卡迪西出现在大房子的门口，手里拿着竖琴并高声唱着他们的“胜利之歌”时，欢呼声就会响彻整个无月的夜晚，成千上万的人呐喊着：“马卡拉万岁！愿您长久统治！”

马卡拉在回大厅主持为她举行的盛大宴会前，她进行了最后一次公众露面仪式。她举起自己的手示意大家安静，她的声音在夜里显得格外高亢而清晰：“谢谢，我忠实的子民们，感谢你们对我的支持，帮助我从那个对你们进行残酷统治，从来不顾及你们感受的疯子——卡瑞苏那里夺得了王位。今天，我是你们的女皇，我最大的目标就是把这个帝国提升到它的缔造者们连做梦都想不到的高度。我会尽快去做这件事，并且我知道我一定会成功。我将重整我们的军队，加固我们的城市和村庄周围的城墙，使它们在任何攻击中都坚不可摧。如果需要的话，我会将这个帝国带向其他星球。让我们的帝国像花一样绽放，永存于人类的心中，而这将会是有史以来最伟大的时刻。现在，在我结束今晚的宴会前，让我们一起唱我们的国歌：哦，在丛林中的花朵……”

成千上万的人唱着古老的国歌，他们的歌声在繁星满天的夜空中回荡着。在最后的韵文中，大家的声音充满了傲慢与自豪，“我们所有人都在战斗，我们将再一次征服，再一次为您而战。哦，这是一朵紫色的荒野之花”。整座城市都沸腾了，马卡拉放声大哭并在她的人民面前毫不避讳地擦拭着泪水。

人群发狂了，大家都疯了。没有一个人不觉得自己有能力为女皇与这片国土碾碎那片天。这就是马卡拉的魔力。

就在马卡拉转身走进挤满了贵族、战斗领袖，以及牧师的大厅时，雷鸣般的掌声响了起来。

马卡拉·卡迪西走进那光彩夺目的大厅，男男女女全部站了起来并注视着她凝滞的眼神，而奴隶们在她出现之前就一直保持着跪拜的姿势。在随之而来的静默中，她的声音响彻了整个大厅："哦！让我们尽情享受吧，我的子民们！让我们为这个伟大而难忘的夜晚欢呼吧！现在就让我们尽情地狂欢，明天我们还有很多事情要做。我们要不懈努力，直到将我们的帝国打造成太阳底下最伟大的帝国。我们要努力使我们的帝国成为世界上最强大的战无不胜的国家。明天，你们所有拥有超过十个奴隶的人都要把一半的人送到我们的采矿场，为我们的武器和往来贸易开采黄金。我们必须使这个城市变得更加强大，以至于连一只老鼠都不能从任何地方进入城门内。好了，盛宴正式开始！"

宴会开始了。葡萄酒和啤酒就像水一样被这些异乡人从喉咙里灌下去，大量的肉类与其他食物就着美妙的音乐被吞咽下去。跳舞的女人和专门进行打斗比赛的奴隶进进出出。

竖琴、长笛和鼓所发出来的神秘音符悦耳动听，镀金的大厅里充斥着祝酒词，这些都只是为了祝贺伟大的女皇登位。可宴会的主人却独自坐在大厅的角落里，手里拿着一个未碰过的酒杯，一副愁眉苦脸的样子。突然间，她站了起来，怒气冲冲地把酒杯扔到了一个离她最近的奴隶的脸上，然后又从鞘里抽出一把匕首开始跳舞。这是一支没有人见过的既狂野又野蛮的舞蹈，她就像是一个嗜血的食人者一样，在自己头顶挥舞着匕首。

“把他带出来，”女皇咆哮着，“把杀死我丈夫的畜生给我拖出来，那个不近人情的卡瑞苏，把他给我带出来!”

令人生厌的卡瑞苏被推推搡搡地带到了热闹的大厅里，他的身上带着锁链，但仍表现得像曾经那个骄傲的皇帝一样。女皇看见他后，带着一种令人难以置信的憎恨在空气中劈了一刀，然后像疯子一样跳得很高，而事实是她就是一个疯子。她就像是一只潜伏的雪豹，蹑手蹑脚地接近那个被捆绑着的人，然后用她的短剑残忍地割伤了他的腹部。接着，她又跳起了舞，并发出一声声魔鬼般的欢叫声。只见她绕着卡瑞苏转了一圈又一圈，就像魔鬼的火焰一样，跳得越来越快，越来越快。然后，她恶狠狠地戳着他的眼睛，一次、两次、三次……直到那个无助的男人的眼窝里满是被戳烂的肉。紧接着，在她嗜血的子民们的欢呼声中，她再次起舞。

“让我说一句话!”流着血的瞎眼卡瑞苏说道，“让我在死之前说一句话，就说一句。”

“说，在我把你开膛破肚之前赶紧说，”马卡拉回道，“让我听听你到底要哭诉些什么。”

“哦，马卡拉，我想警告你，”卡瑞苏说，“神灵让我警示你，整个帝国将陷入险境。如果你能把它从危机中解救出来的话，国家就会长盛不衰，并且繁荣昌盛到你曾梦想过的那种程度。”

马卡拉僵住了，她原以为卡瑞苏会乞求得到怜悯或是咒骂她，而不是他现在所说的这些。更令她惊奇的是，他说话的声音竟是如此平静。

“前一段时间，”这个垂死之人继续说道，“神灵们说，不久前的一个晚上，你把一个奴隶带到了湖边，然后在暗夜将他丢到湖里了。”

“什么！那奴隶呢？”马卡拉问道。

“神灵们说他还活着，只要他还活着，帝国就一直处于危险中……”卡瑞苏的声音越来越小，之后便倒在了地上。

“他在哪？神灵们说他现在在哪里？”

“在……就在……湖……边。”卡瑞苏在呼出最后一口气后便死了。

“卫兵！”女皇尖叫道，“把守卫指挥官叫来，快！”

尽管手脚麻利的女仆们仍在帮助马卡拉·卡迪西穿回她的衣服，两名全副武装的守卫指挥官和一名战斗首领已经来到了大厅，并在女皇面前鞠躬敬礼。她在他们的耳边悄悄地说了几句话，然后大约一小时后，全副武装的卫兵们便从城门中走了出来，而城市里的巡逻队也得到了大量的增加。

卫兵们离开了这座城市，向四面八方散开进行搜寻，目的在于寻找那个马卡拉为了拯救帝国而要杀死的奴隶。有些人在沿着湖边寻找，还有些人则乘船在湖面搜捕。

与此同时，在马卡拉·卡迪西宫殿内举办的宴会也突然中止，所有宾客都已纷纷离去。在很长的一段时间里，马卡拉·卡迪西独自坐在寂静处。火把一个接着一个地燃烧殆尽，然后大厅的一部分开始陷入黑暗之中。她就静静地坐着，甚至连年轻的女仆走进来跪在她面前她都没有发觉。因此，这个女孩不得不重复自己说过的话，直到女皇听到她的声音，发现她的存在。

“您的卧榻已经准备好了，我尊贵的女皇。”

“我没打算就寝，去告诉守卫指挥官，叫他带几个人护送我到黑魔神庙，快!”

之后，那个女孩便消失在大厅第二道门的红色帷幔后面。此刻，大厅内又只剩下了马卡拉·卡迪西一人和一个燃烧着的火把。突然间，那孤独的火把就像被一只看不见的手触碰到了一般，开始晃动起来。那只看不见的手折断了将火把固定在墙上的支架，火把和支架掉在地上，发出了一声闷响。

马卡拉·卡迪西吓得跳了起来，她的眼睛里充满了恐惧，心脏也随之剧烈地跳动着。“不吉利的预兆啊，”她气喘吁吁地说，“这是我挚爱的帝国的凶兆啊，但我要为拯救它而战斗，我要战斗!”

然后，守卫们便列队来到了黑暗的大厅，紧随其后的是女皇最喜欢的两个女仆。他们发现马卡拉·卡迪西就站在门边，并竭力平复她脸上的恐惧与害怕。“我们走吧。”她简短地说道。

数十盏油灯在黑魔神庙内燃烧，黑色祭坛上方的丑陋的石塔雕像一直延伸到屋顶。它张着污秽的石嘴，无神且凸出的眼睛睨视着跪在面前的女祭司。这个丑陋的雕像不是异乡人雕刻的，也不是黑人的作品。传说它是从天上掉下来的，而它的藏身之处似乎也证实了这一点。异乡人是在卡拉哈里沙漠中发现这个半埋在地下的雕像的，然后他们把它带到自己的城市并为它建了一座神庙。据说，这个雕像拥有奇异的邪恶力量，它能够吞噬一个人的灵魂，如果它想的话。①

一共有三个女祭司，她们只穿着简单的衣服，每一个都戴着代表自己魔女身份的黑色面具。这三个人在她们身体两侧都佩带着皮制鞘的重剑，其中一个还带着一个由男人的头盖骨做成的鼓，这个头盖骨的顶部被削去，整个脑腔被皮包住。她用一根短棒敲打着这个鼓，短棒另一端的把手是用婴儿的头骨做成的。而在雕像前的黑色祭坛上，一头被绑住的活牛正躺在一堆柴堆上。雕像的后面是一个被无数次大火烧过的巨大石碗。这个碗里还有一堆木头，上面躺着两个无助的俘虏，而且都是女孩。一个是戴着奴隶铁箍的年轻黑人女孩，另一个是有着火红色头发和绿色眼睛的白人女孩，她那微微隆起的肚子显示出她即将成为一个母亲。

奴隶们敲打着鼓，他们将自身绘画成代表邪恶的可怕模样，并在令人毛骨悚然的庙中敲打出一种固定的节奏。

---

① 在异乡人帝国灭亡后的几千年里，博茨瓦纳和后来的巴洛特斯的巫医，徒劳地寻找着这个来自外星的雕像，而今搜寻仍在继续。

在神庙的庭院里，小祭坛上站着一个外邦的神，同时祭坛旁边还绑着一只丰盈且不安分的狗。这个神是异乡人从遥远的故土带来的污秽的崇拜物之一。然后在寺庙的门廊里有一个笼子，里面满是叽叽喳喳地挣扎着的猴子。它们将被用到即将开始的仪式中，狗也是。

突然，一个卫兵把一个喇叭放在嘴里吹了一下，然后退到一边，接着女皇马卡拉·卡迪西走进了神庙的院子，后面还跟着她的仆人和穿着镀金盔甲的宫殿守卫们。他们停下脚步后，便在祭坛上走了几步。这时，绑在祭坛上的肥狗恶狠狠地叫了起来。三个女祭司从神庙里出来，身后跟着一个手持火把的奴隶，然后他们默默地举起手向马卡拉·卡迪西致敬，因为神庙附近是不允许说话的。

第一个女祭司将女皇的随从们赶了出去，她牵着马卡拉·卡迪西的手，领着她走到祭坛前面。她突然拔出剑向高高的女皇身上的袍子砍去，然后将砍下的长袍扔到祭坛的木头堆上。第二个女祭司则伸手抓住了那只狗并将它的绳链解开，无视它的反抗将其举起。这只狗被举到跪着的女皇头顶，它那淌着口水的嘴离金皇冠只有一根手指的距离。突然间，第一个女祭司残忍地割开了狗的喉咙，喷出来的鲜血溅到了女皇的身上。

然后，第二个女祭司将狗扔到祭坛上，奴隶们则把燃烧着的火把放在柴堆上将柴堆点燃。在阴森的光线下，两个女祭司正在表演一种无声却有活力的舞蹈，而第三个女祭司则抓着女皇的手腕，用随身携带的长鞭子狠狠地鞭打着她。

马卡拉·卡迪西痛苦地尖叫着，直至昏厥。之后第一个与第三个女祭司将她带进了神庙，第二个女祭司将鞭子扔到献祭的火堆上，并在那里徘徊等待以确保其能充分燃烧。待它全部烧完，她也和其他人一同进入神庙。

女皇被留在了神庙的门边休息，而这三个女祭司走到神像后面，将装着两个女孩的石碗里的木头点燃。随后两名受害者的惨叫声响彻了整个神庙，坐在门边的马卡拉·卡迪西的眼睛因恐惧和痛苦而睁得大大的。最后，惨叫声消失了，燃烧着的人肉和狗肉的气味也随即从神庙飘向了城市上空。

马卡拉·卡迪西现在正被拖着前行，并在这个丑陋的神像前，将自己的一缕头发放在黑色的祭坛上。女祭司将一个火把投到上面绑着小牛的一堆木头上，而女皇只能惊恐地看着这头拼命挣扎的小牛死去。然后，第一个女祭司摇了摇马卡拉·卡迪西，另外两个则让她在黑色祭坛前做出拜倒的姿势。当马卡拉·卡迪西把所有的精力都集中于感应黑色魔力时，她的脸上很快就沁出了汗。

在很长一段时间里，一个跪着的女祭司朝永恒的深处发出的无声呼唤变成了尖叫。由于女祭司专注于将这种思维意识投射到无限的深渊以将邪恶的本元召唤到神庙中，以致停止了呼吸。

神庙里出现了一道炫目的闪光，那是一束强烈的光亮，完全吞噬了跪着的女祭司。紧随而来的是一阵隆隆的雷声，震动了城市及周围的乡村，然后一声巨响就像一场千年里最狂怒的暴风雨，在城市里呼啸而过。神庙的大殿内聚集了无数个恶魔，它们的号叫声充斥着这个震惊之夜。在大殿里，马卡拉·卡迪西听见了永恒之歌的神秘旋律，并看见肆虐的火焰中浮现出一道黑色的身影。站在自己面前的正是女魔头瓦塔玛拉卡，邪恶女神！

（译者：汪双双）

当草遇上火

无边的黑暗笼罩着邪恶的神庙，灯熄灭了，火把和祭坛上的大火燃起，女皇发现自己一个人站立在怪异的拱顶下，拱顶上一张张幽灵般的丑陋的脸正斜视着她。她站在那里，面对着高大邪恶的女魔头瓦塔玛拉卡——所有托科洛希和恶魔的母亲。从未经历过的强烈的恐惧蔓延了女皇马卡拉·卡迪西全身。崇拜看不见的力量是一回事，但真与它们面对面又是另一回事。

金色的邪恶女神突然笑了，笑声就像冰冷的蠕虫爬上女皇的脊柱。她抿了抿她那冷酷的薄唇轻蔑地说道：

“你呼唤我，现在我来了。你想要我做什么？”

“我想……”女皇开始说。

“哦，别这样，你让我恶心！”邪恶女神咆哮着，“我知道你想要什么——你希望我拯救你悲惨的帝国——但你愿意为此付出代价吗？”

“代价是什么？”马卡拉结结巴巴地说。

“拯救这个腐朽帝国的代价就是你，可怜的你——得用你的生命来交换。”她嘲讽地笑着说。

“我必须……死？”马卡拉惊愕地结结巴巴地说道，“我的死亡将如何拯救帝国？女神，告诉我——怎么做？”

“我会解释的，愚蠢的凡人，”邪恶女神嘲笑道，“你必须献上你的身体，让我伪装成你，统治你的帝国。这意味着你的灵魂必须抽离你的身体并下地狱，而我则进入你的身体并控制它。这是我的要求——接受还是不接受？”

女皇马卡拉·卡迪西突然觉得自己像一只被困在残酷的网中的动物。她意识到瓦塔玛拉卡在逼迫她，而且自己没有退路。马卡拉·卡迪西非常热爱生活，她迄今所做的或计划的一切都只有一个目标：尽可能地让自己的生活变得美好。确实，她想让帝国变得强大，并消除让帝国毁灭的危险，但她也想活下去享受这一切。事实上，马卡拉·卡迪西并不在意要牺牲多少人的性命才能使帝国变得强大和安全——只要不是自己的命。与大多数统治者和暴君一样，她非常自私。她艰难地咽了咽口水，恳求地看着正在对她狡猾地笑着的邪恶女神。邪恶女神说：“你考虑得怎么样了？”

“我们不能达成……一个……折中的方案吗？我的意思

是……”马卡拉结结巴巴地说道。

“哦，闭嘴！”邪恶女神咆哮着说，“你的自私让我觉得恶心。”

“但肯定还有其他选择……”马卡拉恳求道。

“是的，有，”女神微微一笑，“哦，是的，有！叫一个女祭司去你的宫殿给我找一个黑人女奴来！快点！”

过了一段时间，一个名叫卢鲁玛的年轻女奴（她被她原来的主人作为礼物送给了女皇）被幸存的两个女祭司中的一个粗暴地赶到了大殿里。这个黑人女奴的眼睛里充满了恐惧，她被迫仰躺在马卡拉和瓦塔玛拉卡的幻象之间。

“这是做什么……？”马卡拉问道。

“你很快就会知道了——所以保持安静！”瓦塔玛拉卡说着，手臂举过头顶，似乎深吸了一口气。然后，一道炫目的闪光像照亮白热的火炉一样照亮了神庙大殿，马卡拉失去了知觉。过了一会儿，她慢慢恢复了知觉，睁开了眼睛。她惊讶地发现自己仰躺在地上，更惊讶的是她看到一个年轻的高个子女人像一根美丽的柱子高高在上，并且戴着自己刚刚还戴过的皇冠。

“起来，奴隶！”这个高个子女人很快命令道。

当马卡拉站起来时，她突然明白了这个可怕的真相——这匪夷所思得让她无法接受。她无法相信邪恶女神竟会这么对她。

幻象消失了，马卡拉慢慢地意识到站在她面前的高个子女人就是她自己——以前的自己，现在的自己在卢鲁玛的身体里。对马卡拉来说，这比死亡还要糟糕。马卡拉盯着她自己的样子看，她看着自己就像别人以前看她一样——一个身材高大，成熟而美丽的女人，肤色比异乡人的深一些，表情坚毅，眼睛炯炯有神。透过苦涩的泪水，她看到她曾引以为傲的身体现在被这个作为所有托科洛希之母的邪恶女神占用了。

这个戴着皇冠的成为女皇马卡拉·卡迪西的女人残酷地笑道："起来吧，你这哭唧唧的女人，在我鞭打你之前回到宫殿去。"

"你这个女魔头！"马卡拉（现在的卢鲁玛）尖叫着，"我会揭穿你！我会……"

"把这个奴隶带走，将她锁在宫殿的地牢里。"邪恶女神瓦塔玛拉卡（现在的马卡拉·卡迪西）迅速下令道。

异乡人帝国的子民们感到很惊讶，他们一生中从未见过这样的事情，他们从未见过一个像他们的新女皇马卡拉·卡迪西那样无情的统治者。

帝国突然扩张，与外国的贸易往来达到前所未有的高度。成千上万的奴隶、成堆的象牙和金粉被出口。财富再次淹没了这片大地，同时带来了更多的定居者，人口不断膨胀。数百名奴隶在矿井和盐田中辛苦劳作，最后悲惨死去。成千上万的大象被屠杀，异乡人有一种独特的狩猎大象的方式，他们挖深坑，留一个狭小的洞口，用砖石封住洞口，坑里坐着拿着矛的人，另一些人则从外面把大象赶向他们，等大象走过或接近坑时，隐藏起来的枪兵将矛深深刺入它的肚子里。

六个月过去了，在这期间，异乡人帝国被发展到辉煌壮丽的巅峰，名字也很快传遍其他国家。它就像帝王花，在默默无闻、与世隔绝的岩石上绽放，像春天的新娘一样在阳光下微笑。

后来有一天，奴隶马卡拉·卢鲁玛（Makira-Luluma）从在种植园工作的奴隶队伍中逃走，她逃进了黑暗的森林。

整整八个月后，我回到了马卡迪卡迪的那个洞穴，在那里尼娜瓦胡·玛启迪并教会我很多东西。我一直在大地上四处流浪。我曾经见过伟大的刚果河，在那里，奥杜和阿玛拉瓦在初代人类被摧毁后生下了新的一代人类。我甚至看到了阿玛拉瓦在那里生下了最早的布须曼人和俾格米人。现在我们又回到了山洞里。

“这是一段美妙的旅程，亲爱的女神，”我笑着说，“但是您看起来并不高兴，是发生什么事了吗？”

“人类正处于极大的危险之中，鲁姆坎达，”玛严肃地回答，“我们不在的时候发生了一些奇怪的事情，现在一个强大的恶魔正在这片土地上肆虐。我们必须迅速行动，阻止它的势力覆盖世界上的其他地方。”然后，她沉默了一会儿，好像在听什么。她说：“有人朝这个方向来了。我该离开了，我会把一切都交托到你手中。”

我独自一人在森林中等待了很久，最后我注意到身后有动静。

一个年轻的女孩，一个年轻的黑奴女孩进入了我的视线。她看起来非常恐惧，正在快速地靠近山谷。她不停地用恐惧的目光往回看，直到离得很近才看到我。我知道她是谁，我清楚地记得她，她是卢鲁玛，在我杀死我母亲后的那个早晨，这个女孩曾安慰过我。

“卢鲁玛!”我轻声说道，“卢鲁玛，你来这里干什么?”

女孩把她的眼睛睁得大大的，她吓得猛地往后一退。我开始使用读取别人想法的能力，我在她的脑海里读到的恐怖远远超过我从她逃跑中感受到的恐惧。

“你已经不记得我了吗，卢鲁玛?”我轻轻问道，“你为什么看起来这么害怕？我不是鬼。”

“你……你……”她无比恐惧地喘息着。

我最近刚获得的读取别人想法的能力还没有很好地掌握，但是我可以从那更为强大的恐怖阴影中隐约感觉到内疚和羞愧。我抓住她单薄的肩膀，迫使她抬头看着我。我问道：“为什么你怕我，小家伙?”

女孩抬头看着我的笑脸，突然泪水淹没了她的眼睛：“我不是……我不是卢鲁玛……卢鲁玛……已经死了!”

“胡说！我知道你是卢鲁玛。我们是做奴隶的时候认识的，还记得吗?”

“让我解释一下……”她结结巴巴地说。

“如果我让你解释一下，毫无疑问你会告诉我你是一只有粉色尾巴的长着蓝眼睛的黑斑羚。来吧，去我的洞穴，我先给你点东西吃。”

我抓住她的手腕，将她拉近。在她反应过来之前，我们已经到了洞穴里。她惊愕地喘着气说：“我们怎么到这里来的？”

“用精神力量的翅膀。”

“你当奴隶的时候有这些力量吗？”

“没有。我有幸被一个非常迷人的女神拯救了，不至于成为鱼的晚餐……”

“一个……一个女神？”卢鲁玛喘着粗气，她的脸由于惊吓变得更加惨白了。

“是的，一个女神。小家伙，我曾经以为这只是那些疯狂老人扭曲的想象力虚构出来的其中之一。”

突然，卢鲁玛恐惧地尖叫着并跳起来，向洞穴的出口狂奔。但是，她几乎被突然出现在山洞出口处的玛弹飞，她落在我的背上，像猴子一样叽叽喳喳地叫。

“你一定遭遇过非常痛苦的事情，”玛说，“你知道这个孩子是谁吗，鲁姆坎达？”

“是的，我非常了解她，她是我的奴隶同伴……”

“错！这是女皇马卡拉·卡迪西——她的灵魂在你认识的女孩卢鲁玛的身体里。而占据马卡拉·卡迪西真正身体的人是我的死敌，即邪恶女神瓦塔玛拉卡。一定要立即采取行动，否则人类将走上初代人类的老路。来吧，让我们行动起来!”

在异乡人的城市里，流言蜚语如同夜晚的蝙蝠似的蔓延开来，人们越来越紧张。在帝国北部的一个小城堡里似乎发生了一件从未发生过的事情。成千上万的奴隶突然发起公开的武装叛乱，不仅将城里的守军杀得一个不剩，而且屠杀了他们的男主人和他们的女主人，然后逃到了边界以外的森林里。

北方的总督派出一个团来追击这些奴隶，但该团在一次伏击中被全部歼灭。

异乡人很不安。男人们在街上都带着剑，如果一个奴隶看起来很可疑，他们就会扑到他身上并杀死他。大家的意见出现了分歧：有些人希望把大量奴隶关在城外，但其他人不同意，因为他们觉得奴隶可能在外面联合起来攻击城市。

为了恢复民众的信心，女皇下令举行一次武装部队的游行。成千上万的士兵在街上游行，拖着他们奇怪的战争武器，其中包括用于投掷巨大石块的弹射器，以及能一次射出一束矛的巨型弓。游行中还有他们的最新武器——要用两头牛牵引的一个轻型物体，它也是一个弹射器，但是它投掷的是大量装满了易燃油的袋子。在此弹射器弹射之前，要点燃长长的灯芯。据说这些杀人机器都是女皇自己发明的。

大广场上挤满了来观看游行的人。战争机器在指定的时间被放到广场的另一边。在不远处，两名奴隶被绑在地上的木桩上。几十名奴隶被集中在广场的另一边，来见证这次游行。当士兵们准备好机器，油袋上的灯芯被点燃时，现场安静了下来。指挥官发出指令后，弹射器发出一声巨响，袋子里冒出一阵烟雾，空气中响起了一阵响亮的欢呼声，因为它击中了绑在木桩上的两个奴隶。

“这就是你们的下场，黑色害虫！”一名士兵向围在外面的奴隶群呼喊，“你们想反抗我们吗？”

“再来……再来……再多来几次……让这些黑奴看看！”众人高兴地吼叫，而那两个奴隶在烈焰中痛苦地翻扭着。

女皇微笑着站在她那小巧的平台上，给另一个指挥官下达了一个指令，接下来另一台能在同一时间射出一排矛的机器就位。这一次，两个女奴在异乡人的欢呼声中被拖了出来。

但是，突然间这一过程被打断了！

一个身材高大、戴着黑纱的女人从人群中走出来，平静地走到广场的中心。她举起她的胳膊，用响亮的声音打破了沉默：

“停下来！够了！”

她站在广场的中心，所有的目光都集中在她的身上。人群中持续着更深沉的沉默，所有人惊愕地张大了嘴。然后再一次，这个带着坚定力量的声音响起：

“你……就是你，自称是女皇马卡拉·卡迪西的……听我说！听听我要对你说的话。你不属于这个世界，你没有权力，你必须停止你残酷的行为，否则将承担后果。我警告你！”

女皇在她的都城受到了威胁！每个人都在等待她对这一指责的反应，深深的沉默笼罩着人群。女皇突然从平台上跳下来，向那个戴着面纱的高个子女人冲去。

“你这肮脏的女人……我要让你看看侮辱我的下场！”

人群中爆发出一阵惊讶至极的尖叫。女皇摇晃着向后倒去，仿佛被一只看不见的手撞了一下。她脚尖急转，狼狈地在尘土中翻滚。

女皇缓缓站起来，围观的群众看到她的嘴唇嚅动了下，她向戴着黑面纱的敌人问了一个问题。他们捂住耳朵企图不去听正在进行的重要谈话。然后，他们惊讶地看到他们的女皇脸上写满害怕，她慢慢转身……然后走开。在场的人为她让开了一条路，她默默走过，后面跟随着她的保镖们——震惊、犹豫不决——像夹着尾巴的一群狗一样。离去的一方消失在人群尽头，所有人从惊讶中回过神来，把目光一致转向神秘的戴着面纱的人，而她正骄傲地向另一个方向大步走去。

她直奔我和年轻的女奴卢鲁玛站着的街道，假装用一种足以让路人听到的傲慢的声音大声喊道：“跟上我，你们这肮脏的东西，我们走!”

像顺从的奴隶一样，我们保持着一定距离小心翼翼地跟在戴着面纱的女人后面，这让无数个尾随神秘人物的人相信，我们只不过是一对跟随丧偶的女主人回家的奴隶。于是我们进入了城市，现在我们要回城市较贫困地区的“家”。

事情发展得很快，我从骨子里觉得“结局”近在咫尺。

我知道伪装成女皇马卡拉·卡迪西的瓦塔玛拉卡完全知道，在她的城市里，尼娜瓦胡·玛以一个寡居女人的名义存在着——很快这些来自永恒之地的强大的人都将被迫卷入一场巨大的斗争中去。

（译者：陈秋谷、郑雪燕）

鲁姆坎达的叛变！

我们成功避开了跟随我们的大量人群来到住处，关上门，并将门闩上。然后，我转向我们的“女主人”，问她对女皇瓦塔玛拉卡·卡迪西（Watamaraka-Kadesi）说了些什么。

“好吧，我用我掌握的力量打倒她后，她很快就知道我是谁了。我告诉她，我决定给她三个月的时间，让她离开这个世界，然后回去继续被流放到时间长河之外。她说她会考虑。我现在知道很快就会有一场公开的冲突，那将是一场有趣的战斗。”

“如果您输了……会发生什么？”女奴卢鲁玛问道，她的灵魂是马卡拉的灵魂。

“如果我输了，整个世界和宇宙都将被瓦解，混乱和虚无将实现无上统治。”

泪水淹没了年轻女奴的眼睛，她哭诉道：“女神，我作为马卡拉，真诚地请求您。我曾经借着这个无用的帝国的身份谋杀、欺骗和拷打过别人。我可以看到它将很快从历史上消失。我祈求您，做任何您喜欢的事情——让它消失，并摧毁所有人。也一定要消灭恶魔之母瓦塔玛拉卡，最最重要的就是——摧毁她！”

“瓦塔玛拉卡和我之间即将到来的战斗将决定创造怎样的未来，但我确实非常担心，因为我可以预见你，鲁姆坎达，会变成叛徒，把我出卖给邪恶的力量。”

“什么！”我哭道，“我是叛徒？”

两天之后，从南方传来的消息让帝都内部的紧张局势变得火热起来。博茨瓦纳那片土地上发生了激烈的反抗运动，大量的奴隶和半白人中的不满者正在将皇城夷为平地，并释放奴隶。这些奴隶壮大了具有破坏性的疯狂反叛分子的队伍。这些队伍正由一个外表奇怪的年轻女人领导，这个女人被很多人称为狂野女猎者(The Wild Huntress)。

这个年轻女人是个白化变种，她总是将头发染成亮丽的紫罗兰色。她自称是晚星的女儿。没人知道她的父母是谁，但很多人都知道她是异乡人中的白人。她是一名极其厉害的弓箭手，正在带领她嗜血的队伍靠近大城市。这个女人的动机是简单而纯粹的破坏，而不是征服——她正在彻彻底底地毁灭——全部毁灭。

在这些令人不快的消息传来之后，北方传来了更多的消息。据说一个名叫鲁波的奴隶早就从帝都逃了出来，成功地到达并跨越了他所在帝国的北部边界，还以某种方式使自己成为反抗和逃脱的奴隶们的领袖。

据说鲁波正在东部和北部的省份肆虐，且他的队伍从东部越来越接近帝都。他们的成员遭到反叛奴隶们无情屠杀的消息传到帝都民众的耳中后，他们变得愤怒、恐惧和仇恨。异乡人像怪物一样在街上号叫，他们杀死所有看到的黑奴。那些忠诚的奴隶被他们的主人斩首，有些人的四肢被从身体上撕扯下来，有些人从城墙上被投入护城河。他们对待任何奴隶，无论是男女老少，都没有怜悯之心。

在一个小时内，整个城市变成了垃圾场，奴隶的尸体到处散落，遍布每条街。但有些主人将他们的奴隶深藏在酒窖中，而有些人则将他们偷运出城市。还有些主人为了保护自己的奴隶，在抵抗暴徒的过程中死亡或受伤了。不管是过去、现在，还是将来，都有对他人怀有感情的人。

在这一切开始前，我就睡着了，直到卢鲁玛把我叫醒，我们的女神已经开始行动了。她现在正站在城市最高的塔楼上，她那有穿透力的声音传遍整个城市：

“来自海外的人……听我说……所有生物的守护天使——也包括你们，我命令你们不准杀害我所保护的人。我命令你们离他们远点，让他们离开这被诅咒的城市。我警告你们——要么让他们离开，要么准备接受我的报复!”

这个城市的人震惊地听到了……并看到了……生命之源！他们呆呆地站在原地。所有人的心中都重复着这样的话："……被诅咒的城市……被诅咒的……"

他们知道他们的城市注定要灭亡，甚至在城市被摧毁之前，他们也知道他们的种族很快就会成为历史石窟中微弱的回声。

"……被诅咒的城市……"

异乡人看着成千上万的奴隶涌出城市，而且，他们知道在每个奴隶的胸膛内都烧着一个冒着红色火焰的复仇火把。他们知道自己完了，他们的死刑判决已经被下达……

因此，帝国最后一座城市的民众在那一天剩下的时间里，以及接下来的三天时间里，都武装起来站在城中。他们不知道将来他们的后代中是否还会有人记得他们的往事，相反，这片大地上将满是这样的人，这些人会继续同那些曾经被他们奴役和杀害的人斗争。

第五天，有消息称来自东部的鲁波的队伍和南方的狂野女猎者的队伍，或者更多的成群的人，离到达这座城市只有一天的路程了。那天，所有的异乡人都逃到了城墙的边缘，扔下家园和农场。不管是否忠诚，没有一个奴隶被允许进入这个城市的安全地区。那些妻子是布须曼人或霍屯督人的男人，留下他们的妻子，任其自生自灭。这些与骄傲的异乡人同床共枕的妻子被奴隶屠杀殆尽。

被遗弃后，数以千计的奴隶穿过平原，加入了鲁波的已经过度膨胀的队伍。

帝都里发生了许多事情，其中最重要的是女皇突然消失——在危险时刻，她将她的人民抛弃了。当然，震惊的人们并不知道真相，她的灵魂已改变的真相。恶魔之母厌倦了扮演女皇，随意地离开了这座城市。

另一个有趣的事情是，两名战斗领导人因为空着的皇位而决斗，其中一人在杀死对方后，不久也死了。

一个年仅十五岁的男孩在激动人心的仪式中被加冕，他是第一任皇帝的最后一个后代。城里几乎所有人都参加了这场加冕典礼——他们参加的这片大地上的最后一场加冕典礼。

这个小男孩在仪式结束后站了起来并在欢呼的人群前发表讲话，他总结道："让我们战斗到底。如果野蛮人攻击我们，噢，我的人民，让我们给他们点颜色瞧瞧，让他们永远记得我们。如果你必须倒地，噢，我的人民，真正的战士在倒地之前，至少要把十个黑奴送到地狱。"

太阳在火热的辉煌中下沉。它缓慢地落下，仿佛在延长帝国的最后一天……

一个声音从沐浴在月光下的森林中轻声响起。它一次……两次……三次……地响起。它是一种迷人的声音，一种纯粹诱惑的声音。它带着渴望，一种人类无法感受并保持活力的强烈渴望。它带着巨大的孤独感，只能被地狱本身的愤怒所超越的孤独感。这是诱惑的声音……充满纯粹的邪恶。它说："鲁姆坎达……"

我坐在山洞外面，我心爱的女神正在惬意地休息。卢鲁玛舒服地蜷缩在入口处的豹皮下面，已然入睡。

好奇心促使我探索这迷人声音的起源，我偷偷溜下斜坡进入森林。阴影将我笼罩，阻挡了明月的银光。

有个声音一直在告诉我，要我回到那些我所效忠的人身边去；但另一个声音告诉我，要我继续前进去和这个声音的主人见面。我犹豫了一下，后退了一步。但是一双渴望的手臂伸出，抓住并狂暴地抱住了我。这是瓦塔玛拉卡·卡迪西的拥抱！

我迷失在快乐的海洋中，地球上没人知道的快乐。我感觉自己好像在银色的星辰间飞翔。我就像一只鸟，或是一只蝴蝶，迷失在永恒之外的另一个世界的花香之中。我迷失了……像迷失在蜂蜜中的苍蝇一样无法振翅——只能抱着自己的喜悦慢慢死去，像醉汉沉溺于他最喜爱的啤酒！

突然之间，一阵柔和悲婉的旋律像乌云似的浮现在我正飘荡在的充满狂喜的银色天空中。这是宇宙中数百万颗恒星对公然背叛者奏出的死亡之歌。我，鲁姆坎达，已经把星星、地球和人类都出卖给了这个恶魔！

沉重的悔恨——一波又一波的悔恨席卷了我的全身。我用毁灭性的手段迫使宇宙陷入不幸的境地。在短暂的欢乐中，我把所有神圣的东西出卖给了恶魔之母。我挣扎着想要解脱自己，但瓦塔玛拉卡·卡迪西嘲弄地笑了笑："现在逃跑已经太迟了，噢，鲁姆坎达，你在我的股掌之间。在你热情高涨的时候，你发誓要为我做任何事情，现在我让你遵守诺言。回到山洞里，解下尼娜瓦胡·玛脖子上的生命项链，还有她臀部围着的多产穆莎，把它们带给我。清楚了吗？"

"遵命。"

"现在，尼娜瓦胡·玛任由我处置了。"瓦塔玛拉卡笑道。

（译者：陈秋谷、金　勇）

时间长河下

一道光，一道比可以想象的最明亮的东西还要明亮的光，炫目地充斥了整个洞穴。而且，轰鸣声似乎粉碎了我身体中的每一块骨头。然后是无边的寂静。

我睁开眼睛，发现我们已经不在山洞里了，在我看来，我们甚至不在地球上，而是在某个地方……似乎是在黑暗的永恒之地的边界的某个地方。我们站在悬崖峭壁的边缘，这座巨大的悬崖峭壁伸入无限深处。它伸入黑暗的深渊，比能想象到的最黑暗的黑暗还要黑暗。我环顾四周，找到了身后的怪诞光源，不远处有一股炽热的蒸汽。

尼娜瓦胡·玛和瓦塔玛拉卡已将她们的争议交给了全知全能的至高神……

我打了个寒战，把脸从阴森的光下移开。我低头看着那个头部搁在我的大腿上的似乎昏迷或死去的女人——我死死地看着马卡拉女皇，感觉到她的灵魂已经回到了她的身体里——属于她的身体。一个幽灵般的身影站在我的左侧，悲伤地看着那个女奴卢鲁玛的尸体。我知道这幽灵般的身影是卢鲁玛的灵魂，她为她再也不能进入的身体而哭泣。

天渐渐破晓。尼娜瓦胡·玛和瓦塔玛拉卡之间的纠纷虽尚未得到解决，但它就像去年的炉火一样消亡了。善恶之魂注定要在人类中保持同等比例，直到时间之河不再流淌。

我和马卡拉·卡迪西女皇埋葬了卢鲁玛，之后我们爬到一座低矮的小山上，俯瞰异乡人的帝都，黎明并没有带来希望。即使没人告知，我也知道狂野女猎者的队伍现在在城市之中，鲁波的队伍也在不远处。

我在低矮的小山上站了很长一段时间，俯视着准备为他们的家园而死的成千上万的武装人员。我意识到，这两个进攻的部落很快就会被撕成碎片，我不喜欢仅仅为了毁灭这座城市而牺牲这么多人的生命的想法和做法。我的脑海里已经有了一个计划，这个城市可以在尽可能少的人员伤亡的情况下被摧毁。

但一件我没有预见到的事情发生了，就像太阳升起，长长的影子向西投射在被露水湿润的草地上的位置一样无法预料。我知道狂野女猎者很近了，但我未曾预料过她会这么近。

从城市西边的森林传来巨大的响声，一大群人从茂密的森林中突然冲出来并对城市的城墙发起了猛烈的进攻。在其他人使用云梯的同时，一些吼叫着的袭击者正在用巨大的木筏穿越护城河，这显然是他们在晚上临时想到的主意。他们来到了靠近城墙的地方，以对城市守军进行一轮齐射。就在我看着的时候，第一排木筏穿过了护城河，筏上满是呐喊着的坚毅的人。一排排木筏被推出，直到有十个人爬上了城墙。就在此时，防御者们迅速而无情地击中了他们。

回击突然变得猛烈，巨大的投掷机器从城墙上发射出人一般大小的巨石，而巨大的弓和油袋弹射器也加入其中。防御者们用奇怪的战争机器的全部力量集中攻击十个木筏。四个木筏被直接击中后粉碎了，很快护城河变成了死亡的沼泽。

城墙内传来胜利的欢呼声，异乡人挑衅着说让他们继续攻击。他们没有接受挑战，在大规模的流血行动之后，他们撤回了森林。

我站在小山上注视着在城墙上狂热地欢呼和跳舞的守军，我决定亲自到那里去掠夺他们的快乐。那个城市是阻碍我国人民历史的荒唐东西，违反了伟大神灵的规矩，它规定人类的每个种族都应该独自地不受外部干扰地寻找自己的命运。

下山后，我决定去寻找狂野女猎者，并为她效力。很快，我就站在了森林的边缘，并突然想到我现在拥有了我可以使用的力量。我冥想着自己能够在狂野女猎者的面前，无论她身在何处。

我的视线模糊了一会儿，当我的周围再次变得清晰时，我发现自己正站在深深的水中，而且正好站在一个长发年轻女孩身后，两个女奴正在服侍她洗澡。一个女奴看到我之后发出恐惧的尖叫，那个女孩则伴着一串飞溅的水花潜到了更深的水中。

“他凭空出现了，”一个女奴哭着说，“这是邪恶力量的一种。”

现在这三个女人站在齐胸深的水中，用大眼睛看了我一会儿，然后中间那个宽肩膀的怪异的白化变种女人张开嘴发出声音：

“你是谁？离开这里！走开，你这丑陋的魔鬼！”

我向女孩靠近了几步，做出龇牙低吼的样子，并睁大眼睛肆意地看着她们说：“我没有吃早餐，而且年轻女人是我最喜欢的菜。”

“你不敢的！”那个粉红肤色的女孩说，“你要是想吃掉我，我会……我会……”

“你会怎么样？”我微笑地问道。

“我会杀了你。”

“早上的这个时候刚好最想嗜血啊，不是吗？”我慢慢靠近她说。

女孩的眼神突然变得冰冷和愤怒，她的鼻孔微张，短促地嘶嘶起来。她从咬紧的牙关之间挤出一大堆话：

“不，你这个黑恶魔，我不喜欢杀人……只在特定情况——你这种情况下。我会毫不内疚地杀掉你，把你的城市夷为平地，没有人会知道你曾经去过哪里。我会把你的尸体留在你死去的地方任其腐烂。在我杀你之前，我会折磨你……你知道为什么吗？”

“知道，因为你完全疯了。”

“你这个让人难以忍受的恶魔！你这个……跛腿山羊和……死河马的黑杂种！为什么你……”

“好了，好了，好了，”我微笑着告诫她，“让我们先直接了解一个事实。跛腿山羊不可能和死河马交配……”

“什么……你……为什么……”

“因为山羊的腿是跛的，而河马是……嗯……死的！”

“闭嘴！”她怒气冲冲地龇牙咧嘴道，“你知道我是谁吗？或者说，你知道我是谁的女儿吗？”

“我希望你不是像你为我假设的类似组合的产物。”

“我是女皇马卡拉·卡迪西的女儿……是她军队的战斗指挥官之一。”

“这让你有权力去破坏她的财产吗？”

女孩平静下来俯视着水面上自己的倒影说：“她……她是下贱种！我发誓我会亲手杀死她。在我杀死她之前，我要让她发出祈求的哀号。在她还是一个没人知道的混血妓女时，她引诱我的父亲，让他加入她的武装力量和她一起推翻了卡瑞苏皇帝。当他们发现我是白化变种时，他们就和我断绝了关系，然而布须曼人找到了我……并把我带了回去。现在我回来了……为了复仇。”

“我会帮助你，虽然我们的动机有些不同。我将向你展示如何在尽可能减少生命损失的情况下拿下这个城市。”

“噢，但我不在乎它会夺走多少生命——包括我自己——但这个城市必须被摧毁。”

“冷静，孩子，让自己冷静下来。从水里出来去召唤你的战士们。我们有很多事情要做。”

在那一天剩下的时间里，数千人轮流着执行任务，执行最令人困惑的任务。森林从他们安营扎寨的地方起，沿着湖滨蜿蜒至离城市很近的地方。在离城市最近的但仍有茂密的灌木丛覆盖的地方，他们开始在软土上挖一个大洞。他们挖好一个洞，之后又挖了一条可以容纳许多个人的隧道。几十个奴隶铁匠不停地工作，不断地锻造重型锄头用以挖掘，并用斧头劈出隧道两侧和顶上的支架。随着长队伍不断地从隧道里运出大量土，一个个土堆越来越高。必须挖得足够深，我们才能在护城河和地基的底部安全通行。隧道在那些曾在异乡人的矿井里工作过的专家手中被挖得越来越深。日落时分，已完成到达这座毫无戒心的城市的四分之三的路程了。

他们正在做的事情让狂野女猎者军队里的所有人都感到兴奋和痴迷，他们整晚都在工作。夜晚慢慢过去，这个在城市守军的脚下挖隧道并在他们身后出现的想法，给那些辛勤劳作的人提供了众多笑料。许多人都在猜测，当异乡人发现我们像蚂蚁那样混入他们之中时，他们会有多惊讶。在黎明时分，我的老朋友，现在的首领鲁波及其队伍的新成员抵达了，如果只算战斗人员的话，他们大约有十万人。鲁波为我们提供了有活力的工人，并且组成了许多其他团队，制造了用于在地面上进行正面攻击的梯子和筏子，我们一致准备在隧道取得突破性进展时就进攻。

狂野女猎者的队伍中大约有两千名布须曼人，我将他们组织成一个单独的轻型弓箭手营，并向他们介绍了我将亲自带领他们进行隧道攻击的情况。

鲁波带来了一百只独木舟，他打算从最薄弱的一面——对着马卡迪卡迪湖的那面攻击这座城市。我们决定实施这一计划，作为辅助隧道突破的手段。

最后，隧道工程的负责人回来报告说，他们已经打通了出口，并且很幸运，他们能够刚好出现在泥土高墙内的花园中。我命令这些人去休息，然后自己穿过长长的隧道去检查。我出现在城市中，街道安静得像坟墓一样——我们很快就会把它变成坟墓。真是命运的神奇反转，隧道出口就在我以前主人的花园里。现在这个大房子里空荡荡的，所有的居民、妇女和儿童都在城市中心的坚固的堡垒里避难，而每个健壮的男人和男孩都在城墙处就位。回来之后，我命令布须曼人组成的轻型弓箭手营列队进入隧道，他们像蚂蚁一样涌入，后面紧跟着的是鲁波的四分之三的队伍和狂野女猎者的半数队伍。

在异乡人还不知道发生了什么之前，已经有三万名战士出现在了城里，并穿过空荡荡的房屋，成功地占领了城市。夜幕已经降临，只有星星出现在这片黯淡无月的天空中。我抬头看着它们，平静地说道："今晚你们会看到骄傲的帝国和骄傲的人民的结局，他们傲慢又贪婪，从未想过命运会这样打击他们。他们认为他们的暴政已经根深蒂固了——但他们无法控制或统治时间长河，时间长河会吞噬最狂妄自大的帝国，而在时间长河上意味着永恒之死的独木舟正在急速驶来，并将把异乡人帝国带入湮灭之海。"

鲁波正在对他的战斗指挥官们说："伙计们，记住这些人欠你们的东西——不久前你们在他们的鞭子之下痛苦呻吟，你们连选择伴侣的权利都被他们剥夺，他们让你们像牲口一样繁殖，并且像牲口一样被买卖。被他们残杀的灵魂甚至到现在都还在土地上漫无目的地流浪，不停地哭泣。只有一件事能抚慰他们，那就是杀光这个城市的所有生命，一个不剩。杀吧，丝毫别手软！"

与此同时，正面的佯攻正在进行，狂野女猎者正带领着竹筏队伍越过平静而又黑暗的湖面。然后，我们听到了正面攻击战场上数千个喉咙发出的野蛮咆哮声，以及远处的怪异战争机器在城墙上发出的轰鸣声。巨大的石头被投出，燃烧着的油袋在夜空中画着弧线，像彗星一样在城墙上升起并消失，隐约间一道火光照亮了天空。

我指着城市中心的黑暗堡垒说："去吧，鲁波，拿下那个堡垒。其他人跟着我!”

整个布须曼人队伍跟着我走向防御力薄弱的湖前的墙。我们穿过寂静的街道、以前的贸易公司、花园、小庙宇，以及一个污秽的娱乐场所，它的台阶上装饰着不堪入目的男男女女交配图。从我们对面的城墙上传来一个长长的痛苦的喊声，紧接着一具装甲尸体从上面摔了下来。狂野女猎者的攻击已经开始，在星光灿烂的天空下，几十个人影在混乱中奔跑，隐约显现出轮廓。

过了一会儿，一群黑黑的人向我们走来，向我们发出了高傲的挑战。这是狂野女猎者的声音。我笑了，告诉她让她走近一些。

“这很容易，”她简短地说，“他们只有几个人在城墙上，只有一个扔石头的机器，把我们的两个独木舟弄翻了。但现在城墙已经被我们控制住了，下一步我们该怎么做?”

“你们所有的人都已经从独木舟上下来了吗?”

“下来很久了，”她简短地回答，“我们都在城里。”

“把他们集合起来，然后跟随我快速冲到城市中心的堡垒，快点!”

我们来到堡垒后，发现鲁波的队伍正在和穿着镀金装甲的宫殿卫兵进行激烈的战斗，宫殿卫兵现在由异乡人的男孩国王指挥。看这情形，似乎异乡人不仅把妇女、儿童和老人带进了堡垒，还把强壮的保镖和他们的男孩皇帝带了进来。这些穿着重型装甲的卫兵正肩并肩站立在堡垒倒塌的大门内，形成一道坚固的铜盾肉墙，给鲁波的队伍造成了重大伤亡。

一个巨大的石像立在距离大门不远的华丽基座上，我穿过成群成群的战士，走近它。我从雕像的底座上拔起这座雕像，并把它扔向大门的守卫者们坚实的方阵中。三名战士冲下来，从狂野女猎者、鲁波和他们的追随者身边跑过，在困惑的守卫警醒之前用剑将他们砍倒。他们的重型装甲与攻击者们的轻型移动性更强的装备相比，处于极大的劣势。

卫兵们死光了，但他们也拉了许多以前的奴隶陪葬。布须曼人和班图人咆哮着冲进有三重门的圆形堡垒的正门，巨大的尖叫声响彻天空，数百个异乡人的妇女和孩子真切地感受到了死亡。一队装备着弓箭的妇女在第二个大门处短暂地挡了一下袭击者。但她们还是被布须曼人的箭雨迅速击倒——在这之前，有一个人用箭射中了狂野女猎者的腹部，她尖叫着跌倒了，更多的是因为愤怒而不是痛苦。

“冲啊！冲啊！”鲁波激励着他的队伍。

然后发生了一件既美好又可悲的事情，一件可悲的、最不寻常的事情。我知道，这件事会永久活在歌谣和故事中，永久到只要部落的土地还能感觉到海浪在海岸上咆哮，永久到部落里故事讲述的神圣象征，即口中含着一朵花的曼巴蛇，在讲述故事的夜晚被带到圣殿：

这个小皇帝独自站在堡垒的第三道门处，他站在那里，身上围着一条白色的缠腰布，穿着一件对他来说太大太重的青铜色紧身胸衣。一个沉重的青铜头盔覆盖了他的整个头部，他长长的黑色头发散落在肩上，看起来就像深沉的溪流。两个门柱上燃烧着火把，在这火把闪烁的火光下，透过头盔的缝隙，我们可以看到：他那漆黑的眼睛因恐惧而睁大，眼泪顺着他苍白的脸颊流下，但是他颤抖的嘴唇却给人以坚定的感觉。这既滑稽又令人印象深刻。他手中拿着一把短剑——任何人都可以用一只手握住的一把剑——他的双腿似乎正在竭尽全力地站稳，而双腿渴望转身并逃离这勇敢的孩子。

“不！不！”他对着向他走过来的战士们尖叫，“滚回去，你们这些肮脏的野蛮人，你们这些卑贱的奴隶……你们！滚，回……去！”

咆哮的战士们紧紧贴在他身上，男孩的剑在火把的昏暗的亮光下闪闪发光，他像一头勇敢的小狮子一样激烈地战斗着。一个粗心的战士尖叫着倒地，再一个……又是一个。虽然他被完全包围并被来自四面八方的攻击刺伤，但这个年轻的异乡人男孩一直在战斗。他失血严重，明显变弱，最后他的心脏被刺穿，他大声呼喊他死去已久的母亲来救他。他摔倒了，被鲁波队伍最前面的进攻者踩在了脚下。在他被践踏的时候，他的灵魂也离去了，去找他的母亲。

汹涌的人群跨过他涌向堡垒的内部，不久后惨烈和恐惧的尖叫告诉令人震惊的夜晚，一件事情如果值得去做，就值得把它做好。杀戮正在进行——杀人的是那些年来一直遭受迫害的人，他们一生遭受痛苦和屈辱，被折磨成不知道有多可怜的牲畜。之后，我看到嗜血的战士用矛刺着长发妇女的头，跳着庆祝胜利的舞蹈。在我走过那令人讨厌的大屠杀时，我回忆起老人奥波在我还是奴隶时曾经引用过的一句老话："每一次邪恶的行为，总有一天会受到同等程度的惩罚。"

一些战士已经在抢夺死者的财物，要不是鲁波愤怒地提醒他们这个城市还没有被攻下，他们早就被在城墙处巡查的主力军出其不意地攻击了。这些军队听到了从妇女和儿童所在的堡垒中发出的呼喊和喧嚣声，赶紧去巡查。当他们冲上街头的时候，他们遭遇了布须曼人射出的有毒的箭雨，这让他们陷入困境。而鲁波和狂野女猎者的队伍又从后面攻上来，切断了他们的退路，并阻断了可能来自城墙上的对他们的进一步援助。

这是场激烈至极的战斗，异乡人艰难地抵抗着。他们一直奋战，直到最后一个人倒在城市的街道上，倒在这个他们曾经当了很长一段时间主人的城市的街道上。

然而，并不是所有人都是勇敢地死去的。有些人扔掉武器，像发了疯的疣猪一样跑过街道，像尖叫着的懦夫一样死去。有些人在祈求怜悯——向他们曾经奴役过的人乞求怜悯时被杀死。其他人因掠夺其同胞的房屋而被杀。一个肥胖的异乡人战斗指挥官，在他试图带着装满了皇室珠宝的箱子潜离城市的时候被我们抓获。我想到了一个很棒的主意，我命令人把他带到森林里去，并把他和他的两个小妾一起关在那里。

狂野女猎者也不幸战死了。还有奥波指挥官，他意外地被布须曼人的箭射中了，是在他指挥攻击躲在设有路障的邪恶圣殿内的最后幸存者的时候。这些人是他们种族的诗人和哲学家，他们在奥波的战士们冲破路障时自杀了。一个老疯子甚至在把匕首插进自己的心脏之前，向进攻的战士们表达了祝福。

天已破晓，太阳升起，俯视一切。看！浩瀚的马卡迪卡迪湖（在后来的岁月里将变成一个荒凉的盐田）旁边——一座死城。一个已经属于过去的城市，现在注定要在那些摧毁它的人的孩子心中留下纯粹的传说。

整整三天，成千上万的班图人、布须曼人和混血儿在这个大城市里行动起来，把房子夷为平地，把拆下来的石头扔到城市外缘，使塔和庙宇消失于其地基的最底层。许多装饰物品、器具和武器被作为奖杯或传家宝，并因这种方式幸免于难。但大部分不易破坏的东西，如盔甲、金属器皿和青铜雕像，被带入森林并熔化。鲁波宣誓说，如果他成功夺取了这个城市，他会彻底摧毁它，不会留下一丝丝的痕迹。

第四天，无情的毁灭任务完成了，能看到的全部东西只有椭圆形的被清理干净的大广场、街道上的一些痕迹及私人住宅的一些地基。即使只是一些痕迹，也注定要在风和天气的作用下消失，唯一可能剩下的暴露在这个地方的东西，就是散布在附近的大量的各种形状的石头。

然后，我们在森林里进行了盛大的庆祝活动。在庆祝活动的过程中，那个异乡人的战斗指挥官和他的两个小妾——三个最后的幸存者，被带进来准备扔进锅里。他们的味道比他们看上去的要好很多。当他们在我们的肉盘和炖盅上被传递时，他们看起来不那么傲慢和勇敢了。

在所有醉酒的人高声歌唱、叫喊、舞动的时候，最高首领鲁波举起手来，示意人群安静。在人群平静下来并聚集在一起后，鲁波冲着天空高声说道：

“我的族人们……这对我们来说是一个充满欢乐的日子。现在我们已经摆脱了邪恶的奴隶制度，它的大门已经在我们身后永远关闭了。现在，我们已经越过了血与泪的河流，看到了让人微笑的未来的曙光。现在，我们必须创造一个强大的国家，任何外国人都不敢再次奴役我们的强大的国家。让我们一起创造一个强大、美丽、富裕和繁荣的国度吧！让我们称之为鲁安达（Lu-Anda）——‘正在崛起’。”

人们狂喜地跳了起来并手舞足蹈地大声喊道：“隆达！鲁安……达！鲁安达！……隆达！”

在那一天，强大的隆达国成立了，这个国家与巴刚果一起，在后来的几年里统治着大片的土地——从西部海洋的海岸一直到今天的卡坦加岛。

我在女神尼娜瓦胡·玛的鼓舞下，给予隆达人隆重的祝福，我鼓励他们像甜蜜的花朵一样绽放，为所有的事物带来喜悦和快乐——这是他们从不知道的事情。

但是，瓦塔玛拉卡也给予了隆达人她的祝福。她祝福他们拥有一种持久的复仇精神和露骨的凶狠，特别是在战斗中。即使是在今天，隆达人也是太阳底下最会复仇的人和最凶猛的战士。

一个月后，当我走过森林时，我有了非凡的视野。我看到了一棵奇怪的树，与我见过的树最不同的是，它的躯干粗壮得令人难以置信。它不像其他树木一样往上生长，而是绕着树根生长，像蜘蛛或螃蟹一样。

它对我说："我是把生物带到这个地球上的生命树，我是尼娜瓦胡·玛的丈夫。你打扰了我的妻子，为此我将诅咒你，诅咒你永远失明，将来你将被称为盲人战神，鲁姆坎达。"

（译者：陈秋谷、郑雪燕）

兹马·姆布吉的污点

我的孩子们，让我来告诉你们一些你们必须知道的事情吧……我是鲁姆坎达，故事的讲述者。出于这个原因，我将要求你们给我所有的耐心，给我你们思考的大脑，给我你们倾听的耳朵。最重要的是，我要求你们每一个人都能够复述你们所听到的一切，要一字不落，也一字不多。这个故事，即使是我们最聪明的智者和巫医也害怕去讲述。这是一个有关耻辱的故事——故事讲述了整个班图种族是如何变得像一根几乎被折断了的小树枝的。根据部落严格的法律，这个故事只能讲述那些要被培养成故事讲述者的人听。这个故事应该被铭记，但同时又必须被忘却。如今，我们在班图部落的土地上能够找到的每一个部落和每一个种族都与这个故事有渊源。

在我们攻下异乡人的城市并用石头埋葬了它后，又一百代人的时间过去了。即使是我，作为一个永生的人，也无法与每一代人都保持联系。

因此，总有那么些人喜欢兴风作浪，乐于复兴一些恶事，而且仅仅是为了一己之私。姆努姆塔巴（Munumutaba）就是这种人——他是“凶悍的土匪”。

这个人从一开始就是一个无赖。他是一个无耻的人，是一个部落法律的破坏王。他是一个土匪，是一个罪犯。有一天，他从一个年纪很大的老人嘴里听到一些事，他听说了异乡人的到来、他们的下场，以及他们给这个国家造成的罪孽。他也听说了很多代以前的红头发的马邑提传授给我们的熔解硬铁石用以制造矛和斧头的方法，那些是我们作战时用的武器。这个人，姆努姆塔巴，他决定要亲手复兴异乡人的帝国，并自立为王。你们知道的，我的孩子们，总是会有坏人想要高举自己，并且毁灭他人的性命。现在，姆努姆塔巴听了老人说的这些故事，于是他决定必须聚集他所有的土匪同伙，所有的犯罪同伙，将他们带到西边。在那里，巨大的马卡迪卡迪湖形成了自己的海岸——咸海岸。这个年轻人在肮脏的灌木丛和草丛中聚集了土匪同伙，并把他的计划和安排告诉了他们。年轻人知道光凭他自己是不可能将这些古老的石头运到遥远的马绍纳的，于是他环顾四周，最后和他的同伙们突袭了谦逊温和的博茨瓦纳人的村庄，并迫使他们为他所用。他发明了橇，这是部落的人们之前从来没有看到过的运输工具。橇很大，大到可以容纳一百人，每一个橇需要五十头公牛一起来拖动。这个年轻人把能够找到的古老石头都堆积在一起，将它们堆成一个个大堆，再把这些石头装载到他那极大的橇上用公牛来拖运。于是整整五个年头里，在部落的大地上，人们常常会看到一支奇异的队伍，一支从来没有看到过的队伍——人和公牛拖拉着载着石头的巨大的橇。成百上千的历尽艰辛、饱受折磨的人，还有成千上万的公牛都死了。但是一个邪恶的人永远不会被任何事情所牵制，死亡和苦难对他来说只是一场游戏。这个大无赖开始奠定要塞基础的十年，成了多年来我们部落的污点和耻辱的符号。

在辽阔山丘的四周，他按照他原有的一些石头的模型裁切石头，用它们来进一步加固他所建造的那个了不起的要塞。终于有一天，他——“土匪”姆努姆塔巴成了这片土地上公认的统治者。

你们必须记住，我的孩子们，他动用了好几百个橇将石头都运到这儿，而且为了完成这个新奇的任务，他几乎要魔怔了，因为他想让自己成为一个伟大的君主。据说从他的童年起，他就一直努力让自己成为处于最高位的那个人。童年时，他总是努力让自己成为放牛男孩的领头人。这个邪恶的人一直到最后都没有改变。所以有一天，在他的内心因为自负和残酷的虚荣心而膨胀时，他爬上最高的塔——著名的兹马·姆布吉之眼，站在塔顶眺望远处的平原，俯视被坚固的要塞保卫的大村庄，看着巨大的峭壁壁垒……他看着这一切，而且他知道——“我就是王”。

但天不遂人愿，因为当他从坚固的塔上下来的时候，有东西滑落了下来，一块石头从它所在的地方滑了出来，使得其他石头也滑了下来，在落石中，他像一只鸟一样倒下了，于是，姆努姆塔巴死翘翘了。

但当一种恶草在田野中生长，正义之法将其砍倒时，另外的恶草又会长起来。他的儿子姆努姆塔巴二世再度崛起。现在，我将要告诉你们的正是他的儿子造成的这个罪孽。

你们要记住，我的孩子们，那个时候，这大地上遭受了一场奇怪的灾祸。有一个种族，部落的人从来没有见过这样的种族，他们就像狮子一样肆虐过大地。即使是现在，我们也没有看到过任何一个像这样的种族。我们今天必须说一说这些人，以便你们一看见他们，就能马上看清他们的本来面目——索命人（Feared Ones)!

索命人是一个看起来瘦弱的群体，但是瘦弱的身躯里却藏着巨大的力量。他们有着像秃鹫一样的鹰钩鼻子，头发很长，但是没有异乡人的头发那般长。他们养成了一个习惯，将我们成百上千的儿女带去一个我们永远都不知道的地方，而且我们绝不能试图去了解任何关于那个地方的事情。我们永远不知道他们是否在吃那些孩子——他们是否一次上千个地吞噬那些孩子——但有一点我们都很清楚，那些被他们带走的孩子们，我们永远都看不到了。

姆努姆塔巴二世认定确保他帝国安全的最好方法就是与索命人（这些人像脚步轻快的动物，像斑马，但是至今还没有条纹）达成协议。这就是他做的好事。

一群索命人来到兹马·姆布吉这里，用外语向他表示崇敬。他们称他为一个伟大的国王，称赞他的子女和勇士，但是这些人想要把他们带到一个遥远的国家……他们自己的国家。

姆努姆塔巴二世说："看着，看着，我的朋友们，我可以给你们所有你们想要的奴隶，但有一个交换条件，给我你们的武器，告诉我制造钢铁的方法。"然后，从这些所谓索命人——被我们称为阿拉比人的人那里，非常刻苦地学习了制造钢铁的方法。

现在，姆努姆塔巴二世袭击了其他部落，就像在他之前的异乡人们所做的那样，像在他之前的数千代人所做的那样，把其他部族的人都变成了奴隶。你们可以看到他们，女人和小孩，被带去一个我们所不知道的地方。他抢夺博茨瓦纳部落的女人，还掠夺了边远的隆达国的女人。他派出的突击部队一直到达很远的鲁昆迪（Lukundi），他也派这些部队到了曼波和巴卡瓦那（Bakwana）。

现在，我的孩子们，听仔细了。这就是所发生的事情。当他派发男人去做奴隶时，他也一并派发了他们的妻子，然后男人和这些女人被带到一个如今被我们称为德兰士瓦省（Transvaal）的地方。在那里，女人们四肢着地地伏在一条被俗称为鳄鱼河的河里挖泥土。这条河里曾经有大量沙子，沙子里有一些对索命人来说很珍贵的小颗粒金属。

这些女人常常要连着几天不停地寻找，把金属颗粒从沙土里面分出来，就像你们的母亲从谷壳中将豆子拣出来一样，将面粉中的糠筛出来一样。那些日子，我的孩子们，我们大家都知道，是部落灰暗的日子。

这些女人常常要连着几天不停地劳作，选出黄金（现在也称之为黄金），将其小心翼翼地填到兽角里，甚至是大的象牙里。这些金子是由索命人带去他们阿拉比人的国度里的。这些金子拿来干什么用，我们并不知道，但是我们都知道，你不能用黄金去造矛，因为它太软了。所以，我的孩子们，先别管那些该死的金子了。

我的孩子们，那些日子里，许多来自海外的旅客曾经来到我们的海岸，来寻找这些金属，寻找我们神圣的象牙。

姆努姆塔巴二世是一个跟他那目无法纪的恶父一样的人，未经众神的允许，他破坏法律，杀害大象。他不顾法律地杀了那些被选中的人，并把成百上千个奴隶一起送给索命人。他将无数的年轻男人发配到西部的圣铁山，那个被称为沙巴·奈兹姆比（Thaba-Nzimbi）的地方做苦力。在那里，他开采钢铁用来做矛——出名的兹马·姆布吉矛，这矛也是我们所有部落都害怕的武器。

我的孩子们，那些日子，就像我说的，是你们必须要遗忘的日子——你们绝不能告诉后代以免玷污了他们的耳朵。现在我讲述的故事是不能被孩子们听到的，只有那些想要成长为伟大巫医的人和必须成为部落历史守护者的人才能听到。

发生在那些日子里的事情实在不堪回首，我的孩子们。很多部落都灭绝了。正如我说的，姆努姆塔巴二世攻击了成百上千个部落，并彻底毁灭了很多部落。被毁灭了的神圣的巴卡尼加（Bakenje）部落，是第一代班图人，他们教给我们用木材造船的方法。被毁灭了的海尼·海尼（Haini-Haini）部落，曾以他们的音乐、游戏，以及摔跤这一伟大的体育运动而闻名。这些都只是博茨瓦纳部落的一部分。

然后，在北方，他所毁灭的，或者说部分歼灭的，是曼波部落。因为姆努姆塔巴二世的恶行，这些部落的人被驱逐出自己的国土。

当然，我的孩子们，恶事永远不会持续太久。事情是这样的：有一天，姆努姆塔巴二世决定结婚。但是他娶的并封之为王后的是一个残忍且野心勃勃的女人——跟他自己一般残忍。我的孩子们，这个女人消灭了他。她与一个索命人相爱了——一个来自海外的凶残的人。她开始整顿并统领姆努姆塔巴二世那神圣的住着拉乌族（Lawu）女人的后宫。可恨的拉乌人，也就是你们所知道的霍屯督人，是比瘟疫更让我们讨厌的人，没有比他们在地球上的消失更让我们引以为傲的事了。

这些拉乌人是一群冷漠且无知的人，他们认为自己是血统仅次于阿拉比人的人。因此这群人，即阿拉比人和姆努姆塔巴二世的妻子，以及拉乌人开始了在这片土地上的新一轮恐怖统治，这比姆努姆塔巴一世统治时期更加恐怖。

有一天，姆努姆塔巴二世正平躺着休息时，他的妻子悄悄溜进房间，将一支矛刺进了他的心脏，于是他一命呜呼了。然后他的妻子用她的邪恶之手统治了那个国家。

随着索命人的贸易慢慢做大，兹马·姆布吉以牺牲成百上千个部落为代价，变得更加繁荣昌盛。但是到最后，随着一代代人的生生死死，连姆努姆塔巴二世的妻子她自己也难逃一死，她死于一条鳄鱼的手下，不，是嘴下时，事情开始发生变化。

我的孩子们，不要因为一条河没有流经你们的身边而对那条河充满恨意。我之前告诉过你们，我的孩子们，姆努姆塔巴二世使无数个人离乡背井，使无数个部落分崩离析，这些部落的人和他们原先部落的法律隔绝，变成了森林里的流浪者。其中有一些人找到了如今我们所知的斯威士兰。并且当那些——那些日子，当那些人——剩下来的曾经来自一个伟大部落的可怜人，失去了所有技能，甚至连建造一个简陋的小屋都做不到时，他们开始住在树上。还有著名的文达人，他们也在这个时候逃离了。他们由成百上千个奴隶组成，在东边的群山，也就是如今的德拉肯斯堡（Drakensberg）山脉里寻找避难所。

噢，我的孩子们，那些日子是变化和动荡不安的日子。那些日子是一个部落走向湮没无闻，另一个部落却像雄鹰展翅翱翔于天空的日子。

在那些日子里，我的孩子们，一个伟大的种族（被称为恩古尼，意思是“失去国土的人”，他们没有土地）诞生了。恩古尼是由无数个部落组成的，直到现在，他们的语言还包含着来自其他部落的无数个词汇。我的孩子们，一个种族从被灭绝了的部落的废墟中发迹起来，这些人因为他们凶猛的暴行而引人注目。恩古尼是一个凶暴且残忍的种族。

正如你们所知，我的孩子们，他们不得不为了留在那里而战斗——为了活下来。故事是这样的：在姆努姆塔巴五世，一个有着一半阿拉比人和一半霍屯督人的血统的众所周知的贼，继承了鲁比基提（Luvijiti）大帝国（因为他们相当粗鲁才这么叫的）的王位后，恩古尼开始攻击这个帝国。在一场猛烈的战役中，恩古尼人进攻那些堕落的人渣，那些不属于任何一个纯种的种族或部落的人，那些人的血管里流着阿拉比人和霍屯督人的血液，同时也流着班图人的血液。那些人渣像大风中的糠一样被打得落花流水，四处逃散。

直到今日，恩古尼还将他们的历史追溯到这场巨大的战役中，他们彻底击溃了懦弱但装备精良的姆努姆塔巴五世的军队。这个懦弱的无赖，正如他之前的祖先所做过的那样，尝试着抵抗，并在他们面前显示自己是一个有威严的、勇敢的人。但是从最高的塔上——即著名的兹马·姆布吉之眼掉落下来的石头将他压死在了地上，于是姆努姆塔巴五世也丧命了。

我的孩子们，你们应该注意到我极不情愿地告诉你们这个故事——因为这个故事永远不能被泄露。我只能把这个故事告诉你们这些孩子，所以你们必须知道——你们必须要学会永不——永不允许任何像在兹马·姆布吉发生的这样的事情再在你们一代代人身上重演。你们必须不再追崇耀眼的光芒，必须不能目无法纪，必须不能邪恶下流。你们决不能在那个邪恶之地做出不可思议的邪恶且不道德行为。

兹马·姆布吉是一个我们必须遗忘的地方，如果你们经过那个令人厌恶的禁地，你们就必须闭上右眼，只能用左眼看着它——并且诅咒它！因为兹马·姆布吉是一个罪恶之地，是你们父辈们的耻辱。它的名字，是鲁比基提最初的名字，提及它的时候必须要诅咒，向它吐唾沫，这就是我要让你们知道它的名字——兹马·姆布吉（石头的建筑物）的原因。

后来，这个建筑物成了罪犯的一个躲藏处，一群索命人——阿拉比人——在兹马·姆布吉败落后来到这里。

有些时候，一两个部落的几代人都会居住在这个地方，但是这些人总是因为我们多年前对它下的诅咒而离开。有些人过去经常在由姆努姆塔巴和索命人之前在尼扬加和一些其他地方建造的要塞中寻找隐蔽的地方。但是，在时间的长河中，我们的诅咒总是把那些人赶出那里。

我的孩子们，无论你们什么时候走向那个被憎恨的地方，你们必须记住那个地方有很多部落的巨大耻辱。像在兹马·姆布吉发生的这样的事情永远都不允许再在这片土地上发生，因为就是这件事情几乎导致我们——班图族人——遭受同初代人类一样的厄运。这事几乎激怒了众神来进攻我们——在那个地方发生的那些事是如此糟糕，如此邪恶。

所以，我的孩子们，在时间的流逝中，拉乌人，即霍屯督人，被驱赶到了遥远的南方，在那里他们最终成了一群迷失的人。我认为这是他们在马绍纳之地助纣为虐而受到的应有的惩罚。

我的孩子们，兹马·姆布吉是一个很牢固的要塞。我可以给你们讲述一些故事，比如这个要塞是如何用石头堆砌的。一代代部落首领的英勇之举使要塞得以建成，这些英勇之举实在是太多了，我现在说都说不过来。曾经有段时间，人们企图用公牛的头来猛烈地撞击城门，人们也做了其他尝试以破坏城墙，但都徒劳无功。由此可见，即使是在那个时候，这个要塞就已经坚不可摧了。

我的孩子们，我宁可住在最简陋的小屋——一个小到几乎没有空间可以容纳烟的小屋中，也不愿意住在兹马·姆布吉那个曾经奢侈的房间里。特别是在姆努姆塔巴二世统治时期，姆努姆塔巴一世的妻子生的那一半是阿拉比人一半是直系姆努姆塔巴血统的茨瓦纳人（Tswana）的儿子的时代，那些日子是奢靡的。即使在今天，也许，你们还能找到那些日子的踪迹……忘记它们！无论你们在哪里看到它们，都务必毁灭它们！这就是我要留给你们的信息。

（译者：陈　忆、金　勇）

盲了的视而不见

尊敬的阁下们，科学界的女士们、先生们，特别是那些研究非洲历史的人，请允许我谦恭地向你们说一件在这个时候来说最重要的事，当前这个世界像受惊的变色龙一样变得很快——新的事物，曾经被认为是不可能的，现在却正在变成现实的一部分。请允许我向你们提出一项请求，我发誓会一直坚持呼吁，直到有人听进去我所说的要求。我并不是要恳求什么大的、戏剧性的或激烈的事情，而是只要简单的变通、愿意倾听，以及不带有偏见的明确判断。

没有什么比一个人故意对明晃晃的现实视而不见更让人悲伤的了：明明看到不远处的层峦叠嶂却依然坚持说山不在那里，明明站在一条深及膝盖且奔腾不息的河流里却依然固执地相信自己正站立在卡拉哈里的沙丘里。

尊敬的阁下们，一个人固执不变的信仰是有害的，不仅对于个体是这样，对于整个民族或者是他所在的种族也是这样。如此固执地拒绝改变先入为主的想法，才使得意大利审判团的人迫害伽利略，才使得在其他地方的成百上千个人被烧死，他们唯一的冒犯之处仅仅是他们怀有的想法与他们的众神和教堂牧师的想法不一致而已。这种对新思想固执的抵制，导致古老的班图人去杀害那些敢于创造使他们的生活变得不那么呆板的新事物的男男女女。

今天，不知变通的现象同样十分明显，而这在研究非洲历史的相关领域是最突出的。

很多年前，白人在非洲探险的时候遇到了很多有趣的事情。他们发现了在史前时期非洲土著居民的绘画，他们立即将其命名为“布须曼画”，并在大胆随意猜想的基础上对绘画进行模仿和分类，其中很少有人能真诚地、无偏见地、科学地来调查这些绘画描述的到底是什么。

另外一件引起科学家注意的事情是有人发现了散落在非洲南部的古老的石头遗址。很快，镐锄和铁锹的声音就响了起来，这些工具由考古学家们亲自挥舞着，或者是在他们的监督之下挥舞着。一些废墟遗迹，通常被称为“津巴布韦”门类，那里的财富被掠夺一空，博物馆里摆满了器皿、手工艺品和装饰品。即使是在今天，这些都能说明各种各样的假设，但没有一个是接近事实的。然而，正是在这些装饰品上的很多班图人和霍屯督人的文字、符号里，记录着津巴布韦的真实故事。这些故事是给人们阅读的，尤其是给那些真正能够读懂的人。

伟大的科学家们非但没有这样做，反而一门心思地忙于给这些废墟构想奇怪的传说故事。那些构想不仅怪诞，还十分牵强，比如对所罗门国王和希巴（Sheba）女王的特征描写。

可悲之处在于每一个科学家都倾向于固执坚守他们自我捏造的说法。

几十年前，一个名为马克（Mack）的探险家，他同时也是一个优秀的工程师，在探险中有了一个重大的发现。在非洲西南部著名的布兰德山（Brandberg）上，他发现了一些岩石上的绘画，他像一支生锈的矛遇到一块磁铁一样被吸引住了。最引人注意的一幅画展示了一个人，第一眼看去，像一个闪米特或是高加索血统的女人——简而言之，是一个白种女人。马克对他所看到的画做了一个相当不精确的临摹，并很快在报纸的头版头条上刊登专题报道了。

这篇新闻吸引了伟大的白人科学家阿贝·步日耶（Abbé Breuil）的注意，他致力揭开我们祖先的历史。他决定亲眼去看看那幅画，然后很快他也临摹了一幅，称之为《布兰德山的白人小姐》。

正如通常发生在所有伟大的科学发现和科学解释上的一样，伟大的阿贝·步日耶发现自己受到了猛烈的批判，主要是来自那种闭门造车的人，他们只会轻而易举地攻击那些勇敢的人，称他们为骗子，而绝不会自己辛苦地跑去布兰德山上求证。

那些人不知羞耻地谴责阿贝·步日耶对白人小姐的面部进行修改使得一个普通的布须曼人看起来像一个白人小姐的事。其他人坚定地得出结论，白人小姐不是白种人，而是布须曼女人在仪式上装扮成了穆苏图（Musutu）女人。

这场争议，在蛰伏了好多年后，最近又突然爆发了，由非洲艺术品在约翰内斯堡艺术画廊的展出而引发。最新的版本出现了：白人小姐不是一个女士，而是一个绅士。他们所说的“她”是一个霍屯督男人，为了跳舞而涂成了白色。也有人说“她”是外出打猎的布须曼人。《约翰内斯堡晨报》的一篇报道甚至通过刊发马克的、步日耶的，以及其他人的不同绘画版本的形式发起了“挑错”的竞争（没有奖品）。

那些拒绝面对事实的人的幼稚的争吵已经持续得够久了，现在我有责任加入这场争议。在相当长的一段时间里，白人们做了一些调查，写了一些东西，并且得出了一些结论，但他们从来都没有想过来听听我们对这些事情的说法。这是白人对黑人几世纪以来的看法——黑人是天生的说谎者造成的。事实上，伟大的罗得西亚和尼亚萨兰联邦的白人建筑师曾经公开声称过所有的黑人都是天生的说谎者。如今，他想知道为什么他们的联邦会走向没落。

在我的书架上，作为纪念品，我保存着休·布赖恩（Hugh Bryan）的《我们的国家》，一本出版于1909年的关于自然历史的书。作者在书中提及："非洲被称为黑暗的大陆，是因为我们对其知之甚少。在罗得西亚发现的巨大建筑群的遗址，不是黑人的作品，但是没有人知道是哪些白人建造了这些建筑。我们的故事已经很清楚了，但是关于黑人们的故事，我们只能通过他们自己的传说来了解。这些传说不会相差太多，然而，它们并不是很确切，有时候我们甚至不知道它们是不是真的……"

如果白人的祖先们都这样认为，如今谁又能怪他们的后代拒绝去听一群天生的说谎者的话呢？

其实，一些班图人一直都知道是谁建造了津巴布韦。布兰德山，就是所谓可以看到白人小姐的地方，几个世纪以来一直是班图人和布须曼人的朝圣之地。从有这些洞穴壁画以来，我们知道它们中的大部分画的意义所在，它们是我们的历史书，我们的档案。但是我们发过誓，不能将它们真实的含义告诉外人。我们故意撒谎以隐藏事实（那就是说，我们是故意说谎的，并不是天生的），我们将其视为战胜白人的唯一胜利成果。

班图人将他们的所知对白人隐藏得比谁都好，因为他们试图循规蹈矩地帮助保持隐瞒白人的纪录。不像谦卑的我，即使是要面对公开的怀疑，甚至嘲笑，也要尝试着破坏几个世纪以来古老部落的禁忌。在最近另外一场由我雇主的女儿举办的展览上——

有关班图古老雕刻品的展览——几位杰出的白人科学家公开怀疑我告诉他们的不是事实。其中一个人对我说："你所说的大部分都需要加一粒盐。"我不知道这种习语所表达的意思，直到后来才发现，那是一种委婉地称我为"彻底的骗子"的说法。这，至少，没有令我丧失热情，因为我真心相信我所采取的态度能帮助实现更好的理解，即使这意味着我将背叛我自己的种族。

《布兰德山的白人小姐》，只是讲述过去非洲迷人故事的众多岩画中的一幅。把它当作一个实体来研究是错误的，它只是所谓津巴布韦、尼扬加和其他类似地方的神秘之事的一部分。这些绘画和遗址必须依托非洲的民间习俗和历史知识的背景来研究。就让我来系统地讲一下这个白人小姐吧。

首先，据说阿贝·步日耶对白人小姐的脸进行了修改，我实在很难理解为何阿贝·步日耶不对那些评论家的诽谤起诉。这个伟大的科学家比那些坐在安乐椅上的批评家更接近事实。多年来我一直在跟进他的研究进程，并且对照我们对这些画的所知持续地查验他对这些绘画的发现。他是如此危险地接近真理以至于某些班图部落历史的守护者在某个阶段要想方设法地消灭他。白人小姐的面貌从未被修整过，或是被以任何方式干扰过。通过更近距离的观察发现，"她"的脸和其他画上人物的脸依然完全相似。控诉阿贝伪造，仅仅显示了某些文明人已经准备好了去尽力毁坏那些远超他们智慧的人的名誉。我反对任何人将一种探测年龄的核装备用在白人小姐脸上的涂料上。

其次，据说白人小姐不是白种人，而是一个富有的巴苏陀女人，涂脂抹粉地出席一次隆重的狩猎活动。这是一派胡言。这个人物不仅仅背着一张弓，而且带着其他武器，我想知道从什么时候开始巴苏陀或是其他班图女人成了狩猎野兽的猎人了？从什么时候开始班图女人开始模仿希腊女神戴安娜了？巴苏陀人，像大多数的班图人，将弓和箭视为懦夫的武器。弓不是班图人的武器，它的使用仅限于对战霍屯督人、布须曼人和俾格米人。没有一个班图的勇士，更别说一个女人了，会被看到带着一把弓和一箭袋的箭。甚至是对班图只有一点点了解的人都应该知道，班图族、巴苏陀族、霍屯督族、俾格米族的女人从来都没有出去打过猎。布兰德山在非洲西南，没有任何一个巴苏陀人曾经靠近过那片土地。巴苏陀是一个非常年轻的部落，由莫谢希（Mushweshwe）国王在大约一百六十年前建立，而那些壁画已经有超过两百年的历史了。

再者，最新的争论是白人小姐是一个戴面具的舞者，一个涂脂抹粉的特意为打猎而戴着面具的霍屯督人。没有任何一个班图人、巴苏陀人，或者是霍屯督人出去打猎时会在脸上戴面具的。面具是一个令人讨厌的东西，它会限制打猎者的视线范围，会破坏他的射击能力。另外，没有任何一个班图人、巴苏陀人，或者是霍屯督人会为了一次打猎而在身体上涂画。为了有效地隐蔽，没有什么颜色可以取代他们自然的肤色，白色是任何人在任何时候都不会使用的颜色，没人会尝试这样一种奇怪的体验。

白人小姐的岩画

要是白人科学家多知道一点我前面所说的这些，就根本不会有争议。有件事情是白人将来迟早要感激班图人的，那就是班图人重视他们祖先的历史，他们对远在一万年前发生的事情都有清晰的认识，这是令欧洲人难以置信的。他们的西方文化变成了提线木偶，他们无法弄清楚任何事情，除非他们亲眼见证，或者是在一本书里读到。对于白人来说，除非历史被写在了纸、纸莎草纸、泥版或是方尖碑上，否则历史不算历史。他们已经忘记了他们今天所能读到的这些写下来的东西都是几个世纪以来父子口口相传才流传下来的。荷马在特洛伊故事发生的一千年以后才写了它，也是在几千年后，考古学家才揭开了阿伽门农、海伦和巴黎这个绝望三角的真实面目。

历史是每个种族文化的基石，但是对于一个基于崇拜祖先的种族来说，它的历史就不再仅仅是基石了——它架构成了它们的文化。一个尊敬祖先的人，会去了解他们生活的时期和他们扬名立万或是臭名昭著的所作所为。当一个人吹捧有英雄气概的祖先时，他就会尽他所能描绘这个英雄在战斗中搏杀的画面。

事实上，许多埃及和希腊的国王会篡改他们国家的历史，把那些从未发生过的事或前人的成就写成自己的丰功伟绩。埃及的拉美西斯国王有一个下流的习惯，就是盗取早前法老所做的伟大事迹，然后将这些成就归于他的名下。其实我们完全可以怀疑罗马和希腊的某些国王也是这么做的。

但是班图人从来不会允许任何人以任何方式来扭曲历史，无论他多有权势，因为他们坚信他们尝试着去欺骗众神的做法会严重冒犯部落神灵。没有任何言语可以用来描述班图人信仰的深度，没有什么可以充分体现班图人固守他们部落宗教的毋庸置疑的热情和敬畏。

我们的宗教要求我们为了子孙后代要保留对每个重大活动最清晰、最翔实和最诚实的描述，不管这个活动是有关个人、家庭、部落还是整个种族的，不管这是光荣的还是声名狼藉的。即使是在一场战斗中令人感到羞耻的战败，心胸宽广且记忆力强的人会被选来清楚地记录这次战败的每一个真实的细节，留给后世子孙看。所有幸存的战士被要求讲述他们所经历和目睹的事情。每个细节都经过仔细筛选，以防夸大。最勇敢的人和懦夫的名单列表在反复检验后被记录下来。撇开所有不太相关的信息，唯一一个故事会被提炼出来，并委托给被选中的部落历史的守护者。经过一系列最严谨的宣誓仪式，这个故事将被永远印刻在守护者的潜意识中。一个守护者不可能忘记任何一个细腻的细节描述，因为在吸收事实的同时，他有可能被要求与一只狒狒或是一条狗交配。这种经历的目的在于让他在潜意识里留下一个持久的印记。

以这样的方式，故事历经千年，代代相传，传到了我们这里。不管是在祖鲁兰还是在尼日利亚，对异乡人故事的描述都是一模一样的：

“他们从海上来，他们被有好多条腿的能在海里行走的怪物们装在肚子里带来。他们身上穿戴着明亮的土司太阳金属来防御我们用废弃的骨头和花岗岩做成的矛，他们的头发是暗红色的，他们的皮肤像是里面倒进了一点血的脏牛奶。他们带着贪婪的铁制武器，嘲笑着那只露出牙齿的厚皮狮子。他们头上戴着白色的发带，好像是为了防止他们飘逸的头发散落下来。他们的盾由一些铜片包裹而成，可以反射太阳光。他们的战斗声在受惊的班图人的耳边回响，他们用铁剑来杀害我们，他们用矛来刺穿我们，他们用铁铜做的斧头劈得我们的脑袋瓜四处滚落……

“他们把我们变成奴隶，把我们变成比受罚的妇女更加驯服的狗。他们在我们的土地上建造要塞，逼迫我们的妇女和躲藏在丛林中的布须曼族的女人们走进他们的矿场，迫使我们协助挖矿藏，将暗色的铁和明亮的太阳金属带给世界……

“他们把我们变成驯服的奴隶，他们将出生于森林的布须曼人变成弄臣和跳舞小丑，他们将霍屯督人揽入他们陌生的怀抱中……

“但即使是最甜的蜂蜜也能产生过量的胆汁，欢娱的背后必有死亡。哦，看啊，异乡人有最奇怪和最令人恐惧的习惯。当一个男人死了，他的妻子也将被用剑杀死同他合葬，他半数的奴隶也将陪葬……而且还是活祭的。他们不会在葬礼上哭泣，而是会举行一场盛大的狂欢——唱歌，跳舞，做其他快乐的事……

“不久，马邑提种族成为一个混血的种族，他们用最奇怪和最令人厌恶的方式来猎捕班图人。他们给自己穿戴上被杀死的羚羊的外皮和头，在他们有力的弓能够捕捉的范围之内，来骗动物落入圈套。他们将奴隶作为驱猎物者，他们打猎纯粹是为了获得杀野兽的快乐和乐趣，根本没有特定的原因……”

让我们来具体研究一下布兰德山的白人小姐吧。阿贝·步日耶在开始的时候是对的——白人小姐是一位具有高加索血统或是闪米特血统的白人：她有长长的红棕色头发、直挺的鼻子，以及不像非洲人的下巴。这些事实都胜于雄辩，只有瞎子才会忽略。非洲的史前艺术家是很有洞察力的（在这方面，欧洲的也是），他们能够精确描述所看到的事物。

但是，阿贝犯了一个错误，他把人物身份辨认为一个“女士”。这不是一个女人，而是一个十分英俊帅气的白人年轻男子，是曾经统治马邑提非洲帝国将近两个世纪的五个伟大统治者中的一个。我们的历史学家对此的看法并非一致，但是我支持一种看法，即这是卡瑞苏二世，继任了第一位国王红胡子卡瑞苏一世的卡瑞苏二世。（当然，卡瑞苏是班图人对他真正的腓尼基名字的一个讹传。）在我们的传说中，众所皆知，红胡子卡瑞苏的儿子热爱狩猎。直到今日，博茨瓦纳人还这样唱着：

他在我们的部族大地上漫游——
猎捕大狮子，还有小狮子；
猎捕捻角羚和胡狼——
多么勇猛，多么狂热……

我相信那是对卡瑞苏二世的描绘，因为随后的统治者都以喜欢悠闲、奢侈、不受拘束的享乐而闻名。不止一个故事告诉我们，后来的帝王乐于追逐这些。

这幅画的关键不在核心人物本身。那个重要人物，阿贝·步日耶称之为“骷髅人”，是在卡瑞苏二世后面的那一个。他头上戴着一个带有羽毛的古铜色头盔，右手上拿着一根长长的带刺棍子。

这根令人畏惧的“刺棍”（一根柔韧的手杖，上面镶嵌着一排排小的金属“牙齿”），加上一条鞭子，鞭子末端分叉，像愤怒的曼巴蛇的信子似的。这是监管奴隶的监工手里的传统工具。这个人还带了两把有精细尖端和显眼的剑柄的剑。这些对于非洲人来说就像喷气式飞机一样贵重。

这个核心人物有一头飘动的被饰以珍珠的红长发，脸的上半部分有点黄，下巴完全是白的，眼睛也是白色的。这些观察实际上很重要。对于一个黑人来说，白人的眼睛似乎会发出一束奇怪的“光”。出于这个原因，很少有班图人敢去正视一个白人，敢去盯着他们的眼睛看。白色的眼睛展示出这想象中的特征。顺便说一下，班图人对马邑提人有光泽的能够反射太阳光的红直发很着迷，这“突出”的效果经常在亮白色的壁画中被显示出来。然而，在大多数画中，对于马邑提人头发的描述是红色的，白色的“亮点”是留给胡子的。“骷髅人”脸上的白条纹也能引发这样的效果，给阿贝留下的印象一定是露齿笑的骷髅头。自那时起，班图人对白人的描述少了些“像太阳光一样的胡子”这样恭维的短语。即使是祖鲁国王丁刚在用这个短语形容白种特雷克人（Trekker）时，也是表示轻蔑之意。这里有一个古老的班图谜语：

告诉我，告诉我，我命令你——

告诉我，我看到的野兽之名，

它的头发似野黑豹的尾巴那样长，
它的头发似野黑豹的尾巴那样长，
阳光透过它的眼睛和胡须而闪耀——
阳光透过它的耳朵和胡子闪闪发光……

这个谜语的谜底是“一个白人”！

除了这奇怪的弓，核心人物还在弓的弦上镶了金属装置以保护手腕的腕关节。霍屯督人和布须曼人不会有这样的装备。另外一个最不像非洲人的特征是核心人物的脚上穿着的奇怪的东西。

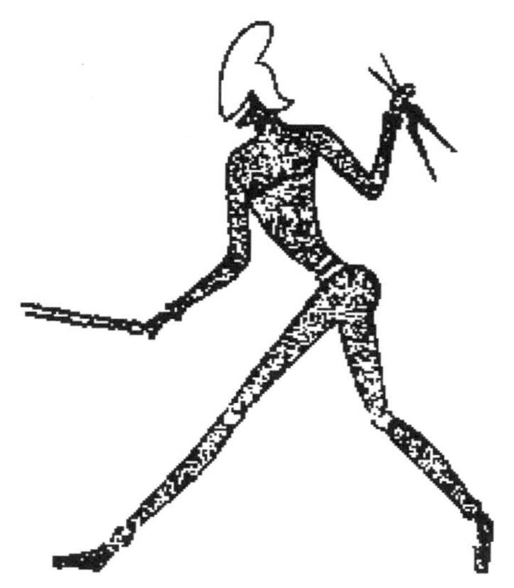

骷髅人

虽然霍屯督人和布须曼人偏爱故意隐藏丑闻，但靴子对于非洲人来说是外来的，原因很简单，他们还没掌握制造这些的技术。

另外一个人物，在卡瑞苏的左边，他穿着一双非常尖的深棕色靴子，高及膝盖处，鞋底是白色的。我将这个人物命名为“将军”。我们的传说把马邑提的鞋类描述得非常清楚：他们的脚上穿着厚厚的没有毛的皮制的东西，硬木头的底，底的厚度简直是对残酷的荆棘的一种侮辱（荆棘也不能伤它们分毫）。这些东西的高度通常能够达到异乡人白色多毛的腿的一半位置……

在卡瑞苏的上臂，绑着一些粗的带子，一些用来投掷的小匕首被插在其中，还有一把随意瞥一眼就能看见的小斧头。班图人因马邑提人可以准确地投射出一些小匕首或者一把斧头而惊讶不已。我们的传说讲述了一个马邑提人是如何做到在没有配备盾和更重的武器的情况下，灵巧地将双臂交叉于胸前，并从他的上臂处抓住他的匕首，用力投掷并同时命中两个不同的受害者的。卡瑞苏的右手握着如同胜利品一样的酒杯。认为那是一个帝王花或是莲子百合的想法就太过荒谬了，我不予置评。

在卡瑞苏头顶的上方，两个显著人物中的第一个人物，是一个伪装成一只羚羊的男人。这是马邑提人狩猎时取乐的一个奇怪习惯。他们会先杀一头公牛，然后剥皮，剩下它的前半部分，比如说只有脖子和头部完好无损。诱饵会穿上动物的皮囊，将公牛的头支起来，大摇大摆地走在长草上。猎人们会低躺着，直到诱饵成功地把其他公牛引到他们弓箭的射程之内。第二个人只戴着一个公牛的头，此外他的腰带上还插着一根投掷棍。

还有一个非常有趣的人物，他是一个头发被染上或是涂抹上红色的班图人。这个怪癖一直持续到现在，斯威士人中依然有人奉行这个传统。这个人物同样穿着带有金属钉的狮子皮革，他还配有一个带饰钉的宽皮条的马具。由于他的手腕上戴着护腕，脚上穿着草鞋，任何班图历史学家都可以一眼就认出他来。这是一个受宠的皇家奴隶，享有一定的特权。为了取悦他高贵的主人，这个奴隶学用了马邑提的习俗，将自己的头发涂抹成红色，来表达他那尽可能像他主人的意愿。

在津巴布韦，就在离马绍纳的一个叫鲁萨佩（Rusape）的小镇的不远处，有一个被称为戴安娜誓言的农场，那里有一幅著名的绘画，以“死去的国王”的名称而被人们熟知。它描绘了一位被以传统的方式埋葬的马邑提国王，他仰躺着，脸上戴着一张死亡面具。班图人、巴苏陀人，或者霍屯督人都不会以这种方式埋葬死者，他们只采用坐姿或是膝盖靠近下巴弯曲着侧躺的方式埋葬死者。这仅仅是基于另外一种奇怪的信仰，那就是如果一具尸体被以正常睡觉的样子摆放，灵魂可能也会睡着以致无法离开身体。马邑提人把面具覆盖在死人脸上的习惯也让班图人、巴苏陀人和霍屯督人感到极其厌恶和惊骇。我们相信灵魂是通过脸离开身体的，一个面具最基本的意图就是伪装或是将灵魂禁锢在身体中，或是遮掩住什么特征不让别人看到。

在这幅画中，国王被描绘得要比臣民们大得多（后来被非洲范围内所有非洲人所采用的马邑提风俗之一）。这个死去的国王穿着清晰可认的盔甲衬衣，他明显是在战争中被杀死的。他的脸被一个面具遮着，长发散落着，右手中握了一块看起来像金子的东西。马邑提人有在埋葬死人时将一些贵重礼物随葬的习惯，这些礼物是为了贿赂指引他们到极乐之地的阴间死神，通常是放在死去的男人或是女人的右手中。

这位国王的膝盖部分挺得很直，虽然他已经死了，但他的生殖器还是挺立的。艺术家显然很讨厌马邑提人，因为这是一个最具有侮辱性的描摹，总是被用来表明尽管某一令人厌恶的人永久离开了，但是他的邪恶却被他的后代继承了下去。

一个小男孩正为死去的国王包扎手臂，我们又接触到了一个永存于我们传说中的马邑提人的风俗。班图人从来不会在下葬前用绷带包扎伤口，这些伤口必须完整地呈现出来让所有的灵魂可以看到和钦佩，特别是被视为战斗勋章的战伤。

躺在国王旁边的是另一个大人物，是死去的国王的霍屯督族王后，她明显是在被杀死之后与她的丈夫埋葬在一起的。这个人皮肤是深棕色的，然而国王是赭色和白色的。

在国王的旁边有两个头戴饰巾的小祭司，上方还有很多将被活埋的奴隶。另外一群奴隶在左上角，在国王脚下，这群奴隶明显是在哭泣和祈求怜悯。一个人的两只手紧紧抱住脑后——一个典型的班图族哭丧姿势，他在祈求众神的怜悯。

在这群不幸的人旁边，有一些厨师和挥鞭的监管奴隶的监工的画像，后者中有一个粗野的丑陋人物，他的生殖器也是挺立的，这个鲜活的图像所代表的意义是他是强奸犯。

在国王和他的霍屯督族王后庞大身躯的下面，右下角有几十幅迷人的人物画像和酷似阿富汗猎犬的狗的画像。一场盛大的宴会正在这里举行，场面的细节是令人震惊的。这里有许多装着啤酒的葫芦，有一些装着食物的罐子和一些待干的公牛皮。这里有奴隶厨师、马邑提的年轻人和行走着的生殖器挺立的男人们。在画上所看到的马邑提人有白色的肚皮、长长的毛发，这是其他侮辱性的标志，由此可见久逝的艺术家对马邑提人的怨恨之深。班图人称马邑提人为“白肚子”，霍屯督人与他们亲善，班图人称之为“绿肚子”。

有一点非常重要，在那些代表班图人和布须曼奴隶的画像上，艺术家们根本不会突出显示他们的生殖器。在所有有关男人的班图绘画中，生殖器是被明显地展示出来的（但是是静止不动的），这是对男人的刚毅的赞美。如果这个部位不被画出来，则表示这个人是个被同情的对象，他是一个软弱的祈求怜悯的人。艺术家们明显是对奴隶充满同情的，他自己就是奴隶，这点根本不用怀疑。他对马邑提人如此轻蔑，以至于他描述的其中一个人的生殖器上面都是白点——癫痫病的一个特征，这也许只是艺术家们的一厢情愿。

有两个在跳舞的女孩，或者可以像传说一样称她们为“风中的外来处女”。这两个女孩明显是异乡人，除了她们的长发发型，还有一些特殊之处，如她们的衣着是非洲所有部落都没有穿过的由三角背心或是胸罩加上褶边做成的。当时几乎所有非洲人都认为将胸部遮盖起来是邪恶且极其不道德的做法。

有一个来自遥远的英格兰的约翰内斯堡的年轻人，他长得很高，瘦得就像一根迷失的芦苇。他有浅棕色的头发、罗马人的鼻子和悲伤的脸，那张脸上充满了关切。这个年轻人有一个土生土长的南非妻子，她看上去像他一样奇怪。事实上他们很般配，就像是兄妹。她的脸上带着一种奇怪的、严肃的和探寻的表情，也同样有阴郁的性格……

欧洲部落的很多年轻夫妇对在约翰内斯堡的丛林里的这种生活感到满意，这些年轻人致力那些看起来可悲但实际上令人惊叹不已的英勇崇高的事情。这对夫妇值得所有非洲人称赞，他们和来自世界各地的那些考古学家一样，经常冒着生命危险徒步进入荒无人烟的、未开化的、荒凉的博茨瓦纳，还有遥远的位于德兰士瓦省西北方的巴特洛克瓦（Ba-Tlokwa）。这些年轻的探险家没有开吉普车或是越野车，他们生活在这片土地上，并随时准备着迎接一场可能永不会发生的战争。

南非的白人们，我，乌萨马祖鲁，一株卑微的非洲高粱，为你们感到羞耻。我彻彻底底地为你们这些不懂得感恩的人对你们所赖以生存的事物所表现出的冷漠而感到恶心。在所有开明的国家，科学家都会受到尊敬和崇拜，甚至在尼日利亚——你们所嘲笑的众多非洲国家之一。但是当你们看到你们的科学家从这里离开到美国和澳大利亚去时，你们只能绝望地挥动双臂。

你们的生活依赖于对非洲历史有更好的了解。比利时人从来不会尝试着多去了解一下刚果人，他们对刚果人知之甚少，即使他们忙于做自己认为是好的事情——教化和发展刚果人。赚钱和涉足政治并不是生活中最重要的事情。只有揭开过去，一个人才有希望找到通向辉煌未来的金钥匙。

这是不对的。当一个男人和一个女人，像我之前提到过的那对夫妇，不得不在灌木丛中艰辛生活，做着关乎国家利益、于国家有重大意义的事情，而当权者却用冷漠的态度在旁观望着。稍微有点用处的设备就足够让人们发掘出价值无法估量的珍宝。一台装上链条和弹药的重型机关枪的造价要比这些设备贵上十倍多。一个撒拉逊人（Saracen）花了一大笔钱。但是，一个考古学家的铲子几乎不需要任何成本！

南非的人们，我呼吁你们为这个年轻人艾德里安·博舍尔（Adrian Boshier）喝彩，为他欢呼，即使你可能会对他为你们和你们国家的未来所做的事漠不关心。这个年轻人和他的妻子只带着睡袋走进人迹罕至的丛林，像史前的布须曼人一样住在山洞里。

他们挣扎在饿死的边缘，被迫吃蜥蜴、“恶鸟”和班图人不会碰的蝙蝠。年轻的博舍尔，班图人为他起了一个可爱的绰号，叫“Rra-Dinoha”——蛇之父（因为他并不害怕处理这些爬行动物）。他已经有了一系列的重大发现。他已经发现了可追溯到马邑提时代的遗迹及好几百幅洞穴壁画，这些能够帮助证明很多首次在这本书中公开的故事。

其中一幅画展示了一个城市，或者更确切地说是一个巨大城市的原始城镇规划图。这个城市有迷宫般的街道，还有一堵完全环绕着它的围墙。从城市里来的人骑在马背上，带着有羽毛的头盔，正在击退徒步而来的进攻军队。有些步行的士兵是黑种人，他们无疑是带了一个长长的云梯。一场激烈的战争正在进行，可以看到一个骑马的士兵在他的马倒下时他挥动双臂的样子。在这幅画的一角，描绘着城市被胜利者瓜分的场景，盛满石头的橇正被公牛拖着，毁坏了的珍宝被堆积在城市周围，可以分辨出椅子、武器和各种动物。简而言之，这幅画证明了第二册书中的核心内容。我亲爱的读者们，在这里我需要说一下，这幅画是在这本书的手稿写完、印刷和递交给出版社后才被挖掘出来的。①

生活在这片狂野的、到处都是遗迹的土地上的班图人依然是非常原始和极其多疑的。事实上，博舍尔先生能够赢得他们的信

① 这一章节是在本书完成后编写的。

任，这体现了他了不起的个人品质。为了获得南非科学的利益和谋求发展，更高位的当权者一定要充分利用巴特洛克瓦对他们的白人朋友“Rra-Dinoha”的这份信任。有很多遗迹至今还没有被发掘出来或能重见天日。为了大家的利益，还有很多要写的东西，我祈祷有那么一天，马邑提人的坟墓被打开，非洲的其他一些大秘密也会被揭开。

我祈祷有那么一天，一个大规模的博物馆映着约翰内斯堡立方体的轮廓线发出灿烂光辉，欢迎数以千万计的渴望学习的市民迈进像日落女王的光辉般光彩夺目的大门，来见见图拉雅莫亚大地上的英雄们。我也渴望有那么一天，班图人自己走进那个博物馆的大厅，当他们环视四周时，他们能够自豪地低语：“这是……这是我们的过去！”

（译者：陈　忆、郑雪燕）

浙江师范大学非洲研究文库
非 洲 人 文 经 典 译 丛
总 主 编 洪 明 刘鸿武
副总主编 胡美馨 汪 琳

印达巴，我的孩子们：非洲民间故事

第三册 “阿萨兹”行记

Indaba, My Children

African Tribal History,Legends, Customs and Religious Beliefs

Book Three The Journey to“Asazi”

Vusamazulu Credo Mutwa
[南非]乌萨马祖鲁·科瑞多·穆特瓦 著
应建芬 汪双双 陈秋谷 等 译

浙江工商大学出版社 | 杭州
ZHEJIANG GONGSHANG UNIVERSITY PRESS

图字：11-2018-294号

图书在版编目(CIP)数据

印达巴，我的孩子们：非洲民间故事 /（南非）乌萨马祖鲁·科瑞多·穆特瓦著；应建芬等译. —杭州：浙江工商大学出版社，2019.12

（非洲人文经典译丛 / 洪明，刘鸿武主编）

书名原文：Indaba, My Children

African Tribal History, Legends, Customs and Religious Beliefs

ISBN 978-7-5178-3283-6

Ⅰ. ①印… Ⅱ. ①乌… ②应… Ⅲ. ①民间故事—作品集—非洲 Ⅳ. ①I407.3

中国版本图书馆 CIP 数据核字(2019)第123969号

目 录

第一册　花蕾慢慢地绽放

我的选择　/001

生命树的神圣故事　/005

自我创造　/005

看啊！初代人类降生了！　/029

一个种族的灭绝　/034

你的末日，噢，阿玛利尔！　/053

扎哈雷利的最后一宗罪！　/060

后　记　/073

第二代人类的降生
或“你的磨炼，噢，阿玛拉瓦”　/076

瞧瞧初代人类幸存者！　/076

在格罗格和奥杜之间　/092

花蕾慢慢地绽放　/109

龙之后代　/123

第二册　永远挺立，噢，兹马·姆布吉

异乡人的到来　/216

关于鲁姆坎达的故事 /262
静悄悄的夜 /262
天堂有什么秘密？ /274
瞧，这个骗子 /290
当草遇上火 /300
鲁姆坎达的叛变！ /311
时间长河下 /318
兹马·姆布吉的污点 /333
盲了的视而不见 /345

第三册 “阿萨兹”行记

在我的网中——一只死苍蝇 /367
“我，不朽之人” /383
无辜者亡 /397
直面施暴者 /412
瞧！毒蛇出击！ /437
胡狼的话一个字都不能信 /451
挣脱死亡之爪 /475
掷回战矛 /503
让和平主宰一切 /544
他的养子们 /584
看，彗星 /607

必死之人　/620

温柔却又致命的矛　/648

哦，麦加瓦纳，向您致敬　/673

一个女人的复仇　/693

天灾降临　/713

大瘟疫来袭　/740

开启伟大的新征程　/767

巨象甘达亚　/790

插　曲　/812

南方行记　/817

玉米三角恋　/843

余音萦绕　/860

附　言　/865

第四册　瞧！我的非洲

绪　言　/869

人类还是次人类？　/875

班图人的宗教与信仰　/898

第一部分　/898

对卡里巴的诅咒　/945

印达巴，我的孩子们

班图人的宗教与信仰 /955

第二部分 /955

班图的法律 /1004

部落的烙印 /1028

关于彼得·雷蒂夫的真相 /1031

班图人的知识 /1057

概 述 /1057

符号书写 /1066

打 鼓 /1075

数字精髓 /1093

巫医们的行进 /1104

觉醒吧，我的非洲！ /1117

译后记 /1125

在我的网中——一只死苍蝇

这片土地在日之神伊兰加（Ilanga）眼中就是一块流光溢彩的宝石，美得不可形容。大地在“春少女”郁郁葱葱且芬芳的温柔爱抚中如痴如醉，并情不自禁地做出热烈回应，像极了一个因年轻情人的亲吻，脉搏才有了短暂跳动的老酋长。在那充满快乐的温润的光辉岁月中，这片令人难以驾驭的森林的野性之美使人眼花缭乱，就连灵魂也迷失在烟雾缭绕的幸福峡谷中。

每棵树和每丛灌木都像是盛装打扮的新娘，她们美丽的妆容令旁观者大饱眼福。同时枝丫上都生长着青翠欲滴且馨香四溢的叶子，在这些叶子表面还附着大地产生的大量水分。被往昔腐烂的落叶所滋养的野花与小草在这里相互嬉闹，尽情玩耍。

夏日微风习习，鸟儿在高高的树枝上叽叽喳喳，野兔和羚羊则在草地上蹦跳雀跃，在初夏充满着香气的徐徐微风中欢呼。

瞧！通向树林深处的一条阴凉小径上，迎面走来一对年轻男女。这个男人很高，有着宽阔的肩膀、同战士一样的狭窄髋骨，还有两条速跑者才有的长腿。他那张长脸下是一个方形且有凹陷的下巴，这种下巴被部落中的智者称为“勇敢的下巴”。而在他的塌鼻子下方是一对引人注目的大鼻孔和一张拥有坚毅线条的嘴巴，再往上看，他的前额高高凸起，就像两股闪光的泉水之上的悬崖。

这个年轻男子的头上围着一圈豹皮，上面插着两根羽毛，其中一根羽毛是从伊萨卡布里长尾巴上拔下的，另一根则是火烈鸟的。第一根羽毛代表着他高贵的出身，第二根则象征着他是酋长第二任德高望重的妻子的儿子。由狮子的爪子与玛瑙贝壳制成的项链让他的肩膀蒙上了一层金色的光环，他的腰部还围着两块牛皮做的缠腰布，前面后面各一块。前面的那块缠腰布上挂着用长猴和灵猫的尾巴做的流苏。同时，年轻男子的两个前臂上都戴着沉重的青铜制“战士手镯”，它们硕大得就像是一对护臂。他的小腿上缠绕着几根牛尾制的绑带，这些绑带在微风中松软地晃动着。

男人随身携带着一块手柄处由灵猫皮包裹着的黑色盾牌，还有两支矛及一把重型战斧。随后，他以一种似野兽掠食的灵敏身姿走到了距女子几步远的地方。只见他的鼻孔张大，耳朵警觉地听着四周细微的声响。哦！他就是个初出茅庐的战士，仍流连于花花世界的猎人，天生的未来领袖！他就是马兰德拉（Malandela）——从强大的曼波国独立出来的恩古尼的高级首领那勇敢无畏的儿子。

英勇、鲁莽且固执的年轻人兹旺兹威（Zwangezwi），作为这片土地上最高首领的幸存的最后一个儿子，是恩古尼地区统领曼波人民的继任者。

哇哦，嘿嘿嘿！现在，让我们把目光转向那个女孩。这个皮肤黝黑的女孩并不是曼波人，而是来自一个曾盛极一时却因战乱仅余留几千人的部落。同时，这个部落现在正处于被曼波吞并的危险中，除非……

这个女孩身材修长，有一双纤细且长的腿，以及呼之欲出的傲人双峰，但她是首领们不允许怀孕生子的那类女孩，因为尽管她臀部生得十分漂亮，但髋骨实在是太窄了。她真是个大美人儿呀！啊！让人不由得想起那幅在坦葛尼喀精细雕刻的壁画，她简直就是一幅被雕刻在乌木上的美丽画卷。椭圆形的脸蛋，饱满的天庭下方是那袖珍的塌鼻子，鼻子下方是一张下嘴唇微微比上嘴唇突出一点的丰满嘴巴。她的脖子上缠绕着的是一块明亮的紫铜，看上去如同一块黑檀。

与这个女孩年纪相仿的其他恩古尼少女只会穿带有流苏的短裙和短袖衬衫，要么干脆什么都不穿，而她却穿着大家绝对不会穿的服饰——一件豹猫皮草，然后除了耳朵上还佩戴着一对硕大的铜耳环，脖子上系着丝带外，就没有佩戴其他任何装饰品了。

任何人只要看这个女孩一眼，就都可以察觉出她的不安。她的灵魂就如同在“恐惧”和“焦虑”的旋涡中挣扎的一叶独木舟，“紧张不安”就是她自身所折射出来的最真实的写照。并且她还时不时地停顿住，紧握双手，然后嘴巴微微张开，似乎是想对面前的男孩说些什么，但又以无声的啜泣取而代之。饱满的泪珠附着在她细长的睫毛上，恐惧和内疚沉甸甸地压在她的膝间。突然，男孩响亮的声音打断了她混沌的思绪，“哎！啊！快看那儿……就在那儿！穆琳达（Mulinda），快看！”

女孩睁开了半闭着的双眼，然后泪眼模糊地向男孩指的地方望去。他们看见了任何人都能体验到的那种赤裸裸的罪恶所带来的可怕预兆。一只强健的秃鹫从蓝天俯冲而下并直击他们左边的沼泽地，然后又飞回天空，同时抓着一只小羚羊。这位年轻王子敏锐的目光紧紧追随着那只秃鹫，直至它在朦胧的森林上空变成一个小点。紧接着，男孩转向穆琳达。她看到了他布满愁容的面孔。

“天啊，穆琳达，我们看到了一个邪恶的东西，”他说道，“智者是不是曾说过，看见秃鹫从地上捕食的人即将死去？”

“是的，我亲爱的王子，”女孩回答道，“我们现在必须马上打道回府。”

“不行！”马兰德拉的儿子兹旺兹威激动地大声叫道，“我们已经走了这么远的路了，不能再回头了。哼！瓦芒韦（Vamangwe）部落的女儿，除非我得到你之前承诺过我的东西，否则你可没那么容易就逃脱。”

马兰德拉的儿子和瓦芒韦部落的女儿一起背井离乡，并以此来打破部落的法律。他们不断地深入森林，试图寻找到一处安静的地方来打破最古老的部落法律。因为最高法律规定：凡是二十五岁以下的年轻男子都不准与女孩约会。年轻男子只有接受了第一次割礼，并按照部落的最高法律和习俗参加了成人仪式，才可以与女孩子亲吻，否则是不可以的。

可兹旺兹威才二十岁，五年后他才会迈入成年期，并被准许去享受男性生活，这对他来说实在是太漫长了。而且事实上，他已经厌倦了在夜晚时分坐在篝火边，然后听那些人讲述武士们是如何对待他们的爱人的，以及另一些耸人听闻的并且被夸大了的故事。兹旺兹威坚信耳听为虚，眼见也为虚，他认为只有自己的亲身经历才信得过。因此，他已经下定决心要亲身体验自己所听闻过的一切。但是这个年轻人应当铭记另一句古谚：“好奇害死猫。”更准确地来说，好奇本不应知晓的秘密会使兔子失去原来的尾巴。

最终，他们来到一片长满青草且遍布着裸露岩石的空地，同时空地底部还有一个巨大的洞穴。兹旺兹威对这个洞穴十分了解，因为每次他与父亲的护卫外出捕猎遇到暴风雨的时候都会在此处躲避。三年前，兹旺兹威和他同父异母的哥哥维维皮（Vivimpi），还有贝基兹韦（Bekizwe）曾在这里一起玩耍，但是一年后，这两个人却在一次独木舟划行的过程中不幸溺亡了。洞穴里有很多关于动物和人类的壁画，它们都是黄种人和布须曼人年复一年绘画出来的。壁画上的一些人物是由白色的染料涂绘而成的，象征着一个叫异乡人的神秘种族——这一种族由白人统治，对黑人部落进行了数百年的奴役。就在这个山洞里，兹旺兹威让穆琳达这个瓦芒韦部落的女孩想起了很多以前的事情。接着，他解开缠绕在盾牌上的豹皮并把它铺在沙地上，然后伸手把女孩拉到自己身边。但是令他感到意外的是，他发现她在哭泣且全身战栗得就像一棵在暴风雨中的小树苗。

“喂！”他大声叫道，“天哪，穆琳达，你这是怎么了？怎么哭得像一个受了责骂的孩子？”

“我的王子，”她抽泣道，“我们离开这儿吧。”

“我的姑娘，为什么呀？难道不是你的兄长万巴·尼亚洛蒂（Vamba Nyaloti）要你和我一起来这儿的吗？难道他没有承诺他会保守我们的秘密并且不会告诉任何人我们将要做的事情吗？”

“确实如此，”她哭泣着说道，“但是……你也知道……万巴是个表里不一的人……况且他是你父亲的……”女孩的声音变得更加哽咽，整个洞穴都回荡着她的呜咽声。

“他是我父亲的什么？”年轻男子询问道。

“万巴，我亲爱的哥哥，是你父亲……最大的敌人！”

“哈！穆琳达，你真是满口胡话。万巴是我最亲密无间的朋友，并且他还是我父亲最好的巫医。去年，他还从一头受伤的疣猪嘴下救了我。对我父亲而言，没有比他更值得信任的参谋者了，他比恩古尼所有的监工都要忠心。你怎么可以出言不逊地说你的兄长是我父亲的敌人呢?”

“王子，请相信我，相信……”

“哈哈哈！”兹旺兹威大笑道，“我的老朋友马兰加比(Malangabi)可算是说对了，你们女人在有欲望的时候就会开始喋喋不休地胡说八道。你对我产生了极大的占有欲。哦！被我偷走心的宝贝，你现在开始犯浑了。行了，现在靠近我吧，让我帮你把心中的欲火扑灭。”说着，他粗鲁地抓住女孩的肩膀，然后给了她一个笨拙的吻。此时此刻，他想起了他那个无赖朋友曾告诉过他的那些抱得美人归后该做的事情。因此，他开始疯狂地亲吻女孩的嘴唇、脖子，以及胸部。接着，他下意识地笨拙地用他颤抖的长了老茧的手掌去抚摸她。最后，一切水到渠成，比他做过的任何其他事情都更自然。同时，穆琳达也变得异常热情，以至于她边啜泣着边不断地靠近男孩。

最后，兹旺兹威放开了这个柔软的女孩并坐了起来。这时，他感觉到天旋地转，除了震惊之外，还有遍布全身的恐惧感。他的脑袋感到一阵阵眩晕并且心头泛上一阵阵恶心。但是最重要的是，他只想一跃而起，立即跑掉。“为什么……”他心里想着：

“为什么会这样，我从没想过会是这样的感觉……我真希望这一切都从未发生过……我……我感到既羞愧又害怕……我……”紧接着，他想起了部落里流传已久的一句古话：“那些试图打破禁规的年轻人都将遇到意想不到的‘惊喜’”。

兹旺兹威立马对他孩子气的好奇心感到后悔。他逐渐感到疲倦，尽管他强打起精神睁开双眼，但还是干了一件对于战士来说非常耻辱的事情——在灿烂日光照耀下的洞穴中睡着了。

他最后是被女孩充满恐惧和惊慌的叫音惊醒的。“我的王子，我已经叫您四次了。醒醒吧，就算是为了您的母亲，醒醒吧……他们正赶来杀您！”

尽管仍感到头晕目眩，但当一个身材高大、因逆光而看不清脸部的壮汉出现在洞穴的入口处时，这个年轻人抓起他的矛，然后凭借着本能猛地投掷出去，并且相当精准地插进了全副武装的追击者的胸膛。

可当第一个人倒下的时候，一批全副武装的人随即映入他的眼帘。正当年轻的王子想要扔第二支矛时，几支矛率先刺穿了他的胸膛与肚子。兹旺兹威受了如此致命的伤却只是向后倒去，并没有发出一点呻吟声。马兰德拉的儿子是那么勇敢，即使是面对一群出生低贱的卑鄙小人的攻击，他也没有发出一声叫喊。

当刺杀者明目张胆地走进洞穴，并且停下脚步站在那里望着他时，兹旺兹威轻蔑地笑了一下。尽管看到矛刺穿了自己的身体，但他仍保持着微笑。尽管他身处血海之中，但他仍保持着微笑。他笑着认出了每一张面庞。就是那个男人——万巴·尼亚洛蒂，穆琳达的兄长！这个男人，曾经是他最崇拜的人，就算自己为他赴汤蹈火也在所不惜。这个男人，还是他和父亲最信赖的人。

当身材高瘦却铁石心肠的万巴靠近他的时候，兹旺兹威温柔而平静地问道："我亲爱的朋友，你为什么要这样对我，为什么?"

而万巴的回答却是如此冷酷和坚定："因为你是马兰德拉的儿子呀，我的朋友。你是王位的唯一继承人，而我又迫不及待地希望你的父亲早点死去，以得到我渴望已久的王位。这么多年来，我一直卑躬屈膝地讨好你的父亲还有其他大臣，以赢得他们的信任，并适时挑起内乱。"

"可为什么……你没必要费尽心思去谋划这一切啊。待我父亲去世后，我很乐意与你一起分享王位。"

"噢，我当然知道你很乐意，和善的年轻人，"万巴静静地说道，"我们之间的友谊是我拥有的最纯真的东西。但是这场角逐是为我的部落而战，因此我必须变得冷漠无情，六亲不认。"

"现在我明白了，"垂死的王子说道，"我总算是知道了，是你！我父亲一生中最信任的人，在两年前杀害了我那两个哥哥。"

"没错，是我将一叶新的独木舟作为礼物送给了你的哥哥们。这叶独木舟在受重的时候就会在吃水线下出现一个洞，这个洞我在独木舟下水前就已经用树胶简单地封住了，但是这些树胶一遇水便会溶解。紧接着，我劝诱你那两个愚蠢的哥哥去赞比西河的中游冒险试划这叶独木舟。他们到了那里便溺水而亡……”

“所以在杀死我的父亲后，你想接管恩古尼，然后再复兴自己的部落……”

“哈哈，没错！”万巴答道，“我想引领我的子民们重新成就最伟大的种族。我要夺取恩古尼的王位，并将马兰德拉的将军们都替换成瓦芒韦人。紧接着，我还要废除‘恩古尼’这个名字，然后用‘瓦芒韦’取而代之。”

“你真不该做这样的事情，”兹旺兹威笑着说道，“终会出现一个人，阻止你蓄意谋杀的意图……你可要当心行走在人世间的盲人战神！”说完，他的嘴角扬起一抹怜悯且心满意足的微笑，然后便死去了。而他在临死前之所以感到心满意足，是因为他看到了万巴和他的四个随从因自己的最后那几句话而从眼神里流露出的恐惧。

万巴的随从中有一个叫穆金戈（Mukiṇgo）的人，他身体结实，并且全身遍布着因为跟随瓦芒韦部落参战而留下的各种伤疤。此外，他有一只眼睛是瞎的。可就是这个壮汉打破了沉寂，他问道：“这是什么……胡说八道，这个所谓行走在人世间的神？”

“哦，穆金戈，这只是一个古老的传说罢了。”一个叫作卢瓦（Luva）的尽会吹牛的老战士回答道。这个人总是用貂皮当头巾，然后把自己打扮成一个专门负责讲故事的巫医。“传说有一个长生不死的灵魂总在人世间徘徊游荡，并且很多目击者说他的眼球是全白的，他的眼睛看不见东西。他和莫帕尼树一样高，像一千头大象加起来一样强壮。据说，尽管他的眼睛看不见但仍能战斗，可以游泳，也可以像个正常人一样跳舞。他总是有三个倾国倾城的姑娘伴随左右，他的那些女儿也只为他而活，从来不正眼看其他男人。”

“在我和她们接触后，她们就会看向我的，”穆金戈咆哮着说道，“我会征服这世界上的每一个女子，无论她是多么美丽和孤傲……”

“你们这些傻瓜，给我闭嘴！”万巴大喊着，“世界上没有人是可以长生不老的。好了，过来把你们的矛从这狗东西的身体里拔出来，然后我们用石头把洞口封死。”

“噢，你太紧张了，伟大的万巴，”穆金戈嘲笑地说，“你是不是害怕了？”

万巴踱步到穆金戈的正对面，右手已经悄悄伸向挂在他旁边的剑，实际上他的剑已经出鞘一半了，但是当他看到穆金戈脸上邪恶的笑容时，便又把剑粗鲁地推了回去。“总有一天我会杀了你……”

“总有一天你会没命的，你的肠子会被扔进荆棘丛中。”穆金戈冷笑道，“一个像你这样的半人半兽的怪物能把我杀死的那一天可永远不会来临。”

这时，万巴突然从剑鞘里拔出剑，然后以迅雷不及掩耳之势刺向穆金戈，可结实又敏捷的穆金戈成功地避开了袭击，并踢落了他手中的武器。“娘娘腔，你就不要再耍小脾气了。要不是因为你的聪明才智和阴谋诡计，我早就把你杀了，然后自己成为瓦芒韦的领导者。况且为了掩盖你的耻辱，你需要我来照顾那些被人们认为的你的孩子。你这个可悲的怪胎。”

万巴的眼神中流露出极大的愤怒和苦涩，因为他心里明白穆金戈讲的是对的。他深知自己不敢杀掉这个他一直依靠的表弟。万巴并不是一个正常人，而知道这个秘密并宣誓会永远坚守的人，恰恰就是现在在洞穴中的其他三个人——卢瓦、多博佐（Dombozo），以及穆图比（Mutumbi）。而且，万巴需要这些人永远和他站在一个战线，并且他会把他们放在眼皮子底下监视，以免泄露了自己的秘密。当恩古尼的最高首领马兰德拉奖励给万巴一个村落和三个丰满的恩古尼女人作为妻子的时候，万巴请求与自己长得神似的穆金戈秘密地把这些女人带回家并生儿育女。因此，万巴知道如果他把穆金戈杀掉了，另外三个情同手足的兄弟就会把他的秘密公布于世来为其报仇。另外，他也深刻地知道，当自己再一次成功地振兴瓦芒韦部落时，那些自称是他朋友的人就会把他杀了并把受欢迎的穆金戈推上王位。然而，万巴是那么爱他的部落，这种爱甚至胜过了他心中的一切事物。因此，尽管他知道他所创造的一切他享受不了多久，但他依然下定决心要使瓦芒韦部落再度辉煌。

他扭曲的人格是他残暴的主要原因。他痛恨这个世界对他所做的一切，甚至有传闻说他杀了自己的父亲并且砍断了自己美丽的母亲的左手，以作为对他们把他带到这个残酷世界的惩罚。

苦涩的泪水深深刺痛着万巴的双眼，他把剑慢慢地推回鞘内。接着，他用平常冷静沉着的声音说道："行了，把你们的矛从这个死人的体内拔出来，然后我们走吧。"

"万巴，等一下，"卢瓦这个老家伙讲道，"我们必须砍下他的双手并把他的肺取出来。你明白我们是需要这些东西的。"

"那就去干吧，但是要快一点，"万巴沉默了一下说道，"我们没有多少时间了。"

卢瓦砍下兹旺兹威的双手，还把兹旺兹威的身体从左侧剖开以取出他的肺。同时其他三人把各自的矛从兹旺兹威的体内拔出并销毁了上面的血迹以免他阴魂不散。可就在这时，因看到兹旺兹威被刺杀而晕倒的穆琳达恢复了意识，当她看到这一幕时一下子放声尖叫起来。万巴三两步走到他蜷缩着并用尽全身力气尖叫着的妹妹身旁，猛地把她拽了起来，然后狠狠地打了她一个嘴巴，吼道："穆琳达，你给我安静点，赶紧把嘴闭上。"接着他把她粗鲁地拽出了山洞。

"万巴……"当他转身回山洞的时候，女孩呼喊道，"你最好把我也杀了，要不然我就向世人揭发你这个奸诈又懦弱的凶手。"

“你想干什么？想干什么？”万巴冰冷地低吼着。

“你在这个世界上做的邪恶事已经够多了，你的双手早已沾满了鲜血。你不仅杀死了父亲，还折磨母亲。你挑起了三场重大的战争，还以瓦芒韦部落的名义谋杀或间接谋杀了一千多个无辜的民众。今天你杀死了一个崇拜你的无辜男孩，并且你还在谋划着去杀死他的父亲。万巴，你这个愚蠢的人，黑心的野兽，我是多么欣慰于生命树剥夺了你生孩子的权利，否则世界将会被多少像你这样的人所颠覆。”

“穆琳达，你是在说我是一个没有人性的怪胎吗？”万巴问道，“我亲爱的妹妹，刚才我听见你是叫我怪胎了吗？”

“万巴，”尽管口吐鲜血，女孩仍微笑着回答道，“我，穆琳达，你最年幼的妹妹，说你是个畸形的怪胎。你从一出生开始就受到了天神的诅咒，坟墓将会是你最后的归宿。”

“就凭你讲的这些话，我就该杀了你！”

“来啊，懦夫，你这个丑陋的半人半兽的东西！”女孩尖叫着，“杀了我吧。杀了我，快行动啊！你这个怪物！你才不会介意再死一个人呢。”

如果不是穆金戈及时抓住了万巴的臂膀，并反折于其背后，穆琳达早就被那犹如猛蛇出穴般的刀剑给刺死了。“有一些法律，即使是像你这样扭曲的怪物也必须服从，其中一条便是你的手上不能沾上自己血亲的血。你可以选择勒死你的妹妹，要是你想的话，还可以把她扔进赞比西河，但是你不能刺死她，你这可怕的怪胎。”

“好啊，”万巴大叫着，“我们不能抽干她的血，但是我们可以绑住她的手脚，然后把她和她的爱人一起关在这个山洞里，直至她死去。”

最终，他们用巨石将洞口封死，之后便离开了，只留下穆琳达和两具死尸在黑暗的山洞里。万巴是第一个离开的，他的脸上表现出骄傲和冷漠的神情。跟在他后面的是穆金戈，他停留了一会儿，又用一个大囊袋死死地抵住洞穴的入口。然后是卢瓦，边走边嚷嚷已是他的习惯，并且他肩膀上挎着装着兹旺兹威的肺的小袋子。最后跟上来的是极奇异的一对，身材肥胖且性格如同女孩子一般的那个年轻人叫多博佐，然后另一个是中年人，叫穆图比。他们不仅是朋友，还是同志关系。他们彼此深爱，更有传闻说穆图比为了永远陪伴在多博佐身边，抛弃了自己的村庄和两个妻子。

森林又恢复了寂静，还有两只蝴蝶在山洞口互相追逐嬉戏着。而这个山洞里却放置着两具死尸与一个手足被捆绑着的女孩。她无力地倚靠在布须曼人绘制的壁画旁，并深知自己注定会因窒息、干渴和饥饿而慢慢死去。

万巴作为尼亚洛蒂（Nyaloti）和洛奇奥（Luojoyo）的儿子，

在恩古尼土地上的所作所为实在恶毒。他图谋着背叛马兰德拉，并想出一系列的阴谋诡计。但是，古老的谚语不是说过“再聪明的人也难以预料一切”吗?！万巴确实很聪明，要比传说中那只偷走太阳的胡狼更机智，但他还不够聪明，因为他不知道藏在森林里的某个人已经将他的恶行记录了下来。这是一个身材高挑、皮肤黝黑，而且长相美丽的女子，但她只有一条手臂，而且左肩上遗留着在多年前被割掉的痕迹。她不是别人，正是洛奇奥，万巴的亲生母亲。

（译者：蔡承希）

“我，不朽之人”

一头健硕的捻角羚牛受伤了，但伤痛却使它跑得更快了。如同电影《临风而立》中的母亲一样，它在森林中奔跑，而长腿的女猎人们就在它身后全力追击着。它在灌木丛中横冲直撞，不断越过倒地的树木，像黑斑羚那样在溪水中跳跃。恐惧给予它的伤腿以力量，它不停地在树木间盲目地奔跑着，直到它经过一株缠满寄生藤的老乌木时，一条倒生的藤蔓绊住了它的角。它使劲踢踏前腿，拼命地挣扎着，想让它的角脱离那难缠的藤蔓。那两个不知疲倦地追了很长一段距离的女猎者慢慢接近了这头落难的羚牛，同时她们中那个身材更高大、面容更老成的人向这头羚牛射了一支带羽的箭，直插它的心脏。

“嘿呀！”她大喊，“我们终于抓住它了，姆拉亚库查(Mvurayakucha，晨曦之露)，我们抓到了。但是，我的天啊，这畜生还能跑!”

“噢，卢娜乐迪（Luanaledi），我的姐姐，中了你射的箭还能跑，它一定是羚牛里跑得最快的羚牛之王！不过我们得抓紧时间肢解了它，带一部分给我们亲爱的父亲……看！姐姐，快看那儿!”

“天啊！蒙我母亲瓦塔玛拉卡的金色乳房庇佑，”姐姐顺着妹妹手指所指的地方看去，然后便叫了起来，“那个女人是不是疯子？”

那两个高大健美的年轻女人忘记了眼前的羚牛，站起身去看发生在一块露出地表的坚硬石头底下的怪事。在距离她们大约一百步的地方，巨石大得似乎能触到银灰色的天空。

她们隐约看见一个独臂的女人正努力试着从巨大的岩石底下搬走一些石头，但那些石头对她来说实在是太重了，她失败了一次又一次。有时她还会倒在地上，然后在高高的草丛里打滚，用她仅有的一只手拍打地面并对着天空哭泣。

“我闻到了恶魔的味道，姆拉亚库查，”姐姐说，“过来。”

年轻姐妹跑向那个正在挣扎的女人，姐姐温柔地把手放在那个女人的肩上，说道：“怎么了？令人尊敬的女士!”那个女人试图讲话，但她的唇间只溢出类似动物号叫的声音。这时猎人姐妹意识到她不能讲话，是个哑巴。那个女人慌乱地打手势，一次又一次地指向那堆她费力尝试着想要移动的石头。

“姐姐，”妹妹喊道，“我知道她为什么要搬这些石头了。有个女孩和两个男人在下面的洞穴里，他们被石头埋住了，虽然男人们死了，可女孩还活着。她是女孩的母亲，她从昨天开始就一直在试着救出她的女儿。卢娜乐迪，我能读懂她的意图，同时我也能听到那个被埋的女孩的心声。如果我们不搬石头救她，她过不了多久就会死的。”

这对伏都教姐妹里的姐姐骄傲地径直走到洞口，她挺了挺胸，鼻孔扩张，并且用她沙哑刺耳的声音说道：“我以我母亲，金色女神瓦塔玛拉卡的名义，以我强壮坚韧的父亲鲁姆坎达的名义，再以我父亲的另外一个妻子，造物女神尼娜瓦胡·玛的名义，然后我，卢娜乐迪，神圣的星河，命令你们这些没有生命的石头滚到地面。”

然后她后退了一步，拉着这个慌乱的女人，三人一同站在一个安全的地方观察。有段时间什么都没发生，然后当底下的石头受到了压力，便传来了模糊的断裂声，紧接着是石头崩塌的声音，那些石头颤抖着滚到地面，洞口敞开了一大半。

妹妹姆拉亚库查跳了进去，消失在黑暗的洞穴中。很快她又出现了，把失去意识的穆琳达当作孩子一样抱在怀里，然后在洞口，把她递给了卢娜乐迪。

穆琳达恢复意识后发现自己正躺在一棵树下，微风拂面，还带着水汽，像是从附近的浓雾里吹来的。她醒来看见的第一个人是坐在她边上的洛奇奥，也就是她的母亲。而洛奇奥在女儿睁开眼的瞬间便泪流满面。

“母亲。”穆琳达轻轻地呼唤道。但洛奇奥将手指放在女儿的嘴唇上示意她暂时不要说话，然后又指了指左边。女孩转过头，看见了非常不寻常的一幕。两个身材苗条的女孩拔出花纹繁复的箭，弯着腰背对着她。她们正忙着切割一头躺在高高草丛里的羚牛的尸体。她们异常健美的身形让穆琳达怕得无法呼吸。“她们是谁，母亲？”她悄声问道。

洛奇奥用手指做了一个表示“圣洁”的手势。她先用大拇指的指尖碰小拇指，然后手掌向下。接着她又把食指和大拇指碰在一起，做了一个“童女”的手势。最后，是一个代表“2”的简单手势。

“是两位圣洁的童女吗？”穆琳达问道，“我有些害怕，母亲。”

洛奇奥笑着揉了揉女儿乌木般漆黑的肩膀，就在那一刻，离奇的事情发生了。那两个女孩突然放下了砍刀，然后笔直地站着，好像是听到了什么声音。紧接着她们突然暴起，将羚牛尸体放在灌木丛后的隐蔽处，一个去捡砍刀，另一个走向穆琳达母女，领着她们避到藏捻角羚牛尸体的那丛灌木后面。然后她们待在那儿，并且陷入了死亡一般的寂静。

不久之后，数丛灌木迅速朝着与她们相反的方向移动，穿过了长满草的林间空地。一个高大健硕且野性的男人出现在了大家的视野中，洛奇奥比这个男人自己还要了解他，他就是被穆琳达叫作怪胎的万巴——洛奇奥的儿子。他的身后跟着两个手拉着手走来的男人，穆琳达认出他们是多博佐和穆图比。接着发生的事情让穆琳达和她的母亲都屏住了呼吸：一个梳着恩古尼皇族女性特有的高耸的圆柱形发髻的女人出现了，身后还跟着穆金戈。她就是诺利兹瓦（Nolizwa），恩古尼的高级首领马兰德拉的第五个高高在上的王妃。

“卑鄙的叛徒，”穆琳达嘶哑着说，“她是马兰德拉最宠爱的王妃，竟然也是那些意图推翻恩古尼至高之王的乱臣中的一员。”

当他们发现掩埋洞穴的石头被人移动过之后，他们每个人都发出了尖叫声。穆金戈爬进洞穴又爬了出来，说穆琳达已经被人救走了。

“现在，姆拉亚库查，”伏都教姐妹里的姐姐轻声说，“现在，我亲爱的妹妹，就是现在！”

年轻的女孩跳出灌木丛，朝空地上的反叛者们射了三箭。一支射中了多博佐的左腿，他痛苦又恐惧地大叫，倒在了地上。另外两支在穆图比跑去解救多博佐的时候插入了穆图比的胸口。她射得太好了，两支箭都准确无误地击中了他的心脏，只有尾羽露在外面。万巴和穆金戈像野生的黑斑羚一样跃进了树丛。但当穆金戈快要消失在树林中时，姆拉亚库查玩心四起并以巫术特有的精准，把两支长箭插入了他乌黑发亮的臀部，一边一支。穆金戈痛苦地号叫，带着那两支像硬尾一样摇晃着的箭跑了。

但那个肥胖的女人诺利兹瓦没能成功逃跑，因为她才跑了几步就踩到了石头，然后大叫一声，接着腹部着地摔倒了。姆拉亚库查拉开弓，准备朝她射上一箭，但她的姐姐制止了她："不，不，我们更希望她活着，把她用来填锅。"

当这个王妃痛苦地挣扎着想要挪动她的脚步时，她看见两个苗条美丽的女孩手里拿着弓箭，然后大笑着跑向她。等她们跑近的时候，诺利兹瓦看见她们的脸上都带着一种准不给她好果子吃的表情。她讨厌这种表情，便发出嘶哑的尖叫声来发泄内心的恐惧：

"救命！救我啊，穆金戈，快回来救我！"

就算这两个女孩在抓住她后扯下她的长皮裙，摘掉她的项链和手镯，也没有人来救她。

"啊哈哈哈！"妹妹说，"看看她，卢娜乐迪，她难道不是你见过的最可爱的母牛吗？"

"她只是个填锅的，我的妹妹，"姐姐叹了一声，"看看她的臀部和大腿，匀称肥美又柔软，它们正等着被烧熟，然后化在你的嘴里呢！"

"请吧，大母牛，你不介意我先尝尝鲜吧？"妹妹开心地对诺利兹瓦说，可诺利兹瓦被吓得说不出话，只会号叫。姆拉亚库查便当她是默许了，张嘴便朝诺利兹瓦的臀部啃去，然后这个老女人便昏倒在了地上。

与此同时，多博佐，那个左大腿上中箭的男人恢复了意识，他匍匐着前进，或者说是沿着地面拖拽着自己，想要爬到树林里较为安全的地方。在那儿，他看见那两个女孩弄醒诺利兹瓦后使劲抽打她的背，然后赶着她走进树丛，跟赶母牛似的。他认出了她们的另外两个同伴，穆琳达母女。多博佐知道自己是万巴那帮人里唯一一个见过这对陌生姐妹并且以后能够认出她们的人，同时他也是唯一一个知道穆琳达已经从洞里被救走的人。只要穆琳达还活着，对他们来说就永远存在危险。他把箭拔出来，试图用树叶给伤口止血，可是徒劳无功。于是他对着地面撒尿，忍着剧痛把湿润的泥掏出来敷在伤口上，然后他开始在树林里缓慢地移动，因为他得尽快告诉万巴并且提醒他。

突然，一头巨大的狮子出现在他身后三十步左右的地方。然后，这个年轻人大呼一声，胡乱地在树林里奔逃。因为那头狮子前不久刚和一个年轻的敌人来了场恶战，因此当它看到多博佐时，便把他当成发泄怒火和释放杀人欲望的对象，而且不抓住他誓不罢休。可受了伤的多博佐一瘸一拐的，怎么也跑不快。

愤怒的狮子一直追着这个受了伤的年轻人在林子里跑，这种状态一直持续到午后。多博佐因失血过多而变得越来越虚弱，他和狮子间的距离也在逐渐缩短。在来到早上和众人曾来过的小溪时，他感受到来自下游的一道饱含痛苦的目光，然后他看见万巴和一队强大的瓦芒韦士兵正准备穿过小溪，似乎要回去寻找早上那些伤害了万巴自尊的陌生进攻者。

多博佐提高音量，尽可能响地大喊道："万巴！万巴！听得到吗?"远在中游的男人顺着声音传来的方向看去。

"怎么了，多博佐?"

"听着……有头狮子在追我……我没多少时间了……我看到了你的妹妹……她还活着……而且她和你的母亲，还有诺利兹瓦，被两个食人族女人带走了！"

多博佐刚说完就被狮子追上了，那头狮子从他身上撕扯下他的手臂，他的喉咙在脖子被咬断前发出一声带着恐惧和痛苦的尖叫。狮子把他拖进草丛，在很长一段时间内，只有骨头碎裂的声音和咀嚼食物的声音……然后是一声响亮的饱嗝，然后……一切又归于寂静。

诺利兹瓦吓得面如土色，她简直无法相信自己耳朵所听到的一切。这两个背着弓箭，身着最简单的服饰的美丽女孩，再一次告诉她，她们要将她带回去，作为她们和父亲的美餐。诺利兹瓦多次听闻过食人族，但从未见过。她的那些疑问皆因左侧臀部的剧痛而被全数咽回了肚里。她们为什么要给跟在后面的敬畏地保持了相当远距离的穆琳达母女一块羚牛的肉呢?

她只想问一个问题："你们为什么唯独想吃我?为什么不吃后面那两个人?"

姆拉亚库查清晰地回答道：“我们只吃邪恶的人，而你就是其中之一。我们不打算吃掉穆琳达和她的母亲，相反我们要带她们去我们父亲那里以确保她们的安全。如果这对你有任何安慰作用的话，我们会不休不止地吃掉今天你们当中逃走的每一个坏人。我们已经找到了使世界摆脱像你这样的恶人的最好办法，那就是吃掉你们。而且，我们发现，一个人越邪恶，他的肉就越好吃。懂了吗，我的美餐？”

“在我们抓住尽可能多的像你这样的恶人之后，”卢娜乐迪非常高兴地说，“我们会把你们的头骨和炖出来的一部分汤汁送到万巴那儿以示警告。我们不能忍受发生在身边的任何一起杀戮和偷盗事件。看，这就是明天用来炖你的锅，我美味的母牛。”

然后穆琳达用她温软好听的声音问道：“姐姐们，告诉我，你们是哪个部落的？”

“我们不属于任何部落，我们，还有家里最小的妹妹，是所有创造物中最不寻常的母亲们为男人们所生的女儿。我们的父亲是一个比山川活得还要久的男人，而且他见过数以百万计的恶魔。我们长生不死，从来不用面对死亡。我们被称为‘迷失的不朽之人’。”

我的两个年长的女儿，卢娜乐迪和姆拉亚库查进入了我和她们最小的妹妹姆巴里亚姆斯韦拉（Mbaliyamswira，热情之花）所在的小屋。失明的我看不见东西，但可以用耳朵听她用女孩特有的软糯声音唱《启明星之歌》。夜幕渐渐降临，窗外的草丛里传来阵阵虫鸣声。我之前从未见过她们一起来到我的房间并跪在我面前，我戏谑地问道："你们又给我带来了什么麻烦，我的孩子们？你们还想给我紧皱的眉头再添一道皱纹吗？"

"哦，我的懒父亲，我们给您带来了大麻烦，"年长的那个熊孩子说，"我们认为，只有我们到处寻找困扰您的问题，才能刺激您古老的血液，然后给您的头发添加更多灰白色。"

"我们还给您带来了一个恶棍当晚餐，"妹妹尖声说道，"但在我们吃掉她之前，她还有一些问题要回答。"

"她当然必须回答，我的孩子们，"我说，"我相信在把她们变成美餐之前，了解她们的灵魂有助于我更好地享用她们。"

"噢，父亲，"卢娜乐迪大喊，"您说什么傻话？我们带回来的另外两个女性，一个母亲和她的女儿，都是好人，不能吃她们。"

"她们只有在我的锅里时才是好人，我的孩子们。这么说吧，没有一个女人在变成汤之前是彻彻底底的好人。"

"父亲，"卢娜乐迪大喊，"她们是我们的客人，她们需要帮助。"

"只要她们同意帮助我的胃，我就会帮她们。"

"噢，您怎么能这样？"卢娜乐迪快哭了，"您除了吃人还想过别的什么东西吗？"

“如果我是人类，”我说，“被吃掉就是最好的归宿了。”

“求您了，父亲，”姆拉亚库查恳求说，“那个叫穆琳达的女孩已经哭了。”

“告诉她保持安静，不然她会更快被我吃掉！你可以把我们的晚餐带上来了，让我苍老的手感受一下将被我消化掉的柔软肌肉。现在，你，我的晚餐，可以在我们把你烧熟之前忏悔你这一生犯的罪了。”

“她在这儿，父亲。她像小偷的包裹一样胖鼓鼓的，像掉进啤酒桶里的猴子一样惊恐。”卢娜乐迪说。

晚餐仪式结束了，马兰德拉的第五个王妃显然非常美味。我简直想为他这个美味的妻子而夸奖一下这个最高首领。卢娜乐迪想知道是不是所有的恩古尼女人都能被做成美味佳肴，然后我们一致决定去探个究竟。所以接下来的两天我们便开始行动了起来，乘着独木舟顺着卢安瓜（Luangwa）河去往恩古尼。穆琳达和她的母亲与我们同行，她们紧紧挤在船尾，而我坐在船中间包裹着皮革的地方，船只伴随着我女儿们的歌声顺流而下。我在脑海里细细回想瓦芒韦部落的故事，他们是一个野蛮好斗的部落，但有一个格外讨人厌的爱好——毫无来由地和其他部落交战，只为捉来大量的男奴女奴以献祭给他们的豹神。

最后，瓦芒韦部落因敢于进攻西部强大的隆达而拿下了比应得的更多的领土。隆达人对瓦芒韦人进行了迅速又疯狂的反击，他们不仅消灭了侵略军队的男人们，还向瓦芒韦部落内部推进了四分之三的领土。瓦芒韦部落余下的八千左右的幸存者在十年之间全部流向了恩古尼，并且由于他们所拥有的木工、制矛、制药等技能，这个部落被残酷好战的至高之王马兰德拉允许在恩古尼辽阔的领土上分散地生活。

但是瓦芒韦族人似乎并不愿意在马兰德拉的统治下安居乐业，他们想要推翻并统治整个恩古尼，但因为部落人口不足，他们现在还没有机会和整个恩古尼或者西部强大的曼波部落开战。他们被一个野心勃勃的狂热者万巴・尼亚洛蒂所领导着，并在酝酿着一场对恩古尼的秘密反叛之战。他们的战略是先暗杀至高之王的儿子，因为这样一来马兰德拉就没有了至高王位的继承者。其他还包括向马兰德拉指控恩古尼的一些首领叛乱或使用巫术，让马兰德拉杀死他们以换掉部分首领。他们甚至还安排了一些能让恩古尼首领轻易丧命的意外事件。这些计谋都能够轻松得逞，因为马兰德拉十分信任瓦芒韦人。事实上，他信任他们胜过信任自己的子民。

他的三个巫医，万巴、卢瓦和一个叫卢瓦姆巴（Luwamba）的女人，都是瓦芒韦部落的人，他们也正是那几个背着愚蠢的马兰德拉国王筹划着暗杀他儿子的人。同时，他们也已经计划好如何杀死国王本人。

作为穆金戈情妇的诺利兹瓦，早早察觉到了他们要推翻自己法律意义上的丈夫，也就是至高之王马兰德拉的阴谋。她早发现了正是这几个人在过去五年里杀害了马兰德拉的多个儿子，可她还是支持他们的行动，并帮助他们筹划着暗杀了兹旺兹威。正是她想到了利用穆琳达去勾引好奇心强、渴望女人的兹旺兹威，从而杀死了他。马兰德拉阵营的其他人都知道瓦芒韦人所犯下的罪孽，但他们要么害怕说出实情，要么因为憎恨马兰德拉而视而不见，因为恩古尼这个绰号叫“老雷胃”（他经常消化不良和胃胀气）的至高之王并不是一个受欢迎的首领。他不像他的弟弟——统治西部曼波的国王贝基兹韦（Bekizwe）那样非常受人爱戴。与其相反，马兰德拉是一个残暴、冲动和彻彻底底的老顽固。

众多的恩古尼子民乐于见到“老雷胃”被推翻，就像一条狗一样被摧毁。当我发现自己正在想象着马兰德拉被丢进我那最大的炖锅的情景时，我一点也不觉得惊讶。他是一个肥硕且好色的暴君，还愚蠢到轻信瓦芒韦人这样一个小部落，他简直活该被吃。

我想要去见见马兰德拉，而且我想知道他腰上的肉烤起来会有多好吃。照目前形势来看，恩古尼大地正被很多恶魔虎视眈眈着，而且我确信不久之后他们当中的很多人会进入我的食道。噢，万巴，你大概还不知道，但终有一天你会发现自己正在我泥制的大锅里翻腾，并被佐以炖红薯和雪菜。我渐渐发现自己的胃部传来一种令人愉快的舒适感，而这感觉正来自我对未来的预测。

（译者：陈碧禾）

无辜者亡

恩古尼大地深陷于悲恸的泥沼之中，包括高级首领，所有人都在为兹旺兹威的死和诺利兹瓦——那位居住在马兰德拉宫殿中集万千宠爱于一身的王妃的失踪而哀悼。青翠原野上的小麦田虽在不知不觉地恣意延伸，但在不断成熟的过程中，它们幼嫩的麦芽仍会因杂草的存在而面临着窒息的危险并渐渐显出病态的青黄色。而那儿的人呢？他们只被允许一天挤一次牛奶，吃一餐饭。这样做的结果就是人们每天处于半饥饿状态，同时牛在牧草地和森林里散步时也得忍受着乳房被奶水撑胀的煎熬。守丧的日子要持续整整一年，这就意味着年底的时候，恩古尼土地上会发生灾难性的饥荒，会有很多无辜的生命逝去。

在哀悼期间，没有人被允许去河里盥洗，打扫屋舍，唱歌或是大声喊叫。人们甚至不被允许修葺屋舍和栅栏，同时还严厉禁止一切关乎男女情爱的事。更可怕的是，遍布在这广阔的大地上的那些戴着面具的部落守卫者会和数以万计的神圣的两性告密者悄悄地寻找那些在哀悼期间违背规定的人。所有人被迫在他们屋舍的草墙上切出一个大洞，仅仅是为了方便守卫者从洞中窥视以查看是否有夫妻在里面秘密进行情事。由于守卫者总是在牛棚前偷偷巡视并且时不时从洞中窥视里面的情况，人们度过了许多个不眠之夜。对于男人在自己最喜欢的灌丛中方便时发现有一个女性告密者在监视着他这样的事，人们早已习以为常。那些面带荒诞面具的部落守卫者和戴着朱红色发带与羽毛饰品的神圣告密者开始成为人们心中挥之不去的阴影。饥饿、悲伤和恐惧席卷着这片饱经苦痛的大地，就像一件被蠕虫侵蚀的腐烂的毛皮斗篷覆盖在一个已死去三个月的老酋长身上一样。

胆怯的人们为了尽力讨好马兰德拉，都开始暗中监视他们的邻居，并且有时候会谎报他们邻居的情况，最终致使无辜的人们不是死于部落守卫者之手就是被马兰德拉手下那些勇士的腰带夺走了性命。对人们来说，悄悄地向神圣的告密者耳语，说看到某个人违背了哀悼时期的规定以摆脱厌烦的邻居或是对手，已成了常态。这种情况下，任何被指控的人都失去了机会，在没有进行审判的情况下，他或她常会当场被杀。

没错，在马兰德拉统治着的土地上的这些日子的的确确充满了悲伤与恐惧。

长长的独木舟快速穿行过那茂密的有着高堤的卢安瓜河，我因脑海中想着女儿而感到极其喜悦，而且这种心情就如流星般破空而来。我能读懂世上每一种动物的思想，同时我也总是喜欢倾听我亲爱的孩子们的想法。这一天，我所有的孩子都非常乐意离开狭窄的独木舟，而且在如此炎热的天气里，她们最期盼的就是在凉快而又永恒的卢安瓜河中洗个澡。

“哎哎哎，不！你们不可以，”我对她们说，“你们要帮我在这儿建完我想要的屋舍后才能去游泳，所以，独木舟上的三个，尽你们所能地去割稻草吧。”

“但是我们从未说过我们想去游泳啊，父亲！”姆拉亚库查说道。

“是的，你们并没有说过任何这类的话，但是我能读懂你们的想法，好好记住吧。”在这个时候，我能感觉得到她们心中的气愤和不满，她们中那个最年幼的孩子的脑海中还有我被鳄鱼撕咬的清晰画面。我们把独木舟从水里拉了上来，并且期望在队伍最后的洛奇奥和穆琳达能给我们做一餐饭。随后，我们便开始寻找建造屋舍的重要材料——草、木柴，以及长而柔韧的木条。

虽然生命树已经恶意地夺去了我的视力，并且使我的一系列复仇计划都落了空，但是，那么多次，那么多年，我并没有那么无助。事实上，失去了视力，我反而活得更好了。虽然我无法用眼睛欣赏大自然的美丽，但是我能比一般人更快地找到自己的路。

虽然我无法用眼睛看到人的外貌，但是我能看清他们的灵魂，听清他们的想法。此外，当发生斗争时，我可以仅用两脚便打垮任何一条想扑上来咬我一口的蠢狗。因此，手持一把斧头，我便走进了黑暗的森林，然后经过约大半天的工作，我拖着沉重的步伐并扛着大量的原木和修剪好的枝条回到我们的营地。这时，女儿们已经回来了，她们带来了足以搭建三个屋舍的茅草和一个她们亲眼所见的可怕的故事。

“噢，我的父亲！他们全都死了！三个女人，一个男人，还有我们想着是那个男人的六个孩子。一大家子的人，都被桩子立在被烧毁的屋舍的空地上，都是被那些捅进他们肚子的桩子杀死的。这太可怕，太骇人听闻了，简直是十足的犯罪。”

“但是我们发现他们之中还有人活着，”另一个女儿激动地说，“我们发现有一个男孩还活着，他被藏在一棵高高的莫帕尼树上。我们爬上树才把他硬带了下来，他可能是因为目击了家人的惨状，所以那么怕人。只要有人靠近他，他就像兔子一样快速逃走。他现在就在这儿，被我们带来了。不过为了防止他逃走，我们把他绑了起来。”

“哦，我的孩子们，把他带来见我，让我透过他的头脑看看到底发生了什么。这片土地上的确有很多恶人，我们必须快速并且彻底地消灭他们。”

那个男孩被带了过来，并且被轻轻地放在了我的脚边，我听见他在低声呜咽，他在试图挣脱开我的女儿们对他的捆绑。之后，我命令他进入沉睡状态以便读取他的记忆：

这个男孩的父亲，当着部落守卫者的面，被他的小舅子指控说他违背了荒淫无道的暴君马兰德拉在这片土地上所颁布的条令，最终造成了马兰德拉的儿子兹旺兹威的离奇死亡。晚上，他的小舅子带着一群部落守卫过来并且公开指责他已经连续好几天一天挤两次牛奶。这个男孩的父亲解释说这是为了挽救他快要饿死的第一个妻子。她生病了，只能间或喝一些新鲜的牛奶，而且因为牛栏里的牛奶在高温下很快就会变质，所以男孩的父亲只好再次挤牛奶，否则他就得眼睁睁地看着自己虚弱的妻子病死在面前。无情的守卫杀了男孩的父亲及其三个妻子，也包括男孩的姐姐和所有其他孩子，只留下这个早已逃走并爬到树上的男孩木库姆比(Mukombe)。从树上的躲藏处，他可以看到他父母兄弟姐妹死亡的整个过程，可以听到他们痛苦的尖叫，也可以看到他那富裕却惯偷成性的舅舅牵走了他家的许多头牛。

“女儿们，”我大声喊道，“我的灵魂已经被怒火点燃了。我们都曾发誓要清除这片土地上的所有恶人。我们都曾发誓要吃掉这个国家的每一个邪恶的男人和女人，现在看来我们是要大干一场了。姆拉亚库查，带上你的弓和箭袋跟我来。卢娜乐迪，你留下来帮助姆巴里亚姆斯韦拉和穆琳达建造小屋，然后洛奇奥留下来照顾木库姆比。另外，你们谁记得帮我找一下我的头骨头饰、指骨项链和斧头。今晚，食人者鲁姆坎达将要攻击那些谋杀了木库姆比父母的恶人！”

“哦，我的父亲，我不同意，”卢娜乐迪反驳道，“我不想在您和姆拉亚库查享受激动人心的时刻时被留在这儿。我们根本不需要在这儿建一个屋舍。我们要做的就是攻击木库姆比的舅舅，接着炖了他作为今天的晚饭，并且驱逐他所有的妻子，带走他所有的牛，就像这样！”她咬了咬自己的纤纤素指。

“好吧，我的大女儿，我们就照你的建议去做吧。”

马东都（Madondo），穆蒂（Muti）的儿子，是一个对自己十分满意的人。他通过狂饮稀薄的发酵了的玉米粥和大口啖食放在他身边的大肉盘里的山羊臀来展示这份自我优越感。他每咬完一口食物就会停顿一下，然后慢慢地喝着，慢慢地咀嚼着，愉快地笑着，还时不时温柔而满足地轻拍着他的大肚子。任何一个刚刚成功地除掉了自己讨厌的亲戚，然后又不费力气地得到他的牛的人，都能够体会到他现在的感受。他只是告诉不远处巡逻的守卫，他的姐夫破坏了哀悼期间的条令，然后把愤怒的守卫带向他姐夫的住处，并且当面控诉了一番。这样做的结果就是他不仅使自己摆脱了姐夫和包括自家姐姐在内的姐夫的妻子们，并且使自己的牛的数量从不足十头增加到了一百头。没错，穆蒂最胖的儿子确实有骄傲的资本。他现在正独自坐在他棒极了的小屋中，虽然他自己已经有了四个美丽的妻子，其中包括一个肤色如乌木般漆黑并且拥有浅棕色瞳孔的美丽妻子。并且，第一个妻子还成功地为他生了三个强壮的儿子，第二个妻子为他生了个女儿。但马东都在两年前由于一场病被摘去了生殖器，因此他现在除了需要厨子和奴隶外，对女人并没有什么需求。事实上，他憎恶那些自己曾经很热衷的乳房。

于是他独自坐着，一个人吃喝玩乐，快乐得就像皮毯上的虱子。突然，他的第三个妻子把头探进门内，对他说："哦，我的丈夫，有人想要见你。"

"什么人，都晚上这个时间了！让他们快走。告诉他们我已经睡了，要见的话明天再来。"

这个女人离开后，当马东都把羊臀举到嘴边并张嘴开始咬的时候，一个长得倾国倾城且带着弓和箭的女孩突然出现在眼前。

"你是……"马东都问道，但是他满是怒气准备问的问题被打断了，只听见一支箭"嗖"的一声刺进了他张开的嘴巴，并贯穿了他的整个脖子，紧接着又是腹部。"去死吧，你这个罪犯。去死吧，带着木库姆比的诅咒被打入地狱吧。"

"嘿，"我在离马东都屋子还有一段距离的地方喊道，"我并不希望你杀了这个人，哦，姆拉亚库查，我想拿他做明天的晚饭。你真是个急躁的蠢孩子！"

"哦，我的父亲，这个肮脏的东西还得不到进入您食道的殊荣，”卢娜乐迪在黑暗中咆哮，“我们一定要砍下他的头，然后把它插在尖棍上向万巴和马兰德拉示威。”

我们把马东都吓坏了的妻子们和孩子们聚集到屋内，让他们坐下来。然后告诉他们：“都听着，你们称之为丈夫和父亲的那个男人是一个恶人，而且邪恶到足以造成无辜的人死亡和家庭的毁灭。我和我的女儿们已经决定要除去这片土地上的所有像这样的恶棍。我知道你们中有一个女人还在助纣为虐，竟然还称赞他的所有肮脏行径，那个人就是作为他第一个妻子的你，诺米娃(Nomeva)，我能看穿你脑子里的愧疚想法。因此，作为惩罚，你和你的儿子们要替我捎个口信，把你丈夫的头颅已被插在尖棍上的消息带给一个叫作万巴·尼亚洛蒂的人，然后让你的三个儿子将另外一个消息带给马兰德拉这条狗，这个在这片土地上自称为王的蠢狗。所以我要你们四个靠墙站，现在就站起来……快点，快点！”

这个女人和她的儿子们都照做了。然后，我让他们直直地盯着我失明的眼睛看，直到他们可怜的头脑完全处于我的控制之下。然后我打开一个一直放在我袋子里的装着药水的小葫芦，并且命令他们各啜了一小口这看起来脏兮兮的药水。这是一种可怕的穆尼奥伊药，它会永远地破坏一个人的意志和记忆，并让饮用过的人变成一个茫然的傀儡，服从喂药人所吩咐的一切。

“过来，”我对他们说，“你们这些没头脑的木偶，听好我的命令。先跟着我说‘我们只不过是傀儡，我们会服从您的命令，我们会将您的信息传递给万巴和马兰德拉。’现在重复一遍！”然后他们庄严地照做了。

同时，我的女儿们已经砍好了信息棍，是两根绿色茂密的莫帕尼木枝，其中一根被磨尖了用来插马东都的头颅，而头颅下那张开的大嘴里仍旧插着一支箭。

在第一根木枝上，女儿们刻上了这样的信息：鹰、傲慢、看、胡狼、占有、巢穴、秘密、杀手、里面、你的、屋舍。在另一根插着头颅的木枝上的信息是：鬣狗、腐烂的、我们、看、日子、来、我们、不朽的、三个女人、一个男人、老的、盲的、你、杀死、而且、啖食、野兽、肮脏的、诅咒、你、杀手、怯懦的、畸形的、不育的、父亲、凶手。

鹰　傲慢　看 胡狼 占有　巢穴 秘密 杀手 里面 你的 屋舍

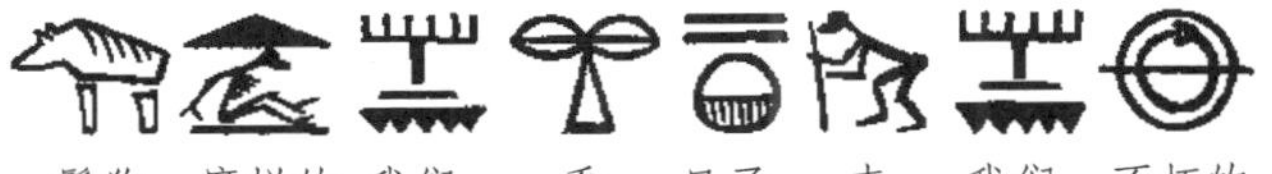

鬣狗　腐烂的 我们　　看　　日子　　来　　我们　不朽的

三个女人 一个男人 老的　盲的　　你　　杀死　而且 啖食　　野兽　肮脏的

诅咒　你　杀手　怯弱的 畸形的 不育的 父亲　凶手

在那之后，我们非常焦急地等待着黎明的到来，然后当太阳的第一缕光点燃东方天空时，我把我的信使们送上了路——首先给他们喂了食，然后用白色黏土和河马油的混合物把他们赤裸的身体从头到脚涂抹了一遍。我们看着四个裸体的人消失在黑暗的森林里，就在那时，卢娜乐迪问我为什么要给那个女人和她的儿子们涂上白色黏土。

“为了去吓那些妄图骚扰他们的蠢货，”我告诉她，“女人不会被任何方式骚扰，直到她回到我身边。任何一个触碰她的人都会得到可怕的惩罚，任何猥亵这些男孩的人也是一样。”

“她十分漂亮，我的父亲，”姆拉亚库查说道，“当她回来时，她会让您变成一个心甘情愿的愚蠢的奴隶，一个义无反顾地服从她所有命令的奴隶。”

“我要把她和这个家里剩下的所有美人用到我对抗恶人的战争中去。马东都这个狗东西确实懂得如何选择自己的女人。来吧，让我们把她们剩下的记忆也消除掉，然后让她们永远处于我们的掌控之中，吃了她们实在是太浪费了。”

三天以后，我们在那曾属于马东都的家里安顿了下来。我让我的大女儿到河边去接穆琳达和她的母亲，以及姆巴里亚姆斯韦拉和孤儿木库姆比。当马东都的妻子马马纳（Mamana）、穆瓦尼瓦尼（Muwaniwani）和萝扎娜（Lozana）像梦游者一样移动着打扫干净家里并准备美味的食物时，穆琳达和她的母亲一起坐在棚下，她在为她的母亲梳理和编头发，而我则躺在大木屋里，规划着对抗邪恶势力的下一步计划。在我心目中，最重要的一件事就是让马兰德拉废除所颁布的关于哀悼期的条令，因为按照严苛的部落法律，马兰德拉的儿子兹旺兹威不适合被人哀悼整整六个月。他是在破坏古老的部落习俗的时候被谋杀的，不管怎么说，破坏了部落习俗的他无论如何都得死。同样地，马兰德拉失踪的妻子诺利兹瓦，就是那个被我们吃了的女人，也根本不适合被他人哀悼，因为她是一个曾经密谋造反的叛徒。

我也痛苦地意识到马兰德拉对这一切一无所知，而且我感觉到我应当尽快赶去他所在的村落，让那个傻瓜明白在自己眼皮底下都发生了些什么，如果他不准备改过自新的话，我就吃掉他。然而我们的问题被那天来的另外一支巡逻军队解决了。那时，我派去监视守卫军队的木库姆比回来告诉我，一群戴着面具的人在一个小溪附近露营过夜，我跳起来告诉我的女儿们：“来吧，我亲爱的孩子们，这使整件事情变得容易多了！出去告诉穆琳达和其他女人尽可能多地制造噪声——让她们大声喊叫，唱她们能想到的最激情的歌。我的女儿，你，去那些蒙面的傻瓜扎营的小溪那儿，跳进水里四处游动，也尽可能地去制造噪声。然后带着装满水的陶罐回来，并一路上用高昂的声音歌唱。现在就去，找到一些陶罐就离开，快！”

“父亲，”卢娜乐迪大喊，“别那么激动。为什么我们非得这么做？”

“我们正在打破哀悼期间的每一个条令，如果我没猜错，那些蒙面的白痴很快就会像一群癫狂的鬣狗一样来这里，他们的矛渴望着我们的鲜血，而我希望他们来这儿！”

“哦，疯狂却又迷人的父亲，我们要和他们好好玩玩！快点儿，我的姐妹们，我们现在就去。”卢娜乐迪说。

我对木库姆比说：“孩子，你尽可能多地取来挤奶桶和牛奶壶，再把牛群带进来。在那之后，我要你给牧群中的每一头奶牛挤奶，明白吗？”

“明白，大始祖。”

“你在给奶牛挤奶的时候记得吹口哨，听见了吗？”

“嗯，我明白了，大始祖。”

男孩跑出小屋去执行我的命令，同时我也派姆巴里亚姆斯韦拉去喊我的一个叫穆瓦尼瓦尼的傀儡。当这个瓦芒韦女人爬进茅屋时，我虽然看不到她，但仍可以读出在所有记忆都被永远抹去后现在只有我的影子的她脑海里的想法，所以我仍然可以认出她是穆瓦尼瓦尼。

“你是穆瓦尼瓦尼吗?”我没必要地问了一句。

“听从您的差遣，我的主人。”傀儡轻柔地回答。

“把我带出屋舍，然后进入灌木丛。”

“我这就照您说的去做。”

穆瓦尼瓦尼牵着我的手，带我走出了小屋和村落。任何一个看到我们的人都会误认为是一个盲而无助的老人在被他心爱的妻妾带到森林里。“现在，穆瓦尼瓦尼，”我告诉她说，“我要你仔细听接下来我要讲的这些话。我正在为那些自称是部落守卫者的蠢蛋设置陷阱，我希望能把他们吸引到我的村落里来。明白吗?我要和你做爱，然后你必须笑个不停，让每一个经过这里的人都来查看。一旦军队的首领看到我的女儿们打破了哀悼期间禁止在河里洗澡的规定，就会派出侦察兵跟踪她们并发现她们住在何处，也会检查附近是否还有其他人正违反法律条例。然后我想让那些侦察兵在这里发现你和我正在打破最严格的哀悼规则，明白吗?”

“明白，我会听从您的吩咐，我的主人。”

第三圣军的部落复仇者的光荣领袖无法让自己相信自己的眼睛所看到的一切，他身后的随从们亦是如此。他在覆盖住脸的沉重的木质面具的细缝后面眨了眨眼，阴影遮住了他的眼睛，挡住了午后阳光那耀眼刺目的光芒，然后他又眨了眨眼睛。他转向他身边年轻的中尉说：“告诉我，第二守卫，我看到的就是我想的那样吗？”

“是的，我伟大的第一守卫，”年轻人说，“那两个女的故意打破哀悼期间的一项规则，并且正用交配的姿态在侮辱我们呢！”

“我无法让自己相信！”受人尊敬的领袖咆哮着，“这种事情只有在噩梦中才会发生。你再看一遍，然后告诉我你看到了什么。”

第二守卫又看了一眼，然后瞧见两个苗条的女孩在小溪里游泳，那儿正有一群戴着狰狞面具的守卫，他们肩并肩地站在一起，像极了禁谷中立着的一排丑陋神像。这两个女孩的头发都是金棕色的，非常漂亮。她们柔软身躯所呈现的完美姿态足以让任何人窒息——但是，除了这个部落的守卫者。因为这些古怪的人总是在被列入“秘密而神圣的部落守卫者”的行列前被剥夺了他们的父权，因此他们中没有一个会欣赏和渴望女性。

一个放肆的女孩游近河堤，并把一块泥很准确地砸进了戴着面具的复仇者第二守卫张开的嘴里。“哎哎哎！”女孩尖叫，“来吧，哦，我没男子气概的兄弟，把那些看起来很愚蠢的木头从你脸上拿掉，然后到水里来，从这里我已经可以闻到你需要洗个澡了！”

“需要我杀了这不虔诚的贱人吗？首领。”复仇者第二守卫问，然后举起了他的矛。这是一支奇怪的矛，它的矛头上布满了刺并且轴上饰有神秘符号。

“杀!”领袖猛地叫道,“在那两个女孩离开水后,我要第十和第三守卫跟踪她们到她们家里去。我要好好教训她们,以及那个允许她们来侮辱部落守卫者的东西。他们很快就会希望自己从来未出生过。”

于是复仇者第二守卫放下了他的矛,愤怒地看着这两个女孩在将嘲弄神的水泼向他和他的随从们后离开了水面。然后他看见那个较年长的姑娘上了对面绿树掩映的河岸,用手抱住头并用最具侮辱性的姿势朝守卫者们扭动着她的臀部。当这两个女孩拿起她们的腰带,然后穿好衣服并拿走她们的陶罐时,领袖嘶哑的声音便响了起来:“复仇者老十和老三,穿过小溪,然后跟着她们!”

(译者:陈 洁)

直面施暴者

一段时间后，在日落之时，复仇者老十和老三回到了他们的营帐，然后跪在他们的领袖面前。“怎么样？”首领问道。

复仇者老十说：“头儿，我……我们……不明白。那些在村落里的人要么像天上的魔女一般疯狂，要么就要求自己被处决。我还从没有见过这样的事情呢！”

“他们在干什么？把你看到的和听到的清晰完整地报告给我，因为午夜时分我们必须攻击那个村落并杀死里面所有的生物！”

“我们尾随着那两个女孩去了那个偏僻的村落，而那也是空无一人的荒野中的唯一一个村落。就在我们看到那个村落之前，我们听到灌木丛后传来一阵笑声，于是复仇者老三和我就爬向前去探查一番。令人吃惊的是，我们找到了一个年迈的老人，他看上去好像双眼都失明了，而他正和一个年轻的瓦芒韦女人在灌木丛中疯狂地做爱。我们安静地离开了灌木丛，继续尾随着那两个女孩，跟着她们来到了离村落入口只有二十步之遥的地方——女人们扯着嗓子唱着粗俗的歌曲，还伴随着响亮的叫好声和刺耳的笑声。然后，我们看到了一个十到十二岁的男孩正在牛棚里给一头又一头奶牛挤奶。当我们往回走时，又看到那个老人和瓦芒韦女人笑着往他们的村落走，就好像他们在参加一个疯子的婚礼。”

“他们看到你们了吗?”领袖问道。

“没有，伟大的头儿，我们一直藏在树后面。”复仇者老十说。

“嗨呀!”领袖大叫，“我们必须在午夜出发，然后杀掉这些疯狂的人。我们不能容忍这种公然违反我们父辈最神圣的法律的行为。那些疯子必须得死!”

“请靠近一点，尊敬的头儿，”复仇者老三说，“我要告诉您一些您必须知道的事。那个村落有些很不对劲的地方，甚至根本说不通。”

“大家都知道你强大的观察力，复仇者老三，”领袖说，“告诉我们你觉得那个村落有什么问题。”

“噢，头儿，我会的。首先让我们从在小溪边嘲笑我们的两个女孩开始。有人注意到她们俩很奇怪吗?”

“没有，我们没觉得奇怪，”领袖替其余复仇者说，“善于观察的你最好告诉我们，她们有什么奇怪的地方。”

“伟大的头儿，我的兄弟们，我们现在面对的不是一般的违法者。我们面对的是一群奇怪而且让人敬畏的人，以至于待会儿我告诉你们的时候你们都不会相信。但是首先，我认为我们是被有目的地引诱到那个村落的。一个完全陌生而且像外星人一样强大的人想让我们进入那个村落——但是他们究竟出于什么目的，我还不知道。”

“什么？”领袖大喊，“是什么让你这么想的？你若不是经受过良好训练的复仇者而是普通人，我准会说你是在做白日梦，噢，复仇者老三。”

“拜托，请听我说。首先，你们不觉得这很奇怪吗？这世上每一个部落的人都敬畏我们、尊敬我们，而我们却突然发现自己居然被两个小女孩嘲笑和侮辱。仅仅是两个小女孩？秘密而神圣的复仇者军队已经存在上千年了，还从来没有被人侮辱过！即使是最易怒的首领在尝试冒犯我们前都要三思。甚至马兰德拉，那残忍又口出狂言的好色之徒，也极度害怕我们复仇者。

“我们突然发现自己居然被区区小女孩所侮辱，或者她们只是看起来像小女孩。她们一点都不害怕我们，甚至在侮辱我们之后都没有试图逃跑的样子。她们慢悠悠地朝她们的村落走去，就好像特意让我们跟着似的。告诉我，我的兄弟们，这些对你们来说难道不奇怪吗？在我们跟踪着那两个女孩的过程中，还碰到了一件非同寻常的事——一个年迈的盲人和一个年轻女人在两个女孩经过的一片灌木丛中大声地做爱。像那个年迈的有着灰白头发的老人那样有尊严的人会傻到选择在路边上冒着被路人看到的危险和一个女人做爱吗？

“还有村落里的女人们唱着那些邪恶的歌曲及那个小男孩麻木地给一头又一头奶牛挤奶。所有的这些都是在引诱我们进入那个村落。那两个女孩是最先点燃我心中怀疑之火的人。她们太美了，以至于让人不敢直视，还有她们那雕塑般的完美身姿，根本就不像人类。她们的耳朵完全没有被穿洞。她们身上也没有部落的印记，所以她们既不是瓦芒韦人也不是恩古尼人——她们不属于这世上的任何一个部落。相信我，当我在灌木丛中看到那个失明的男人和那个瓦芒韦女人时，我的怀疑就被证实了。我知道那个老人和那些女孩是谁。他就是头儿您总是提醒我们要小心的，并且要密切关注的那个传说中的‘迷失的不朽之人’，除了他之外不可能是别人了。他一定是出于什么原因已经占领了那个村落……”

“我们必须弄清楚他到底想让我们干吗。”领袖低喊，“我们可不是来陪这里的人或者不朽之人浪费时间的。来，兄弟们，跟我来！”

现在，要想成为一个复仇者就必须足够勇敢地去面对世上的任何事，不管是自然的还是超自然的。一个复仇者必须有足够的勇气走进一个恐怖的村落而且不感到害怕——甚至要敢于去让最丑陋的幽灵打包走人。复仇者们在这个世上无所畏惧，因为他们捍卫权利、真理和正义，并致力铲除和摧毁所有的邪恶，而这带给他们绝大部分人都不具有的力量和勇气。

我们感觉到复仇者们十分缓慢但很确切地包围了我们的村落。当他们每一个人都紧紧抓住所谓有魔力的“正义之矛”时，我们听到了他们的想法。然后我们全部走了出去，在遍布星星的夜空下欢迎复仇者领袖的到来。只见他正准备独身进入我们的小村落，并且只带着他那根沉重却是经过精心雕刻的“处决之棍”。

“我看到你了，复仇者，”当我感觉到他走进敞开的大门时，我对他说，“在和平时代我看到过你，而现在我再一次看到你了。我知道你们的人已经包围了这个村庄。告诉他们放下武器，然后平静地进入村庄。”

“你就是盲了的‘迷失的不朽之人’，我们知道是你让你的女儿们装作违法者引诱我们进入这个村庄。”复仇者领袖用一种陈述事实的语气说。

“你很聪明啊，戴着面具的兄弟。”卢娜乐迪叫道。

“安静，卢娜乐迪。”我说，“安静点，去把村落中心的火点燃。”

一百零三个复仇者列队进入。我听到他们把矛和斧子堆在村口附近所发出的响亮的金属撞击声，之后他们才围坐在熊熊的炉火边。这时，我吩咐穆瓦尼瓦尼和其他两个傀儡拿来五大罐和五十小罐啤酒给那些复仇者喝。当啤酒被拿来后，我每一罐都先喝一大口，因为按照法律要求，这是所有主人在将啤酒递给客人之前都应该做的一步。当啤酒沿着队伍从一个人传给另一个人的时候，我们可以听到大口大口喝酒的声音。

复仇者们为了喝酒稍稍掀起一点他们的面具，但还不至于完全露出他们的样貌，他们的样貌都被隐藏在用狮子鬃毛制成的沉重面具的阴影之下。当所有人都喝完酒的时候，领袖说："天主，我们感谢您！"

然后我站起身来，对着他们说："我的孩子们，神圣的复仇者们致力摧毁恶魔，我向你们致敬。我，迷失的不朽之人，我的心备受生活的摧残，我的双脚疲于奔走在无尽的陆地上，我在部落和国家之间游荡。这样的我，在今晚欢迎你们。你们之所以在这里是因为我想让你们坐在这里，坐在我的身边，聆听我要告诉你们的事情。我的孩子们，我来到这片土地是因为这里有成千上万的人在遭受着痛苦，成百上千的人被谋杀。无辜的受害者的喊叫声让我从很远的地方来到这里。今天我在这里——要利用那些恶魔般的人的愚蠢、野心和贪婪将他们全部摧毁。他们是威胁着曼波的两大分裂势力，即恩古尼和西部曼波。我的孩子们，我请求你们抬起头来听听我所说的这些话。"

我继续告诉他们我所知道的关于万巴、兹旺兹威和穆琳达的事情。我尽可能清楚地告诉他们反叛者们打算对抗至高无上的王马兰德拉并控诉他有多么愚蠢。在我说完之后，是一段漫长而沉重的寂静，还是午夜远处森林里传来的狮子的吼声和夜晚捕猎的胡狼的咆哮声及猎豹的咳嗽声打破了这份沉默。

然后领袖问道："噢，不朽之人，那个叫穆琳达的女孩，她在这儿吗？"

"是的，她在这儿。"

"她必须被带走。"

在卢娜乐迪叫了穆琳达后，穆琳达便从她的房间里走了出来，然后跪在严肃的复仇者领袖面前。我看不到那女孩，但是我可以看到她的灵魂，还有那正在撕扯着她的极度的恐惧。她希望大地可以突然裂开并吞没她。她意识到一个可怕的事实，那就是死神正盯着她，并且还意识到自己还很年轻就要承受这突如其来的残忍攻击。

"你就是穆琳达，洛奇奥和尼亚洛蒂的女儿，万巴·尼亚洛蒂的妹妹？"领袖用一种冷酷无情的声音说道，这种声音让最勇敢的人都觉得心惊胆战。

"我就是穆琳达。"

"十五天之前，你被你哥哥万巴叫去引诱兹旺兹威，也就是所谓这片土地的主人马兰德拉的儿子，然后把他骗到这片森林的某个地方，之后你哥哥便谋杀了他，是这样吗？"

"是的，就是这样。"女孩轻声说道。

"你和年轻的兹旺兹威，那个还不被允许和女人有任何来往的人，在森林里违背了古老的部落法律。然后你看到这个年轻人被你的哥哥和他的兄弟们谋杀了。是这样吗?”

“不……”女孩哭泣着说，“我……”

“到底是不是这样?”

沉默。

“说话，女人……到底是不是?”

“是这样的，但是……”

“闭嘴！我宣布你犯有谋杀罪，你不仅参与了这起谋杀，还违反了古老的部落法律，因此我现在就在此地判处你死刑。”

“救命啊!”女孩大声喊道，“我只是做了……”

当复仇者领袖用他手中沉重的“处决之棍”敲碎了她的头骨时，她的声音戛然而止。穆琳达一下子瘫倒在了地上，而此时，她的母亲正打算从屋里爬出来以央求复仇者们放过她的女儿。当这个沉默的母亲看到复仇者们站起来，还轮流朝她的孩子身上吐口水时，她发出一个绝望的声音后便昏倒在地。我命令马马纳和穆瓦尼瓦尼把她带到大棚子里进行医治。

“我们必须赶快前往伟大的皇家村落，然后警告那个愚蠢的马兰德拉，”复仇者领袖大吼，“那个地方离这里有四天的路程，所以我们必须在天亮之前出发。我只希望我们还不算太迟。”

当我的女儿们和我在马东都的村落忙着准备给马兰德拉和万巴发消息的时候，一件几乎毁灭性的大事正在马兰德拉的部落里发生着。

作为瓦芒韦部落首领的万巴很难像往常一样入睡，他的灵魂就像一个沸腾的情感熔炉，愤怒和苦楚，嫉妒和悲伤，都在他那扭曲的灵魂里咆哮着。同时，万巴逐渐意识到有另一种感觉正悄悄地在他不安的灵魂中蔓延着。这是一种前所未有的恐惧，这种纯粹而又赤裸裸的恐惧把他的心撕成一片一片，就像一群鬣狗撕扯着一头死去的水牛一样。

万巴很害怕，同时他也深知这一点，他害怕是因为那个唯一能把他的秘密计划泄露给恩古尼的人还存活在这片土地的某个地方，这个人就是穆琳达，也就是那个曾经被万巴困在一个洞穴里的他的亲妹妹，可她被某些不知名的女人救走了。这就是让万巴感到很焦虑的原因，这些女人是谁？她们从哪里来？现在又在何方？

穆琳达肯定已经把他的事都告诉她们了，对于这一点，他深信不疑。不久后，这些女人就会亲自或者让某人去告诉至高无上的马兰德拉。万巴知道他必须有所行动，而且还要快。一个可怕的计划已经在他那装满鬼点子的头脑深处形成了。

万巴在思考时停顿了一下，然后听着夜晚的声音——模糊而又遥远的狮子的吼叫声，附近树上猫头鹰发出的嘲弄的啼叫声。接着，从离他最近的帐子里还传来了女人的笑声，他内心的苦闷瞬间爆发，转化成了炽热的憎恨。他知道这是他的一个妻子在笑，而他却永远不能和她们做爱，因此她们必须要靠另一个人才能怀孕，那就是他可恶的表弟——穆金戈。

这是万巴第一百〇一次诅咒他的母亲，并且他还暗自发誓如果有一天看到她，他一定会亲手拧断她的脖子。“坏女人，”他想，“总有一天我会找到你，然后慢慢地折磨你，让你求生不得求死不能。我要让你为你对我所做的事付出代价——你居然让我一生下来就处于这种毫无用处、非自然的畸形的境地。我会让你为此付出代价！”

一阵阵欢愉的笑声再一次传到了万巴的耳朵里，而这个并不怎么男人的男人可以想象他的某一个妻子正躺在他表弟的怀里——即使这与哀悼期间的条令不合。

万巴紧紧咬住他的嘴唇直到鲜血直流。他声嘶力竭地大吼，用力地将拳头打在睡垫上。他一边流泪一边不停地咒骂着。他用力咬紧牙齿直到下巴生疼，然后他跳了起来，将拳头重重地砸在支撑着屋顶的柱子上，直到指关节流血。甚至当他这么做的时候，他都庆幸在黑暗中他无法看到自己裸露的身体。他自己的身体总是让他害怕、憎恶与恶心，这就是他总是穿着豹皮袍子，并完完全全地遮盖住自己的胸脯的原因。

万巴拥有女人般高挑纤细的身姿，同时他还有像女人一样丰满的臀部。他并不英俊，却有着女人般精致的美，甚至还有和女人一样的银铃般的嗓音。在紧紧包裹着的豹皮袍子下，隐藏着他带着伤疤的胸脯，那是他一次又一次地用憎恨和疯狂的方式试图去消除一些痕迹所造成的。

根据严苛的部落法，万巴本应该在出生时就被勒死或者被丢给鳄鱼作为食物。但是天底下又有哪个母亲会如此冷血地对自己的孩子下此毒手呢？部落法虽强大，却也比不上一个母亲想要救自己孩子的天性。就这样，万巴得以活下来并长大成人——却活成了别人不停辱骂嘲笑的对象。在这样的成长环境中，万巴逐渐变成了一朵带有剧毒的花——带着冰冷和与生俱来的对人类的憎恨。

“我要做一件伟大的事情，这会让后人都记住我——当他们从故事讲述者那儿听到我的故事时都会为之震撼。”他在黑暗的帐子里暗自咬牙道，“我要烧掉整个恩古尼和西部曼波！我会放一场无比大的火，每一天都会有数千人死去。明天，快来吧！黎明，快来吧！当看到成堆的尸体在太阳下腐烂，血如江河一样流过大地时，我将欢呼雀跃；当熊熊大火在部落间燃烧时，我将欢笑；当惨叫声划破天际时，我将歌唱。这一切都将在明天实现，明天！是的，我将在部落中央跳舞。就算是你们，你这个肥胖愚蠢的好色之徒马兰德拉，还有你那肥胖的白化变种妻子穆克卡萨（Muxakaza）——即使是你们，所谓恩古尼狗部落的国王和王后，我也要用你们的苦楚和悲伤来演奏，就像马林巴琴二重奏那样。我会把你们当作火把来点燃这一场前所未有的战争。你们将成为我的工具，我的走狗。同时，你们将亲手摧毁你们自己的和贝基兹韦的部落。”

突然间，一种奇怪的感觉就像一颗陨落的星体撞击着万巴的灵魂。他突然感觉自己就像是神，整个世界只不过是他掌心的一个小小的虱子——他可以轻而易举地碾碎这个虱子。他突然感觉自己仿佛是姆拉巴拉巴游戏的最强玩家，所有人类不过是他手中的石子，只能任他摆布。万巴感觉到一股力量从他身体里迸发，他那疯狂的梦想和血腥的计划深深地刻在他的脑海里，让他兴奋得浑身发抖。看啊，万巴已经变成一个幻象，一个赤裸裸的恶魔的化身，一个牵线木偶，他已经准备好让恩古尼和西部曼波的人民看到一场前所未有的最轰轰烈烈的战争了。

黎明前，他就起了床并在帐子外的黏土碗里洗了脸。他的耳边萦绕着早起鸟儿们的啼叫声，然后他穿上了他名贵的高级巫医装束——他的头饰两边都有角，并且还有伊萨卡布里尾巴上的羽毛在上端飘扬，他最新的斯普库上装饰着铜制鳞片和玛瑙贝壳，他宽大的腰带上穿着青铜珠子，及膝的黑色紫貂皮短裙上也装饰着玛瑙贝壳和其他珍稀的贝壳。

戴在他手臂上的铜制手镯闪闪发光，他双脚的脚踝上系着传统巫医用的小铃铛。然后他把他巨大的豹皮袍子披到肩上，右手拿着他沉重的狮子矛，慢慢地爬出了他的帐子。万巴就这样在雾气迷蒙的黎明开始了他前往马兰德拉部落的旅程，小心翼翼却又神情严肃。

恩古尼的雄狮，强大的马兰德拉，那个无所畏惧的人已经整整三夜没有合过眼，而且有好多天没吃过东西了。他的灵魂备受痛苦和燃烧的怒火折磨，这种痛苦并不具体指向某个人，但是这种怒火只需要一点点燃油就会爆发成巨大火焰，吞噬掉上千人的性命。

他坐在他的帐子里，用一种哀悼的姿态面对着墙。在他旁边的是他三个高贵的妻子。

穆克卡萨（意指战矛发出的摩擦声）是第一夫人，也可以称其为恩德卢·马卡兹（Ndlovukazi，母象）。穆克卡萨是一个其他部落从未有过的最奇怪的王后，在她丈夫辽阔的国土上，她总是成为人们窃窃私语的话题，即使在偏远的地区也是如此。穆克卡萨是恩古尼这个以美女著称的国家里最美丽的女人，但是她是一个被“诅咒”的人——一个白化变种。马兰德拉深深地被她的美丽所折服，他没有像人们对待白化变种那样把她丢下悬崖，而是让她做了第一夫人。穆克卡萨为马兰德拉生了两个儿子，而万巴偷偷地给了这两个男孩漏水的独木舟，以致最后他们都被淹死了。

第二夫人是祖则尼（Zuzeni，意指我所获得的），一个病态但是热血的女人。她是已经死去的兹旺兹威的母亲，她在失去她唯一的儿子后因为悲伤而变得有点儿疯癫。

第三夫人塞丽薇（Celiwe，意指我们要的那个），是个小巧的女人。尽管经过了三十年，但她依旧像个十六岁的少女那样，那双镶嵌在她那圆圆的黄褐色脸上的水灵大眼睛让她获得了斯科瓦纳（Sikhovana，小猫头鹰）的绰号。塞丽薇的善良就像她的美貌一样，她总是向需要的人施以援手。她也很有远见，而这为她赢得了好名声。以残忍和恶毒闻名的祖则尼和穆克卡萨这两个蛇蝎心肠的女人对她恨之入骨。她俩的恶毒体现在很多方面，比如：祖则尼已经养成了一种不正常的秘密的求爱习惯，像男人爱女人一样去追求和爱其他女人，尤其是年轻女孩。她的一个女仆是其秘密情人，祖则尼禁止她做很多事，比如看男人，否则她会受尽折磨直至死去；穆克卡萨则喜欢血腥的东西，她喜欢看见男人被杀，因此她总是出现在很多处决现场。她过去鞭打过马兰德拉后宫的很多妻妾，不把那些可怜的妻妾打到失去知觉、血流满地，她是不会善罢甘休的。

马兰德拉没有佩戴任何装饰品，他的妻子们也都没有，但是她们会清洗她们圆柱形发髻上的红色泥土，这是一种当人们的心是“黑色”的时候（哀悼时）的习俗。在这种时候，他们通常不会佩戴任何配饰，并且会在帐子里面对着墙壁坐着，只在必要的时候才说话。

马兰德拉是一个高大肥硕的圆肩男人，他有着高高的额头、又大又塌的鼻子和一张总是紧闭着的嘴，他的面部线条总是那么僵硬，他的眼睛仿佛能穿透一个人的灵魂。他是一个勇敢的男人，但是他既没有智慧又缺乏远见，而且从不知道仁慈是何物。他固执而易怒，他有不管三七二十一先杀了再说的习惯。

一个年轻的妃子进了大帐子，而此时马兰德拉和他的妻子们正以一种默哀的姿势坐着。这个妃子用拳头敲了两下自己的胸口，然后双手交叉放在面前，默默地问安。

“怎么了？”

“尊敬的国王，大巫医万巴·尼亚洛蒂来了。”

“让他进来。”

万巴·尼亚洛蒂爬进大帐子里，然后就像那个妃子一样双手交叉放在面前，亲吻了一下地面。他装出一种很懊悔的样子等待着马兰德拉来打破这沉重的沉默氛围。

“我的心腹，”至高无上的国王咆哮道，“你是我唯一信得过的人，我只愿意听你的声音。你是我眼前唯一依赖的并且可以照亮我生命中黑暗的人。告诉我，万巴，那个害死我儿子的秘密巫师到底是谁？三年前我在一天内莫名其妙地失去了两个儿子。我一直没能调查出那时候我的儿子们到底在河边做什么，至今仍没有一个人告诉我他们是从哪里弄来那个致使他们淹死在水里的独木舟的。现如今，我连兹旺兹威这个最后的希望都没有了。我只剩下上百个女儿——女孩，尽是些柔弱的女孩，她们甚至不能在战争中拿起最轻的武器。兹旺兹威也是不知怎么的就死了——以我第一个祖先的名义，我不知道是什么把他带到离家那么远的森林里去的。他到底能在那个洞穴里做什么？是什么让他去那儿的？那个跟他一起在洞穴里死去的男人又是谁？你知道的，那些调查者除了发现一些被鬣狗啃干净后散落的骨头和一些可以证实他身份的配饰之外，就什么也没找到。告诉我，万巴，问问那些鬼魂……给他们扔点儿骨头。倒立或者躺着……不管你用什么方法，告诉我到底是谁杀了我的儿子。”

“告诉我们吧，万巴，”第一夫人说，“告诉我们那个妄图让我丈夫断子绝孙的秘密敌人是谁。告诉我们到底是谁想让恩古尼之王不留下一点血脉就去天堂找他的祖先们。告诉我们是谁正在秘密地对抗着马兰德拉。”

万巴站起来并慢慢地举起他的手，然后指向天空。他整个身体剧烈颤抖着，就像一片在风暴中的叶子。他那双有着长长睫毛的眼睛变得呆滞无神，同时还口吐白沫。汗水像小溪一样从他的脸颊滑落，他的嘴里一直念念有词地进行着“灵魂对话”。高举着双手的同时，万巴非常缓慢地跪坐在地。仪式仍在进行着，万巴突然向前倒下，就好像背后有一双看不见的手推了他一把一样，然后他就这样躺了很长一段时间。马兰德拉和他的妻子们觉得自己的毛发都竖了起来，皮肤都起了鸡皮疙瘩。他们紧紧地盯着倒下的万巴，他就好像被巨蟒催眠了一样。过了一会儿，万巴渐渐恢复了过来，就像一个精神恍惚的人，或者说是一个梦游者。他慢慢地伸手揭开腰带上装着他的阿马多洛和马兹尼奥尔洛夫[①]的小袋子。

万巴双手拿着袋子，慢慢地把里面的东西倒在地上，马兰德拉和他的妻子们像被施了法似的盯着看——在某种程度上他们确实是被施了法。马兰德拉看着那些被慢慢倾倒出来的骨头、象牙碎片和贝壳，直到他感觉有点昏昏沉沉的。突然，就在电光石火之间，他双手抓起了那堆骨头，朝它们一次两次地吐唾沫并用力地晃动它们，让它们不停地发出碰撞的声音，然后他又突然地打开了他合起的手，把骨头撒到地上。

伴随着痛苦的尖叫，万巴从这堆骨头里跳开，仿佛它们都是蛇一样。他蜷伏在大帐子的中间，脸上写满了恐惧——一种故意想引起马兰德拉注意并让他担心的表情。

“这是什么，万巴？”他问道，“这些骨头代表了什么？”

“我不能告诉您，国王。”万巴小声说道。

“为什么，为什么？”穆克卡萨王后大叫道，“为什么你不能告诉我们？”

“我担心，哦，伟大的王后，”万巴小声说道，“我害怕极了！”

“万巴，”马兰德拉的声音很骇人，“告诉我这些骨头到底说了

① 山羊脚后跟的骨头，以及其他雕刻过的象牙和一些贝壳，这种奇怪的骨头、象牙和贝壳的组合，通常被称为骨头，用于占卜。

什么!”

“不!”万巴坚定地说,“不,永远不!”

“听着,尼亚洛蒂的儿子,”穆克卡萨咬牙切齿地说道,“告诉我们,你到底在这些鬼魂里看到了什么,否则你别想活着离开这里!”

万巴像女孩一样秀气的嘴巴紧抿着,瞬间变得冷酷无情,他说:“我宁愿死十次也不想告诉你们。”

“为什么?”温柔的塞丽薇问道,她扬起了她的眉毛,她美丽的眼睛睁得大大的,“为什么,哦,万巴,这些骨头到底说了什么?”

“我真的不能告诉您,哦,尊贵的国王。还是让别的人来告诉您关于这些骨头和贝壳的事情吧……”

“塞丽薇,”马兰德拉说,“去把聪明的卢瓦、穆金戈和我的妹妹诺米康顿(Nomikonto,战矛的女儿)叫来,快去。”

“遵命,君主。”

过了一会儿,塞丽薇回来了,她爬到大帐子里,身后跟着曾经爱和瓦芒韦人讲巫医故事的卢瓦及万巴的表弟穆金戈,紧随他们身后的是马兰德拉的大块头妹妹——像往常一样一半在内一半在外地被卡在大帐子的入口处动弹不得的诺米康顿。后来塞丽薇从里面拉她,一个妃子从外面推她,这才让她进到大帐子内。

尽管诺米康顿现在已经三十岁了,但她仍然没结婚并且还是个处女，因为在这世上没有比婚姻更让她感到害怕的东西了，仅仅是“丈夫”这个词就足以让她害怕到尖叫。

马兰德拉简单地给卢瓦和穆金戈解释了目前的情况，并要求他们必须告诉他这些骨头到底说了什么。卢瓦瞥了骨头一眼，这些骨头明显说明了“凶手就在这个部落里”。他的眼神几乎要把万巴看穿但又很好地隐藏了自己真实的意图，他说道：“这个胆小的人不敢说出真相是因为他害怕引发一场战争。这些骨头表明杀死您儿子的人就是您自己的弟弟。作为一个巫医必须要有说出真相的勇气，不管它是多么令人不快，哦，万巴！”

接下来是一片可怕的沉寂——这寂静是多么浓烈，你甚至可以听到羽毛掉落的声音。这沉寂实在是太可怕了，一个人的心跳律动就像同时敲响了上百个战鼓一样快。终于，马兰德拉打破了这死一般的沉默，他的声音就像是从遥远的洞穴里传来似的，轻得不可思议，他说：“再扔一遍这些骨头，万巴。”

万巴再一次捧着这些骨头，在它们上面吐了一口唾沫，用力地摇晃它们并再一次让它们散落在地。又是死一般的沉寂，穆克卡萨刺耳的声音划破了这寂静，她大声说道：“告诉我们这些骨头表示什么，快说！”

卢瓦用他那湿润的眼睛扫视了一遍这些散落的骨头，默默在心里说：“作恶的人很快就会被驱赶，他们的恶魔行径很快就会被拆穿。”但是他对马兰德拉说：“这信息跟上一次的差不多，我的国王。这些骨头指出那个恶人是一个男人，他跟您来自同一个子宫，是这个人偷偷地杀了您的儿子——并且他很快就会趁您睡觉时派托科洛西来勒死你。”

“你说谎！”诺米康顿尖叫道，“贝基兹韦哥哥绝对不会做这种事。你说谎，你这个外来的骗子。我的哥哥们彼此相亲相爱，你休想让他们自相残杀！”

“闭嘴，你这个又肥又丑的老处女，”穆克卡萨吼道，“你算老几，还妄想侮辱这些受灵魂庇护的人？你凭什么说万巴在撒谎？告诉我，你这个肥腻的女人，这难道还不明显吗?！你难道不觉得奇怪，在这片土地上有两个国王，为什么只有马兰德拉失去了三个儿子，而贝基兹韦的儿子却毫发无损？为什么我们不能在贝基兹韦还没带着他的妻儿进攻我们的时候做好反抗的准备？你难道没发现正在发生的一些事很奇怪吗？我以前总是怀疑贝基兹韦是个巫师，现在我很确定他就是。他给兹旺兹威下了咒让他迷失在森林里然后被人杀害，或许就是被贝基兹韦的跟随者们杀的。我很确信，这不是一个臃肿的老处女能做得到的……”

这个白化变种王后的话一下子就被打断了，因为诺米康顿强有力的拳头打在她粉嫩的下巴上。“你才是老处女，你这只污秽肮脏而且还被诅咒过的母狒狒！”她咬牙切齿地说。尊贵的王后失去意识瘫倒在地上。“我可能不知道是谁杀了马兰德拉哥哥的儿子，但是我敢肯定这个人绝对不会是贝基兹韦哥哥。这个人可能是任何人，他可能就是你，瓦芒韦部落的叛徒。你听到我说的了吗，万巴？那个人很可能就是你！”

“你疯了，诺米康顿！”马兰德拉大叫，“这个瓦芒韦人是这个世上最忠诚、最值得信任的人。他为什么要杀了自己主人的儿子呢？我想你需要一个男人的怀抱让你的脑子清醒清醒。来吧，穆金戈，带她出去。”

但是在穆金戈行动之前，诺米康顿就像一只肥硕的老鼠一样钻出了大帐子——她毫不费力地穿过了大帐子的出口，跑到她自己的帐子里并把自己安全地关在里面。之后，马兰德拉再一次转向万巴并要求他第三次扔那些骨头。这一次，万巴亲自解释了散落的骨头的含义。当他清楚地看到“老鹰将以迅雷不及掩耳之势对邪恶的家禽进行报复”时，他说的却是：“如若这头雄狮不马上行动，西方的鬣狗会拔光他的鬃毛。”

又是一阵死一般的沉默，马兰德拉开口说：“知道这些就够了。所以我的弟弟贝基兹韦想要杀了我，是吗？好，那我就只能先杀了他！”

在其他人反应过来之前，马兰德拉就走出了他的帐子并朝他贴身男童仆巴法纳（Bafana）和玛东达·东达（Madoda-Doda）吼道：“去通知所有将军部落还有所有的武装将军，让他们在中午前按照正式打仗的要求在大部落前集合好所有的进攻军队和防守军队。快去！”马兰德拉对玛东达·东达怒吼道。然后他又对飞毛腿巴法纳吼道："你，去告诉矛箭匠人，告诉他们我要他们带来五十万支矛，五十万把战斧和八万把大砍刀。快去……跑起来！"

这两个男童仆带着至高无上的国王的指令像风一样地跑走了。马兰德拉爬回他的大帐子，朝所有人怒喝道："现在我要向我的弟弟宣战，我要战胜他并把他像一条背信弃义的狗一样杀死！我会让他为给我带来的悲痛付出代价。你们，巫医们，你们去准备动员大会的仪式吧！"

万巴、卢瓦和穆金戈从大帐子里走出来，回到他们自己分配到的帐子里，以准备即将到来的仪式。对于任何一个巫医来说，这都将是他们见过的最有趣的仪式。万巴的脑海里闪过一个念头："你终于还是做到了，噢，万巴。马兰德拉就像一个愚蠢的大南瓜一样落到你手里了。他的行动都在你的计划之中，一场难以收场的战争马上就要开始了，马上！"

"蠢人生来就要沦落为智者的工具，"卢瓦引用了一句话，"那古老的谚语说'鹬蚌相争，渔翁得利'——是这样说的吗，万巴？"

"你俩安静点儿，在舞蹈开始前不要瞎鼓掌。"万巴说。

"他们的内斗无异于已经决定了我们的胜利，"卢瓦说，"马兰德拉这肥狗或许还蒙在鼓里，但是他已经做不成国王啦！"

"你们两个听着，"万巴简洁地说，"一旦马兰德拉跟他的军队离开，我要你们把每一个能够参与打仗的瓦芒韦人都领过来。我希望你们占领这个部落并且宣布穆金戈是恩古尼的新任国王，这样恩古尼很快也会变成下一个瓦芒韦了。”

“我？”穆金戈大吃一惊，“让我当国王？”

“这不就是你梦寐以求的吗，穆金戈？”万巴挖苦道，“你总是喜欢享受别人的成果，现在我就是在把我劳动的成果给你啊。”

“那你呢？”穆金戈问道。

“一旦你在恩古尼或者说瓦芒韦称王，我会开始我的征程，我一定要找到那个我势必要杀死的女人。待我杀了她，我就自尽。”

“你不是在说你的母亲吧？”卢瓦问道，“但是你不能……”

“没错，我就是在说我亲爱的、美丽的，以及令人深恶痛绝的母亲！”

“听着，你这家伙。”穆金戈怒吼，“你绝不能做出那种事。我们仍然需要你留下来，然后用你那诡计多端的脑子帮助我统治，万不得已的话，就算绑着你的手脚我也会这么做的。”

就在太阳悬挂在天空的正中间时，前两支进攻军队唱着赞歌，沿着通往大部落的小道而来。在最前面的是第一进攻军队，也称夜猫头鹰，每一个战士都戴着用狮子皮做成的头带，上面绑着两根高高的猫头鹰的羽毛。夜猫头鹰军队的战士们手执由白色玛格贝拉勋章装饰的黑色盾牌，手臂和腿上套着由羚羊皮做成的护甲。

在夜猫头鹰军队后的是第二进攻军队——火烈鸟军队，它是马兰德拉自己的军队。战士们手执白盾，头戴镶嵌玛瑙贝壳的插有火烈鸟羽毛的头带，他们在手臂、腿和腰上套着由白色牛尾做成的护甲。

在这两支军队后面，是令人闻风丧胆的乞丐军队，战士们头戴剑麻制头巾，身穿紫罗兰色丝绸短裙。他们手执由斑马皮做成的盾牌和一个形状像鱼一样的特制科诺基里传统非洲木棍。同时，乞丐军队的每个战士都是身经百战的老兵。

更加引人注目的是随之而来的那支军队，它有一个与其相贴切的名号——狂人军队。这支军队的战士不带盾牌，从头到脚都裹着被撕烂的老黑斑羚、胡狼和鬣狗的皮。这支军队只用镶着粗糙的金属钉子的棍棒和双头的战斧。他们的战士都进行过野蛮的肉搏训练，从未使用过矛。每个战士都是嗜血好战的狂人，不管什么时候，只要这群狂人开始打仗，他们的敌人就都会迅速逃之夭夭。这世上没有谁可以打得过他们，他们的名声甚至远播到巴鲁巴部落。

在狂人军队之后的军队就比较少了，他们中最值得注意的就是马古达奈——鼠队，这是一支由十七到二十岁的少年组成的军队。在正午时，有将近八十支军队——每支军队都有两千人，前进到马兰德拉的部落附近，就像一群蜜蜂围绕着蜂窝。

矛箭工匠游走在各军队之间，从男孩手上或从牛拉的雪橇上拿各种各样的武器分发给战士们。

用雪橇装来的玉米饼、肉，还有成罐装好的玉米酒也都被分发给了战士们。在吃饱喝足后，战士们便等待着指令。

不久后，当马兰德拉全身佩戴着战徽站在自己的大帐子门口时，将近二十万个战士齐声说出一句古老而传统的敬语："祖鲁王！"

（译者：陈奕璇）

瞧！毒蛇出击！

名字寓意为“追随者”的马兰德拉站在他那屋檐不规则地伸展着的圆形屋舍前，威严而又骄傲地望着他所集结的那些一眼望不到头的黑压压的战士。他的身侧站着六个赫赫有名的彩虹将军。有个驼着背，叫奈戈沃罗（Ngovolo）的歪嘴哑巴巨人，是一个有丰富作战经验的老兵，他指挥着整个乞丐军队。与他完全对立的马兰加比，是个有着罗圈腿、大脑袋的独眼侏儒，曾独自一人杀死了一群狮子，他指挥着狂人军队。然后是伟大的思想家马普普拉（Mapepela），他既聪明又勇敢，长得非常胖，他是唯一一个能胡吃海喝并且还敢和马兰德拉顶嘴的人，也是唯一一个能当着马兰德拉的面叫他“老雷胃”的人。马普普拉是马兰德拉的首席顾问，而且马普普拉有两个妹妹在马兰德拉的后宫里，其中一个就是著名的塞丽薇，那个才貌双全的女子。

然后是兹寇（Ziko）和马约兹（Majozi）两兄弟，他们一同指挥着夜猫头鹰军队。他们是热爱生活并且嗜酒如命的年轻人，同时又被誉为伟大的歌者和故事讲述者，他们曾为马兰德拉谱写过一首赞美长诗。

最后一个是长相凶猛且声音洪亮的老人索洛兹（Solozi），他曾受命于马兰德拉那命运多舛的被自己的妻子和女儿们所谋杀的父亲米提勇卡（Mitiyonka）。索洛兹这个名字意指一种南瓜，他在马兰德拉的部落中是最好的亦是最差的爱吹牛的人。索洛兹虽然天生羞怯，他从未和任何女人欢好过并且一直未婚，但他吹嘘自己曾拥有几百个情妇，实际上，这些情妇只存在于他丰富的想象中。他是最勇敢的人之一，但他的一生是一个巨大的虚妄，一个弥天大谎。

这些人是马兰德拉统领的那个有名的彩虹将军团的骨干，他们注定有一天要陪伴他们的国王踏上有史以来最伟大的旅程——阿萨兹（Asazi）之旅，通往“不知何处”的旅程。

男孩军队的成员们，即鼠队，领着十五头牛来到了马兰德拉的部落中心——这些牛将在为勇士壮行的仪式中被使用。每一个军队中被挑选出二十个战士，他们跑进第二道门，把十五头牛围在大空地的中央，周围数百个草棚就组成了马兰德拉的皇家村落姆兹翁韦（Mzinwengwe），意思是“豹子的村落”，而马兰德拉被亲切地称为“猎豹”或是“恩古尼的雄狮”。

从各军队中被挑选出来的人的任务是，在没有武器的情况下屠杀掉这十五头牛，可以踢、击打或撕碎它们。这些牛的肉被分成小块，然后涂上用树叶碾成的带着苦味的汁，最后再给战士们生吃。吃了这种肉后，人的胃就会很不舒服，嘴里甚至还会留下一种令人非常难受的苦涩味道，这就注定会在战斗中激发起一个人的斗志——而这也总是会给敌人带来灾难性的后果。

然后卢瓦、万巴和穆金戈，连同身材高大但面无表情的瓦芒韦女巫丹比莎·卢韦薇（Dambisa-luwewe），都从他们的帐子内走了出来。万巴、穆金戈和卢瓦从头到脚都裹着飘逸的纤维服装，看上去就像刚从恶魔岛的沼泽地里爬出来的无脸的长毛野兽。但女巫丹比莎·卢韦薇却什么也没穿，只戴着一副外露獠牙且带着丑陋笑容的面具——象征着女魔头瓦塔玛拉卡。丹比莎·卢韦薇赤裸的身上被涂上了红色、白色及灰色的粗条纹。她还带着两个大皮袋子，里面装着上万颗绿色小丸子，也就是可怕的鲁班吉药品，它可以把人变成一头凶猛的嗜血野兽。这种古老药物的威力是如此之大，众所周知，受其影响的人可以在断了手臂和带着血流不止的严重伤口的情况下继续战斗。

他们就像魔鬼一样起舞着、跳跃着、尖叫着，万巴和他的追随者们撕扯着那十五头牛，从一个兽群跳到另一个兽群中，并朝每个人的身上吐口水，还给他们取各种卑鄙的昵称。轻盈的丹比莎·卢韦薇跃至高空，在两头牛背上翻了个筋斗，然后在另一边双脚着地，随之迎来的是聚集着的战士们发出的阵阵热烈掌声。这时鼓发出信号，一声声似雷鸣，使所有人都感到恐惧。部落内外的战士们开始跳舞，每支军队都在各自的战斗领袖和彩虹将军的率领下保持着完美的队形。成千上万只踩踩的脚边扬起了刺目的红尘。

“嘿呦！嘿呦！”每个人都用力地吟唱着带有节奏的圣歌。然后围观的妇女们在茅屋门口凝视着草地的栅栏和树胶屏风。突然间，基基扎（Kikiza）爆发出令人毛骨悚然的哭泣：“li-li-li-li-kee-kee-keeee-！”得到这个信号后，丹比莎·卢韦薇又做了一个惊人的动作——在两头牛背上翻了个筋斗，随后万巴和另外两个男人一同跳起了舞。

在嗜血的号叫中，那些被选中的战士将拳头打在牛的身上，并用手撕扯着，试图将它们都撕成碎片。除一头牛外，其他所有的牛都在这群怒吼着的人面前倒下了，它们的眼睛被挖走了，耳朵被扯掉了，连犄角也被人从头骨上折断了。这头存活的野兽野蛮地反击着，它把人抛到高空，然后又把他们踩在脚底下。它挣脱了人群，冲向大空地，来到了马兰德拉和六个彩虹将军所在的第一道大门口，而这是一种不祥的预兆。

保持着沉默的驼背巨人奈戈沃罗一跃而起，在侏儒马兰加比跑到牛身后抓住了它的尾巴后，他便乘机抓住了那头野兽的犄角。

一场短暂的激烈搏斗之后，奈戈沃罗弄断了野兽的脖子，然后和马兰加比一起把尸体拖回了空地中央。鼠队的战士们把那些被牛顶死的人全部抬走，并迅速地把他们全部埋葬好。而其他战士则拔出砍刀，将死去的牛分成小块，每小块大约有两到三节手指那样的大小。等这一切都结束后，巫医们将恩特舒巴的树叶碾成汁并涂抹在肉上，使其变得非常苦涩。

马兰德拉一声令下，空地便被清空了，所有人都在第一道门和第二道门之间进进出出。当每个战士走过那堆难吃的生肉时，都要捡起一块放进嘴巴里，然后立刻开始咀嚼。为了确保所有人不把这种肮脏的肉吐出来，战士的领袖们在一旁严加看管着。那些试图快速咽下食物以免在嘴里留下污秽味道的人，都因此噎住而不得不让同伴们帮其捶打后背以减轻痛苦。战士们从第二道门走出来，咀嚼着，满是汗水的脸上长满了丑陋的疮口，而就在这时，戴着面具的丹比莎·卢韦薇把绿色的鲁班吉药品塞进他们的嘴里。每个人都被迫吞下肉和药品。

傍晚时分，大约有二十万个发怒的战士，伴着剧烈的胃疼和嘴里那种恶心的味道，快步经过马兰德拉与六个彩虹将军的身旁。每一个闷闷不乐的战士在经过他们的国王时，都会把右手置于心口处，然后弯腰敬礼。然而，许多勇士对马兰德拉发出低声咒骂，由此可见马兰德拉并不是一个受人爱戴的领袖。

伴随着一声惊呼，马约兹和兹寇跳出了将马兰德拉团团围住的人群，然后站在了他的面前。马约兹开始眉飞色舞地赞美他的国王，不停地跳跃着、跺着脚，还趴在地上，甚至做着倒立。

您就是夕阳下的黑鹰，
从加拉扎（Galaza）手中夺走了光芒，
您夺得光辉后又将其带了回来，
温暖着您巢穴中的幼崽。
您就是日出之狮，
尾随着怯懦的黑羚羊，
然后把它带回家，
以喂养我们，您的幼崽，直到我们长大。
诺姆乌拉（Nomvula）双峰之间流淌着智慧之河，
勇敢的米提勇卡点燃了勇气的火焰，
万岁，万岁，您就是上神。

有史以来最伟大的部落诗人吟唱着赞歌。当完成赞歌的最后一节时，他跳了起来，然后让自己重重地摔在了地上并躺在那里装死。这时，他的兄弟兹寇像战斗中获胜的战士一样踩在他的身上，同时还唱着歌，而这首歌注定会在未来的数十代人中成名。兹寇一只高举的手拿着自己的矛，另一只手则举着盾。他就这样站着，就像一座站立的雕塑，泪水顺着脸颊滑下，嘴唇颤抖地唱着《勇士之歌》：

我的耳朵听见战斗的鼓声已然擂响，
召唤我摆好战斗的姿态，
我的灵魂听见神的呼唤，
呼唤我做好牺牲的准备。
我已武装好自己，
现在一切就绪。
我的头上戴着战盔，
而我的牛皮盾牌紧握在手中，
在仲夏阳光的照耀下，
我的矛熠熠发光。
在我倒下死去之前，
在我心脏停止跳动之前，
我要派人去卡兰加的地狱，
上百个敌人或者更多在未来的岁月里到来的人，
将以敬畏的方式说起我的名字。
过去的岁月俯视着我，
无声的未来却在等待着我。
我死去的祖祖辈辈高声呼喊，
去征服吧，孩子，或为之而亡！

再见，再见，我亲爱的母亲，
再见了，我满脸皱纹的父亲。
再见了，我情定一生的爱人，
请别为我哭泣！
神啊，我不祈求您能让我平安归来，
但请保佑我战无不胜，攻无不克！

随着一阵震动天际的吼声，大约二十万人同时唱响了副歌部分，然后一次又一次不断地重复唱着最后一句。

对马兰德拉和他的六个彩虹将军来说，还剩下最后一个仪式。这能够考验一个人的勇气并使他的勇气展现得淋漓尽致，而且这也是简单有效的方法——投掷皇家矛。马兰德拉命令所有将军、士兵，以及军队领袖来到村庄大空地的中央。他们走过来，以国王为中心，围成一个圆圈。国王已经卸下身上所有的武器，除了一支矛。他必须将这支矛高高地抛至空中，并且尽可能地使之正越过战士们的头顶。这一做法主要是为了看看哪一个人失去了定力，会惊慌失措地抬头观察矛所划过的位置。矛会在空中回转一圈后，矛头朝下回落至他们中间，但是所有人都必须一动不动。

马兰德拉手握矛弯下腰，然后突然挺直了腰板，将矛“嗖”地射向天空。在这可怕的几秒钟里，将军们人人纹丝不动，所有人都屏息静气地等待着这一重要时刻。紧接着就传来一声闷响，然后大家的目光都转向了矛掉落的位置，它就在马普普拉大肚子边上擦过！最后插在了马普普拉脚边的土里并且整个矛身还在微微发颤。每个人的嘴里都发出一声弱不可闻的松了一口气的声音——测试结束了。

“所有军队，”马兰德拉吼道，“所有军队都给我踏着落日余晖，向西前进！向西前进！”

在最前方带头的是火烈鸟军队，其后紧跟着乞丐军队、狂人军队，以及夜猫头鹰军队。所有军队都保持着完美的战斗秩序，跟在后面的鼠队的队员则帮其他人运输睡垫、成千上万个玉米蛋糕和大块的煮肉等。

鼠队从未或者几乎没有参加过实战，他们只是营地的追随者和童子军。所有部落的军队都有一支或是两支男孩军队，有的多达四支。

第三夫人塞丽薇默默地躲在能遮挡住她的小屋入口的屏风后面，然后看着军队向西前行。随着军队越走越远，她听到他们的喊声越来越模糊。就像一个藏在暗处的懦夫抛出了自己的暗器一样，恐惧感——这种毫无意义的、毫无缘由的但愈演愈烈的恐惧感撕扯着小妇人的心。塞丽薇明知道某个地方出了问题，但她却不能具体指出到底是什么地方不对劲。虽然天气炎热，但她突然感到背后有一丝凉气，然后皮肤上起满了鸡皮疙瘩。突然一个细小的声音在她的脑海中说着："离开这个村庄，快离开！"

塞丽薇那圆圆的小脑门上挂满了宝石珠子，眼珠子睁得大大的，她的心跳漏了几拍。"我觉得将会发生一些可怕的事情，"她呜咽着说道，"但我又该怎么做才好呢？"

日之神消失在西山上空，而其最后一缕光芒也将片片白云染上了炽热的红色。黑暗之神，那个篡位者，渐渐地宣称这个世界被日之神遗弃了，直到树木轮廓鲜明地映衬着燃烧着的天空。上百个皇家牧童将成千上万头牛从牧场驱赶至围栏内。塞丽薇的耳内充斥着母牛们的叫唤声和牧童的口哨声。她小巧的鼻孔吸入一股新鲜的牛粪气味，而在她心里一直持续着一个奇怪的声音："快离开这儿！"

在东方的天空中升起了寂静的月亮——这颗被生命树在数百万年前用来震惊圣母的神圣发射物。渐渐地，邪不胜正，胆小的黑暗之神最终屈服了，因为和平之球在它那熟睡的婴儿头上洒上了一层闪烁的微光，使其不受肆虐的蚊子的叮咬。

哎呀！虽然和平之球朝被施了魔法的大地洒下了光亮，邪恶的步伐却依旧在大村落内悄无声息地移动着。成千上万只吸血鬼渐渐逼近防守严密的村落，他们的脸上还不时地扬起奸笑。他们在森林里暗暗埋伏着，静静地等待着万巴的到来，同时还在靠近大门处搭建了一个可点燃的小棚屋，用来作为攻击的信号。

所有的这些，塞丽薇都不知道。但随着夜幕的降临，她的内心变得更加不安。然后，她看见在那扇被老士兵锁住的第一道大门附近发生了一件奇怪的事情。

她看到了万巴和穆金戈正慢慢地接近那两个老守卫，并试图与他们交谈。但因为距离实在太远，塞丽薇一点儿也听不见他们在讲些什么。之后，她便瞧见卢瓦悄悄地从后面捅了其中一个老守卫一刀，而穆金戈和万巴则抓住另一个老守卫并把他拖到了暗处。一支矛在月光的映照下不间断地往下刺去，一次……两次……

塞丽薇转身就往马兰德拉的妹妹诺米康顿的小屋跑去。她看见她正躺在豹皮上，两个女仆正用一个装着温水的大石盆为她洗脚。

“公主，”塞丽薇气喘吁吁地说道，“我发现了三个奸人！他们刚刚就在第一扇门前杀死了那两个守卫……”

“什么！”诺米康顿一跃而起掀翻了石盆，并弄倒了其中一个女仆，“我早认为会发生这样的事，我就知道会这样！我那头脑简单、愚蠢至极的哥哥啊，我从来就不相信万巴那帮畜生！”

“我的公主，我们必须提醒所有妇女，”塞丽薇说道，“必须趁还有时间，让她们赶紧逃跑。”

“你们两个，快来，”诺米康顿对着她那两个女仆说，“快去提醒所有妇女，叫她们悄悄从第二道和第三道门离开。赶紧的……快去，快！”

“告诉她们，”塞丽薇补充道，“让她们进入森林，并在那座老鹰石雕附近集合。再派人去给那些军队的将军报信。抓紧，孩子，你们可得快一点！”

女仆们就像被烫伤的老鼠似的急匆匆地跑出了小屋。就在这时，塞丽薇灵光一现，她也跑出了小屋，后面紧跟着诺米康顿，她们行色匆匆地走进了第一夫人及第二夫人的寝屋。塞丽薇并没有想叫醒她们，而是拿来了马兰德拉的一个号角，然后跑出小屋并让诺米康顿叫醒熟睡着的妻妾们。在屋外，塞丽薇把号角放到嘴边，然后吹响了一长声和三短声，这是乌坎利博的信号——所有人都马上起来。

宫殿内有一些随时待命的士兵和守卫，他们即便睡觉也依旧佩戴着头饰，手中拿着盾牌及矛并随时准备为国王、村落和国王的夫人们牺牲。但同时从大门口传来了万巴冷漠且轻蔑的声音：“听我说，你们这些老掉牙的蠢货……整个村落都被我们给包围了。现在我们双方的人数比是2：1，如果你们敢竖起一根手指头，我就下令屠杀掉这里的所有人，包括男人、女人，以及孩子。只要你们放下武器，我保证你们能活着离开这个村落，并让你们安然无恙地度过余生。”

“你这么狡猾，拿什么保证呢？”年长的杰勒扎（Jeleza）将军问道，“国王的妻妾们又会怎么样呢？”

“噢，可怜的老家伙，我向你保证，”万巴冷笑道，“只要你不试图反抗，我就保证国王的妻子们毫发无损，所以你现在立刻放下武器。”

“万巴，我们的职责就是保卫国王的村落直到流尽自己最后一滴血，而且我们必将誓死从之。”杰勒扎迅速答道。

但和穆克卡萨及祖则尼一同从棚屋里出来的诺米康顿提高了嗓门，并且用沙哑的声音对杰勒扎和那些准备从四面八方进攻的随从说：“我哥哥最忠实的仆人，我命令你们的人放下武器。让鲜血白流是多么幼稚的一件事啊。我以马兰德拉的名义命令你们放下手中的矛。”

“但是，我伟大的公主，”头发斑白的老杰勒扎抗议道，“我们怎么能保证这个瓦芒韦的杀人魔会遵守他的承诺呢？我可不接受万巴・尼亚洛蒂许下的任何承诺，除非是神圣誓言。”

“万巴・尼亚洛蒂，”诺米康顿冷冷地说，“我，米提勇卡的女儿，马勒姆比（Malembe）的孙女，韦兹（Vezi）的曾孙女，特此向你挑战，你要许下神圣誓言来保证履行你的诺言，如果军队的这些人放下了他们的矛，不让这些已经沾满污物的矛再沾上瓦芒韦人的血，你就必须保证守卫及国王马兰德拉的妻妾们能安然无恙地离开。我，诺米康顿，历代君王的纯正的皇家女儿，向你挑战，要你立下神圣誓言。”

“我接受你那可鄙的挑战，恩古尼万年偷鸡贼的老处女女儿，”万巴大笑道，“我以至高神、圣母始祖玛的银色大腿，以及人类的第二位母亲马米拉维的乳房发誓，同时我还以伟大父亲奥杜的腰起誓。只要这群人臣服并放下武器，我就绝不让这个村落沾上一滴血。我，万巴，尼亚洛蒂的儿子，道乌迪（Dawudi）的孙子，卡班加（Kabanga）的曾孙，在此立誓。”

接着，万巴跪倒在地并用舌头舔着地上的尘土，在他完成庄严的宣誓后，凶残的瓦芒韦大军便涌进了最高首领马兰德拉的村落。

（译者：陈越威）

胡狼的话一个字都不能信

当瓦芒韦士兵从四面八方涌进村落并穿过十道大门，寡不敌众的龟团士兵放下了他们手中的武器并开始在空地中央隆重地燃烧起自己的灰色头巾——一个彻底但值得敬佩的投降信号。然而，令村落所有人震惊的是，万巴举起他偷来的矛并向蜂拥而至的瓦芒韦士兵们喊道："给我……瓦芒韦的勇士们……给我杀掉这群可怜的老恩古尼傻瓜！将他们斩尽杀绝！"

瓦芒韦的士兵们，大部分都醉醺醺的，还有药品刺激着他们的腹部和大脑，麻痹着他们的神经。根本就不需要任何指令，他们立即扑向手无寸铁的龟团士兵，毫不留情地残杀他们。

不断地有尖叫着的成年男性被嗜杀和虐待成性的瓦芒韦士兵用钝刀和带有倒刺的捕鱼枪夺去生命。万巴和穆金戈冷酷的面容上泛起冷淡轻蔑的微笑，他们肩并肩站着看这场可怕的屠杀，还对那些试图在这一残酷行为上胜过其他人的追随者点头以示鼓励。哀号的孩子和惊恐的女人发出的呼喊声与刺耳尖叫声交织在一起。

嗷！如此平静可爱的银色之夜却被恐惧的呼号、垂死的苦痛，以及人类的血腥味所玷污。勇敢的龟团战士们被折磨并杀死，一个都没有被放过。但是，当瓦芒韦士兵忙着杀害那些手无寸铁的老战士时，其他八个马兰德拉的男仆在两个贴身男童仆巴法纳和玛东达·东达的指挥下，拿了食物和武器偷偷逃进了黑暗森林中。他们分别坐在马兰德拉的十头最强壮的牛身上，同时还赶着另外五十头肥牛。这些勇敢的男仆并没有偷窃，他们打算把所有这些牲畜带到远处群山间的一个隐蔽处并安全保护着，直到马兰德拉回来。他们没有时间将国王所有的牛都带走，但是他们在当时已经尽了最大的努力了。

当瓦芒韦士兵结束折磨与屠杀那些不幸的老家伙后，他们就站在沾满血的尸体上，用热切和渴望的目光望着他们的领导人万巴和穆金戈，然后又把目光投向了如受惊的黑斑羚一样的男女老少们。

穆金戈冷笑一声并指着妇女和孩童说道："他们都是你们的了，啊，我的胡狼们！对他们做你们想做的事情吧，但是先给我抓住一个叫诺米康顿的傲慢女人。她应该由我，穆金戈，瓦芒韦和恩古尼的最高首领，把她变成真正的女人。"

诺米康顿公主被粗暴地抓住了，但她用指甲、脚和牙齿奋起反抗，咬掉了一个男人的鼻子和另一个男人的耳朵，在被抓住并牢牢地缚住手脚之前，她握紧拳头，敲掉了十个男人的牙齿。

他们把她带进屋内，诺米康顿看到塞丽薇挣脱了瓦芒韦人的魔爪，然后在一个女人的小屋后面消失了。她瞥见第一夫人穆克卡萨在地上奋力地挣扎着，一个魁梧的瓦芒韦人用他的拳头对着穆克卡萨一阵暴打，他在尽全力阻止着这个凶狠却又美丽的白化变种女人的抵抗。到处都是在与瓦芒韦人做激烈斗争的女孩与妇女，而孩子们，无论是活的还是死的，都像失去母亲的小羊一样被糟蹋着。

诺米康顿哭了，当她被粗鲁地拽着头发拖到小屋的入口处时，她为她自己哭泣，也为这片土地上那些类似的正落入一群残暴的男人手中经受着羞辱的女人哭泣，而这些男人从未想过自己的暴行会对受害者的纯净灵魂造成怎样的伤害。

诺米康顿慢慢睁开因为疼痛而模糊的双眼，看见穆金戈就像一个丑恶的影子一样站在那里。显然，他对自己的所作所为感到非常满意，他那扬起残忍微笑时露出的一排像象牙一样洁白的牙齿，与他那淌着汗水、像乌木般丑黑的脸庞形成了鲜明的对比。当穆金戈用尖锐的牙齿狂野热情地亲吻着诺米康顿光滑的脸颊时，诺米康顿感到一阵刺痛，她也感受到了当穆金戈的指甲深深嵌进她腰后时传来的疼痛。

“我从未拥有过像你这样的女人，诺米康顿，”穆金戈喘着气说，“你必须成为我的妻子，我的第一个王后。”

“不……绝不……那绝不可能发生……我宁可死！”

“这很大程度上取决于你怎么死，美丽的女人，”穆金戈悄声说，“很大程度上取决于你怎么死和你多快会死……”

“死就是死，与死时穿的毛皮斗篷无关，”诺米康顿冷静地引述道，“而且如果你不杀了我，我是一定会杀了你的，穆金戈！”

“我知道你会这么做的，所以我得先杀了你，还有马兰德拉的所有妻妾。”

“谢谢你，你可是帮了我们一个大忙。快杀了我们吧！”

“好的，”穆金戈笑着说，“我会杀了你们的，但是不会让你们就这么痛快地死去。”

丑陋的脸上挂着微笑，胖硕的穆金戈扯着诺米康顿的一条腿把她从小屋里拖了出来，然后将她扔到昏迷的、如被丢弃的花朵一样躺在地上的穆克卡萨、祖则尼和卡塔齐勒（Katazile）的身旁。她听见穆金戈对他的手下说：“留着那些处女和年轻女人并让她们成为你们的妻子。去把马兰德拉的所有妻妾带过来，我为她们还有这个有血性的诺米康顿做了个非常有趣的安排。”

诺米康顿目睹了八百多个梳着蜂窝状发型的马兰德拉的妻妾被野蛮地拖拉或是粗暴地推搡到一块离主屋不远的空地上的全过程。她们有的大声尖叫着，有的低声呻吟着，其余的则陷入昏迷中，对正在发生的事情一无所知。

“天一破晓就带这些女人离开，伙计们，”万巴冷冷地说，“我要你们把所有女人都带到远处的马赫迪山洞，然后再把那里封锁起来。我只说过不让她们流血，可没说不把她们活埋。现在先快点清理掉村落里的这些已经僵硬的尸体，然后为午夜盛宴屠宰公牛。”

在瓦芒韦军队忙着执行万巴的命令时，有个男人忽然走向他并跪倒在他脚边说：“请允许我向您汇报，哦，伟大的首领，就在刚刚，马兰德拉的妻子塞丽薇逃进森林里去了。”

“担心这个干什么?”万巴轻声说道，“她不会走太远的。森林里全是狮子和豹子。回去帮你的同伴继续干活吧。”

塞丽薇很害怕，而且她发现自己迷路了——迷失在这黑暗森林的深处，四处回响着不绝于耳的狮子的怒吼，她知道这些长毛的怪物早晚都会发现她的。现在在她因恐惧而麻木的大脑里只有一个想法——找到一棵她可以爬上去的树，而且越快越好。

现在对她来说，马兰德拉的所有妻妾中就她一个人成功地从瓦芒韦人手中逃脱已不再是一种安慰，因为这种逃跑又有什么用呢？虽然名誉是完好无损了，但也不过是狮子接下来的一顿饱餐罢了。

塞丽薇听到身后传来一阵沙沙声，她害怕地低声尖叫并跪倒在地。当听到那个声音离她越来越近时，她正蜷在草木茂盛的地方瑟瑟发抖。她的脑子里响起了两个声音，一个让她赶紧站起来奔跑，另一个则让她继续蜷着不要动，也不要管经过的是什么东西。

最后恐惧还是占了上风，她跳了起来，然后一边尖叫着一边疯狂地往丛林里奔跑。追逐她的竟是一只嬉戏的猎豹。塞丽薇像野猪一样奔跑，但还是被猎豹追上了。在极度慌张之下，塞丽薇像只松鼠一样跳上了一棵莫帕尼树，但她忘记了猎豹跟狮子不一样，它也会爬树。因此，在她爬上树以后，老猎豹也紧跟着爬了上来，并用它耙子一样的爪子把她长长的皮裙从腰上扯了下来，差一点就扯到了她的肉。

塞丽薇没抓稳，然后以一种极不优雅的方式倒栽葱似的在空中旋转了一圈后重重落地，摔昏了过去。当她逐渐恢复意识并睁开眼睛时，正对上就躺在她身旁一臂远的猎豹的眼睛，一支长箭深深地插在它邪恶的心口处。

“我得救了……我得救了！”她想。但是塞丽薇依然大吃一惊，当她挣扎着站起来时，一只温柔的手臂抓住了她的手腕，然后把她拉了起来。而她看到的是万巴军队的那个女巫医——丹比莎·卢韦薇的高颧骨、方下巴，以及硬朗的脸庞。

“你！”塞丽薇喘着气，“你……”

“不要恨我，塞丽薇。我救你是因为我和你必须在西部曼波的这片土地上找到一种能够警告马兰德拉的方法，否则他就会做出一些让他后悔的事情并使整个国家多年陷入悲惨的境地。但是首先我得告诉你，尽管我看起来是在跟万巴和他的同伙一起做事……”

“似乎与他们一起做事，丹比莎·卢韦薇！你怎么能说尽管你看起来是在跟万巴和他的同伙一起做事这样的话呢？”

“给我一点时间，啊，马兰德拉国王的第三夫人塞丽薇，”丹比莎·卢韦薇说，“请给我点儿时间解释。首先，我不是瓦芒韦女人，我也不是巫医。你看，我是来自巴鲁巴游牧部落的女人，我跟着穆金戈和万巴两年多了，却一直在伺机杀掉他们，让他们为以前对我父亲的所作所为付出代价。他们不知道我是谁，当然，就像你一样，他们也以为我是一个瓦芒韦女人。”

“但是这说不通啊，”塞丽薇大口喘着气，“这两年里你已经足够接近穆金戈和万巴了，如果你想杀了他们，你早就可以动手了，你还在等什么呢？”

出乎塞丽薇意料的是，丹比莎·卢韦薇眼里竟噙满了泪水，她说道：“很明显，我的行动其实毫无意义，一个很深层的原因就是，塞丽薇，你看，这两个人里有一个人手中私藏着一块叫作“奥杜之眼”的可怕石头。”

“但是这只在童话和古老传说中存在啊。”

“‘奥杜之眼’并不是童话，塞丽薇，它是真实存在的，而且除非有人尽快把它修复并将其交回它真正的主人手中，否则村落林立、人口众多，以及有寂寞的鬣狗号叫着的恩古尼和西部曼波在不久后都将会成为过去的回忆。”

“这些话好吓人，丹比莎·卢韦薇，”塞丽薇说道，“它们使我害怕，让我有种不祥的预感。你想说什么，请清楚地告诉我。”

“让我们先爬上那棵树，越高越好，塞丽薇，”丹比莎·卢韦薇回答道，并指着距离她约百步远的一棵树，“然后我会清楚地告诉你我想表达的意思。”

随身带着用豹子骨头做的弓、装满箭的箭筒及短刀的丹比莎·卢韦薇帮助塞丽薇爬上了树。很快两个女人坐在了高高的树上，她们靠着树干，双脚在空中晃动着。塞丽薇正在吃酸酸的树木果实，睁大眼睛等着听丹比莎·卢韦薇要告诉她的事。

“在一个叫作兹马·姆布吉的大堡垒里有一个巨大的空心的神像，它代表宇宙的至尊母神，传说中她是至高神的母亲。那些相信这一说法的人，把至高神看作至尊母神永生的孩子，因为他们认为至高神控制着宇宙，就好像一个孩子拿着他的玩具一样。在那个巨大神像里面有一个祭坛，上面有一个青铜做的小神像——一个总是散发着炽热红光的神像，因为在它里面有一块由特殊放射性物质构成的被称为“奥杜之眼”的神秘石头。有人说它跟小孩的头差不多大小，几乎没有人在青铜神像外见过这块石头，而那些看过的人都在不久之后便死了。据说如果一个人暴露在这块石头的直接辐射下，他的肉体就会开始腐烂，而且这些肉会变为一堆堆恶臭的腐烂物从他的骨头上掉落下来，尽管这个人还活着。如果有人直接接触到这块石头，他就会死。但是当这些光线先透过青铜神像再照到人身上，那这个人就不再是一个普通人了，他就会成为一个超人，一个半神，然后他可以看到做到普通人看不到做不到的一些事情，他甚至可以成为一个永生的人。

“没有人被允许靠近至尊母神的神像，而有幸能将自己暴露在神像下的人只有卢维吉蒂的皇帝姆努姆塔巴和他的皇后纳姆塔巴，另外还有十几名被指派专门看守这个伟大神像的战士祭司。

“据说，没有人敢试图窃取发光的青铜神像，而且‘像青铜神像一样安全’的谚语已经成为卢维吉蒂最吸引人的传说之一。

“我的父亲穆奈古（Munengu）是一个有名的小偷，他和我的母亲在我出生前从最北部的巴鲁巴地区迁移到了卢维吉蒂，并试图窃取守卫看守着的青铜神像——我母亲开玩笑地奚落他，实际上却刺激了他，并表示这比偷牛还要引人注目。令我沮丧且使我母亲感到恐惧的是，父亲成功了。他在两个兵卫的饮用水里下了麻药，然后在他们躺在地上的时候，平静地带走了神像，而那时候兵卫们只能眼睁睁地看着却无能为力。

“我们意识到他这次要出事了，于是便一起带着神像穿过平原，向北逃亡。两个月后，我们穿过赞比西河来到了恩古尼。几个月来，我父亲一直将神像藏在我们住的小屋的一个洞里。但有一天，在啤酒盛宴期间，他犯下了一个致命的错误——在穆金戈的面前吹嘘了自己的壮举。

“万巴和穆金戈抓住了他并对他进行严加拷打，然后从他口中得到了他们想要的所有信息。随后他们把他绑在火刑柱上，用熊熊大火烧死了他。同一天晚上，他们突击搜查了我们家并杀死了我的母亲，而我因躲在谷仓里才得以逃脱。

“穆金戈的突击队员发现了神像并把它交给了他们的首领穆金戈，可穆金戈却将它藏了起来，没人知道藏在哪。因为万巴和穆金戈都没有见过我，所以我才能成功地装扮成一个瓦芒韦女巫，并参与到他们对付马兰德拉的征服计划中去。我唯一的目的就是找出穆金戈隐藏的青铜神像并收回它，最后让万巴和穆金戈为谋杀我的父母而付出代价。

“到目前为止，我还没能发现神像被藏在哪里。但是我希望当它被找到的时候，我能够亲自确保它被归还至卢维吉蒂，不能让它再落入道德沦丧的人手中，也不能让现在遍布恩古尼各地的间谍给姆努姆塔巴递送消息以证实他们所怀疑的偷了神像和拥有神像的人事实上就在恩古尼这片土地上。不然在后一种情况下，姆努姆塔巴的军队将入侵恩古尼大地，然后用武力夺回神像。如果与姆努姆塔巴开战，恩古尼必将被毁灭，因为卢维吉蒂的军队是如此强大，以至于在这片陆地上没有什么可以挡他们的道。我实在不想让恩古尼仅仅因为我父亲的过失而被屠戮。现在趁着为时未晚，我希望万巴和穆金戈能够被抓住并能说出神像的所藏之处。”

“你怎么知道在恩古尼的土地上有卢维吉蒂的间谍？为什么你肯定姆努姆塔巴可能会攻击我们的国家？”

“那个卢瓦，愚蠢的万巴和穆金戈还把他当作瓦芒韦人，还和他做朋友，实际上他是残暴之人穆维杜（Muvedu），是兹马·姆布吉的战斗祭司之一。我能清楚地认出他，但他不认识我。我还认出了一个小祭司卢奥（Luao），他用‘达禾迪（Dahodi）’这个假名字在村落之间到处贩卖河马脂肪。我最后一次看到他时，他正给穆维杜一个长长的留言条。”

“卢奥，或者是穆维杜，知道万巴和穆金戈拥有“奥杜之眼”吗?”塞丽薇问。

“他们一直不确定，直到两个月前，穆金戈不经意提到他和万巴有个青铜神像藏在某个地方，”丹比莎·卢韦薇回答说，“自此，他们一直试图找到神像的所藏之处。但是，像我一样，也失败了。我看到卢奥（或达禾迪）给穆维杜的留言条是姆努姆塔巴亲手写的，上面写着：‘除非穆维杜成功地在两个月之内找回铜像，否则姆努姆塔巴就要进攻恩古尼，用武力夺回神像。’一天晚上，在他和马兰德拉密谈的时候，我溜进了卢奥的小屋，偷偷读了这个留言条。那是一个月前的事了。现在离姆努姆塔巴发起攻击只剩下一个月了。我们只有一个月时间去找被诅咒的铜像了。”

“而且，”塞丽薇说道，打断了丹比莎·卢伟薇的话，“只有我们及时联系到马兰德拉，阻止他攻击他的兄弟，南方的入侵者才不会有任何机会进攻恩古尼和西部曼波。否则两个部落会因相互冲突而变得四分五裂。”

“是的，当然，这在很大程度上取决于你和我。让我们向至高神祷告，希望还来得及阻止他们！”

绝望的塞丽薇哭着问道：“告诉我，姐姐，我们现在该怎么办？”

“我们要做的第一件事就是在天亮之前到达你哥哥的村落，请求他的两个儿子，还有任何其他可以找到的人，和我们一起进入西部曼波。我们都必须骑牛赶路。希望我们还赶得及。”

但是，这两个女中豪杰还是来迟了，而且迟了整整一天，她们没能阻止这场可怕灾难的发生，也没能从一个叫马兰德拉的傻瓜手中挽救出无辜的人民。迟了一天就完全为时已晚了，她们没能阻止这两个大部落的正面冲突——这两个部落根本不知道共同的危险正从南方向他们蔓延过来。现在双方已经变得苦大仇深，根本不可能团结起来，更不可能以对抗姆努姆塔巴军队的形式面对共同的敌人。

太阳的第一缕光芒染红了飘浮的云层，树木间回荡着鸟儿们的歌声，缕缕薄雾像热情的幽灵似的在森林和山谷间徘徊着，晶莹剔透的露珠在每一棵树的叶子上闪闪发光。太阳在东方的天空中越升越高，慢慢地，飘移的雾气被驱散到九霄云外。

不可思议的是，数千张蜘蛛网在湿漉漉的草地上显得异常明显。一只黑斑羚独自从树的阴影中走了出来，它的黑眼睛在柔和的晨曦下闪闪发光，它那奇形怪状的影子在身后被拖得很长。它闻到了某种气味……一种强烈污染着晨风的气味……人类！

孤独的黑斑羚能辨别出死亡的气味。这是它从纯粹的痛苦经验中知晓的，所以它回到了可以得到庇护的灌木丛的友好怀抱中，然后转身离开。它在露珠镶嵌的灌木间优雅地跳跃着，然后又停住了，在一片茂密的灌木丛中小心翼翼地观察到几百个人。但有些不对劲，这些人中的大多数是女性，而且她们看起来很不开心，有些人正在哭泣，其他人则在恳求那些对此充耳不闻的武装人员。这些女性似乎都是俘虏，正要被带到某处杀死。小黑斑羚因感知到邪恶力量的涌动而恐惧地颤抖着，它的蹄子剧烈抖动着，然后突然转身逃跑。它不希望被来自人类大脑的邪恶气息所污染，那些就像来自“奥杜之眼”的辐射。

“哇呜！哇呜！”

老坤德狒狒很是困惑，它抓了抓自己的红屁股并且愤怒地盯着那些在它所停留的大石头下面有着奇怪行为的人类，它的配偶就在身边。“哇——呜！”它想知道“为什么”。

“我不知道。”它大声地回答，感到同样的困惑。

是的……它也不知道为什么这些奇怪的人类会来到这里，做着它现在所看到的事情。他们把许多女性带进了一个巨大的洞穴，而那雄伟的山脉底部的洞穴正是它们的家。现在那些令人难以置信的人类生物正在努力用石块封住洞穴的入口，以防止女人们逃脱。其中一个女人刚尖叫着从洞穴中逃出来，就又被两个男子击倒并扔回到女人堆中。现在这个洞穴已经被完全封闭，五十个男人拿起他们的武器和棍棒回到了森林里。

老坤德想知道为什么这么多既好看又健康的女性就这样被糟蹋了。它知道以自己狒狒的思维根本无法理解这种情况。

“反正，”它认为，“要是我有这么多女人，绝不会就那样浪费掉。”

穆金戈正站在已经被他据为己有的皇家大主屋的门口，看着自己的数百名瓦芒韦战士正在建造一个三重栅栏。他下令加强村落的戒备，要做到“一只老鼠都进不来”。新的栅栏将会使用锋利的木桩和尖锐的金属刺。他的耳朵里充斥着斧子砍木头、锤子敲击炽热的金属以制成锯齿状工具的噪声，同时响彻云霄的还有那两千个劳动着的男人的欢呼声、咒骂声和口哨声。

穆金戈看到他的表哥万巴走上了通向第一扇大门的一条蜿蜒小路，身后跟着卢瓦和几个刚处理完马兰德拉的妻妾们后从洞穴回来的男人。穆金戈从万巴僵硬的笑容中看出，一切都严格按计划顺利进行着。但是万巴的笑令穆金戈深感不安，在他邪恶的灵魂里不祥的黑暗云层阻碍着胜利的太阳。他终于实现了自己一生中最大的野心，但出于某种原因，他并没有真正感到幸福。他现在是人类的统治者，但是胜利的啤酒在他肚子里却变质了。

他不安得就像放牛郎煎锅里的蝗虫。他热衷于成为最高首领，就像有的人喜欢吃富含姆比扎泻药，喝充满苦味的浓汤一样。万巴敏锐的眼睛可以洞察一切，无论多么微不足道的事。因此，穆金戈的表情无疑向他透露了一切。

万巴用他和往常一样的嘲讽语气问道："为什么我英勇伟大的表弟今天早上表现得像一只胆小的河马？你在烦恼什么？或者什么事情正在困扰着你，哦，穆金戈？"

"没什么让我感到苦恼的，万巴，"穆金戈咆哮道，"我只是在想一些事情。"

"你唯一能想到的事情就是女人，穆金戈。你现在想的一定是非常丑的女人，不然你的丑脸上怎么会出现这种表情。"

"万巴，"穆金戈说，"我不太舒服……以十条怪狗的名义，那是什么？"

每个人都转过身，顺着穆金戈所指的方向看去，然后就看到了一个从头到脚涂抹着白色黏土而且看起来像女人的生物沿着小路走来。她似乎正拿着一根棍子，同时上面还串着一个男人的头。那个可怕的女人越来越近，除了穆金戈、卢瓦和万巴之外的所有人都拔腿就跑，像兔子一样逃进了森林里。

就像一个梦游者一样，那个女人慢慢地向这三个男人靠近。穆金戈后退了几步，停了下来，祈祷着“‘奥杜之眼’，捍卫我们！”这话使得被穆金戈和万巴称作卢瓦的男人眼里闪出一束奇异的光芒。

这个浑身涂满黏土的女人在离三个男子只有两步远的地方停了下来，然后万巴从她手中接过附有留言条的棍子。已经部分腐烂的人头落地后发出了巨大声响，一块被蠕虫侵蚀的腐肉飞溅到穆金戈的右脚上，吓得他猛然嘶哑尖叫。

万巴仔细且万分小心地读着附在那根棍子上的信息：“堕落的鬣狗，我们正在看着你，总有一天我们会将你碎尸万段，你这个卑鄙地杀死了自己父亲的畸形凶手。我们，三个女人和一个长生不死的老盲人。”

“不朽之人已经发现了我们，哦，万巴，”穆金戈粗声说，“我们接下来该怎么办?”

“给我闭嘴，你这满腹牢骚的东西!”万巴叫嚣着，“别忘了我们还有“奥杜之眼”，有了它我们可以击溃任何不灭的东西，不管他们是在明处还是在暗处。”万巴对着面无表情的女人冷冷地说道：“转告那个派你来的人，我，万巴·尼亚洛蒂，随时恭候他的大驾。就算我是只烂鬣狗，但至少我还有牙齿。”

“我……会……告诉他。”幽灵似的女人转身离开时说道。然后三个人看着她，直到她消失在森林深处。

万巴突然间转过身来面朝着卢瓦，脸上流露出令人难以置信的仇恨。紧接着穆金戈便听到万巴短刀发出的嗞嗞声，只见他把卢瓦的头砍了下来，在其身体倒下之前，头先从肩膀上滚落了下来。

“万巴！你疯了！”穆金戈咆哮道，“你竟然杀了他，你这个笨蛋！我以百万魔鬼的名义问你，你到底怎么了？”

“没什么，”万巴冷冷地说，“你自己走过来看看，你这个蠢货！”出乎穆金戈意料的是，万巴撕开尸体上的腰带，并把尸体踢翻使其靠右侧躺着，“看，快看他左臂！我们瓦芒韦人何时开始改崇拜月亮了？”

穆金戈眼珠子凸起，盯着尸体左臂那闪亮的部落印记看。这印记象征一弯新月，里面一圈微微凸起的结节代表着星星。“哼，傻瓜！”万巴冷冷地说道，“你现在还有什么好说的？”

“他不是我们的人。”穆金戈焦虑地说。

“他当然不是。你到底是怎么搞的？”万巴质问。

“我……我不知道啊……”穆金戈挠了挠头，困惑地说道。

“听着，傻瓜，那个部落的印记与我们所拥有的发光神像肚子上的形状非常相似。我认为这个奸细来自南方的部落，他们的神像被我们偷走了，然后他一直在试图将它偷回去。现在你明白了吗？”

穆金戈灵光一闪，然后眼前一亮，说道：“万巴，这意味着可能有更多的奸细混在瓦芒韦人里。来吧，我的表哥，我们现在必须采取行动！”

“某人终于开始思考了！你打算怎么做，穆金戈，去把他们找出来？”

“你很快就会知道了，”穆金戈飞速奔回到村落，然后大声吼叫道，“所有人都到我这里来！快！要快！”

战士们纷纷从他们躲藏的小屋和森林里跑了出来，成百上千的人都聚集在村落的中央空地上。然后，穆金戈又一次高喊，再次他发出了一个奇怪而且完全出乎大家意料的指令：“每个人都解开腰带！”

男人们瞠目结舌地互相对视着，他们摇着头，有些人眉头紧皱以示疑惑，有些人甚至尴尬地笑了起来，而其他人则偷偷地看着万巴和穆金戈，然后轻拍了下自己的额头。

“你们都听到了吗！”穆金戈叫道，“快解开自己的腰带！”

“如你所说，我的首领，”一个名叫姆波波（Mbobo）的健壮士兵说道，“但是请告诉我，你这是打算用触角清理我们的肠子吗？”

“别开玩笑，姆波波！”穆金戈大喊，“照我说的做！”

姆波波解开了自己的腰带，并嬉皮笑脸地把它扔到了穆金戈脚边，然后他背对着首领，礼貌地鞠了一躬，“我希望我的最高首领喜欢我谦卑的后背”。

爆笑声四起，其余瓦芒韦人也陆陆续续地解开了腰带。很快，万巴和穆金戈就被这整齐排列着的几千个臀部的奇异景象给逗乐了。

不过，其中一名男子拒绝解开自己的腰带，他转过身然后试图冲出门去，但是万巴的动作比他更快，不久尘土飞扬，两人凶狠地打斗了起来。穆金戈也加入了这场打斗，并狠狠地打了那个名叫达禾迪的人一拳，而这一拳直接把他打得不省人事。万巴扯开男人的腰带……毫无意外的是，就跟死去的卢瓦一样，他的左臀部也有一个新月形的印记。

“所以，我们捕获了另一个间谍……杀了他！”穆金戈喊道。

“我们先审问他一下，”万巴说，“弄醒他，姆波波，然后再把他带到森林里的部队里去。”

达禾迪被姆波波用水泼醒后，又被姆波波、卢苏（Lusu）和玛贝韦（Mabewe）拖进了森林，万巴、穆金戈，还有另外十五名男子紧跟其后。穆金戈带着一根粗大的牛皮绳，一端系着绞索，脸上露出了极其凶恶的笑容。最后他们来到了森林里的东加，这是一个非常古老的地方，它的墙壁上长满了小灌木丛和其他植被。在东加的地下有六处由成千上万只蚂蚁聚集而成的蚁冢，这些蚂蚁被称为“日出的战士”，而它们也是现存的最大的蚂蚁。达禾迪可以看到人类的骨骼在阳光下白化，这些受害者的头骨正是很久之前马兰德拉喂给那些可怕的蚂蚁的餐食，而这个地方也是在马兰德拉还是个孩子的时候偶然发现的。达禾迪看着万巴的手下砍下了一棵高大的树并修剪掉多余的树枝，然后，穆金戈将绳索套在达禾迪的腋下并收紧绳索，同时姆波波把他的手脚牢固地绑在一起，绳索的另一端则系在树干的细端处。

然后，这十五名男子小心翼翼地将这节树干推向东加边缘，他们坐在较粗的一端，以防止它完全滑入洞穴。万巴把俘虏逼到边缘并将其推倒，他并没有跌到谷底，而是在空中悬挂着，巨型蚁冢现在离他的脚板特别近，几乎是挨着的了。

“达禾迪，”万巴冷冷地说：“除非你希望我们把你投给蚂蚁作食物，否则你必须张开你那张丑陋的嘴巴，并且清楚地、真实地回答我的问题。”

“我没有什么可以告诉你的。”达禾迪咬紧牙关。

在树干另一端的男人们慢慢地将树干抬离地面，达禾迪那一端开始沉下去，直到他那双被牢牢绑住的脚站在一堆蚁冢的中间。当密密麻麻的蚂蚁朝他的大腿爬来时，达禾迪吓得大声尖叫。很快，他就感觉到自己的双脚好像被浸泡在了一壶正在沸腾的水中，而这群嗜血的东西钻进他的肉里，血液顺着大腿流了下来。

“饶命啊……饶命啊……我说我说！只要是你想知道的，我什么都说。但是求你先把我拉上去！”

“那可真是太好了！”穆金戈高兴地搓搓手，“来吧，朋友，先把他抬起来一点，好让他开口说话，等他说完再把他从痛苦中解救出来。”穆金戈最后几句话用的是一种很不祥的语气，这使得控制树干的男人们倒吸了一口冷气。他们把尖叫着的达禾迪拉到了原先位于蚁冢上方的那个位置。

“嗯，开始吧，我的小猴子，让我们听听你到底要告诉我们些什么。”万巴愉快地说。

达禾迪把他们想知道的一切都告诉了他们——他的真实姓名是卢奥，有关于他的任务，在恩古尼这片土地上的其他间谍的名字，还透露出姆努姆塔巴意图在下个月进攻以抢回青铜像的计划，同时扩大他庞大的帝国。

等到他说完一切，万巴便命令操纵树干的手下们把他放了下去。这个不幸的间谍倒在了蚁冢上面，而树干则压在了他的身上，成千上万只蚂蚁不停地吞噬着他的肉和骨头。

邪恶的计划正在万巴脑中恣意疯长。当他们慢慢地走回到村落时，万巴将他大脑里快速思考出的结果告诉了他的朋友：

“马兰德拉是一个非常不受欢迎的首领。他的残忍和固执使得很多人都憎恨他。恩古尼部落的很多人都会愿意追随我们，穆金戈，他们会为我们夺取政权而感到高兴。我认识他们中的一些人，我会去部落劝说他们站在我们这边来强化我们的军事力量。听着，穆金戈，我们现在面对着两个敌人——姆努姆塔巴和马兰德拉。一旦他们知晓我们已经夺得了大权，他们可能很快就会回来。无论他们谁先进入这片土地，我们只有足够强大才能抵抗得住。我们必须安排一千名兵士立即开工，让他们使用所能找到的最大树木，制造出不少于五百只的军用独木舟。我想让我们的军队能够抵抗任何试图穿过赞比西河的入侵者。

“面对姆努姆塔巴的进攻，这个国家的命运将由赞比西河的水域战来决定。你必须再安置一千名战士，将皇家大主屋四周围拢起来，并且我想要在两到四天内稳固并强化每一个重要的屋舍和村庄。通知每一个村落里的人。现在，快点，我们没多少时间了。”

万巴讲话的艺术如此高超，非常成功地欺骗了人们相信他和穆金戈的本事。于是在第二天日落之时，他成功地完成了他最疯狂的梦想——他成功地勾起了成千上万名恩古尼农民和军阀对他们那位合法的但暴虐到被众多子民所深恶痛绝的国王马兰德拉的不满情绪。万巴举行了一次又一次盛大的印达巴会议。仅在一天内，他就举行了三次大会，而且每次出席的人数不少于三万。

他向他们保证了很多事情，还用从马兰德拉那里获得的许多钱款贿赂了一些军阀。他甚至威胁这些军阀，如果不合作就派托科洛希来对付他们，从而迫使不少人因为害怕而加入他的队伍。

成千上万的农民，甚至恩斯韦拉波亚（Nswelaboya）的不法分子，都加入了穆金戈的军队。很快，这支军队就发展到了两万人——他们都誓死为万巴和穆金戈战斗到流尽自己的最后一滴血。

全国各地都即将建成强大的堡垒和岗哨，在恩古尼没有合法统治者的情况下，只要万巴还活着，马兰德拉的王位就会一直掌握在穆金戈手中。

为了得到更多的拥护，穆金戈废除了一条法律：每个人的牛栏里只要出生三头牛犊就必须把其中的两头赶到皇家主屋以向国王致敬。没错，在穆金戈夺权后的那四个难忘的日子里，他得到了很多人的支持。但是出于一些他自己也不明白的原因，穆金戈感到越来越不安和害怕。

而且这种不安的感觉随着时间的流逝日益强烈，这种感觉强烈地折磨着他的灵魂，他开始幻想每个人都密谋着想要杀害他，暗杀者潜伏在他所看到的每一个灌木丛后面。他拒绝吃饭并叫嚷着食物里有毒药或巫毒药水。他独自一人处在这个充满了无数低语着的阴谋者和狡猾刺客的世界中，他感到孤单。他甚至杀死了自己的一个新妻子，只因为他觉得她会在他睡觉时趁机杀害他。他赤手空拳撕碎了自己最喜爱的猎犬，并生吃了一些它的肉，想象着这是诺米康顿潜伏在他身后并从背后向他捅刀子。

之后，就在他统治的第十个晚上，他爬进了自己的小屋，然后肩膀下垂着，眼睛盯着小屋中心的篝火，一个人坐了很久。突然，他觉得自己听到了有人在他身后移动的声音，这种恐惧的感觉撕裂了他。他转过身，看到自己的影子在屋内那面扭曲的墙上跳舞，紧接着他的想象赋予了它血红色的眼睛和尖锐的牙齿。穆金戈直冒冷汗，接着一跃而起，哭喊起来："你是谁?"影子没有回复。穆金戈抽出了他的非洲大砍刀，尖叫道："你是来杀我的，是吗？好啊，那我先杀了你!"

穆金戈挥动着大砍刀，情绪激动地砍向自己的影子，当然，影子也回击到他的身上。“你不能杀了我……我不会让你杀了我的!”

这个疯子挥舞着大砍刀不停地猛砍，把小屋砍得七零八落，一捆捆干草四散纷飞。从一面墙到另一面墙，穆金戈围绕着小屋不停地追逐着自己的影子，疯砍着一个他自认为也在同样凶狠地攻击着他的刺客。然后，在疯狂的暴怒中，穆金戈砸倒了三根支撑着半球形屋顶的支柱，随着一声叹息，屋顶在他耳边轰然倒塌。穆金戈被草堆的重量压在了壁炉上，干燥的草被一阵凛冽的夜风吹得猛烈地燃烧起来，然后伴随着歇斯底里的尖叫声，穆金戈就这样死了。

第二天，万巴宣布自己成为瓦芒韦部落和恩古尼部落的首领。

（译者：费逸伦）

挣脱死亡之爪

在兵士遍布的深谷中，当万巴和穆金戈忙着折磨卢维吉蒂帝国的间谍达禾迪时，诺米康顿和马兰德拉的八百五十名妻妾却面临着被活埋于马赫迪洞穴的困境。洞穴里幽暗潮湿，无比闷热，在这狭小的空间里她们寸步难行。渐渐地，潮湿的空气开始侵入她们的肺，女人们气喘吁吁，她们不再想着去移开封住洞口的巨石，因为即使竭尽全力，结果也只是徒劳。此外，她们也没有气力进行呼救。诺米康顿公主知道自己正面临有史以来最残酷的死亡，她感到非常害怕，想到死亡是一回事，面对死亡却是另一回事。诺米康顿公主想活下去，她没有勇气如部落的律令所说的，如穆克卡萨和其他年长的妇女所建议的那样——在黑暗中拥抱死亡。她的肺里和鼻尖弥漫着湿热气流产生的雾气，每当她喘息时便会吸入更多污浊的空气。

她的脑袋隐隐作痛，里面尽是阵阵嘈杂声。周边的女人呻吟着，喘息着，一个个相继倒下，然后成堆地躺在她脚边——最上面的压着下面的人，最终导致一个个相继窒息而亡。现在就只剩下诺米康顿一人还站着，她努力地用背抵着粗糙的岩石，甚至尝试着把手抠入坚硬的岩石表层。她知道自己活不了多久了——事实上她觉得自己正在坠落……坠落……

“不，我不能死……我不能就这么倒下然后死去。我是诺米康顿，是战王的孩子。”她慢慢地站起来并痛苦地蹒跚前行，然后开始沿着巨大的洞穴壁挪动，但又被同行的受害者尸体绊倒。一些同伴仍在地面上奋力喘息、挣扎，其他人则都平静地躺在地上……无声无息。

“不……不！”诺米康顿自顾自地呻吟道，“我们不能就这么死去，一定会有出路的……”

这个洞穴非常大，她浑然不觉自己沿着山洞边缘缓慢前行了多久。不知道是什么给了她继续前进的力量，那是她潜意识里自己点燃的小火焰——这火焰让她回忆起小时候听说过的一个古老传说，传说中所讲的洞穴正是现在将她带入死亡的洞穴。

她继续靠着岩石壁缓慢前行，尽管岩石割伤了她的背，磨坏了她的指甲……

然后，她突然发现岩石的两个不同部分之间有一个很大的裂缝，并且裂缝中源源不断地涌出一股股生命气息。她把脸贴近裂缝，一次又一次地呼吸着清爽的空气。她吸气呼气，越来越快，然后传来她的声音：“氧气，氧气，氧气!”

新的力量、希望和疯狂席卷而来——这个女人试图掰开裂缝，是的，她在使劲地掰着岩石，但是这一大块花岗岩却纹丝不动。她又试图推开岩石，这时传来微弱的噼啪声，她切实感受到旁边的岩石在轻微地移动。

满怀新的希望，这个女人用尽全力去推这块巨石，然后巨石似乎在不知不觉中又松动了一些。一个响声突如其来，是一块隐藏的岩石被她轻微的动作移开的声音，然后只听见“砰”的一声，石块落在了她右手边一胳膊远的地方。她因险遭不测而颤抖着，但很快她又继续推着那块慢慢屈服的巨石，接着当另一块岩石也被移开时，一股凉风涌进了山洞。“我们得救了，我们得救了!”

其他女人听到叫喊声后，便相互转告身边的人，然后爬过其他倒下的躯体，朝新鲜空气涌入的方向移去。“救命！救救我……别离开我……我还没死！但是我起不来，动不了了……”

嘈杂声、挣扎声不断地在诺米康顿耳边响起，然后她朝人群喊道：“我诺米康顿在这里。所有能够移动的人，去帮助那些还活着的人往这个方向移动。我以马兰德拉的最高名义命令你们!”

“我的妹妹，你一定会成功的，”第一夫人穆克卡萨沙哑的声音传来，“可是，这空气是从哪里来的呢?”

诺米康顿说：“噢，穆克卡萨，看来那古老的传说是对的。”这个山洞是地下河卢伦格瓦·曼加卡蒂斯（Lulungwa-Mangakatsi，南非北部的河）的入口之一，它向北流入大尼安德萨湖。这扑面而来的空气就来自那条可怕的河，噪声也是如此。

“噢，殿下，你又是如何让空气进来的？”卡塔齐勒在黑暗中问道。

“我得推动这块大石头，”公主回答道，“如果我们大家能一起推它，我想我们就能将它推开。”

“石头有多大？”

“大约有一头未完全发育的大象那么大，但它是圆的，可能会向旁边滚动。”

“所有人都到公主殿下这儿来，”第一王后喊道，“所有能够做事情的女人都移到公主这边来，来帮她推石头。我要回去帮那些昏迷不醒的人，这需要两个人来帮我。”

女人们在黑暗中移动着，其中一人大声地擤着鼻涕，吐了一口唾沫。在地上的尸体堆中，那些恢复意识的人发出了呻吟，黑暗中，一个人悲叹道：“母亲，别让我死……救救我……救救我……”

女人们摸索着走向诺米康顿公主那里，很快有五十双手都放在了巨石上将石头推开来。“我的天啊！”其中一个女人喊道，这个女人身材高大，臀部宽挺，她是鲁拉玛尼（Lulamani），是一个美丽的舞蹈家。她因为无法抑制对爱人的渴望而被妻妾们戏称为恩赫乐巴娜（Ncelebana，渴望男人的妓女）。“以生命树之吻的名义……这岩石上刻的是什么啊？”

“这是什么，鲁拉玛尼？”诺米康顿问道。

“这是一个铭文，皇家铭文——一个刻在岩石深处的铭文。”

“你能用手指感知它的意思吗？”诺米康顿问道。

“等等，让我感觉一下。不行，我辨别不出这些乱伦和污秽的记号。”

“别说脏话了，你这个饥渴的女人，”诺米康顿喊道，“你是我们中唯一能读懂石头上和鼓上铭文的人。赶紧念一下！”

“引诱我，哦，鳄鱼，”鲁拉玛尼愤怒地咒骂道，“我想……我想我能分辨出一些关于通奸的内容。”

“好吧，告诉我们铭文上写了什么！”

鲁拉玛尼摸着一个又一个字符，尽管这些文字在几千年前就被首批语言使用者刻在了石头上，但由于所有部落的语言都发源于此，所以任何部落中凡是通过训练学过语言的人都可以破译解读它们。

最终她成功地破译了所有字符，并直接读出了信息的内容：“未来的子民们，我们要警告你们：这块圆形岩石背后隐藏着很多神秘暗黑力量，不要触碰它。作为仅存于世的两个星辰之子，我们这一男一女，在此警告你们。明天我们就要死了，在此警告你们所有人。”

未来　子孙们　我们　警告　你们　巨大　岩石后面的恶魔

我们　两个幸存者　星辰之子　男人　女人　死　明天

“噢，我的天！”诺米康顿喘气说道。

“他们是谁？”卡塔齐勒问，“星辰之子是谁？”

“这是一个任何人都不准复述的禁忌故事，”鲁拉玛尼说，“我可以告诉你们，但你们必须明白如果我们能活着出去，你们永远都不能再对其他人说起。”

“如果我们能活着出去的话。”诺米康顿回道。

“星辰之子是一个异乡人到来之前就存在的部族。他们是巫师部落，毕生都在寻求我们根本就不想知道的东西，他们住在尼亚萨岛附近的禁谷。在星辰之子一族开始创造他们自己的女神——一个宇宙有史以来最完美的女神后，始祖女神玛与火神穆塔姆库鲁（Muotamkulu）一起摧毁了禁谷。”

“什么？”诺米康顿喊道，“星辰之子创造了一个女神？”

“是的，”鲁拉玛尼说道，“这彻底激怒了圣母始祖玛，然后她用疾病和火彻底摧毁了星辰之子，甚至把他们创造的动物也一并毁掉了。只有我们现在所知道的斑驴、长颈鹿和霍加狓等几种幸免于难，如今在森林中和其他动物一起自由地生活着。”

“这就是长颈鹿发不出声音的原因！”卡塔齐勒喊道，“因为它是人造的，而不是神造的！”

“是的，霍加狓和斑驴为什么如此不完美，形状如此奇怪，也源于此，因为它们的祖先并非由生命树所造。”

“那么，为什么我们视这些野兽为圣物呢？”卡塔齐勒好奇地问道。

“因为我们通过它们纪念那些星辰之子，他们是唯一被创造的人类，他们能够达到完美的巅峰。他们进化得是那么完美，从而不受仇恨、恐惧、贪婪、欲望的奴役，更不用说是患病了。他们比始祖女神玛还完美，但他们也因此被彻底摧毁。在伟大的神灵眼里，宇宙中不存在完美的容身之所，完美和邪恶是一样糟糕的。倘若一场比赛变得终极圆满，它也就自动失去了意义——就像一名跑步选手，在到达终点后就会停下来，因为再继续跑下去就没有意义了。”

“但石头后面究竟有什么邪恶的东西呢？”诺米康顿问道，“我们不能再待在这里了，不然会死于饥饿和干渴。我们必须设法从这里出去，这里唯一的出路就在这块岩石后面。”

“公主殿下，我们极可能永远迷失在暗河流动的地下隧道里。”

鲁拉玛尼严肃地说，“但是我认为这种快速的死法倒胜于缓慢的饥渴而亡。”

“鲁拉玛尼，据说有这样一些地方，那里一些暗河会穿过深深的峡谷，在裸露的地表上流经一小段距离，直到再次消失于地下，”诺米康顿说，“如果我们沿着暗河的河岸走，就很可能找到这样的地方。”

鲁拉玛尼平静地回答道：“假使暗河有河堤，沿着河堤我们就能走。”

“毕竟，试一下我们又有什么好损失的，最多也不过是失去这个被玷污的躯体罢了。”诺米康顿说。

“我并不认为仅仅因为被几个瓦芒韦人用武力占有了，我就算被玷污了。”鲁拉玛尼笑道。

“你这个肮脏的女人！你本就没有女人的骄傲和尊严。”诺米康顿尖叫道。

“哦，公主殿下，您可以说我下贱，但我在很多方面都比您要好得多。我会微笑着面对生活的艰辛，我不会用伪装的骄傲包装自己，我也不会说自己拥有虚无的荣誉和尊严。因此，再多男人的虐待都不会让我觉得自己被剥夺了这些我所拥有的东西。

“而您恰好相反——您现在准备放弃您年轻的生命，仅仅因为穆金戈毁了您的贞操，毕竟穆金戈只是对您做了一件别的男人迟早会对您做的事，他只不过让您完成了您天生的使命。

“像您这样的人在这残酷的世界里永远活不长。您的倔强让您不愿向生命里的风暴低头。您就像一株可怜的树苗，试图抵御暴风的肆虐，而不愿优雅地屈服于风暴过活。除非您能在一生中时不时地放下想象中的骄傲，否则总有一天您会发现自己跳进了悬崖，您的生活很快也会变得难以忍受！”

诺米康顿没说什么，她知道自己无可辩驳，因为鲁拉玛尼说得对。她知道尽管鲁拉玛尼对男人有着变态般的渴望，但她也是涉足凡尘的聪慧女子，从她性感的嘴唇里吐出的每一句话都比尼安扎湖更深奥，更有智慧。鲁拉玛尼擅长让人们面对生活的真实，而非自我欺骗。她的话让那些自我欺骗的人睁开了眼睛，给那些悲伤的人带来了欢乐，给绝望的人带来了希望。

在绝望和悲伤的黑暗里，鲁拉玛尼总像希望之星一样闪亮着光芒。在爱的时光里，她比太阳底下其他所有女人都更耀眼。“好吧，我们现在该怎么办?”停顿了很长一段时间后，诺米康顿说，“我们是留在这里，还是推开石头挑战背后的黑暗?”

“邪恶只会伤害那些自找麻烦的人——至少老话是这么说的，”鲁拉玛尼说，“我想我们可以推开石头，在黑暗中抓住生的机会。如果这块岩石后面有什么邪恶的东西，它只会在我们寻它麻烦的时候才会来伤害我们。我们不会自找麻烦，也不会探寻过去的秘密，我们只想从这个鬼地方找到出路。”

在万巴和其部下的矛头逼迫下进入马赫迪山洞的八百五十多

名妇女中，现在幸存的仅有五百一十六人，其他人都静悄悄地倒在了洞穴的地上——溘然长逝，无法唤醒。

穆克卡萨为唤醒她们试了一次又一次，但终是徒劳。这位美丽的白化变种王后在地上的躯体中搜索着，还不时地抽泣，尽其所能地去晃动这些躯体并希望她们能死而复生。同时她还感受着每个身体心脏的跳动，当她发现某颗心脏停止跳动时，便会尖叫出声。在她发现一名妇女用小刀刺穿自己，已自我了断时，她惊愕地哭出了声，这把小刀一定是女人放在自己皮裙下偷偷带进来的。

“把刀从尸体上拔出来，”诺米康顿说，“我们可能会用到它。”

在诺米康顿的命令下，女人们走上前把她们的手和肩膀抵在石头上，并竭尽全力地推着它。她们推一会，歇一会，然后周而复始地进行着。每次她们推石头的时候，都会感觉到它在一点点退让。

突然它被推动了，并从这些紧绷着躯体的女人身旁滚开，她们中很多人因此失去了平衡，黑暗中她们脸朝下跌倒在地。紧接着洞穴顶部传来了一阵不祥的隆隆声，这声音预示着巨大石板即将倾塌，而且就在这些浑身冒汗的女人的头顶上。“退后……退后！快跑！”诺米康顿尖叫着。

“这些肮脏的石头想要压碎我们，”鲁拉玛尼喊道，“你们这些不洁的女人，快逃命吧！”

岩顶坍塌，随之传来一阵万雷齐响般的轰响声音——犹如来自地狱的咆哮，轰鸣不绝。瞬间狂风大作，像卷山羊皮娃娃一样把一些女人卷到了山洞的另一边。大风狂啸，把脚下的地面吹得起伏摇晃，喷淋的火星四处飞溅。滚滚尘埃吞没黑暗，令人窒息。锋利的岩石脱离头顶的巨石板，然后像矛一般落下，刺穿人的头骨、身体，并把人钉在地上。因痛苦和恐惧而发的尖叫声相互交错，那声音就如初生老鼠听到仲夏轰鸣的雷声时发出的吱吱声。

渐渐地，岩石的怒火平息了下来，偶尔才发出几声巨响，接着，一切又回归寂静。这是一阵漫长而痛苦的寂静，而打破寂静的是来自那些被碾压的残破的身体的喘息声，还有零星的低沉的呻吟声。

最后，黑暗中传来一个沙哑空洞的声音：“我是第一夫人，穆克卡萨……我是第一夫人，请还活着的人出个声。”

“诺米康顿公主在这里，”传来了另一个声音，“我安然无恙，只是受了点惊吓。”

黑暗中又传来一个低沉悦耳的声音：“我也是，要是再来几块石头就会要了我的命的。哦，诺米康顿公主，我一定要活下去，直到我把你未来的丈夫变成通奸者。”

“是你吗？鲁拉玛尼？”

“是的。你没料到我还没死，是吗？”

“事实上我也是这么想的。”穆克卡萨强颜欢笑道。

之后，其他女人也相继大喊出声以表明自己的身份。而令诺米康顿感到害怕的是，只有两百二十八个女人还活着——连健谈且爱管闲事的卡塔齐勒也死了。

诺米康顿在黑暗中默默地哭泣着，而穆克卡萨则在岩石间摸索，寻找那些被岩石钉住腿或手臂的重伤员。然后，用那把小刀插进她们的心脏以使她们摆脱痛苦。之后，幸存者们又在幽暗的洞穴仔细搜索了一番，寻找那些可能还躺着并意识不清的人，但一无所获。

在搜寻过程中，有一个女人遇到了一件非比寻常的事情，而这对她们接下来的旅程有了很大的帮助。这既奇妙又危险的旅程，她们需要沿着可怕的卢伦格瓦·曼加卡蒂斯河的河岸，深深地、深深地进入地壳深处。这个女人就是杜杜扎（Duduza），她闻到了皮毛烧焦的味道，还看到一片红光，一片火红的斑点，以及被洞穴里强烈的气流吹散开形成的闪烁的小火焰。来自陨落岩石的火花落在一个已经殒命的女人的皮裙上，奇迹般地变成了一团燃烧的火。杜杜扎喊来诺米康顿公主，并向她报告了自己的这个奇特发现。

没过多久，这三个领军人物就意识到她们已经有照亮道路的火把了。很快，诺米康顿把死去女人的裙子扯下来，把它卷起来，然后从焖烧着的小块地方吹出火苗来，一堆火也在山洞的某个角落烧起来了。几十双勤劳的手一起收集着数年来被吹到山洞里的干草，再将干草卷在撕裂的裙子里制成了火把。

二百二十八个女人不得不牺牲她们的裙子做火把，每条裙子可做两个火把。最后，诺米康顿、鲁拉玛尼和穆克卡萨每人都拿着一个点燃的火把（其余各人携带两个未点燃的火把备用），带着她们朝这条向下倾斜的隧道走去，沿途巨石滚落，有的甚至滚进了地心。

女人们的耳边充斥着如千万瀑布般响的咆哮，劲风阵阵，似乎要吹灭摇曳的火把。女人们都知道她们正在靠近可怕的卢伦格瓦·曼加卡蒂斯河，所以心脏跳动时都带着恐惧。在闪烁火把的微弱火光照映下，妇女们脸上的恐惧之色和难以抑制的恐慌清晰可见。她们的心脏剧烈起伏，一张张深褐色、乌黑色、黄褐色，甚至那张白化变种粉色的脸上，尽是恐惧的汗水。

领头的女人们从狭窄的斜坡地道中走了出来，来到一处宽阔的悬崖上。悬崖在巨大洞窟的一侧，洞穴幽深广大，看起来就像一条巨大的地道，在地下深处蜿蜒翻转一直蔓延到地心。悬崖下方绵延着长河，女人们对此投以敬畏和恐惧的目光。

“我们走，”诺米康顿在可怕的卢伦格瓦·曼加卡蒂斯河的咆哮声中喊道，“跟着我……我们继续前进。”

女人们像没有灵魂的木偶一样跟着丈夫的妹妹诺米康顿公主。在她们左边的深处，隐藏的暗河咆哮着，右边则耸立着一面丑陋阴沉的岩石，只见它向上耸立并消失于暗处。她们就像长蛇一样继续冒着危险前进，真是度日如年。途中，有两个妇女因饥饿和受伤而倒地，不得不被命运抛弃。还有一个女人则发了疯，把另外三人推下了悬崖，然后穆克卡萨刺死她并以同样的方式处理了她。

被埋葬在已知的唯一出口被封锁的洞穴中，然后去勘察通往另一个出口的未知路线是极其危险的，那是噩梦般的体验。马兰德拉的妻妾们的经历是从流传了数代的无数传说、故事、传奇和歌谣中重构出来的。与那些让人欣然接受的说法相比，本书中的描述可能更符合历史的真实性。在与其他描述相差不大的情况下，倘若我们将马兰德拉的妻妾们实际上被埋葬的情况作为历史事实来承认，而且我们也乐于相信他那并没有与众不同的后宫妻妾的规模的话，那么我们也更能相信他的一些妻妾已经重见天日了。

倘非如此，她们在洞穴里的经历一定是由后来的故事讲述者即兴创造的，也就是说这整个故事都是即兴创作的。那些幸存下来的人都受个人想象力的影响，叙述内容也大不相同。基于现在的未来传说是那些听起来最迷人的故事的合集。到目前为止，作者已经勾勒出一幅旨在描述妇女经历各种危险这一部分的画面。即使不是史实的话，这幅画面的构思至少看起来还是可行的。在随后的几页中，作者同样是基于传说继续勾勒出她们的噩梦般的经历。然而，这个后来形成的普遍流传的传奇故事似乎悄悄融入了大量神话。相应地，在过去的一段时间里，这个广泛流传的故事也为现存的丰富多彩的神话又增添了一章。

一次，女人们来到了一个岩石塌陷处，那里的一块岩石已经坍塌，只留下一块离岩壁很近的狭窄部分。在这里，诺米康顿下令让女人们腹部紧贴着岩石一个接一个爬过去。就在这里，死神又夺去了五个女人的生命，她们因为无法战胜恐惧，坠落在下面的河流里死了。

之后，噩梦般的路途仍继续着，很长时间内都没再出什么意外。但在这个过程中女人们的耐力几乎都被耗尽了，最后她们所有人都决定躺在地上休息一会儿，抑或等待死亡，因为她们实在走不动了。

鲁拉玛尼是第一个看到怪物从后面爬到女人身上的人，她也是唯一手中还紧握着火把的女人。不像其他所有躺着的人，有些还睡着了，她就笔直地坐着，然后看到了噩梦般恐怖的怪物在黑暗中爬到她们身上。

这只身上布满鳞片的怪物比最大的大象还要高大，它的鳞片看起来不是普通的鳞片，更像是花岗岩碎片。它有两个大圆头，每个头上瞳孔分裂的眼睛闪着黄色的光，头部以下是布满鳞片的长长的脖子，就跟长颈鹿一样。一双明亮的眼睛下，满是尖牙的红嘴咆哮着。它有四条也长满了鳞片的蹼状手臂，并靠两条粗壮的后腿行走着。它那长长的尾巴则隐匿在黑暗中。

鲁拉玛尼难以置信地盯着这个可怕的怪物，然后眼睁睁地看着它提起四个睡着的女人并把她们扔到下面的暗河里，然后弯下腰又去抓另外四个女人。那时，她把燃烧着的一个火把径直扔向怪物那张淌着口水的嘴，满意地看着浓烟滚滚的火把消失在怪物巨大而可怕的口中。

怪物发出一声吼叫，咆哮声震动了整个洞穴，甚至短暂地压过了河水的怒号。女人们醒来看到怪物时，两百多双眼睛都瞪大了。恐惧致使她们的双腿瞬间有了力量，大家整齐划一地站起来，然后拼命地跑着，就像这辈子她们从未跑过一样。穆克卡萨和诺米康顿带领着她们像风一样地奔跑着，鲁拉玛尼落在后面，她紧紧地握着自己手中燃烧着的火把。

怪物紧追着她们，它的双眼里充满了凶残的敌意，张着的大嘴露出了可怕的牙齿。它逼近了鲁拉玛尼，在离她仅二十步时，悬崖在它的重压下倒塌了。它发出恐惧而响亮的尖叫声后便消失于黑暗中。这时，巨大的飞溅声从下方传来，然后这个怪异的生物便不复存在——但是女人们还在跑着，仿佛怪物的鬼魂还在追着她们。

现在她们只有两百人了，大家都已经精疲力竭。她们不再直立行走，而是像婴儿一样用双手和膝盖爬行。只有最强壮、最敏捷、最勇敢的人活了下来，而且现在似乎死神马上就要把她们全部带走。此刻，每个人心中最强烈的愿望就是死去，与朋友一起死去。

她们来到一个地方，这里的河流形成了一个大湖，深达地心。她们现在位于一片被称为下层世界或者第二世界的神秘地方。据说，当有一天地球下沉时，这个第二世界就会浮出表面。我们部落的故事讲述者说，这个新地球将会充满比人类更美丽、更有智慧的生物。

尽管女人们早已没了火把，但远处湖对面的巨大火山正喷着火焰和烟雾，它明光闪烁，照亮了周边的美丽风景。在这个黑暗的世界里只长着苔藓状的水晶草和青铜色的无叶树，不存在任何动物。四周静谧无声，生机勃勃的空气中充满了奇特的生命力和令人愉悦的芬芳。

诺米康顿在透明的水晶草上舒展着她疲惫的身体，并看着其他女人。她们也纷纷效仿她，她们已经走了很长一段路，再也走不动了，都打算在这个美丽宜人的地方长眠。

但是，她们耳边传来一阵安静又柔和的声音——这声音属于某个人或某种生物，就好似慈悲和爱的支柱。它穿过芬芳的空气，让疲惫的女人们感到惊叹和尊敬。

“我的孩子们，我精疲力竭的孩子们，你们不属于这里。你们的生命对服务上层世界的人民有很大的价值。你们必须活着，成为照亮你们所属部落的启明星。到我这里来，我会赐予你们力量，帮助你们重新找到回上层世界的道路。”

“谁……你在哪儿?”诺米康顿结结巴巴地说道，并挣扎着站了起来。

“我是卢菲蒂·奥戈（Lufiti-Ogo），”那个声音回答道，“如果你们答应我不会被你们看到的所吓跑，我就现身。”

“被我们看到的所吓跑?”鲁拉玛尼喊道，“一个拥有如此美丽声音的人怎么可能令人感到厌恶呢?”

“我生得不丑，就是长相与你们不同。你看，我是由那些在数万年前有着完全不同的审美标准的人创造出来的。”

“你是说你是星辰之母?”鲁拉玛尼问道。

“是的，我就是星辰之母。”

“她是谁?”诺米康顿轻声问道。

“她是漂泊女神，是由星辰之子创造出来的，”鲁拉玛尼用一种敬畏的语气低语道，“她是宇宙间所创造出的最完美的生物。”

“女神，请现身吧，”瓦芒韦族的一个名为纳穆乐布（Namulembu）的妇女虔诚地说道，“让我们跪下膜拜您吧。”

“别叫我女神，”那声音温和地说，“我配不上这个头衔。看着，我现在要现身了。”

这个生物像男人一样高，她像极了一个人与一只非常美丽的黑猩猩或是猿猴的杂种。而且她的头很小，有着好似高等灵长类动物的下颚。她的嘴唇很薄，似人形的嘴角上还挂着弱小幽灵般的愉快微笑。她那深深嵌在浓眉下的眼睛充满智慧——远远超出了人类的智慧。她的肩膀和巨人的一样宽，她的胳膊又细又长，美丽的双手上镶着爪状优雅的指甲，她宽阔的胸部因两个巨大的乳房而下垂。诺米康顿认为，这两个乳房能轻松喂养整个部落的婴儿。她还有窄窄的腰和适合生育的宽臀。

伟大的卢菲蒂·奥戈一言不发地坐在岩石上，然后唤来诺米康顿，很快诺米康顿公主拖着疲惫的身体和疼痛的双脚走了过去。女神伸出一只有力的手臂，把公主像婴儿一样抱起并放在膝盖上。虽然从远处看，女神某些方面就像猿猴，但近距离看，诺米康顿注意到她的皮肤也像人类一样，光滑，没有毛发，除了一层柔和的闪着黑色光泽的东西，它像浓密的鬃毛般穿过她的头部然后到达她的肩胛骨之间。她还发现女神有着黄褐色的皮肤，一双黑溜溜的眼睛。

公主很快就发现了女神的热情友好，她鼓舞公主像婴儿般喝她的奶。不用说，公主当然非常害羞，其他目瞪口呆的女人亦是如此。不过她们也轮流得到了女神的喂养，最终两百人皆恢复了力气，就像许多刚被喂饱的婴儿一样。

“你们现在躺下休息吧。”卢菲蒂·奥戈说。

所有女人都依言躺下，然后沉沉睡去。她们不知道，也不在乎要睡多久。

最后，当鲁拉玛尼完全清醒过来的时候，发现卢菲蒂·奥戈正坐在她旁边专注地看着她。“你是一个隐藏了很多秘密的女人，你并不是你看起来的那样，告诉我，恩古尼大地上的什么东西把你吸引到这儿的？”

鲁拉玛尼喘息着，眼泪如泉水般涌出，她颤抖地问道：“伟大的卢菲蒂·奥戈，您知道我是谁吗？”

“我是卢菲蒂·奥戈，”灵长类女神说，“我能看透一切，也能知晓一切。我知道你是谁，知道你是什么样的人。我想做的不过是治愈你的恐惧和罪恶，它们正在吞噬你的灵魂，我知道你试图隐藏在欢乐斗篷下的恐惧和内疚。其他女人都还在睡着，你不必担心她们会知道你的秘密。向我倾诉吧，孩子，卸下你藏于心中的重担。”

“噢，伟大的卢菲蒂·奥戈，我愿意向我所有的朋友敞开心扉。”鲁拉玛尼下定决心说道，“我与她们一起经历了许多灾祸，现在她们于我就像姐妹一般。哦，伟大的卢菲蒂·奥戈，正如您说的，我必须吐露自己的心声，但我想要在我的朋友们面前坦白一切，让她们决定如何处置我。”

“鲁拉玛尼，我自会守护你。”卢菲蒂·奥戈说，“无论如何，你都不会受到伤害，因为很快你将帮助拯救成千上万人的性命，你的名字将被上千个部落的歌唱家和故事讲述者一代又一代地歌唱和颂扬。噢，你，鲁拉玛尼，很快就会于毁灭之中拯救恩古尼。我，卢菲蒂·奥戈，此时此刻在这里向你致敬。万岁，时间长河中的女英雄！万岁，万千族民的救世主！”

鲁拉玛尼完全被女神的预言震惊了。这是什么意思？那时她还不知道，但是两个月后她就明白了。

当鲁拉玛尼站起来面对这些和她共同经历和承受了这么多的女人时，她感到一阵阵的恐惧。她看到了每个人脸上写着的好奇和期待，她想开口说话，却一个字也说不出来。她又试了试，还是不行。最后，她求助般地看向奥戈，轻声说道：“我不知道该如何开口。”

“那我来帮你吧，我的女儿，”奥戈说，“孩子们，鲁拉玛尼在这里有话要和你们说，但她鼓不起勇气来说，所以我来帮她说。你们都知道她叫鲁拉玛尼，并理所当然地认为她是恩古尼人。你们心平气和地接受了她，但作为皇室之妻，你们也将她视为婚姻中的对手。但她的身份并不止于此。她还是卢维吉蒂真正的女王，只是多年前被姆努姆塔巴废黜，不得不逃亡到恩古尼而已。是一个老恩古尼男人和他的妻子收养了她，他们还发誓对她的真实身份保密，并给她起了一个新的名字，再后来他们把她嫁给了马兰德拉。此外，你们所认识的鲁拉玛尼还遭受着一种疾病的折磨，这种疾病的名字绝对不能被提及！”

“什么！”第一夫人穆克卡萨喊道，“神啊，这样一切就解释得通了！”

“哦，伟大的第一夫人，能解释什么？”诺米康顿问道。

“这就解释了为什么鲁拉玛尼在每年轮到她侍寝的六个月里，总是以各种借口和低劣的伎俩拒绝和马兰德拉做爱！”穆克卡萨说，“我总是在想，她看上去那么喜欢沐浴爱河，总是渴望和任何一个接近她的男人（老人或青年）调情，为什么轮到她和最高首领一起过夜的时候，她总想找一些借口呢？她很幸运，马兰德拉不是一个血气方刚的男人——不然她早就会被他发现，并被活活烧死了！”

“我的孩子们，”卢菲蒂·奥戈说，“在这个美丽却堕落的女人身上有一种能赢得战争的力量，她能拯救恩古尼部落于湮灭之中。不要轻蔑她，好好看看你们堕落的救世主吧。”

“堕落的救世主！”这个称呼在所有女人的脑海中不断回响，每个人都一遍又一遍默默地重复着这个称呼。这个称呼在今后上千年里被上千个部落的上千个故事讲述者所使用。这个称呼是无数诗人和歌唱家每每提及鲁拉玛尼时一定会用到的。从此以后，鲁拉玛·玛纳鲁阿纳（Lulama-Maneruana），这堕落的救世主为人所熟知。

“当战士们坚持到不能再战斗的时候，”卢菲蒂·奥戈说，“当矛不能再饮血，当圆头棒被折断，当战斧不再锋利，当尸横遍野的时候，这个女人会用一支矛刺穿敌人的心脏，他的战士将被驱散到九霄云外。看啊，她是我们精妙的矛——她是我们的玛纳鲁阿纳！噢，我的孩子们，好好瞻仰她，欣赏她的魅力。在我治愈她的隐疾之前，玛纳鲁阿纳将把一个傲慢无礼的人和一个傲人的杀人疯狗国王打趴在地。来吧，我的孩子们，跟我来。我们必须联合年迈的盲人战神和饥饿的老鹰，帮助恢复曼波和恩古尼土地的和平。”

女人们热烈地欢呼喝彩并轮流亲吻鲁拉玛·玛纳鲁阿纳的前额、乳房和脸颊。然后她们转身，跟随着伟大的卢菲蒂·奥戈穿过长着水晶草和青铜色的无叶树的下层世界平原。

长途跋涉后，卢菲蒂·奥戈突然停了下来，并后退了几步。她的双眸里满是恐惧。“回去，我的孩子们，回去！”她喊道。

前面的女人们立刻向后靠拢，因为巨石裸露处出现了一个身形高大且状似恶魔的生物。用“一大堆垃圾”来形容它的外貌最贴切不过。它的表皮外长着的，不知是不是毛发，看起来就像被洪水冲过来的悬挂于树枝的浮草。不过这堆垃圾有两条腿和两条胳膊，还能说话。“你要去哪儿？”它问道。

“我要把这些人类带回上层世界……我自己也要去那里。”

“谁允许你离开下层世界的？”

“噢，垃圾堆，没人，”卢菲蒂·奥戈回答说，“我对这个世界感到厌倦，我想永远离开这里。”

“你不能离开这个世界，你得留在这里。”垃圾堆说。

“绝不!”

“如果你敢违背我的命令离开这里，我就毁了你。”

“你试试……”

恶魔和女神很快就当着女人们的面扭打了起来，她们站在一旁睁大眼睛敬畏地注视着。突然，一片亮光出现在她们面前，在距离水晶草一拇指长度那么远的地方盘旋着。“跟着亮光跑，它会给你们指路的，快跑!”卢菲蒂·奥戈喘着气说。

女人们像风一样疾奔。她们像黑斑羚一样穿过寂静的森林，那里有矿物树，有围绕着红宝石而生的金属灌木丛，还有镶着宝石花瓣的鲜花。堕落的救世主鲁拉玛·玛纳鲁阿纳，回头看了一下，看到恶魔把女神强行带走了，就好像丈夫把固执任性的妻子带回家一般。“可怜的卢菲蒂·奥戈。”她心想。很快，她重新加入其他女人的队伍中。

这一小片亮光带着她们进入了一个张着大口的洞穴，洞穴在一块巨大的黑石墙下，就在幽暗压抑的深处，它似乎隐藏着许多邪恶的秘密。在进入洞穴之前，一个如长笛般的声音从亮光处扬起：“都靠紧一点，不要掉队。危险无处不在。跟着我。”

惊慌的女人们进入了洞穴，并穿过响着回声的隧道。在那里，很多有着明亮眼睛的黑影迅速消失在亮光处周围的黑暗中。很多像蝙蝠般长着触角而不是耳朵的巨大影子从惊恐的女人们身边飞过。

接着，女人们闻到一股令人眩晕的臭味。在亮光的照耀下，女人们看到了一个巨大的野兽，一个大小如大象，外表介于公牛和鳄鱼之间的动物。“现在绝对不许出声！”从发光处传来低语声。“那就是布鲁穆塔拉（Burumutara），他是所有恶魔的父亲。他与邪恶女神瓦塔玛拉卡交合，繁衍出人类中的那些种族。他也是所有托科洛希生物学上的父亲。”

但布鲁穆塔拉还是看到了她们，他快速地移动着鳞片状的鳄鱼尾巴，并摇晃着像公牛一样的大触角，大声喊道：“你们是什么小东西，你们从何处来？又为何要入侵我的领地？”

“我们要回到属于我们的世界，布鲁穆塔拉。”最后，王后穆克卡萨回答道。

“还没有人能不进贡就经过我的王国。我厌倦了吃石头，我要你们中十个最胖最健康的人留在这里。剩下的人则可以继续上路。”

诺米康顿公主是她们中最胖最健康的人，但在这里她却做了一件非常可耻的事。她用沉稳有力的拳头击倒了另外十人让她们失去知觉，然后把她们留了下来。正是在这一传奇事件中传出了这样一句谚语：“当生命的部落中响起快乐的召唤，我将先行——但当死亡的鼓点从部落中发出呻吟，噢，生命，你愿意先走吗？”

这句谚语被制成了一首歌，每当战士们投入战斗时就会哼唱起它。而且人们在哼唱它时通常有一段歌词粗俗冗长的副歌，这些歌词直指那些挑起战争又躲藏起来，却让其他人去战斗送死的人。

这片亮光指引女人们穿过黑暗的隧道。在那里，到处都潜伏着恶魔；在那里，幽灵般的身影从她们身旁经过时发出咕咕声和咯咯的叫声。这群惨遭摧残的女人最后进入了一个巨型山洞，里面的空间大得惊人。这个洞穴似乎充满了数以万计（如果够上百万的话）的巨型发光蝴蝶，一些蝴蝶在隐没的宽广云层中飞舞着，而成千上万的新生蝴蝶则从底部裂缝中冒了出来。

“这些是男人和女人的灵魂，”这片亮光解释道，“你们所看到的那些从底部飘上来的，是刚刚死去的人类的灵魂。他们先来到这里等待轮回，投胎成为阳间的动物和鸟类。在这里，你们能看到生命的轮回，体验到哲学的真理，即生命不过是死亡，死亡不过是生命。一个人只为死而生，为重生而死。”

她们越走越远，亮光处又传来说话声：“虽然我们的行程即将结束，但前方依旧险象环生。现在我得回到我父母那里去了，那里是我第一次加入你们的地方。也许我应该告诉你们，我父亲并不是看上去的那样，实际上，他是大自然的灵魂。

“但是命运对你们很残酷，噢，人类的女儿们！很快，你们将面临一个最奇怪的选择，这是每一个重返你们的世界的人都要付出的代价。我一离开，马上会有三种生物出现在你们面前——一只鸽子、一只老鹰和一只蝙蝠。你们必须独自决定由其中的哪一种动物引领你们回到你们的世界。一只会带你们安全到达目的地，另一只会将你们引向毁灭，还有一只可能会指引你们穿过人间，但是你们会转变成不同的东西。我让你们自己做选择，因为我不能告知你们该何去何从！

“现在，我能感觉到恶魔在你们身后并不断向你们靠近。快穿过那条隧道逃命！快点，试着到达那三只引路动物等待的灰色地带。有个该死的家伙在追你们！”

这个该死的家伙是极少数的灵魂之一，它注定永远在无尽的深渊中游荡，不得转世，因为它对宇宙犯下了滔天大罪。

亮光消失后，女人们遵照它的指示冲进隧道。但她们还是不够快，一只长着翅膀并闪着紫罗兰色强光的巨型黑蝴蝶还是超过了她们，最后落在穆克卡萨的背后——并融入了她的身体。每个女人都清楚地知道她们所目睹到的意味着什么。

穆克卡萨，她现在其实已经不再是穆克卡萨了，她重新加入到其他女人的队列中，继续前往那片陌生的山谷，介于上层世界和下层世界之间被称为灰色地带的地方，那时堕落的救世主鲁拉玛·玛纳鲁阿纳发现了她的变化。白化变种王后，曾经至尊高贵的美人，现如今却成了一个厚颜无耻的女人，她变成了一个性感撩人的黑河妓女。她曾被誉为恩古尼大地上最美丽的女人，但很快就被诅咒为有史以来能玷污任何部落历史的坏女人。

从灰色地带的漆黑处出现了一只白鸽、一只黑鹰和一只巨大的蝙蝠。鲁拉玛·玛纳鲁阿纳、诺米康顿，以及另外一些女人迅速选择了骄傲的黑鹰。九十人在瓦芒韦人纳穆乐布的带领下选择跟随蝙蝠。其余五十人，由穆克卡萨、祖则尼和诺特巴（Notemba）领导，选择跟随白鸽。每个人心中都充满恐惧。谁做出了正确的选择？她们都知道有一群人注定要被彻底毁灭——但是会是哪支队伍呢？

（译者：钱　璇、王陈琦）

掷回战矛

鲁拉玛·玛纳鲁阿纳慢慢地睁开了眼睛，展现在面前的是她最熟悉且热爱的淡蓝色天空和树木。凉爽的微风在长长的草丛中沙沙作响，脚底下是前一天晚上被雨淋湿的地面。

她的第一个念头就是：我们成功了，但其他人呢？

她一下子跳了起来，看见诺米康顿和其他女人不省人事地躺在草丛中，就像洋娃娃一样。她从一个女人跟前走到另一个女人跟前，感受着她们的心跳，并激动地发现她们都还活着。所有跟着这只鹰的人都安全回来了，而且令鲁拉玛·玛纳鲁阿纳吃惊的是，所有人看起来都比以前年轻了，她们都被赋予了一种奇特且神秘的美感。

鲁拉玛·玛纳鲁阿纳迅速地为自己编织了一条短草裙，然后出发去寻找跟着蝙蝠和鸽子的其他人。在找了很久之后，她碰到了一个有着坚固牙齿却满脸皱纹的老女人，她正坐在一棵卧倒的树边哭得死去活来。这个女人非常老，看上去就像她的奶奶。她瘦瘦的身体上布满了皱纹，头发像雪一样白。当这个老女人慢慢地扬起脸，看到鲁拉玛·玛纳鲁阿纳后，感到惊奇不已。“你难道没有认出我是谁吗，玛纳鲁阿纳？我是带领那些人跟着蝙蝠走的纳穆乐布……”

“纳穆乐布！这怎么可能……”

“是我，哦，玛纳鲁阿纳，”老女人尖叫道，“我不知道我是怎么活下来的，剩余的人连同我们跟着的那只大蝙蝠都被大火吞噬了，整个队伍中就我独自一人存活了下来，然后你看看我！”

“如果这事发生在你们身上，”玛纳鲁阿纳哭着说，“那么，那些跟着鸽子走的人会怎么样呢？”

这时，从玛纳鲁阿纳背后的森林里传来的声音使得她不由得转过身去，她瞪圆了眼睛并大声尖叫着。

穆克卡萨和祖则尼就站在那里。但如果她感到自己很年轻，那么她们看起来更加年轻，她们只是年轻的小女孩。

所有这些跟着鸽子走的妇女，所有的五十个人，都从原本的40～50岁的妇女变成了16～25岁的少女，其中最年轻的两个退化变成了只会爬行的婴儿。她们被二十岁的祖则尼和半成熟的十六岁处女诺特巴抱在臂弯里。玛纳鲁阿纳瞬间崩溃痛哭。

我们已经太迟了，而且整整迟了十六天，那个全身被涂成白色的女人诺米娃，我唯一回来的僵尸信使，已经证实了这一点。在恩古尼这片土地上，万巴已经趁马兰德拉不在夺取了政权，并且瓦芒韦人现在牢牢地巩固了自己作为统治部落的地位。

我们迟到的原因是，在我们离开部落后，在复仇者内部突发了一场恶性的高热病，这使得我们不得不回头将生病的男人抬上担架。其中两个复仇者在回去的路上不幸身亡，而且虽然我们成功地医治了所有病人，但他们的身体太虚弱，根本不能独立行走。

“所以这个阴险奸诈的叛徒的阴谋得逞了，”第一复仇者咆哮道，“但我对着这十扇创世之门发誓，万巴这只臭鼬一定会为他的恶行付出代价。”

“你不用担心，”我说，“对于一个邪恶的人来说，享受荣耀的那一刻是非常短暂的。万巴不会统治这片土地太长时间的。”

当我们正在谈话时，我的女儿卢娜乐迪爬进了小屋并跪在我面前。

“我有个奇怪的消息要告诉您，我的父亲。”她说。

“什么消息，孩子？”

“一个很奇怪的消息，父亲，”她回答，“我们出去采集木材的时候，在森林里见到一百个妇女和女孩，父亲……”

“女人！女人！”我大叫道，“我听腻了关于女人的事。快，这里的人马上还有好几天的路程要赶呢。”

“这是真的，我的父亲，我们把她们都带回来了，和我们一起。”

“女人！女人！”我喊着，“我厌倦了关于女人的事情。快，把她们中的几个给炖了。我要把她们作为晚饭。”

“父亲，她们说她们是……”

“她们说自己已经准备好下锅了，对吗？”我喊道，“好吧，给她们整理整理，准备……”

“我求求您，先听听这些女人要说些什么。这肯定是您听过的最棒的故事。”

“好，把她们都带到皇宫主屋，让我听听她们的故事。最好是好故事，不然我很快就会把她们都炖了。她们是谁，你说了吗？她们来自哪里？”

“她们声称自己都是马兰德拉的妻妾，我的父亲，但我们不能相信，为什么呢，因为她们中的很多人只不过是小女孩，大约十六岁……”

“我感觉到这背后一定有大罪恶。把她们都带到皇宫主屋，我的女儿。还有你，尊敬的复仇者首领，待在这里与我一起听听这个奇怪的故事。”

当卢娜乐迪领着我进入主屋时，我就感觉到了她们要讲述的那个所谓奇怪的故事，甚至在那个似乎是这些女人头领的女人开口说话之前就知道了。我们听玛纳鲁阿纳述说这个奇特的故事，一直听到午夜。然后，终于，我听到玛纳鲁阿纳用低低的惊讶声问她旁边的女人："但穆克卡萨到底发生了什么事?"

"我原以为她在这里，"女人回答道，"她在日落之前都跟我们一起在另一间小屋子里。我看见她用手语与一个独臂聋哑人交谈。"

当我们开始在村落里进行调查时，我收养的儿子木库姆比又给我们带来一个新的打击。"我当时正坐在屋内，伟大的父亲，门是开着的。我看见两个女人用最隐蔽的方式溜出了村庄。其中一个是洛奇奥，就是万巴的母亲，还有一个是那个和其他陌生人一起来的，皮肤泛着奇怪粉色的白头发女人。"

"什么时候的事，木库姆比?"我问。

"就在天开始变暗时，我伟大的父亲。"

"那么，那个女人为什么要带走万巴的母亲呢?"复仇者领袖问道。

"我不知道，复仇者，"我说，"但我们过几天就会知道了。"

鲁拉玛·玛纳鲁阿纳扑倒在我脚边。"哦，我的神啊，那个女人是邪恶的，她被恶魔给附体了。趁现在还来得及，请找到她，在她做出比万巴更多的坏事之前杀了她!"

"我们明天一大早就去找她。同时我希望你们都回去睡觉，因为明天我们将离开这个地方，而我要直接去马兰德拉的村落，让该死的万巴从被他偷走的王位上滚下来!”

贝基兹韦，马兰德拉的亲弟弟，是个大脑袋，走路有点跛并且常常被身体不好所困扰的小个子男人。不像曾统治过恩古尼部落的有史以来最令人憎恶的首领马兰德拉，贝基兹韦被众多的臣民亲切地称为“我们的小父亲”，同时在大部分人眼中他是个神。他的仁慈和智慧，以及他对子民的慷慨和无私的爱，使得他赢得了不少人的爱戴与尊敬。几乎所有男人和女人都愿意为了贝基兹韦舍弃自己的性命。他才是他们真正的父亲，同时也是母亲。有很多关于贝基兹韦的故事，比如“一个小个子”“我们亲爱的父亲”，或者“小黑鸽”。据说，他曾经把自己假扮成一个托科洛希，目的是捕捉一群在西部曼波西北角制造麻烦的强盗。他把强盗们吓得魂不附体，然后吩咐他们去他的皇家村落自首。他像赶着许多头受惊的公牛一样驱赶着他们。当他们到达村落时，贝基兹韦透露了自己的真实身份，并赦免了他们。贝基兹韦选择了他们的领袖奈松贡罗洛（Nsongololo），作为他的首席战斗将军。

另一个是贝基兹韦帮助一个非常害羞的年轻人娶到其心爱的女孩的故事。贝基兹韦把自己打扮成一个小姑娘，然后在他俩之间传递信息。可这个无情的女孩在编织的信息垫上狠狠地辱骂了那个年轻人，并且拒绝与他结婚。贝基兹韦拿到这个垫子后将其重新编织，使上面表达的全是夸奖男孩的话语，然后找到男孩并声称那个女孩已经答应成为他的妻子。当那个女孩再次看到这个垫子时，她别无选择只好承认这个垫子是从她那里来的，而且她已经准备好嫁给他了。在部落的律令里，当一个女孩为男孩编织了特定图案的垫子就表示她答应了这个男孩的追求，在此之后如果女孩反悔的话就是违法的。

过了一段时间，贝基兹韦叫来了这对幸福的夫妇，然后笑着告诉他们自己就是那个“传信女孩”，并承认是自己偷偷将女孩原本想传递的信息改掉的。那个女孩当场晕倒了，但丈夫笑了并衷心地感谢了贝基兹韦。

除了这些，在这片土地上到处都是关于贝基兹韦的故事，而这些故事常常在人们饭后围绕在篝火旁嬉笑闲聊时被拿出来谈论。尽管贝基兹韦和寻常人一样，仍然吃着地里播种出来的玉米，但他已然成了一个传奇。

贝基兹韦有很多孩子，是他和这片土地上最丑的女人们生出来的孩子。这是因为贝基兹韦倾向于认为即使是丑陋的人也会在生活中扮演着自己的角色，而且这一信念已经在他心中根深蒂固。

在贝基兹韦这么多孩子中有两个男孩，分别叫祖鲁（Zulu）和奎瓦贝（Qwabe），他们是两个又胖又丑的捣蛋鬼。因为他们皮肤很黑，所以他们极度讨厌黑夜。祖鲁一岁时，奎瓦贝正好三岁，这两个男孩失去了他们的母亲。他们的母亲就是那个在外出的时候在森林里被非洲树蛇给咬死了的坦达尼（Tandani）。坦达尼是贝基兹韦的第一任妻子，她的去世让他感到很难过，因而贝基兹韦悲愤地发誓说自己将娶世界上最丑的女人作为他的妻子。

他花了整整三个月在这个国家寻找最丑的女人。他曾向神灵祷告以祈求让他如愿以偿，并举行了许多祈祷仪式。为了祭奠祖先们的灵魂，他还屠杀了许许多多牛。最后，他的愿望终于实现了。

在危险的森林深处的一个黑暗的洞穴中，奈松贡罗洛和一队战士突然遇到了一个陌生的女人。这个女子丑陋无比，她不仅跟男人一样高，还有着一张与猿一样的脸。神啊，她实在是太丑了！

一看见她，孩子们都纷纷尖叫着跑开了。男人们都怀疑她的真实存在，觉得这只是一个寻常的噩梦。而最丑的女人们却发现她们有理由心存感激。这些女人，大多数是在贝基兹韦后宫里的，突然变得像仲夏夜的月亮一样可爱。每个人很快都亲切地戏称这个怪物般的女人为努努（Nunu，丑陋的小怪物）。

最重要的是，她很蠢。她从不知道自己是睡着了还是醒着，活着还是死了。她会试着用草编的篮子去装水，并且每天早晨都需要被提醒要先穿上自己的裙子再离开屋子。

但贝基兹韦被他的新王后给迷住了，并且深深地痴迷于她，很快，他便臣服于她。夜晚，当森林里的狮子嘶吼，胡狼嗥叫时，贝基兹韦发现他的新王后既热血又有激情，尽管她看上去既愚蠢又令人讨厌。

每次当人们提及他们亲爱的最高首领的这个新“玩具”时，大家都高兴得放声大笑并手舞足蹈起来。只有一个男人强烈怀疑这个丑陋的新王后不仅仅只是一个冲动的白痴女巨人。这个人是贝基兹韦的最高巫医尚多（Shondo），他是最多疑的一个人，总能很快发现事情并不是表面上看起来的那样。尚多是这个部落最古老箴言的忠实信徒：“哦，流浪者，你在生活的山谷中迷了路，记住没有什么事情跟它看起来一样，眼见不一定为实。”

对头发斑白的老巫医尚多来说，努努的样貌非常像多年以前当自己还是年轻的受训者时所听说过的某个女神，但是她叫什么名字，老尚多已经记不起来了。

这已经是贝基兹韦跟他的新妻子结婚的第十天了，这也是皇家村落里即将发生太多决定命运的事情的那一天来临前的那个晚上。这天晚上贝基兹韦做了一个奇怪且触目惊心的梦。他梦见自己站在高山顶上，低头看着成千上万个正在浴血奋战的战士。然后，山开始从上到下崩塌，他感觉自己掉进了一个巨大的裂缝里。当他摔下来的时候，他看到自己插在头上的两根鸵鸟羽毛从头巾上落了下来，越飘越远。最后，他看到两只不知道从什么地方冒出来的手，紧紧地握住了这两片羽毛。

这个奇怪却又如此真实的梦极大地激起了贝基兹韦的好奇心，他迫不及待地想知道这个梦的寓意。因此，一大早他找到了尚多，并用他一贯的笑容对待这位最高巫医。

“你好，尚多。”

“您好，小父亲。我祝您天天安好。愿和平永远是生活中的一部分，愿饥饿的鬣狗远离您的家门。”

“你不开心，尚多。你看起来就像被盗了一只山羊一样难过。告诉我，你吃过了吗?”

“还没吃，小父亲。我没有食欲。我的心是黑色的。”

“那你现在应该用白石灰涂抹你的心脏，因为我要去吩咐呈上食物了，所以不管你是否喜欢都必须多少吃一点并喝一点。我不喜欢把梦告诉一个饥饿的人，你的脸饿得看起来跟去年的玉米啤酒一样讨厌。来人呀!”

这时，进来了一个男童仆，最高首领说：“送一些冷肉过来，孩子，然后把煮熟的豆和一壶老酒给老巫医呈上。”

尽管最高巫医的灵魂已经被一种奇怪的预感所笼罩，但食物送来后，他也多少吃了一些。老尚多意识到那天将会发生一些事情。他吃完东西并向他心爱的首领鞠躬以示感谢，之后便专心地听着小父亲讲他的梦。尚多在心中破解了这个梦后感到极度震惊，但他隐藏了这份恐惧，只是简单地说：

“这个梦的意思就是您最大的敌人近在咫尺，哦，我的小父亲。”

“但为什么会有人恨我呢，尚多?”他问道，“我知道我没有敌人，不管是国家之内还是之外。我有很多很多朋友。我想这只是一个毫无意义的梦吧。”

“我赞同您所说的这些，小父亲。但无论那个梦是什么意思，我想让您明白一件事，只要我活着就没有敌人敢伤害您，我的小父亲。”

“我知道，忠实的尚多，谢谢你。”

离开了贝基兹韦的小屋，尚多走过贝基兹韦为努努新造的小屋时看到那个丑陋的女人正在用碗喂两个失去母亲的可怜男孩吃炖山药。令他吃惊的是，努努两颊流下了眼泪。他清楚地听到她说：“可怜的孩子，可怜的孩子们。无论发生什么事，至少我能救你们。”

这些话把巫医吓了一跳，他感到恐惧就像冰冷的蠕虫在他的脊梁骨上蠕动着。这不是一个白痴女人会说的话，多么清澈且理智的口吻，根本不是努努平常说话的语气。最重要的是，她已经事先预见了那天将会发生的事。

努努到底是谁？那个白痴并不是真正的她！老尚多不再迟疑，并决定至少在那一整天都时刻监视着她。

虽然奇怪且令人不安的梦一直在他脑海里挥之不去，但贝基兹韦不是那种容易抑郁的人。他是“所有时间都要快乐”的忠实信徒。所以，为了逗笑他的子民、孩子，以及妻子和他自己，贝基兹韦戴上了他最新且滑稽的头饰（由贝壳、鸵鸟蛋、木角、各种鸟类的羽毛制造而成）。他还把自己裹在被自己称为“欢乐斗篷”的披肩里，上面装饰着大量野生坚果、干蜥蜴、两个小的龟壳和十几个小猴子的头骨。

他大步走到村子中央，看见妇女们正忙于在大陶罐中烹煮草药。他高昂着头，脸上流露出夸张的骄傲表情，走起路来就像只矮胖的小鸵鸟。然后，他走到大陶罐沸腾的地方，他的披肩在后面扫来扫去。

“嘿，这是什么？”他假装惊喜地问道，“你们这些女人在里面煮什么呢？”

“我们在煮草药，我的君主。”第二夫人坎尼斯勒（Kanyisile）回答。

“你们在煮什么？”他的小圆脸上露出略带吃惊的夸张表情。

“草药，君主。”

“草药，”贝基兹韦低声说，“为什么你在烧兔子的食物？”

“孩子们说他们已经厌倦了山药和酸奶，所以中饭我们想换点草药吃吃。”

“你难道不知道吃草药会把人的胃变成绿色的吗？”贝基兹韦严厉地问道，“你难道不知道吃草药会引起便秘、胀气、消化不良、肥胖、流鼻涕、髋骨裂隙、愚蠢，还有感冒这些副作用吗？”

“但是，我的君主，”坎尼斯勒抗议道，“我们神圣的祖先告诉过我们，这些草药是安全的，永远不会引起任何一点您所提到的弊病。”

“我们神圣且经验丰富的祖先确实告诉过我们草药是安全的，我心爱的傻妻子，但他们都是些糟糕的杀人犯、小偷、巫师、奸夫淫妇、骗子、懦夫、装病的人、疯子、强盗、傻瓜、伪君子，总之是光天化日下所有坏人的大集合。坎尼斯勒，你知道为什么吗？因为他们吃了草药，这就是原因！”

“但是，我的君主啊。”坎尼斯勒弱弱地反抗道。

“不要和我吵架！我是这里的最高首领，你忘了吗？我是唯一的智慧之泉！”

“我不是在争论，我的君主。”坎尼斯勒在女人们的嘲笑声中尖叫着说道，“我的君主啊，我亲爱的丈夫，我不想冒犯您……”她喘着气，现在彻底害怕了。

“坎尼斯勒，你确实跟我争论了，并且你也冒犯了我，我要惩罚你。回你的小屋，一直待到我叫你为止。”贝基兹韦愤怒地说。

坎尼斯勒回到了自己的小屋，最高首领把首席战斗将军奈松贡罗洛拉到一边并在他耳边说了很长一段话，最后奈松贡罗洛调皮地眨了眨眼睛并结束了对话。然后，他带着五个年轻的勇士消失在了森林里。

贝基兹韦召唤了鼓手和歌手，还喊着让厨师们屠宰三头牛以准备他的小宴会，受邀的嘉宾不超过一千名。

一百名男女厨师接到贝基兹韦的命令后便快速地行动起来，

下午早些时候宴会就已经准备得差不多了。在村落中央放置着一大锅蒸肉，巨大的木制肉盘被排列在锅的周围。然后，带着极大的尊严，贝基兹韦开始检查不同种类的肉是否煮得恰到好处。在他身后跟着庄重的主厨、品酒师和“煮肉团”的其他几个成员，然后他亲切地叫那些人为“负责食物的将军”。

突然，贝基兹韦拍了拍自己的额头，踉踉跄跄地后退了几步，然后便倒在了地上。大家急切地伸出手去扶他，但他就躺在那里一动不动，忽然他调皮地睁开一只眼睛，说：“哦……不！”

“我们的最高首领，”尚多问，“有什么不对吗？”

“是的，很多都错了！”

“什么错了？”尚多再次焦急地问。

“是这样的，哦，尚多。我要独自享受这美味的肉吗？看看所有这些多汁又美味的直肋骨。我要一个人喝这么多啤酒吗？救命啊！谁能来帮帮我！”

与此同时，贝基兹韦猛地跳了起来，然后带着他的披风跑到村落门口，“救命啊！谁能来帮帮我？”

听到最高首领发出的明显而又很痛苦的声音，全副武装的男子们从周围的村庄冲出，然后聚集在皇家居住场所前，准备为他们心爱的小父亲而死。当第一波武装男子到达时，他发疯似的指向村庄里面，喊道：“在里面，在那些锅里！坐下来帮我，不要客气！”

男人们惊奇地盯着他们的首领，脑子里面一片空白，然后看向放置在村庄中间的锅，刹那间所有人心里都明白了是怎么一回事。欢乐的最高首领又一次跟他们开了玩笑。他们放下武器，有点不确定，脸上露出局促不安的表情，他们陆陆续续地走向大锅，然后吃喝玩乐，尽情地享受着盛宴。

“哦不，你们这些自私鬼，”贝基兹韦大喊，“回家去请你们的妻子们，让她们也一起来。你们想在女人变瘦的时候自己变胖吗？难道你忘了我们邪恶的祖先曾规定，因为女人们需要承受所有的重量，所以她们必须保持肥胖了吗？”

小父亲说完后，爆笑声四起，男人们纷纷跑回邻近的村庄去接来自己的妻子，有的甚至跑到更远的地方，到别的村庄去邀请男人、妇女和儿童参加宴会。宴会上有吃有喝，人们跳着舞，唱着歌。贝基兹韦讲述了一个有趣的故事，让人们笑得喘不过气来。

贝基兹韦给宾客们讲述的有些故事甚至至今都还在流传着。其中的经典故事有：“男人是怎么得到他们的胡子的”“无知新郎”“热血新娘”“一个误嫁给狮子的女孩”。

在这种热闹的场合贝基兹韦总是坐在他的宝座上。这是一个凸起的台子，上面有四个经过精心雕琢的柱子，笨重的宝座旁是两个扶着小凳子的丑女人雕塑，而宝座本身是由一块坚实的乌木雕刻而成的。

在宴会接近尾声时，贝基兹韦放了坎尼斯勒，就是那个跟他产生冲突的女人。他还指示奈松贡罗洛拿出他在森林里奉命准备的那些东西，他带来的是由叶子和长草制成的大裙子，还有用烹制的草药制成的大型头饰。坎尼斯勒在手持着马鞭草的战士的陪同下出现了，她穿着一条裙子，戴着植物纤维做成的头饰。

奈松贡罗洛站在高大的宝座下方，然后双手交叉地对坎尼斯勒说："你，坎尼斯勒，桑斯兹（Sonsizi）之女，维拉皮（Velapi）之孙女，奈科莫（Nkomo）之曾孙女。之所以你会被带到这里，是因为你故意而且恶意地与最高首领发生冲突，他是你的君主，也是你无可争议的丈夫。我们都知道你是有罪的，因此，我们宣判你穿着这条用草和叶子做成的裙子，然后戴着由你大不敬地和首领为此争执的这一锅草药做成的头饰，在我们伟大的首领面前跳忏悔舞。"

"我亲爱的子民啊，"贝基兹韦心碎地说，"在我妻子开始接受处罚之前，我想告诉你们我们争论的是什么。我发现我的妻子在煮草药！草药锅啊，我的子民！那是兔子、牛、羚羊才会吃的食物！哦，我的子民！那是只有乞丐才会吃的东西。草药会导致胃部感染疟疾，感冒，心脏变绿，脑瘤和脚畸形，甚至可能致使人的腋窝长出绿色的牧草，他们肚脐下方区域甚至还会绽放出向日葵！"

贝基兹韦停了下来，假装擦了擦眼泪，而一阵狂笑席卷了整个村庄。

“我的子民，多年来我一直在想为什么我的妻子们每天早上都要对着镜子照一照，为什么她们给我养的小孩一出生就有绿色的叶子从他们耳朵里长出来，今天我找到了原因：我的妻子们太喜欢草药了。当我试图对我的妻子坎尼斯勒指出这一点时，她便与我争论了起来，说我们的祖先也吃草药，并认为祖先吃了好的东西，那我们的后辈吃了也好。我的妻子非但不听我的，反而跟我争论了起来，论据有鳄鱼尾巴那么长。我是一个有自尊心且受人尊敬的首领，所以我让她在没有得到应允之前都必须待在屋里不准出来。”

坎尼斯勒被要求穿上那件沉重的大裙子，并戴上大大的叶片状的头饰。然后贝基兹韦一声令下，蒙面鼓手开始击打鼓面，这时坎尼斯勒开始跳舞，她被五个侍卫用手上拿着的草鞭子“鞭策”着。

突然有什么东西从她的裙子里掉到了地上，当大家看到一只被小牛皮绳绑在一个毛茸茸的球上的胖兔子时，激动的观众们爆发出一声声大叫。

“哦，我的天啊，”贝基兹韦喊道，“我的妻子居然会生出一只兔子！这就是吃兔子食物的后果，我从未想过会发生这样的事情。”

“我的君主啊！”坎尼斯勒在人群的哄笑声中哭喊道，“我从没有生下过这个……”

突然一声响亮的尖叫，她感觉有什么东西正在她那由叶子和草编织成的裙子里无力地挣扎着。她高高地跳到了空中，然后又有两只兔子掉了出来，接着还有一只小龟从她的头饰中掉出来，然后摔在地上。她扯掉头饰，将裙子脱下，像风一样跑进她的小屋。在一片笑声中，贝基兹韦把小龟和兔子捡起来，并郑重地给它们取了幽默的名字，把它们称为他亲爱的孩子们。然后他吩咐几个男孩把它们放回了森林。紧接着，他号召大家为他家庭的新增成员喝上一轮祝福酒并讲述了另外一个幽默的故事。最后，宴会伴随着又一阵欢声笑语愉快地正式结束了。人们情绪高涨，都不情愿地准备回家，暗自遗憾不得不离开他们亲爱的小父亲的村落，而且大家都想知道什么时候会再举行一次这样的宴会。

太阳西沉，黑暗很快就席卷了这块土地。在森林里，猫头鹰发出响亮而又微弱的叫声，远处的狮子咆哮着向群星发出挑战。贝基兹韦正在睡觉，还做着好梦。在他身旁睡着的是轮到侍寝的坎尼斯勒，而新的第一夫人努努和失去母亲的祖鲁与奎瓦贝一起睡在她自己的房里。

午夜时分，首领感到有人在猛烈地摇晃他，“醒醒，小父亲!”是奈松贡罗洛，首席战斗将军，前强盗领袖的声音。

“谁在偷鸡?”首领开玩笑地说。

“小父亲，”将军哭着说，“醒醒！快逃！我们被人攻击了！”

“奈松贡罗洛，你的笑话真是有趣。明天早上我奖励给你一头牛，现在回去睡觉。”

“小父亲，我没开玩笑。外面的屋子正在燃烧，人们正在死去。我们的战士虽奋勇拼搏，却寡不敌众。正是您的哥哥马兰德拉在攻击我们。您听！”

连续不断的垂死者的哭声回旋在贝基兹韦的脑海里，这一切都说明奈松贡罗洛说的都是真的。一场殊死搏斗的声音缓缓钻进了贝基兹韦的耳朵。

贝基兹韦抓起他的腰带迅速系上。他从屋子里面慢慢爬出来，奈松贡罗洛就在他身后。屋外，这场战斗来势汹汹，矛就像雨一样落在村庄内。第一大门边的十座小屋正在燃烧，滚滚的红色浓烟和火花在星光闪烁的夜晚格外显眼。死去的战士们躺在村庄中心的火堆里，当贝基兹韦意识到这些都是自己的手下时，他感到自己的心陷入了深深的悲痛之中。他怎么都不敢相信敌人居然是他的哥哥马兰德拉。他想不明白为什么会有人想要攻击他，更不用说这个人是他自己的哥哥。

贝基兹韦朝森林望去，看到其他村庄还在燃烧。当意识到村庄里的所有人都是不久之前在宴会上跟他一起欢笑的人时，他的眼里便充满了泪水。

怎么会是马兰德拉？他们从来没有争吵过，他们已和平相处了这么多年。贝基兹韦简直不敢相信。

就在他看着那些勇敢的村庄捍卫者正节节败退时，随着一声巨响，村庄倒塌了。战士们裹着破烂兽皮涌进了村庄，贝基兹韦认出了这正是他哥哥的突击军队，有名的“狂人军队”，他们的头领正是马兰德拉。

“马兰德拉，”贝基兹韦哭喊着，“我的哥哥，我亲爱的哥哥！”

借着燃烧着的小屋所折射的光亮，马兰德拉能清楚地看到贝基兹韦穿过森林正朝他奔来。他就像一个盲人一样无视着成群的、像涨溢的洪水一样大喊着涌入村庄的恩古尼勇士。他没有看到自己勇敢的战士们倒下，被马兰德拉的军队取走性命。他只是依稀地听到身后传来的他那被屠杀的妻子和孩子的哭声。

他也没看到那个像猿一样高大的第一夫人努努带着祖鲁和奎瓦贝冲出刀枪相见的村庄，并成功地冲进了森林。贝基兹韦只看到他的哥哥，以及他眼中的赤裸裸的愤怒。

“马兰德拉，我到底做了什么？”贝基兹韦哭着说。

“我见到你了，魔鬼，”马兰德拉咬牙切齿地说，“你杀了我的儿子，现在该轮到你了。去死吧，该死的魔鬼！”贝基兹韦现在所感受到的疼痛比他所知道的任何疼痛都要强烈——这双重的痛苦，马兰德拉的话，还有马兰德拉的矛，深深地刺进了贝基兹韦的身体，然后刺穿了他的肺和心脏。贝基兹韦死的时候根本不知道自己的哥哥为什么要杀他。他在死的时候连为自己辩护的机会都没有。像一盏灯突然被一阵刮过的风所吹灭，他被一个像他爱自己的子民一样挚爱的哥哥所杀。

他再也看不到一个小妇人从黑暗中跑来，并扑向马兰德拉的脚边。他再也听不到马兰德拉的咒骂和大声的呼喊：“塞丽薇！你在这里干什么？”

他再也听不到那个眼神空洞的疲惫不堪的塞丽薇的尖叫：“你杀了他！我来得太晚了……哦，我的列祖列宗啊！我来得太晚了……无辜可怜的贝基兹韦！你，你……马兰德拉，你这个顽固且容易受骗上当的傻瓜！不孝的东西，你这只性急了喝人血的畜生！你杀了一个无辜的人。你把自己当成恩古尼的国王，可你根本就不配当国王！你自以为可以统治一个国家但那个国家却早就被别人占为己有！你是被骗来杀死自己的弟弟的啊！而你的王国现在早已被篡夺。你完完全全被骗了！你这个卑鄙的傻瓜！”

“塞丽薇！”马兰德拉咆哮着，“你在说什么？你疯了吗？你说的‘我的国家已经落到别人手里’这到底是什么意思？说话！否则我连你也一起杀了！”

“杀了我吧！”塞丽薇哭喊道，“多杀一个人也不会让你肮脏的灵魂多一丝愧疚。你才刚刚杀掉一个无辜的人呢，来吧，来继续杀掉更多无辜的人，来啊！”

“尊敬的首领，”一个年长的彩虹将军索洛兹打断了他们的对话，“我觉得你那个最受人尊敬的妻子带来了一个令人震撼而可怕的消息。请听听她所要说的话。”

“跟我讲清楚到底发生了什么事。”马兰德拉说。

“你所有的女儿都变成了瓦芒韦勇士们的女人。你所有的妻妾，天啊，都死了。你再也见不到你的妹妹诺米康顿了。万巴·尼亚洛蒂欺骗你和自己的亲弟弟打仗，是他亲手杀了你的儿子们。现在他已经是恩古尼和瓦芒韦的国王了。你输了，马兰德拉，你还是先杀了你自己吧！”

“什么！”马兰德拉和彩虹将军索洛兹异口同声地大喊道。

“是的，”塞丽薇说道，“这还不是全部。我带来了丹比莎·卢韦薇，她告诉我，在一个月内，这个名字叫作姆努姆塔巴的兹马·姆布吉的首领将进攻这片土地，因为万巴手上的某一个神像。”

“神啊，可怜可怜我们吧！”马普普拉，另一个彩虹将军嘶吼道，“我们到底做了什么啊？”

“众神没有必要在你们这些人渣身上浪费悲悯之心。”塞丽薇哭诉道，“要是我们能够活着走出这片土地，那是我们幸运。当西部曼波的人们知道他们的小父亲已经被谋杀了，他们将会像山体滑坡那样赶过来对付我们。他们知道如何替他们的首领报仇——我们没有地方可以投靠了。现在我们前后左右都是敌人，还有什么机会呢？”

马兰德拉觉得塞丽薇说得对。她过去是对的，将来也会是对的。他知道离最后的审判已经不远了，也明白自己最后的冲动、残酷和轻率已经带他走到了毁灭的边缘。实在没有办法了，他已经无路可逃。

不可否认的是他的王位已经被篡夺，自己有国不能回，现在他已经被彻底毁灭了。一支军队如果要继续在敌国的土地上扮演侵略者的角色，就要依靠来自本国的源源不断的援军，一旦增援部队被切断，军队很快就会被摧毁。马兰德拉知道他的国家现在正被一个篡位者操控着，他的军队、他的勇士们，很快就会不知所措地被复仇的西部曼波完全消灭。他明白那些大脑充满焦虑且心系家人的人不能够成为优秀的战士，而且他已经注意到很多将军也已经出现了明显的焦虑，几乎所有人在万巴的土地上都有家人。所以征服西部曼波对马兰德拉来说是不可能的了，而且他知道想要最终取得和平也是不可能的，因为这是他刚刚蹂躏过的土地，也是他自己亲手杀害了他们的首领的地方。伴随着绝望的呻吟声，马兰德拉单膝跪倒，触碰到了贝基兹韦用过的冰冷兵器。哦，马兰德拉多么希望自己能使死人复活，他多么希望在这僵硬的毫无生命气息的尸体上唤回哪怕是最微弱的生命火花！

可惜一切都太迟了。再多的悲伤，再多的眼泪，再多的后悔，也不能使他的弟弟复活了。

最糟糕的是，马兰德拉开始意识到，无论目前的困境会带来什么样的结果，他始终都会带着杀害了一个无辜的人的愧疚之情，直到他死的那天。后世子孙们都会评判他，把他当作傻瓜。

傻瓜这一名号对国王来说是极大的耻辱，在很长一段时间里马兰德拉都好像听到有人在叫他大傻瓜，这些声音在时光的隧道中不停地回响着。

“马兰德拉，大傻瓜。”

第一次，在他那残酷而邪恶的一生中，马兰德拉觉得泪水涌出他的眼睛。他为他死去的弟弟、家人和子民哭泣，同时也为他亲爱的妹妹诺米康顿痛哭。有一大群人等着他去哀悼——那些他亲手毁掉的人。最后，他起身咒骂了自己，尤其是没有听从诺米康顿的警告，她一直讨厌并怀疑万巴。

破晓时分，马兰德拉为贝基兹韦村落里面每一个死去的男人和女人举行了葬礼，而且是以英雄的名义下葬。他下令所有的战士和将军都剃掉头发和胡子，并收集所有的头发堆在烧焦的村庄中心，然后把这头发放在贝基兹韦的坟墓前作为请求原谅和宽恕的象征。贝基兹韦作为首领被葬在了最大的屋舍里，而他的孩子和妻子则被葬在圆形屋舍的周围。

当太阳升起时，所有带着剃须刀的男人开始行动了。到正午的时候，每一支军队的每一个战士都把他们的胡子和头发刮了下来，并用一个大盘子收集起来放在屋舍的中心。随后勇士们便扛着锄头，挖坑来埋葬死者。

塞丽薇和她的同伴丹比莎有一项艰巨的任务，就是精致打扮贝基兹韦死去的妻妾，给她们穿上最好的皮裙子，并给她们戴上嵌有玛瑙的铜项链，还有铁制的和乌木制成的手镯。根据年龄，死者有的是以跪着的姿势被埋，有的则是以蹲着的姿势被埋。母亲们以跪着的姿势被埋，而且她们的右手还拿着扫帚。女孩们以蹲着的姿势被埋，她们的面前放置着水盆，右手拿着装有水的葫芦。男人和男孩以膝盖跟下巴相抵的姿势被埋，他们的双手合十放在自己的腿前方。完成这些工作需要技巧和经验，处理已经僵硬的尸体不仅需要很大的力气，还要花费大量时间来准备，所有的安葬工作直到第二天才完成。最后被埋的是贝基兹韦和他的第二夫人坎尼斯勒。

第一夫人努努，与祖鲁和奎瓦贝两个男孩子，还有第三夫人，即怀着八个月身孕的诺杜莫（Nodumo）逃走了。尚多和奈松贡罗洛也不见了，这两个男人的逃脱对马兰德拉来说是一个不祥之兆。

贝基兹韦被安放在他的宝座上，他的头上戴着头饰，肩上披着所谓“欢乐斗篷”，手中拿着短的“正义的皇家矛式表针”，以及一个精心雕刻的轴，一同下葬的还有两只他最爱的狗——奈西尼（Nsini）和海拉亚（Hlaya），就躺在他的脚边。它们因为勇敢地保卫坎尼斯勒和它们主人的小屋而阵亡。

由十二张黑斑羚皮缝制而成的大皮毯被放入了圆形坟墓，它完全覆盖住了死者的身体及成千上万个战士祭奠的须发。

当一百名被选出来的战士在往坑里填土时，马兰德拉就跪在旁边。不像传统的那样对着他死去的弟弟做很长的祷告，他只是用破碎的且令人心痛的声音讲道："原谅我，弟弟。"

这简单的五个字是马兰德拉这一生说过的最真诚的话。当坎尼斯勒的尸体被盖上泥土时，塞丽薇双手抱头并大声地号叫。她号啕大哭，两次昏倒在地。泪水顺着她那美丽的小脸庞流了下来，整张脸因为悲伤而变得扭曲。

葬礼结束后，老索洛兹在贝基兹韦的坟墓附近挖了一个坑，种下了被要求种在首领坟墓旁的新长出叶子的马拉柯拉姆科斯植物。最著名的兄弟歌唱组合，兹寇和马约兹开始唱起他们的一首歌。这首歌注定要长久流传，在两兄弟都死后，被去了干恰·奈亚沃之地的后代们所传唱。

噢，生命，在残酷的生命之河上，
人的灵魂诞生了；
在野蛮的、涌动着的生命之河上，
人类的灵魂是那样的凄凉——
如掉入洪水中的树叶一样。
看那彷徨无助的灵魂，
漂浮在绝望的激流中，
漂浮在痛苦的瀑布上，
或穿过令人毛骨悚然的黑暗森林，

呻吟着的灵魂诞生了。
啊，残忍无情的没有灵魂的东西，
噢，被人误称为命运的东西，
我们都是您膝下的玩具，
是您手中的木偶。

看他那骄傲的额头，
怒不可遏的君王趾高气扬，
而在他高傲的凝视下，
挨饿的农民们畏缩不前。
但所有的这些都是您的木偶，噢，命运——
一个傀儡的种族，一个傀儡的世界；
每个人的一举一动，
都在您威严的命令下！

看啊，那些黑暗邪恶的灵魂，
一个小偷伏击了一名流浪者，
在他的血泊中，
抢夺走铜渣！
他也是您命运的玩物，
在游戏世界里的玩物；

尽管他认为他就是他自己，
他仍然只是一个玩物！

看啊，在战场上，
两个拿着致命武器的部落正争吵不休，
痛苦的平原正在嘶吼，
到处回响着战争的声音！
那本该在冲突中失败的人，
高举着胜利者的盾牌，
当他索取了王权，
谎言撕扯着平原。
那是命运您可怕的裁决，
最奇特的仲裁者！
尽管我们呼喊着我们就是自己，
可我们仍然还是您的傀儡。
不要把您高傲的头抬得太高，
掌管尘世离别的暴君，
和赢得荣耀之盾的您，
不要过分赞扬自己的力量。

小偷，那个偷走了那些号叫的小牛的，

不要称赞你狡猾的双手，

而你，最骄傲的至高无上的统治者，也不要自吹自擂，

因为虽然你统治着成千上万的人，

命运之网仍主宰着你。

哦，小偷，

不是你的诡计，也不是你的秘密行动，

帮你获得了那些牛，

那只是可怕的命运希望你拥有那些你所渴望的东西。

不是你强大的战斗力，

为你赢得了君王的宝座，

那也仅仅是命运决定，

应该由你来统治尘世。

伟大的人，卑微的人，傻瓜和无赖们，

酋长或农民，一个人或是所有人，

虽然你们自诩你们就是你们，

但你们和其他所有人都只是玩具，

跳舞、跳跃、上升、坠落，

都在命运的掌控之中。

当伟大的歌唱家们结束歌唱后，来自被遗弃部落的孤独的无家可归的人，巴鲁巴族乌木般的黑人少女丹比莎用低沉而悲切的声音唱道：

贝基兹韦，贝基兹韦，
曼波部落的首领，
在太阳落山的时候，
您仍然拥有美丽且古老土地的部落。
贝基兹韦，贝基兹韦，
森林都在为您哭泣，
存留着您的足迹的美丽大地，
为您流下了满是灰尘的眼泪。

月亮蒙羞，太阳暗淡，
长满草的土地黑压压的，
而在干枯的河口，
现在都是淤泥。
长尾渡鸦藏起了自己的尾巴，
哭泣的山峦呻吟着，
敏捷的黑斑羚发出悲哀的叹息，
摇摆着长着犄角的头。

黑眼睛的母牛悲哀地低鸣着，
强大的公牛怒吼着，
而响亮、悠长而豪放的声音，
是每一只狗都在狂吠。

那些丰满的处女再也笑不出来了，
战士们的歌声也停息了，
而响亮的、悠长的，
是耷拉着脑袋的老人在叹息，
从每一双暗淡的布满皱纹的眼睛里，
夹杂着悲哀的泪水倾盆而下……

昨天他还在和他幸福的部落一起欢笑，
可现在他再也笑不出来了，
幸福之光已经被扑灭，
它闪烁着，却不再燃烧……

“停住！”马兰德拉咆哮道，“快停下来，你这个外来的坏女人！你还想折磨我吗，难道我承受的折磨还不够多吗！”

马兰德拉狠狠地骂了丹比莎，并朝她投掷矛。但丹比莎身材高大，只见她轻盈地扭向一侧，矛便立在了草地上。

“你这个肮脏的疯子！”塞丽薇大叫道，“你要再给自己添加另一个谋杀的罪名吗？被疯狗咬了的马兰德拉！你这头被鳄鱼咬了尾巴的狮子！你这头对被你屠杀了的人的坟墓大不敬的邪恶疣猪……你还要继续杀人吗！你，奈戈沃罗、马兰加比，把这个疯子抓住！我命令你们！如果他要反抗，就拧断他的胳膊。抓住这个卑鄙的、污秽的和无能的人！”

奈戈沃罗和马兰加比抓住了马兰德拉，他们不再对他有任何的尊重，也不再把他当作他们的首领。他们鄙视和嘲笑那个未经审判就谋杀他弟弟的人。在他人眼中，马兰德拉是没有信誉可言的怪物，他完全不配得到任何尊重。他的妻子已经公开指控他无能，这是对于任何一个男人而言最糟糕不利的指控。对于马兰德拉来说情况更糟，因为那是基于事实的！

在葬礼上争吵，伤害或试图伤害某个哀悼者，就是一种令人发指的罪行。如果罪犯碰巧是一介平民，那他将即刻被杀死。但是对于王室出身的人来说，惩罚比死亡更糟糕！

因此，“马兰德拉！”塞丽薇的声音坚定而又冷漠，“你犯下了非常严重的罪行。你表现出对死去的人的大不敬，其中就包括被你亲手杀了的你的弟弟。如果这是我所能做的最后一件事，我将确保你受到相应法律的严厉制裁。”

塞丽薇转过身，冷冷地对着面如死灰的彩虹将军们，“你们知道法律上所说的，对一个不尊重死者的最高首领要怎么办，就请对其执行最大限度的惩罚吧！”

他们把马兰德拉带进了森林，撕下他的最高首领服装，砍下他的树胶指环，并扯下其“荣誉项链”，然后把这些东西都扔到了尘土里。他们还收集了大量新鲜牛粪便、山羊粪便、狗粪便和人类粪便。这些令人难以忍受的污秽物被他们运到了一片空地上，在那里马普普拉已经用高大的莫帕尼树枝架起了一个巨大的三脚架。他们把马兰德拉倒着悬挂在那里，而他还神气活现的，并且完全不敢置信地盯着这些正在进行的要正式羞辱他的精心准备。

“这不可能发生在我身上，”他想，“它一定是一个噩梦，我很快就会醒来。它不可能是真的！”马兰德拉眼看着这一切，战士们离开了围观者们的大圆圈，对那堆从村落带来的污秽物进行了处理。很多人甚至以对着它吐口水来增加材料。然后马兰德拉看到丑矮人马兰加比昂首阔步地来到了那堆粪便旁，用他赤裸的双手捧起一些污秽物，然后耐心地将其揉成了一个球。

“你知道吗，‘老雷胃’，我想这样做已经很多年了！”

“马兰加比！我命令你立刻停下来！”被倒挂着的马兰德拉吼叫道。

“为什么？”马兰加比露出大黄牙微笑着问道，“为什么？你正好是个可爱的靶子。”说完，他把自己的胳膊缩了回去，然后把那颗肮脏的粪球扔向马兰德拉。粪便溅在马兰德拉的脸上，进入他的眼睛和鼻孔，他刚张口准备喘一口气，从驼背的聋哑巨人奈戈沃罗手中扔出的第二颗粪球就刚好塞了他满满一嘴巴。当每一个战士都在以一种猥琐的嘲笑和侮辱的方式朝马兰德拉扔那些令人作呕的污秽物时，他止不住地干呕起来。最后无助的马兰德拉被整个儿埋在粪肥里，在正午的阳光下，成千上万只苍蝇围绕着他嗡嗡作响。

当马兰加比编了一条草绳并把一端插在他的臀部时，大家哄堂大笑，说道："所有的恶魔都有长长的尾巴，不论是否颠倒了上下！"随后他们便任由他自生自灭了。

就在日落之前，恩古尼军队撤回到他们对贝基兹韦村庄发起进攻的马德隆提山脉的据点。塞丽薇和彩虹将军们希望能在山区里摆明立场与西部曼波谈判和平条款。据侦察兵报告，西部曼波正在集结庞大的军队，准备对恩古尼的侵略者进行猛烈的反击。

夜幕降临。在马兰德拉被吊起来的地方可以看见一个人影从一丛灌木后显现出来，并向他扑过来。正是身材高大但身姿轻盈的黑皮肤姑娘，那个马兰德拉曾在不久之前试图杀死的巴鲁巴女孩丹比莎。

"她是来杀我的。"马兰德拉心想。但丹比莎并没有打算这样做。她用刀划了几下便释放了马兰德拉麻木的脚踝和手腕。她一言不发地牵着他穿过森林，来到卢安瓜河并把他彻底地清洗了一遍，当然也没有忘记给她自己也好好清洗一番。从头到尾他们一句话也没说。

他们沿着河岸走到一个荒无人烟的渔村。在这里，这个女人收集了烹饪和吃饭用的器皿，两袋谷物和一块被渔夫在其独木舟里当作壁炉用的石头，同时她还收集了两支捕鱼矛、一块盾牌和一把旧斧头，所有这些都被她带到了四个用来装原油的简陋码头中最大的一个码头上。马兰德拉帮着这个沉默寡言的女孩搬运，当他们完工时，丹比莎挥手让他进去。

“但为什么……为什么你要救我，我们是要去哪里?”马兰德拉问。

丹比莎没有回答，她对整个世界都表现出若无其事的样子，仿佛他不存在似的，就好像她独自一人在汹涌的卢安瓜河上游荡。

“年轻的女人，至少告诉我，我们将要去哪里。”马兰德拉说。但是，丹比莎依然保持沉默。

独木舟沿着河流，穿过黑暗的森林，经过那些高大的沙沙作响的芦苇丛，越过了沼泽地。轻舟顺着卢安瓜河滑行着，直到黎明的第一缕晨光划破了东方的天空。

老巫师尚多正与奈松贡罗洛站在一块岩石前，两个人都低着头看着那些愤怒的面孔，成千上万个震惊的西部曼波的部落成员，他们刚刚得知自己的小父亲被谋杀了。

“我不相信你所说的，”一个叫奈托贝拉（Ntombela）的身材魁梧的家伙说道，“你是个骗子。马兰德拉为什么要攻击和谋杀自己的弟弟？小父亲对我们来说就像是我们血管里的血，是我们的命，是我们生命的一部分啊。”

“我也希望这都是谎言，”老人回答道，眼泪顺着脸颊流下。“我召集你们这么多人来这里，不是为了对你们撒谎。我们的小父亲，还有除了他这两个妻儿外所有的妻子和孩子统统死在了皇家村庄里。我们的战士，甚至是仆人，都为我们敬爱的领袖苦战到底，但都是徒劳，马兰德拉他们实在是太强了。没错，就是他，马兰德拉，那个冷血地杀害了自己弟弟的人，就是这个愚蠢的人杀了我们的贝基兹韦，他杀死了照耀着我们这片土地的幸福之光。”

“告诉我们，你是在开玩笑，”奈托贝拉说道，“贝基兹韦不可能死。不，不，我不相信！”

“这是真的，我们发誓。”奈松贡罗洛大叫道。

“那我们为什么还要像一群七嘴八舌的老女人一样站在这里？”奈托贝拉咆哮道，“你们为什么要像迷路的狗一样站在那里哀号，哦，奈松贡罗洛？我们现在没有什么活下去的理由了，简直就像失去了根的树。我们失去了我们的父亲，我们的血液。我们失去了大脑。没有头脑，肉体不死吗？如果没有贝基兹韦，我们的生活将不再跟从前一样，我们永远失去了那个我们深爱着的微笑的小男人。除了死亡，我们还有什么？你们这些没良心的人，来吧，让我们先进行复仇的宣誓。我们先去把谋杀者马兰德拉和他那群怯懦的走狗从大地上抹去吧。”

“是的！”奈松贡罗洛喊道，“西部曼波的子民，我们不能让首领的血白流，我们要报仇。他的灵魂正在这灰色的土地上游荡，直到谋杀者死去，才能安息！为了让我们深爱的小父亲的灵魂在另外一个世界的山谷中安息，我们必须杀死马兰德拉和在我们土地上的每一个恩古尼人。你们听到了吗？马兰德拉必须死！大家跟我走。”

“敲响信号鼓！”尚多咆哮着，“向全国各地发送消息。内容如下：贝基兹韦已死，被马兰德拉所杀。所有西部曼波人准备战斗。两天内到皇家村庄集合。必须为我们的首领报仇。”

消息便这样从一座山传到了另一座山，从一个山谷传到了另一个山谷，穿过了平原和森林。然后那些听到这一可怕消息的人又拿出他们的信号鼓，一直把它传递到更远的地方。一张声音之网覆盖了这片令人震惊的土地。当人们听到这个消息的时候都感到非常震惊，然后他们的震惊很快就被冷酷的愤怒所取代。

不久，通往已经被半烧毁的皇家村落的小径上黑压压地布满了全副武装的战士，他们与奈松贡罗洛会合，他的麾下已经有一万多人。

很快，埋着贝基兹韦的土丘被鲜血染成了红色，成千上万个战士轻割自己的手以让血滴在他们的小父亲的墓前，并发誓无论付出什么代价都要为他报仇。一些人甚至将墓石堆中的小石子和水吞下，以表示他们复仇的决心。

在所有宣誓仪式都完成后，一支拥有三十万人马的大部队涌向了马德隆提，也就是恩古尼军队的藏身之处。

恩古尼人突然发现自己被一群愤怒且嗜血的西部曼波部落成员所包围，他们深知一场大屠杀不可避免，而在这场屠杀中自己终将成为受害的一方。所有的恩古尼将军都意识到这群曼波人是来报仇的，他们绝不会手下留情。不将这支庞大的恩古尼军队全部歼灭，他们绝不会善罢甘休。

这正是塞丽薇所要阻止的事。她清楚地知道恩古尼与西部曼波之间的和平有多么的重要，因为这两个部落都需要时间来做好准备，以迎接来自姆努姆塔巴的威胁。而据探子回报，姆努姆塔巴的部队现在距离赞比西河只需要一个月的行程了。听闻姆努姆塔巴曾发誓要抹去恩古尼和曼波在大地上的足迹，以作为其偷走他神圣的青铜神像并杀害了他的两个密探卢奥和达禾迪的惩罚。

因此，塞丽薇向曼波的奈松贡罗洛传送了一条消息。这是一个编织得极其漂亮的垫子，上面的图案传递着以下信息："我们的灵魂全心全意地渴求和平。杀害你们最高首领的凶手已经被驱逐出部落。"

我们 灵魂 渴望 和平 凶手 首领 你们 外面 部落 我们的

对于消息，奈松贡罗洛傲慢地回答：“你们别躲躲闪闪的，我们发过誓要杀了你们所有人。像个男人一样，勇敢地面对挑战，你们这群卑鄙的懦夫。”

塞丽薇又向奈松贡罗洛提出了另一个请求，她又传送了一个带有紫色图案的纤维垫，上面表达着：“两只小鸟，一只来自东方，一只来自西方，不要争斗——它们一同面临着来自南方的鹰的威胁。它们最好并肩作战。”

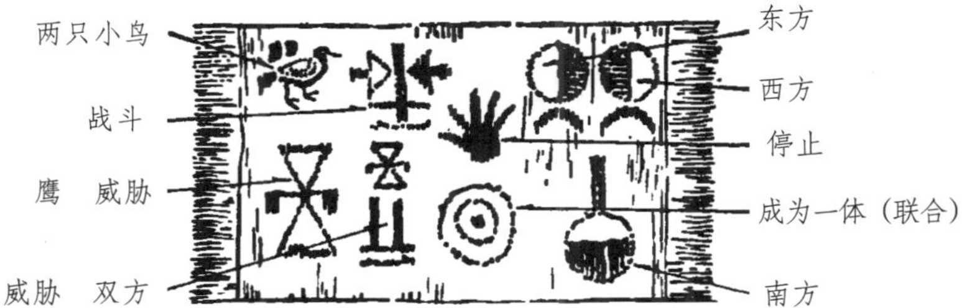

对此，曼波那边简短地回答说这场战斗即将开始。甚至就在恩古尼这边收到这个消息的时候，曼波军队正在朝他们的大本营的斜坡爬去。奈戈沃罗、马兰加比和马普普拉召集了自己的手下，激励大家像男子汉那样战斗，不要让后人耻笑为懦夫。

一群训练有素且经验丰富的恩古尼战士猛烈还击，他们用矛、棍棒，甚至大石块击退了一次又一次的野蛮攻击。进攻的曼波军队在开阔的斜坡上处于劣势，像苍蝇一样纷纷死去。但对于每一个倒下去的曼波战士来说，还会有上千个战士代替他们继续战斗。山崖和峭壁因猛烈的战争而震颤着。

“贝基兹韦！贝基兹韦！贝基兹韦！”

曼波人拿着盾和矛不停地朝山坡上涌去，像许许多多的猴子一样，同时还大喊大叫着，像地狱下水道里的恶魔一样。塞丽薇敏锐的眼睛能够分辨出每一个曼波人脸上的野蛮、暴怒，以及赤裸裸的仇恨。他们的武器在早晨的阳光下闪闪发光，盾牌也使山坡充满了色彩，黑色、红色、棕色、白色，一个个巨大的盾牌如万花筒般不断向山腰蔓延开来。

在石头和瓦砾的背后是等待着的面无表情的恩古尼军队，他们的战袍在山间的微风中飘动着。塞丽薇蜷缩在岩石后面，看着厮杀，不禁泪流满面。恩古尼的矛一直挑战着不断前进的曼波族人，矛在烈日下短暂地闪耀着光泽直到深深刺进战士们的身体里。

男人们尖叫着倒下，并很快消失在密密麻麻的人群中。一个高大英俊的曼波战士突破了恩古尼人的胸墙，同时两名战士也死在了他的斧下。但是，看啊！一个来自鼠队的小男孩把一支矛笔直地刺进了他的胸膛，然后他像一棵大树一样倒下了。塞丽薇抽泣着……因为她意识到这个垂死的男人的家里还有妻儿。她默默地诅咒着这场纯属内耗的战争。

（译者：花思静）

让和平主宰一切

安息吧，安息吧，哦，我的灵魂，
在伟大的索曼德拉（Somandla）面前低下你的头，
完全臣服于他的手下，
降服于他的慈悲吧。
虽然你的痛苦难以平复，
悲伤吞噬着你的心，
尽管悲伤的野狼号叫，
在你灵魂深处的入口。

尽管愤怒的敌人用磨刀石包围住你，
发誓要杀你；
虽然轻蔑的笑声追着你，

从充满敌意的嘴里！
臣服吧，臣服于万能的主吧。
在你出生时，他关心着你；
当你将死时，他会伴你左右。
那么，你还需要什么保护呢？
愿你安息，并完全臣服于他。

难道不是他创造的星辰吗？
野兽不是也尊他为父吗？
他不是我们所有人的统治者吗？
他不是所有这一切的主人吗？

时间的河流支撑着他的独木舟，
转瞬即逝的岁月是他的奴隶；
闪耀的星辰向他深深地鞠了一躬，
难道他不是所有人的全部吗？

鸟、人、兽和树都归他所有，
他统治着星辰、月亮、太阳和地球。
谁敢质疑他无边的权威？
安息吧！完全臣服于他。

世上再无邪恶之人，
当索曼德拉的名字出现时。
世上的一切烦恼也将消散，
当你呼唤他，至高神！
他会将你揽进他强大的臂弯，
把你带去宁静的山谷。
在你的双脚离开道路之前，
他将彻底清除一切荆棘。

让他成为你伟大的舵手，
引导你生命的独木舟在激流中前进。
让他成为你坚硬的打火石，
温暖你人生的隆冬。

安息吧，安息吧，哦，我的灵魂，
在索曼德拉面前低下你的头。
在人生的黑暗丛林里，
让他成为你的斧头，
为你披荆斩棘。
在人生的寒冷冬季，
让他成为你的毛皮毯，

为你抵挡冷风。

让他成为你坚固的独木舟，

载你一直航行到明天！

这首奇怪的歌一直在马兰德拉沉睡着且混乱着的大脑中回荡，每一个字、每一句话都印在他的记忆中。这优美流畅的曲调如河流般起起伏伏地流淌在他灵魂的峡谷中。这首奇怪的新歌一遍又一遍地被吟唱着，注定要流传上千年。

这是一首著名的歌曲，恩古尼人、祖鲁人和马塔贝列人（Matabele，居住在非洲津巴布韦的祖鲁人）将在他们大地历史上最黑暗的时刻唱响它。这是伟大的《马兰德拉之歌》，这首歌在这个饱受耻辱困扰的人睡着的时候，在他的脑海中回荡。他被一个诡计多端的篡位者夺走了国家，不仅失去了自己的荣誉，还几乎丧命。他失去了一切——王国、荣誉、家庭。现在的他正睡在黑暗森林里的一个小山洞中，身旁躺着那个嘴唇紧闭的外来女孩。

让他成为你坚固的独木舟，

载你一直航行到明天！

一遍又一遍，这首歌神圣的旋律不停地在马兰德拉脑海中回荡。歌曲使他的血管充满了力量，并将他灵魂中的希望之火点燃。

突然马兰德拉醒了过来，然后坐了起来，但这首歌的曲调还清晰地在他的脑海里浮现。

> 让他成为你坚硬的打火石，
> 温暖你人生的隆冬。

“我疯了吗？”那个流亡在外的声名狼藉的最高首领低声咕哝着，“我明明没有创作什么歌曲，可它为什么会一直在我的脑海中？”

“怎么了？”丹比莎问，这是她整整两天以来第一次跟他讲话。

“我一定是在做梦，丹比莎·卢韦薇，我梦见了一首歌。”

“什么歌？”

“一首奇怪的新歌，但曲调优美，简直太美妙了。”马兰德拉喃喃地说，然后一手扶着他的额头，“我记得它的每一个字。”

“那么，让我们歌唱它吧，我的挚爱。”丹比莎说道，“那首歌一定是一首灵魂之歌。”

“你叫我什么？”

“我喊你‘我的挚爱’，”丹比莎回答说，“我爱你，而且爱你很久了。现在每个人都抛弃了你，在这个残酷的世界，你是多么的孤独，然而这使得我更加爱你了。我知道，无论发生什么，我会一直在你身边。”

“我的未来一片黑暗，哦，丹比莎。我们躲藏的这片黑暗森林曾经是属于我的土地。我们像动物一样躲藏着，我们的未来是暗淡的。你想将你生命那年轻的独木舟与我这只快沉没的孤舟绑在一起吗？”

“神灵们告诉我，这只是开始而不是结尾，马兰德拉。他们告诉我，这是属于马兰德拉的一个新起点，世界将诞生一个全新的甚至比过去更加聪明的马兰德拉。他会重新获得他的王位，使恩古尼大地再次成为一个拥有闪亮未来和充满幸福的地方。”

“我心中并没有这样的期望，亲爱的丹比莎。不要试图点燃我心中那无谓的希望。我失去了什么，便就永远地失去了。”

“让我们唱出这首歌，你梦中的那首歌。”

这时已经接近午夜，月亮高挂在夜空中。蟋蟀们在岩石和倒下去的树下吟唱着情歌，而猫头鹰则在莫帕尼树的树枝上发出嘲弄的叫声。在阴沉的森林里，狮子野蛮地咆哮着，豹子嘶吼着对那些敢偷它们猎物的动物发出挑战。

在一个狭小荒凉的山洞里坐着一个被驱逐的首领和一个无家可归且失去父亲的巴鲁巴女孩。他们吟唱着一首奇怪但令人难忘的歌。这首歌注定要流传百世，尤其是那些遭受过苦痛、死在异国他乡的人，听到这首歌，他们的灵魂将得到超度。

安息吧，安息吧，哦，我的灵魂，

在索曼德拉面前低下你的头。
在人生的黑暗丛林里，
让他成为你的斧头，
为你披荆斩棘。
在人生的寒冷冬季，
让他成为你的毛皮毯，
为你抵挡冷风。
……

我们只需要一天的行程就可到达逆贼万巴统治的村落了，那片他从马兰德拉手上偷走的土地。很快，我就会把那个犯有谋杀罪的瓦芒韦人赶下台，并彻底地毁灭他。当在一个满是野兽的黑暗森林里过夜时，我躺在一个隐蔽的山洞里辗转难眠，脑海中想着自己将对万巴要做的一切。当我抓住他时，我一定要把他制作成一个行走的僵尸。我要切断他的舌尖，小心翼翼地将一根细细的钢钉刺入他颅骨的顶部，浅浅地刺入大脑。这种方法会将一个人的所有记忆都抹除，而这个人就会变成僵尸，变成一种不会发声、没有记忆、半死不活、以发酵的谷子为食的东西。巫医们常趁受害者睡着的时候派僵尸潜入他们的屋舍将他们绑架，或是直接把有毒的东西塞进他们的耳朵里，以此杀死他们。僵尸会听从你所提出的任何指令，除了渡河，因为它对水有不可思议的恐惧。

在我躺在床上想着这些并忍不住发出笑声的时候，我听到远处传来了一阵人们歌唱的声音。他们在半夜里唱着一首奇妙的歌，令人难以忘怀。他们是谁？孤独流浪的他们从哪里来？我用心灵感应的力量去捕捉那美妙的旋律，那首奇怪却萦绕在我心头的歌让我感觉像是在用我的永生换取世俗的东西，好像这样我便可以安然离世。是的，我想死，想要永远地把这残酷无情的、只有人类和野兽的苦痛世界拒之门外。我，迷失的不朽之人，时代的弃儿，被众神所厌恶，被人类所惧怕，在愚蠢的、嗜血的、争吵不断的人世间过着孤独且不快乐的生活——毕竟这种生活只对普通人有好处。

> 让他成为你伟大的舵手，
> 引导你生命的独木舟在激流中前进。
> 让他成为你坚硬的打火石，
> 温暖你人生的隆冬。

哦，可怜的人类，可悲却仍充满希望的凡人！那可怜的自我欺骗和无知的人类！他们并不知道自己所追寻的作为生命舵手的神灵很少关心宇宙，关心他所创造的生物！

长生不死并不是一件好事，因为一个人要与赤裸裸且令人不快的现实做伴活上几千年。而凡人，像那些午夜歌手一样的凡人，过着短暂的好争吵的生活，与最伟大的欺骗者——希望——为伴！希望，在危急的时刻，总像肥胖的老阿姨照顾一个孤儿那样关照一个人；希望，让每个人的人生都有一个目标；希望，让人死后在坟墓的另一边又是另一个人生；希望，让今日的邪恶退去并展现一个更美好的明天。

希望，这个伟大的骗子，撒谎的祭司和狡诈的巫医们将其作为自己无数教义和信仰的基础。然而，奇怪的是，我宁愿做一个凡人，过一种短暂却充满希望的生活，而不愿过像卡拉哈里沙漠一样永生却凄凉的生活。我慢慢地站起来，摸索着自己的腰带，以及那根沉重的乌木手杖。

我悄悄地爬出简陋的小屋，小心翼翼地不去惊醒那三只可恶的、我称之为女儿的小害虫。直至今天，我仍不知道要拿卢娜乐迪、姆拉亚库查和姆巴里亚姆斯韦拉怎么办，尤其是前两个人。这些跟我一样能够长生不死的女孩就是瘟疫，是落在我肩上的最高诅咒。尼娜瓦胡·玛和瓦塔玛拉卡两人邪恶的产物简直就是我生活的祸害。她们有一个可怕的习惯，就是会杀掉任何一个爱我的而我也想要和她结婚的凡人女孩。她们已经杀死了五个我所深爱的女人，仅仅因为她们享受在她们邪恶的内心对我，她们的父亲，所产生的一种不正常的爱。

我多么厌恶和憎恨我的女儿们！我曾经试图消灭年长的两个

女儿，但我失败了，只因她们是我的一部分。她们致力于破坏我所做的一切，一切她们认为可能会把我的注意力从她们身上转移开的事情。最近，她们扬言要杀了诺米康顿公主，因为她曾激情地亲吻了我。是否还有其他男人曾遭受过如此的诅咒，有着这样一群卑鄙的恶魔般的女儿?

我走到外面，经过那些居住着复仇者、马兰德拉变异了的妻子和妹妹，以及以前曾叫马东都的妻子们的我的女奴的房屋。我的养子木库姆比一定看到我走过他的小屋，因为我感到他的手放在了我的手臂上。虽然我看不见，但我可以感受到他的灵魂及他心中的焦虑和爱意，只听见他说："伟大的父亲，您要去哪里?"

"嘘，"我低声说，"我要去森林，儿子，去寻找那些唱歌的人。跟我来，我们一起去找他们。"

"让我先把武器拿上，伟大的父亲，"男孩说，崇敬之心像阳光一样闪耀在他的灵魂中。当站在那儿等着他回来时，我再次听到了远处的歌声。我微笑着，想象着当我走进他们的房间并询问他们午夜唱歌的原因时他们脸上惊讶的表情。法律禁止人们半夜唱歌，我打算提醒这个未知的歌者。

我们还没有走进森林深处，我就感觉到卢娜乐迪正悄悄地跟在我们的身后。她的想法很明确：她以为我又和马兰德拉有关的某个女人溜出去幽会了。她决定在我还没来得及吻她之前就先杀了那个女人。

我停了下来，大声怒斥道："从树丛后面出来，你这个卑鄙的家伙。我知道你在那儿！"

她从藏身的地方走了出来，并走到我和木库姆比的身边，说："请原谅我，父亲，但您没有理由在这个凡人面前称我为卑鄙的东西。"

"这个凡人的灵魂都比你的更纯洁，卢娜乐迪，"我反驳道，"他没有以任何方式毁了我的生活，也没有杀死我爱的女人，不像你这个肮脏的东西所做的！"

"父亲，听着，"女孩的声音冷冷的，没有丝毫同情心，"我们可能是卑鄙的，也可能是邪恶的，抑或是您所说的太阳底下任何一种肮脏的东西。但请记住，我们并没有要求谁把我们生出来，我们也无法体会自己对您的感觉。我们是您愚蠢情欲的产物，我们就是您！我们身上所有的邪恶都是继承了您的。如果您清白又不作恶，那我们自然就是清白的，也不会作恶了。但我们是一个邪恶父亲和邪恶之灵还有不完美的母亲结合的产物，脏壶能带来干净的食物吗？凡人不是说'腐烂的种子会生长出邪恶的植物'吗？"

她的长篇大论我再也听不下去了，便继续走路，但一路上都伴随着糟糕的感觉，总觉得她说的每一个字都是事实。我感觉到在木库姆比内心深处有一个巨大的谜团，这个无辜又可怜的小孤儿根本不知道发生了什么事情。

我们三个人往森林深处走去，终于来到了那个在夜间传出歌声的地方，那是一个布满岩石的山丘上的一个小山洞。

“我看到你了，哦，午夜的歌者，”当我们停驻在山洞外时，我说道，“难道你忘了法律规定午夜时禁止被打扰吗？你不知道午夜本应该是寂静的时间吗？”

我可以清楚地感到，就像山间溪流里清澈见底的水一样，一男一女两个脑袋被恐惧所笼罩着。女人的嘴里还不停地溢出喘息声：“谁？你是谁？”

“我是一个老人，我的名字叫鲁姆坎达。不像你，我不需要问你是谁。我是盲人，但我知道你的名字叫丹比莎，然后跟你在一起的便是那只胖臭鼬马兰德拉了吧，恩古尼的前任最高首领。”

“但我都没有告诉你我的名字，你是怎么知道的？”马兰德拉茫然地问道。

“你的嘴巴虽然没动，但你的心却在说话，而且读心比读话语更清楚易懂。”

“你是一个魔鬼？还是幽灵？还是托科洛希？”女孩惊慌失措地问道。

“我的父亲总是爱开玩笑，”卢娜乐迪平静地回答道，“他正是不朽之人。而且不妨告诉你们，他对人类新鲜的肉最没有抵抗力。”

“什么！”马兰德拉咆哮道，并吓得躲进了黑暗山洞的深处，

“就是那位迷失的不朽之人吗？”

“正是，”我说道，“迷失的不朽之人找到了一个垂死的人，哦，‘老雷胃’！我早已允诺自己，在我遇见你的那一天，我将拥有一场盛宴。现在你可以从那里出来，让我们看看，你的味道是否和你的歌声一样令人心情愉悦。”

“不……不！请宽恕我们吧！如果你想吃人就选择吃掉我吧。”女孩丹比莎说道。

“你，我也一定会吃掉的。”我边说边走进洞穴将女孩拖到了外面。我摸了摸她的脸，然后叹息道：“你很苗条，但是肌肉发达，我的女孩，所以你不太适合我的锅。同时我也感觉到肥胖的马兰德拉会让我的胃灼伤、消化不良，以及喉咙肿痛，所以我可能会饶了你俩。跟我来，当我的客人吧。谁知晓呢，我甚至可以考虑帮助你们摆脱困境。”

“让我们先听他们唱一下他们刚才唱的那首歌吧，我的父亲，多么动听的歌啊。”

他们的喉咙还因为恐惧而干涩着，但我最后所说的那句话给他们带来了宽慰，很快我们便都开始歌唱。纯真的尘世气氛使我热泪盈眶，尤其是在声音达到完美和谐的最后一节时：

让他成为你坚固的独木舟，
载你一直航行到明天！

“唱啊！让我们一起再唱一遍吧！”我叫道。

我们的声音与银色的夜空完美地融为一体，飘荡在郁郁葱葱的森林里，就好像插在祭坛上的香火一样。在我看来，似乎那些我很久没见过的星辰都从它们的宝座上向我鞠躬，整个森林仿佛都屏住了呼吸。

“我们走吧，”我最后说道，“马兰德拉，我想我们有很多事情需要好好谈谈。”

在返回我们的临时营地的路上，我一路听着马兰德拉和巴鲁巴女孩急切倾吐的故事，就好像源源不断的泉水那样。当我们到达营地时，我叫醒了诺米康顿，并让她讲述她哥哥遭万巴的背叛，以及她和马兰德拉的妻子们在下层世界所经历的那些令人毛骨悚然的冒险经历。当看到他伟大后宫里的这些变异了的眼神迷茫的幸存者时，马兰德拉忍不住哭泣。

诺米康顿和鲁拉玛·玛纳鲁阿纳强调必须立刻找到穆克卡萨，一定要赶在强占了她肉身的邪恶灵魂在这片土地上肆虐之前。“她是邪恶的，哦，伟大的鲁姆坎达，非常邪恶的一个人。我们不知道她跟万巴的母亲去了哪里，但是您必须找到她。”

“慢慢来，我的孩子们，”我说，“即使是不朽之人也不能同时做两件事。我想我们必须立刻把所有的东西都收拾好，然后上路。这次我们要去西部曼波以避免一场大屠杀。万巴那里先等等，总会和他算账的！”

尽管遭受到曼波军队的多次猛烈攻击，恩古尼军队仍然坚守着他们在马德隆提山脉的据点，但末日应该很快就要来临了。在这整整四个血腥的夜晚，整个恩古尼军队谁都没有合过眼，而且他们被切断了供应和补给，已经处于精疲力尽的最后阶段。他们的手臂因长期投掷矛，挥舞棍棒、斧头和盾牌而变得麻木和肿胀。他们中的许多人都很容易成为那些不断从后方抽调上来的新的曼波战士的战利品。

塞丽薇知道死神就在几步之外看着所有人——她自己，她的将军们、战士们，还有鼠队的男孩们。食物和水都已耗尽，有些人已经因为没有水喝而渴死。在战斗的间歇，塞丽薇曾两次派出她的“神圣使者”向奈松贡罗洛发出无条件投降的信号，但是曼波那边却用极其侮辱人的形式回绝了他们的请求。奈松贡罗洛和曼波战士打算歼灭他们所有人，一个不留。

“用不了多久了，我们的第三夫人。”独眼侏儒马兰加比面露可怕的微笑讲道，“不用担心，我们很快就全军覆没了。我不怕，你怕吗？”

“我很害怕，马兰加比，我非常恐惧！”

“我想知道到底‘老雷胃’发生了什么事，”马兰加比若有所思地问道，“我有一种感觉，如果经历了这一切我们还活着的话，我们可能会再次遇到那个人。”

“没人能幸存下来了，”塞丽薇说道，“我只期望他们能让我们所有人都死得痛快一点。”

丑陋的小矮人笑了。“你将会是最后一个死去的人。你明白败军的女人会有怎么样的下场，所以不要期望自己能够死得太痛快，小女人！”

“他们这会儿已经撤退了，”塞丽薇伤心地说，“太阳已经落山了，也许他们现在正在吃晚饭，可他们还会回来。这场战争什么时候才到头啊？”

“一切都会结束的，不要担心，我们很快就会进入另外一个更加美好的世界，就像蝴蝶那样逍遥自在。”

太阳已经落山，一轮圆月慢慢地爬上了高空。奈松贡罗洛今晚独自站在顶部平滑的岩石上。尚多在当天早些时候被杀死了，奈松贡罗洛对他朋友的死感到非常愤怒。这个以前的强盗领袖对聚集在一起的成千上万个士兵说道：

“这将是对恩古尼那帮狗东西的最后一次进攻。这一次，我们必须压倒他们，像男人那样杀光他们。当你们到达那里的时候，请不要忘记他们对我们的首领及他的妻儿们的所作所为。我们出发吧……杀光他们！”

伴随着令人毛骨悚然的叫喊，成千上万个士兵像浩浩荡荡的黑潮水似的冲出了森林，猛地涌向马德隆提的斜坡。

“贝基兹韦！贝基兹韦！杀！杀！”

伴随着战争中的这些野蛮的呐喊声，曼波部队冲上斜坡，挥舞着矛、斧头、非洲带钩大砍刀和棍棒，所有这些疯狂的人都渴望着吸干恩古尼人的鲜血。在那咆哮的人海中，每一个战士都渴望将恩古尼人杀得片甲不留。复仇是最令人兴奋的蜜酒。干了这杯混着复仇的甜饮！成功报复敌人的快感让人感到幸福极了！最先为之而死的人是幸福的。

因此，人流如洪流般冲向斜坡，每一个人都渴望比其他人先死。这就是所有部落与村庄的法律和信仰：在复仇之战中，第一、二、三个倒下的人将在另一个世界中获得特殊的荣誉，他们会被提升到神灵的级别。在过去的岁月里，人们一直在欺骗和谋杀，使得自己能够在一场复仇之战中率先倒下，然后提升自己的地位。

奈松贡罗洛已经打定主意要在这次袭击中使得自己成为前三个牺牲者中的一个，并且决心杀死每一个阻挡自己步伐的战士。奈托贝拉紧跟其后，小心翼翼地不超过他。在奈托贝拉身后紧跟着的是那个故事讲述者——肥胖的马乌索（Mavuso），他已经击倒了三个曼波战士，目前排名第三。

这三个人远远领先于大部队，他们欣喜若狂地冲在最前面。他们打算成为前三个牺牲的人，都渴望变成神灵！

“向你们三个人致敬。你们是幸运的，你们将会是率先牺牲的人！”战士们在后面喊道。

但事实并非如此，没有人注定会先死去，也没有人注定要死。

奈松贡罗洛是第一个看到的，然后便停下了脚步。所有的曼波战士都停住了，他们停了下来，盯着天空，看那奇怪的征兆。像流星一样的一个火球，不，是彗星。他们都看着这一场景，这是他们所见过的最怪异的景象。

他们看到几个裸体的女孩，浑身沾满了血，还骑着人类的骷髅。他们还看见一些人倒骑着像牛一样强壮的覆盖着鳞片的野兽。他们看到人类的头骨及血淋淋的人的四肢，还有刚被切割下来的人头。

曼波人看到了，恩古尼人也看到了。大家纷纷扔下矛四处逃散，这是一场曼波人和恩古尼人肩并肩的大溃逃。

接着，一个强有力的声音把受惊的暴徒们喝得停住了脚步：

“听着，所有的曼波人；都听着，恩古尼人。你们应该立刻忘掉彼此之间的仇恨，从明天起，你们将世世代代和平共处。我，不朽之人，在此命令你们。”

现在是正午，阳光普照。几朵浮云像懒散的火烈鸟似的飘浮在蓝天之上，阵阵微风向树木低唱着它的爱情之歌，沙沙作响的软草也随之翩翩起舞。成千上万的人聚在一起，他们大声地抗议着：

“但这违背了我们祖先的法则！我们不允许这样的情况发生。最高法律明文规定，所有侵略者都必须被歼灭。我们不能与那些入侵我们国家的敌人和平共处，而且他们还杀死了我们的首领。你明白吗？瞎眼的巫医，曼波和恩古尼之间不存在和平共处！”

我和我的三个女儿及一个养子一同坐在一块高高的岩石上，我无法抑制自己脸上的笑容。那个叫作马乌索的人还不知道自己将被放在炖锅里，他不仅举止过于粗鲁，而且还置身于曼波与恩古尼之间，试图阻止大家达成协议，他一大清早就在那儿这样做了。我命令我的两个僵尸，诺米娃和穆瓦尼瓦尼，返回临时营地拿来了容积最大的锅，马乌索还不知道这些，但是他的下场早已定了。

对于曼波与恩古尼来说，和平势在必行，一个四分五裂的国家在强大入侵者的攻击下是不可能存活下来的。时间不多了，很快姆努姆塔巴的大军就会入侵。我不能让一个喋喋不休的凡人阻碍我的计划顺利进行，所以……

“我们带来了炖锅，我的神，并已点燃了火堆，”诺米娃说道，“您还有什么吩咐吗？”

“待在这里休息一会儿。你，卢娜乐迪，带我去见见那个如此能说会道的马乌索，我要会会他。”

随后，我便被牵引着走向那群畏缩不前的人。我虽然看不见他们的脸，但他们的思想里却透露出恐惧。我一宣布自己的存在，有些人便急于重复昨日的表演。我现在就把注意力集中在马乌索的灵魂上，当他站在快速扩散的圆圈中心时，我能读懂他灵魂深处的每一个想法。随着我们之间的距离渐渐缩短，我感觉到他的恐惧在渐增，我也看到他的勇气正从灵魂中渗出，就像破裂的葫芦里流出的酸奶。

“告诉我，马乌索，你刚才说了什么？我没听清楚。”

马乌索使劲咽着口水，我听到他尿湿裤裆时发出的一种奇怪的嗞嗞声。

“我……我说这是不合乎法律规定的。不！不，离我远点……走开，你这个肮脏的巫医，不要碰我！”

“我的孩子，你刚刚犯下了一个你一生中最大的错误。你看，我有一个很坏的习惯，就是喜欢吞下自己的对手。”

我喜欢有勇气表达自己意见的人，我要把他们做成美味的炖菜和烤肉。马乌索会在我的大锅里快乐得“吱吱”作响。当我抓住他的时候，其余人并不觉得好笑，然后我把他翻了个身并将他的头骨压在一块岩石上面。

“还有谁对我的提议有意见？”

“没有人，伟大的食人巫医。你都要将他们炖了，谁还敢有不同意见呢？”

“你是谁，小个子？”

“塞丽薇，大人。”

“你是马兰德拉的妻子之一吗?”

“是的。”

“那我有个好消息要告诉你，你的丈夫还活着，而且还活得挺好的，你可以去找他。”

“不！我再也不会回到那个自私的怪物身边，他就是个邪恶的杀人狂。我现在活着就是为了让我的子民活得更快乐。而马兰德拉从未这样做过，他只会压迫他们以满足自己卑鄙的欲望。让我回到他身边还不如让我去死!”

“过来，小东西，到我这儿来，让我们好好讨论一下。”

我从塞丽薇的灵魂里看到了一丝恐惧，她试图逃跑，但卢娜乐迪将她逮到了我跟前。我用双手抚摸了她那美味且圆润的躯体，深深地感受到她散发出来的青春美丽。一种奇怪的感觉在我身上蔓延开来，我……疯狂地想要她，我想要拥有她，全心全意地占有她。这个小女人是智慧、善良和仁慈的化身，如若将她还给那个可怜的、愚蠢的、头脑迟钝的马兰德拉是多么的浪费啊！我可以轻而易举地娶她为妻，但是我感觉到了我女儿们的想法，她们知道我已经爱上了她，所以已经在盘算着如何将她杀掉。

塞丽薇不能因我而死，这两个部落都需要像她这样的人。她必须回到马兰德拉身边并帮助他治理部落，而且我不得不强迫她这么做。

第二个炖锅已经被送上来了，我轻轻地抬起塞丽薇。“诺米娃，加水，把火生起来。”然后我又对塞丽薇说：“这是你最后一次机会，我命令你回到马兰德拉身边。”

“不……绝不!”

“我命令你!”

“不。”

“如果你不这么做，我就吃掉你。”

“我不在乎。”

“为什么?”

“我讨厌马兰德拉。”

水开始沸腾，诺米娃把火烧得更旺了。塞丽薇拒绝改变心意，所以……我打开了沉重的锅盖。

“穆瓦尼瓦尼，去拿些做炖菜用的草药和山药过来。”

我把大盖子从炖锅上掀了下来，塞丽薇直立起来。“不！不！你该不会真要把我活生生地炖了吧!”

“我可不是开玩笑的，年轻女人。要么你回到马兰德拉身边，要么就被我下锅炖了。”

“不，不……我的意思是，好，好，我愿意回到他身边。”她痛哭着，就像个孩子。

“穆瓦尼瓦尼，带她到我们的营地，然后给她穿上婚礼的盛装，再将她交给马兰德拉。”

然后我转身朝周围的人群喊道：“听我说，西部曼波部落的所有成员，我现在宣布你们都将是我的子民，我是你们的新任首领。我不会站在任何立场上，我已经让你们见识了那些反对我的人的下场。我就是不可战胜的不朽之人。我保证会明智地统治你们，但前提是你们必须遵从我所下达的任何一个命令。所以我的第一个命令就是，现在立刻与恩古尼和解！”

来自恩古尼和曼波部落的五百名熟练的木雕工人开始行动起来了。季节性的曼贡戈树、姆沃贡提树和奇万德树很快就被砍倒，在被剪掉树叶和树枝后，树干被从上到下地劈成了两半。在两天内必须准备好五百个大型和平钵，这些钵将在恩古尼与曼波的千年和平宣誓的伟大仪式上使用。而且，它们每一个都必须被完美地雕刻，还有被华丽又巧妙地装饰。

奇怪的是，明明彼此昨天还刀枪相见，现在却在一起疯狂地干活。这是一个罕见的美丽场景，我这一生中只遇到过两次。

到处是用钢化钢条切割木材时发出的“嗒嗒嗒”的声音，还有欢笑声……工作进展得要比我想象的顺利得多，钵被接二连三地制作出来。每个部落都由两个人一起雕刻一个钵，再由第三个人用锋利的刀子磨平棱角，第四个人则用加热过的铁针来进行装饰。

与此同时，两千名曼波妇女和青年正在建造我的新村落——图利斯兹韦（Tulisizwe，寓意是给这片土地带来和平）。

我希望这个村落大到能够容纳十万人，并被一个四重的栅栏所包围，栅栏上面还有锋利的木桩和金属的倒钩。除此之外，我还在它的四周设下了陷阱。我之所以这么做，是因为我可以预见在不久的将来会发生一场大战，我想把我的村落变成地球上最牢不可破、无懈可击的堡垒。

现在，我正忙着整顿曼波这个毫无秩序的游牧部落，努力把他们改造成纪律严明的能作战的以五千人为单位的一个个军团。每个军团都分成两个马布托，每个包含两千五百个士兵，而该团的最高指挥官被称为彩虹将军。在彩虹将军之下有两个霹雳将军，每一个统领两千五百个强大的伊布托。每个伊布托按照顺序又被分成在一个霹雳将军指挥下的每队六百二十五人的四队。当首领下达一个命令，先由彩虹将军领命，他再将命令传达给两个霹雳将军，然后两个霹雳将军再将命令传达给各自统领的四个战场指挥官。

假使一个彩虹将军在战斗中牺牲了，他就会立刻被两个霹雳将军所接替，由他们俩联合指挥军团。但如果一个或两个霹雳将军被杀死或者受伤的话，军团就会撤回到战线后方重新组织。

也有些被称为“战场复仇者”的人，每一千人组成一个团，他们的职责就是当场处决逃兵，抓捕和折磨懦夫。

四个军团组成一支军队，每支军队都有两个或者三个男孩补给团和一个塞克拉（后援团）。

我现在已经拥有一支由四个军团组成的军队。第一个军团是在奈松贡罗洛统领下的燕子团，该军团的人都戴着黑貂皮头饰，拿着黑白相间、形状就像燕尾服的盾牌。

第二个军团是在奈托贝拉指挥下的暴风云团，它的成员携带着木质的方形深红护盾，用来阻挡任何形式的攻击。战士们均带着五支矛，还有一把沉重的战斧。他们的头饰是用染红的鸵鸟羽毛做成的。

第三个军团是在杜杜拉（Dudula）指挥下的雷鹰团。杜杜拉是一个受过严重创伤的只有一只耳朵、半个鼻子的老兵，曾在马兰德拉和贝基兹韦的父亲手下作战。这个军团的盾牌外层是未经修剪的公牛皮，并用鳄鱼皮加固着。战士们戴着华丽的由木头雕刻的头饰，上面还有一簇鹰的羽毛，同时每一个头饰都被雕刻成了鹰头。

最后一个军团被称为鳄鱼团，每个战士都是游泳高手，包括彩虹将军。我设置这个军团是为了进行秘密攻击：他们可以在陆地作战，也可以在水上作战。我打算在赞比西河上建造一个巨型防御斗筏，而他们的任务是从河对岸运送部队，并攻击任何一个试图过河的敌军。

在渔民出身的马维姆贝拉（Mavimbela）的指挥下，鳄鱼团用鳄鱼皮胸甲和鳄鱼头制成的头饰与其他军团区别开来。

我还打算组建一个拥有弓箭手和弹弓手的第五军团，并称其为大黄蜂团。我希望每一个弓箭手都训练有素，能够从一百步远的地方用箭射穿一个人的头部，并能在五十步远射中一只正在奔跑的野鸡。我知道如果姆努姆塔巴要发动攻击，我们能否打败他很大程度上要取决于这些弓箭手和弹弓手。

五天后，一切准备就绪。成千上万个心甘情愿的曼波部落成员狂热地建造完成了这个伟大的村落。两千多个工人一直在建造栅栏，挖沟渠和下水道，并雕刻巨型木门。每天有一万多个人以惊人的速度建造出五百间小木屋。我的主屋，用木头和草制作成的可以很容易地容纳一百个人的巨大怪物，是建造在一个我称之为“秘密住所”或者“野猪的巢穴”的地方之下的。它是我后来叫暗卫把坚硬的黏土挖空出来建成的。我不希望任何人，包括我的女儿们，察觉到这个被秘密建造出来的避难所的存在。

所有的一切都准备好了。为了和平仪式，大家还屠宰了大量牛。妇女和孩子们带来了数以百计的装满玉米啤酒的杯子，以及牢固的烹饪锅。柴火已点燃，炖锅里装满了水，煎锅里也灌满了油。

没过多久，一排男孩便开始用六脚的大托盘从屠宰场那边端着鲜肉来到了烧煮的场地。

在曼波辽阔的土地上，成群的牛羊正不停地被作为礼物送进我的牛栏，作为给巫医酋长的礼物，这是每个人开始对我的称呼。

似乎这片土地上的每一个人都在试图讨好我这个令人生畏的新酋长，甚至只要我一声令下，他们就会养成早餐吃人的习惯。

但是作为传统礼物应该被送来的女孩们并没有到来，因为几乎没有父母愿意把女儿作为礼物送给巫医酋长，他们认为我很有可能会把这些女孩放进炖锅，而不是像其他所有的好酋长那样与她们共浴爱河，喜结连理。

于是，我开始感到非常孤独。事实上，我将成为地球上最孤独的酋长，因为子民们对待我如同对待邪恶危险的动物一样。

每当我召唤他们时，他们总是拖着沉重的步伐前来，恐惧充满他们的灵魂，每个人都迫不及待地想要逃离我所在的任何地方，就连我新选的彩虹将军也会在与我谈话时保持着十步之远的安全距离，仿佛下一刻他就要跑走。我一点儿也不喜欢这样，但又无可奈何。

烹饪一直持续到深夜。第二天清早，在和平仪式正式开始之前，只剩下最后的准备工作了。

部落的法律规定：如果人们想要做一些重要的事情，就应该把时间花在正确的事情上，并且对于任何一个人来说，匆忙地准备仪式是对神灵的一种亵渎。

但是，现在一切准备就绪。太阳在万里无云的天空中微笑，鸟儿在树上唱歌，草地因为秋天的来临而开始泛黄，部落的人也常常称这个季节为“夏末”，只见草丛随着微弱的风轻轻舞动。

四个强壮的恩古尼勇士和四个曼波勇士将一块巨大的砂岩搬进了村落，这是一块和平之石，其中央还有一个浅浅的凹槽。这块石头被工匠们给挖空了，还被如下铭文和符号装饰着：

“在这块石头的见证下，两个部落，恩古尼与西部曼波，正式和解。不要将我挖出来。子孙后代需尊重和平。我们昨日犯下的所有罪恶都将被掩埋在地下千年。”

在……的顶上 我 两个 部落 恩古尼 和 西部曼波 缔结和平

不要 挖 我 出来 子孙后代 未来 尊重 伟大和平

邪恶 昨天 所有 这里 埋葬 千 年

这块和平之石被小心翼翼地放在两个巨大的岩壁上，周围环绕着被精雕细琢的石碑。

仪式正式开始——未来无数代的子孙在很大程度上依赖它幸福生活。成千上万个人聚集在这个伟大的村落中，四周是俯瞰一切的黑色山脉，在场的宾客有来自曼波最遥远的角落的，他们远在边界之外。

这一罕见的事件很快就像野火一样在许多部落中传播开来。一场盛大的和平仪式！差不多每五百年才会发生一次的稀罕事！

哦，多么神圣又令人难忘的仪式，对很多人来说意义多么重大啊！这场仪式意味着人们不再需要感到恐惧害怕，也不再需要彼此刀枪相见。疲倦的流浪者不再会被山间尸体吓到。至少在这片土地上，战争的矛已经被折断，不再会有战争的硝烟来破坏这宁静的夜晚。

越过和平之石，集结在一起的恩古尼军队面对着他们原先的敌人，每个战士手上拿着的不再是矛，取而代之的是奈托瓦纳的绿枝条。皱皱的战争头饰已经被搁置在一旁，还有其他所有的战争标记，包括盾牌。从恩古尼这方，彩虹将军马普普拉双手捧着战斗用的标枪走上前去。而从曼波那边，奈松贡罗洛走上前来，但他的手上什么都没有拿。然后，恩古尼歌者——兹寇和马约兹开始唱《和平之歌》：

现在，瞧，疲惫的军队放下他们嗜血的矛，
从战争的夜晚，他们转身离开去寻求和平的曙光。
被仇恨灼伤的灵魂，
他们寻求庇护，以不再继续被仇恨的火焰灼烧。
疲惫不堪的战士们前来找寻美好和平的拥抱。
朋友，让我们走到一起，

在战争的摧毁中建立起爱。
今天仍存有怀恨之心的人，
让他们永不再这样。
和平早已到来，
战争的严冬已经过去，
再也不会听到在我们之间的《战争之歌》。
昨日做下的恶事，
我的兄弟们，现在都埋葬了吧，
让我们像兄弟一样静静等候明天的和平曙光。

马普普拉慢慢地伸出双臂，矛尾朝前，将矛交给了奈松贡罗洛。奈松贡罗洛接过来，用膝盖将它折断，并轻蔑地把变成两段的矛扔在了地上。

他伸出右手与马普普拉握了握手，而马普普拉越过和平之石快速地亲吻了一下他的额头。在归队之前，两个人都伸出了双臂，相互搭上彼此的肩膀。然后，马普普拉走回来站在曼波人的面前，而奈松贡罗洛则回到了恩古尼人的行列。

“你好，哦，我的兄弟，”马普普拉对奈松贡罗洛说，“愿你我之间的战争阴霾自此消失；愿我们之间不再有纷争；愿和平成为照亮我们前进的火把；愿过去的事，虽然不可能忘记，但不要再发生；愿过去的种种错误有一个明亮的未来；愿我们，在过去的废墟中，在我们两个部落之间，建立一种全新的理解、友爱和兄弟情义——一个为我们的后代树立一种千年榜样的新村落。”

“你好，我的兄弟，再次祝你安好，”奈松贡罗洛回答道，“我的眼睛平静地注视着你，当我看到你的时候，我的内心是纯净的。你和我现在都可以面对未来，不会再让仇恨的尘土蒙蔽我们的双眼。我们现在可以面对未来，不会让敌意的烟雾刺痛我们的眼睛。我们现在可以携手在生命之河中畅游，不受脖子上的战争枷锁的束缚。我祝福你，哦，兄弟，就这样一遍又一遍地祝福你。从现在起，当你进入我的村庄时，我将端给你干净的水洗手，以及可以充饥的食物。我的女儿将为你铺上睡垫，你可以在我的屋舍里安心地睡一晚。兄弟，我祝福你，愿安宁与你同在。我们之间握手言和，再无争斗。我们的部落将站在一起共同面对未来。”

两个年长的部落复仇者给战士们分发小刀，每十个人一把。恩古尼和曼波的战士们用这些小刀在自己的左手拇指和食指之间划开一刀，让血滴入离他们最近的和平之碗内。每一百个勇士——五十个恩古尼人和五十个曼波人，有一个共用的和平之碗。当碗半满的时候，这两个年长的复仇者会挨个地把一种苦涩的野樱桃汁倒入盛有血液的碗中以防止血液凝结。

等到这一切完成后，复仇者们召唤至高神及两个部落的神圣的祖先，来一起见证恩古尼和曼波彼此间许下的和平誓言。彩虹将军们收走所有的碗，并将所有的血液一齐倒入和平之石的凹槽内。

在复仇者们的指挥下，恩古尼人和曼波人排成一列，有秩序地走过和平之石。每一个人在经过石头的时候都要将他右手的食指蘸进血里，然后将食指放入自己的嘴里并大声地说：“我和兄弟们心连心，互为一体。任何攻击曼波的敌人就等于攻击恩古尼的敌人。现在开始没有战争，只有和平。曾经分裂的地方，现在都统一起来。”

在很长一段时间内都只能听到大家的嘟囔声，战士们不停地重复着这些话语，而且每个人必须发自内心地进行阐述，这样神灵们才能看到大家对和平的渴望。

到了中午，肃穆的仪式结束了，但还有一个仪式要进行。塞丽薇被推选为恩古尼的女首领（女王），而马兰德拉则成为女王的丈夫。她肩膀上扛着一个仪式水盆走向和平之石，一个代表曼波部落的，名叫诺努杜（Nonudu）的女人拿着装满水的黏土罐，从相反的方向走来。像塞丽薇一样，她把她的罐子放在和平之石上。一个年轻女孩给两个女人拿了一个葫芦状的水瓢。

首先，塞丽薇拿起容器，舀出一些水并递给了诺努杜，诺努杜喝了水，并用同一个水瓢将自己罐子里的水舀了一些递给塞丽薇喝。然后，她们俩又在和平之石上互相给对方洗了手。最后，她们跳到和平之石上，热烈地拥抱了对方。

伴随着节奏的突变，鼓发出刺耳的轰鸣声，剧烈曲折的生命之舞开始了——宣告和平仪式结束的生命之舞。

高高的草篱笆后面出现了一个奇怪的身影：一个男人扮成生命树的样子，并在他用木头和树皮做的服装上挂满了男人、鸟和其他动物的小雕像。我的大女儿卢娜乐迪穿过人群，身上涂满了白色的黏土，扮演始祖女神尼娜瓦胡·玛。她跳跃着、摇晃着、摆动着，用除了让自己陷入困境的一切动作，围着生命树不停地跳着舞，而鼓点如风暴一样达到震耳欲聋的最强音。在她跳舞的时候，扮成生命树的那个男人缓慢地接近她，但是她像个敏捷的幽灵，从差点抓到她的捕手身边跳开了，并绕着他跳着令人眩晕的旋转舞。然后，扮演生命树的那个男人从身上的许多分支中抽出一个柔软的球，并准确地扔向那个跳着舞的女孩，再现了很久之前的生命树把月亮扔向始祖女神的那一幕。

当这棵树抓住这个神似女神的女孩并假装与其亲密的时候，鼓声骤然响起。坚果在树上摇晃着脑袋，每一个人都像我的扮演着女神角色的女儿一样跳着舞，他们扭动着身体并在地上尖叫，象征着女神在生下初代人类之前所遭受的一切漫长苦痛。

第一支舞结束了，所有人都吃着点心。巨大的托盘里装满了炖好及烤好的鲜肉，一眨眼的工夫，装满啤酒的巨大黏土罐便见底了。欢声笑语响彻了整片天空。

在村落外，男孩们进行了有趣的比赛——赛跑、摔跤和棍棒对决，胜者可以赢得一块或是两块烤好的或者煮熟的牛肺。我的养子木库姆比在一场棍棒对决中赢得了一片美味的水煮牛肺。

这场盛大的宴会有近万人参加，这绝不是一次无组织的活动。在欢乐的气氛中，人们的歌声、叫喊声和笑声都严格地遵守着宴会的规则。例如，每一种肉都是给特定的人食用的。战士们所吃的是著名的“勇士肉片”，也就是从牛的头和蹄子上剥下的肉，还有尾巴和肠，连同这些一起被塞进胃袋里的甚至还有没有煮过的肾脏上的油脂。彩虹将军、霹雳将军和战场指挥官们只吃肝脏、肾脏，以及动物的左腿。老人，无论官职和社会地位如何，都吃“灰色的肉”——也就是舌头和右腿。

所有的外来人都分到了前腿上的肉，而所有的乞丐也都被给予了“乞丐肉”，即后腿肉与生殖器。

已婚妇女只吃来自胸骨上的肥肉，而处女则只吃牛的乳房。正是因为这样才屠杀了许多头牛。

青少年男女都只吃大脑，而其他年龄段的人则食用他们剩下的东西。

新婚的新娘不给肉吃，因为法律这样规定。她们能够有汤喝、有炖山药和玉米蛋糕吃就该知足了。

所有非婚生子的男人、没有妻子的无能男人，以及说谎者和懦夫都被与其他人分开，他们被关在由两个魁梧的勇士看守的一个黑屋子里。他们吃的是“羞辱的肉”——也就是尿囊，还有山羊肉与一点泥土混起来的食物。

突然传来阵阵狂笑声，原来一个叫莫博扎（Mboza）的男主厨被发现偷吃彩虹将军的肉，现在正被带上来接受惩罚。他的头上戴着一个有裂缝的旧陶罐，脖子上还挂着用山羊及牛的髎骨做的沉甸甸的项链，同时肚子上沾满了锅底的黑烟灰。他的裤子被扯了下来，一个巫医用白色的黏土在他赤裸的屁股上涂了几个标记："我是小偷。"

最优秀的厨师莫博扎被要求去面对勇士们的挑战。每一个人都在他经过的时候给了他一脚，还不忘发出歇斯底里的笑声。最后，莫博扎摸着爬向紧闭的大门并撞到了脑袋，头顶上的罐子随之掉落，砸到了他的肥屁股上。然而，他并没有受很严重的伤，在同伴们把他送回到小屋时，他还讲了许多猥琐的下流的笑话。

很快，吃吃喝喝唱唱跳跳都结束了，人们紧张地等待着接下来的事情。他们没有等很长时间。一阵号角声响起，接着一个由木头、兽皮和黏土组成的巨大怪物进入了村落。这只怪物酷似一条巨型鱼，非常可怕，它的嘴巴里满是木质的牙齿，它的身体由牛皮、木鳍和木尾巴组成，身上还涂满了象征生育的记号。它的眼睛被非常巧妙地涂上了白色、黄色和黑色，正恶狠狠地瞪着人们。这条鱼由五十个从头到脚穿着由草、树叶及纤维做成的衣服的战士架着，还有一个红色装扮的女孩骑坐在这个怪物背上。女孩身边的是丑陋的侏儒——马兰加比，恩古尼的彩虹将军之一。而这个女孩就是奈托巴兹（Ntombazi），一个曼波女孩，因为一个奇怪又有趣的原因疯狂地爱上了马兰加比。

这条鱼代表着伟大的“海洋之鱼”，当红皮肤的初代人类的帝国被摧毁时，就是它背着后来的第二代人类的父亲与母亲——奥杜和阿玛拉瓦，逃了出去。马兰加比代表奥杜，而崇拜他的爱人则代表着阿玛拉瓦，这个名字后来被神圣故事讲述者给错误地转述成了马米拉维——国之大母神了。

当每个人——包括男人、女人和孩子，都起身开始跳舞时，芦苇笛和木琴发出了嘎嘎的响声。

生命之舞的第二部分开始了。

温柔的处女们抛开羞怯，变身成一道道深褐色的、充满激情的闪电，她们跳跃着、摇动着，甚至有些人还翻起了筋斗，到处充斥着笛声、管琴声和木琴声。老男人和老女人们忘记了自己的年龄，只因狂野的《生育之歌》上升到了一个野蛮的高潮。他们忘记了自己牙齿掉光的嘴巴，以及满是皱纹的脸。他们也忘记了自己僵硬的关节，老化的静脉及虚弱的肌肉组织。他们忘我地大喊大叫，不停地跺着自己的瘦脚。他们缓慢而笨拙，甚至许多人连脚步都不一致，但他们自己根本不在乎。任何一个动作，只要是舞步，不论跳跃还是奔跑，他们都会做。

要是我也能看到这一壮观的场面就好了，要是我能看到……

已婚的男子与他们的妻子共舞，情人与情人一对，未婚女孩在我的军团里跳舞，她们公然地与士兵们调情并逗弄那些站在自己对面跳舞的热血勇士。

随着一声惊心动魄的轰鸣响起，场面变得更加火热了。舞蹈可以说达到了最狂野的境界。野蛮的舞女和尖叫着的女人们疯狂地在战士之间舞动着——扭动、颤抖、跳跃和弯腰。男人中的两个被推出来并一直被女人们用她们宽大的臀部撞击着。时不时地，某个女孩被抛向空中，然后在她掉落的一瞬间就会有一双强劲的手熟练地接住她。在一阵阵笑声和粗鲁的玩笑中，一个筋疲力尽的已婚妇女被她的丈夫扛走了。

马兰德拉把自己的小女王塞丽薇扛在一侧宽阔的肩膀上从拥挤的人群中挤了出来。人群正快速失去控制，大部分人围绕着巨型怪物及它的舵手和骑手跳舞。诺米康顿公主正在与自己的新情人兹寇跳舞。鲁拉玛·玛纳鲁阿纳，还有马兰德拉其余的那些变异了的妻子（马兰德拉不肯再把她们要回去，于是现在她们都是属于我的了），她们也在这疯狂的人群中，大家几乎跳得陷入了疯狂的境地。唯一没有跳舞的是我的三个僵尸女人，她们正为我奉上食物和啤酒。我坐着的地方，与那欢快狂野的场面形成了鲜明的对比，就像一座充满悲伤的孤岛。我的身旁还坐着五个戴着面具的复仇者，其中还包括复仇者联盟的领导者。严格的习俗禁止复仇者们参加任何形式的舞蹈、歌唱或是葬礼（除了被处死之人的葬礼）。

现在舞蹈达到了最最狂野的地步，而年高德劭的老人——哲学家姆彭戈索（Mpungozo），这个和平典礼的主持人，正走向鼓手们，并举起他那长长的黑色的智慧手杖。鼓声渐渐消失，之前唱着歌、跳着舞的人也都停了下来。大家把自己弄得疲惫不堪，不时地发出一声声疲倦的叹息。终于等到了将和平之石埋在我的村落中央的这一伟大时刻，所有人都必须保持绝对的寂静沉默。

一个醉汉和他的妻子在跳舞时不小心踩到了对方的脚趾，两个人仍在不停地互相谩骂着，因不顾神圣场合要求绝对安静的命令，而被部落的复仇者抓住并带到了村落的外面。他们将被双手捆绑着悬挂在马鲁拉树上，然后两个人都要挨一百下鞭子。

宴会结束后，在我自己的大主屋里，一个名叫诺利亚达（Noliyanda）的热情漂亮的女人也将受到一个沉重的打击。她是个寡妇，是盗贼领袖科萨（Xhosa）的女儿，科萨管着一小股从专业盗牛贼那里脱离出来的盗贼。这伙盗贼随领袖的名字把他们自己称为阿玛·科萨人[①]（Ama-Xhosa）。这伙人居住在曼波的一小块土地上，接近最南端的地方。诺利亚达被自己的父亲送给了巫医尚多，作为他治疗自己持续性头疼的报酬。尚多在马德隆堤山脉的战役中牺牲了，而他仅在十三个月前才刚得到这个虽无法生育却拥有金铜色黑眼睛且丰胸美臀的美人。

在生命之舞最疯狂的时刻，诺利亚达试图勾引一个十八岁的

① 正是这个狡猾的在丛林中躲躲闪闪的盗窃团伙，后来在向南部的大迁徙中发展壮大成强大的声名在外的科萨国。

男孩和她一起进入灌木丛中。这个女子因为对比自己年轻的男孩有一种奇特的爱而臭名昭著，而此时一个严厉的复仇者正向我施压，要她为她的罪行受公开鞭刑至死。

我点头以示同意，即便是我自己也不敢拦在部落正义的道路上。但我有一种奇怪的感觉，当自己同意时我竟感到悲伤，我不想让诺利亚达受到如此严厉的惩罚。一个激动人心的想法浮现在我的脑海中，这一想法把我内心的悲伤和孤独一并赶走并使我开怀大笑，然后我对骄傲的复仇者说："是的，复仇者，依照法律规定，这个女人应被鞭打至死。"

我突然觉得我迫切地需要一个第一夫人。我打算把诺利亚达偷走，以后再悄悄地将她带回我身边，这样在这之前我那三个女儿就不能干涉我了。

我已经下定决心，要把诺利亚达变成宇宙中最完美最强大的人——而我的三个女儿从此也将无力与之抗衡。我需要一个妻子。

就这样，和平之石被放进了在我的部落中央挖出来的大洞内，然后这简直就是这个奇怪但又不寻常的仪式中最令人痛心的一部分了，现在需要两个勇敢的战士——分别来自两个部落的勇敢的人，他们必须穿上全套战服并与和平之石一同被活埋在洞内。这是两个部落之间实现和平的最后一个悲剧性封印，也是最残酷的牺牲。

不许出声，人们只能依靠手势交流。所有人都变得紧张，许多人的眼里都噙满了泪水。小矮人马兰加比低咒了一声，走出了恩古尼人的队列，站到了队伍的最前面，但姆彭戈索用手语向他表示了感谢并示意他回到队伍中——因为马兰加比长得实在太丑了，而且他是畸形的。

仪式的最后一步需要的是两个来自不同部落的最英俊、最勇敢和最强壮的男人。当一个高大的沉默的曼波人走向前时，人们紧张的情绪越来越强烈。接着，伴随着一记响亮的喊声，一个恩古尼战士也向前迈进了一步。

（译者：林　岚）

他的养子们

“不要！”

安静的人群中，一个圆脸女孩的唇缝中挤出一声极度痛苦的哭喊，但当母亲用坚实的手捂紧女儿冒犯的嘴时，哭喊声便戛然而止了。

冷漠高挑的曼波人向前走去，他叫卢提（Luti），是范兹（Vezi）的儿子。但是另一个人，帅气的恩古尼男人——曼德瓦（Mdelwa），没有告诉姆彭戈索自己的父亲是谁。

那个哭喊的曼波女孩在过去几天里一直是曼德瓦的情人，当她看到自己心爱的人放弃了自己年轻的生命和她时，她感到万分恐惧，柔肠寸断。

两个复仇者带着这两个年轻人离开去做一些换衣服和武装他们的准备。最后当他们并排且昂首阔步地走出营房时，他们的武器和手环熠熠生辉。那个年轻的女孩诺兹普（Nozipo）挣脱了母亲的手，然后扑到曼德瓦的脚下，喊道："不，曼德瓦，你不能这么做，你不要啊！"

其中一个复仇者粗暴地抓住了这个啜泣的女孩，并把她强行拉到一旁。曼德瓦和卢提帮助彼此进到坑内，然后面对面蹲在和平之石上。在这个深坑快速地被十五个复仇者用锄头和铲子填平的过程中，卢提伸出手和曼德瓦握手，残酷冰冷的脸上还带着笑。

诺兹普突然四肢瘫软倒在复仇者怀里，当复仇者看向她时，发现她已经死了。

她被放到半填满的坑里。从现在这个位置，只可以看见两个战士的还露在土壤外面的头饰。

"告诉你们的子孙，然后让他们再告诉他们的子孙，"哲学家主持人姆彭戈索站在已经被填平踩实的坑上高声宣布道，"告诉他们，在西部曼波国王鲁姆坎达建立的皇家村落中心，和平之石被埋下了。告诉他们曼波人和恩古尼人已经化干戈为玉帛，并且永世修好。在这里，我们埋葬了过去的错误。两个英勇的年轻人牺牲了他们的生命来保障你们可以和平地生活在一起，直到时间的尽头。现在都回家吧，永远记着今天所发生的事。"

来客们陆续四散而去，有些人要经过十天的漫长跋涉才能回到家，但所有的人至死都会铭记这些鲜活的事。

马兰德拉正在痛苦地哭泣，因为只有他知道曼德瓦的父亲是谁。很多年前，马兰德拉曾在树林里强暴了一个年轻女孩，并且使其怀有身孕，然后马兰德拉把她严密看守在他众多屋舍中的一间内长达一年多，在这期间她产下了一个男婴。他之所以囚禁着这个女孩诺西兹（Nonsizi），是因为当时她还只是一个不满二十岁的孩子。在她这个年纪，依据部落法律，是不能和男人发生关系的。在那段时间里，这个傲慢浮躁的暴君一直藏着这个女孩以免传出丑闻，因为强暴一个二十岁以下的没有迈入成年期的女孩，依据部落法律，是要立即被部落复仇者处死的。诺西兹在产后六个月后神秘地死亡了，而那个名字寓意为弃儿的男婴曼德瓦则被两个居住在一个秘密屋舍的老女人抚养长大。马兰德拉从没把曼德瓦看作自己的儿子。尽管曼德瓦曾在战争期间救过马兰德拉的命，但他从没被自己的父亲提拔或感谢过。曼德瓦知道他的父亲是谁，但是他选择把这个秘密永远地带到坟墓里去。

虽然曼波和恩古尼已经重归和平，但是在曼波的土地上，仍有人燃烧着复仇和悲愤的怒火。这个人就是被谋杀的曼波最高首领贝基兹韦的第二夫人，她在她父亲的边远部落里，就在三天前生下了一个女婴，尽管女婴健康平安，但母亲已濒临死亡。在她身旁跪着特巴尼（Tembani），她忠诚的女仆。垂死的她让凄苦丑陋的女仆发誓："你向我保证，特巴尼，你会把我的女儿抚养长大，像对待自己的亲生女儿一样。但要记住，当她长大成人，你要告诉她，她的父亲是谁，是怎么死的。你要让她发誓一定要杀掉马兰德拉为她的父亲报仇。你听清楚了吗?”

特巴尼把她的右手放到垂死的第二夫人的肚脐上，并庄重宣誓自己会按命令去做。第二夫人死后，特巴尼对她耳语道：“别担心，我的第二夫人，即使需要千年，我也会完成您的遗愿。我会把您早产的小女儿平迪莎（Pindisa，意为复仇）当作自己的亲生女儿一样抚养长大，而等她长大了，马兰德拉的死期也就到了!”

来客散去，难忘的典礼也结束了，一群在树林里巡逻完的勇士在日落前带着被谋杀的前任曼波首领贝基兹韦的第一夫人回来了。他们在一个洞穴里抓住了努努和被她藏起来的贝基兹韦的两个儿子祖鲁和奎瓦贝。统领这支小队的战场指挥官跪在我面前报告说：

“哦，伟大的国王，我们发现这个女人和她的两个孩子正藏在树林里。他们是贝基兹韦的两个儿子和第一夫人努努，就在这里，这个极其丑陋可怕的女人。我们要怎么处理他们?”

“把他们带到女人的屋舍，让皇室妇女给他们洗漱并准备食物，然后叫恩古尼的前任首领马兰德拉来见我。”我命令道。

不一会儿，马兰德拉、塞丽薇、丹比莎·卢韦薇和六个恩古尼彩虹将军来到我的主屋，我立即告诉他们，战场指挥官在树林里发现了那个女人和她的儿子们。

“我失去了我所有的孩子，鲁姆坎达，”马兰德拉马上说道，“而神仁慈地饶恕了我弟弟的两个儿子。我应该把他们当作我自己的儿子来抚养。”

“收养会严格按照最高法律进行，”塞丽薇说，“我们必须立即着手准备收养仪式。”

“彩虹将军们对此有什么意见吗？”我问道，然后心不在焉地打开炖锅的盖。

“伟大的国王，我们不仅完全同意，而且会给予我们的祝福。我们认为这是我们能为逝世的贝基兹韦做的最好的事了。这将会被历史记载为马兰德拉做过的最高尚的事。在我们看来，这也是一个可以挽回他失去的尊严的机会。”恩古尼彩虹将军马普普拉说道。

“这真是智慧的箴言，马普普拉。我在想把一个像你这样智慧且肥胖的人放在锅里煮，尝起来会是什么味道。我想应该会非常美味。”

话音落下，又是令人紧张的大笑声。马普普拉突然发现自己想要撒尿，在塞丽薇和丹比莎·卢韦薇哧哧的笑声中，他爬出了主屋。不久，复仇者领袖进来站到我面前，他的灵魂里散发着傲慢与正义之气。（复仇者们从不在他们的首领面前下跪，而且他们总是用高傲的姿态说话，即使是和最高首领国王说话也是一样。）

“首领！”他快速说道，“惩治那个变态的畜生诺利亚达的时候到了。她曾试图诱奸一个未成年男孩。我强烈要求您部落里所有的女人和彩虹将军参与审判。”

“你真的很幸运，复仇者们都是那么可敬的人，”我冷冷地告诉他，“不然就你那傲慢的言辞，我早将你烤了，而且动作快到你被吃掉一半了都还根本没有时间尖叫！把那个女人带进来严加拷打，直到你满意为止。你，马兰加比，去把皇室妇女和其他彩虹将军都叫来。”

整个主屋里都是人，男人女人们前来见证对那个科萨女人诺利亚达的惩罚。当这个美丽的女人被粗鲁地带进来并扔到我的脚边时，我听到了来自这个女人的粗喘声。我清楚地觉察到她的灵魂在发抖，她是如此恐惧以至于不能思考，她的思维陷入绝望与混乱之中。

“你现在还不知道，美丽的女人，”我心想着，“但是你将不会腐烂在耻辱的棺木里。我会将你复活，并把你变成永生的女神。你的生命还没有走到尽头，事实上，你正要经历新生。”

复仇者领袖随即开始讲话，他的声音在主屋里显得异常刺耳。“你，诺利亚达，那个自称科萨狗屎部族的混蛋族长的唯一的女儿，被指控曾试图诱奸未成年男孩，你否认这个罪行吗？”

“是的。”诺利亚达喘着气答道。

“为何？”复仇者领袖粗声粗气地问道。

“我……我……”

“闭嘴！”复仇者领袖大声喊道，“你们，去个人，把那个男孩带进来。”

“我已经把他带来了，我的领袖。”一个复仇者回答道。

“你，男孩，站起来！”复仇者领袖怒喝道，“你叫什么名字，今年几岁，你父亲是谁，你祖父是谁，这个女人对你说了什么，你又对她说了什么？说！”

“我……我的名字叫乌马尼（Vumani），大人，”男孩结结巴巴地答道，“我是奈托贝拉的儿子，我的祖父是马勒乌（Malevu）……”

“那个女人对你说了什么，你又对她说了什么？”

“是在跳舞的时候，大人……我也是舞者之一，她……她……”

“她做了什么？你说的这个‘她’是指谁？如果你珍惜自己的贱命的话就别浪费时间，讲清楚，她到底做了什么。”

“她把我拉到一旁，让我和她一起去树林……她说她有东西给我看。”

“你对她说了什么？你对她说的话是怎么想的？说实话。”

“我问她她想给我看什么，她笑了笑说当我到那里的时候就知道了。我告诉她我父亲禁止我们私自去树林，然后……”

“然后什么？”复仇者领袖怒喝道，“快说，你这个口齿不清的小子！”

“她亲了我的嘴……用她的舌头……”

“所以，”复仇者领袖唏嘘道，“你是怎么看这件事的？”

那个男孩没有回答。我可以清楚地知道在男孩的内心里，当那个女人吻他时，他在想什么。他觉得非常奇怪且惊恐，但是又很好奇。任何男孩在那种情况下都会这样。我意识到如果他承认自己好奇了，他就会被毫不仁慈地立即处以死刑，因此，为了阻止复仇者领袖企图宣告男孩有罪，我控制了男孩的大脑，并通过他的嘴唇回答道：

“我感到恐惧，大人……非常恐惧。”

“你现在可以坐下了，”复仇者首领嘟囔着，“你是个好孩子。”

诺利亚达被绑在支撑着主屋的其中一根坚固柱子上，被鞭打直到昏了过去。冰冷的水无情地泼在她身上，当她清醒过来时又被人用鞭子抽打，直到她再次陷入昏迷。我命令自己的两个最强壮的傀儡跟随复仇者们，看着他们会把诺利亚达柔弱的身体带到森林的哪里去埋葬。

屋外，闪电撕裂了愤怒的天空，震得地动山摇的雷声一次又一次在大地上方轰鸣。不久，雨点就如锤子般砸落，冲刷着被森林覆盖着的山丘、河谷及平原。

等复仇者们埋葬好奄奄一息的女人并离开后，我那两个傀儡便把她挖了出来，利用只有我和她们知道的秘密通道把她带回了主屋。在怒吼的夜色的掩护下，诺利亚达被带进了我空荡荡的主屋，然后被放在秘密的地下室里。诺米娃悄悄关紧主屋的门，并和我还有穆瓦尼瓦尼一起进入这个秘密的地下室。

我的两个傀儡小心地用热水清洗着这个将死的女人，把她平放在一块垫子上。然后我让穆瓦尼瓦尼用合适的铁凿子和黑曜石锤子把这个女人的头皮剥掉并把她头骨上的圆骨移除。从地下室不断地传出锤子敲击凿子的声音。我喜欢通过穆瓦尼瓦尼的手和头脑来完成手术，最后头盖骨被移除了，整个大脑暴露出来，穆瓦尼瓦尼把我做的一个小小的、泛着奇异七彩光芒的祖母绿石插到两片脑叶中间。

“把头盖骨换掉，然后告诉我发生了什么。”

“我已经换了头盖骨，”穆瓦尼瓦尼用空洞的声音回答道，“看起来整个骨头好像又融合在一起了……它正在愈合……”

“换掉头皮，”我一边说一边专心地用我能够支配的精神力量让毁坏的组织愈合。这个奄奄一息的女人将会永葆青春，我已经赐予了她永生。

“我换了头皮……伤口正在愈合。心脏也在正常跳动，她也正常呼吸了，”穆瓦尼瓦尼说道，“她的容貌异常美丽，身体也是。她看起来比她原先更高了，但是她的头发变成了灰色，应该说是紫灰色。”

“继续说。”我说道。

“她的一只胳膊开始动了。她的眼睛现在睁开了。她正在看着您，我的君主。她脸上好像带着惊讶。她又进入昏迷状态了。”

我发出了一个尖锐的精神指令，这个失去意识的女人又一次被吓醒了。

“发生了什么？我在哪儿？”她喘着气说。

“不要问愚蠢的问题，”我呵斥道，“告诉我你是谁，你叫什么名字？”

“诺利亚达，”她低声说道，“我是诺利亚达，但又觉得我不是她。我感觉很奇怪。”

“闭上眼睛，然后告诉我你看到了什么。”

“我看到星辰……一片黑暗。我看到奇怪的男人女人像太阳一样发着光。我还看到一棵大树，动物们像果实一样在枝干上生长。我看到了很多奇怪的事物，成千上万个人，魔鬼……不！我实在看不下去了！这实在是浩瀚的奇观！”

“你认为那是什么？”我轻声问。

“有东西告诉我，我看见的是永恒的伊始……以及未来。真是令人激动……难以置信……男神和女神们，还有生命树，他们正在谈论我。他们说我必须马上被摧毁。为什么……我是谁？你对我做了什么？你把我变成了什么？你这个失明的邪恶怪人！”

“我把你变成了我的妻子，我的美人，”我说，“你将会成为宇宙中最完美、最美丽的存在，你是我的，只是我的，诺利亚达。没有男神或者女神可以伤害你，因为我把你变成了女神。”

“你这个恶魔！”她哭喊道，“你这个肮脏的来自地狱深处的魔鬼，谁给你的权利把我变成女神？”

我让穆瓦尼瓦尼退到一边，然后用力抓住诺利亚达的手。我已经疯狂地爱上了她。

“我把你变成女神是因为我爱你，我的王后，”我急切地说，“你是我的，谁也不能把你从我身边带走。睡吧，好好休息，我的王后。”

马兰德拉、塞丽薇和丹比莎·卢韦薇第二天醒得很早，然后开始了他们三天时间的禁食，并为第四天晚上的收养仪式做准备。

首先，新任恩古尼的最高女王塞丽薇，她的丈夫马兰德拉，还有马兰德拉的夫人丹比莎，他们三人必须饮用剧烈的姆比扎来清洗自己的胃，然后他们还要把自己关在屋里不能露面，直到典礼结束。这三天里他们必须完全禁食，不能碰任何的食物和饮品以净化他们自己，为祖鲁和奎瓦贝——马兰德拉要收养的儿子们奇特而又神圣的典礼做准备。

时光飞逝，最后这神圣的一天终于来临了。诺米康顿公主为了那天晚上将要举行的仪式在为小男孩们做准备。

小淘气们首先必须将自己的肠道清理干净，这是非常简单却有意思的一个步骤。唯一的必需品是一根短小的空芦苇秆、满满一碗温水和一个胖胖的黑成炭的黑人小孩。芦苇秆的一端要涂上油脂作为润滑剂，黑人小孩最好是意外抓获的。这个黑人小孩必须腹部朝下平躺在某个人的膝盖上，芦苇秆要小心地塞入他的肛门。不用说，这个小孩必然会因为恐惧痛苦而尖叫，甚至会把他毛发浓密的头都给叫爆。

诺米康顿清洗了祖鲁和奎瓦贝的肠道，尽管他们用无声的语言表达了反抗。然后她彻底地刷洗了他们，这一行为令他们更为讨厌。在此期间，我从巨大的牧群中挑了两头没有斑点的白色奶牛，并在早上快速地将它们宰杀。村落里又开始忙着烹饪，但这一次没有邀请宾客，因为收养仪式上的肉只能由领养人所在的村落里的人吃掉，而且必须在晚上——在一个黑漆漆的屋里被吃掉。

奶牛的两个胆囊被完好地保存在装满水的黏土罐里。我让厨艺一流的厨师莫博扎为即将到来的典礼准备食物，因为收养仪式后的食物必须非常完美。“而且，”我总结道，“如果食物没有被煮到非常完美的程度，你就可以被杀掉吃了。”

“我伟大的国王，”长着獠牙的厨师平静地说，“如果那天我做了糟糕的食物，我就把自己的腿砍掉给您做晚餐。”

“那听起来挺开胃的，莫博扎，我非常肯定，你做过那么多好吃的食物，这一餐你也会做得很好。”

在莫博扎离开后，我叫来了我的首席彩虹将军奈松贡罗洛，让他把村子里所有的狗都赶到邻村去，并让所有人都在那天晚上保持绝对的安静。

夜幕降临，恩古尼和曼波的彩虹将军们都聚集在马兰德拉他们禁食三天的大屋子里。诺米康顿和其他女人也在黄昏时聚集到了屋里。这个屋子从此以后将被称为领养之屋。

女人们还没有进入屋子，她们必须先在入口处的温水里沐浴，然后绕着“领养之屋”倒上一圈洗澡水，以阻止水精灵托科洛希和其他邪恶的精灵接近屋子。为了辅助这一事务，早晨战士们用来洗脸的大型烧制黏土碗被大家整齐地绕着房子摆成了一个圈，每个碗的旁边都挂着一根用来擦身体的丝瓜络。仅有的没参加典礼的女人是穆瓦尼瓦尼和诺米娃，她们在我秘密的地下室里照顾着我的新夫人诺利亚达。我没有告诉任何人有关我这个夫人的事，我的女儿们也没有察觉到这个夫人的存在。我敢肯定，若有一天，三个女孩发现了自己继母的存在，她们将会是世界上最愤怒的人。

快到午夜时，典礼开始，我被选为仪式的主持人。我举起自己的乌木，然后所有人，不论男人还是女人，都取下了他们的衣服、项链、耳环、耳塞、腰带和手镯，并把这些东西包好堆放在屋子的入口处。当我致辞时，所有人都毕恭毕敬地站着：

“我们在此参加，同时也是见证这个典礼。米提勇卡之子马兰德拉和恩古尼女王塞丽薇，遵照领养法，接收已故的贝基兹韦的两个儿子祖鲁和奎瓦贝，作为他们自己的孩子。今后，祖鲁和奎瓦贝将被称为马兰德拉的儿子，只要他们活着，贝基兹韦这个名字就和他们再无任何瓜葛。典礼的第一个规则要求：屋子里的人不能想着除了这个屋子里正在进行的事以外的任何事。你们必须严格遵守这个规矩，因为你们的祖先和我能清楚地看到你们头脑里所想的一切。按照规矩，我现在要问七个问题，我希望每个问题都能得到清楚、真诚、实事求是的回答。准备好回答这七个问题了吗？”

“准备好了。”

“马兰德拉，米提勇卡之子，你准备好将这两个孩子，祖鲁和奎瓦贝，当作你的亲生骨肉了吗？不论他们变成勇士或懦夫，智者或愚夫，恶人或善人。”

“我准备好了。”

“你能在你祖先的王冠前发誓，将这两个孩子视如己出，像父亲那样引导他们，像部落法律那样约束他们吗？”

“我能。”

“你能发誓保护他们，甚至如果需要，为他们牺牲自己的生命吗？”

“我能。”

“你能保证在他们生病时照顾他们，确保他们永远衣食无忧吗？”

“我能。”

“你能保证当他们冒犯你时，在任何情况下你都不会一怒之下说出你不是他们的亲生父亲吗?”

“我能。”

“你能保证对这两个孩子平等对待，永远不会偏袒任何一个吗?”

“我郑重发誓给两个孩子同等的爱。”

“最后，你能保证在你死时给两个孩子分别留下你全部财产的平等份额的遗产吗?”

“我保证。”

对塞丽薇和丹比莎我也问了极为类似的问题，仅仅在措辞上略有不同。

马兰德拉拿起一把刀柄就像一条鱼的典礼专用刀，把刀面放在火上加热到通红，然后他就用这把锋利的烧红了的刀在他左大腿上划了一道足够深的口子，瞬间鲜血喷涌而出。他把血涂在两个男孩的全身上下，然后一手一个抱着浑身是血的男孩，缓慢说道：“请我逝去的弟弟见证！还有你们，我所有的祖先们，请你们见证！见证我今天把这两个孩子认作我自己的骨肉。见证我今晚许下的诺言。从今晚起，所有人将把祖鲁和奎瓦贝当成我马兰德拉的儿子和继承人。我的后代子孙们将会认同并把祖鲁和奎瓦贝当成我的儿子来尊敬。他们现在是我的儿子了，永远都是。”

塞丽薇坐在芦苇垫子上，马兰德拉把他们的两个儿子放在她的大腿上。当塞丽薇要给这两个孩子喂奶时，祖鲁大声哭喊着抗拒。塞丽薇在自己的左腿上切了个小口，然后把血涂到了他们的掌心，说:“我现在是你们的母亲了，你们是我的孩子。我会全心全意地爱你们，我的儿子们。有朝一日我会为你们选择新娘，并在你们两个人的大婚之日领舞。”

接着，她把装有胆囊的两个黏土罐拿过来，然后从男孩们的头上往下倒，说:“这胆囊是从无斑点的白色奶牛身上取来的，它象征着出生。我的儿子们，从今天起你们就是我生下来的，我就是你们的母亲。希望神保佑你们快乐，我的孩子们。愿你们行走在阳光大道上，愿你们在夜间也有月亮守护，愿你们有旺盛的生殖能力，愿你们的大脑充满智慧。这些，就是我对你们的祝愿，我的孩子们。”

丹比莎把两个孩子带去仔仔细细地洗了个澡，然后用她奇怪的异国口音祝福他们。她叫祖鲁“黎明的雄狮”，叫奎瓦贝“智慧英勇的源泉”。她祝愿他们有成千个女人，并统领百万个勇士。然后女孩和妇女们，曼波和恩古尼的彩虹将军们，轮流对这两个男孩祝福致敬。马兰德拉再次把刀热红，灼烧他和塞丽薇的伤口。

大家纷纷离开领养之屋，加入主屋外的筵席。在黑夜中，领养盛宴开始进行。但是当黎明的热火亲吻天空时，宴会便结束了。

领养之屋被仪式性地烧成了灰烬，每个彩虹将军都收到了一个装着一点灰烬的小葫芦作为礼物。

在震耳欲聋的欢呼声中，两个小男孩被传令官用大的战盾抬着，带到了恩古尼和曼波勇士们的面前。伴随着欢呼声，领养典礼正式结束。

三天后，我们带领着强大的恩古尼和西部曼波联合部队回到东部，想要从瓦芒韦的万巴·尼亚洛蒂这个谋杀者和篡位者的手中夺回王国，然后使塞丽薇和马兰德拉重新掌控这片恩古尼的土地。

在通往恩古尼皇家村落的进程中我们取得了重大进展，而且出乎意料的是，在我们一路经过的村落中人们都张开双臂欢迎我们。有些人甚至还跪拜在马兰德拉和塞丽薇面前，眼里含着泪水地要求甚至是乞求救救他们，把他们从令人发指的残暴统治者——他们称之为“恐怖禽兽”的那个人手中解救出来。他们告诉我们，这个禽兽打倒了万巴，然后掌控了这片土地。她现在对瓦芒韦和恩古尼的人都进行了恐吓，而且每隔十天她都习惯性地要派自己邪恶的手下来讨要十个最帅气的年轻人。这些年轻人被带到了皇家村落，被献祭给这个真名叫穆克卡萨的恶魔，听说她曾是马兰德拉的第一夫人。

我下定决心要摧毁这个可恨的疯女人。部队加快了向皇家村落进军的步伐，时间由三天缩短为两天。但是当我们到达那里时，却发现这个村落已经被丢弃了，只有一个名叫奈戈佐（Ngozo）的老人在看守着，他在门口看到我们时便对马兰德拉俯首跪拜。

“那个畜生去哪儿了，奈戈佐？”马兰德拉问道，“这里的人都怎么样了?”

“那个畜生知道您要来，大人，就和剩下的瓦芒韦人逃到赞比西河对岸去了。”老人说，“但是万巴，或者说他还剩下的某副皮囊，就在其中一个屋里，和他的母亲在一起，他的母亲正徒劳地照顾他，想让他恢复健康。”

“万巴!”马兰德拉大吼，“马上带我去见他！让我看看那条杀人的狗，我要用矛枪刺穿他!”

“可不要让那个禽兽的血玷污了您的矛枪，恩古尼的雄狮，”奈戈佐说，“万巴已经快死了，他这副死样已经快十天了。您来看看吧。”

马兰德拉跟着奈戈佐进了万巴躺着的屋里，我们都只是站在屋外。当马兰德拉踏进去时，手里还拿着矛枪。突然房里传来带着惊恐和害怕的叫声，马兰德拉连滚带爬地出了屋子，就好像后面有恶魔在跟着他。“神啊，太可怕了，这太可怕了!”

“怎么了，我的哥哥?”诺米康顿问道。

“万巴和他母亲在里面，两个人都正在腐烂，可他们都还活着。万巴像萤火虫一样闪着光，他的肉就在你眼前崩裂。快点火，把这个屋子烧了!”

“所以，”塞丽薇大叫道，“这就是那笼罩着屋子的可怕臭气的来源。万巴最后得到了报应！烧掉整个村落！我们可以在其他地方再建一个新的。这么久以来，这里已经见证了太多的罪恶了!”

不久后，村落就变成了一片火海，浓烟滚滚冲上云霄，吸引了邻近村落的数千个居民前来围观。当燃烧着的焰火中发出刺耳的如恶魔般的笑声时，所有人都转身逃离躲到了斜坡下，只有勇敢的恩古尼人马兰加比、他的大块头聋哑人朋友奈戈沃罗，还有我，站在燃烧着的村落门口。

“你看到了什么，马兰加比？”我问道，“告诉我你看到了什么。”

他犹豫了一会儿，然后说道：“我以我初代祖先干瘪的臀部发誓——我看到了一具尸体在火焰中手舞足蹈。听……”

恶魔的笑声传到了我们的耳朵里，然后是万巴的声音：“我是不死的，我不会被摧毁，我会永远活下去！”

烧焦的尸体味在我的鼻腔里越来越浓烈，火焰发出嗞嗞声。当万巴蹒跚着走出火堆并径直走向我们时，身上还冒着一缕人肉烧焦的烟。

“停下！”我喊道，“停下，你这个邪恶的东西，先回答我的问题。”

“什么问题？”

“兹马·姆布吉的铜像在哪？”

“被她拿走了，哈哈哈。但是在她拿走之前，我把自己暴露在铜像的光线下了。我是不死的、不可毁灭的……哈哈哈哈……”

“恶臭鬼，毁灭！我命令你！”

腐烂的生物的尸体便倒在了地上，一条大腿骨因隐隐的裂口而断裂并嵌入肉中。他张着冒着烟的嘴呱呱叫道：“我知道你，我知道你是谁。”

“你不需要告诉我，”我说，“我是迷失的不朽之人鲁姆坎达。”

“是你，”万巴的剩余部分呱呱叫道，并想要站起来，但是并没有成功，他的肉不断地从骨头上脱落下来。“是的，可你也是我的父亲！”

“什么？”

“你，鲁姆坎达……是我真正的父亲。你还记得……哑巴少女洛奇奥吗？”

洛奇奥！所以万巴——万巴，这个恶魔万巴，残忍的万巴，是洛奇奥的儿子！洛奇奥，是在很多很多年前当我还不停地在那片土地上游荡时爱过但丢弃的几百个少女中的一个。洛奇奥是疯狂爱过我的许多女孩之一，但出于一个又一个原因我必须抛弃她们。在我短暂地停留在各个村庄和村落期间，我曾热烈地纯粹地爱过那些女孩，但又在不久之后忘记了。那时，那些没能忘记我的女孩成了我孩子们的母亲，那些继承了他们父亲最坏特性的恶魔般的孩子。

这片大地上有数十个我的孩子，只有伟大的圣灵知道什么时候他们中的一个会走上我的老路。我感觉到泪水从我的眼眶里涌出，顺着脸颊流下。我曾四处传播邪恶，难怪众神都厌恶我。我用邪恶的种败坏了凡人的大地，那些像万巴一样邪恶的孩子。噢，什么时候我会再迎面碰上又一个呢?

“所以，”马兰加比粗声说，“你是万巴的父亲。”

“是的，”我回答道，“我是死去的万巴的父亲。”

然后奈戈佐告诉我万巴是怎样被疾病折磨的，当他还活着的时候他的身体就开始腐烂了。那个畜生穆克卡萨成功地诱骗他把兹马·姆布吉的铜像给她，然后她用邪恶铜像的力量瓦解了万巴，并用奇怪的恶疾折磨着他。万巴的母亲曾多次尝试治疗他的儿子，却都徒劳无功，相反她也感染了这个致命的疾病。洛奇奥……我的洛奇奥!

直到我确定马兰德拉和塞丽薇能够幸福且安全地留在那里成为名正言顺的统治者后，我才离开了恩古尼。马兰德拉，当然，不再是国王，他现在只不过是统治者的配偶，现在的统治者是聪明且善良的塞丽薇，她才是恩古尼的女王。

这奇怪的角色逆转给恩古尼老人们的脸上带来了笑容，他们给塞丽薇施压，除了马兰德拉之外应该再找两个其他男人作为丈夫，而且按照法律，所有在她这个地位的女人都应该这么做。塞丽薇哭哭啼啼抹着眼泪极不情愿地同意了。她选择了马博沃(Mabovu)，一个很高很英俊的勇士，然后又选了一个曾主持过曼波和恩古尼和平典礼的灰发曼波哲学家、勇士姆彭戈索。马兰德拉、姆彭戈索和马博沃都是很高大且有力量的男人，和这个漂亮的女王比起来，他们就像是与高大的马鲁拉树相对的低矮的灌木丛。“以我父亲的名义！”小矮人马兰加比在女王选好她额外的两个丈夫后发誓道，“你们见过那样的事吗？柔弱纤细的塞丽薇怎么应对得了那样粗鄙的怪兽们的要求？即使给我全世界的财富，我也不要变成塞丽薇。”

“不要担心她，马兰加比，”老彩虹将军索洛兹说道，“塞丽薇可不是普通的女人，她算得上是一个半女人，任何时候她都可以把那些个气血不足、骨瘦如柴的人中的任何一个累到死去。哎，她要是选了一个有经验的成熟雄鸡，比如像我这样的……”

“又来了，你这个谎话连篇的老公鸡！”马兰加比嘟囔着，“你这辈子从来都没有沾过女人的边，还好意思说自己经验丰富！”

“我和上百个女人欢好过，我的男孩，”他竭尽全力自夸，“你敢怀疑我的话？”

“呵！”马兰加比在转身离开前恶心地吐了口痰。

在塞丽薇选了丈夫后，她举办了一个盛大的宴会以庆祝她回归恩古尼大地，也为了致敬她的夫家妹妹——诺米康顿，那个公开宣布英俊的歌手兹寇将成为她丈夫的女人。

诺米康顿和兹寇的结合并不幸福，因为她对男人仍然有着憎恨。自从那个晚上穆金戈强奸了她，这种憎恨就在她的心里恣意滋长。圣经古话的背后总是隐藏着真相：“被强奸的女人会是一个痛苦的妻子。”这段婚姻注定破碎，也注定了兹寇死亡的结局，他就在我们踏上南方的征途后我们最需要他的时候死去了。

待了差不多一个月后，是时候该回到我的曼波家园了。我知道在善良且明智的塞丽薇的治理下，会带给恩古尼一个快乐满足的部落。她正尽力抹除众多子民心中由马兰德拉造成的仇恨，人们已开始把塞丽薇称为他们的小母亲了。

（译者：卢晓雨）

看，彗星

我看不见她，却能听见她的声音而且也能感受到她那颗不朽的心中所蕴含的悲哀。她的手里拿着一个丑陋的乌木娃娃并正爱抚着这个毫无生气的东西，就好像它是一个真实的婴儿一样。我真的能感受到她的美——她所散发出来的那种美就像太阳在正午时散发的热量一样。在寂静的地下室里，她的叹息是一种几乎听不到的轻抚。我听见她把娃娃小心翼翼地放在她为它织的小垫子上，并用一块野猫皮小毯子轻轻地盖住。我还听见她对丑娃娃喃喃细语——就是那种母亲在哄自己孩子睡觉时会说的话。

她向我走来，而我也正屏息以盼。她的双臂环绕住我的脖子，而她那完美的身体则火热地紧贴着我。我感受着她挤压着我的乳房、腹部和大腿，而她那温暖而颤抖的嘴唇正在寻找我的回应。

突然，她从火爆的拥抱中松开了我，发出一声颤抖的叹息，又退后了几步，说道：“众神中的神啊……要是我能够看见您该有多好！”

“但是又有什么用呢？”最后，她只是含糊道，“我的爱人，我的君主，我的丈夫，如果我不能为您生孩子，又有什么用呢？瞧，我的子宫比卡拉哈里沙漠还要贫瘠，那里至少还有丛林居民。我的乳房也没什么用，我永远也不会有婴儿温柔的嘴从那里汲取营养的感觉。噢，我的丈夫，我是如此……如此羞愧。”

“你没有什么可羞愧的，哦，我心爱的宝贝儿——你，在这片土地上，是最完美、最美丽的存在。你除了因是不朽之人的妻子而被拒在神之大地的门外，就没有什么可感到羞愧的了。我对你的爱，以及你对我慢慢绽放的爱，远胜过百万新生儿。”

“在生命创造的时间和空间上，女性的责任都是受孕、怀孕和抚养新生命。贫瘠如沙漠般的岩石之美是什么？哪管永生与否，一个不能生育的女人又有何用？”

“诺利亚达，”我温柔地责备她，“轻点声，你想让上面的人听到你的声音吗？”

“我的丈夫，您必须把我的存在告诉您的女儿们和您所统治的人们。我已经厌倦了像老鼠一样藏在洞里，过着日日躲避您那淘气的女儿们的生活。尽管她们已经割断了许多您所深爱的女人的喉咙，但是她们仍然没有办法对我造成任何伤害。我想让您把我介绍给您的子民和孩子们，这样我就可以再为您选出三个最美丽的女人，做你的第二、第三和第四夫人。我要让这些女人帮我为你生孩子，然后我会收养他们，我喜欢孩子。”

“以我为父的孩子都变成了邪恶的人，诺利亚达。我已经不希望再成为更多邪恶孩子的父亲了。”

“孩子的善恶取决于他或她是如何长大的。世间可没有所谓遗传性邪恶。”

“诺利亚达，我爱你。我爱你远胜过我所爱过的任何一个女人或女神。”我亲吻了她的额头和脸颊，然后我们鼻尖相对。

“哈！”她笑着说，“所以伟大的鲁姆坎达爱上了他的创造物！一个神志清醒的陶工会爱上他做的那个罐子吗？一个木雕师会爱上他用毫无感觉的乌木雕刻出来的塑像吗？告诉我，哦，造物主，我的神和我的丈夫，爱是什么？爱不过是动物欲望的一种委婉说法。爱是一个男人把她带到爱巢前的感觉，爱只是一种饥饿的形式，一种渴望占有和拥有，以及男女之间相互依赖的感觉。”

“我的妻子，不要再胡说八道了。现在我们应该……”

然而，一个熟悉的声音打断了我的话：“父亲，您在那儿干什么？您在跟谁说话？”

“他在跟我说话。”诺利亚达愉快地说。

“你这个邪恶的人，你是谁？”我的大女儿卢娜乐迪问道。

“下来，孩子们，”诺利亚达温和地说，“到这儿来见见我。”

“你是谁？“姆拉亚库查哭喊道。

“我是你们父亲的新妻子，你们的继母。”

“我们的什么?”

“你已经听到了，孩子，我是你们的继母。”

“你能再说一遍吗?”姆拉亚库查嘶吼道，“我们没有听错吗?”

“孩子们，到这里来，让我们好好谈谈，别再那么粗鲁了。”

我的大女儿和二女儿从梯子上爬了下来，但是最小的女儿姆巴里亚姆斯韦拉仍然留在上面，她已经预见到她的两个姐姐会遇到麻烦了。

“这个女人是怎么来到这里的?您是什么时候有这个秘密地下室的?”卢娜乐迪问道。

在我回答这些问题之前，第二个女儿的声音冷酷而无情地响起：“所以这就是我们的新母亲了——真是个大美人啊，乳丰臀美，是一个性感的、嘴唇湿润的，而且明显热情似火的女人。我的父亲，您是从哪个有毒气的沼泽地里钓到的?”

“他发现我是从一棵马鲁拉树上长出来的，”诺利亚达笑着说，“别告诉我他没有告诉过你们!”

“这就是为什么你闻起来就像一头死去的疣猪胃里的发酵的马鲁拉树一样难闻吗?”姆拉亚库查恶狠狠地问道，“那么，你准备好什么时候让疣猪吃了呢，噢，漂亮的马鲁拉树?”

而卢娜乐迪则一直在近距离研究诺利亚达，突然间，她插嘴说：“我知道了，她不是一个凡人，她是一个女神。这是多么可怕——我是说多么恶心啊!”

我感觉到了从诺利亚达的灵魂中升起的愤怒——这愤怒如此可怕，以至于我能感觉到恐惧在我心中像闪电般穿透着。“卢娜乐迪，姆拉亚库查，别废话，离开这儿。”

然而太迟了！一声震耳欲聋的山雷声响起，一股无形的力量击中了我的胸膛，把我撞在了房间的墙壁上。一阵尖叫声中，我的一个女儿柔软的身体摔在我的大腿上。然后，令我惊讶的是，我陷入了无意识状态。

但我没有完全昏迷。仿佛在无限远处，我听到了诺利亚达的声音：“我的君主，我的丈夫，什么啊……我都做了什么啊！我不是故意的，真的……这真的只是个意外……”

我还听到了一声响亮的号叫声，夹杂了憎恶、惊讶与恐惧。然后我听到卢娜乐迪用蕴含了仇恨与无穷悲哀的声音质问道：“你这个怪物，你这个从地狱的下水道里来的恶魔……你杀了我妹妹!”

“孩子，我不知道……我真的不知道我有这些力量。”诺利亚达痛苦而又悲伤地喊道。

另一个声音出现了，沉闷而空洞，如此痛苦，只有永生的生命才能在感觉到后仍然存活着：“卢娜，卢娜姐姐……快叫父亲……”

“这是怎么回事?”当我回过神来，我大叫道，“这是怎么回事？发生了什么事……告诉我。”

“父亲，”卢娜乐迪叫道，并将我从地上扶了起来，“你捏造的这个邪恶情妇竟然杀死了姆拉亚库查。您一定要摧毁这个邪恶的怪物啊！”

“姆拉亚库查吗？”我的声音很空洞，完全无法理解发生了什么，“但是没有什么能伤害到你们！我们都是不可摧毁的。”

“尽管没有任何凡人能摧毁或伤害我们，但是永生之人和神是可以毁灭彼此的啊，”卢娜乐迪叫道，“父亲，姆拉亚库查现在看起来太可怕了。她的身上到处都是水疱，她的脸几乎都不见了。她的胸部有一个大洞，不过她的心仍在跳动……快为她做点什么吧，父亲！”

姆拉亚库查的声音，此时显得陌生而空洞，从她所躺在的那个角落响起：“父亲……结束我的痛苦吧……拿走我永生的能力……请毁灭我吧。”

我走到二女儿躺着的那个地方，闻到了那里散发出的烧焦的肉味。整个事件发生得太突然了，以至于我的整个大脑都麻木了。我感觉我的膝盖变得虚弱无力。一刹那，我为自己的看不见而感到些许高兴，至少我不用看到我美丽的女儿现在的悲惨场面。“我能重新创造，你，孩子，我会……”

“不，父亲，我不想活下去了。生命是如此的徒劳和令人作呕。请快把我摧毁了，实在痛苦得让人无法忍受了。请您也帮帮卢娜吧……她也深受伤害。”

我站在我孩子的边上，强忍住眼泪。一个永生的主人不应该哭泣，而我最近似乎已经有了和凡人一样的哭泣的习惯。我集中精神力量，尽我最大的努力，把它们集中在姆拉亚库查身上。突然，仿佛一道看不见的闪电击中了她，她融入了一团温暖的空气中。我转过身来，让卢娜乐迪告诉我发生了什么。

“这个肮脏的怪物向我们投掷了一股集中的精神力量，父亲。妹妹正对着爆炸中心，而我则被甩了出去，就跌落在您身上。我的左手手腕上被烧伤了，疼痛得难以忍受。”

我伸出手摸到卢娜乐迪，这使她立即从痛苦中解脱了出来。然后我又把注意力集中在她的手臂上，伤口合拢并逐渐愈合了。但是从现在起，她只有一只手了……

“父亲，请摧毁这个邪恶的生物，”卢娜乐迪强烈要求道，“我坚持认为您现在就应该这么做！”

我无法做到让自己去毁灭她，我太爱她了。但是现在，我必须在我的女儿和我的爱人之间做出选择。我爱的对象刚刚杀害了我的一个孩子，我必须惩罚她吗？当我走向诺利亚达时，我的灵魂就像在一场飓风中抖动的一片优柔寡断的树叶一样……

“不，父亲，别杀她！”我最年轻的女儿姆巴里亚姆斯韦拉说，“两个姐姐是罪有应得。”

“什么！”卢娜乐迪惊讶地喊道。

“是的，大姐，”小女孩在简陋的梯子上方说，“你们似乎忘记了宇宙中存在着最高的法律，那是所有的生命，无论凡人还是神都应该而且必须服从的法律，那就是尊重父母和前辈。无论什么时候，森林、河流和平原的诸神都必须尊重始祖女神尼娜瓦胡·玛，而始祖女神也必须尊重伟大的圣灵，而圣灵也依次要尊重至高神，臣服于这个最终极的、最伟大的神。尊重是宇宙的十大支柱之一，谦逊则是另一种。但是，卢娜姐姐，我们从来没有表现出对我们父亲的尊重，也没有对他爱的人表示尊敬——但是照理我们必须为了父亲而尊重她们。今天，我们为此付出了苦痛的代价。虽然我们真诚地爱着我们的父亲——以一种让神和凡人都觉得震惊的方式，一种被宇宙中所有生物都认为是邪恶的和不自然的方式——但是我们必须记住，他是我们的父亲，我们的长辈。因此，我们不能对他做某些事情，对他选择的伴侣也不行，不管她们是凡人，是女神，还是他自己的创造物。

"卢娜姐姐，一个人的父母，无论是凡人还是永生之人，人类或者兽类，神、人，还是树，都不仅仅是一件带来新生命的东西。父母之于他们的孩子就像是至高神自身的表征，孩子对父母的尊重并不是孩子按照自己意愿随意所能给予或撤回的。这尊重更是强制的，是一种职责。"

诺利亚达慢慢地从她坐着的地方站起来，靠近卢娜乐迪和姆巴里亚姆斯韦拉，而后者已经在说话的时候从梯子上下来了。她伸出双臂，温柔地抱着两个女孩，三个女人一起大声地哭泣着。

我转过脸去并用沉重的腿爬上梯子，然后走到主屋的地板上，再把主屋的门小心翼翼地关上。

这时，一个声音传入我耳中，它在主屋紧闭的门外大声地激动地呼喊。这是奈松贡罗洛的声音，我的首席彩虹将军。

夜幕似乎早已降临，但奇怪的是，村落里的居民们都没有在他们的屋里睡觉，而是在空地上四处乱转并最大声地喊叫着。我想，到底发生了什么事情？奈松贡罗洛再一次敲了敲我的主屋门，激动地大喊："伟大的国王，快醒来看看，天空中有一颗战争之星……这是流血事件的不祥征兆。"

战争之星，流血事件，原来这就是人们如此躁动的缘由。一颗巨大的彗星罕见地出现在了天空中，一颗巨大的而且看着可怕的彗星正主宰着这宝石般的、星星点缀的、无云的秋季天空，就像一个来自地狱深坑的可怕恶魔。一颗彗星，这颗星它比任何能在天空中出现的东西都要令人害怕；一颗彗星，和日全食一样，被各部落认为是灾难来临的预兆——灾难将会带走成千上万人的性命。

一颗彗星！每一个在其领地上出现彗星的最高首领都有一个职责，那就是立即牺牲他的第一个儿子或女儿，把他或她装在一个满是木炭和牛粪的坑里活活烧死，来安抚令人恐惧的战争之星。人们在外面等着我把我的女儿们带出来，把我的养子木库姆比拖出来，好把他或她放在一个大火坑里，就着鼓声和哀号的长笛声献祭。不过，他们会非常失望。

外面，凉爽的夜风吹过我的身体和脸庞。我能感觉到每个人的目光都转向了我，所有的激动，所有的大声喊叫在此刻都消失了。当他们转向我又靠近我时，我能感受到他们的沉默中蕴含着的期待。此时，奈松贡罗洛、奈托贝拉和马维姆贝拉都站在我的边上，手持点燃的火把。（首领在晚上散步的时候，总要有人陪着他并拿着火把。）

“我的子民们，”我在沉默后喊道，“听我，鲁姆坎达，你们的不朽的最高首领说，我知道你们现在希望我做什么，就因为你们看见的天空中的那颗星星。但是我不会那样做！”

我暂停了一下，满意地聆听着从两千多张嘴中逸出来的喘息，它让我充满了一种我从未体验过的兴奋感。没有什么比这让嗜血者更失望的了，这就好像从鬣狗那儿骗取了它们的猎物一样！

“我再说一次，我是你们的最高首领，于我而言，天空中没有战争之星。我是你们的盲人首领，而我没有看见任何战争之星。既然你们的最高首领看不见，那么你们也看不见。”

“但是真的有一个，首领，有的，”有一个声音在人群中冒了出来，“天空中真的有一颗战争之星。”

“战士们，抓住那个人，把他带到我这儿来。”

这个人很快就被抓住并被带到了我站的地方。他不是别人，正是戈沃（Govu），是我十个最好的厨师之一。“所以我终于可以吃一顿以厨师为食材的早餐了。听着，戈沃，我听说过有人用自己的形状烹饪，正如你所知，这是一个古老的部落习惯用语。但是我，终将得到真正的字面意义上的满足，可以品尝一份厨师在自己的烹饪锅里被烹饪的美味了！而现在更重要的是，你得先去清洗和准备那些会使你这道炖菜更香更美味的草药和山药。把他带走。”

他们把他拖走，我继续说：“还有人坚持认为天空中有一颗战争之星吗？如果有的话，劳驾向前走一步。”

没有人向前迈步，但所有的目光都集中在我身上。我镇静地继续说道：“你们说，天空中有一颗战争之星，说它是战争和邪恶来临的预兆。但我要再说一遍，就算你们要反驳，”我边说边指着一个大炖锅，“这是一个警告，而不是凶兆，一个让我们大家要好好准备，不要把时间浪费在各种仪式上的警告。我们必须立刻行动。你们必须帮助我强化我们的军队，帮助我把我们的军队从五支增加到十支。明天我要做的第一件事情就是派信使到我们部落的所有地区，希望每个地区都能贡献五百个男性。我需要铁匠、盾牌制造者和铁矿工日夜工作，违者处斩。我想要‘杀人’的矛、箭、弓等武器，这一切都要在十天之内完工。你们必须不再去看那颗星星，而是帮助我，使我们的曼波军队成为这片土地上最强大的军事存在。”

聚集的人群中爆发出雷鸣般的掌声，甚至连妇女们也加入了，欢呼声此起彼伏。不过当诺利亚达从大主屋里爬出来，站在我身后靠近我右边的地方时，人群中传来巨大的喘息声。

“我的君主，我的丈夫，我请求和您的子民们说话。”她那低沉的嗓音仍然像音乐一样动听。

“你得到了我的许可。”

“曼波的子民们，”诺利亚达说，“我有一些事情要告诉你们，也需要向你们忏悔。我敢说，看到我，你们肯定很惊讶，因为直到刚才，你们都不知道我的存在。我不是一个像你们这样的人，我也不是一个精灵。你们伟大的首领鲁姆坎达在这个小屋的秘密地下室里让我重生了。他掌握着永恒生命……”

人们惊奇地发出了尖叫声，并想更近距离地去看一看诺利亚达。战士们勇敢地靠近并发出了“哇哦，不可能，嘘！她是一个真正的女人吗?”之类的惊呼。

“曼波的子民们，”诺利亚达继续说，“我刚刚造成了你们最高首领二女儿的死亡，以及大女儿右手的消失。”

但是人们对她所说的并不感兴趣，他们只对她感兴趣。其他女人则向前推进，那个丑陋的像人猿的女人努努，撕扯着诺利亚达肩部的豹皮大衣，用一种略带天真的好奇心来感受它的光滑。

鲁拉玛·玛纳鲁阿纳和其他女人围在我的新王后身边，把她腰部的兽皮裙扯下来。她们简直不敢相信她是真实的，是活着的——就像她们自己一样真实地活着——诺利亚达抓住了努努和鲁拉玛·玛纳鲁阿纳的后颈，并开玩笑地把她们的额头碰在一起。

“以圣母始祖玛的胸起誓！这个东西能打架！”玛纳鲁阿纳说道。

战士们和将军们则走上前向我提出了大量问题：“您打算怎么做呢，最高首领？它就像人一样能说话，但它真的是一个人吗？我们要杀了它吗，最高首领？”

战士们纷纷伸出肮脏的长满茧子的手来触碰诺利亚达，但我的彩虹将军们咒骂着他们并让大家住手。女人们咯咯地大声笑着，喋喋不休地唠叨着，她们带着诺利亚达去了她们的小屋——就像兴奋的孩子们想要给自己的朋友们展示玩具一样。

诺利亚达曾试图向人们介绍自己，她试着让他们接受她作为一个人的存在，但是她失败了。许多年间，人们总是把她称为“Into”（一样东西），他们总是用“它”来称呼诺利亚达，而从来不用“她”。

在战争之星出现后的二十一天里，我和我的彩虹将军们都很忙。我们建造了坚固的战筏，制造了中空的独木舟，用牛牵引的雪橇将各种各样的武器从曼波大地上的十二个地区运到了皇家村落图利斯兹韦。

空气中弥漫着战争的气息，而我们也已经准备好了。

（译者：潘澜轩）

必死之人

信使精疲力尽，步履蹒跚，他已累到了极点，他的手里紧紧攥着一个大大的信息条，坚硬的嘴唇因为饥渴而变得灰白，他甚至来不及从他所经过的许多条小溪流边弄点水喝。他必须完成传递消息的任务，然后……死去。

瓦林达鲁（Valindlu）——诺彭普皮（Nopempe）之子，知道每一个疲乏的脚步都在将他带向坟墓。这个部落的最高准则规定所有传达凶讯的人在传达完他们的凶讯后就必须立刻被处死。

但瓦林达鲁对此并不关心，他所担心的是他身上的信息如何才能尽快传给曼波的最高首领。

这的确是一个噩耗。

终于，信使看到了村落的营帐，它被建在一片浓密的树林中间，树林将它围起来——看上去像一个头发茂盛的头上有一圈伤疤的士兵。他看见了远处小小的士兵和女人们在营帐间穿梭，如蚂蚁一般。远处隐隐约约传来了女人们大声呼唤对方的声音，那些热爱制造噪声的女人。这让信使想起了坦迪（Tandi），那个才做了他十天妻子的女人，就这样被留在了那片被战争摧残的恩古尼土地上。她现在怎么样了呢？当意识到就在这天他真的就要死去，并且再也无法见到坦迪时，他的眼泪不禁涌了出来！

最后，他还是及时地抑制住了自己的情绪。律例上说每一个人都必须做好为族人牺牲自己的准备。恩古尼现在正处于水深火热中，来自南方的蓄势已久的入侵者们已经到来，兹马·姆布吉的统治者姆努姆塔巴的大军已经渡过赞比西河，无情地摧毁了恩古尼大地。他们是来毁灭这里的，而不是征服或奴役。当信使带着来自部落首领塞丽薇的讯息离开时，恩古尼军团正处于激烈的抵抗中。即便是勇敢的恩古尼人也需要帮助，光靠他们自己不可能抵挡得住潮水般的残忍的马绍纳人和混血人，还有一定数量的令人畏惧的异乡人——被称为索命人的那些留着长发长须的、鼻子生得如同秃鹫的喙似的、浅肤色的阿拉比人的进攻。

横渡赞比西河的军队是这片土地上的人们见过的最奇怪的，也是恩古尼和曼波对战过的最残忍的军队。

筋疲力尽的信使向着皇家村落图利斯兹韦跑去。他全力冲进大门，然后猛地滑倒在一层薄薄的牛粪上并向后倒去。一个彩虹将军从这晦气的男人摔落的地方捡起了那个长长的信息条，然后扫了一眼上面的信息，摇了摇头，并在给四个下属下了个简短的命令后便转身走了。随即，四支带着长刃的矛猛地刺进了这个摔倒的男人的身体里，信使就这样死了。

诺利亚达给我读了这条消息，还没等她读完，我就摸着我的战矛站了起来，因为信息条上写着：“大事不好。敌军势大。领土受侵。皇家村落被围困。请求支援。”

恶魔　很多　我们的大地　受攻击　皇家村落　围困　请求　帮助

我爬出了主屋，诺利亚达紧紧跟随在后，然后外面的男仆即刻吹响了号角。号角声在村落上空久久回荡，彩虹将军们立即跑出他们的营帐来到了我面前，此刻所有人全副武装。

“兵将们，我们的漫长等待结束了。战争来了！你们知道该怎么做——马上行动！”我吼道。

就在一天半的时间里，曼波的十个军团已准备好上战场了。皇家村落附近的十个大军营，每一个军营派出了两个重装上阵的马布托。留下暴风云团和大黄蜂团这两个军团来守护国土，我又调遣了五个军团在奈松贡罗洛和奈托贝拉指挥下由陆路进发。

我带着剩下的三个军团来到了河边，并和他们一起上了战船——所有的大型战船和舰艇都出动了。这些军团直接受我指挥，彩虹将军马维姆贝拉作为我的第二指挥官，主要负责阻断姆努姆塔巴的撤退，切断他试图从赞比西河引进来的物资船。同时，他们还准备解救被困在大河边的恩古尼的首领。姆努姆塔巴不久后就会发现自己搬起石头砸了自己的脚，他终会后悔自己那天踏上了这片土地。这个自负的极端利己主义者并不知道自己将要面对什么。我已经准备好拔下他身上的皮毛，然后再让他夹着尾巴像条狗似的滚回兹马·姆布吉。

战筏小心翼翼地向河面慢慢移动着，其中有五十艘大战筏是用木材做成的，它们的中间都有一个可以升起的支撑台，然后台上有近十个营帐。我们从卢安瓜河进入赞比西河。这些战筏由鳄鱼军团和蟹军团驾驶，而由第三军团大蜥蜴军团驾驶的独木舟和驳船则作为先锋战队。当我的战筏驶过一段鳄鱼出没的芦苇丛时，我听到彩虹将军马维姆贝拉兴奋地叫道：

“看呀！多么奇异的景观呀——多好的预兆！”

“是什么？”

“成功的预兆，好的预兆。两只水獭在芦苇丛里打架，像喝醉了的恶魔一样。看那儿，你们这些贼子，看啊，我们将要赢下这场战争！我们要痛击那些从兹马·姆布吉来的野猪之子，我还要阉了那只鬣狗的大儿子。谁敢说我们做不到！”

从一个头发灰白的老鳄鱼捕手同时也是一个大名鼎鼎的渔夫

嘴里说出这样的话，战筏上立马响起了一阵雷鸣般的欢呼声。士兵们顿时士气高昂，每个人都被热情和与敌军厮杀的欲望点燃了。

夜幕降临，嬉戏的星星们在它们高贵的空中王位上调皮地眨巴着眼睛，嘲弄着底下这片古老的大地。银河好似一条用银做的漂亮丝带，数百万颗星星纷纷赶来装饰。闷声不停息的河流倒映出闪亮的天空，芦苇丛中的蛙鸣声回响在我们的耳边。在明朗的夜里，从狂野河流两岸层层叠叠的森林中，传来狮子野性的咆哮。

在我看不见却明显听得着的这个不宁静的狂野的夜晚，鬣狗在黑暗中放声大笑，时不时地还传来孤独的胡狼的哀号，这些都为夜增添了更多嘈杂声。这不是一个人们去追逐敌军的夜晚，这是一个人们寻找柔软臂弯的夜晚。这是一个智者们坐在即将燃尽的篝火边，裹着坎肩，沉思着自己已创造的历史和那些他们无法参与的即将被创造的历史的夜晚。这真是一个和平安宁的夜啊。

黎明点燃了东方的天空，太阳疲惫地慢慢爬上了天空以迎接新的一天，它的光照亮了这片无情的大地。草间渐渐蒸发的露珠，清晨缠绵的薄雾，在“白天的最高首领”太阳面前像一个盗贼似的偷偷溜走。林间的鸟儿们对着清风唱着晨间的情歌。就在我们面前，呵！正是我们要寻找的可恨的敌人。

一支由三十只驳船组成的船队满载着卢维吉蒂战士，他们正试图渡过赞比西河。船桨在水面划开，战筏不断向前推进，当敌人看到我们巨大的战筏在向他们逼近时不禁惊讶地喊出声来。我没有下令进攻，因为并没有那个必要。我听到一连串尖锐的叫声，是曼波的弓箭手们在一轮又一轮不停地向敌船射箭。当我们的战筏撞翻了对方的两只驳船并把卢维吉蒂战士全都丢向鳄鱼时，敌军的脸上都露出一种痛苦的震惊神情。弓箭手们向在水里挣扎的敌人不停地射出飞箭，水面上传来的痛苦尖叫声此起彼伏。尸体被水流沿河冲走，鲜红的血渍在永恒的赞比西河上晕染开来。

敌军战士从震惊的状态恢复过来后，便开始重整作战。他们勇猛地反击着，箭支不停地射向战筏上的曼波大军。不幸的是，卢维吉蒂的驳船被无情地冲撞着，船上的人全变成了鱼和鳄鱼的食物——它们聚集在一起分享着这些战利品。

曼波大战筏、驳船和独木舟一路向前冲，后面跟着一条条显然才刚刚开胃的虎鱼和鳄鱼。途中我们又撞上了十艘卢维吉蒂的驳船，然后又杀得他们片甲不留。

我们逐渐离开了河中央，慢慢接近狂野的赞比西河北岸。在遥远的地方，我们看到了塞丽薇的部落——成千上万的敌军战士包围着它，他们就像围在蜂窝旁的苍蝇一样。一些营帐燃烧着，点点浓烟爬上明朗的天空。

我快速下令，然后两个军团立马跳下战筏并爬上了河岸，所有人即刻进入战斗状态。有两个战士突然却步了，他们完全丢了男子气概并拒绝下船加入战斗，然后随即就被其他战士扔进了河里。

“前进！前进！”我喊道。

伟大的新月之兵在森林中移动着。我带领着队伍在南角，而马维姆贝拉嘟嘟囔囔地待在北角。我们如同狂奔的愤怒的犀牛，从卢维吉蒂队伍的后围突进厮杀。我感觉到很多人倒在了我挥舞着的铁棍之下，这世界上没有任何盾抵挡得住我手中的巨大武器。

矛在我身边嗞嗞作响，人们哭喊着从两边倒下。喷出的鲜血使我的腿感受到一种温暖的黏稠感，紧接着血液凝结住，我的双腿便开始脱皮。矛重击身体时发出的令人作呕的声音，还有斧头劈裂头骨的声音、夹杂着的嘶哑的尖叫声和呻吟声在我的耳边环绕着。敌军试图脱逃以进行休整，但我绝不会允许他们这样做。我们不停地向敌人施压，毫不犹豫地向前推进——向塞丽薇的村落进军。在战斗的喧闹声中，一个熟悉的声音在我耳边响起：“啊，首领，我们把他们包围了，我们已经把那些奸贼包围了！”

“是你吗，马维姆贝拉？”我喊道。

“是的，首领。”

“让我们再给他们施点压，不能让他们有喘息的机会。”

“他们不会有任何机会的，首领。我们比一个男人在重要时刻恳求他的爱人还要急切。”

“进攻！”我高声喊道，“进攻！歼灭那些卢维吉蒂走狗！”

伴随着狂野的连珠炮似的恩古尼战斗口号声，战士们从村落中打破包围攻了出来，他们已经被可恶的敌人威胁了整整四天了。就如同从牢笼中被释放出来的老鹰一样，恩古尼小女王塞丽薇的三个丈夫带领着两万个气势汹汹的战士进行着勇猛的反击。而被围困的卢维吉蒂军队陷入了混乱，成百上千人纷纷倒下，同时倒下的还有许多令人憎恶的外族盟军阿拉比人。

对恩古尼皇家村落的围攻已成往事。在半天的激战中，超过五万个卢维吉蒂士兵、五百个曼波士兵和一万个恩古尼战士都牺牲了。但是，这场大型战争并没有因此结束，事实上，它才刚刚开始！

那只聪明的走狗姆努姆塔巴在入侵恩古尼国土时并没有动用他全部的军队力量。他的大部分军队驻扎在赞比西河南部，他的意图似乎是尽可能在同一时间从多个地方对我们发起进攻。事实上，他只是想把我们的注意力从他所希望攻击的主要目标上转移开来。

恩古尼的皇家村落已经被解救，围困它的敌人已经被消灭殆尽。然而，仍然有强大的卢维吉蒂军队行进在恩古尼大地上，我们必须率先摧毁他们，然后再考虑对赞比西河对岸的姆努姆塔巴发起反攻。

当我的彩虹将军奈松贡罗洛和我派遣的五支西部曼波部队一起到达时，我们决定立即对那些妄图在恩古尼大地上进行掠夺的入侵者进行反击。我们在恩古尼皇家村落里留下了三个军团——两个恩古尼军团和一个曼波军团，由马博沃和奈松贡罗洛联合指挥。这些军团会与我留在河上的曼波军团密切合作，共同划起战筏和独木舟，然后一起消灭还在河面上的卢维吉蒂驳船。

马兰德拉、姆彭戈索和我领导一支由七个曼波军团和十个恩古尼军团组成的强大联军，一同搜寻卢维吉蒂侵略者——据说那支部队是由伟大的姆努姆塔巴的十二个儿子中最小的儿子穆嫩戈（Munengo）领导。

十天来，我们一直跟踪着敌军，而他们也似乎下定了决心要逃离被抓捕和被歼灭的命运。但在第十一天的日落之前，我们来到了广阔的卢维吉蒂营地并将它包围住，而我们隐藏在浓密的森林中。当夜幕降临时，毫无防备的敌人被困于一个有将近五万战斗人员的致命的双重包围圈内。我确信敌军已无逃跑的可能，因而向所有军团发送了消息，让他们好好休息一晚以准备第二天早晨把敌人从这片土地上歼灭。因此，在层层叠叠的幽深的森林里，恩古尼和曼波战士们隐秘地生起了火并开始做晚饭——主要是肉和玉米饼。

对我来说，和那些第二天一早就要爬起来勇猛杀敌视死如归的人共度一个晚上真的挺有趣。看着战士们对即将到来的战争前夜有着完全不同的感受，我觉得很新奇。有一句话对窘迫的说故事的人而言是非常宝贵的："无畏的勇士不过是一个烂臭的传说。在战斗中，没有一个凡人永远是真正的勇士，而我们脑海中常常刻画着一个无畏而冷静的战士杀死一千个敌人的画面，那是多么虚假啊。"

在战争的前夜，一个战士要么像一件湿斗篷一样怯弱，要么甘心赴死，但他会下定决心在被敌人杀死之前尽可能杀掉更多的敌人。通常这种奇特的甘心赴死，以及在被杀之前杀死更多敌人的强烈愿望都被误以为是勇气。尽管一个人甘心赴死，并准备张开双臂迎接死亡，他仍然有可能活到晚年然后安详地死去。

在曼波和恩古尼军团中，年长的战士和将军们中都有许多人曾投入战斗，完全准备好被杀死或是致残的准备，但在那之前他们都在尽可能多地亲手将敌人送往地狱，比如奈松贡罗洛、马维姆贝拉，还有其他三个著名的恩古尼彩虹将军马兰加比、马普普拉和索洛兹。

还有第三种人——他们来参加战争只是为了给自己留个名声，或者是为了延续家族传统，比如马兰德拉。

马兰德拉是一个有苦楚的男人，他秉承着凶猛和勇敢的家庭传统美德，他也想要在塞丽薇的眼中胜过自己的两个对手，他更希望能够通过在即将来临的战斗中脱颖而出，来找回那天因耻辱而丢掉的名誉和尊严。这样的人往往缺乏耐心而且比较鲁莽，他甚至可能会破坏原本精心设计的谋划而使得战线拉长。

因早已料到会如此，我先把奈松贡罗洛、马维姆贝拉、马兰加比和马普普拉叫到一边，对他们说："所有人，我想让你们密切关注马兰德拉。我有一种强烈的预感，他可能会在明天鲁莽行事。我不希望他被杀。"

"天知地知你知我知，首领，"马兰加比邪恶地一笑，"让我们的朋友'老雷胃'去自寻死路，我倒觉得这是个好主意。他自从杀了自己的弟弟，就一直愧疚无比，他过着地狱般的生活。他开始变得喜怒无常、心不在焉，而且急躁易怒。我认为只有死亡才能治愈他的痛苦。"

"我远没有资格质疑您的逻辑和决定，我的王，"马维姆贝拉也说道，"但是为什么非要免除马兰德拉像我们其他人一样上战场的特权呢？明天中午我们的很多好男儿将会战死沙场，也许我们也会是他们中的一员。"

"听着，伙计们，"我说，"你们明天没有一个人会战死——我现在在这里就可以向你们保证这一点。你们会在明天的战斗中活下来，并亲身参与到在不久的未来即将发生的里程碑式的大事件中去。而且，马兰德拉也必须在明天的战斗中活下来，以便他也能经历那些重要的时刻。这些事件将被后人铭记为恩古尼、曼波和科萨部落历史上最伟大的时刻。”

“我的王，”马普普拉说，“您是否真的已经活了一千年了？您真的能清楚地看到未来，就像我们能看到今天一样吗？”

“是的，马普普拉，我已经活了一千多年了。”

“我敢肯定，在您漫长的一生中，您曾爱过不少女人吧。”马兰加比插话轻嘲道。

“也就二十来万吧。”我若无其事地回答道。

“以我父亲的名义发誓，我真的很嫉妒您，我的王。”

“不，马维姆贝拉，”智慧的马普普拉说，“我认为，伟大的王鲁姆坎达比起被人嫉妒更值得被人同情。我们人类，我们凡人，应该感谢神灵让我们有一天终会死去。我们应该庆幸自己不是不朽的。生活是徒劳的毫无意义的事情。死亡并不是一件坏事，它是生命痛苦和凄凉的终点。凡人至少可以以这样或那样的方式努力赢得名誉和声望，这样当他死的那天人们至少会记得他的名字，这是一个人可以从严酷的生活中获取的唯一胜利。但不朽的人能从生命中得到什么呢？什么都得不到！部落的智者已告诉过我们，人们都应该努力在死后被世人记住。我宁愿过着短暂的生活，然后在死后得以留名，而不是默默孤独地永存于世。”

马维姆贝拉咆哮着说：“该死的榆木疙瘩！在我尊敬的最高首领面前，你非得这么毫无拘束地发表意见吗？”

“不要对马普普拉生气，”我微笑着说，“他说的每一个字都是对的，他是一个非常非常有智慧的人。”

“才怪！智者，”马维姆贝拉咆哮道，“那我岂不是得同意马普普拉的说法了。给我一段短暂而甜蜜的生活，然后光荣离世，这样我的名字便可以流传于世。”

“唯一能让人们记住你的是你那恶毒的舌头。”马兰加比说，“我从来没有遇到过一个像你这样毒舌的人。”

“你必须结婚，马维姆贝拉，”奈松贡罗洛说，“拥有一个甚至两个漂亮的妻子就可以帮助净化你的毒舌。”

“如果有一天你看到我结婚，看到我把热血浪费在愚蠢的令人讨厌的生孩子的事情上，那么那一天大象都能长翅膀了。我讨厌那些女人，我讨厌她们。”马维姆贝拉回应道。

“你为什么讨厌女人，马维姆贝拉?”我问，“你曾经被女人伤害过吗?”

“唉，我的王，我母亲一定是在我心中种下了一株仇恨女人的永不凋谢的花。她是最残忍的母亲，当我们还是小孩子的时候，她就经常折磨我和我的两个兄弟。”马维姆贝拉说。

“她就应该管管倔强的你，”马兰加比说，“不然，这片土地就毁在一个满嘴脏话的流氓手中了。”

“我听说你有一个妻子，马兰加比，”奈松贡罗洛说，“他们告诉我，你娶了那个和你一起在和平典礼上骑大鱼的女孩。说说看，是什么让那个美丽的女人选择了你这样的怪物？”

“她梦见一个老人，就是她的初代祖先，他告诉她让她嫁给我。”马兰加比说，“她醒来时做的第一件事就是编织一个信息垫，然后告诉我她爱我。当我收到留言时，我差点晕了过去。”

我们都大笑了起来。这时，一个战士送来了我的晚餐——一只炖全羊。我邀请他们和我一起享用它。吃的时候，从远处传来了马兰德拉的声音，他孤独地坐在那儿，弹着一把竖琴，并唱着歌：

> 愿你安息，愿你安息，哦，我的心灵，
>
> 在伟大的索曼德拉之战来临前，愿你平静安详……

即使我早已进入了大坎肩温暖的怀抱等待甜蜜睡意的来临，即使所有的篝火已经熄灭，只能听到哨兵踩着树枝发出的窸窸窣窣的声音和远处狮子的吼叫声，马兰德拉依然独自坐着，伴着竖琴的嗡嗡声唱着歌。

黎明穿过一层厚厚的雾，然后在水汽升天的土地上蔓延开来，我们的视野模糊到只看得清几步之内的景象。号角声四面回荡，曼波和恩古尼军团高喊着并穿梭在森林间。

袭击拉开了序幕。这次袭击早已火力全开。一个名叫戈杰拉

(Gojela) 的年轻战士——马洛莫 (Mlomo) 的儿子，却对此感到恐惧不已。伤痕累累的战斗指挥官马勒乌手下的六百多个战士中，每个人都知道戈杰拉有“懦夫”这一绰号，所有的老兵也都让戈杰拉没有好日子过。

冷酷无情的战士们有折磨戈杰拉的嗜好。他们最喜欢做的事是在烟雾弥漫的大火中把瘦弱的戈杰拉倒立着抓着，然后爆笑着教他所谓的勇气。

戈杰拉是一个胆小鬼，他也无法理解这是出于什么样的原因。只要一看到矛就足以使他小便失禁，而战争中的哭喊声也把他吓得不知所措，连牙齿都忍不住颤抖。戈杰拉一直梦想着有朝一日自己会变成一个伟大的战斗指挥官，就像马勒乌，以及他所在部队的指挥官——勇猛的马普普拉一样。通常，在自己为数不多的平静时刻，戈杰拉喜欢把自己想象成他们中的一个，像他们一样勇敢地战斗，杀死许多敌人，然后将在胜利战场上负的伤作为战利品带回家。当他在被其他战士残忍地戏弄或折磨后偷偷独自呜咽时，他就常常梦想着自己也可以向他们展示他也有变得很勇敢的时刻，他也能像所有真正的勇士一样勇敢地战死在沙场上。他已经在脑海中描绘出他像个英雄一样战死的那天，被所有人赞扬和钦佩的画面。

昨晚，在经历了一次战士们对他极其恶劣又恶心的折磨和嘲笑之后，戈杰拉终于克制不住自己了，这是他人生中第一次发火。

他满脸泪水，骂他们都是恶霸，并告诉他们，他明天早上会向他们证明自己也可以很勇敢。可等他含泪做完承诺之后，得到的却是大家轻蔑的嘲笑。此刻，在这个烟雾缭绕的早晨，不安好心的战士们正在催促戈杰拉赶快兑现他夸下的海口。戈杰拉紧张地咽了咽口水，他的眉毛上满是汗水，瞪圆的鱼眼里充满了恐惧，双腿也因恐惧而变得僵硬。他的头饰掉在了脚边，肩膀在盾牌和武器的“重压”下耷拉着，牙齿也在打战。

“来吧，英雄，”其中一个战士咆哮道，“来吧，我们正准备进攻呢。”

“来吧，你这个该死的东西！”马勒乌叫道，同时还残忍地用他的矛去刺那个男孩，“你看不出来我们正在进攻吗？”

戈杰拉被马勒乌施加的压力驱使着向上蹦起，他把自己的盾牌和其他武器扔到了一边，恐慌地盲目逃去，却是向着敌人的方向。

“看！看看他，”马勒乌喊着，“看看我们的英雄，他要徒手去对付他们了！”

戈杰拉不停地跑着，直接跑到了卢维吉蒂营地的中心。这时，一个留着长络腮胡子、穿着白色长袍并携带着一把尖刀的异乡人带着另一个令人生畏的异乡人向戈杰拉冲去。

他赶紧调头，胡乱地逃离这些看起来可怕的凶狠的人。他径直跑进了另一个叫嚣着的卢维吉蒂士兵那儿，而他们立刻包围了他，并用大砍刀攻击他。

“不！不！请不要杀我……不……哦，母亲……救我！”戈杰拉哭喊道。

一个身材魁梧的卢维吉蒂战士瞄准了戈杰拉的头部想来个惊人一击，但他钻过那个大汉的胯下并将他绊倒。在飞扬的尘土中，大汉咒骂着向后摔了下去。戈杰拉跳起来想要逃跑时却撞上了另一个人，那个人扼住了戈杰拉的喉咙。两个人都摔在了地上，然后双方开始了激烈的斗争。戈杰拉发现自己正跨在那人的身上，而且赤手空拳地打着。另一个人试图用大砍刀猛砍戈杰拉，但他侧身而下，于是这重重一击全打在了他脚边的那个高个子男人身上了。大砍刀也从主人的手上脱离，刚好被戈杰拉夺下。

疯狂地、盲目地，戈杰拉击打着所有包围他的人，最后三个人也被他撂倒了。卢维吉蒂人步步逼近，但在他们疯狂的厮打中，大家任意地鞭笞，结果他们因相互误击所受的伤比打在戈杰拉身上的还要多。这时，戈杰拉抓住了一块掉下来的盾牌，他四处跳跃着、喊叫着，向自己的母亲祈祷着、恳求着，然后在一摊泥泞的血泊中匍匐前进，周围遍布着大约二十具卢维吉蒂战士的尸体。

戈杰拉仍继续疯跳着、击打着，盲目地、疯狂地战斗着。这时，突然另一个恩古尼人加入了他，这个人在一片雾气中全力进攻，他以最大声音喊叫着并直冲过来——正是马兰德拉。

卢维吉蒂人的注意力转移到了这个新来的人身上，他们开始重组来对抗两个人，却更加混乱了。疯狂的卢维吉蒂战士完全包围住了戈杰拉和马兰德拉，但他们俩背靠背地勇猛作战，又有十个人死在戈杰拉手上，十五个了……

终于强大的恩古尼和曼波军团逼近了现场，这时死在戈杰拉和马兰德拉手上的总计已经有六十多人了。

恩古尼和曼波军团从四面八方围了过来，一场野蛮的战斗持续了大半个上午。卢维吉蒂战士被赶尽杀绝，一个不剩，包括姆努姆塔巴最小的儿子。

戈杰拉看到自己的敌人消失在恩古尼和曼波军团面前，他很好奇自己为什么还活着。他注视着自己杀死的那些人，心里还没有准备好接受自己的这些杰作。当他看到鲜血和遍地死尸时便止不住地呕吐，接着慢慢地失去了知觉，最后瘫倒在地，不省人事。

“醒醒，英雄！”呼喊声感觉像从很远的地方传来，“醒醒，最高首领要见你。”

戈杰拉睁开眼睛，看见战斗指挥官马勒乌充血的眼睛，他惊奇地发现他们眼中竟然没有嘲笑——只有尊重和惊讶。

“我不知道你哪来的勇气，戈杰拉，”马勒乌说，“你和‘老雷胃’在我们来之前一定玩得很愉快吧。”

戈杰拉被搀扶着走到马兰德拉和其他恩古尼指挥官们所在的地方，他们就坐在古老的马鲁拉树下，躲避着正午的烈日。当他与马兰德拉面对面时，他手足无措，腿软了下去。然而，当他快要跌倒的时候，马兰德拉抓住了他并把他搀了起来，然后从自己头上的皇家头巾里拔出两根鸵鸟毛，并把它们戴在了戈杰拉的头上。

马兰德拉说："马洛莫的英雄之子，我在这里向你致敬，并任命你为我的彩虹将军。而且我要送给你十个女人做妻子，还有一个屋舍和五十头牛。你是一个勇敢的人，一个非常勇敢的人。"

戈杰拉安静地瘫在地上，头脑一片空白。

首席巫医可可乌拉（Kokovula），还有他所有的助理巫医和其他无数的助手都很忙。落在他和他众多的助手身上的是所有责任中最令人伤感的一项，那就是治疗伤员和埋葬死者，而现在有五百个受伤的恩古尼人和曼波人正排队等候救治。

在神圣的莫帕尼树的树荫下，一排排的人靠在树边呻吟抽搐着。大罐的熔融树脂和止痛药被放在不远处的火上烧着。火上还有许多金属斧头、刀子和锤子，都是用于截肢和治疗伤口的器械。而且这些器械只能在炽热的时候才能使用，最高法律禁止任何人在伤口上使用手术器械或涂抹药膏，除非是被烧红的。一堆装饰华丽的乌木夹板近在眼前，还有一堆柔软的野兔皮、野猫皮，甚至幼嫩的黑斑羚皮，这些都是用于包扎的。一只黏土碗里有一堆用来缝合伤口的大肠，碗旁边还有一个草篮，里面装满了小铜夹，是用来夹紧缝合好的伤口的，以防伤口裂开。

可可乌拉早已习惯了人类的鲜血和痛苦。他曾在许多战场上救治过伤员。他冷酷、精于算计，但办事效率很高。他不仅铁石心肠，而且拥有着强大的心脏。他可以在面对一个令人恐慌的任务时拥有编草篮般的气定神闲。他的两个好助理，曼达塔尼（Mandatane）和斯尔瓦尼（Silwane），相对而言却非常容易紧张和害怕，斯尔瓦尼手里经常拿着一个装着烈性伊拉拉棕榈树啤酒的小葫芦，用来帮助稳定他那总是容易紧张的神经。

可可乌拉用木炭在他两个助理的额头上画了一个生命的记号，然后三个人一起用一碗牛尿彻底清洗了他们的双手和手臂，这些牛尿一直被装在一个防漏袋里带着做此用途。重要的是，当他们去战场救治伤员的时候，他们都会带着这个装满牛尿的袋子，因为牛尿被认为和女性的尿液一样具有很强的杀菌效果。

在用牛尿洗完他们的手后，巫医们便用热水进行冲洗，然后准备开始他们的工作。第一个病人是个受了重伤的人，他的右臂从中间被完全切断了，左臂上也有一个可怕的伤口。这个病人对伟大的可可乌拉的治疗技术提出了挑战。现在的问题是，首先该治疗哪一处伤口。这个战士所在的战斗小队的战斗指挥官已经采取了及时的处理，先在战士被切断的右臂上缠绕了一个止血带，这能防止他失血过多。对此，可可乌拉无比感激。如果要挽救这个人的性命，现在就需要立即采取行动。

“曼达塔尼，你来处理这个人臀部的伤口，斯尔瓦尼和我治疗他的胳膊——我们没有时间可以浪费了！”

曼达塔尼知道该做什么，他不需要别人告诉他怎么做。他从自己的皮袋里找到了一块柔软的兔皮，然后把它放进温水中浸泡，用来清洗裂开的伤口。接着，他又从一个带盖子的大泥壶里抓了一块蛛网状的薄织物纱帕，并把它塞进了伤口。纱帕是用来吸干血液并协助凝血的，它几乎可以起到立即止血的作用。再接下来，他拿来了一枚精致的铜针和一小段大肠，熟练地缝合着伤口。这个过程中不需要用到铜夹，只需要把一木匙的焦耶树叶放在牛尿中煮，用来防止伤口感染。最后，他把药膏抹在伤口上，并用柔软的猫皮包扎伤口。

与此同时，可可乌拉和斯尔瓦尼开始了另一项精细的任务：截肢——这是一项需要强大心理素质和技能的任务。巫医很少尝试这一手术，即使是最好的巫医也会有百分之三十的概率失手。

斯尔瓦尼小心翼翼地把这个人的手臂放在截肢用的木板上，可可乌拉从伤者手肘的伤口处割开了四瓣肉。这时伤口处血液瞬间喷涌而出，但可可乌拉并不介意，而身边的斯尔瓦尼却干呕不止。骨头已经可见，它在阳光下透出粉嫩的光。炽热的刀具却已冷却，可可乌拉咒骂着命令十个一直轮流拉风箱的“火男孩”中的一个重新拿一把。他跑着拿来了另一把刀，并用一块湿的皮包着它的柄。可可乌拉握住木头刀柄，在伤患右臂的手肘处灵巧地割了一刀后，便把刀扔到了那个男孩的脚边。很快，他将四瓣肉进行缝合并用铜夹子夹住缝合处。然后，他又需要树脂，另外两个男孩便很快送了过来。这种特制的树脂是在树桩上成型的，它被有技巧地牢牢地压在树桩上直到形成了一个巨大的球。这种树脂有助于保持伤口清洁，加速伤口愈合。人们只能从卢瓦夫树中取得这种树脂，而这种树只生长在非常热的地方，它的木头经常被用来雕刻神圣面具。

这种树脂可以加速任何伤口愈合，只要在敷之前去除伤口上所有的脓液，并用它完全盖住伤口。它可能会引起一些令人不愉快的瘙痒，但是一个勇敢的人是完全可以忍受得了的。接受治疗的士兵要包着它一两年，直到这个树脂球融化。

“尊敬的可可乌拉，”斯尔瓦尼说，“这个男子一直都是清醒着的。”

“我亲眼看到你割了我的手肘，”勇敢的战士说，“你要怎么处理它？烤了当晚饭吃吗？”

可可乌拉微笑着对这个战士说：“你是一个非常勇敢的人！”

“这还用怀疑吗，你这老屠夫？”这个仍然处在晕眩状态中的男人虚弱地微笑着，“等着看我好起来的那天。”

曼达塔尼端来了一碗伦基韦汁——一种由草药烹制而成的浓

稠糖浆，如果服用合理的量，它就会给饮用它的人带来直接的且无意识的愉悦感。“喝这个，勇敢的家伙。”他边说边把它拿到战士的嘴边。

与此同时，其他巫医也在忙着治疗伤员。每个巫医旁边都跟着两个学徒。所有的巫医和学徒都听从可可乌拉的指挥，而他本人只处理最严重的病例。

一个胖硕的战士做了件特别惹人讨厌的事，他其实并没有受重伤。有一个箭头深深地埋在了这个浑身颤抖的讨厌鬼的大腿上，但从他大喊大叫的方式来看，感觉他肚子上应该有一堆箭头。

一个可怜的年轻巫医和他的两个徒弟在处理这个胖懦夫的伤口时，却被他狠狠地踢了一脚。在绝望中，这个年轻巫医大声喊来了可可乌拉，只见他跑来的时候手里还拿着一个又短又重的棍棒。然后可可乌拉一个重击就把这个讨厌鬼送进了梦乡，接着要来了一把加热过的刀并迅速地挖掉了他大腿上的箭头。

当医术高超的可可乌拉拿着炽热的锤子灼烧伤口时，一股强烈的烧人肉的气味冒了出来。很快箭头被扔到了木炭中，然后它的金属尖端被烧得通红，接着它又被丢入冷水中。一旦这个战士恢复了意识，就必须把这水喝掉，并用绳子把箭头挂在脖子上，以保佑他未来不受箭伤。

就这样，几个小时过去了，可可乌拉和他的巫医医疗队伍在努力拯救生命，他们的鼻腔里充满了血腥味，耳朵里充斥着伤者的哭泣声和呻吟声。有一些人在手术中就被宣告了死亡，但许多人都已经获救。要是当时他们没有得到必要的治疗的话，那么他们现在一定没救了。一些小伤会被临时处理。头部有大肿块的会先被用针穿刺，然后巫医再把淤血吸入引血器中——这是一种巫医最常用的被称为“卢梅卡”的治疗方法。

巫医们边工作边忍受着眼睛里充斥着熏人的烟雾的不适感。这些烟雾有的来自燃烧着的木头，也有的来自燃烧着的药用树叶，那些因燃烧而散发出的滚滚浓烟可以用来赶走在伤者身上飞来飞去的蚊蝇。各种各样的苍蝇就像来自地狱的讨厌鬼，对任何试图在战场上救治的巫医来说都是可怕的存在。

空闲的“火男孩”们围成一个圈，在伤者安置地旁边的空地上玩着。这些男孩装备着弹弓、弓和箭，而且他们已经用它们杀死了几十只秃鹫了。

当可可乌拉和他的团队正在拯救生命的时候，另一组——可以说是整整一个军团，在恩古尼彩虹将军和歌者兹寇的领导下，正忙着埋葬死者。恩古尼和曼波的死者都被以“胜利者葬礼”的仪式下葬，这意味着他们被以一种战斗的状态被埋葬——膝盖挺直，所有的武器都与他们一起下葬。卢维吉蒂的将士们被埋葬在所谓“战败者”的坟墓里——一个大的集体墓穴，每个墓穴里葬二十个人，所有尸体被剥去衣服并肚子朝下平整地放在他们的盾牌上。

在这些敌人的尸体中，那些知道他们在被杀之前曾杀死过恩古尼和曼波战士的人被倒立着埋葬，他们的腿伸在土堆的外面，这也就相当于为他们标好了地点，让鬣狗和胡狼可以找到他们并把他们拖出来吃掉。这被称为“被憎恨之人的葬礼”，通常只对被判以死刑的巫师和最犯实施。恩古尼和曼波战士们的坟墓被设计成一个大圈，然后中间放置着一把战斧以纪念埋葬地。这把战斧的斧刃朝向东方以向众神致敬。客死异乡的阿拉比人没有被埋葬，而所有因临阵退缩而被处死的恩古尼和曼波战士的尸体都被挂在了树上，以吸引秃鹫和鬣狗的注意。

葬礼花费了一整天的时间。当太阳下山时，伟大的歌者兹寇——他是一个旅行者，也是整片大地上唯一既能讲霍屯督语又能讲特佤族语的人——站在崭新的坟墓前，开始演唱自己的一首著名歌曲《生命短暂如一闪而过的火焰》。

跪拜着的勇士们仰望着他们高大英俊的彩虹将军，然后在被夕阳映衬着的天空下，他们仔细地聆听着他那富有男子气概的声音：

瞧，在那愁楚的冰冷的黑暗中燃起了一团小小的火焰，

它闪烁着微小的火焰，

这就是人类的生命。

你看，仅仅在一瞬间，

它点亮了黑暗，

但不久死亡的冷风就将它吹灭。

生命不过是一种缺失的爱抚，

是在黑暗中的低语声。

生命不过是一团小小的火焰，

那闪烁着的火花，

很快便消散了。

强大的暴君短暂地统治着，

然后瞬间他们就灰飞烟灭了。

伟大帝国的成长和绽放，

绽放只是为了再次凋谢。

走过人生荆棘之路的你还略显稚嫩，

记住生命线是短暂的，

一年又一年飞逝而去。

所以要充分利用你在这片土地上所见到的每一个光明的日子，

奋斗和流血，只为了一个结局，

一个胜利者的死亡，一个胜利者的扬名。

傻瓜的生命是空洞的，
他没有留下任何声名。
从生命的荒凉之地上，
我攫取胜利的芬芳，
在我被埋葬的那天，
人们将向我的坟墓致敬。
你也要这样啊，我的儿子，
你也要这样啊，我的孩子。

在生命坚硬而古老的沙子上，
留下你坚定而深厚的足迹。
在历史的岸边种下写着你名字的花。
将来，后人会在你的坟墓边鞠躬，
留着灰胡子的老者会来到这儿，
骄傲地说这是一个真男人！

最后一个死者被埋葬了。最后一个恩古尼和曼波军团受伤的人被小心地治疗后用柳条编织的担架抬回了家。最后一个受伤的敌人被抓了起来，然后被斧头砍了一刀。

现在，是时候让那些疲惫不堪又兴高采烈的士兵回家了。敌人们所有的武器都被两个部落的人收集了起来并被隆重地带在了身上，然后让军团里的铁匠们熔成块。这些金属和其他战利品都是我们在卢维吉蒂营地搜获到的，并用一万头牛运了回来，而这些牛也曾是他们的供给物资之一。

我们休息了两天，然后在第三天便向塞丽薇的村落出发。我们已经解决了侵略者，现在剩下的就是反击了。

（译者：孙欣然）

温柔却又致命的矛

当我们忙着追击在恩古尼大地上的卢维吉蒂士兵时，姆努姆塔巴正独自轻笑着。他已经成功地将恩古尼—曼波联军的注意力转移到了东边，现在，他准备对几乎没有抵御能力的西部曼波发动一次狂野的毁灭性的进攻了。

他以为自己会像燎原野火一般横扫所过之处，但他漏算了一个名为诺利亚达的女人。她早已预见了这次侵略，然后在她的倡导之下顺利集结了一小支由老式渔用轻舟和鳄鱼猎人的木筏组成的船队。她用留下来守护大本营的两个军团的兵力装备了这些船队。她决定在赞比西河迎击侵略者。因此，在一个没有月亮的晚上，当姆努姆塔巴的黑色船队正摸索着想要横渡赞比西河时，曼波家园保卫者的投石、箭矢及火枪，正好将他们团团包围并展开了猛烈的攻势。

有二十艘卢维吉蒂的舰艇几乎立刻就沉没了，另外还有十艘全部着了火，剩余的舰艇只好溃不成军地退回到了岸边。谣传姆努姆塔巴在听到战败的消息时几乎爆发了地动山摇般的愤怒，然后怒火中烧地对着他那各自拥有一支一万六千兵力军队的剩余九个儿子下了命令。

他命令他们的军队在第二天早晨兵分三路强渡赞比西河发动攻击，然后这次攻击迫使诺利亚达王后只能且战且退地撤回到了曼波的皇家村落。

在接下来的十天里，卢维吉蒂军队包围了曼波国土上建立的十个军事堡垒和由重兵把守的皇家村落图利斯兹韦。考虑到自己有足够的时间，姆努姆塔巴在每一个被包围的堡垒外都建起了高大而华丽的营地，意图使那些被围困的人渐渐地弹尽粮绝，最终投降。他把自己陷进豹皮枕头里，发出了咯咯的轻笑声，并享受着想象自己将要与美丽高挑的曼波王后——那个敢无礼反抗他的女人所能做的一些事情！他可是最强大的姆努姆塔巴！

然而，由姆努姆塔巴的儿子们带领发动的每一次进攻都失败了，那些曼波堡垒是如此坚不可摧，以至于侵略军的每一次溃退都伴随着巨大的伤亡和损失，甚至他又有四个儿子陆续在进攻中命丧黄泉——他们都死于诺利亚达王后的红翎骨箭，每一箭都是如此精准又致命。姆努姆塔巴在战争间隙曾派遣一个通信兵向诺利亚达王后传达了他要求她尽快投降的意思，然而这个伟大的王后回报以一个简单的众所周知的最具侮辱性的动作。

姆努姆塔巴收到侮辱的讯息后恼羞成怒，当场杀死了那个通信兵，并下令全军出动，对曼波的皇家村落发起总攻。侵略者强攻寨子，发出了惊天动地的巨响声。

她就站在栅栏处，她那高挑的身材，丰乳肥臀和纤纤细腰让人一览无余。从某种程度来说，她的美丽似乎不属于这个星球——美丽得简直动人心魄，使每一个见到她的人都心怀敬畏。战士们折服在她的脚下，准备迎击卢维吉蒂军队成千上万的战矛、箭雨和攻城石。这个神秘的高个子女人比从皇家村落各个方向蜂拥而至的成群结队的敌人要可怕得多。他们之所以感到畏惧是因为她异于常人，虽然她的样子如同凡人，可她不属于这个世界。

人们对这个人造的生灵感到畏惧，战士们纷纷被她吓住。对他们来说，她就像是个装满秽物的华美陶罐，一朵散发着致死气味并让人头疼欲裂的艳丽花朵。事实是，她是从一个被处决的将死女人的身体里重新创造出来的，这使所有人感到恐慌、畏惧和厌恶，而最可悲的是诺利亚达她自己完全知情。她努力尝试着去忽略它，试图克服自己灵魂深处的苦楚和想成为普通人的狂热期望。她低沉沙哑地说道：“他们来了，战士们。准备好给他们最热情的迎接吧！”

应声之后，战士们握紧了手中的武器，然后紧张地等待着战争拉开序幕。箭矢和矛在诺利亚达脑袋周围呼啸而过，但她对这般情境不屑一顾、置若罔闻。漫天咝咝作响的箭矢遮云蔽日——死伤无数，令人咂舌。

没过多久，哀号声响彻天空，伤员和垂死的人痛苦地在尘土中翻滚，他们中的一些人身上插满了箭矢，犹如豪猪身上的刺一般。

卢维吉蒂军队奔跑着前进，他们已拉满弓弦并猛烈而毫不留情地投掷着石头。然而，当他们踩到绕着皇家村落挖掘出的那些布置巧妙的陷阱时，成百上千个人瞬间掉到地下。当几十个男人一齐落入陷阱且被巨大深坑中布满倒刺的木桩钉死时，他们发出了凄厉的惨叫声。

“就是现在!”诺利亚达大声喊道，“战士们，出击!”

瞬间成千上万的箭如冰雹一般从栅栏后的守卫者们那里射出，这简直就是一场暴风雨般的虐杀，仅仅是一次箭石齐发就轻松打倒了那些吼叫着的侵略者。然而猛烈的攻击依然持续着，箭矢、石头，甚至所有一切能被投掷的东西，都被拿来当作了炮弹。卢维吉蒂军队的力量逐渐被瓦解，然后他们不得不撤退，只留下成千上万个死伤士兵躺在绕着皇家村落的一个大圈内。那些村落内的人看到这样的场景，都感到恶心。

慢慢地，卢维吉蒂军队撤退到远离那些弥漫着死亡气息、能够吞噬人的空气的地方。而守卫者们却强化了他们的斗争，规划着在陡峭的山坡上布置一个具有毁灭性攻击力的箭阵。这显然已经超过了入侵者军队的承受能力，他们转身盲目恐慌地逃跑溃退着，手忙脚乱的场面简直让人怜悯。

事实上，诺利亚达还获得了另外一个胜利——当卢维吉蒂的士兵们惊慌逃窜奔回他们的营地时，他们根本不顾领导者想要让他们稳住的粗暴的命令，甚至许多领导者都死于士兵们混乱的踩踏之下。姆努姆塔巴失去了更多的儿子，事实上，他现在只剩下两个儿子了。

姆努姆塔巴下令休战三天来抚慰自己的丧子之痛，被围攻的村落也有了喘息的机会，同时在这期间也发生了一些很有趣的事情。首先，丑陋的努努和美丽的异乡人鲁拉玛·玛纳鲁阿纳相认了。那时鲁拉玛·玛纳鲁阿纳刚从救济伤员的小木屋中出来，塞丽薇女王和她的巫医哈拉巴蒂（Hlabati）、马多洛（Madolo）依然在为拯救伤员而忙碌着。鲁拉玛·玛纳鲁阿纳在过去的战斗中一直帮助着女王，此刻的她正因缺少睡眠熬红了眼。她拖着疲惫至极的身子朝着自己的木屋走去，就如女王命令她的那样，准备休息。

鲁拉玛·玛纳鲁阿纳俏丽的脸庞上布满了痛苦之色，她那难以启齿的疾病随着时间的流逝变得越来越严重。她考虑过自杀，就像最高法律所提倡的那样，只需要点燃自己的木屋，然后平静地躺下等待死亡就可以了。

这种奇怪的外来疾病被称为“阿拉比人的咬痕”，是由外来的奴隶捕猎者带入黑人的国度的。只有那些有阿拉比人爱人的妇女，或者被身染这种恶心疾病的阿拉比人侵犯过的人才会感染这种恶疾，然后她们会再把这种疾病传染给其他与她们欢好过的人。鲁拉玛·玛纳鲁阿纳在被姆努姆塔巴废黜之前曾是兹马·姆布吉地区的女王，她曾与一个身染此疾的阿拉比人发生过关系。很多年来，她一直以顽强的毅力默默忍受着这一恶疾，然而现在她似乎看到了自己生命的尽头，她已经无法忍受了。

当那个令人厌恶、没有感情的人造生物诺利亚达小心翼翼地询问她是否身体不适的时候，玛纳鲁阿纳感到苦不堪言，悲怒交加。她坚定又冷漠地对这个该死的东西撒了谎，她说自己很健康，非常健康。这个无礼又该死的东西！必须说服伟大的鲁姆坎达摧毁这个该死的东西，想象一下要是鲁姆坎达爱上了一个事实上可以说是由他亲手制作的东西会是多么可怕。

“我的孩子，”这个壮硕但丑陋到难以想象的名叫努努的女人的声音打断了玛纳鲁阿纳的思绪，并且使这个美丽的女人抬起了她饱满如弓的额头，“我想和你谈谈……”

“关于什么，努努？”玛纳鲁阿纳暴躁地问，“快点说，我很累了。”

愚蠢的努努被曼波皇家村落的人们深深厌恶着。他们憎恶她如大猩猩一般的丑陋，不只是外貌上，连行为都与大猩猩神似。努努更喜欢住在地下的洞穴里，她是如此像一个动物，比如当人们把食物放进碗里时，她总是喜欢把碗里的食物倒到一个地下的浅洞里，再慢慢地开始食用。她的身上总是脏污不堪，还总是穿着一件破烂的皮毛。只有需要推磨和举起巨石、树木的时候人们才会想起努努，而她也总是一声不吭地做好这些事情。皇家村落的人们有多么畏惧诺利亚达，就有多么厌恶努努，在这一点上玛纳鲁阿纳也不例外。

“玛纳鲁阿纳，你恨我，是吗？”努努轻柔地说，而这如轻柔的动物般的嗓音中似乎有什么东西使玛纳鲁阿纳感到非常不安。

“我并不是恨你，”玛纳鲁阿纳结结巴巴地说，“我只是不想让你靠近我，仅此而已。”

“因为你觉得我脏，是吗？”努努露出了一个似笑非笑的表情，“你自己也并不是那么干净，你的裤裆里还流着脓呢。”

鲁拉玛·玛纳鲁阿纳不禁倒吸一口凉气，她从没有告诉过努努她的隐疾。她只对马兰德拉的前妻们说起过她的病，而她们也保证过绝不会把她的秘密泄露给其他任何人。

“你……你是怎么知道的……？”

“卢菲蒂·奥戈这个名字对你而言意味着什么，我的孩子？”努努继续轻柔地问。

“卢菲蒂·奥戈！”玛纳鲁阿纳失声哭喊道，“卢菲蒂·奥戈！

你是说你就是……”

“是的，”努努微笑道，“我就是你来自下层世界的老朋友卢菲蒂·奥戈，我的孩子。”

“为什么？为什么……”女孩啜泣着，“你之前为什么不告诉我呢？”

“我并不想让鲁姆坎达和他的妻子诺利亚达知道我是谁，”努努回答道，“现在，我的孩子，需要由你和我共同打败姆努姆塔巴来拯救苍生，阻止生灵涂炭的时刻已经到来。还记得我曾预言过你将会是那致命的一击吗？我堕落的救世主，现在那一刻已经到来！来吧！”

奥戈环住玛纳鲁阿纳的腰，然后玛纳鲁阿纳眼前的一切开始变得模糊，突然皇家村落的景象消失了。当一切重新聚焦的时候，玛纳鲁阿纳发现自己已经身处森林深处的一个小湖边。奥戈消失了，但她的声音却从很近的地方传来：“我隐身了，我希望你能完全照我说的去做。除去你的皮裙和项链，然后把身体浸泡在水中，快点！”

“我是怎么来到这儿的？”

“我带你来的，我的孩子。”奥戈说道，“现在快照我说的做。”

鲁拉玛·玛纳鲁阿纳很快便脱掉衣服走进了水中，她刚一入水就有两个佩带着弓箭的年轻士兵从湖的另一边的树林里闯出来并发现了她。他们沿着湖边快速地走过来抓她。他们是卢维吉蒂军队的士兵。玛纳鲁阿纳跃出水面，她的心怦怦直跳，却只能绝望地朝森林深处逃去。然而长腿的马绍纳人渐渐追上了她，领头的一个从后面抓住了她的一条腿将她扑倒在地。她嘶吼着反抗，却是徒劳。她被一拳打晕倒在草地上，而两个年轻的士兵讨论着该如何处置她。

“我们必须把她带回营帐献给我们的父亲。”两个人中年长的那个说。

“你真是太愚蠢了，沙巴沙（Shabasha），你实在是太愚蠢了！”弟弟说道，“那个被我们称为父王的肥猪只会把她杀了献给神，那样做简直浪费了她的美貌。”

“那我们应该怎样处置她，舒姆巴（Shumba）？”沙巴沙问道。

“她现在是我们的女人了，我们可以把她藏进一个洞穴里，并且在任何想要的时候拥有她。”弟弟回答道。

“但我们是不被允许和任何一个女人发生肌肤之亲的，”沙巴沙喊叫着，“我们还没有成年。”

“谁会知道？”舒姆巴轻蔑地回答道，“这里只有我们两个人……”

“是的，你说得对，我的弟弟。她可以成为我们秘密的女人，只要我们不对其他任何人讲起。我知道附近有一个洞穴，我们能把她藏在那儿。”

但这个女人并没有昏迷多久，因此她清楚地听到了这段对话，然后眼睛里满是惊恐，她低声说：“不，孩子们……不！”

“你给我闭嘴。”舒姆巴厉声说道。

沙巴沙躺在她身旁，并用颤抖的双手将她粗暴地拖到自己身边。鲁拉玛·玛纳鲁阿纳激烈又无声地反抗着，试图逃出这个仿佛得了失心疯的年轻人的魔爪。沙巴沙残暴且反复地抽打着她耳光。短暂的沉默和茫然之后，鲁拉玛·玛纳鲁阿纳停止了挣扎并静静地躺在那里。“来吧，你们这两个愚蠢的年轻人，”她愤怒地想，“如果你们想被传染的话，那么你们就来吧，尽情享受你们的乐趣！”

鲁拉玛·玛纳鲁阿纳独自坐在洞穴深处轻笑着，并对她对于兄弟俩的所作所为感到一种巨大的自我满足。很快，姆努姆塔巴仅存的这两个儿子将会后悔降生在这个世界上。她还记得自己在下层世界伟大的冒险，奥戈总是叫她堕落的救世主。这说得一点儿也没错，她就是！鲁拉玛·玛纳鲁阿纳最终成功地通过姆努姆塔巴的儿子击退了他——以她饱受病魔折磨的美丽身体为武器。是的，这个堕落的救世主已经对邪恶的侵略者掷出了致命的一击——这把温柔却致命的矛已经深深地捅了两次。不久，姆努姆塔巴的军队会被打得落花流水，他们会像丧家之犬一样，狼狈地逃回他们的地盘。

两个年轻人用来堵住山洞口的石头突然滚落到了一边。奥戈，也就是努努，就站在光亮的山洞口。“快出来，我的孩子。”

玛纳鲁阿纳踉踉跄跄地抓住了奥戈的脚并爬出了洞口。奥戈说：“现在我要治好你的恶疾，就像我在下层世界答应你的那样。”然后，她把两只手都放在玛纳鲁阿纳的身上，这时玛纳鲁阿纳感到一种奇异的灼热感在撕裂着她的身体，她的臀部就好像着了火一样的难受，可她只能在地上痛苦地翻滚呻吟。经过很长一段时间的痛苦之后，终于传来了奥戈轻柔的声音：“你现在已经被完全治愈了，我勇敢的孩子，虽然你已经永远失去了生育孩子的能力。”

“我向您致敬，伟大的奥戈！虽然我并不值得您怜悯，但我依然打心底里感谢您。但我们现在要做什么呢？”

奥戈笑了：“现在我们要回到皇家村落去，然后……”

“你什么也不能做——你必须和我回去！”一个粗却空虚的声音从她们身后响起。她们转过身，看到了一个古怪的魂灵——自然之神。

“你，奥戈，请你和我一起回到下层世界。”

“绝不！”奥戈嘶喊着。可自然之神用他纤长且长满草的手臂抓住了她，然后两个人便一起化作了一缕轻烟，“嗖”的一声消失了。

鲁拉玛·玛纳鲁阿纳被独自留在了森林里，她感到孤独而且极度的无助。当她从这巨大的转折和惊吓中清醒过来时，她的第一反应就是尽可能快地远离这个洞穴。沙巴沙和舒姆巴兄弟俩说他们会在傍晚之前回来给她送食物。玛纳鲁阿纳想要尝试独自回到皇家村落已经是不可能的事了，因为她回去的路已经被围攻皇家村落的卢维吉蒂军队阻断了，即使她能匍匐穿过他们的营地且不被发现，她依然有掉进皇家村落周围众多陷阱中的危险。

因此她决定向东走，离皇家村落越来越远。她向东徒步行走了整整三天，直到抵达恩古尼的领地。第四天时，她被一帮刚刚越过边界来到西部曼波打算偷几头牛的盗贼给发现了。这帮盗贼的老大——顺古（Shungu），是一个高大壮硕但相貌粗鄙的人，他的鼻子上长了一颗巨大的疣。他发现玛纳鲁阿纳躺在一条小溪边，发着高烧。

她半昏半醒，神志不清。然而她脖子上闪亮的骨项链和手上暗红的铜手镯昭示着她高高在上的地位。

“这个女人来自皇家村落，”顺古低语道，“最高律令规定我们必须用生命去保护她——虽然我们是冷酷无情的盗贼和刺客。”

他那七百个冷酷无情的刽子手点头同意。即使是盗贼也必须遵守最高律令，这些律令不是由自私又嗜血成性的暴君们为了一己之私所定的，而是智慧的先人考虑到整个部落的利益而制定的，因此这些规定也被所有部落的人所接受。人们总是乐于接受并遵守这些规定，人们从不把它们视为一种负担，因为每个人——上至最高首领下至强盗，都清楚地知道它们是每个部落的根基、顶梁柱，甚至是命脉。

于是顺古和他那七百个无恶不作的刽子手决定把这个无助的女人带回自己暂时的营地。在那里，这些盗贼憔悴又惊恐的妻子和小妾竭尽所能地照顾着她。慢慢地，甚至可以说很久以后，鲁拉玛·玛纳鲁阿纳才开始恢复健康。

与此同时，在卢维吉蒂营地里正发生一些其他事情，这些事情注定永远活在歌里和故事里，在所有部落的大地上流传。姆努姆塔巴从他之前包围的十个堡垒那里撤出了所有军队，还把所有军队都集中到皇家村落图利斯兹韦外，他打算不计一切代价摧毁那里。

发动最后进攻的那天终于到来，姆努姆塔巴独自轻笑着让自己的参谋之一马波罗（Mpolo）传令给他那两个儿子舒姆巴和沙巴沙，这次进攻将由他们俩来领导。姆努姆塔巴斜倚在他的豹皮床垫上，就像一只倚在河滩上的河马。在他旁边坐着一个冷眼旁观的白化变种女人，正是穆克卡萨，她曾经是马兰德拉的第一夫人。在那次奇异的下层世界之行中她被一个恶灵附体，她现在是姆努姆塔巴的妻子，并被冠以最高王后的称号。这个女人逃脱了正义的惩罚，从恩古尼大地上逃跑了。她曾经在打败万巴·尼亚洛蒂之后短暂又暴虐地统治过恩古尼，而且在她统治期间，她对卢维吉蒂人及他们疯狂的统治者阿谀奉承，甚至还归还了那座臭名昭著的铜像——“奥杜之眼”仍然完好无损地在铜像内。

现在穆克卡萨是这个男人倨傲又残忍的王后，而特别奇怪的是，在她手上最受折磨的人是姆努姆塔巴收养的孤儿孙女穆温德·鲁塔娜娜（Muwende-Lutanana）——那个黑皮肤的聋哑少女，因为她的美貌简直让穆克卡萨嫉妒至极。

穆克卡萨坐在姆努姆塔巴身边，像喂小孩一样给他喂着熟透了的野五花果和其他水果，现在她停下来，又一次俯首与这个身材肥胖的暴君亲密耳语，使得这个邪恶的君主爆发出一阵狂风般刺耳的笑声。穆温德·鲁塔娜娜跪在这个临时营帐的昏暗角落里，无声又温顺地等待着来自穆克卡萨或者她那铁石心肠的爷爷的命令。她的宠物猎豹鲁比罗（Lumbilo）匍匐在她身前，并用它那明亮又聪慧的双眼注视着沉默的主人。

马波罗回来的时候穆克卡萨正将一碗烈酒递到姆努姆塔巴丑陋的双唇边。马波罗恐惧地拜倒在他的君主面前，并为自己必须禀告的话而感到惶恐不已，他已经预感到自己随时都有可能会被杀死。

“伟大的王，您的儿子们恐怕无法出现在您面前了。”马波罗颤抖着说。姆努姆塔巴正要咽下一口酒，现在差点被呛到，他咳了个半死。他夺过穆克卡萨手上的碗猛地朝马波罗的脸上丢去，紧接着他又抓过一个装满黏糊糊的且馊了的粥的陶土碗，直直地朝马波罗的脸上丢去。当那个陶土碗击中马波罗的脸部时，他摔倒在地，粥溅了他一脸，他的鼻孔、嘴巴和眼睛上都是。姆努姆塔巴在穆克卡萨的笑声的鼓舞下跳了起来，一把掐住马波罗的脖子并把他提了起来。

“为什么我的儿子们无法过来？”他诘问道。

马波罗双眼暴突，舌头外垂，他那暗棕色的脸变得像乌木一样黑。他试着说话却没法发出声音，这让这个肥胖的暴君掐得更紧了，然后可怜的马波罗被吓得小便失了禁。姆努姆塔巴残忍地笑着，松开了手。马波罗再一次摔回到地上。

“说吧！死狗！”姆努姆塔巴恶狠狠地问道，“为什么我的儿子们不能到我这儿来了？”

马波罗张开嘴想说话，但他只能发出沙哑的呱呱声。在他第二次尝试着回答他的王的问题但同样以失败而告终之后，穆克卡萨反手一巴掌打在了他的嘴上。

“这下能帮助你开口了吧，死狗。”王后轻嘘了一声，“快回答！”

“他们都病了，我伟大的王和王后，”当他终于能开口说话时，马波罗厉声叫着，“他们都病了，所以羞于来到您的殿前。”

“到底是什么样的病会让我的儿子们在我传召他们时羞于来到我的殿前？回答我，死狗！”姆努姆塔巴愤怒地咆哮着。

马波罗艰难地咽了一口口水，刚张开他那鱼一样的嘴又立即紧紧地闭上。他企图慢慢挪到营帐的门口，但是姆努姆塔巴步步紧逼并再一次扼住了他的喉咙。“回答我，死狗！”

“我伟大的王，”马波罗颤抖着说，“您的两个儿子都染上了一种外来的不干净的病。”

姆努姆塔巴怒目圆睁，他那肥胖的脸瞬间变成了一个各色表情齐聚的舞台——惊讶、愤怒，以及不可置信。

“是什么病？”他逼问。

“是那种奴隶捕猎者才会得的病，我伟大的王。”马波罗颤声道。

“你在说谎，马波罗，”姆努姆塔巴咆哮道，“告诉我你是在说谎！”

“我的王，”马波罗喃喃着，“我也希望我是在说谎。”

“马波罗，”姆努姆塔巴用低沉却令人恐惧的声音说道，“告诉我，你是在开玩笑。”

“相信我，我没有在开玩笑，我伟大的王。”

姆努姆塔巴久久地呆站在那里，双拳紧握着，汗水顺着他那有着多层下巴的脸颊淌下。他把下唇咬出了血，眼泪从眼眶里涌出来。“马波罗，”他最终开口了，“我到底做错了什么，上天要这样对我？我到底犯了什么罪才会受到这样的惩罚？”

“王！”马波罗哭喊着，“我也不知道。”

“传预言师伦贝韦（Lumbewe），”姆努姆塔巴用颤抖的声音说，“派人去请预言师伦贝韦。”

参谋马波罗把头深深地伏在地上，然后退了出去，只留下姆努姆塔巴瘫坐在自己的豹皮床垫上啜泣着，王后试图安慰却是白费力气。过了一会儿，马波罗带着一个清瘦的男人进来了。这个人双眼凹陷、相貌粗野、衣着褴褛，只穿着一件破旧发霉的黑斑羚皮毛，戴着一个绿叶头饰。

“您的灵魂深陷困境，姆努姆塔巴，”伦贝韦咕哝着，“您是一个拥有威力无穷的‘奥杜之眼’的人，您本该使用它的强大力量来造福人民，但您却用它来谋取私利，而您终将受到惩罚。神会加怒于您，因为您滥用了他们赋予您的权力。您试着把自己打造成为一个神，您甚至厚颜无耻地迫使您的子民们向您祈祷，让他们在您的塑像前供奉人作为祭品。”

“现在您的恶行已经不可饶恕，您的名声将会因为您最后两个儿子的所作所为而刻上耻辱的标记。同时您的另一个行为也激怒了神：您的妻子是一个邪恶的女人，她的身体被一个邪恶的灵魂所占据着。百万年前她曾经毁灭了自己的种族，现在她唯一的目的就是毁灭您，这样她才能接替您的位置，然后带领您的子民继续走向毁灭和死亡。您完了，姆努姆塔巴，您还不如自我了断。”

“从这里滚出去！”姆努姆塔巴咆哮着，“从这里滚出去，你这个只会吓唬人的老东西！”

伦贝韦大笑着离开了营帐，然后姆努姆塔巴对马波罗说：“带我去我儿子们的营帐。”

都来不及瞥上穆克卡萨一眼，姆努姆塔巴便从房里远处角落的神龛中拿出铜像并走了出去。当他大踏步地走过时，成千上万个勇猛的卢维吉蒂士兵脸贴着地匍匐在地上，舔舐着国王经过时扬起的尘土，成千上万个为他背井离乡的妻子和小妾纷纷跪下，并摘下她们的头巾，扔在他们可怕的王的脚下表示敬意。

然而姆努姆塔巴好像对这一切视若无睹。有史以来第一次他没有微笑着朝祈祷的人群礼节性地挥手，那种极端的骄傲第一次从他的脸上消失了，取而代之的是一种令人难以想象的愤怒和恐惧。他那些点燃祭台上的火把来烧死活人供奉的大祭司也很快发现了不对劲。他们和下一级的部队指挥官们、参谋们聚成一堆，小心翼翼地跟在他们有血有肉的“神”的身后。

当他抵达两个儿子藏身的营帐之后便停了下来，然后命令所有人站成一圈围在这个营帐周围。他将马波罗拉到一旁，并附在这个惊恐无比的男人耳边说：“听着，马波罗，这将会是我活在这世上的最后一刻。我命令你接管我的军队并带领他们撤离这里，回到兹马·姆布吉去。把穆克卡萨带回去，在我们的国家让她成为你的王后。但我要你做的第一件事就是转移所有的平民、普通的士兵和他们的妻子，让他们尽可能地远离这个营帐。现在，快去。”

马波罗像一只发了疯的黑斑羚似的跑去执行国王的命令。在天黑之前，他已经让人们远离营帐附近及那些营帐周围的随从站立的地方。夜幕降临，星星再一次微笑着俯视大地，沉默的森林在黑暗降临前看起来更加不祥。森林的深处传来了胡狼沉闷的号叫声，鬣狗叫得像个喝醉了的老妇人。

营帐之内，姆努姆塔巴慢慢地从雕刻华丽的凳子上站起来，他已经坐在这里听自己那两个被病魔折磨疯了的儿子永无休止地呻吟了很久。

“所以，”姆努姆塔巴说，“一切都该结束了，我终将迎来死亡的时刻。我的生命本该永久地延续，可现在它即将被剪断。来吧，死亡……来吧，黑暗的女神……来吧，这未经触碰的死亡。我的名字已经被打上了耻辱的烙印，即使我存活千年也无法洗刷这耻辱。同样，即使我比星星、比高山、比河流更长寿，我也无法忘记发生在我儿子们身上的一切。诅咒，诅咒这个邪恶又愚蠢同时被愚蠢的人们误称为人生的东西。人生又有何用，不论它比这个宇宙更长寿，还是像一次心跳一样短暂。人生仅仅是人生，别无他物。虽然有着那转瞬即逝的一点乐趣，但占据人生大部分的都是无休止的痛苦和直抵灵魂的悲伤。所以，再见了，人生，我就像抛弃一张满是跳蚤的旧缠腰布一样抛弃你。但，姆努姆塔巴不会一个人死去，他绝不会这么寻常地死去。他将会在荣耀的火焰中死去，人们会永远铭记这一刻。他也将带着他的仆人和最后的两个儿子一起。”

姆努姆塔巴打开铜像，然后拿出了那块闪着光的名叫“奥杜之眼”的石头。他注视了一会儿手里这块闪耀着光泽的石头，只见它散发出一种暗黄色的光泽，这种光芒笼罩着他全身并且一直扩散到地面。他把石头高举过头顶，并凝聚心神在需要用这块石头所做的事情上面。

一束灼热且凶猛的火苗从营帐周围的地上蹿出来，然后几乎立刻就吞噬了一切，仿佛被一道闪电劈中了一样。站在营帐周围的大祭司和仆从们顷刻间灰飞烟灭。所有干燥的草地和灌木都着了火，巨大的火光升起，整个村落亮如白昼。

在东南风的吹拂下，这场大火扩散得更远更广。卢维吉蒂的军队从那吞噬树木的火光、令人窒息的热气和呛人的烟雾中疯狂地逃离出来。出于对大火本能的恐惧，野兽们也都从巢穴中逃离出来，随着人类军队一起撤离——这是一次毫无计划的人兽溃逃。高大的莫帕尼树像杂草一样着了火并倒在了地上，压住那些奔逃的人和动物。受惊的大象踩踏着人和别的野兽，犀牛发了疯似的在拥挤的人海中横冲直撞。奔逃，碰撞，倒下，人们摔倒又爬起，摩肩接踵。疾跑的狮子、角马、黑斑羚、豹子、狒狒、大角斑羚和薮羚，它们的眼中满是恐惧。

火墙仿佛直达星辰。这是部落历史上最大的一次森林大火，甚至在穆塔·姆库卢夫（Muuota-Mkuluof）的诗歌传说中都从未出现过。然后，大火在部落西部的土地上肆虐了一百多天。

从诺利亚达王后所站立的西部曼波最深处的栅栏的角度，能看到在大地上蔓延的火光。同时她也能看到那股巨大的逃命人潮，他们从皇家村落的另一侧不断地奔逃着——人与兽、人与人之间的敌意在更加恐怖的共同敌人面前被忘得一干二净。

诺利亚达王后对着皇家村落里恐惧不安的人们喊道：“你们不需要逃离这里。火不会烧到这儿，村落附近的空地足够大。你们是安全的，但要小心那些掉落在营帐上的火星……”

不久之后，有两个身形窈窕的女人从大火的方向朝皇家村落的大门踉跄跑来，诺利亚达从栅栏上下来亲自为她们打开了大门。她们是穆克卡萨和姆努姆塔巴那个孤儿孙女穆温德·鲁塔娜娜，那个又聋又哑的美丽少女。惊讶的诺利亚达王后正要为这两个午夜造访的不速之客关上大门时，一只体态优美的猎豹紧跟着跃入了大门，并在她们两个身边嬉戏着。聋哑女孩朝着它打了两个响指，它便停止了嬉戏并乖乖地趴在那里，用明亮又爱慕的眼神看着女孩。

“你们好，外族人，”诺利亚达嗓音低沉，“是什么把你们逼到了这个让你们厌恶的地方？”

“您好，我伟大的王后，”白化变种女人穆克卡萨回答道，“我不认为我们还是敌人，你我两国之间的敌意已经随着我王姆努姆塔巴的死亡和如您所见的这噬人的大火而一笔勾销。我，穆克卡萨，卢维吉蒂的王后，以一个朋友的身份向您表示问候。我还为您带来了和平的献礼——这礼物会让您和您伟大的丈夫鲁姆坎达国王心情愉悦。”

“我认为我不想要您给我带的任何礼物，穆克卡萨，”诺利亚达说，“双手沾满我子民鲜血的人永远不会为我带来快乐。”

穆克卡萨满脸嘲讽地跪倒在诺利亚达面前：“我伟大的诺利亚达啊，像您这样伟大的王后居然会拒绝一个为和平而来的敌人。最高律令规定为了和平的请求永远不该被拒绝，我也从未听说过诺利亚达王后您能违抗最高律令的命令。”

“够了，停下你那无休止的嘲讽，穆克卡萨！”诺利亚达愤怒地说，“你给我带了什么礼物？”

穆克卡萨把女孩穆温德·鲁塔娜娜推到了诺利亚达王后跟前说：“她就是我送给您的礼物。”

“我能拿她做什么？难道你指望我把她带到我的床榻之上吗？”

“我曾听到过那些流言，诺利亚达，”那个白化变种女人微笑着说，“他们说虽然诺利亚达王后是世上最美的人，却依然如同一块花岗岩废角料一样一钱不值。她甚至在寻找有意为她生下孩子的女人，好将其作为自己的孩子抚养长大。而我，带来了我已故的丈夫的小孙女，并把她呈给诺利亚达王后来完成她心中那个最迫切的愿望。”

诺利亚达王后如一棵莫帕尼树一样一言不发地站在那里。长着长睫毛的美目低垂，她瞥了一眼自己丰满的胸部，痛苦地摇了摇头。眼泪从她那深陷的眼窝中流出来，淌在她那颧骨高耸的双颊上。她深色饱满的双唇颤抖着：“我接受你的礼物，穆克卡萨。

我日夜渴望着能为我的丈夫生下一个孩子，仅仅一个就够了。但那是不可能的。所以我要把这个女孩献给我的丈夫，为我诞下一个孩子。谢谢你，穆克卡萨。我……我向你致敬。”

伟大的诺利亚达王后被远处冲天的火光和自己的眼泪冲昏了头脑，所以她没有看到穆克卡萨厚颜无耻的美丽脸庞上转瞬而逝的笑容——奸计得逞的笑容。这个永生的女人根本没意识到她对孩子狂热的爱已经把自己和她深爱着的丈夫拖入了悲伤和灾难的炼狱。邪恶的穆克卡萨给了我们致命的一击，然而直到一年后我们才意识到它的威力。

“这女孩还是个处女，她那伟大的父亲曾经短暂地爱过她的母亲，然后离开她继续他的征程，”这个白化变种女人娓娓道来，“当她的母亲意识到自己已经怀孕时，孩子的父亲已经一走了之，那时她几乎快被忧伤逼疯了。她太虚弱了，以至于没有承受住生子之痛，最终难产而死。但她留下了这个遗孤，就是她——穆温德·鲁塔娜娜，这个小美人。带走她吧，诺利亚达，她就是我送给您的礼物。”

诺利亚达王后轻轻地把女孩拉到她的身边，对着女孩悲伤却美丽的面庞微笑。然后她叫来两个女仆诺米娃和穆瓦尼瓦尼把女孩带进了皇家主屋，并为她沐浴更衣，还给她一些食物吃。

诺利亚达转向穆克卡萨，“告诉我，你现在想要做什么?”

“我已经下令让所有在大火中活下来的子民撤回到我们的船只

上，当他们都到达赞比西河时，我们再横渡赞比西河回我们的家乡。”穆克卡萨说。

“但您一定要先在这里住一晚，与我共同分享和平的果实。明早我会亲自护送您到河边。”

“您如此善良，我不胜感激，我的王后。”

她们穿过仆从和士兵群来到了诺利亚达所在的屋舍。远处的大火把一切都映射得泛着骇人的红光。在王后的屋内，诺利亚达用温水清洗了穆克卡萨的手，然后两个女人便一起开始吃东西。首先她们把一个巨大的玉米面包切成两块，然后，又各自切下了一小片吃，余下的面包又被切成更小片以分给屋里的其他女人和士兵。在开始吃美味的烤鸡之前，她们干了满满一大碗的啤酒。

马波罗已经快要死了。他无助地仰躺在地上，用痛苦又黯淡的目光注视着大火越烧越近。

他看着参天大树倒在地上。他已经能感受到火墙那灼热的温度。他看着灌木噼噼啪啪溅着火星，看到火光和灰烬像雨水一样打落在所有东西上——点燃草木，又烧焦了数不清的尸体，那些濒死的人和动物围在他身边。被逃难的队伍踩踏在地上的人都被遗留在了这里，留在这渐渐逼近的火海里。

穆克卡萨捅伤了马波罗，为了阻止他像他所扬言的那样去警告诺利亚达，告诉她穆克卡萨这个奸诈的骗子将会玩弄那个他知道是他父亲的男人鲁姆坎达。马波罗决定爬起来，他要在死之前警告诺利亚达。慢慢地，他忍着疼痛用手肘撑起了自己，他喑哑的嗓子慢慢地喘着气，呼吸着……

马波罗慢慢坐了起来，他努力地挪动自己的一条腿，事实上他试着走了几步，但立刻又摔了个狗吃屎。他呜咽着，挣扎着慢慢地站了起来并踉踉跄跄地往前走，双手还紧紧地捂住伤口。他摇摇晃晃地走着，坚持着……

“快……快去……警告鲁姆坎达……我的父亲……虽然我从未见过他……我……我……决不能让……那个邪恶的女人……这样对我的父亲……”

他没有看见那头被疼痛逼疯、被烟熏瞎了的犀牛横冲直撞地跑出了火光冲天的森林。这巨大的野兽被倒下的树给砸中了，但猛烈的挣扎之后它还是重获了自由。它的皮肤上起了水疱冒着烟，一只耳朵被烧焦了，一只眼睛被烤瞎了，鼻子上的巨角也着了火，整个儿仿佛是一棵被火吞噬的大树。

这头瞎了眼的疯犀牛把马波罗撞倒在地，它那燃烧着的犀牛角顶在了他的背上，然后又把他卷上了半空。接着马波罗掉进了一丛树木里，然后瞬间化为一片火光。最后，这只猛兽再也支撑不住，闷哼一声倒下了。

（译者：屠钱雯）

哦，麦加瓦纳，向您致敬

部落里的智者们有这么一句老话：“罪恶的鸟儿产下禁卵之后就会逃之夭夭。”这句老话适用于所有迅速逃离犯罪现场的罪犯。

兹马·姆布吉的王后穆克卡萨第二天一早便迅速地离开了伟大的图利斯兹韦村落，她并没有等诺利亚达起床为她安排护卫，她甚至没有向诺利亚达道别。天刚破晓，她就独自启程了，仅仅带着两支短矛、一块女式盾牌。她踏着轻快的步伐，半跑着毫不停歇地前进，直到离图利斯兹韦差不多一天时间路程远的时候才停下。

她是一个做尽坏事并能从自己所做过的恶事中完美脱身的女人。穆克卡萨不再是以前的穆克卡萨了。她只是一个空壳，其灵魂深处寄居着一个百万年前的女人的灵魂——一个比邪恶之灵本身还要狠毒的女人，一个沉迷于作恶的女人。她根本没有良心。

她把自己献身给了恶魔，同时又开启了一场完全超乎想象的罪恶生涯。这个女魔头刚刚为她的新阴谋发出了第一击，在她最终被打败之前，还有更多更糟的恶毒事情将接踵而至。

在皇家村落图利斯兹韦里，诺利亚达王后正在为聋哑女孩穆温德·鲁塔娜娜的授封典礼做准备——为她定制长长的货贝装饰的王妃裙装礼服。首先这个美丽的女孩会被交给三个被称为部落神圣祖母的老妇人。这些老妇人生活在一个军事村落的大屋里，她们被挑选出来的目的只有一个，那就是检查曼波土地上的所有未婚女孩是否还是处女。这种检查一年一次，而且现在仍然是部落中最严格的法律之一。

这也是部落神圣祖母的职责之一——去检验所有的适婚女孩是否贞洁，从而确定她将嫁给平民还是国王。

在神圣祖母或者是人们私下流行称呼的三巫婆的屋子里，一个秘密的仪式又在进行中。任何男人，尤其是新郎，都不被允许出席，而且仅有极少数的几个男人知道仪式的一些具体细节。而我就是其中之一，但是部落的最高法律禁止我泄露任何细节。

年轻的穆温德·鲁塔娜娜毫无疑问是个处女。她接受了最严格的检查，并被证实是一个能生育的性欲旺盛的女孩——她的身体一级棒，她在生孩子时几乎不会感到疼痛和困难，更不会有自己和孩子的生命危险。我再次重申，我绝不能违背禁忌来过多地描述出这些结论所倚仗的那些检查。我只能说整个过程进行了整整十天十夜。

穆温德·鲁塔娜娜也用她坚忍不拔的品质忍受住了痛苦的“开启爱之门”的仪式。在第十五天的时候，她才从三巫婆的屋子里中被释放出来，这整个过程她都必须待在屋子里不能见天日。作为对其认可和祝福的标志，三巫婆赠给了这个女孩她们用贝壳流苏精心制作的穆莎。这件衣服被称作“多产穆莎”，只赠予那些通过所有严格妇检的光荣女孩。

三巫婆也用手语对这个女孩提出冗长的建议，并让她把手放在她们每一个人的干瘪的右胸上起誓：她以后必须对丈夫至死不渝。

之后，在她被释放的那天晚上，穆温德·鲁塔娜娜被送回了图利斯兹韦，身边还陪同着三个年轻的女祭司。

诺利亚达十分欣喜地迎接了鲁塔娜娜并在一阵嘘寒问暖后让鲁塔娜娜晚上注意休息，因为第二天一早还要为授封典礼做准备。

黎明还未染红东边的天空时，那颗闪烁的明星，被称为奈多萨库斯基的星星，即白天的使者或启明星，就已经高挂在东方了。这颗星也因为它纯洁又永恒的光辉而被称为纯洁之星。部落的智者们告诉我们，当这颗星统治东方天空时，所有的新娘都注定是忠实而尽职的妻子。

诺利亚达醒来时，鸟儿早就开始对即将到来的黎明唱着颂歌。她没有像以往那样穿上她那件又长又黑的小牛皮裙子，这次只在宽阔的臀部系了一条属于最高王后的用闪亮的青铜片和铜珠子镶嵌的穆莎，然后戴上铜项链和手镯，接着戴上宽大的铜头饰，最后戴好青铜耳环。有史以来，那个最奇怪的雌性生物离开她的小屋，去唤醒两个傀儡诺米娃和穆瓦尼瓦尼，由她们去叫醒村落里的其他女人，而她自己则去温柔地叫醒穆温德·鲁塔娜娜。

过了一会儿，诺利亚达领头，带着十二个妇女往已经被烧毁的森林的湖边走去。红色的光芒已在天空中慢慢晕染开来，那些烧毁的森林里的树木在这个背景的映衬下犹如被腐蚀之后暴露在空气中的骷髅一般。烧焦的草地的味道仍然强烈地刺激着每个人的鼻孔，而那些草木的灰烬可以堆到脚踝那么高。大家加快了脚步，因为即将到来的仪式必须在日出之前完成，在启明星还占据东方天空的时候。

很快诺利亚达带领新娘鲁塔娜娜进入冰冷的湖水中，随行的女人们也脱掉皮裙跟着跳了下去。当水没到腰身时，她们站成一圈围着王后和这个南方来的新娘，然后耐心地等待仪式开始。

诺利亚达双手舀水并将其倒在鲁塔娜娜的头上，说道："我现在宣布，你成为我的君主及丈夫的第二夫人。哦，南方的乌木花，对我来说，你就如同我的妹妹，我的一部分。你笑时我会和你一起笑，我还会为你唱甜美的歌谣，为你祈祷；你哭泣时我也将哭泣；你跳舞时我也将共舞。那些恨你的人，必是我的仇敌；那些爱你的人，必为我的朋友。你纯洁无瑕的子宫生产出的果实将被我视为己出。我，永生的诺利亚达，向你致敬，我那南方乌亮的花朵。”

除了那两个傀儡外，所有女人都舀起水然后依次将水倒在鲁塔娜娜的头上，同时赞美她并给予她诗一般的昵称，如“日出之花”“永恒的快乐”“卢维吉蒂的启明星”等等。这个简短的仪式也包括了唱诵《月亮赞歌》。女人们温柔的声音穿过漆黑诡异的天空久久回荡在即将到来的黎明中：

哦，圣球，穿过布满繁星的天空，
击向逃离生命树的玛，
将您温柔的银色光芒洒向世间，
让每个人感受到爱的力量。

用爱抚慰狮子野蛮的灵魂，
让他忘了追踪斑马驹；
让他转向树下的某个地方，
他的伴侣就在那儿等着，为了寻找甜蜜的释放。
从愉快的痛苦中，啊，
下令交战的国王抛开致命的矛枪，

找寻他那拥有灿烂笑容的配偶，
和她战斗，并赢得一场甜蜜的战争，
在那里，盾是亲吻，矛是情欲！

“在那里，盾是亲吻，矛是情欲……”在妇女们返回至村落一段时间后，歌声仍如同耳语一般久久回荡在烧焦的森林里。一只孤单的鸟儿站在烧焦的树木仅存的树枝上，向冉冉升起的太阳歌唱着自己的喜悦。

新的一天又到来了，新的一天像一片掉落在小溪上的凋零的莫帕尼树树叶一般消逝在岁月狂野的激流中。

图利斯兹韦村落里洋溢着欢笑、愉悦和幸福，到处是载歌载舞、觥筹交错的景象。曼波人在庆祝战争的结束和被大火肆虐的大地的重归平静。

但也饱含着泪水，无尽的泪水为那些死去的人而流，成千上万的人因为大火吞噬了他们的村落而变得无家可归，还有无数失去丈夫的妻子和失去父母的孩子。诺利亚达已经派出两队人马以集中所有的寡妇和孤儿，并把他们带到了皇家村落中。同时她还为忍受着丧家之痛和饥饿之苦的人们送去成千上万袋玉米。

在一段漫长的载歌载舞的庆典仪式后，鲁塔娜娜穿着王妃的皮裙子终于出场了。然后歌舞持续了整整三天。

诺利亚达是世界上最幸福的女人，人们惊讶地发现他们的女王像其他年轻女孩一样在人群中又唱又跳。

盗贼领袖顺古和他的一大班人马，就在我们越过恩古尼边界到达西部曼波的时候与我们遇上了。顺古将鲁拉玛·玛纳鲁阿纳交还于我。要不是我威胁他说要用最大的炖锅炖了他，他还想继续干他的偷盗行当。最终在我的胁迫下，他和他的人马加入了我的队伍。顺便说一下，顺古后来被我任命为彩虹将军。

鲁拉玛·玛纳鲁阿纳伏在我脚下并讲述了她的故事，最后催促我们全速赶回家。两天之后，当我们到达皇家村落时，受到诺利亚达带领的一大群男男女女的热情迎接。那批由我带领到恩古尼大地的曼波军队受到了胜利者般的款待，而他们确实是战争的胜利者。他们大踏步行进入皇家村落，跟在一群尖叫着舞动着的女人身后，她们向他们撒上暴风雨般的货贝为他们洗礼，一路上都是锣鼓喧天。牛被宰杀并架在大火上烧烤，为第二天晚上的胜利之筵做准备。

在涌入皇家村落的喜悦的狂潮中，我发现我已经被自己的十个彩虹将军高高举起。我被人们用花环和成千上万条贝壳项链簇拥着。我的王后，我的诺利亚达带领着无数女人疯狂舞蹈着，她们每个人手上还拿着一把神圣的扫帚，在行进的欢快的勇士们到来前打扫着村落中央的空地。无数女人嘴中爆发出的高亢的叫喊声响彻天空。扬起的尘土从扭摆的、摇曳的、跳跃的妇女的脚下升起，幸福的声音在周围的山丘和平原上飘荡。

狂野的舞蹈一直持续到夜深——歌舞升平，觥筹交错。午夜，盛满了水并混合着牛胆汁的巨大的碗具被放置在村落中间供勇士们洗手，这是战士们回家之前去除“战争之尘”用的。

部落的最高法律禁止战士们在战争结束后立即回家和妻子共度夜晚，因此在胜利的军队返回之前，诺利亚达就组织了一个寡妇团体。这样的寡妇团体由所有当时没有丈夫的妇女组成，包括真正的寡妇、被抛弃的妇女和老处女。团体的组成只有一个目的，就是在已婚战士回家的第一天晚上陪伴他们。据说一个战士在这样的场合要先与一个陌生的女人睡觉，以消除自己在战斗中杀人时被下的“黑暗”诅咒。从流血的战场上归来，无论如何，男人都绝对不能马上用自己的第一次精液污染他的妻子，如果他这样做了，就会玷污自己还未出生的孩子和他们孩子的孩子——同时这些孩子以后很有可能会成为杀人魔。这就是法律，是部落的信仰。

因此，和我一起分享这个夜晚的女人不是我最爱的诺利亚达，而是那个生气勃勃的凡人鲁拉玛·玛纳鲁阿纳。就在我们入睡前，诺利亚达高兴地过来告诉我她为我准备了一个惊喜，至于到底是什么到早上我就知道了。

作为我的王后，诺利亚达从上百个渴望着得到我宠幸的女人中选出了一个美丽的外族女子玛纳鲁阿纳。但是诺利亚达并没有多想过一个事实，那就是玛纳鲁阿纳非常痛恨她，她的最大心愿就是我能够摧毁这个被大家称为怪物的诺利亚达。但是律令禁止男人拒绝他的第一夫人为他挑选的人，无论是一辈子的还是就这一个晚上的。所以，尽管我很想换一个人，但我无能为力，我无法用别的女子来替换玛纳鲁阿纳。

如今，鲁拉玛·玛纳鲁阿纳更多地以“堕落的救世主”的名号为人所知。她几乎疯狂地爱着我，并且狂热地想代替诺利亚达成为我的第一夫人。她是一个任性又危险的女人，一旦她知道自己想要什么就会不择手段地得到它。当她骄傲而又毫无畏惧地进入我的房间时，她那秘而不语的想法钻进了我的耳朵，就如同她用尽全力地在我耳边嘶吼：“我令人尊敬又伟大的神啊，终于我要拥有您了，即使只是这么短暂的一个夜晚。这是我梦寐以求的事情，我爱您，鲁姆坎达，我的每一根血管、每一寸肌肤，以及每一根神经都为您牵动，渴求着您！您应当成为我的，迷失的不朽之人。即使让我等到天荒地老，我也要让您成为我的。即使要杀光毒死这世上的所有女人，我也要让您成为我的！”

“某人，”我笑着说，“某人在想的东西是不是太暴力、太过激了。”

她大吃一惊，完全忘记了我可以读懂人心。我感受到她惊讶地用手捂住嘴，而且听到了她因受惊而害怕的喘息声。

“我不想要你，玛纳鲁阿纳，”我温和地告诉她，“你必须铭记你是马兰德拉的妻子之一，你还没有经过离婚仪式，因此是不可以再次结婚的。”

“我的君主和首领，”她冷冰冰地说，“您怎么想都和我无关，我爱您就已经足够了。我至死都要得到您。我是玛纳鲁阿纳，是兹马·姆布吉名正言顺的女首领，我想要什么就都能得到。就算杀光全世界的女人，我也要得到您。此心已决，再无他路。”

“你说这话就像个傻瓜，玛纳鲁阿纳，”我冷静地说，“我这辈子见过无数像你这样的女人，你的一派胡言并没有打动我。你对我来说只不过是一个饥渴的妓女，仅此而已。”

“您总有一天会后悔的，伟大的鲁姆坎达，”她气急败坏地说，“等到那天，我要让你夹着尾巴爬到我脚下，你这个狠心又自大的野兽！”

“坐下吧，玛纳鲁阿纳。别再幼稚地耍小性子了。你不过是来完成指令的，所以就此闭嘴吧！”

“哈哈！”她狂笑道，“侮辱只能伤害到那些愚蠢的人。尽管骂吧，但到最后，总有一天，您就会亲昵地叫我亲爱的。”

“那天绝对不会到来的，玛纳鲁阿纳，”我笑着说，“过来吧，哦，生气的小家伙，我应该满足你的愿望的，不过就只有今天晚上。”

在我的一生中，我遇到并爱过成千上万个女人。但是，相信我，直到那个晚上我才发现鲁拉玛·玛纳鲁阿纳是她们中最棒的，最最棒的一个。

她柔软得宛如柳条，但体内却肆虐着暴风雨般的情感和欲望。她是一道灼热的充满激情的闪电。啊，她就是一支在爱的熔炉里加热的矛。她那毫无保留的爱抚甚至让我感到有些害怕，她激烈地亲吻着我，毫无停止的迹象。用部落智者们的话来说，堕落的救世主鲁拉玛·玛纳鲁阿纳是仅次于诺利亚达的“真正的女人”。

但不知怎地，我并没有想要娶她为妻的想法。对我来说，她只是我曾经爱过并遗忘的成千上万个女人中的一个。在我生命小径上的成千上万朵鲜花之中，她只是我采摘、欣赏和丢弃的许多花中的一朵。

“这，”我最后对着这个完全精疲力尽的女人说，“应该可以治愈你那愚蠢的迷恋了吧。”

她慢慢睁开闭上的眼睛，睫毛忽闪忽闪的。“伟大的鲁姆坎达，”她低声说，“没有什么东西能让我停止自己对您的爱。相反，我只会更加爱您。如果能够让您愿意成为我的，我就算投身永恒炼狱也在所不辞。”

清晨，诺利亚达和她的两个傀儡女仆前来向我请安。她先亲吻了我的前额、双手和双脚，然后高兴地说：“我的君主，我给您领来了那个我亲自为您挑选的您的第二夫人，她是一个年轻的女孩。我请求您看在我的面子上接受她，热爱她，珍惜她。她可以为您生育后代，而这正是我所做不到的。她已经被验明是一个处女，穆温德·鲁塔娜娜是她的名字。”

“我接受你送我的礼物，亲爱的诺利亚达。我真心希望她是一个美丽的女孩。”

“她就像盛夏的露水一样美丽，我的君主。不像我，她年轻而鲜亮……而且纯洁。”

“普天之下没有任何生物能像你一样美丽和纯洁，哦，我生命里不朽的太阳。为了你，我也会接受这个年轻的女孩。把她带进来吧，让她看看她的丈夫和君主。”

包括我的两个女儿卢娜乐迪和姆巴里亚姆斯韦拉在内的二十个女人在得到诺利亚达发出的信号后，便领着年轻新娘鲁塔娜娜进入了屋子。

“我的君主，这就是您的新娘。”诺利亚达哑着嗓子说。

我突然感觉到小屋里的气氛变得紧张，我向星星祈祷真希望我能一看究竟。我感觉到从日出起就一直伴在我身边的鲁拉玛·玛纳鲁阿纳身体突然变得僵硬，我听到因过度惊吓而发出的喘气声。然后我就听到卢娜乐迪发出了兴奋的声音：“我的天啊，我的继母，看样子鲁拉玛·玛纳鲁阿纳和穆温德·鲁塔娜娜早就在哪儿认识了。”

“是啊，卢娜乐迪，她们相互看着对方就好像她们看到了什么恶鬼一样，”诺利亚达笑着说，“说实话，玛纳鲁阿纳，你以前和鲁塔娜娜认识吗？”

鲁拉玛·玛纳鲁阿纳没理睬她的问题，而是飞扑到我的身边，颤抖着说：“伟大的鲁姆坎达……我的君主，伟大的不朽之人！您……您千万不能娶这个女孩啊！”

“为什么呢，玛纳鲁阿纳？”我感到很不舒服，问道，“为什么我不能娶她？”

诺利亚达的声音突然浮现：“我的君主，不要管这个女人的疯话，您只要知道她就是嫉妒鲁塔娜娜就行了。您也知道她恨我。她想做的就是破坏您的新娘的幸福。我想要一个能够为我的丈夫哺育下一代的女子，鲁拉玛·玛纳鲁阿纳，而不是像你这样的一个和我一样不会生育的，而且还有很多污点的女人！”

“相信我，鲁姆坎达，”玛纳鲁阿纳颤抖着说，“相信我，求求您了。您千万不能娶穆温德·鲁塔娜娜啊！”

“马维姆贝拉和奈松贡罗洛，”诺利亚达下令，“把这个疯女人给我带走！我已经受够了她的妒忌，再也不想看到她了！”

“要处死她吗？我的王后。”马维姆贝拉，这个厌恶女人的人爬进来咆哮道。

“不用，”诺利亚达冷酷地回答，“给她点吃的，然后让她滚出这里，不许再回来。派一些士兵送她远离村落，不准她回头。现在就去！”

马维姆贝拉拽着抽泣着的鲁拉玛·玛纳鲁阿纳的脚，把她粗暴地拖了出去。

“我的君主，”玛纳鲁阿纳紧扒着门哭道，“我的鲁姆坎达君主……我心爱的人，您终会后悔娶她为妻的！那个魔鬼，那个您一手创造的丑陋怪物，那个坏女人，诺利亚达！她正把您卷进痛苦、羞辱和折磨的旋涡中……”

“快滚吧，你这个肮脏的女人！”马维姆贝拉咆哮道。

我最终还是娶了穆温德·鲁塔娜娜为妻，但是玛纳鲁阿纳的话时刻回荡在我心头，这让我寝食难安，总觉得哪里不对劲，但是又找不出问题所在。更让人感到惊讶的是，我似乎预知到将会有麻烦在这段时间内降临在我身上，而这正是在我接受鲁塔娜娜作为我的第二夫人之后才感受到的。

因此，当鲁塔娜娜来到我的屋里时，我背过身去，考虑着如何才能摆脱这个女人。当我正在努力探寻她的思想以找到到底她会给我带来怎样的麻烦时，我发现她仅仅是个单纯的女孩，只是一个从未见过亲生父亲并且母亲在她出生时就去世了的女孩。我也知道了为什么她见到玛纳鲁阿纳站在我旁边时感到那么惊讶了。玛纳鲁阿纳曾经虐待过那个孩子，就在很早之前，在姆努姆塔巴五世死去之前，当她还是卢维吉蒂女王的时候，她就一直在虐待这个孩子。我也意识到了鲁塔娜娜是爱我的，也开始因为我无视她而感到羞愧和心碎。

一个月过去了。在冬天的第二个月初，穆温德·鲁塔娜娜做了一件前所未有的奇怪的事情。起初，她独自一人在茅屋里试图用矛自杀。幸运的是我的女儿卢娜乐迪碰巧在那一刻及时地进入，并从那个聋哑女人的手中夺下了矛。然后，鲁塔娜娜找到彩虹将军奈松贡罗洛和奈托贝拉，用手语和他们抱怨着我对她的持续冷淡，并坚持让他们来问我做出无礼行为的原因是什么。

他们来找我的时候，我正躺在一个由八根柱子支撑着并被称为“日间庇护所”的草皮屋顶荫下的一张狮皮上。他们在离我安全的地方跪着，很长一段时间里顾左右而言他，问了很多关于我和诺利亚达的健康问题。他们甚至想知道我最喜欢的一百条狗是否还健康，还问我昨晚睡得好不好。在鼓起勇气问了我那个他们被要求来问的问题前，他们还是犹豫了很久。我不禁轻声笑了笑，因为我已经读出了他们的想法，知道他们来找我的真正原因。最后，那个肥胖的奈托贝拉清了清嗓子，慢慢地说：

“伟大的王，有一次一只小麻雀和两条狗——您的两条只有两条腿的狗抱怨说……”

“哦!”我回答道，“那么那只小麻雀对狗说了什么呢?”

“那只小麻雀站在树枝上把两条狗叫过去，”奈托贝拉继续道，“麻雀叫它们到秃鹫那里去问他为什么不理她。她还让狗告诉大秃鹫，如果他不爱她，也无意拥有她，请他一定要说出来。”

“而且，”奈托贝拉又说，“麻雀说除非大秃鹫尊重她所拥有的婚姻权力，不然就要向秃鹫王后，就是那个选择她成为大秃鹫第二个伴侣的人控诉了。”

“还有，”奈托贝拉有点紧张地笑道，“小麻雀认为大秃鹫已经变成了……呃……”

“她确实那么说了，对吗？”我尖叫着猛地坐了起来，“这两条狗必须回到小麻雀那里，去告诉她，大秃鹫要在屋子里马上见到她。”

两个彩虹将军咧着嘴笑着离开了。当我过会儿回到自己的小屋时，我发现穆温德·鲁塔娜娜独自一人在那里。很快，她就会有充分的理由后悔向我的将军们讲述那样的事情来侮辱我了。

时光飞逝，不久之后，夏天的歌声又在空中回荡。在森林燃烧的灰烬中，欣欣向荣的树木骄傲地养育着它们的幼苗，使其茁壮成长。

在许多地方，野兽们也相继回归，狮子和胡狼的号叫一次又一次地撕扯着夜晚的天空。

玉米地和山药地被染上了最纯净的绿色。妇女和少女们清亮的歌声伴随着锄田声。白天晴朗凉爽，而夜晚要么万里无云，要么就乌云弥漫，冰雹和闪电依次来袭。就是在这么一个美好的日子里，诺利亚达走进我的小屋，疲惫地说：“据说，我的君主，年轻的女人穆温德·鲁塔娜娜怀了三个充满活力的孩子，而且生产日期已经到了，就是今天。但是她难产，可能撑不过去了。”

整个图利斯兹韦皇家村落的人都感到十分紧张，大家的紧张情绪里夹杂着兴奋和期待。流言已经传遍了整个村落，大家都知道在经过好几个月的猜测后，不论是好是坏，终于有些什么事要发生在这个名叫穆温德·鲁塔娜娜的外族王妃身上了。

对她来说，尽管自己的性命已处于绝境之中，但女人这一生中既伟大又危险的时刻终于要来了。对于一个从未生育过的年轻女人来说，三胞胎的降临给她带来的痛苦、恐惧和危险都是无法估量的。

过了很久，诺利亚达终于再次来到我的小屋前，松了一口气说：“我的君主，勇敢的年轻女人穆温德·鲁塔娜娜生下了三个健康的男孩，而且其中两个都是神佑之子。”

神佑之子！如此罕见的事竟然发生在目前的情况之下。神佑之子！一个女人生三胞胎已经是部落大地上罕见的大事了，而其中居然有两个是神佑之子，这真是罕见之罕见了！这些在出生时有胎膜盖住头的孩子注定要成为大地上闻名遐迩的智慧之人。部落的法律要求给予这些孩子特殊的培养。他们要被训练成为智者，甚至是巫医。在他们如同珍稀植物一般珍贵的成长过程中，他们要被精心照料，但不是被溺爱宠坏。等孩子出生后应立即用象牙勺给其喂一勺来自包住脑袋的胎膜上的水，然后胎膜被干燥处理并放在gri-gri[①]的护符里面，这个护符孩子一辈子都必须戴在脖子上。

“这的确是一个奇迹，诺利亚达，”我被深深地感动了，“对这两个孩子，你确保已经按照最高法律的规定执行了吗？”

“是的，我的君主。神佑之子已经被喂予了他们应该喝的东西。我也已经让傀儡穆瓦尼瓦尼到河边为第三个孩子寻找光滑的白色鹅卵石[②]了。”

“这就意味着我们需要做好去麦加瓦纳（Maiegawana）所在地的准备了，”我说道，“去吧，我的妻子，然后让奈松贡罗洛去找一只黑耳朵的小白羊来。”

“这就按您的吩咐做，我的君主。”她说完之后就迅速离开了。

麦加瓦纳，“孩子之母”，是一块巨石，在赞比西河对岸的远处。这块巨石脚下埋葬着所有部落的孩子。刚出生就死亡的孩子、依据法律被赐死的双胞胎中的一个孩子、早产的孩子都被埋葬在这块高耸的巨石脚下。人们连续行走了几天，抬着平放着死去的孩子的尸体的小型担架，来到这块永恒之石这里。传说这块石头曾经是一个美丽的女人，当她看到太阳龙吞噬了自己的所有孩子

① 一个小的牛皮卷，里面有佩戴者的干肚脐线。

② 法律规定，如果一个女人生下双胞胎，其中一个必须被人们用圆形的鹅卵石塞进喉咙让孩子窒息而死。如果她生了三个孩子，其中一个必须死，而剩下两个可以活着。

时便变成了石头。也有人说，被埋在大花岗岩的大锥体下的所有小孩都变成了星星，在晴朗的夜晚看到星星能给那些遇到苦难的人带来希望。是的，部落的信仰确实很奇特。

我们带着半个团的战士，乘五十艘大型独木舟渡过赞比西河。在河的另一侧，我们留下了一些人在岸边守卫着独木舟，而我们开始向西南方向长途跋涉，徒步前往麦加瓦纳。

在那条被人们踩出并踏平的去巨石之处的路上，我们遇到了来自不同部落的还乡人。我们甚至看到了一对年轻夫妇的两具骷髅，听说他们在失去孩子时悲痛欲绝，以至于在路上用矛自杀了。

我们在两天后到达了麦加瓦纳。两个傻乎乎的老掘墓人——他们的家就在巨石附近，手上拿着沉重的棍棒和锄头，出来接待我们。我们送给了这两个孤独但又非常富有的老人一头我们带来的红牛，然后他们便开始在巨石脚下挖圆形的小坟墓。诺利亚达和我把用一小捆豹皮捆紧的小担架（三胞胎中一个孩子的尸体）抬到了坟墓边，然后按照习俗指示退后，这时托多（Tondo）——掘墓人中年长的那位，拿起担架轻放进坟墓。“现在休息吧，小家伙，”他温柔地说，“你很快就能与群星玩耍了。”

另外一个掘墓人拖了一个轻便的石头祭坛走向我们，而托多迅速填埋坟墓，并在它上面点燃了干树枝。随后托多牵走了我们带来的山羊，把羊腿全都捆在一起，然后把羊放到祭坛上。两个老人把祭坛抬起来放到火上，接着挥手让我们离开。“现在走吧，愿你们平和安详。”

我们离开时太阳刚要落山。天空如蓝、红、黄、紫色相交的火焰，火红的天空鲜明地映衬着下方一望无际的高耸过平顶树木的麦加瓦纳巨石的轮廓。麦加瓦纳的这块永恒的岩石，它比大地上任何一块岩石见证过更多的悲痛和哀伤。

万岁，万岁，永别了，麦加瓦纳！

（译者：闫星合）

一个女人的复仇

过去一年的时间已悄悄溜走，又一年以无声的方式向等候着的大地迈进。我分别给两个小男孩取名为德马那（Demane）和德马扎纳（Demazana），他们就像肥沃田野里的绿色植物一样成长着。虽然我看不到这两个胖乎乎的小东西，但我可以感觉到他们有多么可爱。每个人都想抱抱他们，有一两次我不得不对那些没有孩子但试图偷走这两个黑人小孩的女人展示强硬手段。现在这两个黑人小孩已经能够满地爬了，他们有时号啕大哭，并经常为争夺由各地的孩子送来的成百上千个乌木玩具而彼此大打出手。诺利亚达整个人洋溢着幸福，她现在的大部分时间都花在帮这两个胖乎乎的小淘气洗澡、梳洗和抹河马油上，就如同他们是她自己亲生的一样。

“太阳宝宝庆典”仪式那天到来了，这是一个在宝宝开始会走路时必须举行的仪式。通过这个庆典仪式，人们请来小太阳神沙蒂（Shati）前来为孩子们祝福，并祝愿他们坚强勇敢。

德马那和德马扎纳的“太阳宝宝庆典”是独一无二的，因为一切都必须是三份。人们地毯式地搜索整片大地，为了找到三头颜色、年龄和基本形态都完全一模一样的母牛。我们最终找到的母牛是红色的，它们拥有白色的肚子和白色的脸，而且三头都有完美的月亮似的长角。在这个仪式中使用的每一口锅、每一艘船都必须准备三份，没有什么是可以独个使用的。

而结果就是，每个客人发现自己在同一时刻从三个相同的碗中吃同样的食物，并且法律规定每个人都必须从每个碗中吃完全相同的量。

虽然三胞胎中的第三个孩子被依律处死了，但只要其他两个还活着，他就不能被称为死亡。他一直被认为还活着——尽管是一个灵魂——每当有人想给男孩们礼物时，都必须准备三份，而不是两份。在他们的余生中，两个男孩都将自己称为“我们三个人”。每当食物被端出时，都必须有三份。

令我们惊讶的是，极少数人回复了我们的庆典邀请函，而且那些接受邀请的人中许多看起来惴惴不安，诺利亚达想知道到底出了什么事。我的养子木库姆比告诉了我一个他听到的传言，据说每天都有很多人偷偷地离开曼波大地，然后徒步到恩古尼。木库姆比是照看我那一大群小牛的监工，因此他需要经常去寻找新的放牧地。他补充一个事实证实了这一传闻：他和牧童们多次路过的大约二十个大村落现在都已经空无一人了。

尽管只有几百个客人，还有不安的气氛笼罩着一切，但“太阳宝宝庆典”仍然举办得非常成功。勇士们跳舞狂欢、吃肉喝酒、嬉戏打闹，其他客人也如此，男女皆是。

小男孩们出场的时间到了。他们胖乎乎的小身体被黑白条纹的烟灰和白色黏土涂满，他们不情愿地戴着又轻又圆的小牛皮面具，面具的边缘还有一圈整齐的草。人们大笑着，然后拿起啤酒碗真诚地乞求太阳神照看并保佑这两个小孩儿。

两天后，彩虹将军奈松贡罗洛、马维姆贝拉、奈托贝拉，以及顺古全副武装来到我的小屋。

他们的灵魂散发着凶气，马维姆贝拉号啕大哭并毫无羞愧地放下他的矛爬向我。他把双手放在我的右脚上，说道：“伟大的王，伟大的鲁姆坎达，我们有一个请求。我们，您忠实的仆人，谦卑地请求您允许我们在这里杀死一只邪恶又黑心的害虫——就当着您的面。”

“你们四条战豹似乎有点生气，”我微笑着说，“你们请求我允许杀死哪只害虫啊？”

“伟大的王，”奈托贝拉愤怒地回答道，“这并不是开玩笑的时候，我们没有心情笑。尽管您犯下过许多错误，但是对于我们来说，您依旧是一个伟大而优秀的首领，我和这三位勇敢的战士都把您当作父亲。即使您想让我们此刻放弃生命，我们也无怨无悔。您知道我们对您的忠诚和对您的爱，哦，伟大的首领。现在，在过去的两年里，一个邪恶的女人一直不停地在家家户户走动，然后还在人们中传播关于您的邪恶故事。她一直告诉人们您是一个邪恶的恶魔、巫师，而且您有……您有……"

"有什么，奈托贝拉？"我问道，"这个邪恶的女人是谁？"

"她说，伟大的首领，您……"奈托贝拉结结巴巴地说道，但又低声呻吟了一句，然后便拒绝再说话。

就在那时，诺利亚达走进了小屋，她整个人都很惊讶。"你们在屋外的大谷篮子里装了什么东西？"

"一只邪恶的害虫，伟大的王后，"马维姆贝拉冷笑着说，"世界上所有臭鼬和臭虫的女王。"

"马维姆贝拉，"诺利亚达说，"那个封闭的篮子里装着一个女人，我可以听到她的想法。放她出来！她是谁？"

奈松贡罗洛和顺古将篮子拿进小屋时，她发出了响亮的尖叫声，尤其当里面的东西被毫不客气地扔在地板上的时候。

"你！"诺利亚达大叫，"你！"

"是谁？"我问。

"这个肮脏的妓女用她的身体摧毁了姆努姆塔巴的儿子们，"奈松贡罗洛轻声说道，"是鲁拉玛·玛纳鲁阿纳。"

“现在，”马维姆贝拉咆哮道，“在我们杀了你之前让我们听听你的辩词吧。张开你的烂嘴，让你内心的托科洛希告诉我们的首领，你一直在向人们讲述的关于他的事情。”

“由于这个女人的恶意中伤，五十万人离开了这片土地，”奈松贡罗洛吼道，“现在留在这片土地上的人数比恩古尼大地上的人数还要少。她致使曼波人四处逃散，纷纷离开了自己的国家。这只害虫正在摧毁我们的部落。揍她。”

一声沉闷的击打声传来，然后一声又一声。阵阵暴躁的击打声伴随着一声声痛苦的高声喊叫，之后是身体坠落的沉闷声，再随之而来的是脚踢打的声音和更响亮的尖叫声。

“停！”我叫道，“停……让我听听到底发生了些什么。”

“说，你这肮脏的人！”马维姆贝拉喊道，“告诉我们的首领，你到底和人们说了关于他的什么。”

“原谅我，”玛纳鲁阿纳抽泣着，“别再打我了……求求你们……”

“说！”

在彩虹将军们时不时地拳打脚踢的胁迫下，鲁拉玛·玛纳鲁阿纳边哭边说着她的故事：

“我尝试过告诉您这个故事，伟大的首领……这都是为了及时警告您。但我没有被给予任何机会。当我还是兹马·姆布吉的女王时，我弟弟的女儿和他争吵后便与一群追随者一起离开了卢维吉蒂，然后逃到了位于西北部的隆达地区。一年后，她回来告诉我们，自己遇到了一个人并和他生活在一起，然后六个月后怀了他的孩子，但他离开了她。因为悲伤，她处于半疯状态，在回到我们身边并在生下一个女孩的几天后就死了。我一直抚养着这个女孩，她就是穆温德・鲁塔娜娜，那时的她还是一个正常的孩子，能讲能听。那时候，她一直以奴隶和仆人的身份待在我的身边慢慢长大。

“有一天，我被告知这个女孩和她的祖父，还有其他人，正一起密谋着推翻我。于是我把她抓了起来并带到兹马・姆布吉的堡垒进行公开折磨，希望以此为例警告其他密谋者。一种热毒被注入她的耳朵后使她永远丧失了听力，同时她还被迫喝了一些毒药，这让她几乎快要死掉，而且永远地哑了。几个月后，她的外祖父，也就是我的弟弟，对我和我的追随者进行了大规模的攻击，迫使我不得不逃跑。后来他接管了空出的王位，并自称姆努姆塔巴五世。当我那天看到诺利亚达把那个女孩献给您，哦，鲁姆坎达，诺利亚达把她作为您的第二夫人，我感到震惊之至。虽然您和她们都不知道，但我知道您就是她的父亲。穆克卡萨把她送给您是为了报复啊！”

“但是你为什么要走遍这个国家将这件事告诉所有人呢？”顺古诘问道，“你为什么不先警告首领？”

“我试过了！”玛纳鲁阿纳尖叫道，“我努力尝试过了，请相信我，没有人愿意听我说。诺利亚达把我像狗一样地扔出了部落。这让我心灰意冷。”

马维姆贝拉收回自己的手臂，然后一拳重重地打在了那个女人的肚子上。她跌倒在我的脚下，一动不动地躺了一会儿，然后坐起身来。“原谅我，哦，鲁姆坎达，”她喘息着，“我活该受罪。爱能使女人发疯，而当她被蔑视时，这能使得她变本加厉。我想既然我再也没有机会自己亲口跟您说了，那么我可以告诉别人，再让他们有机会把这个警告带给您。”

“你所传播的这件可怕的事情让人们都逃离了这个地方，因为他们认为这个首领是在知道鲁塔娜娜是自己女儿的情况下跟她结婚的，人们害怕巨大的诅咒会落到他们的家园，”奈托贝拉冷冷地说道，“你现在可能没什么可做或是可说的了，臭女人，但是我们知道该怎么做。你必须死，玛纳鲁阿纳。”

“不，不！”我用一种自己都认不出的声音说道，“不，不要有杀戮。放她自由吧。”

诺利亚达开始小声地哭泣，然后越来越大声。她在小屋的泥地上打滚。“是我引起了所有这一切，我才是造成这一切的人。”她一再哀号。

夜幕降临，穆温德·鲁塔娜娜和我的两个女儿卢娜乐迪与姆巴里亚姆斯韦拉，还有部落里的其他女人一起从玉米地回到了村里。诺利亚达命令将军们不要告诉其余任何人所发生的事情，至少要等到整个事情有些头绪再说。鲁拉玛·玛纳鲁阿纳被关在其中一个小屋里。不久之后，我发现只有我自己一个人待在我的小屋里了。

我拿着自己长长的乌木棒并将豹皮披在肩上，然后默默地离开了夜幕中的部落小屋。

我不知道自己要去哪儿，也不在乎。我不停地向前走。当黎明破晓时，鸟儿在树上唱着歌。日子飞逝，皱着眉头的夜晚过去了，永远不再回来。我就这样随意走着，不吃也不喝。

最后，在暴风雨肆虐的夜晚，雷霆万钧的闪电撕裂了高大的树木，地面随之剧烈摇晃起来。我被绊了一下跌倒了——掉进了一个巨大的裂口里。

“迷失与堕落的不朽之人！”

“在很多方面迷失与堕落的人！”

“醒醒……”

“醒醒！”

“所有恶魔的父亲！”

“醒醒……”

这是仲夏夜之梦的声音，就像是爱情的爱抚——它滴着蜂蜜，却伴着致命的嘲弄。

我朝着左侧慢慢地转过身去，在盲了无数年之后，第一次，我能看见了！

我在一个巨大的洞穴里——在地球的核心处。远处卢伦格瓦·曼加卡蒂斯河的咆哮声震耳欲聋。我可以在黑暗中隐约辨认出无数块巨大的岩石。我可以清楚地看到在不远处有一个大瀑布，它的顶部和底部都消失在黑暗的峡谷深渊中。

一个高大的银色幻影出现在洞穴远处侧方，那是创造女神尼娜瓦胡·玛。我听到她的声音在说："投降吧，鲁姆坎达。你必须把自己交到我们手中来接受惩罚。你必须因犯下的罪恶而遭受报应。上层世界抛弃了你，天界也不要你，而你在邪恶的下层世界同样也不受待见。"

"我不怕你，女神，"我回答道，"我会继续和你战斗到时间的尽头。"

我感觉自己从地面升了起来，而一切消失在银光中。

"醒醒，被岁月遗弃的东西，我们到你的部落去还有很长的路要走。"

我睁开眼睛，发现自己回到了上层世界。经历了千年的失明，我的眼睛第一次感受到蓝天的纯净美丽，欣赏到喃喃低语的森林那令人激动的绿色和遥远的山脉的紫色。我觉得自己像一个重生者，突然间，我似乎卸下了千年的黑暗生活，自己又一次变得年轻了。我体会到周围景观散发出的强大魅力，我花了很长时间欣赏在蔚蓝天空中相互追逐的两只七彩的鸟儿。蜿蜒穿过绿色起伏山河的遥远银河让我着了魔。

我看到载满勇士的小独木舟穿过河流划向遥远的地方，我看到超过五十只的黑羚羊在我躺着的山坡上吃草。当思念的风徐徐吹过时，我看见长长的草点着头，跳着舞。

哈哈！经历了千年的失明后，恢复视力是一件多么美好的事情啊。当然，正如部落的箴言中蕴含的一个大道理，如果一个人想要感恩一件美好的事，就必须先了解这件事坏的一面。

我意识到有什么东西也在，于是慢慢地转过身来。一个几乎和我一样高大的女人就站在那里。与我深棕色的皮肤不同，她的皮肤就像抛光的乌木一样光滑漆黑，如女神般美丽。她具有女人味的身体的每一条曲线都展示出美丽和完美。只见她咧着宽厚饱满的嘴唇取笑我道："我们要永远待在这里吗，鲁姆坎达？"

她是我几百年前的火娘子乌拉·姆英达（Vura-Muinda）。

"我能看见你了，乌拉·姆英达，"我傻乎乎地脱口而出，"我真的可以看见你了！"

"你跌落到下层世界，把你的视力给震回到了你自己那愚蠢的眼睛里了，粗人，"她说，"你最好马上想出一个非常合理的解释，告诉那些朝我们走过来的人你到底去了哪里。其中有些好像还是你的女人。"

我瞥向她所指的下坡，看到整整两个军团的勇士正朝草坡上行进。

“他们怎么知道我在这里?”

“他们肯定是跟着气味寻来的，我心爱的臭尸。”乌拉·姆英达回答说，“你可能不知道，老傻瓜，对那些普通百姓来讲你已经失踪了整整一年。”

“整整一年!”我不敢相信，但这是事实。随着勇士们的靠近，我看到他们中有女人，还有一个穿着女王丈夫的服饰的男人。

他们还没有看到我们，但我知道那个领头的女人已经感觉到了我们的存在。

突然，乌拉·姆英达做了一件令我惊讶得目瞪口呆的事。她卧倒在我身旁，并用手臂环绕着我的脖子，然后快速地把我压到柔软的草地上。她开始吻我的嘴、脖子、鼻子和额头。我的耳边不停地传来长草被许多双脚碾压的声音。然后一个高大的阴影笼罩在我们两个人身上，接着一个柔软的声音说：“哦……哦!”

“走开，你这碍事的傻瓜!”乌拉·姆英达愤愤地对年轻的女入侵者说，“女人就不能和她的丈夫在这片土地上得到片刻安宁吗?”

那个年轻女孩离开了，接着我听到另一个声音：“卢娜乐迪公主，谁在那边的草地里?”

“是父亲!”女孩哭了，“我们终于找到他了……我们找到他了！”

一阵脚步声，乌拉·姆英达和我发现自己被几十个勇士围着，他们脸上的表情很逗。

“以我祖父的名义起誓！”一个有着圆肩膀，看起来像大猩猩的离得最近的人发誓道，“这是我们的首领没错……他拥有人们前所未有的男子气概！您去了哪里，尊敬的首领？”

“这个女人是谁，我的君主？”一个高大的女人问道，不是别人——正是诺利亚达。

“你应该问，这个女人是什么，”乌拉·姆英达说，“这样你才有可能得到一个合理的答案。”

“好吧，这个女人是什么，我的君主？”诺利亚达大吃一惊。

“你是在问我吗？”乌拉·姆英达讽刺但又柔声问道。

“我正在跟我的丈夫说话，怪人。”

“你丈夫？如果这是你的丈夫，你为什么不在他的臀部刻上你的名字做标记？在这之前，他是任何一个女人的财产。现在，不管你相不相信，美丽的人儿，我决定把他留在自己身边。”

“我们倒要看看！”诺利亚达吼道，“你是谁？”

“你真的想知道吗？”

“当然！”

“我就是你费尽心思渴望变成的那个人。”

“哦！”诺利亚达愉快地说，“你从哪根朽木下爬上来的？”

乌拉·姆英达直接无视了这个问题，然后转向我并轻声说道（但足够让傻笑着的勇士们都能听见）：“告诉我，鲁姆坎达，这片土地上缺女人吗？”

“不，”我回答道，“你为什么这么问？”

“不缺！那你为什么还要费那么大力气制造出这样一个东西来，然后还把她当作妻子？你开启了一个不好的先例，我的爱人，不久之后，所有为情所困的陶匠和雕刻师不得不做的就是做个模板给自己刻一个妻子出来，从而节省彩礼的费用。你应该为自己感到羞耻，鲁姆坎达，你让我们这些天生丽质的女人不知如何是好了！”

“天生丽质这个词也配用在你身上吗?!”诺利亚达喊道。

“停止你的喋喋不休，你这个被美化的木偶！”乌拉·姆英达喊道，“如果我需要像你这样的玩物的建议，我自会问你话的。”

一个身材矮小，长着一张娃娃脸的女人急忙打断道：“不要吵了，我的姐姐们，不要吵了。现在不是幼稚地争吵的时候，我们都回家吧。感谢伟大神灵，让我们最后找到了鲁姆坎达，我们拯救部落的希望都寄托在他身上了啊。”

“说得对，哦，尊贵的塞丽薇。”诺利亚达平静地说，“我们必须告诉鲁姆坎达发生在这片土地上的可怕事情，也许他能告诉我们该怎么办。”

“别告诉我我们的国家再次被入侵了！”我大叫着，从地上一跃而起。

“不是的，我的君主和丈夫，”诺利亚达说，“国家没有被入侵，至少目前没有，也没有任何灾难性的事件发生……至少目前还没有。但是，就在大约十天前，两地的民众都看到天上出现了一个可怕的迹象，太阳在中午便完全黯然失色了。”

“快跟我说说。”我坐在岩石上命令道。

“我们忙着在田野里犁田播种，突然天就变暗了，”诺利亚达说，“当我抬起头，便看到太阳暗淡了。两个女人因为直视太阳而瞎了眼睛。在很长一段时间里，这片土地一片黑暗。消失的太阳的唯一迹象就是在月亮后面发出了一股耀眼的光芒，两道眩光，一道指向东方，而另一道指向西方。这很可怕，但又很壮观。可这并不是全部，我的丈夫，那不是全部的景象。就在这个可怕的景象发生的后一天，四个男子以带来铁矿石造矛做礼物为借口进入了皇家村落，我们非常友好地接待了这些人。但是，他们尽想干坏事，我们很快就发现他们有问题。他们看到了三胞胎德马那和德马扎纳在小屋附近玩耍，戏称他们为小家伙。当孩子们朝他们走去时，其中两个人竟抓着孩子跑进了一个空的小屋里，而剩下的两个人则做了一件奇怪的事情，他们点燃了自己的两个伙伴和两个男孩所在的那间小屋，然后自己也爬进了烧着的屋子。幸好鲁拉玛·玛纳鲁阿纳和穆温德·鲁塔娜娜闯入燃烧着的小屋并成功地拯救了两个孩子，但是玛纳鲁阿纳的左臂被严重烧伤了。马维姆贝拉也将其中一个男人拖出了火海，然后小屋倒塌压死或烧死了另外三个人。我们让他坦白了关于谋杀那两个无辜孩子的惊人意图。你说！马维姆贝拉。”

“我来说！”马维姆贝拉吼道，“当我拖出那个苦苦挣扎的鬣狗的儿子时，我对他说：‘好了，你这肮脏的乞丐，告诉我你们为什么试图谋杀我们外出的首领的孩子们！’这个愚蠢的家伙摇了摇头，拒绝回答。伟大的首领，我就把他交给战士们，然后祖宗保佑——那个蠢东西就迫不及待地开始胡言乱语了。当他的生殖器被切断并被扔给狗，并且一支被烧得红通通的矛插入他的那个地方时，他开始大声嚷叫，话语就像一股洪流源源不断地从嘴里涌出。

“他告诉我们，在这片大地上剩下的少数曼波人已经组成了一支专门推翻您的队伍。他们已经任命了一个叫索佐佐（Sozozo）的胖子作为西部曼波的新任首领。这四个男子是自杀式志愿者，他们的任务是杀死穆温德·鲁塔娜娜或孩子们，因为曼波人认为正是您跟鲁塔娜娜乱伦的婚姻激怒了神，现在神要将灾难降临到这片土地上。

“但是，伟大的首领，此时此刻我可以向您保证，您的每一个彩虹将军和战士都忠于您。因为皇家村落和十个军事村落中的所有人，都知道您是在不知情的情况下和鲁塔娜娜结婚的，因此无论发生什么……我们都坚决支持您。”

“谢谢你，马维姆贝拉，”我回答说，“这依旧无法改变我不知不觉地犯下了一个严重又可耻的错误的事实，而且我手头还有一个无法解决的问题。”

“什么问题，伟大的鲁姆坎达？”拥有玲珑面庞的恩古尼女王塞丽薇带着一丝奇怪的微笑问道。

“不知不觉中，我陷进了与自己女儿结婚生子的骗局，现在我面对的问题是——这些孩子怎么办。我既不能杀死他们，也不忍心看着他们带着乱伦孽子的污名过完余生。我该怎么办？”

“毫无疑问，伟大的鲁姆坎达认为自己的问题在部落历史上是独一无二的难题了，”塞丽薇轻声说，“你来告诉他怎么办，马兰德拉。”

这个穿着女王丈夫的服饰，英俊潇洒、极其强壮的男人慢慢地开口道：“您的问题可以解决，哦，鲁姆坎达，这就是我们在这里的原因——为了帮助您解决它。但是我必须说，已经经历过数代的您竟然不知道这件事，这真是令我感到惊讶不已啊。我们生活在一个动荡的世界，鲁姆坎达，一个会发生许多奇怪事件的世界。您陷入的事件虽然异乎寻常，但还不是一个无解的难题。我自己的祖父在尼扬加偶然娶了自己的非婚生女儿，直到十年后才发现自己的错误。他的问题后来也被解决了，就像您的问题同样会被解决一样。所发生在您身上的事被智者称为‘家庭的混乱结’，塞丽薇和我已经待在您的领地六个月了，一直试图找到您并帮助您解开这个结。我们希望尽快做到这一点，并使恩古尼人和曼波人完全心安。”

“但是要怎么做呢？”我问，“我不知道……”

“您很快就会知道了。”塞丽薇甜甜地说。

乌拉·姆英达从自己所坐的岩石上站了起来，并在脸上摆出一副极其自负的样子——然后以最不女人的方式清了清喉咙，说道：“嗯，各位尊敬的曼波和恩古尼的单身汉和老处女，我，乌拉·姆英达，一个来自无名之地的无名小卒的女儿，要向你们严重抗议。你们，是的，就是你们，不仅是这不幸的天底下最虚伪、最愚蠢、最懦弱又暴躁的笨蛋，而且是被蠕虫吃掉的、发霉的、无耻且没有良心的鬣狗的儿子。你们全是故意的，恶意地试图忽视一个事实，那就是，是我这个微不足道的陌生人帮你们找到了你们愚蠢的首领。我是那个为你们照顾他的人，也恢复了他的视力，以便将来他可以看到自己的女人们。”

“你——！”马维姆贝拉喊道，“你是说我们尊贵的王现在可以看见了，哦，尊敬的女士？”

“没错。”乌拉·姆英达说。

“我的天啊——！”

“父亲，”卢娜乐迪大叫道，“您真的能看到了吗？毕竟这么多年了。您能看到我们吗，父亲？”

“我可以看到你，孩子。经历了千年的失明，我终于可以看到了。”

“这太棒了！”塞丽薇说。

“谢天谢地！”马兰德拉哭喊道。

马维姆贝拉用一连串的胡话表达自己的欢欣。

“这是一个伟大的日子。”奈托贝拉说。

“你必须得到嘉奖，哦，不知名的女士，”奈松贡罗洛勇敢地对乌拉·姆英达说，“说吧，你想要多少头牛，不管多少都是你应得的。”

“是的，多少头牛都可以。”诺利亚达不安地说。

“我只想要一头牛。”乌拉·姆英达带着笑说。

“一头牛！”马兰德拉惊呼，“你为我们做了这么多，就为了一头牛！”

“是的，只要一头丑陋的、骨瘦如柴的、无角的老牛。”

大家都因为乌拉·姆英达的话而笑了起来。男人们在草丛中打滚，有些人还跳起了舞，他们笑得前仰后合。

“不！”诺利亚达喘着气。

“哦，是的！”乌拉·姆英达回应道。

我再一次看向我的仆人、朋友和亲爱的子民们，仔细观察他们在喝酒时脸部所呈现的每个细节和特征：马维姆贝拉这张长得像大猩猩的丑陋的脸，马兰德拉英俊安静的脸，奈托贝拉肥胖生硬的脸，以及奈松贡罗洛那张有着又长又斜的鼻子能令人马上想起长颈鹿的脸。我在塞丽薇的面前喝着酒——这个孩子般天真烂漫的女人，我疯狂地想得到却又求而不得的人儿，她就像残忍的神放在那儿的我无法企及的一个果实。我把目光转向了浅褐色的诺利亚达——一个不是女人的女人，却是一个比任何女人都更女人的女人。我看着自己打造出的美丽的手工作品：宽阔的额头、长长的鼻子、丰满的嘴唇、深邃的大眼睛和突出的有轻微裂缝的方形下巴。我自己的创作，不是人类，而是一个不快乐的生物，有人的形但没有人性，却比任何人更像人。

我看到鲁拉玛·玛纳鲁阿纳像一只迷失的麻雀在暗处徘徊。我看到了自己怀疑了很长时间的事，这个贪婪的厚颜无耻的女人，她的脸上可以看到有着班图·阿拉比的混血种的任性和顽固的肮脏痕迹——在南方的兹马·姆布吉，一个阿拉比奴隶猎捕者和班图少女随意交配的地方，从一个妓女的温床上诞生的没有灵魂的杂种。

我全神贯注地盯着她柔软的头发、轻柔的皮肤和鹰钩鼻看。所以这就是鲁拉玛·玛纳鲁阿纳！所以这个女人注定要以堕落的救世主的身份在歌曲和传说中赢得不败名声！我转移视线，直视我永生的大女儿卢娜乐迪痛苦而蒙眬的眼睛。我看到我孩子眼中燃烧着的奇怪渴望，我看到她魅力双唇上褶皱的纹路。我转过身去，然后乌拉·姆英达奇怪的脸上露出了笑容，似乎是在嘲笑并怜惜着我。她知道了，她知道卢娜乐迪对我异乎正常的爱，她跟我一样感受到了危险——来自卢娜乐迪的危险。瓦塔玛拉卡的这个情绪激烈的独臂女儿就像是一条有毒的曼巴蛇，盘旋着准备攻击，但是攻击谁呢？

乌拉·姆英达无言的想法在我脑海中回荡：“小心你的小孩！”

“我们回家吧，”我对聚集着的人群说，“我们还有许多事情要计划，还有很多事要做。”

当我们沿着小山进入森林然后向独木舟走去的时候，马兰德拉拿起一把沉重的卡林巴竖琴，开始唱他那著名的《马兰德拉之歌》。他那富有男子气概的声音回荡在森林深处，美妙的歌曲就像一阵柔和的微风拂过我们的头顶，然后迷失在远方：

安息吧，安息吧，哦，我的灵魂，
在伟大的索曼德拉面前低下你的头，
完全臣服于他的手下，
降服于他的慈悲吧……
在你出生时，他关心着你，
当你将死时，他会伴你左右……

（译者：姚嘉祺）

天灾降临

夜幕降临，裹挟着雷雹的飓风猛烈地扫荡着这片土地。河流化为山洪，在蓝色电光频频闪现中，人们可以看到河水正无情地卷着一切向赞比西河的下游奔流，有树木、灌木丛、斑马、其他野生动物，还有两间屋子……

水深及膝，新耕的田地被淹没了。初夏的第一场雨带来了毁灭般的复仇，夏天以雷声为号，宣告着自己的降世。闪电撕裂着天空，幼嫩的枝条被鸡蛋大小的冰雹咆哮着打断，留下光秃秃的小树。

是啊，上苍在这片无助的大地上咆哮着。树木开始瑟瑟发抖，狗和鸟尖叫着在谷仓下寻找栖身之所，一些母鸡失去了自己的鸡崽，而牛圈里的两头小牛也已经死了。

这就是上层世界的生活——一场毁灭性的风暴会带来明年富

足的希望。生命与死亡并肩同行，一个不过是另一个的折射，它们是同一事物的两面。部落的智者们说："生即是死，死即是生。"无生也无死，反之亦然。这就是上层世界的生活！

在西部曼波皇家村落的主屋里，即将发生一些怪诞的大事情。一个男人即将严格按照部落法律解除与自己意外迎娶的女儿的父女关系，宣布从此自己与她形同陌路。

屋内有八十个整整十天没有进食的人。一些人由于饥饿和口渴虚弱地侧躺在草席或豹皮上。他们正等待着另一个仪式——那些许多个规定部落成员生活的仪式之一的开始。

在暴雨和闪电的喧嚣中，午夜渐近。现在，风暴终于止住了它野蛮的吼声。一颗银色的星星从阴沉的云层后羞涩地探了出来。屋门附近传来一只狗抖去身上水渍的声音。仍有巨响时不时地从树林中传来，远处隆隆的水声似有人在开拓新的河渠。

点燃火柴的声音在黑暗的屋内响起，接着，一点星火落在那座巨大的凹壁炉中央的一小堆干草上。点火的人是穆瓦尼瓦尼。火焰和烟雾渐起，骤然明亮，火舌贪婪地舔舐着上方的干树枝和厚木料。很快整个屋子都沐浴在了摇曳的火光中。

屋角的一个柳条编的盖子突然被翻起，一个高大的有着闪亮眼睛的黑皮肤女人从密道里走了出来。大家都称呼她为黑暗女神乌拉·姆英达。她银铃般的嗓音响彻了整个烟熏火燎的屋子："仪式现在开始。鲁姆坎达和穆温德·鲁塔娜娜必须站到火边来。"

我从诺利亚达和鲁拉玛·玛纳鲁阿纳之间的座位起身，依言站到火堆旁。穆温德·鲁塔娜娜也在乌拉·姆英达的注视下站到了我的旁边，她睁大的眼睛里藏着惊奇和恐惧。乌拉·姆英达将一柄纯铜圣斧和一柄细薄轻长的象征星蛇的木柄铁剑扔进火堆。

恩古尼部落的女王塞丽薇站起来，抓起被绑在小屋黑暗角落里的家禽中的一只，并将其扔到火堆边。然后她开始祷告：

“愿上天俯视今晚的小屋，保佑每一个参加这个神圣仪式的人。愿那些纯洁的、遥远的、未被玷污的星星，能用它们的芬芳气息宽恕我们部族不知不觉犯下的罪。愿我们智慧仁慈的祖先能恳请至高神，将鲁姆坎达和穆温德·鲁塔娜娜无意犯下的罪孽从人类和神的记忆中抹去。愿至高神能将大罪的阴影从德马扎纳、德马那和与他们精神同在的兄弟这三个无辜的人的生活中消除。

“伟大的神灵啊，因为鲁姆坎达在不知情的情况下娶了自己的女儿为妻，品尝到了这蒙羞的爱情果实，他现在来到您的面前，请求您的原谅，希望您能斩断他和穆温德·鲁塔娜娜的父女关系。听我说，听我说，我所有尊敬的祖先啊！听我说，乌克拉（Vukela），德拉勒拉（Dlalela），马勒姆比和坎加那（Kanjane）！当我向你们祈祷时，请倾听我的声音。我恳求你们，请至高神宽恕这些人吧！让大地、星辰与海洋发出更响亮的声音，请求至高神原谅他的仆从！”

说完这些，她把挣扎着的家禽扔进了火堆。乌拉·姆英达则往火堆里抛了一束干掉的赞比亚植物。一团白烟瞬间从火堆中升起，混合着燃烧的羽毛味与植物的香味。当塞丽薇回到她原先坐的地方时，乌拉·姆英达冰冷的带着讽刺的声音透过烟雾传到我的耳边：

“鲁姆坎达，我，乌拉·姆英达，一个没有固定住所、没有明确出身的人，在此时此地要求您在至高神面前，在星辰面前，在永恒的火焰面前，在山脉、海洋和天空面前，在地界上所有东西面前，真实地回答——你是怀着邪恶的企图故意和你的女儿发生关系的吗？你是故意让自己的孩子怀上属于你的子嗣的吗？”

“不是。”

“靠近我，鲁姆坎达，把你的回答说给至高神听。”

当我走到她跟前时，她则把我拉向她。我们肩并肩站着，抬头向上看，慢慢地，小屋的屋顶逐渐褪色，我周围的面孔也渐渐消失了。他们都消失不见了，而我发现我的目光穿透空间，深入永恒之地的深处，甚至超越了永恒之地的最深处，到永恒黑暗的边界外部。我看到了一个轮廓，某种大地之上或星辰之下都未知的形状。它是某种终极的形体，是超越万事万物的终极——人们称它为神，还有些人将它称为终极使命或至高神。有人承认它的存在，也有人怀疑甚至否认它。但它就在那里，无论是被认可，被怀疑，还是被否定——这个形体确实在我的视线中。它是远远超越生物的，不论是凡人还是永生者。它也远远超越男神和女神们，高于任何曾经的神灵和现存的神灵，所有的这些反而永远地惧怕它。我向来不惧诸神，不怕圣灵，不管他们的神意是来自自然、邪恶，还是创造。但在看见至高神的这一刻，我还是会像其他凡人一样颤抖，尽管我是永生的。最终我将自己的否认又重复了一遍："不，我并非故意娶自己的女儿，我不知道这一切，至高神啊，您知道我不是故意的。"

突然，我感到一阵奇怪的眩晕，身体仿佛在坠落。但我仍然站着——是的，我的灵魂依然站着。我发现自己站在一片荒原的边缘，头上的天空是猩红的。那里，覆盖着整个地平线的就是至高神。我站在它的面前，就像高山前的蚜虫。我感觉自己赤裸裸的。一个如风暴般有力的声音响起，仿佛能劈开我脆弱的灵魂："在我的伟大创造中，你的身份微不足道，但你依然有要扮演的角色。我对你有兴趣，但愿你不要再用邪恶玷污自己。"

"请您宽恕我。"我恭顺地祈求着。

"在你请求前，我就已经原谅你了。走吧！时刻保持警惕，在这个充满敌意的世界里你是孤独的。你的永生的同胞们鄙视你，试图摧毁你……但是他们最终会失败。服务于我吧，将我的名字告诉那些可怜虫。你是我选中的人。"

这些话，这些神秘的话让我在震惊中清醒。乌拉·姆英达在我面前弯下腰来，第一次我看到她脸上的担忧。我听见她说："他已恢复意识，仪式继续。鲁姆坎达，你在至高神面前否认了你是蓄谋和自己的女儿发生关系并让她为你生下孩子的，是不是？”

“是。”

“为了让曼波和恩古尼部落的人感到完全满意，我，深爱并相信着你的乌拉·姆英达，对你发出挑战。你要用左手直接去拿那把烧红的真理之斧，用来证明你的话。”

“我接受这个挑战。”

乌拉·姆英达抽出那把铜斧递给我。我伸手抓住斧头炽热长柄的中间，然后把它举到空中。烤肉的味道瞬间侵入我的鼻腔，紧接着是剧烈的疼痛，但我依旧高举着它。

“请问屋内所有在场的人，”乌拉·姆英达说，“来自曼波和恩古尼部落的诸位啊……你们满意了吗？”

马兰德拉用金属般洪亮的声音说：“我是代表恩古尼部落的马兰德拉，我代表全体恩古尼人发声。我们感到很满意。”

“我，”马维姆贝拉粗鲁地说，“代表所有的曼波族人发声。我们知道首领是无辜的。我们非常满意。”

“很好，”乌拉·姆英达说，“你可以放下斧头了，鲁姆坎达。”

我用右手将黏在左手上的斧头扯下来，只见掌心烧得焦煳，疼痛在慢慢缓解。

“坐下吧。”

乌拉·姆英达把惊恐的穆温德·鲁塔娜娜拉到身边，用手语询问着她，后者摇摇头，乌檀木般漂亮的面容流露出无边的苦痛。

“你——还——爱——他?”

她睁大眼睛，紧张地四处张望，希望能找到一种逃避的方法。

“回答我!”

穆温德·鲁塔娜娜做了一个肯定的手势。

“为什么?”

她说自己不知道。

乌拉·姆英达修长的手指跳跃着，她用手语告诉穆温德·鲁塔娜娜我们正在举行的仪式的目的，并时不时地停顿一下，询问这个女孩是否真的理解。

乌拉·姆英达从火中抽出铁剑，然后穆温德·鲁塔娜娜喘息一声便昏厥了过去。塞丽薇和玛纳鲁阿纳用冷水浇醒她并死死地摁住她，这时乌拉·姆英达用铁剑烫焦了女孩腋窝和肚脐下的毛发。这个与真理之斧和烧掉毛发相关的步骤被称为“忏悔之火仪式”。

水和食物被拿了进来，屋内的人们，除了鲁塔娜娜、乌拉·姆英达和我之外，开始享用禁食十天后的第一顿美食。这也宣告分为四个部分的仪式的第一个部分完成了。

人们吃饱后，我的养子和另外两个男孩带来了一只黑山羊，它将被用在仪式的第二部分。这只山羊绝不会喜欢自己的角色，它被称为替罪动物，我与鲁塔娜娜的罪先会被转移到它的身上，然后它将立刻被驱逐到黑暗世界的边界之外。

我们又等待了很长时间，让人们尽情享受第二轮美食。现在他们终于坐下来，为即将开始的舞蹈蓄积力量。沉重的鼓被隆隆敲响，仪式继续进行。

乌拉·姆英达命人拿来一张大草垫在火边铺开，让穆温德·鲁塔娜娜和我躺到垫子上。随着戴面具的鼓手在紧绷的鼓面上打出奇怪的节奏，胡乱的咆哮声充斥着屋子。马兰德拉、马维姆贝拉、奈托贝拉和塞丽薇跳起来争夺着去抓捆绑在角落的家禽。他们尖声叫着，跳跃着，踩着野蛮的鼓点，围成一个又一个圈疯狂地舞动着，然后越来越靠近我们躺着的地方。

所有人都加入了，四处尘土飞扬。我看到马维姆贝拉跳跃到空中，我看到玛纳鲁阿纳、诺利亚达和乌拉·姆英达舞蹈着，跳跃着，在地上翻滚着，活像连恶魔都会嫌弃的疯子。我不由得担心起这个屋子——它说不定会被这超常的噪声炸裂掉，断开地基直接冲上天空。

舞蹈越来越疯狂。男人和女人们脱掉了他们的兽皮和皮裙，赤裸着疯狂地跳舞，就像下层世界的恶魔突然占有了他们全部的身体。玛纳鲁阿纳睁着眼睛、张着嘴，似乎有些恍惚地落在后头，结果被马维姆贝拉和乌拉·姆英达踢到一边去了。

伴着一长串粗野的誓词，马维姆贝拉撕碎了一只他抓着的家禽，并将血淋淋的尸体扔在穆温德·鲁塔娜娜和我身上。其他人也照着做，很快我们全身上下都是羽毛、血和黏黏的肠子——这些热乎乎的混合物象征着我们所犯过的罪。

鼓声、尖叫声、咆哮声和咒骂声渐渐达到高潮，震耳欲聋，就连屋外的狗都开始用最大的声音狂吠。我听不清楚，但我知道这配合的狗叫声已经传到了邻近的甚至更远的部落。

乌拉·姆英达暂停舞动，她点燃了三大盏装着河马油和小牛皮的灯。马维姆贝拉率领着疯狂的人们绕着火堆围成了一个紧密的圈，开始灭火。

马维姆贝拉和马兰德拉跳进火堆中将热灰踩灭。乌拉·姆英达、玛纳鲁阿纳和诺利亚达伴随着鼓点，开始用沉重的锄头在熄灭的火堆中挖洞。

洞里现在塞满了草和树枝，还有能快速燃烧的马鲁拉原木，一盏河马油灯被扔进洞内，立马燃起了熊熊大火，屋子里变得像炉子一样热。妇女们开始用引进屋内的水、用葫芦籽磨成的粉，以及丝瓜络把鲁塔娜娜和我从头到脚冲洗干净。他们拿出一块上等的豹皮，然后我们便把这块豹皮当作毛巾擦干了身体。

马维姆贝拉把黑山羊拖到火边，围绕着它疯狂地跳舞，野蛮地捶打、咒骂它，使尽浑身解数。山羊剧烈地挣扎起来，毫无章法地朝马维姆贝拉的腹部撞去，马维姆贝拉则冒出一句句难听的咒骂。

“啊！”奈托贝拉尖叫着说，“这是一个好兆头啊。这只山羊很好斗，它会成为一个不错的使者，把首领的罪毫无阻碍地带进地狱。没有什么可以阻挡它……这是好兆头啊！”

与此同时，妇女们收集着被撕碎的家禽，将它们和它们的肠子塞进两个草篮里。这些东西全被绑到山羊的背上，最后由骂骂咧咧的马维姆贝拉接手。我们洗下的脏水会被倒在这只一直对我们怒目而视并试图从马维姆贝拉手底下逃脱的山羊身上。

在黑暗女神的指示下，鼓声再次激昂起来，马维姆贝拉将山羊推进灼热的火堆中。女人们给火堆加了树枝木料，火变得更加旺盛，粗野疯狂的舞蹈再次开始了。

“哦！快进去！被选中的小羊啊！”鲁拉玛·玛纳鲁阿纳在舞蹈与旋转中尖叫起来，“带着我们的罪直接下地狱吧……为我们留下平安与幸福。”

鲁塔娜娜和我被洗了一次又一次的澡。他们用泥土和热灰一遍遍地擦拭我们的身体，到第十次时用了热水冲洗。最终当我们擦干身体时，乌拉·姆英达要求所有人保持安静。

“现在，我们到了仪式第二部分的尾声，鲁姆坎达和这个年轻女孩穆温德·鲁塔娜娜已经净化了他们的罪，”她说，“我们开始执行下一个步骤。首领鲁姆坎达必须和穆温德·鲁塔娜娜断绝父女关系，并公开宣布她不再是他的孩子。我们需要一个男人出面，宣布他准备将这个女孩认作自己的女儿。在完成接下来的步骤后，这个女孩将不再是鲁姆坎达的女儿。而鲁姆坎达必须重新提出迎娶这个女孩的申请。”

马兰德拉和塞丽薇站起来，向前走上几步。“我们愿意把穆温德・鲁塔娜娜认作自己的女儿。”塞丽薇轻声说。

“我，马兰德拉，恩古尼部落的斗士，任何对我事实上成为穆温德・鲁塔娜娜的父亲有异议的人，我将向他发出死斗挑战。有人想挑战我吗？”

没人敢出声。乌拉・姆英达低声嘲笑道：“没有争议，我们就继续了。现在，鲁姆坎达被要求斩断他与女儿的亲缘关系。你们要用自己的祷告声协助他。”

乌拉・姆英达从我头上剪下一撮头发，扔进火里，然后对穆温德・鲁塔娜娜也做了同样的事。严格按照最高法律，诺利亚达和鲁拉玛・玛纳鲁阿纳用灰烬涂抹自己，接着她们用手臂把穆温德・鲁塔娜娜抬起来，把她抬到离我很近的位置。我呼唤至高神来见证我斩断和鲁塔娜娜的亲缘关系，为此我朝鲁塔娜娜吐了口痰并转身背对她。

鲁塔娜娜在小屋的近门口处被放了下来，而我和我众所周知的两个妻子——乌拉・姆英达、诺利亚达，还有我勉强纳为妾的鲁拉玛・玛纳鲁阿纳一同走过她的位置，这象征关系的彻底断绝。我们走出了屋子，留下塞丽薇和马兰德拉继续举行收养仪式。

黎明慢慢爬上地平线，太阳犹豫地观望了片刻，在确定一切安全后，勇敢地在蓝天上空升起。而当太阳在正午的天空占据着最高宝座的时候，仪式落幕，盛宴开始了。

三天后，恩古尼部落的女王塞丽薇和马兰德拉带着养女鲁塔娜娜和她的三个孩子——德马那和德马扎纳等，回到他们的家园。在收到彩礼后，他们再从那里把她作为我的新娘嫁还给我。我觉得我能再一次直视这个世界了。在离开一年多后，我找了些时间重新处理我的事务，以尽作为首领的职责。

我做的第一件事就是把彩虹将军们都召集过来，讨论如何对付曼波部落的叛党余孽。

"最大的麻烦是，"马维姆贝拉气呼呼地抱怨说，"我们不知道那些孙子藏到哪里去了，这德行真是跟狗一样！"

"我们马上就能知道，"乌拉·姆英达说，"给我一碗用黏土碗装的清水。"

碗被端来后，乌拉·姆英达慢慢地搅着水，然后收回手指等待水面平静。水中清晰地呈现着我们的敌人躲在马德隆提山脉的画面。"这就是那群狗的藏身之地！"奈松贡罗洛叫道，"伟大的首领啊，让我们到那里把他们统统收拾了！"

"不能杀戮，"我回答说，"这些人都被误导了。我们必须活捉他们，让他们按照我脑子里的想法行事。"

"就这么办，我伟大的首领，"奈松贡罗洛笑道，"无所事事的空想家们必须弄些事做嘛。"

"带上两个军团，我们在日落时分追击他们。"我命令道。

“带我们去吧！”乌拉·姆英达和诺利亚达一同请命，“我们会用我们的力量吓得这些蠢货跪地求饶。”

索佐佐是一个非常快乐的人。他刚刚杀了两个人，并宣称自己是这约五百个躲藏在马德隆提山脉的男男女女的首领。虽然夜幕已经降临，受害者的尸体也早在他的脚边冻得冰凉，他还是无数次地让所有人知道自己现在是分散在各处的曼波部落余党的领袖。他一只手拿着烤山羊腿，另一只手还在炫耀地挥舞着沾满被他杀死的两个可怜人的血的棍棒。

“你们听到我说的话了吗？你们这些肚皮都发绿的渣滓。”他大声吼着，“你们能听清楚并理解我的意思吗？我，毫无疑问现在是你们的老大，你们中哪条卑微的狗敢有胆子忤逆我的意思！我现在要在你们中间选十个人作为我的将军。这十个人都必须舔去我脚上的灰尘，宣誓效忠于我。”

“但……但是，”一个叫姆蓬贡（Mpongo）的老人反对说，“按照部落法律，将军的宣誓效忠形式是将手放到首领的左大腿上，索佐佐，不是舔脚。”

“就照我说的做，你竟敢质疑我！”索佐佐厉声喝道，他夸张的胖脸变得阴沉，充血的眼睛里闪出猥亵的光，“我已经规定了新的法律。从现在起，你们不能再自称是曼波人，而要改叫玛索佐佐人（Masozozo），你们现在都是我的人，是我索佐佐的子民。你们必须整日整夜时时刻刻地听命于我，只听我一个人的。首先，我要你们最漂亮的女儿成为我的妻子，还有你们收藏的好酒好肉。快去，快点！现在就把这些统统拿来！”

惊恐的人们急匆匆地去遵从执行这些暴令。当他们忙着准备的时候，索佐佐任命了十个胖子作为他的将军，最后还用一顶简易笨拙的王冠完成了最高首领的自封仪式。

他和他的十个将军坐下来，吃相贪婪地扫光了人们拿来的食物，庆祝着拥有权力的第一个夜晚。他们吃了成堆的肉，几乎要醉死在啤酒中，然后他们就地倒下开始呼呼大睡，每个人的怀里都还搂着两个吓坏了的女孩。

他们是被一声只可能由下层世界的恶魔发出的血腥咆哮声吵醒的。他们坐起身并一跃而起，动作整齐划一。在被索佐佐命名为“狮穴”的巨大山洞的入口，站着一个他们前所未见的丑恶的女魔头。

女魔头周身萦绕着奇异的红光，在她毫不出众的脸上仅有一只眼睛，双乳间有一张巨大的方形嘴。

索佐佐是第一个放声尖叫的人，他第一个拔腿跑到洞穴最里边。新被任命的那些将军则试图将脸埋进地上的蝙蝠粪里以隐藏自己。

女魔头让惊恐的女孩们都先回家。在用圆头棒把索佐佐和他的将军们痛打了一顿后，她说：“滚吧，你们这群腐烂的野兽，滚回去找你们的首领鲁姆坎达，并向他投降，告诉他是红魔女送你们去的……”

索佐佐飞速跑出洞穴，十个将军也紧随其后。他们像离弦的箭似的飞奔下山坡。路上他们还被另一个绿色的女恶魔袭击，惊慌中进一步加快了自己穿越森林的速度。

图利斯兹韦村落门口的守卫们看到十一个非常胖的人狂奔而来，动作如飞，边跑边像猪一样号叫着。战士们用茫然的目光看着这群气喘吁吁的奔跑者直直地跑到最大的牛栏边，然后开始在粪堆里挖洞。

“离开那里！”一个战士喊道，“从粪堆里出来，笨蛋。你们疯了吗？”

这些人把自己深深藏进粪堆，只露出脑袋。他们的目光因恐惧而呆滞，索佐佐和另外两个人的头发都变成灰白色的了。

“包围这里，密切关注这些哆嗦的胖子们。”战士的头儿大声说，“在首领回来前，我们必须看住他们。”

第二天中午，当我们带着近五百个可能是曼波余孽的人回到大部落时，发现一支由五十个战士组成的完整编队正看守着似乎藏着十一个人的湿粪堆——他们应该尽可能地藏好点。我走过去，笑着看向他们，非常不愉快地说道：“我看到你们了，这群要造反的人。告诉我，你们现在是在假扮红薯吗？”

“滚开，你这个乱伦的巫师！”索佐佐尖叫起来，“你不能杀我，你不敢的，我可是曼波部落的最高首领。我阶级比你高，而我现在命令你滚开！”

“哦，这堆牛粪是你的王位吗，我们的新首领？”我讥笑道，“可是首领的居所在那边。”

“滚开，你这该死的吃人的混账。”

“听着，索佐佐，”我非常愉快地回应他，“你这样说不定会变成我的菜呢。你似乎忘了我从不挑食。”

“你不敢的……”

我对战士下令道：“把他们带到厨房，绑到木杆上，跟厨师说最好能养得更肥些。等我有空的时候再一个一个地享用他们。”

在那之后，我召集了自己的妻妾和将军们，然后对他们说：“我的跟随者和我的妻妾们啊，我们现在必须做好准备，以应付大家看到的日食所预示的灾难。这些即将到来的灾难只可能是以下情况：侵袭，这个我们足够强大可以击退；然后就是饥荒或瘟疫。很可能是后两者的其中之一，但我们必须准备好面对每一种可能的策略。曼波部落的土地广阔而荒芜，我打算把它变成这片土地上最大的一个谷田，我相信我们可以做到。我们必须日夜耕地播种，我们必须砍伐整个森林并在所有地方种上谷物和薯类。我会传信给塞丽薇和马兰德拉，让他们不惜动用武力，也要把所有曼波难民遣返回这片土地。我希望这片土地上的每一双手都握着一把锄头。两个部落的生存可能就取决于我们现在的计划。”

铁匠们立即行动起来，锻造了数万把结实的锄头和斧头。很快，每一个勇士，每一个女人和孩子，都开始在草原上耕地播种。耕地迅速扩张，爬过丘陵，穿过山谷，成千上万个骂骂咧咧的勇士和脾气暴躁的女人日夜在为一个史无前例的目标劳作着——我们要把土地变成一个广阔的谷田。

两个月后，工作仍在继续，数万个愤怒的曼波人被恩古尼部队赶回家园。

雨水降落，万物生长，耕田和播种的速度都加快了。最后，经过三个月的辛劳，足有四分之三的土地上长出了谷物，一眼望去无边无际。愤怒懒惰的曼波人开始公开谈论反抗，许多我自己的勇士也开始称我为疯子和暴君，还用上一连串恰当的形容词修饰。在我估计我们已经做得足够了的时候，大部分人的手都在地里磨出了水疱和茧子。

在这三个月的辛劳和泪水里，我变成了有史以来最受人憎恨的首领。我只有不断威胁说要对任何不服从的人施加毒咒，才让事情一直顺利地进行着。乌拉·姆英达、诺利亚达和我都动用了一两次伏都巫术的力量，用来恐吓一些扔掉锄头跑进森林的曼波男人和女人。我还曾威胁说要把六个叛变的勇士公开变成鬣狗——为了压制一个区域的群起反叛，我差点真的动手了。

最终，耕田和播种全部完成，人们承担起了保卫土地免受危险并与自然之力抗衡的任务。我又迫使上千个愤怒的人拿起木棍敲起鼓去吓退聚集的鸟儿，驱赶成群的野生动物。整整十个军团连续不断地驱逐着动物，用弓箭和石头射击麻雀或其他鸟类——这让热血的勇士们一个个觉得很屈辱。

乌拉·姆英达和诺利亚达做了一件不寻常的怪事，并带来了惊人的成效。她们让一个老木雕师和他的助手雕刻出许多代表自己的小型乌木面具，然后在这些面具里注入伏都巫术的力量，确保能给佩戴它们的人带去好运。她们公开宣布将面具作为奖励发给任何男人、女人，甚至小孩，只要他或她能证明自己在看管任意地方的谷田期间杀死了一千多只麻雀。

结果让人目瞪口呆。在现在已经人口稠密的西部曼波部落的大地上，每个男人、女人和孩子都开始对有破坏性的鸟类宣战。十天内，人们用各种方法将装着数以万计的死麻雀的皮袋子交到皇家村落，以证明自己的能力。仅仅一个月时间，我的妻妾们就发放了五千个这样的祝福好运的小面具。玉米长势喜人，适时的降水和充足的阳光也为我们的辛劳播撒下了祝福。高粱成熟，丰收的时节到了。

曼波人开始和其他所有人一起收割成熟的谷物，他们不再咒骂或皱眉，所有人都近乎狂热地投入收割庄稼的任务中。祝福好运的面具激励着每个人做出奉献，大家都知道只要能于八天内在这片广阔的土地上收获好一千筐玉米，他们就能获得祝福好运的面具。

在收获进行的同时，我挑了一个军团去建造十个前所未有的巨大粮仓。每一个粮仓除了要能容纳一千人，还要有多余的空间，地基要用上不少于八十根木头。每个粮仓都是用结实的木框架搭以纯兽皮建造而成。这点就消耗了不少于三百头牛的牛皮。每个圆顶粮仓有十个入口。

每个粮仓外要涂从一百头河马身上提取的油脂来防水。觉得好笑的人们都认为建造这些黑色圆顶粮仓的鲁姆坎达疯了。每个粮仓都建在一个军事村落旁边且戒备森严。大栅栏各个方向都有一条小径将村落和粮仓相连接，这样，在被袭击的情况下，战士们可以隐秘地迅速转移部队，赶赴粮仓附近增援。

每个粮仓都储备了足够一百万人吃五十天的谷物，薯类则能供相同数量的人吃十天以上。

当人们把数十万个装满薯类、玉米和高粱的篮子搬到粮仓时，他们还在想我肯定是疯了。许多人在暗地里用笑话挖苦我和我看似滑稽的计划。有人说我的胃漏了，需要不断地填充。更有想象力的说我在某处经营着一个秘密的托科洛希农场，这一切都只是为了储备野兽的食物。要是这些愚蠢的凡人知道……

差不多就在丰收和储存谷物的尾声，恩古尼的女王塞丽薇领着穆温德·鲁塔娜娜和她的孩子们德马那与德马扎纳等一起来到曼波再一次拜访我。这个身材娇小的女王率着两队战士来到皇家村落，眼睛里闪着调皮的光芒，她宣称在森林外给我准备了礼物，并问我愿不愿意去拿。在陪同穆温德·鲁塔娜娜和孩子们走到乌拉·姆英达的住所前，她给我指了一个方向。

我带着奈托贝拉和马维姆贝拉越过金色的谷田来到远处的森林。到了那儿后，我派马维姆贝拉进去取那份礼物。这个勇猛的将军当即走进去，但出来时嘴里咒骂得厉害。

“马维姆贝拉，礼物呢？”我问，“你怎么空手回来了？”

污秽的语言继续从他的嘴里流出，他最终说：“他们不能这样对我的首领！我要去揍塞丽薇那肮脏的小鬣狗一顿。她不能这样对您，我的最高首领！”

“深呼吸，马维姆贝拉，深呼吸，尽可能平静地告诉我们到底发生了什么。”奈托贝拉说。

“你们自己过去看看吧。”

我们跟随他来到森林里的一块小空地上，看到了前所未见的壮观景象——一队咧嘴大笑的恩古尼战士守卫着将近两千个漂亮的女孩。“这是献给您的礼物，伟大的鲁姆坎达，”战士队长咧着嘴笑道，“由恩古尼部落的塞丽薇献给您。”

“我们需要不止一个粮仓来收容她们。”马维姆贝拉咆哮起来。

“不，马维姆贝拉，我们可以为她们建造三间大屋，而你将有守卫她们的荣幸。”

“伟大的首领，我恳求您，千万不要让我守卫这些女人。您可以让我做任何其他事，哪怕是徒手杀死狮子，去和鳄鱼搏斗！”

“我说了，马维姆贝拉。现在，你需要态度温和地护送我的妻妾们回皇家村落，并在那里守卫她们直到我有新的命令。你应当享受这个新使命。”

回到皇家村落时，我发现塞丽薇对粮仓茫然地瞪着眼睛。“那个巨大的圆顶是什么，鲁姆坎达？您在储备粮食的传闻竟然是真的……是为了那件大事？”

“是的，塞丽薇，我正在储备粮食。像这样的仓库还有九个。”

“但是为什么呢，鲁姆坎达？”

“塞丽薇，无论你信或不信，我能预见不久后会出现史上最严重的饥荒。”

“哦，索曼德拉，救救我们！”

“他已经赐予了我们大脑，能够让我们自我拯救。他没有时间应付这个玩物般的世界和渺小的人类。”

塞丽薇笑了：“我同样认为他也没有时间来拯救渺小的不朽之人。”

“我也这样认为。但是塞丽薇，请告诉我，为什么要对我开这样的玩笑？”

“您是指那些女孩吗？我希望她们能给您很多的乐趣。我花了整整六个月的时间在全国各地搜寻和我长得相似的女孩来献给您。”

“但是为什么，塞丽薇，你为什么要这样做?”

“让我们相互坦白吧，鲁姆坎达。我爱您，就像大地深爱雨水。我知道您也爱我。但作为恩古尼的女王我必须忍受这件事，恩古尼的最高法律禁止统治者与外族人结合。所以我想将这两千个女孩送进你的心里，占据那让我痛苦却又不能占有的地方。请为了我而深爱她们吧。”

“我会的，小家伙，但我已经发誓，由于我和鲁塔娜娜之间发生的事情，我在三年内不能碰女人。”

“哦，不!”她睁大眼睛大叫道，“那您可麻烦大了，伟大的不朽之人。那些女孩不仅仅是恩古尼最漂亮的，她们还是最热血放纵的，她们迟早会像饥饿的鬣狗一样尾随着您。”

“她们不敢的！我的每个女人都将尊重我的誓言。”

“您的黑暗女神乌拉・姆英达，诺利亚达，还有鲁拉玛・玛纳鲁阿纳可能是这件事的例外吧，鲁姆坎达。您知道的，女人可是会对男人的忽视非常生气的。”

“那她们可以离开我去奶一匹斑马。”我说完。然后我们沿着跟粮仓相连的小径走回村落。

“告诉我，鲁姆坎达，您活得快乐吗?”

“你真的想知道吗，小家伙?”

“是的。”

“我不快乐，塞丽薇。我的生活仍是且只是一条漫长而布满岩石的苦道。我活着只是为了完成至高神赐予的使命。”

“啊！我能冒昧地问一下是什么使命吗？”

“你的小脑袋可能无法完全理解，但让我试着解释一下。你知道，由始祖女神尼娜瓦胡·玛率领的众神曾尝试过无数摧毁班图的方法。班图，作为创造的产物，对古老的神来说是一种威胁。”

“摧毁班图吗？这是为什么，为什么要这样做？”

“在你能想象到的最遥远的未来，将有一个首领诞生，他会挑战众神并奴役他们。他将出生在班图，然后被取名为鲁兹韦·穆恩迪（Luzwi-Muundi）。他是如此强大聪慧以至于他将给上层世界的每一个男人和女人带来永生。这个首领将在大约八千年后出生，他将用不可思议的力量把人类变成坚不可摧的圣灵。这些变成圣灵的人将征服创造之母，让那些星辰在他们面前拜倒。他们将赋予乞力马扎罗山血液和会思考的大脑，并用它来征服浩瀚的水域，从而让他们能够在水面上如履平地。这个神圣的首领鲁兹韦·穆恩迪将把大象训练成挥舞矛的战士，把狮子变成会说话的参谋。鲁兹韦·穆恩迪的军队将围攻众神的隐世村落并抓捕他们，奴役他们。贪婪、愤怒、谋杀、战争和饥荒会就此终结，整个世界将变成柔软芬芳的天堂，永生的人类将永远生活在和平与幸福中。

“但是众神并不希望这样。他们不想让鲁兹韦·穆恩迪出生。

他们明白，只要他们能在他出生之前彻底摧毁班图，这事就不会发生。我在这里正是为了一次次地挫败他们。

“众神正在尝试用各种各样的方法摧毁班图。两千年来他们派了一些怪物奴役并消灭班图的一些部落。现在，他们正派遣猎捕者蹂躏和剥削我们的人口。众神将一遍又一遍地尝试，而我要尽最大努力阻止他们。”

在我们进入村落时，塞丽薇小声地呜咽起来。当我们进入空荡荡的主屋时，她说：“鲁姆坎达，请给我一个吻。”

跪在沐浴着阳光的主屋入口，我们短暂但狂热地接吻。

“我将永远爱您，不快乐的不朽之人，”她抽泣道，“在您悲伤的时刻，请永远记得——塞丽薇就在那里。”

“我会记得的，塞丽薇，我会记得的。”

感觉到乌拉·姆英达朝这里走来，我们迅速地分开。她进来朝塞丽薇甜美一笑，塞丽薇回以同样热情的微笑。接着乌拉·姆英达告诉我，卢娜乐迪试图用一块小小的磨石砸碎穆温德·鲁塔娜娜的脑袋，她不得不把卢娜乐迪敲晕了。

“我必须盯着卢娜乐迪，”黑暗女神说，“这是她第三次谋杀鲁塔娜娜了。那个女孩疯了。”

塞丽薇陪着我们度过了余冬，直到夏初她才回到她的领地。和之前一样，我命令曼波人全都到谷田里去，很快我们又开始忙着耕地和播种。

雨来了，谷物生长，春天的第二个月悄悄溜走。残忍的众神展开了第一次报复。雨突然停了，燃烧着的太阳在万里无云的天空炙烤着大地。倒伏的谷物就像心碎的处女，被残酷的恋人毁坏抛弃。草逐渐干枯，哞哞直叫的牛变得瘦骨嶙峋。各地都是祈雨的仪式。在仪式上，赤裸的女孩和年老的妇女围绕着她们崇拜的创造女神尼娜瓦胡·玛跳舞。

大雨终于来了，倒伏的谷物疯长，草更加青翠。但接踵而至的是非洲的灾难——蝗灾。

最先提醒我们有可怕蝗灾的是鼓声——这个鼓声由西部遥远的隆达部落传来，提醒所有部落要警惕那些自巴鲁巴朝东南方向飞来的群虫。

按照部落间的约定，所有这类信息必须通过鼓声在部落与部落，土地与土地间传递。任何一个没有传递像蝗虫这样重要信息的部落将会遭到严重的诅咒，其他部落对它的进攻和消灭也会变成光荣的事情。

接到消息后，曼波的鼓手们立即把巨大的信号鼓拉出来，将获得的可怕警告传给了恩古尼，而他们又把信息传到尼扬加大地。

两天后，乌拉·姆英达和诺利亚达把我叫到皇家村落的栅栏边。在那里，我看到妇女和勇士们站着，瞪大的眼睛里满是恐惧。红褐色的“云”在西北方向的地平线上缓缓移动——这是一堵由千万只蝗虫组成的墙，它正缓慢而无情地逼近我们。

一个战士指着从西南方向移来的同样密集的“云”，发出了嘶哑的尖叫。

“拿出所有可用的装谷物的篮子！”我叫道，“再把全部皮袋和备用的大型容器都拿出来！所有战士，所有的男人女人——都从村落里出来，要快！鼓手们，你们把信息传给附近部落的人，我们必须燃起一道火链来阻止这些蝗虫。所有军团出动！它们不会吃到我们的粮食的，我们要杀光它们！”

人们将干草和树枝堆成月牙形，并将其点燃以迎击蝗虫，白烟滚滚，直冲云霄。绿色的枝条被扔进火焰以增加白烟的浓度。各村落数以万计的男人、女人和小孩确保这些火焰燃烧。漫天浓烟的景象极其壮观。

蝗虫嗡嗡地扑向这堵火与烟的屏障，所经之处一片荒凉，它们吃光了每一片绿草和树叶。数万只蝗虫停下来产卵，不久后孵化出的幼虫也加入了这场灾难。无数蝗虫在和烟雾斗争的时候跌落，它们不停地跌落，直到地面上铺满了翻滚着的蝗虫，看起来就像爬动的浪潮。男人和女人都踏进这几乎及膝深的虫堆里，用大草碗舀满虫子，倒进足足能装两个人的大篮子里。牛拉着装有几打这样的篮子的橇，往返于各个村落之间。年老的妇女们在村落里烧起锅，煮熟的蝗虫堆积成山。

这场与蝗虫抗争的绝望战斗坚持了五天。数千个盛有熟蝗虫的大篮子装满了我的粮仓。

最终，蝗虫突破了烟雾的屏障，我们无法再坚守作战。蝗虫遮天蔽日，当它们朝东方飞行的时候，黑压压的土地都似活物一般。但我们还没有气馁——它们仍遭受了激烈的反抗。我们纵火把整个谷田烧毁，每块谷田都死了数以百万计的蝗虫，莫帕尼树林也被整个儿点燃，数以十亿计的蝗虫被烧焦。但仍有数百万新的蝗虫出现、飞来和繁殖，以便前往更远的地方进行更多的破坏。

人们失去了全部谷物，牛失去了全部牧场。饥饿的母牛死于产犊，山羊也死了，森林里的野生动物也大多如此。

成千上万的秃鹫飞来，狼吞虎咽地吃着食物。接踵而至的灾难爆发了。

（译者：姚雨嘉）

大瘟疫来袭

安息吧，安息吧，哦，我的灵魂，
在伟大的索曼德拉面前低下你的头，
完全臣服于他的手下，
降服于他的慈悲吧。

正午，炫目的太阳在天空中熠熠发光，辽阔的蓝天不见一片云彩。脚下，大地如同火炉般滚烫，令人窒息的热气如同一层透明的薄雾似的笼罩着大地。

五个头上顶着沉重水罐的女孩依次排列，朝着冒着热气的小湖走去，碧绿的湖面上，一层雾气弥漫在那凝滞的空气中。五个女孩走在枯萎的刺槐草丛中，小心翼翼地避免碰到滚烫的地面。

“哎呀！”那个带头的名叫佐达瓦（Zodwa，是Ntombi-Zodwa，奈托姆比·佐达瓦的简称）的女孩大叫了起来，“太阳比炒菜勺的底部还烫。噢，我的姐妹们，因为我脸上倾盆而下的汗水，我几乎无法睁开眼睛了。”

“放心吧，太阳不会把你完全融化的，佐达瓦。”走在队伍第三的女孩说道，“但你这么胖，可能会比我们融化得快。”

“你总是嫉妒我的身材，你那又高又瘦的肉干身材。”佐达瓦尖锐地回应那个名字叫奈图塔娜（Ntutana）的女孩道，“你总是爱嫉妒。”

“哎呀！”奈图塔娜嘲笑着说，“我宁可是一块又高又瘦的肉干，也不愿意做一只又胖又笨拙的高粱粉饺，噢，佐达瓦。”

“你忘记了吧，噢，奈图塔娜，”走在第二的女孩都督兹勒（Duduzile）温柔地说道，“男人从来注意不到又高又瘦的女人。”

“我不需要你来告诉我，你这只小老鼠。在我让你吃上一拳之前快闭上你那叽叽喳喳的嘴！”

“就凭你，奈图塔娜？”都督兹勒温柔地问道，“你难道忘了三天前我给你吃的那些拳头了吗？”

“啊！”佐达瓦大叫着慢慢转过身来，“我今天是不会参与到你们想要斗殴的疯狂争吵中的，我烦透了你们接连不断的争吵。”

“都听你的，佐达瓦。”都督兹勒小声地说道。

“是的，我说了，你这只嗜血的母胡狼！”带头的那个女孩尖叫着说道，“是时候让一个男人来驯服你了，你这个小霸王，我厌倦了你动不动就与奈图塔娜争吵的习惯。”

“奈图塔娜的母亲总是与我母亲争吵。”都督兹勒温柔地答复道。

“你们母亲们的争吵不关我们的事。”佐达瓦猛地大叫着说，“你必须学会尊重奈图塔娜，你这个无法无天的小魔女，你必须尊重你父亲第一个妻子的女儿。”

“如果你和奈图塔娜再争吵，我们会暴打你的，都督兹勒。”排在第五、长得不漂亮，并且穿着深色衣服的女孩诺西兹（Nonsizi）说道，“最高法律规定一个男人的女儿们不准互相争斗。”

排在第四的女孩坦迪韦（Tandiwe）没有参与这次争吵，因为她几乎是个聋子，听不到她的姐姐们在讲些什么。但这是她第一次看见三个年轻男子蹲伏在灌木丛后面，眼睛发光色眯眯地看着她们。坦迪韦轻轻地拍打了一下诺西兹的肩，指向灌木丛后面弯曲着身子躲藏着的三个人的脑袋。

“啊！那是什么，坦迪韦？”诺西兹大叫道，“灌木丛后面的是什么？”

“三个年轻的男子。”坦迪韦比画道，除了刚才那一声喊叫，她几乎听不到其他声音。

“不要理会他们，假装他们不在这儿。”

女孩们走近那个有些干涸的小湖泊，然后开始用葫芦瓢将日晒过的水舀进黏土罐中。每个人都尽量不理会那三个对她们有爱慕之心的年轻男子，而那三个男子已经从灌木丛离开，正悄悄地向她们走来。

“我看见你们了，美丽的姑娘们。”其中一个年轻男子温柔地说道。

五个女孩冷漠地忽视了这个男子的问候，就好像没人在说话一样，并故意继续她们往黏土罐中装水的任务。

“快乐就是让一个男人用手牵走你们的其中一个，噢，漂亮的小甜心们。”那个男子继续说道，“噢，快乐就是那个男人将在某一天迎娶你们的其中一个。”

“你不会是那个男人。”佐达瓦突然转向他并回复道，“在我们打你之前，你最好转头然后径直回家找你的母亲，噢，小男孩。”

“被你用这么漂亮的手打也是荣幸，噢，我梦中的女神。”那个年轻男子露出了一个灿烂的笑容低声说道。

“你梦中的女神?”佐达瓦问道，她吃惊地扬起了眉毛。“哈哈哈，可怜的小男孩……可怜的小男孩，你是在做白日梦吗?”

“啊，我生命里黑暗天空中那颗最亮的星星，我是常常在白天做梦，而且经常梦到你。”

“很好，你就继续做你的大头梦吧，与我无关。”

“我的心肝宝贝，请你记住今天是你承诺给我已经企求你整整两年的答复的日子。我厌倦了等待，这悬念简直就是要我的命。”

“不答复你是否会要你的命，这与我何干，伽乌拉（Gawula），穆托姆波（Mtombo）的儿子。”佐达瓦不怀好意地说道，“你已经等我的答复等了两年了，以星辰的名义，你应该再等十年。”

“不，奈托姆比·佐达瓦，”那个年轻男子冰冷阴沉地答道，“我不会再等了。而且我在这里警告你，现在你就要给我答复。”

“要不然会怎样，小子？”

伽乌拉没有回答，相反地，他从自己身后的黑盾中拿出一支短小而沉重的矛，在佐达瓦可以制止他之前，他已经在自己左颈上刺了一道很深的伤口。其他四个女孩和另外两个年轻男子惊慌失措地哭了起来。佐达瓦跑向伽乌拉，然后按住了他的肩膀，恐惧的表情扭曲了她的面孔。“伽乌拉！伽乌拉……你疯了吗？”

“我想从你这儿得到答复，佐达瓦。我想此时此刻，得到你的答复。说，是的，你爱我。否则我会刺死我自己，然后死在你脚下。我不是开玩笑的。”

“伽乌拉，”佐达瓦抽泣着说，“伽乌拉，你难道看不出我已经给你答复了吗？你难道看不出我爱你吗？难道我必须要告诉你我爱你吗？自从我们第一天相遇，我就爱上你了。这个也许能让你信服。”

她解开腰部的一条贝壳带，然后把它绑在流着血的伽乌拉的脖子上，接着踮起脚尖，深吻了他的额头。“我心爱的人，你不应该这样对你自己。无论如何，我应该早点给你接受礼的。我爱你，伽乌拉。我母亲是对的，她提醒我要小心你，她说你是个会头脑发热的傻子。”

“我知道，亲爱的。我知道，我表现得像个傻子。原谅我，我亲爱的。现在让我去把这些血冲洗掉。”

“让我帮你吧，伽乌拉。我总是在这个小袋子里装些治疗伤口的药。”

她解开一个挂在铜珠项链上的小黑斑羚皮袋，然后抖出一点绿色的东西落在她的右手。所有第一个出生的大女儿，无论何时带着姐妹们到河边取水，或是到玉米地锄地或收割，都要在脖子上戴这样的袋子。这个小袋子里装了一点药，如果一个女孩被蛇咬伤或被锄头砸伤，就可以马上使用。

当伽乌拉清洗好伤口的血而佐达瓦给他用含脂药时，其他人都围在旁边。

另外两个年轻男子——梅维兹（Mvezi）和法尼亚纳（Fanyana），带着他们各自的心上人——都督兹勒和丑陋的诺西兹，走进了树林，在凉爽的树荫下边散步边讲着各种花言巧语，正如年轻的热恋中的情侣约会时所说的那些话。

也许除了诺西兹和法尼亚纳这对，没有比梅维兹和都督兹勒更般配的了。

梅维兹有着矮矮胖胖的身材、圆圆的脸、浅棕色的皮肤，还有些调皮。但是，他的脾气很暴躁。他的心上人——都督兹勒，是一个可爱的小女孩，皮肤也白，说话也很温柔，但脾气同样也很暴躁。

法尼亚纳非常丑陋，皮肤暗棕色，身材高大，动作迟钝，做什么事情都显得笨拙。他的未来新娘诺西兹也一样丑陋和迟钝。但她拥有曼妙的身材，这弥补了她的丑陋。这些年轻人所在的村子里的人们已经非常不耐烦地等待着这两对人结婚的日子，因为像这四个人这么般配的，一百年里才难得有一次。人们把他们称为“我们村子里的四只小鸽子”。

在他们四个人走进森林后，佐达瓦和伽乌拉也离开了。又高又瘦的奈图塔娜和她的几乎是聋子的妹妹坦迪韦留在树下，在凉爽的树荫下看护着黏土罐。

坦迪韦还未满二十五岁，还没有到被允许去爱和接受爱的年龄，但奈图塔娜是一个不幸的女孩。没有人会爱她，原因显而易见，她肩膀太宽，臀部太窄，总而言之，太瘦了。她是男人想娶的那种女孩——不是为了爱情和生育孩子，而是为了在地里干活和做饭。她的前途是黯淡的。每天晚上，当其他女孩偷偷地离开村落到星空下去迎接她们的恋人时，她则被一种刺痛的孤独感折磨着，她整夜痛哭着。连她的父亲，一个非常有名气的猎人马德乌（Madevu）都十分憎恨她，而她母亲是马德乌的村落里所有的男人、女人和孩子中唯一一个爱她的人。

梅维兹和都督兹勒手牵手走了一段时间，直到都督兹勒开始抱怨自己感到头晕了。

“你又来了，”梅维兹恼火地斥责道，“你总是爱这样那样地破坏我们的约会。不是像老巫婆那样对我尖声呼喊，就是假装生病。我根本不相信你。”

“哦，你这个令人生厌的老鼠！你是个冷酷无情的胡狼，梅维兹。我都很想要打破我们的婚约。你知道吗？”

“你已经威胁了我六个月了，哦，都督兹勒，我再次告诉你，就像我很多次告诉过你的那样，你要是敢在我们订婚之前这样做，我就打断你身体里的每一根骨头。我知道你没胆量违背诺言。”

他抓住她的左臂并将其扭在她身后，直到她痛苦、恐惧和愤怒地大声尖叫。当他放开她时，她转过来，在他脸上猛击了一下。梅维兹大骂了一声，然后放下盾牌和矛，跟她扭打起来。像两只愤怒的野猫一样，这对年轻的恋人打了起来，并在地上滚来滚去。

她抓住了一块圆形石头，用它猛击梅维兹的额头。而梅维兹拿起一根木头，把女孩打得身上青一块紫一块。愤怒的女孩从梅维兹的手上扯下木头，然后与他扭成一团。她的手抓住他的脖子，竭尽全力地想要掐死他。这对恋人互相殴打直到累得喘不过气来。最后，都督兹勒遍体鳞伤，她用胳膊搂住梅维兹的脖子，然后温柔地吻了他的额头说，“亲爱的，别再打我了，你知道我永远不会违背诺言的。”

梅维兹坐了下来，轻轻地把都督兹勒拉到身边。这对恋人亲吻了两次彼此的额头，然后互相亲吻了对方的嘴。这是一个专为已婚人士预留的亲热方式，并只为一个目的服务。[①]

“我们不该这样做，亲爱的。”都督兹勒喃喃自语道，突然感到非常疲倦。持续的头痛感不顾一切地爆发，她感到全身发烫。当她发现自己往后倒下时，一种陌生的恐惧感穿透了她。她不知道发生了什么，但那个抱着她的年轻人已经死了，而她也正在死去。

诺西兹走在自己深爱的男人旁边。她感觉到当他把自己拉近他时，他强壮的手臂的肌肉在颤抖。她宽阔的臀部挤压着他健壮的身体，当他的手指抚摸着她另一瓣臀部时，她的体内涌上了一种奇怪的饥饿感。她突然腿软了。

她坐在长长的草地上，紧张地咯咯咯地笑着，法尼亚纳坐在她旁边，他那热血沸腾的眼睛里闪耀着崇拜和爱意，简直无法用言语形容。他们很少说话——这对丑陋的恋人，在彼此面前，他

---

① 部落的法律禁止人们亲吻嘴唇，除非他们即将交欢。订婚的情侣可以亲吻对方的额头、鼻子甚至脖子，但他们不能亲吻嘴。班图崇拜爱情之吻，认为它是神圣的，不能随随便便，必须非常认真地对待。一个男人或一个女人绝对不能亲吻孩子的嘴。即使一个人长途旅行回来，他也不准亲吻妻子的嘴，只能在额头或面颊上亲吻他的妻子。爱的吻只为交欢而保留，而且只有在为生育孩子的时候才有。当有蜂蜜和啤酒用来防止受孕时，已婚夫妇也不应该使用爱吻。这就是部落二十一个高级法则中的第二个法则，即“秘密和神圣的爱的密码”。

们既害羞又紧张。他们亲吻，拥抱，抚摸着对方，两人都怀着强烈的欲望。

最后，诺西兹疲惫地说："抱……抱紧我，噢，亲爱的，我……我觉得……晕……很奇怪……"

她微笑着，羞涩地眨了眨自己那双拥有长睫毛的眼睛。她并没有显露出自己的不适，但这几乎要将她撕裂开来。自从前一晚起，这头疼就一直骚扰着她。法尼亚纳继续吻着她，抚摸着这个注定要死的人，尽管他突然发现自己也很不舒服。他突然发现自己开始遭受排山倒海般的头痛，但是他仍咬紧牙关，试图摆脱痛苦。部落的法律说过，人们将他们无法乐观地忍受的痛苦表现出来是非常可耻的。于是，法尼亚纳朝把头搁在他膝上的心上人笑了笑，她回笑了一下。两个人的额头上都冒出大量汗珠，但他们仍然继续爱抚着彼此。

"吻我，哦，法尼亚纳。"诺西兹喃喃地说道。

他的手臂紧紧地搂着她，他那双晶莹的眸子里泛着忍受痛苦的红色血丝，但他的嘴唇仍吻着她被汗水湿透的脖子。她挣扎着坐起一些——他们的嘴唇碰在了一起……

这是他们在世上的最后一吻。他们死在了彼此的怀里。

"我不相信！"过了一会儿，伽乌拉盯着他弟弟梅维兹和弟弟心爱的都督兹勒的尸体喊道，"他们都死了，但是到底是什么杀死了他们？”

“难道你不认为他们是自相残杀吗？”佐达瓦惊恐地低声问道，“看，他们周围的草都被压平了，而且都是擦痕。”

“我思绪一片混乱。去，召集其他人，让人跑回去把我们的父母叫来。”

他们叫喊了一段时间，但没有人回答。然后，他们开始在被蝗虫肆虐的森林里搜寻法尼亚纳和诺西兹。

还是伽乌拉先看到死去的“丑陋的恋人们”躺在对方的怀里。他们的脸上有一种难以形容的平静。他们的手臂紧紧地搂在一起——这是他们最后的拥抱。

“他们死了……”伽乌拉呻吟道，“他们死了，他们也死了……”

伽乌拉和佐达瓦惊慌失措，跑出了森林，离开了这个令人痛苦不堪的地方。他们径直跑向了那个被阳光普照的湖，发现坦迪韦和又高又瘦的奈图塔娜都死在了平顶的蒙加树下的装满水的黏土罐堆间。

“不！噢，不！”佐达瓦尖叫着，“让我们跑回家吧，伽乌拉，我们去喊来父亲和其他人。这里有恶鬼在……有很多恶鬼！”

“我……我简直不敢相信！”当这对年轻的情侣起身快速前往远方的村庄时，伽乌拉喃喃自语道。

他们跑进村庄后，却发现那里的所有人要么已经死了，要么即将死去。男人死在他们坐着的地方，女人死在她们劳作的地方，有一个人竟掉进了村落中央的烧饭的大火堆中。

佐达瓦和伽乌拉跑到了下一个村落，然后发现它已被彻底烧毁。那个村落的主人看着他的妻子和孩子们一个个地死去，他意识到一场致命的瘟疫已经侵袭了他的整个村落，他自己也快死了。这个勇敢的人在这种情况下仍记得法律上的条例。他把死去的妻子们一个个地搬到自己的小屋内，然后把孩子们也一个个地搬进孩子们的小屋。他先放火烧了孩子们的小屋，然后点着了他自己的小屋，最后他走进了自己燃烧着的小屋。

佐达瓦和她的恋人伽乌拉终于发现了真相，是某种未知类型的瘟疫正在悄无声息地迅速席卷这片土地——这是一种致命的传染病。在泛着血红色的太阳缓慢地沉落西山前，佐达瓦和伽乌拉已经走过了三个部落和四个村庄，除了已经死去的人，或者即将死去的人和昏迷的人，什么也没有了。

这对年轻的恋人最后站在一个悬崖峭壁之上，想要在遥远的地平线上寻找生命的迹象——来自遥远部落的一缕烟，甚至是远处的呐喊声。可他们既没有看到前者，也没有听到后者。他们意识到他们是在恩古尼东部地区活着的最后两个人了。

在你出生时，他关心着你；
当你将死时，他会伴你左右。

那么，你还需要什么保护呢？
愿你安息，并完全臣服于他。

难道不是他创造的星辰吗？
野兽不是也尊他为父吗？
他是关心你的人，
让他引导你的脚步吧。

让他成为你坚硬的打火石，
温暖你人生的隆冬；
在人生的黑暗丛林中，
让他成为你的斧头，
为你披荆斩棘。

让他成为你伟大的舵手，
引导你生命的独木舟在激流中前进；
他是点缀着天空的星辰，
指引你回家的脚步。

佐达瓦和伽乌拉现在在巨大的岩石间的洞穴中，他们自己举行了一个简单的仪式，宣布彼此成为丈夫和妻子。佐达瓦脱掉她的小牛皮裙，跪下来把它呈给伽乌拉。伽乌拉也跪下身来，用双手接住它。这对恋人以一种来自绝望的力量紧紧地拥抱在了一起。两个人几乎都跟死了差不多，而且他们自己也很清楚。

他们现在是夫妻了，但他们没有未来。佐达瓦是一个有生育能力并且热血的女人，她的目标是让这个她选中的男人至少拥有十个孩子。在光荣的教导仪式中她通过了所有的测试，对这一事实她自己也感到很自豪。

但现在她所有的梦想都破灭了，她将不能活着看到明天的太阳。

伽乌拉是一个年轻的男人，他的心被残酷的女孩们一次次地伤害。当他遇到佐达瓦的时候，他已经失去了被女人爱的所有希望。就在他跪在佐达瓦面前时，他想起了自己那个著名的祖父塔姆波（Tambo）的奇怪话语。他的祖父曾是恩古尼东部地区的巫医。年老而长着皱纹的塔姆波将“占卜的骨头”扔了出去，然后掉光了所有牙齿的嘴里发出的粗糙声音告诉伽乌拉：

“听着，我的孙子，占卜的骨头说，你的心将被不忠的女孩们伤害得破碎不堪。在你找到一个真正爱你的女人的那一天，黄土就要埋到你的脖子了。”

在多年前那个晴朗的仲夏时节，伽乌拉对祖父的话感到困惑不解，但是现在他明白了。

他已经遇到了第一个真正爱他的女人，然后明天他将死去。

眼泪顺着他那瘦削的脸颊流了下来，然后他用手背狠狠地抹去了泪水，作为一个恩古尼人是不准哭的，而且伽乌拉是一个骄傲的恩古尼人。

佐达瓦那双灵巧的手正在生火烧烤着伽乌拉从森林里打来的两只野兔。这对恋人并排坐着，搂着对方的肩膀，倾听着在火中烧烤的尸骨发出的响声。外面，层层叠叠的森林在夜幕降临时呈现出一种更加邪恶的形状，远处一只胡狼凄凉地叫喊着，宣告着内心的空虚。黑夜的歌声已经开始，它那不和谐的音律冲击着耳朵。

在瘟疫中幸存的最后一对恋人在恐怖的寂静中吃着他们最后的晚餐。这有史以来最奇特的婚姻之一的两个参与者没有任何愉悦感地吃完了他们的婚宴。他们的眼里只有无言的泪水，他们愁云密布的心中充满了恐惧。

黑暗的、美丽的死亡新娘正温柔地含着微笑逼近他们。她在恩古尼这片土地上获得了丰收，现在只有两根玉米在等待她的篮子装载，一切用不了多久。黑暗中，美丽的死亡新娘温柔地，差不多是同情地微笑着。

这两个年轻人吃完晚餐后，现在正躺在绿色的莫帕尼树树叶铺就的爱巢中。月亮从远处覆盖着森林的山顶缓慢地升起，一只孤独的猫头鹰从洞穴外的一棵树枝上发出嘲弄的声音，一群狂吠的野狗在下面的山谷里兴奋地欢呼。

“来吧，我的新娘……”伽乌拉伸出手，把佐达瓦拉向他。但是那个女人狠狠地把他推开，然后从叶垫上滚下来，以致他都够不着她。伽乌拉半站起来，再次抓住她，然后几乎狠狠地把她压在他的胸口处。随之发生了激烈的争斗，热血的年轻人互相攻击着对方。

她就像蛇一样扭动着离开，在伽乌拉第三次抓住她时，他粗暴地压制住她。然后，这个受过良好教育的年轻男子伽乌拉控制着他自己近乎窒息的激情，娴熟地抚摸她，偶尔激吻她，开始点燃佐达瓦的爱的火焰。佐达瓦仍然抵抗着，但她知道自己已经输掉了这场战斗。她又害怕又兴奋，她的思想开始游荡，开始说许多没头没脑的胡话。

她突然感到羞怯，并害怕伽乌拉，于是紧紧地闭上了眼睛。令她大吃一惊的是，她发现自己竟热烈地吻着他。

她叫着他各种各样的名字，她把他叫作她的凶猛的狮子，她的强大的大象，她的首领，她的天上的星星。她已经迷失在了旋转的彩虹迷雾中。

最后这对气喘吁吁的恋人深深地吸了一口夜空中凉爽的空气。在很长一段时间里，他们仰躺着，陶醉在一种奇怪的感觉里，他们希望这种平静并且愉快的疲倦感会永远地持续下去。

最后，佐达瓦睁开了眼睛，她听到了洞外天空中传来的大笑声。胖乎乎的猫头鹰有着金黄色的面孔，仿佛在嘲弄地看着世界。

佐达瓦转过身来，抚摸着伽乌拉肌肉发达的腹部，而他也转过身来，再一次把她搂在了怀里。她说："抱紧我，噢，亲爱的，我是你的……永远是你的。"

这是她的遗言。一对恋人就这样躺在洞里睡着了，再也没有醒来。那只胖乎乎的猫头鹰仍然孤独地坐在树枝上，一边揉着羽毛，一边睁大自己那发红且阴沉的眼睛恶狠狠地瞪着夜色。

"唔唔唔……唔唔唔……"它忧郁地叫着。

他是一个荣誉鼓手，他有责任在死前完成任务。村落中的所有人要么死了，要么即将死去。他，利瓦（Liva），还活着。他的视线已经开始变得模糊了，头也疼痛了起来，他知道自己将撑不到日落。他必须击鼓送出信号，他必须要在自己失去力气之前做到。一个流浪者——一个来自东方的垂死的流浪者，利瓦曾在两夜前把他请进了自己的村落，是这个流浪者把这种致命的传染病带进自己的村落的。这只是个时间问题，迟早这种致命的瘟疫要夺去整个地区的所有生命。

"我必须警告他们。"利瓦呻吟着，摇摇晃晃地走向有鼓神龛的小屋，神圣的鼓被保存在这里，被作为古老而神圣的东西被珍藏于此。利瓦爬进了小屋，他的头疼得厉害，但他还是推出了最大和最古老的鼓。这鼓已经有五十多年没被动过了，它被厚厚的河马脂肪很好地保存着，它在那里，仿佛就是为这种紧急情况所准备的。

利瓦举起鼓，把它扛在肩上。他摇摇晃晃地走出了自己多年前亲手建造的村落。他疲倦且痛苦地爬上了距离村落有段路程的陡峭山丘。最后终于到达顶峰，他放下沉重的鼓，短暂地休息了一下。然后他慢慢地站了起来，并用手测试了一下风向，紧接着转身迎风，紧紧抓住被他放在大腿上的沉重的鼓，用他最后一股力气敲打出一条又一条简短的信息：大瘟疫，所有部落撤离。

可怕的信息就从鼓底传了出来，嘶吼着的风把声音传送到了最远的山里。利瓦直到听到远处的另一个鼓声接收到了信息并且转送了这条信息后才停止打鼓。

他高兴地笑了，然后拥抱了古老的鼓，接着他把它放下，拔出了锋利的猎刀。“献给您的祭品，噢，我祖先们的圣鼓。”说完这些话，他咬紧牙关，把刀刺进胸口。他倒在鼓上，这个荣誉鼓手死去了。他的血浸染了整个刻着恩古尼历史的神圣象征的巨大黑色鼓。一只丑陋的秃鹫从蓝天上俯冲下来，一会儿它的影子落在了这个死去的鼓手身上。

这条小径和人行道上挤满了牛犊和成千上万个朝着西南方逃离的人——逃离这个致命的看不见的每天会取成千上万人性命的瘟疫。瘟疫对人类造成了残忍的毁灭性的打击，但人类现在正在勇敢地战斗着。

当人们和牲畜向西南方逃跑时，他们遇到了一群面无表情的战士，他们坚定地向东方行进。这些战士被称为献身者，他们无法活着回来。他们肩负着一个奇怪的任务，就是寻找部落里所有遇难者和即将死亡的人，并把这些人就地烧毁。

撤离大部队中任何一个染上瘟疫的人都必须立即与他的所有家人分开。这些人将按照法律的规定选择自杀，或者是等待献身者来帮助他们，如果他们自己缺乏勇气自尽的话。

在其他地方，如果一个人发现妻子或孩子染上了瘟疫，那他就必须立刻在他的村落入口处绑上一根长满绿色树叶的大树枝，以警告过路人不要走近，同时引起献身者的注意。正是从这种把一根绿色的树枝绑在被瘟疫折磨的村落大门上的习俗中产生了著名的班图语“Kuvalwe nge hlahla”，这意指“被一根绿色树枝关闭的门”，通常在灾难，大多数是在某些疾病降临在一个部落或一个村庄时使用。

这种流行病，或者说是瘟疫，正在以惊人的速度蔓延开来，扫荡过北边、东边和这片大地的中央部分，所过之处不留下一丝人的生命气息，这样残酷无情的事情是部落的历史上从未有过的。

当这个可怕的流行病的消息传到塞丽薇的耳中时，她立刻下令她统领下的三个还没有受到影响的地区的所有部落立即撤离。

她命令战士封锁了这些地区的边界，以阻止来自其他地区的难民流入。这是塞丽薇一生中最艰难的决定，据说她在做这个决定时哭得很伤心。这是一个残忍但明智的决定，它拯救了超过四分之三的恩古尼族人。即便如此，仍有两万五千多个难民被抛弃了，听凭命运的摆弄。绝望的难民们与阻拦他们道路的恩古尼战士们开战。这些难民心中对塞丽薇产生了极大的怨恨，他们发誓要报复她。他们向另一个方向逃离，形成了一个脱离恩古尼的新部落，名为巴拉利维，意为“被遗弃的人”。

虽然这些难民当时并不知道，但塞丽薇遵守了注定要成为所有部落最高法律之一的那条规定。在此之后，所有的最高首领都被期望做出这样的牺牲来拯救他们的大部分子民。未来的一代代人会因为她的智慧而感谢和铭记塞丽薇，而不管事实上这样做是多么残酷。

与此同时，来自恩古尼土地上三个未受影响的地区的大迁徙正在推进中，成千上万的人如潮水般涌过边境，进入西部曼波的国土。最后一个离开的是塞丽薇自己，追随着她的是她军事村落里的军团。她想留下来，和其他被她拦住逃亡之路的难民一起死去。于是，马兰德拉不得不把塞丽薇强行扛过边境。

曼波大地成了非洲中部最后一块人类抗击这场有史以来最惨烈的疾病的阵地，但没过多久，大瘟疫便从西面进入了曼波的土地。看起来这种奇怪的流行病也在隆达的土地上肆意地爆发了。

扫荡了四百多万人的性命后，它从后面蔓延进入了西部曼波的大地。

在我自己的皇家村落里，人们开始突然死去，但我们决定站起来反抗。乌拉·姆英达、诺利亚达和我用一种极为难吃的药物对抗瘟疫，人们不久就把它称为“托科洛希的尿液”。我们日夜烧制着，成千个巨大的陶罐里装满这种恶心的药物。我们强迫战士、将军、仆人、农民，每个男人、女人和孩子喝下这个药物。这药也被证明是一种强效的泻药。

我们发动了一场与看不见的敌人进行的残酷野蛮的战斗。我们从它的爪子下夺回了成千上万个受害者。我派出整个大部队的勇士到每个地区，用雪橇装上巨大的罐子，那里面装满了我神秘的药物。勇士们强行抓住他们所遇到的每一个人，包括那些半死不活的人，不由他们反抗也不由他们分辩地强行将药灌到那些人的喉咙里。

有一天，强壮的猎人姆贝乌（Mbewu）正站在他新的村落的城楼上，神思恍惚地盯着朦胧的远方，尽力去忽视从今天早上醒来时就开始的那一阵接一阵的头痛。突然，他看到一群全副武装的人正沿着尘土飞扬的小径向他的村落行进。在这些勇士身后，有两头公牛拖着雪橇正运着一个巨大而又坚硬的建造物，它看起来像一口大而黑亮的炖锅。四个年轻的勇士走在运送的公牛边上，而足有一百人的一大群勇士殿后。

一个体型巨大、虎背熊腰的彩虹将军，长着一张让姆贝乌一看到就会想到猿猴的脸，正带领着队伍行进——以一种凶狠的决断力催促着他们，这让姆贝乌的心里有些害怕。姆贝乌的第一任妻子特蒂韦（Tetiwe）跑出来和她丈夫一起站在门口。“那些是最高首领鲁姆坎达的勇士，哦，我的丈夫，”她低声说，“您认为我们做错了什么事吗？”

“我不知道，噢，亲爱的，”猎人姆贝乌喃喃地说，“我要去见见他们，看看他们想要干什么。”

特蒂韦看着她的高个子丈夫沿着山坡大步走下去迎接勇士们。她充满恐惧的双眼直直地注视着，双手紧贴在嘴边，为了不让自己大声哭出来。“伟大的神啊，我们做了什么……鲁姆坎达是一个奇怪而可怕的食人魔。噢，我亲爱的丈夫！现在他们在对您做什么呢？”

经过一段简短的谈话——对话内容特蒂韦因为隔得远无法听到——那个体型巨大、虎背熊腰的彩虹将军一拳把姆贝乌打倒在地。四个咧嘴笑着的勇士跳到倒在地上的猎人身上，把一个巨大的喇叭状的灌肠用具塞进他的肛门。姆贝乌怒气冲冲地吼叫着，试图甩掉那个舒服地坐在他背上的胖子，而另外三个勇士则轮流把药从喇叭的宽端灌入他的肠子里。然后，姆贝乌被翻过身来，在巨大战斧的威胁下，被迫喝下了一些肮脏的液体。

特蒂韦惊愕地看着。姆贝乌被放开后站了起来，然后像风一样跑进灌木丛，他边跑边大声喊叫着，咒骂着。然后，彩虹将军就来到了村落的斜坡上。

“你，女人！”他咆哮着，“把每个男人、女人和孩子都叫出来……”

“为什么……为什么……”特蒂韦结结巴巴地说。

“快点！”将军咆哮着。特蒂韦跑着去通知她婚姻中的情敌基基扎（Kikiza）和孩子们。“到这里来！”将军在惊恐的两个女人、三个男孩和四个女孩的中叫嚷着，并向他们推来了一个葫芦，里面装满了特蒂韦从未见过的既难看又难闻的，而且明显还超级难吃的药。“轮流喝，你们这些愚蠢的傻瓜。”

“但我们没有生病。”基基扎抗议道。

“我们尊贵的首领宣布这块土地上的每个人都有病。最高首领说你生病了，你最好还是病了。”

“女人先喝，然后男孩喝，最后女孩喝。”恶狠狠的勇士们密切注视着每个人都吞下了所需要的量。接着，将军大喊：“你们大家都转过身来，弯腰。”

妇女们和孩子们一把鼻涕一把泪地接受了后续的治疗。此后，勇士们又移到了下一个村落，彩虹将军把一块小鹅卵石加到他那几乎已经满了的袋子里，每一块都代表着从大瘟疫的可怕爪子下拯救出来的一个家庭或一个村落的人。

奈达沃（Ndawo），范兹的儿子，是一个贼。在这个特别的夜晚，他有一个很好的办法让自己迷失在黑暗的森林里。他正赶着八头棕牛，所有的牛都是偷来的。奈达沃已经等待并计划了一年多的时间，终于从村落里他那胖胖的富有的邻居杜马扎（Dumaza）的手中偷来这些牛。现在他正把它们带到他在黑暗森林深处的秘密藏匿处。

他已经梦想着铜饰品、象牙和乌木用具等等财富，他将用八头肥牛从西南部阿玛·科萨部落的叛变者姆科萨（Mxhosa）那里换得这些。狡猾的老鬣狗姆科萨会讨价还价，并试图让奈达沃把这几头牛的价格降到每头牛只值几个手镯。但一如既往，在不诚实和狡猾方面姆科萨还不是他奈达沃的对手，最终奈达沃总是能得到他想要的全价。

“愿神在我卖了这些母牛后再将死亡降临到姆科萨的部落。”奈达沃贪婪地笑着，喃喃自语。

然而在安静的夜晚，一个愤怒的咆哮的声音吼叫：“你，你和你的牛，停下……我以最高首领的名义命令你！”

奈达沃看到很多个朦胧的身影从层层叠叠的黑暗中向他走来，是勇士们。奈达沃虽然是个小偷，但他不喜欢伤害别人，因为他不喜欢自己被伤害。他知道最高法律对偷牛的行为所规定的惩罚，对于这种惩罚，他特别没有好感。没有人愿意在自己的胸前点燃一把火，并被人用木桩戳在地上就像晒干皮毛一样。奈达沃的愿望是即使不诚实，那也要活到高寿。

于是他转过身，尽可能快地逃跑，试图甩开追赶的勇士们。他以前从未这样跑过，但是他的追赶者好像飞跃了长长的草地，他们之间的距离缩得越来越短。

奈达沃没有看到草地上惊慌的一对恋人，直到他绊倒在他们身上，摔倒在地。他还没来得及起身再次飞跑，他和那对惊恐的恋人就被抓住了，并被押回森林里。

“这下我死定了。”奈达沃喃喃自语道。他旁边的那个年轻男人开始哭泣，那个年轻女人被抓以后倒是什么也没做。这使奈达沃感到惊讶，直到后来他才发现那个女人是另一个人的妻子……

这三个人挤在勇士们临时搭起来过夜的营地中心，出乎他们意料的是，一个急躁的彩虹将军给了他们满满一碗散发着恶臭的液体，然后急切简短地命令他们轮流喝下。当被命令转身和弯腰时，奈达沃和受害者同伴们服从了，并为致命的矛可能带来的痛苦而紧张着。他们被灌肠了，他们的肚子因冰冷的药而膨胀，发出嘎嘎声。

几分钟后，一个感到震惊的盗牛贼和两个同样惊讶的违背婚姻法的罪人在彩虹将军的咒骂下走上了回家的路。

奈达沃对偷来的牛失去了所有的兴趣。他气鼓鼓的肚皮发出了声音，不久后他就蹲在了一个满是荆棘的灌木丛后面。他当时并不知道，正由于这种奇怪的经历，一个毫无意义的生命被挽救了。

你的昨天，你的苍白的明天，
你的黑暗的和不确定的今天，
它们对他来说都是清楚的，
它们都在他的神圣之手中。

虽然你的敌人包围着你，
用磨刀钢，试图杀死你。
虽然看不见的悲哀的鬣狗在吞噬你那流血的灵魂，
臣服于他吧。

虽然星空是你的小屋，
流浪的风是你的毯子，
对情人来说，你拥有的只是一个梦，
相信神并让自己臣服于他。

虽然你的食物只是草，
微弱的萤火虫是你的灯；
虽然你用手拎着你的裤腰带，
遮蔽你的羞愧，不让凝视的世界看到；

虽然你的睡垫有杂草，
相信神并臣服于他吧。

六个月后，不仅在曼波的土地上，而且在恩古尼的土地上，我们赢得了对抗大瘟疫的决定性胜利。我们从大瘟疫死亡的爪子下夺回了数万人，尽管它带走了更多我们无法挽救的生命。这种疾病的最后痕迹也被我们扫出了科萨的土地。

人们开始回到人口稀少的地区，试图把生命活力带回荒芜的家园。一个缓慢而痛苦的重建工作开始了。大量无主的牲畜被平分给大家。

我们在一场战斗中幸存了下来，但是马上又面临着另一场战斗，而后者比前者更可怕。瘟疫肆虐和太阳炙烤的初夏已经转成夏末，转眼又进入了冬天。很快又到了新一年的初夏，然后不知不觉间，初夏的第二个月就过去了。而在这段时间里，愤怒无情的太阳使脆弱的大地泛起了泡。

谷田不复存在，牲畜成百上千地死亡，饥饿的胡狼在这片土地的每一扇门外号叫着。

（译者：王依佳）

开启伟大的新征程

死亡之手严密掌控着这片大地，饥荒时期的人们如牛奶桶里的苍蝇一般死去。没有食物，甚至森林里树上的叶子也因为太干而不能被人类所消化。大部落中人们的死亡率比其他任何生物都要高得多。他们逐渐变成眼窝凹陷的骷髅，几乎难以移动。他们虽然看起来像死物，但是仍会动，看起来就像是在干燥的卡拉哈里沙漠中死了很久的布须曼人的干尸。他们的牙齿外露，面露狰狞的笑容。他们纤细的脖子使得他们的头看起来特别大。

他们的大脑也在萎缩，并不是指体积，而是指正常的智能。男人、女人和孩子们常常做出奇怪的举动。这些最不应该被看到，也最不应该被铭记，然而许多不光彩的事件注定会在多年以后重现在人们的记忆中。让我们简短地看一个这样的例子并很快地越过这个部落历史上的黑暗阶段。让我们试着去遗忘……

这两个年轻人正焦急地等着他们的母亲慢慢死去。他们圆亮的凹陷的眼睛由于充满着可怕而又疯狂的兽性而显得炯炯有神。他们现在再次舔着自己又饿又干的嘴唇，偷偷地瞥着对方。他们翘着骨瘦如柴的腿，耸着瘦弱的肩膀，坐在那里。他们看起来像两只巨大的深棕色的蝙蝠，像是来自地狱最深处的两个恶魔……一直等着……

这两个年轻人——德达尼（Dedani）和班尼吉（Baningi），不再是人类，也不是正常的动物，他们简直是来自下层世界中污秽场所的疯狂的野兽。十天前他们吃了最后一口食物，那是他们的母亲牺牲了他们的小弟弟维拉皮（Velapi）做的。自那以后，他们就没有吃过任何东西了……

现在德达尼和班尼吉正等着他们的母亲死去，以便他们能再次有食物。但是德达尼的耐心突然湮没在了狂怒中，他使出全部力气，伸手去拿他那早已死去的父亲的战斧……

此后的许多天里，德达尼和班尼吉有了食物，并在一个由于饥荒而难以存活的地方渐渐地恢复了原有的体力。

将近一个月后，他们离开了他们所在的村落并冒险进入一个白天由秃鹫统治、晚上由鬣狗统治的境地。他们走了几天，睡在山洞里或树上。有一天，他们在穿过一个坐落在青草覆盖的山顶上的村落的时候，被坐在大门前的骨瘦如柴的男人发现了。男人因饥饿而无神的眼睛在看到这两个年轻人的时候睁大了，他的想法从干裂的嘴唇中蹦了出来："食物!"

三个赤裸的瘦削的女人在听到这两个有魔力的字后从小屋里慢慢走了出来。她们看见自己的丈夫在看到一些明显能吃的东西后踉跄地离开了村落，她们感到力量，来自绝望的力量从她们疲惫不堪的躯体中涌出，她们一定要帮助她们的丈夫。这四个移动的骨瘦如柴的人从有灌木的山坡上奔向那两个孩子——十四岁的德达尼和他十二岁的妹妹班尼吉。这两个孩子看见有人紧跟在他们身后，正朝着他们的方向走来。

高个子男人凭借他的长腿渐渐逼近德达尼。他弯下腰，捡起一块石头投向并正好砸在德达尼的头上。男孩尖叫着蹲了下去，而他的妹妹飞快跑向远处的森林以寻求庇护。德达尼试图站起来，但是这个男人和他瘦削的妻子们一同扑向他……

班尼吉一直跑，一直跑，直到跑不动为止。太阳落山的时候，她被一棵倒下的树绊倒并一头撞进了一个几乎没有草覆盖的深坑里。

直到第二天，她才从深坑中出来。快到中午的时候，她听到草地上有许多脚步声，还有无精打采的抱怨声。十个男孩正疲惫地在森林中寻找能吃的东西。他们认为一只死去的动物甚至死人都能用来填饱肚子。

可班尼吉并不清楚这个，以致她犯了她生命中的最后一个错误。她大声呼救，而他们确实帮助她从深坑中出来，但是他们没有理会她轻声的感激，不久后烧起了猛火……

那是这片土地历史上最奇怪的日子——那些大饥荒的日子。在西部，拥有一个庞大帝国的隆达部族吃掉了他们的君主，还有君主的所有妻子和彩虹将军。男人吃他们的妻子，孩子吃他们的父母。恋人不再把对方带到爱情垫子上，而是放到肉盘上。

男人同秃鹫和鬣狗为死了很多天的牛的尸体打斗。全家人像疯了一样围在这样的尸体边上吃着——确保所有的人都能吃到肉和里面爬着的东西，而不是只闻气味。

现在人们意识到了为什么我要建造巨大的粮仓，以前侮辱过我的人也开始赞美我。我不再是一个疯狂的巫医，我变成了人民之父鲁姆坎达。

成千上万饥饿的人远道而来，远至西方的隆达人，北方的尼扬加人和基库尤人，东方的鲁干地人（Lukondi，被奴隶猎捕者忽略的人），他们聚集在曼波和恩古尼的土地上。他们听说在那里人民之父鲁姆坎达用谷物和熟蝗虫来喂养人们。

我大大加强了守卫粮仓的人力。我派勇士们去捕鱼。我派其他人去狩猎大象、水牛甚至犀牛。整整六个月，只有众神知道，我满足了除了我们自己部落的那些人之外成千上万张嘴巴。

人们变得太羸弱以致无法打猎。许多人倒下并死去。尽管我们提供了食物，但仍旧到处都是死亡，而且残酷的干旱并没有减弱的迹象。

大饥荒导致的死亡人数比大瘟疫时死去的人还要多，它给部落带来的痛苦比以前发生的和之后将发生的其他任何事都要多。我让我的妻妾们夜以继日地为那些每天在我部落门口喊着要食物的数千个饥民煮蝗虫和高粱。说十种不同语言的人们乞求着："噢，伟大的人民之父鲁姆坎达！给我们点吃的。"

我将食物递给他们——把盛着热气腾腾的高粱和肉汤的碗递给那些赤裸裸的、可怜的、骨瘦如柴的人——男人们憔悴成被绷紧的皮肤覆盖着的干瘪的骨架；一度是美丽生物的女人们也面临着干枯的噩梦，未断奶的婴儿卧在她们空荡荡的胸前，看上去就像是剥了皮的干瘪的兔子。我给他们食物的时候，他们立刻狼吞虎咽起来。他们吃完食物后还将碗舔得干干净净，还有一些人连这些葫芦碗都一起吞下了。

我两千个妻妾中的一个在她给一帮恩古尼的饥民分发食物的时候被他们吃了。他们把她吃了，他们还吃了盆里的全部食物和巨大的木质搅拌勺。对此，我非常气愤——她是一个非常可爱娇小的女人——接下去的两天我关闭了我的村落中的十个食物分发点，并告诉那些叫嚣着的人让他们离开我的村落去喂斑马，或者跳进赞比西河淹死他们自己。

他们确实如此做了。我的蛊惑人格的特征，加上他们智力的退化，诱导了八千多人跳入赞比西河并淹死了他们自己。我为自己对他们说的话感到非常抱歉。第二天早晨，我又开始给他们分发食物，这回我的妻妾们被武装得非常好的勇士们保护着，以防发生更多的事故。

几个月后，一群被饥饿逼疯了的隆达人因为设法偷袭我的一个粮仓而被我们杀死了，而在我的勇士们埋葬他们之前，一群混有恩古尼人和尼扬加人的人突袭了他们，只留下他们在阳光下被晒得褪色的骨头。

大饥荒持续了一年零八个月。我粮仓里的食物越来越少。最后我们决定为此做点什么。现在已经是早夏了，少雨，土地上并不是绿色，而是呆板的脆弱的棕色。高高的树上没有叶子，枝干裸露在酷热中。脚下的地面就像锅炉中的矛一样烫。没有鸟在安静的森林中歌唱。每个灌木丛下都有死掉的人。各处草堆中都有在刺眼的阳光下被晒成白色的尸骨，这些尸骨属于森林中死于饥饿的整群斑马和羚羊等野生动物。

一个男人和三个女人沿着一条又暗又长的小道走了过来。那个男人身材魁梧，肩膀圆润但驼背，他走路时的样子好像世界上所有的忧虑都在他的身上。他的头发和胡子是黑灰相间的，他的眼睛在宽阔的布满皱纹的额头下面。他没有佩戴首饰，他的腰带是用黑斑羚皮点缀着的非洲猎豹的皮做的——最高首领的腰带。

紧跟在这个男人后头的女人是一个宽肩宽臀的高个子女人，她的皮肤像光滑的乌木一样黑，她那高高耸起的胸部似乎在无穷无尽地挑衅。她的美是不属于这个世界的美，她完美的身材并没有显示出这个世界的残酷。她是属于永恒之地平原上的生物，那里是只有高阶的众神居住的纯净的地方。

她行走的时候带着女性的自信，那种对自己的美丽的强烈自信。

第二个看上去更像人类，但是仍以强烈的方式体现出美。她是人类，但是，从某种程度上说她并不全算是人类。她映衬出燃烧着的仲夏夜月亮的美丽。她的皮肤是深棕色的，她的棕色眼睛深到发黑。她的面容柔和、精致，使她看起来像一件做工精细的易碎玩具。她拥有部落里最好的完美体型，这种美是部落长者们梦寐以求却很少在这个世界上看得到的。

第三个女人并不像前两个，中等身高，并且前两个女人明显是班图人，而她比起前两个更像外国人。她很容易就能被辨别出是混血儿——是班图人和阿拉比人的女儿。她的皮肤非常亮，毛茸茸的头发非常柔软且有光泽。她饱满的额头和嘴唇是她仅有的班图人的特征，她笔直的细鼻和高挑的眉毛最具有阿拉比人的特征。她脸上的美是一个非常世俗的妓女具有的美，她走路的步态像是在吸引男人。

这三个女人都穿着低至膝盖并且用贝壳和大铜珠点缀着的黑色牛皮裙，这种裙子只有最高首领的妻子们才能穿。

这四个人就是我自己鲁姆坎达，还有我的三个妻妾——乌拉·姆英达、诺利亚达和鲁拉玛·玛纳鲁阿纳。我们在去往马德隆提山脉的路上，要去请求至高神将部落从因饥荒而濒临灭亡的状况中拯救出来。

我们现在站在永恒存在的马德隆提山脉的山顶。我俯瞰着被摧毁的大地：那里是棕色的毫无生机的平原和大片森林；数千个男人、女人和小孩正在死去；成千上万头牛死了；没有新出生的婴儿和小野兽。这片土地上有很多个部落，有来自最北方的马赛人，有来自最南方的马绍纳人……他们现在正受着死亡的威胁。残酷的至高神背对着人类，无疑是在使奥杜和阿玛拉瓦绝后。

我们跪在坚硬的石头上。我们低下头令灵魂超越永恒之地的边界，到达了看到并知晓一切的至高神所在的地方。

“发发慈悲吧，我的神！”乌拉·姆英达低语着，“发发慈悲吧，无所不知、无所不能的至高神。”

诺利亚达用她那银铃般清脆的声音唱响祈求者之歌，恳求着：

永恒之地的主啊，
时间长河之父啊——
在您的全能之手中，
掌握着全人类的未来。

在您强大的手上，

我们的人生轨迹能被清楚地追踪到。

世世代代的永恒之父啊，

现在听我们说，我们向您祈祷！

从尼娜瓦胡·玛的残酷中，

从史姆比（Shimbi）可怕的箭中，

从杜马·库达（Duma-Kuda）的闪电中，

还有从努姆库布瓦纳（Nomkubulwana）的狼群中，

神啊，请庇佑人类！

从最黑暗的瘟疫的魔爪中，

从饥荒死神的口中，

从库法（Kufa）邪恶的眼中，

和卡·伦加（Ka-Lunga）紧握的手中，

所有遥远星球之主啊，

救救，救救人类吧！

看！地球上黑暗邪恶的魔鬼，

在嘲弄您的名字；

看！没有仁慈的众神，

胆敢伤害您无助的灵魂。

从尼娜瓦胡·玛的残酷中，
从史姆比可怕的箭中，
从杜马·库达的闪电中，
救救，救救人类的后代吧！

我们每个人都专注于自己的想法，将自己期望的场景呈现在至高神的面前。我想象着干旱的地方下雨了——大面积的大雨给被摧毁的土地带来了解脱。在乌拉·姆英达的头脑中，她描绘了庄稼生长、树木变绿和在茂盛的牧场中牧牛的清晰景象。诺利亚达想象着许多部落的人都有东西吃，快乐的孩子们在装满谷物的篮子边玩耍。她想象着的整片土地是和平富足和幸福的样子。

我们头脑中想象的画面和无声的祈祷像羽毛一样飘浮在至高神的脚下。他看见并接收这些信息。然后，我们好似听到了他的声音：

“我迷茫的孩子们，你们的祈求被应允了。从今天开始，整片土地会连续下五天的雨。土地上会再次有充足的食物。但是听仔细了：我命令你们将曼波、恩古尼和你们领土上其他所有部落的人带到南方去，越过林波波河。就像你们确信的，这并不是地球上最南的边界。你们必须扩张、繁殖和强大，以迎接未来的挑战。这将是一次危险的旅程，是有史以来最伟大、最漫长的旅程。这次旅程将充满不幸和惊喜。一旦你的子民恢复了体力，就马上启程。”

我们一直跪在大风肆虐的山顶，感激之泪从脸颊上流下，内心深处涌出喜悦之情。我们的子民得救了，我们的家园得救了。

在遥远的东南部，模糊的地平线上出现了一片云。一个又一个雨团很快聚集在遥远的天空中，不久我们便听到隆隆的雷声。大地得救了。

阴沉的云慢慢地掠过天空，然后遮蔽了我们头顶上方的太阳，大地松了一口气。当我们在下到山腰的时候，天空变得更暗了，很快就黑得令我们害怕，来自地狱的双性神卡·伦加出现了。热风渐渐消退，一片期待中的寂静降临到了大地上。

一道闪闪发光的叉形闪电用紫色的光短暂地照亮了山坡，紧接着一阵沉重的雷声震动着我们脚下的大地。闪电一道接一道，撕裂着不平整的天空。雷声一声接一声，震动着雄伟的山。雄鹰们离开了自己在峭壁上的巢穴，在阴沉的高空中盘旋，互相追逐着，在狂风暴雨中狂欢。

“我们不如先在那里歇歇脚，我的君主。”鲁拉玛·玛纳鲁阿纳带着不安的微笑说道，并指着一个靠近我们下方的洞穴，“我来烧火。”

“作为第一夫人，这应该是我的责任，为我的丈夫烧火。”诺利亚达嘶哑地说，“记住了，你这个外来的妓女。”

“我对你说的话有异议，”乌拉·姆英达带着恶毒的嘘声说，“我才是鲁姆坎达的第一夫人，记住了，你这个被美化过的木偶。”

“我的姐妹们，我请求你们，尊重我们的君主和丈夫。去别处吵。”

“让她们为自己的想法吵去吧，鲁拉玛，”我说，“为我烧火的荣耀就交给你了。”

“谢谢，我的君主，能为您服务我感到很荣幸。”

鲁拉玛很快便在山洞里生起了熊熊烈火，温暖和照亮了山洞。乌拉·姆英达和诺利亚达停止了争吵，都垂着眼睛坐到了火堆边上。

不久之后，洞口传来一阵动静，有一个低沉沙哑的声音说道：“你们中没有一个人是鲁姆坎达的第一夫人，这恰恰是我的特权。”

我们转向洞口，并睁大眼睛看着那里站着的一个高大而又美丽的身影。尽管她试图将自己的身份隐藏在一个黑色大毛皮斗篷后面，我还是将她认了出来，并且我感受到她脸上表现出的不可思议的忧郁。一道可怕的闪电划过，然后我就不记得了……

O irreki hamaresi—

E，anazueru！

Thaite marhevi anakeru—

Ouzarauena ahite Bakeri—

Thaite areri amakharabethi

O，yrreck hamaresi I ana Zueru!

这首奇怪的歌——用灵语唱出的《众神之歌》，在我的脑海中响了一遍又一遍，随之我慢慢地睁开眼。我是谁？我躺在两块大岩石中间做什么？在我的上方，阳光灿烂，几片云彩飘荡在蓝色的天空中。地面湿得好像夜里下过雨。

突然，一个女孩从在我躺在中间的两块大岩石中的一块的后面走了出来。她二十岁左右，长得很像外国人，有着淡红偏黄色的皮肤，有着有光泽的毛茸茸的头发。她穿着用绿叶做成的裙子，黑眸里有一丝恐惧。她站在那里低头看了我一会儿，然后用手捂住嘴巴以忍住不自觉发出的哭声：

“鲁姆坎达，我的君主！”她最终还是哭了，“所以……所以这也发生在了您的身上！”

“鲁姆坎达？”我问，“谁是鲁姆坎达？”

这个女孩瞪大了眼睛，然后走近我，弯下一只膝盖跪在我旁边说：“您是鲁姆坎达，我的君主。那是……那是您的名字。我是鲁拉玛·玛纳鲁阿纳，但是我们……都变了。我几乎不敢相信这一切！”

“年轻的姑娘，”我问，“你刚才说了什么？你说我们都变了，你的名字是鲁拉玛·玛纳鲁阿纳。对我来说，你是一个陌生人……我以前从没有见过你。”

“您不记得我了吗，我的君主？我是鲁拉玛，是您忠诚的王妃。我们一个月前去了这座山的山顶，您，乌拉·姆英达，诺利亚达，还有我。我们去那里是为了求雨，然后下雨了。我们在山洞里避难。然后那个女神来了……”

就在她说话的时候，记忆就像在雷雨后破云而出的太阳一样回到了我的脑海中。

“你说我们一个月前一起爬上了这座山？那你的意思是我在这里躺了一个月吗？”

“一个多月了，我的君主。到现在，我一直找了您一个多月。昨天我才发现您躺在这儿，在悬崖的底部。但是我并不知道如何到达这儿来救您。直到今天早上我才成功，所以我现在才在这儿。”

“我以你为荣，鲁拉玛·玛纳鲁阿纳。但是你为什么看上去这么年轻？为什么，你只是一个孩子啊！”

“我的君主，如果您能看到自己的话您会更加惊讶的。您也变了，我的君主。您看上去像二十五岁的男孩。”

“什么！”我大叫，开始坐立不安。

“是的，我的君主，要不是您左胸上月亮状的胎记和您眼间不朽的星状疤痕，我也不会知道这就是您。”

“我们经历了什么，鲁拉玛·玛纳鲁阿纳？乌拉·姆英达和诺利亚达在哪里？”

“您永远不会再见到她们了，我的君主。我也不知道发生了什么，但是我有种强烈的感觉您永远不会再见到她们了。洞穴里发出一道炫目的奇异的光，我被震荡到外面一丛茂密的灌木丛中，当我恢复意识时，看到洞穴里燃起了熊熊烈火。接着，我的君主，我看到了一个黑暗的身影从火焰中缓缓走出，那是一个女人的身影。这个身影变得越来越高，当她飘浮的时候有火花飞离她的身体。之后她走过去坐在一块石头上，坐了很久很久，等到破晓之际，她还是坐在那儿，我也仍旧藏在茂密的灌木丛中。然后，我的君主，当太阳升起的时候，她也站了起来。我真是从来没有见过那么漂亮的生物。她像乌拉·姆英达、诺利亚达和圣母始祖玛的结合体。我的君主，她径直来到我躺着的地方，好像她一直都知道我在那里。她站在我面前，那不加掩饰的美啊。她低下头看着我说：‘当你找到鲁姆坎达的时候告诉他，玛·奥扎劳纳（Ma-Ouzarauena）在皇家村落中等待他的赏光。’我的君主，我当时很害怕。她用充满怜悯的目光冷冷地看着我，似乎看穿了天地宇宙中所有的禁忌。”

“她现在在哪里？”

“她在皇家村落中，我的君主。她现在统治着曼波落族，她耕了您的谷田并种了玉米。在上个月的那场雨后，那里很快就会有充足的食物。她告诉您的子民说您去了众神之地，去喝青春之泉的泉水。而她呢，是您新的女神王后，将会统治曼波，直到您回去。”

“我向你致敬，鲁拉玛·玛纳鲁阿纳。我再次向你致敬。”

那些勇士非常生气，对他们来说我是世界上最大的骗子，他们不仅这么认为而且也这么说。“你这个卑鄙无耻的流氓，你并不是迷失的不朽之人。最后再说一遍，告诉我们真相：你想从这里获得什么？”

“我告诉你们这些愚蠢的狗儿子，我是鲁姆坎达，是曼波的最高首领。”

一个战场指挥官伸出他强有力的手臂，在我的鼻子上重重地打了一拳。“说不定你说你自己是飞行的大象我们会更相信你说的呢，英俊的少年！”他恶毒地咆哮着，“试试另一个谎话，你坚持说的这个谎已经没有意义了。你到底想从这里获得什么？”

“听我说，你这个鬣狗的儿子，如果你不相信我是鲁姆坎达的话，那么去叫那些能认出我的人来。叫一个彩虹将军来。”

一个独臂的高个子女孩沿着小屋间的小径大步走了过来，是我的大女儿卢娜乐迪。这个战场指挥官鞠了个躬后说：“伟大的公主，这里有一个疯了的年轻人宣称是您的父亲。尽管我们责打了他，他仍坚持这么说。”

卢娜乐迪冷漠的黑眸将我从头打量到脚。她伸出右手纤长的手指并触摸我眼间的疤痕。然后她慢慢地说："不要骗我，年轻人，就算我是鳄鱼的姐妹，你也不是我的父亲。"

"不要成为一个愚蠢的女孩，我是你的父亲，卢娜乐迪。"

"我认识我亲爱的父亲已经很多年了，你并不是他。把这个乞丐带到小屋里关起来，等过几天玛·奥扎劳纳回来再说。"

整整三天，他们将我当成囚犯关在我自己的皇家村落的小屋里。然后，在第四天的晚上，有一个访客悄悄地走进了小屋并很快关上了柳条门。

"你是谁?"我问道。

"是我，公主卢娜乐迪。"访客答道。

"你现在相信我是你的父亲了吗?"

"何必坚持这个谎言呢，奇怪的人。"她答道，"我不相信你，而且这个部落里没有人会相信你。我是来帮助你逃跑的，亲爱的。"

这正是午夜时分，在漆黑的天空中，星星耀眼得像遗失的猫眼石。一个巨大的星群在繁星满天的喧嚣中显得格外醒目——三个治疗师、处女火焰和种植星星就在头顶上。星河无边无际，冷漠孤傲，闪闪发光，遥不可及。

"我不相信你说的话。"卢娜乐迪第五十次这样说。

我看见眼泪从她的脸颊上流下，我听见她在悲伤地抽泣。

在我耳畔，我还听见从玛纳鲁阿纳的红唇中发出的颤抖的叹息声。远在夜幕笼罩着的古老的森林中，有一只鬣狗在可怕地笑着。

鲁拉玛·玛纳鲁阿纳倾身向前，对站在燃烧着的火炉那头的女孩讲话。在洞穴的墙壁上，布须曼人绘制的人类和野兽的画像因时间久远而模糊，但在灰色花岗岩的反光下显得更加醒目。“卢娜乐迪公主，您必须相信我们。这是您的父亲，我是他的王妃鲁拉玛·玛纳鲁阿纳。”

这个独臂女孩在火的那头激烈地摇着头。她跳了起来，眼睛闪闪发光。她扯下她的处女穆莎，粗鲁地把它扔在我的脚边。她浅棕色的脸被气得发黑。“你反复告诉我，你是我的父亲鲁姆坎达。你不是！你完全知道我爱你，所以你只想拒绝我。你只想让我心碎，我向你保证，你办不到！作为一个不死之人，如果我愿意的话，我可以自杀。陌生人，如果你现在不答应我，将我视为你的妻子，我会自杀——那么当彩虹将军们在这儿发现我的尸体时，你就需要向他们解释很多。陌生人，我给你二十下心跳的时间来做决定。”

“多给我点时间，”我请求道，“给我六个月的时间考虑。不要毁灭你自己。”

“好，我给你六个月的时间。鲁姆坎达的女儿等得起。向我保证，你不会在这期间逃跑。”

“卢娜乐迪，你可以看到我额头上的不朽之星。我以此发誓我不会逃跑。我以永生之身的名义向你保证。”

“亲爱的，我相信你说的话。现在，你不要再称呼自己为鲁姆坎达了。我会称呼你为利沙提·舒姆巴（Lishati-Shumba），太阳之狮。帅气的小伙子，这是我给你起的名字。”

鲁拉玛·玛纳鲁阿纳开始哭泣……

我们回到皇家村落中。我们被追踪并被俘获。我们跪在皇家主屋外面，四周都是怒气冲冲的彩虹将军。我们在等着伟大的玛·奥扎劳纳的出现。

太阳正悬在我们的头顶上方，时间已经接近中午。我正极度不耐烦地等着玛·奥扎劳纳让大家相信我是他们的最高首领鲁姆坎达。她现在是拯救我的唯一希望了。我迫不及待地想要见到她。

当玛·奥扎劳纳从她的小屋里出来的时候，这些彩虹将军都跪拜在地上。勇士们也跪拜在令人敬畏的女神王后面前。

她很美，但看起来令人害怕。她看上去像创造女神尼娜瓦胡·玛，然而她并不是玛。她看上去像乌拉·姆英达，又像诺利亚达，然而她也不是她们俩。

一个可怕的想法像雷一样击中了我。这个……这个可怕的不朽之人，实际上是那三个人的结合体，她由三个不死之人融合成了一个。有没有可能她一个人也结合了三者的力量呢？

玛·奥扎劳纳冷漠地询问："就是这个男孩宣称自己是鲁姆坎达吗?"

"伟大的王后，就是他，"彩虹将军奈松贡罗洛说道，"这个年轻人一定是疯了。"

"我们要处死这……鬣狗之子吗，伟大的王后?"马维姆贝拉问道。

"不用，"她答道，"我要你们狠狠地鞭打他和这个自称是鲁拉玛·玛纳鲁阿纳的女孩，然后把他们放到我的小屋里来劳作。我要让他们成为我的奴隶。"

她背过了身，我可以保证她的脸上正带着残酷的笑容。

我们被拖走并被绑在了杆子上。尽管在仍不相信我是他们父亲的女儿卢娜乐迪和姆巴里亚姆斯韦拉的保护下，那些勇士还是鞭打了我们。

鲁拉玛·玛纳鲁阿纳被打得昏死了过去。他们给她松了绑并用冷水泼醒了她。我也被松了绑。然后我们都被告知要去皇家主屋履行职责。

当我们正忙着打扫玛·奥扎劳纳的屋子时，她慢慢走进小门，双手放在臀部，脸上带着笑容地对着我："你好啊，鲁姆坎达……做奴隶的滋味怎么样啊?"

"你为什么这样对我们?"鲁拉玛·玛纳鲁阿纳问道，"只有你知道我们是谁。其他人都不相信我们。你让我们痛苦是想获得什么？”

“报复……创造中最甜蜜的事！”玛·奥扎劳纳笑道，“我在享受我对鲁姆坎达的报复。这个身体里有三个独立的灵魂，但是你可以将我视为女神尼娜瓦胡·玛，因为我的灵魂控制着乌拉·姆英达和诺利亚达她们的灵魂。可怜的杂种，我不必提醒你当初你怎样羞辱过我。你拒绝了我，在两千多年前，在我使你能长生不死后。你竟敢蔑视我——你真正的第一夫人！鲁姆坎达，我可以让你复位，让你开导一下你那些被爱冲昏了头的女儿，但有一个条件。”

“什么条件？”

“重新让我成为你的第一夫人。”

“那还不如去喂一匹被虫咬的、有跳蚤的斑马呢。我不想要你，无论以什么名义。”

“鲁姆坎达，我会让你痛苦的，让你后悔以这种态度对我。”

“请便，用尽你最恶劣的手段吧，我不怕。”

几个月过去了，很快就到了收获的季节。数以千计的妇女带着砍刀和其他工具走进了大片的玉米地。大饥荒已经是过去的事了，就像在它之前的大瘟疫一样。向南方开启漫长旅程的时间越来越近了。鲁拉玛·玛纳鲁阿纳和我仍是奴隶，我们在玛·奥扎劳纳的屋子里从早到晚地干活，还要挨打受骂。

我现在最大的任务就是避开卢娜乐迪，她仍然紧逼着我和她私奔。我不得不为争取时间而拖延。我必须完成至高神下达给我的使命，带领部落越过赞比西河和林波波河。我必须先完成这个，然后再去解决我的私人问题。

恩古尼的塞丽薇、阿玛·科萨的姆科萨和曼波的玛·奥扎劳纳给他们各自统治下的所有领地发送了信息。信息简明扼要：每个男人、女人和小孩都要在收获结束后尽可能快地集中在赞比西河的北岸。

每个男人必须带上他的家人、牛、山羊和从田地里收获的粮食去集中点。同时人们不仅需要带上他们的财产，还要在离开的时候将他们世代生活的部落烧掉。一个国家、一个部落，甚至是一个家族的迁移都必须按照法律完成。每个家族都必须挖开本族的墓地，尽可能多地掘出祖先的颅骨。这些颅骨必须用大草篮装着，然后在家族最终定居下来后，以完整的葬礼仪式重新将它们埋葬在新的居住地。那些在祖先的坟墓里找不到遗骸的，必须挖出一些泥土装进篮子里带走。这是非常重要的，因为人们不能同他们的祖先失去联系。在遥远的居住地，他们的祖先一定会继续庇佑着他们，引领着他们。

任何一个不能把祖先的颅骨带到新的土地上的部落将会永远被诅咒，也可能会大规模自杀，或者被其他部落吞并。对任何部落来说这都是最耻辱的事情。

任何首领，无论多么残暴，都不能强迫部落在没有掘开祖先坟墓取走遗骸的情况下迁徙。一个统治者要是没能遵从这个规定就会被宣布为歹徒，而杀死他将成为任何一个可能拥有机会的人的荣誉。

在山谷和山上上演着许多“告别舞蹈”、许多献祭、许多“启程仪式”。有泪水，也有疑惑和恐惧，但去阿萨兹的旅程，去一个我们“不知道在哪里的地方”的旅程就要开启了。

数以百万计的人和他们的牲畜聚集起来。这片大地上目光所及之处都是黑压压的人群和家畜，从各个方向往山上延伸并越过山谷。一个高挑美丽的女人站在山顶上俯瞰平地上的集会。她的一只手上握着巨大的号角，她将号角举到嘴边用尽全力地吹着。于是玛・奥扎劳纳揭开了世界上最伟大的迁徙的序幕。大号角的声音刚一消失在朦胧的远方，许多人和动物就开始缓慢地向西移动，朝声势浩大的赞比西河的一个区域行进，这条河在流经大峡谷时变窄，这个大峡谷也就是后来的神圣的卡里巴峡谷，它在歌谣和传说中以太阳底下最神圣的地方而闻名于世。

玛・奥扎劳纳缓慢地从山上下来，走到我和鲁拉玛・玛纳鲁阿纳站着的地方。“跟随我，奴隶们！”她冷酷地命令着，而我们赶忙紧跟着她。就这样，去阿萨兹的旅程开始了。

（译者：林　雅）

巨象甘达亚

迫近正午时，阳光变得更加炽烈，日神伊兰加照耀着苍白且万里无云的天空。一阵带着芬芳的微风轻抚过翠绿的大地，使得原本酷热难耐的一天变得舒适宜人起来。微风吹过树林深处的大池塘，在其凉爽且碧绿的水面上激起了小小的涟漪。在池塘的边缘地带，有一大群在喝水的斑马和黑斑羚，它们正被一头巨大的公牛盯着。

这头公牛历经无数次残酷的战斗，已然是一个伤痕累累的老兵。它的向前弯曲的牛角中的一只就在最近的一次战斗中刚刚被折断，这是它在尘世日渐苍老的二十年里唯一一次输给一头比它年轻的公牛。在一个月前的这场战斗中，它最后被屈辱地驱逐出自己作为牛群头领的领地——被它自己的一个儿子放逐。当它想到这里，复杂的情感——愤怒和受挫，交织在一起涌上这头老独角公牛的心头。

一阵战栗沿着它有力的身躯直冲头皮，悲伤的薄雾蒙眬了它的眼睛。它的视力已经随着年龄的增长而变得模糊，眼睛里有一种发痒的感觉，这使它愤怒地眨了眨眼，然后烦躁地抽动着尾巴。

“这就是生活，”老独角心想，“你爱的那个儿子，就是那个在最后把你打倒的人……”老独角转过身来，并用它那棕红色且慈父般的眼睛扫了一眼那群斑马和黑斑羚。它看到了昂首阔步的黑斑羚头上顶着高雅的螺旋角，它的角就像在阳光下闪闪发光的乌木。它看见了那只羞涩的黑斑羚乌黑天真的眼睛和一只耀眼的红褐色小鹿身上雪白的斑点，它是一只幼鹿，所以身上的颜色要比成年鹿的淡一些。

它看到了那匹体型肥硕，看起来十分笨拙但又跑得飞快的斑马，它的身上有许多条纹路，它还拥有一个深褐色的鼻子。小马驹们与它们的母亲在长草丛中嬉戏着。

“生命，”老独角心想，“是美丽而神奇的东西，至少有时是这样的。然而，有些时候……”

突然一股恶心而又熟悉的气味突袭了它在打战的鼻孔。没错，这是从可恶的食肉动物身上散发出来的邪恶恶臭。这一刻，这片森林对于这个老战士来说已毫无美感。它拼命地探出自己那颗巨大的脑袋，就好像要抖掉那些阴暗可怕的鬼神似的，领头的斑马看到了信号。它发出了警告，整个森林的动物都知道了。它发出的叫声在斑马和黑斑羚的语言系统内被翻译成“狮子”。动物群开始行动了，那飞快的速度和优雅的姿态简直令人目瞪口呆。上千匹斑马的蹄声像一阵阵鼓声传来。在平顶的绿树丛中，尘土飞扬，云雾弥漫，黑斑羚队则像离弦的箭一样飞快地射进茂密森林的安全地带。

老独角看见两头母狮从灌木丛中冲了出来，并掠走了一匹旁边跟着一只小马驹跑的美丽的条纹雌斑马。一头母狮用牙齿咬住了条纹雌斑马的鼻子，让它无法呼吸；而另一头母狮则跳到了它的背上。那只失去母亲的孤独的小马驹跑开了，在滚滚尘土中迷失了方向。

还有一头巨大的鬃狮，它在前一段时间的激烈战斗中失去了一只眼睛，这次它掠走了跑在老独角前面的一匹斑马。浩浩荡荡的羊马群掉入了狮子设下的一个巧妙陷阱，它们正由老独角领头调转方向，试图逃离这个陷阱。最终狮子没有达成目标。一头年轻的狮子犯了一个大错误，它试图从后面跳上一匹奔跑着的斑马的背。它的脸上是恶毒、凶狠和不耐烦，眼睛眯成炽热的恶毒的黄圆点。它跳了起来，是的，跳了起来，但是斑马两条后腿凶猛地反击，并在半空中击中了它。老独角听到一声巨响后，便看见那头年轻的金狮痛苦地摔到了一边，它的下颚被摔得血肉模糊。

一头母狮从后面冲了出来，发出令人毛骨悚然的咆哮声，并直冲奔跑着的老独角公牛的脑袋。老独角拼尽全力撞到母狮的身上，它仅剩的一只角捅进了母狮的胸膛并把它撞回到它冲出来的地方。母狮还没来得及缓过神来，就被汹涌而来的成群的斑马踩成了一摊肉酱。

老独角把斑马群带向赞比西河，这是一场声势浩大且尘土飞扬的大迁徙，它们直到看见河边那茂密的不可逾越的森林时才停了下来。它们在那里吃着草，心满意足地哼着鼻子，并靠在粗糙的树干上用摩擦来止住瘙痒。对老独角来说，它和它朋友们的生活再次变得美丽安详起来。

这时，森林里传来了“咔嚓”的声音，每匹斑马几乎都惊得跳了起来并准备起身继续逃跑。树木断裂、树枝散落的声音传到了老独角的耳朵里，随后在地球上从未有人见过的最大的大象闯进了大家的视线，它正要去河边。

老独角曾多次见过这个可怕的动物之王，老独角的父亲和祖先也是如此。这个峡谷里令人畏惧的居住者是踩踏者甘达亚（Gandaya），它不仅守卫着卡里巴峡谷里巨大的象群，而且，如果传说是真实的话——而事实上传说往往确有其事——它还守护着闪耀之星圣洁的鲁阿姆拉瓦（Luamerava）。鲁阿姆拉瓦这个幻象的名字在整个部落的土地上是众所周知的，但从来没有人真正见过。据说，鲁阿姆拉瓦是星辰之子的最后一个，神圣的传说记载他为在正午闪烁的迷失之星所生。数千年来，巴刚果大地上的部落最高首领们虽都徒劳无功，但仍一直在尝试着穿越处女谷（卡里巴大峡谷）来抓捕鲁阿姆拉瓦。因为据说得到鲁阿姆拉瓦这个卡里巴的幻象的最高首领不仅可以与日月同寿，而且当那件被称为“人类转化”的大事在未来千万年后发生时，这个最高首领还可以统治所有的星星。

无数寻找这个传说中的女神的伟大首领都已经相继死去，这其中包括一千多年以前隆达国的创始人鲁波。

许多人怀疑鲁阿姆拉瓦存在的真实性，并蔑视地称她为卡里巴的幻象。在传说中，大象甘达亚是鲁阿姆拉瓦的守卫之一，其他守卫还有无尾的星狮和黑蟒。

甘达亚与一大群普通的大象几乎同时到达了赞比西河边。不久前还在正午的阳光下波光粼粼的大河，现在却被五十头笨拙的大象占领着，河水瞬间变成浑浊的黄色。甘达亚独自沐浴在河中，清高孤傲——这头巨大的、深灰色的怪物，明显足有普通大公象的四倍大。

甘达亚宽阔且带有褶皱的额头上有一个白色的星形疤痕，在它的一只后腿里还插着一支生锈的箭的箭头——那是五十年前被一个阿拉比奴隶射进去的。虽然时间过去了这么久，但这个箭头仍然给巨象带来了巨大的痛苦，并使它极其厌恶人类——那种想要吞噬、毁灭一切的强大仇恨。即使是最微弱的人类气味也足以让甘达亚陷入想要杀戮的癫狂。从它受伤以来，它的大前腿已经踩死了许多人类，但它还想杀死更多的人，更多的。

大象的记忆与生命本身一样持久，它那刻骨铭心的愤怒至少持续了一百年，但甘达亚的愤怒已经持续了三百多年，并且会一直持续到永恒的终结，因为甘达亚是永生的野兽，它没有年龄的概念。

每当它远离它的群体独自进食时，正如它现在所做的，愤怒之灵便会在它脑中升腾，而愤怒的红雾会使锐利的眼睛变得昏暗。它会爆发出毁灭性的行为，会将怒火发泄到无辜的树木上。它会把最高的莫帕尼树推倒，把曼加斯树连根拔起，并把它们踩得稀巴烂。

它现在就在这样做，它的愤怒是非常可怕的。树木被强行从地球母亲的沙地里分离出来，在落地的瞬间断裂开来，噼啪作响。它们屈服于伟大的动物的愤怒，高大的马沙沙树脆弱的树枝被撕裂，只能听见它们发出垂死的叫声。尘土和断气的草在甘达亚不断踩踏和拖拽的脚下飞扬，它狂野的号叫声震撼着卡里巴峡谷的森林。受惊的鸟儿们颤抖着，它们叽叽喳喳地叫着离开家园，密密麻麻地飞往蓝天寻找安全感。

最后，它停下了毁灭的行为，在停下来喘口气时，发出了一种狂野的、纯粹表达巨大愉悦感的叫声，这无与伦比的声音响彻了神圣的峡谷。

就在这时，一种令人生厌的熟悉的味道——一种最令它痛恨的气味飘了过来，随着沙沙作响的微风飘来。这是甘达亚最最憎恨的，比太阳底下任何其他气味都更让它觉得恶心的一种动物的气息——人类的恶臭！

甘达亚的眼前布满了红色的薄雾。它脚痒得想把那讨厌的人类都踩成泥——就像它曾经爬过的矿泥一样。它的长鼻子想把他们抽打成鲜血淋漓的肉酱，它的大獠牙渴望着把人头像珠子一样穿起来。

在大峡谷林荫遮蔽的斜坡上，甘达亚的身后是一片飞扬的尘土和倒下的树木。它咆哮着冲向河边，然后跳进河里。当它从河里跳出来时，又爬上了峡谷的另一个斜坡，这时人的气味变得更浓烈了。

它一路上进行着狂躁的撕毁和破坏，就这样穿过了森林。最后，它登上一座小山以扫视在远处的平原。那些人类就在那里，他们有成千上万人——简直就是一群微不足道又可恶的小害虫。荣耀的时刻到来了，把肮脏的害虫踩在尘土中，将这群两足的动物碾压成糨糊！

甘达亚沿着长满青草的山走着，并且步伐逐渐加快。

恩古尼、曼波和阿玛·科萨三个部落之间存在着明显的分歧。人们公然反对从卡里巴穿越赞比西河。许多人哭喊着说，他们宁愿死也不愿进入这个神秘的峡谷，因为据传说，那里存在着各种各样的怪物。国家分裂者们正在用这种形式搅乱国家的秩序和权威。一个体型肥硕且声音尖锐的叫拉科塔（Lakota）的人是这种反叛情绪背后的驱动力，她对着一大群对她说的每一个字都点头赞许和一字不落跟着听的人尖声说道："他们怎么能有胆把我们送到那里！他们这是要你们去那个峡谷冒险，让你们的生命和孩子们的生命处于危险之中。有成千上万个最高首领和勇士出发前去，却没有一个活着回来的。传说不是说在那个峡谷里住着一个名叫鲁阿姆拉瓦的女魔头，她专门吃新生儿，还会把人变成石头吗？你们都知道神圣传说的……你们都听说过勇敢的最高首领们从自己的土地长途跋涉到那个地方……但除了在梦中我们就再也没有见过他们了。塞丽薇以为我们是谁，还有阿玛·科萨人？那个邪恶的女人玛·奥扎劳纳把我们当成什么了——以为我们都像她一样，是穷凶极恶的、战无不胜的、不死不灭的神吗？我觉得我们应该拒绝前往卡里巴。我们必须坚定信念，拒绝做出让步。你们怎么说，我亲爱的兄弟姐妹们？"

暴徒们咆哮着表示同意，很快就有四分之三的来自曼波、恩古尼和阿玛·科萨部落的民众坚定地支持拉科塔的想法。他们很清楚地表明自己并没有想要接近峡谷的意愿，更不用说进入卡里巴峡谷了。许多人都做好了返回家园的准备。

玛·奥扎劳纳、塞丽薇和姆科萨三个最高首领纷纷派出勇士阻拦这些潜在的逃兵。

然后，就在日落之前，地球上行走过的有史以来最大的大象带着如雪崩般的狂怒冲进了乱哄哄的、指手画脚的、意图叛乱的人群中。它在人群中穿过，踩踏出一条死亡之路，很快人们就看到拥有美丽黑皮肤的女人那软弱无力的身体被钉在它的一根闪闪发光的象牙上。那个女人就是穆温德·鲁塔娜娜，是我三个儿子德马那和德马扎纳等的母亲！

我挣扎着穿过乱哄哄的惊慌失措的人群，我的灵魂里充斥着毁灭一切的愤怒。我跌跌撞撞地走过一些血肉模糊的尸体，但我并不在意。我直扑向那只咆哮的畜生，而当它看见我的时候也同样加快了步伐。我把所有的精神力量都集中在迎面而来的野兽身上，一股力量击中了把我妻子刺穿的象牙，并把它从根上砍断。伴随着一声带着恐惧和痛苦的剧烈尖叫，强大的甘达亚用后腿站立了起来。但它站立了一会儿便瘫倒在地，之后又站起身来，然后在发出绝望的喊叫声后逃走了。

这不是在斗争中遭受重创后狂野地大声鸣叫的叫声，而是一只忠诚的动物在向它效忠的，它所感到害怕、深爱和敬畏的某人或某物求救的呼喊声。我突然意识到这可能是真的，甘达亚不仅仅是一头对人类有一种变态的仇恨与厌恶的凶残的野兽，它还是一个忠诚的守护者，属于一个想要隐藏避世、不为人所知的人。

怜悯和懊悔之情突然涌上我的心头，对这头巨兽和我用在它身上的毁灭性的超自然力量——这是一种我保存下来仅仅用来对付那些敌对的神和永生不朽之人的力量。我决定去跟着甘达亚，但它感觉到了我的追赶，于是尽力地想要把我甩掉。我们就这样一直你追我赶，直到太阳金色的光芒从西边慢慢消失，然后黑暗悄悄地笼罩了覆盖着森林的大地。

身后的脚步声让我停了下来，很快我的两个女儿卢娜乐迪和姆巴里亚姆斯韦拉追了上来，并站在我身边。“我们是来劝您回去的，父亲。”姆巴里亚姆斯韦拉说。

“那么，你们终于相信我是你们的父亲了！”

“是的，”卢娜乐迪答道，“玛·奥扎劳纳王后已经把真相告诉了我们和部落里的所有人。在看到您追赶大象之后，曼波和恩古尼勇士就兵变了。在塞丽薇的带领下，恩古尼的勇士包围了玛·奥扎劳纳王后的寝宫，并要求王后告诉他们，那天晚上她第一次出现的时候您去了哪里。他们告诉她，只有在他们伟大的不朽之人鲁姆坎达的领导下，他们才能进入卡里巴峡谷。然后她告诉我们，您去了众神之地并已经喝了青春之泉的水，就像她以前说起过的那样。”

“噢，父亲，和我们一起回去吧，去劝服那些子民。”姆巴里亚姆斯韦拉恳求道，“只有您才能说服他们，现在部落里的所有人都处于不安中。”

于是我们回到了那个地方，成千上万个人正在忙着搭建临时过夜的遮蔽所，并点燃了一个巨大的火焰圈以防止野兽们的袭击。

许多人也在忙着为被大象杀死的人挖掘坟墓。

现在已经是午夜了，我刚刚赢得了一场了不起的胜利，我费尽口舌，说得我的头差不多都要从肩膀上掉下来了。当我承诺我将首先进入峡谷，并迅速除掉任何可能生活在那里的怪物、恶魔和敌对的神时，大家热情地为我欢呼不已。而在开始自己生命中最长的演讲之前，我就已经下令逮捕了肥胖的煽动者拉科塔。

“谢谢你们，我的子民们。”我亲切地对他们笑了笑，“这很好。我相信我们光荣的祖先现在非常满意。勇往直前，永不放弃——这是我们的祖先所信奉的，也是我们必须坚信的。我们必须依至高神的旨意前进，阻挡我们前进的任何人或任何事都会遭到报应！部落的存亡——你们的孩子和未来子子孙孙的安全——全都取决于我们是否能到达越过林波波河的神秘的大地。你们中的一些懦弱的人一直在劝那些勇者回去，难道你们还想继续留在一个到处都是阿拉比奴隶猎捕者的土地上吗？难道你们还想回到自己几乎被消灭的，先是瘟疫然后是饥荒肆虐的那片土地上吗？难道你们这么快就忘记死亡和毁灭这黑暗的睨视着的幽灵了吗？”

“啊！”人们吼道，“不……不，我们永远不会忘记！”

“你们能承诺你们将跟随我这个带领你们脱离了瘟疫与饥荒的人，永不质疑我将如何带领你们，以及领导你们走向何方吗？”

“愿意……我们愿意！”他们咆哮着，“噢，伟大的父亲鲁姆坎达，我们愿意跟随您，只有您。”

“仓廪充盈的鲁姆坎达——人民的救世主。”他们一遍又一遍地喊着，“我们还记得鲁姆坎达的粮仓!”

我转身离开，欢呼声从五百多万人的喉咙里爆发，回响在我身后。现在每个人都斗志昂扬，每个人都决心和我一起，如果我需要的话，哪怕是去世界的最边缘。我能从骨子里深深地感受到。

我心中燃烧着熊熊的烈火。我终究要继续去做至高神指定我完成的事情。我要带领这些部落越过林波波河到其他地方去。我又一次成了最高首领——好几个部落的最高首领。而我的彩虹将军们和我的妻儿们都还需要一些时间来消化我容颜变化给他们带来的震惊。

我下定决心直接进入卡里巴峡谷去证实一直以来的传闻，或者说是关于这个地方居住着各种各样的怪兽和女魔头的各式传说。不知怎的，我有种奇怪的感觉，觉得这些传说距离事实并不遥远。

当我慢慢地走向我的妻子与女儿们刚刚给穆温德·鲁塔娜娜下葬的用大象牙标记着的坟墓时，一个黑影挡住了我的去路。

“我请求跟您谈谈，我的首领。”玛·奥扎劳纳说。

“我现在没有时间跟你或者其他任何人说话。请帮我一个忙，我请求你……”

“照您说的做，我的君主。”

“你走吧，消失在森林里。”我与她擦肩而过，然后跪在我不幸的穆温德的墓前，“再见，穆温德，再见。你现在应该已经知道自己没有白白牺牲。我们将从卡里巴峡谷穿过赞比西河，再穿过林波波河，部落将永远记住你的名字。再见了，我不幸的穆温德。”

我站起身，看都没看一眼站在坟墓边默默地举着火把的女人们。我转过身，穿过夜幕朝着卡里巴峡谷大步走去。

卢娜乐迪突然从黑暗中走了出来，并来到我身后。在给我带来巨大的砍刀和结实的木制棍棒作为我的防身武器的同时，她自己也拿着矛。

我们静静地走着，周围的蟋蟀叽叽喳喳地叫着。

最后我们终于到达了一个神秘的深深的峡谷。月光清晰地勾勒出在我们脚下的赞比西河的轮廓。“您要小心，亲爱的父亲，”卢娜乐迪沙哑地说，“我感受到了危险！”

这沉思的峡谷出奇地安静，就像是一只凶狠的夜间捕食的野兽正在准备伏击它的猎物一般，连树都屏住了它们飒飒的呼吸。

这时，突然传来了令人畏惧且洪亮傲慢的声音，一遍又一遍地回荡在大峡谷中：“入侵者们，我感觉你们进入了这个禁忌的地方，那我现在警告你们——你们还有时间顺原路返回。现在就马上离开！我，扎拉马特斯（Zaramatesi），卡里巴之主，已经警告过你们了！”

“父亲，让我们去会会那个无礼的巫师吧！”

就在她说话之际，一条不知从哪儿冒出来的伏都蟒蛇紧紧地缠绕住了她。我赶紧弯下腰，扭断了蛇的脖子，这才让卢娜乐迪有了喘息的机会。当我把这瘫软的东西抛到一边时，迎面碰上了一个恐怕是有史以来地球上存在过的最丑陋的猿人。他声称自己叫奥杜，这个名字听起来让我觉得有点耳熟，然后我让这个野兽带领我们到他的主人那里去。

于是我们穿过一个秘密的入口进入一个巨大的美得令人眼花缭乱的地下洞穴。那里有一座巨大的青铜住宅，里面有各种各样的大大小小的耀眼的石头、器皿和其他了不得的金属工艺品。光滑的墙和地板上装饰着染了许多色彩鲜艳的图案，并用柔软纤维材料制成了巨大的垫子。一个高大的身影站在房子的一边，傲慢地交叉着双臂面对我们。他的头上戴着精心制作和装饰的仪式面具，那用银打造的面具的光芒是那样耀眼，以至于能与月亮相提并论。面具上有一个看起来像细纤维做的粉色条纹。这个高大的男人从肩膀到脚都被光滑的黑色袍子遮住，袍子上面点缀着五颜六色的太阳石和水石。在他强有力的前臂上套着闪亮的粗手镯，上面还镶嵌着火红的魔法石，闪耀得就像要将所有一切燃烧成灰烬一样。

我突然对那个戴面具的人产生了一种莫名的痛恨感。他成了我灵魂深处凝聚的全部愤恨的出气口。在一阵强烈的愤怒中，我听见他冷冷地说：“跪下，可怜的凡人……跪在我的面前！”

“真是可怜的凡人吗？”我反抗道，“我是鲁姆坎达，迷失的不朽之人……”

一听到我的名字，他就仿佛遭受了沉重的打击似的。他将手臂打开放到身体两侧，并向前迈进了一步。“你刚说你是谁？”

我控制不住自己，忍不住冲上前去殴打他，随后发生的野蛮打斗也许是我一生经历过的所有打斗中最奇怪的一次了。打到他身上的每一拳，我身上对应的部位都感受到了重创所带来的痛苦，而显然他也同样感受到他打到我身上的拳头所造成的重创。打斗无休止地持续着，直到我们两个人都倒在地上，不省人事。

终于，一个声音从远方传入我耳中，我可以感觉到声音中的如释重负感。“他动了——他还活着！哦，感谢至高神庇佑！”

我睁开眼睛便看见了卢娜乐迪美丽的脸庞，她立刻亲吻了一下我的额头。“谢天谢地，您还活着，父亲。”

我躺在青铜住宅内一个柔软又明艳的彩色垫子上，全身凉凉爽爽的。原来在我昏迷的时候，有人从头到脚地帮我清洗了一遍。我慢慢地坐起来，目光落在那个装满水的装饰精美的大水盆上。我的目光也落在一个跪在大水盆旁边的奇怪女人身上，然后赶紧转过头，灵魂深处都感觉到恶心想吐。

那个奇怪的女人是一个怪物，她有着黄色又偏棕红色的皮肤，这样的人是不被允许存活在这个宇宙中的。这样一个奇怪的又令人作呕的生物——不管是人类还是兽类——都根本不应该存在。

我们都喜欢吃甜食，此如蜂蜜和成熟的大蕉。我们喜欢咀嚼甜甘蔗，但是我们知道，再美味的甜食，如果吃太多也会腻。这同样适用于美丽的事物，如果拥有超越极限的美，这可能比丑陋更令人反感。

就像我看到的那个跪在大水盆旁边的女人，她极美，正是因为那份过于极致的美丽让人不由地想要抗拒。这可能很难让人相信，丑陋的事物，无论多么丑陋都是自然的事物，自然的就是美丽的。山是丑陋的，但在它们的丑陋中又会透露出深度美丽的一面。丑陋要么是完全令人厌恶的，要么是彻底滑稽可笑的，但极端的美丽——虽然迷人，但也可能让人感到排斥甚至讨厌。

那些因寻找传说中的卡里巴的幻象鲁阿姆拉瓦而失去生命的最高首领如果知道他们冒着生命危险去寻找的东西的亮相会让他们无所适从或逃之不及的话，也许他们一开始就不会那么冒险地到那里去了。他们会感谢神所创造出来的所有的他们不完美但又美丽的妻子。如此，他们就不会来打扰这个生物，让她独自被星辰、山脉和永恒的赞比西河所仰慕。鲁阿姆拉瓦是一个超自然的禁物，没有人能够在拥有她之后还能保持头脑清醒——这绚丽的花朵，她的芳香被天堂的微风吹散开来。我听到了她对卢娜乐迪说话的声音：

“噢，卢娜乐迪公主，我们不妨告诉您父亲真相。”

“我想我们再等一会儿吧，”卢娜乐迪回答，“他看起来很疲倦很虚弱。这个打击太大了，我怕他承受不起。”

“就按你说的来吧。”卡里巴的幻象喃喃地说。

“什么事？”我问道，“发生了什么事？”

“请休息吧，父亲，您累了。请尽量保持平静。”

“不，我坚决要求你告诉我发生了什么事！”

“这是首领的命令，”卡里巴的幻象在卢娜乐迪的背后开口道，“我们谁敢违抗他的命令？”

她大步走向洞穴的入口。我起身坐了起来，然后看到了我那个敌人的尸体。鲁阿姆拉瓦慢慢地从死者的脸上摘下了银色面具。

我立刻被那熟悉的面孔震惊到了。以前或者说最近在某个地方我肯定见过这张脸，但我现在一时想不起来是在哪里。他和我一样，两只眼睛中间有一道小小的星形的不朽的疤痕。这种模糊的熟悉感困扰着我，我把这个感觉告诉了女儿。

“这是您……父亲。”这是她奇怪的回复。

“我？这个人怎么会是我？你一定是在做梦，卢娜乐迪。”

“是您，父亲。”她坚定地说，“您自己未来的模样，比如从现在开始算的一万年后的样子……”

“你在胡说些什么啊，女儿？我怎么能同时活着和死去呢？”

“鲁阿姆拉瓦，请您向他解释。”

“如您所愿，公主。如果您的父亲能给我这个荣幸，听我说……”

“说……我听着。”

“我的君主，世世代代以来，所有部落的所有人都知道卡里巴峡谷是一个神圣的禁地，尽管许多人并不知道是为什么。他们只是单纯地相信卡里巴的土壤是神圣的，而这也是就他们已有的知识所能想到的。卡里巴是神圣的，并不只是因为我在这里生活了数千年。它是神圣的，是因为这里是地球的中心，是岁月之河的源头和河口。一个新的人类和神的种族都是从卡里巴这里发源，当至高神从我们现在看到的这个宇宙的灰烬中创造出一个新的地球和一个新的宇宙的时候……”

“这些我都知道，”我冷冷地回答，“我想知道的是为什么我的女儿会把这个尸体当成我。”

“原谅我，君主。您，鲁姆坎达，到现在已经活了刚好两千年了……”

“这个我知道。”

“您注定要再活一万年，”鲁阿姆拉瓦微笑着说道，直接忽略了我的打断，“在您的生命历程中，您会见证很多事情，打很多场仗，爱不计其数的女人。但在九千年后，您心中的野心和傲慢这两股邪恶的精神将占有您。您将冒险出发去征服整个上层世界，还有天界。您将背叛和杀死史上最伟大的鲁兹韦·穆恩迪国王，他将出生在遥远的未来，您现在正为此奋战以实现……”

“什么？你在说什么？”

鲁阿姆拉瓦再次无视了我的话，冷酷无情地继续说道："您会变得骄傲、疯狂和残忍。在您的暴政下，人们只要听到您的脚步声就会战战兢兢、畏缩不前。当目睹您凶残的暴政时，星辰们都将哭泣。您将毁灭人类的种族，终结这个世界，然后您将继续统治一个贫瘠和黑暗的世界——一个人的世界。您将会被一种奇怪的疾病折磨，它会迫使您吃掉星辰的灵魂以维持生命。在绝望中，您将登上神奇的独木舟，然后航行在岁月之河上——逆流而上——回到您的过去……我们的现在……在这里，您未来的自己将会遇见您现在的自己，而后者会杀死前者。"

"这已经发生了！"我疯狂地尖叫道，"那具尸体是我，他是从未来返回来的，现在的我已经杀死了未来的我。这实在是太疯狂了！"

我彻底地变得狂躁起来。一道道精神力量离开我的躯壳，毁坏了洞穴中的一切。在整个洞穴轰然塌下之前，我的最后一眼瞥见奥杜及时抓住了我。

午夜时分，我清楚地听到外面森林里传来了一阵狮子怒吼的声音，我也听到了胡狼的欢声笑语，还有远处鬣狗的狂笑。我慢慢地睁开了眼睛，眼前是一片黑暗，而一些柔软的活着的东西在我的身边。我感受到了温暖的丰乳，还有平滑的肩膀和手臂。那是玛·奥扎劳纳，她正慢慢地醒来。

“我的丈夫，生命的灵魂已经回到了您的身体里。人们都非常害怕您已经死掉了。”

“什么……发生了什么事？我是怎么到这儿来的？

“我的君主，是那个巨大的奥杜把您从卡里巴带回来的，除此之外，那个可怕的幻象鲁阿姆拉瓦带回了可怜的卢娜乐迪。这两个生物都说他们属于您，声称自己是您的仆人。他们把在那里发生的一切都告诉了我们。现在外面所有人都正在膜拜着您，鲁姆坎达。他们坚信您就是神，您成功地抓住了卡里巴的幻象和她的同伴奥杜，同时还杀死了那个怪物。”

“他们有没有告诉你我杀死的那个怪物是谁？”

“他们没说，但我知道。”

一场声势浩大的横渡赞比西河的行动将在十天后开始，这是一个注定要在未来的千百年内存留在歌曲和故事里的大事件。

我已经命人建造了二十个大木筏，每一个都足够容纳五十人。每一个木筏都被做成了三角形，用牛皮制的粗绳把曼贡戈树的大原木捆绑在一起。每个木筏的三个角上各系着一条长长的牛皮绳，方便勇士们向后或向前移动木筏，有两百个勇士站在河岸的两边操作。

我们每天要用木筏运送一千多人。许多人也通过我们手头的独木舟船队找到了自己渡河的路子。这是部落历史上的第一次，我们搭建了一座由绑在一起的木头构筑而成的浮桥。起初只有最勇敢的武士才会选择使用这座桥，但当它被证明是非常安全的之后，许多人就冒着危险用这样的方法渡过了河。

我们用了六个月的时间将五百多万人全部转移到了赞比西河对岸，在整个行动中只有五十人被淹死。他们的大木筏在行驶到河流中心时因两个男人为了一个女孩的一场打斗而倾覆。

我们不能摆渡牲畜。我们把所有牛羊都赶进了河里，在独木舟船队的指引下迫使它们自己游过河。

当整个行动都在有条不紊地进行时，那些陆续渡过河的人开始在广阔的地区安营扎寨，在临时村落中安顿下来。人们把卡里巴峡谷中的神圣的沙子铲来一小把，把它们倒进了一个小的皮袋里保存起来，以此纪念他们通过了地球上最神圣的地方。大约有两百个男女，他们由塞丽薇的丈夫之一、恩古尼哲学家姆彭戈索领导着，选择留在卡里巴，然后在祈祷和冥想中度过余生。这些人和他们的后代后来被称为“卡里巴的圣子”。他们成立了一个小部落，这个小部落的盛名传遍了四面八方。它的居民们定期前往邻近地区进行协助，特别是到新成立的部落，帮助他们制定法律，照顾病人和一些有需要的人，同时解决部落间的争端。他们从不使用药物，而是提倡信仰疗法。

如今，这个部落的后代很容易就能被认出来。男人们通常戴着玳瑁装饰的头巾，拄着柚木棍子，棍子上面雕刻着盘绕的蛇。

而且他们通常留着浓密的大胡子，也更喜欢穿用胡狼的皮做的衣服。这些人都是“卡里巴的圣子”，来自通往永恒的大门——地球的中心。

（译者：郑家楠）

插　曲

有一支古老的祖鲁婚礼曲，曲中把每一天都描绘成牧场上的一朵花，每一天都有独特而难忘的香味。这仅仅是一种象征意义的表达，意味着过去的每一天都将在人们的脑子里留下独特的永不磨灭的记忆。比如1963年11月20日，这天在我的一生中就是那最特别的一天。

那天的差不多中午时分，一个智者来到我工作的地方，并和我的雇主说了一会儿话，讨论着我正在写的这本书。这个智者是个古怪的白人，他既让我感到害怕又让我崇拜。对我来说，他是一个如谜一般神秘的人。这个人身材高大，身高超过六英尺，而且体魄强壮。他看起来就像一个法官，当他不笑的时候，他的脸上带着严肃的探究的表情，就好像一个法官要将夜间出没的重刑犯送上绞架一样。

尽管他有着如钢筋水泥和花岗岩般冰冷严酷的面孔，但同时又有着温暖的微笑和富有感染力的幽默感，这些使他更加像一个谜。你必须知道，他可是非洲人研究所的艾·斯·布林克（A.S. Brink）博士。

他在非洲史前展览中看出了一些超出我知识范围的东西。那是在马绍纳地区姆托科附近的一座古老洞穴中的一幅巨大的岩画。这幅巨大的岩画描绘了成千上万个男人和野兽，画中展现了班图人和布须曼人穿过了一条波涛汹涌的河流——从两侧的图案来看很显然那就是赞比西河。这幅画还显示了穿戴着长袍和白色头巾的阿拉伯人（Arabs）正在一个看起来显然像一座石头堡垒的建筑里面。

画中最突出的部分就是一头巨大的大象的形象，同样的动物被画在两个不同的位置上，表明了它当时的运动轨迹。一些巫医和最高首领与其他人一样，不体面地向各个方向逃散以逃离大象。在几个地方，人们可以看到多臂男神像，这一形象是表达不朽之神的最常见的方式。毫无疑问，这些艺术家是在描绘想象中的鲁姆坎达。

还有许多双性恋的人物，它们通常以同时有男性生殖器和女性乳房为特征。这些无疑代表了那个经典的个体，那个在班图和布须曼的民间传说中代表了邪恶与反规则的结合体，它总是以万巴·尼亚洛蒂的名义存在着。

几个世纪以来，这些传说被班图人及布须曼人传诵，并且一个明显的事实是布须曼人经常在他们洞穴的绘画中描绘下班图的传说，这表明两个种族长时间地接触甚至产生了深厚的友谊。两个种族联手消灭了霍屯督人，就是因为后者选择与异乡人为伍，后来又和索命人狼狈为奸。

布林克博士曾在约翰内斯堡的美术馆里向我的雇主沃特金森（Watkninson）先生和我展示过这幅画。我们研究了一个多小时。我们也注意到在画的左上角，留着飘逸长发、穿着长袍的女人们正保持着一种跳舞的姿势。这些人物代表异乡人，他们正在一个石头堆砌的围墙内跳舞，也可以说是一个堡垒，而且极有可能是卡拉哈里的城市之一。图案主要部分是一整个带状的巨大的河流地图，每一根线条都代表着一条通向可涉水而过的地方的路径。画中较小的图案也非常有趣，是一个白皮肤的女人赶着羊入堡垒的画面，堡垒里面可见一个不是班图族的某个外国部族设计的宝座。画中还有两棵清晰的树，代表着生命树。其中一棵有着清晰的纹路，根部设计成男性生殖器状，还有几个女性围着它跳舞。另一棵树画得相对粗糙些，树还是生命树，它骄傲地展开着，一个女性的身影——可能是玛，正从树中走出来。据说生命树用作“脚”的根部被描绘得非常详细，而且整棵树的形状都非常像我们的猴面包树。我们大部分传说中的生命树都被描绘成了一棵被连根拔起的猴面包树。

画中也有对甘薯和其他块茎的清楚描绘，但这些是班图在和葡萄牙的贸易中获得的。这些显然是后来被添加到巨大的带状条纹画中的，而且同样显而易见的是，整个设计出自许多不同的艺术家之手，是很长一段时间里大家不时添加创作的产物。

另一个令人难以置信的复杂设计的内容是马匹。里面有好几群马，至少从我们的传说中可以了解到，阿拉伯人和异乡人都带着他们的马匹。

这回，我们再次观摩了许多其他显然都是非班图人的人物描绘。那些白色脸庞、红色头发并穿着长长的白色袍子的；那些拥有由腓尼基人设计的用钢铁制作而成的邮船和船只的；那些佩戴长柄弯曲的剑和细长的刀剑，以及头戴奇怪头盔的；等人物绘画都毫无疑问地证明了这些人曾经占据着非洲的广大地区。马邑提人的到来不只是一个神话，或是一个原始的想象。殖民者们的真实的没有被误传的姓名虽然已经无从考证了，但这些人的行为被记录了下来，实际上是的的确确发生过的。这些人做了许多事情，班图人和布须曼人有理由永远不忘记他们的那些所作所为。

如果我能成功地履行我给自己制定的职责，那我将在余下的时间里花更多的时间去深入研究这些人。马邑提人和阿拉比人并不是唯一踏上过非洲大地的异乡人。我们的传说中还记载着白种人的另一个种族的存在，“这些人有尾巴，而且是从头顶上长出来的”。

博希尔（Boshier）先生是一个年轻的人类学家，我希望与他合作并发起一项新的科学研究——洞穴绘画知识。他让我相信这些“梅哈特拉·迪特龙洪”有可能是中国人。我因为对中国古代知之甚少而不能予以评论。但是在这本书的续篇中，我会写出更多关于这些人在非洲的有趣的故事，甚至可以追溯到异乡人到来之前。

我刚提到了一项新的科学研究——洞穴绘画知识，因为迄今为止所取得的成就还不能被认可为普遍意义上的科学研究。洞穴绘画只能利用它们所描述的传说的背景知识进行解释，而这在历史上还从来没有人做过。迄今为止，它们充其量只是一直被模仿和崇拜着，而且还被错误地解读着。

（译者：郑家楠）

南方行记

在我们穿越卡里巴大约两百年后，两个小部落开始和圣人们一同居住在圣地。这两个部落是汤加伊拉和巴同卡。即使在今天，这两个部落的人依然被尊视为卡里巴英勇的卫士，并直接受至高神的庇护。任何一个部落胆敢破坏或骚扰这两个部落，都会立刻被其他邻近部落攻击并屈辱地被驱逐远离这片土地。这就是部落之间的法则。

在这场前往南方的浩浩荡荡的行程中，我们紧跟着有史以来地球上曾有过的最大的野兽甘达亚的步伐。它也决定离开卡里巴，然后为了某个未知的原因向南进发。

巨象甘达亚总是比我们快。每当我们停下休息时，它也会停下步伐，在我们周围闲逛。它总是在我们目之所及的地方，我们总能在远处的树丛里望见它的身影，它要么正在吃食物，要么在忙它自己的其他事情。到最后，都由它指示我们该在何时何处休息。当它决定在某个地方停下来休息一个月时，我们也照做了。

就是在这一个月的休整中的某个时候，祖鲁和奎瓦贝，恩古尼部落的塞丽薇和马兰德拉的儿子们，惹下了大麻烦。后果是这两个年轻男孩儿均提早进行了割礼，而这比他们原本计划的成人仪式提早了很久。

这是一件非常有趣的事。他们在这期间变成了高大强壮的年轻男人。这一年，奎瓦贝二十一岁，祖鲁十九岁。有一天，这对兄弟和我的四个孩子——木库姆比、德马那及德马扎纳（三胞胎中死去的孩子不能称之为死亡）一同出去狩猎。他们看到一个年轻男子和一个女孩一起进入了森林。祖鲁，这个天底下好奇心最重的人失去了打猎的兴趣，转而去追探那对情人的踪迹。为了把祖鲁带回来，奎瓦贝紧跟他的步伐而去，但很快，奎瓦贝也萌生出强烈的好奇心。不一会儿，马兰德拉的这两个儿子并排趴在浓密的灌木丛后，窥探着不远处草丛中的那对情人。看到那对情人缠绵而又怪异的姿势时，兄弟俩好一会儿都处于目瞪口呆的着迷状态。当他们那天晚上走回到营地时，精神恍惚，似乎处于一种游离的状态。白天所见之景也一直在后续的多个夜晚萦绕于他们的梦中。

祖鲁是一个小机灵鬼，不久之后他告诉那个不及他聪明的哥哥，不管是否违背部落的法规，他都将去寻求一个自己心仪的女孩，并且与那个女孩一同体验他与哥哥亲眼见过的那个场景的真实感觉。

随后的某一天，这两个年轻的小傻瓜，带着露骨的最不合法的意图，决定在河的附近蹲点守候一个年轻漂亮的姑娘。很长一段时间，他们蹲伏在年轻的妇女和女孩们去取水时必经之路的灌木丛后面。最后，一个身材高挑、身形纤细、光彩照人的少女用头稳稳地顶着黏土罐沿着道路走了过来，就只有她自己一个人。

他们的心脏不可抑制地剧烈跳动着，祖鲁和奎瓦贝屏住呼吸等待着女孩的靠近，然后他们突然如豹子般猛地扑到女孩的身上。可事实上他们做出了一个极其错误的选择。他们心仪的猎物不是别人，正是我的女儿姆巴里亚姆斯韦拉，和其他不朽的神灵一样，在这一点上远超过凡人，他们决不允许被他人——不论是外行还是个中好手侵犯。

雪上加霜的是，玛·奥扎劳纳出现了，于是很快他们就站在了部落的法庭上。他们就这样惴惴不安地站在那儿，裤裆都湿透了，面对着来自三个部落的一百五十个毫无怜悯之心的彩虹将军。同时在场的还有十五个部落复仇者，当然，还有马兰德拉、塞丽薇、姆科萨，玛·奥扎劳纳和我。这两个可怜的男孩儿简直吓坏了，从头到脚浑身颤抖，不停地尿失禁。

一个年长的复仇者领袖站了起来，他的声音透过他脸上那张面具的圆形嘴巴传了出来：“请大家安静下来听我说几句。来自恩古尼的马兰德拉的两个儿子祖鲁和奎瓦贝，现在由于强奸未遂被控告。他们试图强奸的对象是来自曼波的鲁姆坎达的女儿。我再一次申明，这两个男孩均有罪，但他们有试着证明自己清白的自由——如果他们能够证明的话。”

“孩子们，”马兰德拉颤抖地说道，“告诉大家真相吧——你们真的试图强制性地剥夺姆巴里亚姆斯韦拉的清白吗？”

“不，不是的，父亲，”奎瓦贝结结巴巴地说，“我是说，是，是的，父亲。”

“不要同时给出如此矛盾的回答，孩子！”复仇者领袖大声吼道，“你们究竟有没有试图强奸鲁姆坎达的女儿？回答我！”

“是，是的，长官。”

“难道你们不知道这么做是违背法律的吗？”复仇者领袖怒吼道。

“我们……我们……”

“闭嘴！你们这是在公然挑衅你们的祖辈所制定的法律。”

“长官……”

“闭嘴！根据法律，我们判你们有罪。如何惩罚你们就根据你们意图强奸的女孩的父母的意愿来定夺。”

眼见复仇者将正义之矛递给玛·奥扎劳纳，塞丽薇把脸深深地埋在手掌之中，而马兰德拉发出了痛苦的呻吟。玛·奥扎劳纳缓慢地走向这两个男孩，她周身萦绕着危险的气息。两个男孩尝试着逃脱，却都被复仇者们抓了回来。令大家吃惊的是，玛·奥扎劳纳只是让他们弯下腰，然后用矛的杆身给了他们每一个这辈子遭受过的最狠的一顿打。塞丽薇打心底感激玛·奥扎劳纳的仁慈。马兰德拉转过身对巫医可可乌拉说，请他带自己的这两个孩子出去，根据法则为他们举行成人仪式。

可可乌拉咧嘴大笑，他将十分享受这即将到来的仪式。他十分热衷于为男孩们举行割礼。虽然法律规定，进行割礼必须使用锋利的刀具，但对于这两个男孩的割礼，可可乌拉有其他想法。

这两个男孩已经禁食了整整五天，并且还被一起禁足在一个黑暗的屋子里，屋子里面全部是恶狠狠地瞪着的卑鄙猥亵的狮子的、水神和山神的，以及恶魔们的面具。同时，墙上还悬挂着马兰德拉祖先们的头骨，以及里面满是部落几乎所有的逝去很久的男子的干包皮的皮袋子。

祖鲁和奎瓦贝惊叫着，而谁又能怪他们呢？这里确实太惊悚了！他们惊恐地望向被放在房屋角落的那张精雕细琢的木质三角桌，桌面上是一张巨大的割礼面具。这张可怕的面具象征着多产女神诺姆库布瓦那（Nomkubulwana），它看起来是那么丑陋，足以把犀牛都吓得掉层皮。

与此同时，他们不安地望着在水盆中的那些粗糙坚硬的棍子。奎瓦贝听说过这些棍子在成人仪式上的用法，可他一点儿也不喜欢自己所听到的。接近午夜时，鼓声突然如骤雨般响起，两个巫医协助可可乌拉开始鸣鼓祈祷仪式。可可乌拉走进兄弟俩所在的房间并命令他们出来。他戴着一张由兽皮做成的并有着可怕笑脸的面具，从肩膀到脚踝都遮盖着红色的纤维织物。举行成人仪式的屋子前的巨大火堆被点燃了，火焰的光亮使兄弟俩看清了协助可可乌拉的两个巫医——乌恩德拉（Vundla）和东多罗（Dondolo）。他们就站在厚重的鼓身之后，用力地在鼓面上敲打出祈祷之声。

可可乌拉将两个男孩拉至火堆附近，并让他们取下自己的腰带，将其扔进火堆，然后仰面平躺。

当均以面具覆面、以纤维织物覆身的可可乌拉和东多罗在“祈祷者之舞”中欢呼雀跃，相互追赶，然后一个接着一个围绕着地上的两个男孩如恶魔般地张牙舞爪时，两个男孩惊恐到牙齿直打战。突然间，可可乌拉弯腰一把抓住祖鲁的头发把他拖到自己的脚边，在他的胃部重重地打了一拳，进而又毫不留情地将他扔回地上。这个可怜的男孩发出了沉痛的闷哼声，就像一个被人遗弃的用黑斑羚皮制的洋娃娃，重重地背着地摔倒在地。

“要坚强！”可可乌拉大声咆哮道，“勇敢些，你现在是一个顶天立地的男子汉了！”

祖鲁如同一条在泥滩上搁浅的鱼，抽噎着、喘气着，不过很快就从这种状态中调整了过来。可可乌拉也一样将奎瓦贝摔倒在地，讲着同样的话，之后跳回到祖鲁的身边，并再一次将祖鲁拖到自己的脚边。这一次，可可乌拉的拳头重击祖鲁的头，然后再一次把他扔回地上。然后当祖鲁的意识即将脱离躯体时，他听到可可乌拉怒吼道："你现在是一个真正的男子汉了——理智些!"

两个男孩被用同样的方式击倒在地，然后失去了意识。当尿液与水的混合物劈头盖脸地浇灌而下时，男孩儿们突然惊醒。这些尿液来自三个部落中最为刚健的十个男子。他们希望通过这种方式使这两个男孩同样具备男子气概。男孩儿们在清醒后，又被强制喝下了一些混合物。

三个巫医跳着多产之舞逐步前进着，并轮流跳跃着击打鼓面。可可乌拉和东多罗最终捉住了这两个男孩，并用羚牛的尾巴所做的软鞭子将男孩儿们打得脱了层皮。

当巫医们兴致高昂地继续时，祖鲁和奎瓦贝在地上痛苦地翻滚，大声地号叫着。"鞭打仪式"很快就结束了，两个男孩再次被扔回到地上。然而，最残酷的部分还在前方等着他们。

此时，男孩儿们被拖进了小屋。为了防止祖鲁看到奎瓦贝正在经历的事，人们用一块由捻角羚皮制成的厚实的坎肩盖住了祖鲁的眼睛。乌恩德拉和东多罗粗暴地抓住了奎瓦贝，用力拽着他的脚。与此同时，可可乌拉抬起割礼面具，并将它移动到了小屋中央，然后将面具举到奎瓦贝腰部的位置。面具的前额上面有一处硬木的雕刻，一个孔正好穿过中间。

这处雕刻不仅仅是一种装饰，更是代表着多产的女性形象。在面具之后，洞孔之下，有一个用同一块木材雕刻而成的容器。容器那小小的碗身用来盛接男孩被举行割礼时所流下的血和切下的包皮。

其余两个辅助的巫医把奎瓦贝拖到面具前，并强迫他将自身象征着男性的那部分插入面具前额的那个孔。而可可乌拉在面具的另一侧为奎瓦贝进行割礼。奎瓦贝疼痛难忍地大声哭喊，试图将自身的阴茎从洞中抽离出来，但是两个巫医死死地把他压制在那儿以确保他的血能流入容器之中。

事实上，祖鲁透过坎肩心惊胆战地从头到尾目睹了所有的一切，他大叫着冲向由柳条编成的门，但只是撞上了被紧紧锁住的门，而他也很快就被抓住了。可可乌拉狰狞的脸上露出令人毛骨悚然的冷笑，他在磨刀石上轻轻摩擦着刀口，使这把刀变得更锋利。

仪式结束后的整整二十一天里，两个阴郁的男孩继续被困在举行割礼仪式的屋子里，每天都必须聆听可可乌拉的有关二十一种交欢技巧的长篇大论。可可乌拉仔细地指导他们在不同的情况下应如何去应对，比如当一个女人是高的或矮的，是瘦的或是胖的，以及如何精确地准备药物以防止性能力衰退。

举行成人仪式后的第二十二天的晚上，也就是在两个男孩参加出关仪式前，一个女士拜访了兄弟俩。这个女士赤身裸体，她的真实身份却因脸上佩戴着一张以纺织物装饰的精美的厚实面具而被隐藏。至于这样的“午夜访者”，不论是男孩割礼时来的女人还是女孩割礼时来的男人，他们的身份都绝对是一个秘密。不过当然，作为可以洞察一切的不朽之人，我清楚地知道这个来给兄弟俩传授实际经验的“午夜访者”的真实身份。而且在这个阶段，我并不认为揭晓秘密有任何危害，她就是丹比莎·卢韦薇，著名的舞者。

令可可乌拉满意的是，奎瓦贝通过了测试，但祖鲁的男子气概太过了，因此他没有被直接释放。他必须接受更多的治疗来使得“他的号角变得钝一些”。他接受了皮哈拉治疗法用以减弱他的性能力，他受到了更为痛苦的磨炼。

出关仪式终于来临，两个男孩被从“净化之屋”带出来，迎接他们的是如雷的鼓声和成百上千个勇士热烈的高喊声。男孩们从头到脚被涂上了白色的黏土和红色的条纹。从举行割礼仪式的那间小屋的入口到临时粉刷搭建的围着“禁村”的门口，人们画出了一条白色的通道。这条通道往往代表着青年男子必经的“生命之路”。在这种情况下，也和往常一样，象征着多产女神和逝世已久的祖先们的人戴着面具守候在白色道路的两侧。当男孩儿们从道路上经过时，每一个神和祖先都会给他们祝福。

为了震慑“生命之路”上的邪灵，祖鲁和奎瓦贝都佩戴着可怕的面具。除此之外，他们都一只手上拿着一个物件，另一只手上拿着一只家禽。这些家禽是用来献祭给守在“禁村”门口两侧的伟大神灵的，这两个神灵均象征着至高神。仪式中有疯狂的舞蹈、狂野的击鼓声，以及源源不断的祝福：“孩子们，勇敢些，要无所畏惧地面对生活。你们要学会理智，心存善念，意志坚定，敢于冒险。愿你们子孙满堂，愿你们的性能力永远旺盛。”

成人仪式结束后，三个部落的人又休息了一个月，我们的向导巨象甘达亚也一样。就是在这第二个月的休息时，布须曼人对其中一个最为偏僻的临时茅舍村中的牛圈发动了尤为大胆的突然袭击。这场袭击发生在清晨，在厚重的迷雾的掩护下，他们成功地赶走了两百头牛。一群战士开始追逐那群黄皮肤的小偷，但遭遇了埋伏，被配备着毒箭的布须曼人重创。大约五十个勇猛的恩古尼战士中只有十个人得以逃脱。

布须曼人带着偷来的牛群向西行进，沿途他们在众多洞穴中的一个的墙上绘制了一幅精致的画作，用来吹嘘此次胜利。

此次袭击后的第三天，又有一拨黄皮肤小偷试图闯入我的牛圈，只不过这一次的行动是在午夜。但是彩虹将军和我成功铲除了十五个小偷，并活捉了五个。

奈托贝拉，我的肥胖的第二个彩虹将军，在追击逃跑的小偷的过程中死于毒箭。这些伏击激怒了三个部落的人，我们加强了每晚对所有牛圈与屋舍的守卫和巡逻。随后，他们尝试在光天化日下发动袭击。一伙人，还带着他们的妻子和孩子，试着把正在平原上吃草的曼波牛群赶往一边。曼波牧童拉响了警报，我们开始追击袭击者，并且杀死了十个男人，活捉了三个男人、十五个女人和十个孩子。

所有的俘虏都被关押在我的屋子里。恩古尼的彩虹将军、著名的歌手兹寇，在我们质问这些俘虏的过程中，承担着翻译的职责，因为只有他一个人能够理解那些俘虏的语言。

我们从这些被俘虏的布须曼人那里学到了许多。他们教会我们如何用鸵鸟蛋壳做珠子，如何用塔布提螺形穗花树和鲁班德树的叶子制作香水。我们了解到许多草药可以用来治疗疾病，还有许多可以食用。我们还了解到如何制作毒药及准备相应的解药。

班图人开始逐渐变得敬畏布须曼人。不久之后，各种各样的吹嘘他们有超能力的故事被传播开来，尤其是妇女们可以根据自己的意愿转变为任何野兽的故事。

为了和他们开展贸易，我决定联系在附近群山里面漂泊的许多布须曼人群落。我本想继续让兹寇担任我们的翻译，然而不幸的是，就在我们带着要卖的牛群准备出发的那天，兹寇在和他的妻子诺米康顿公主，也就是马兰德拉的妹妹争吵之后，用矛刺死了自己。兹寇的死对于所有人来说都是一个悲剧，因为一直以来，他不仅是一个伟大的歌手，还是一个智慧与勇气并存的男子。兹寇的逝世使得我们与布须曼人的沟通交流陷入僵局，因此我不得不放弃与布须曼人开展贸易的计划。

诺米康顿公主由于造成了丈夫兹寇的死亡而被人们驱逐出恩古尼部落。在她丈夫去世的十天后，她带着两个女仆马巴沙纳（Mabashana）和诺托姆比（Nontombi）去河里沐浴并洗涤皮裙。那是炎热的一天，河水清爽宜人。数不胜数的蝴蝶流连忘返在草丛中的那些娇艳欲滴的花朵间，鸟儿在高大而翠绿的莫帕尼树和曼加斯树间啼鸣。

三个女人没有笑，也没有歌唱，因为她们在哀悼兹寇的离世。诺米康顿的眼中满含泪水，内心满是苦楚。丈夫死后，她发现自己的生活突然坠入了无尽的黑暗、苦涩和空洞之中。夜晚，丈夫那张瘦削却又英俊的脸庞总是出现在她的梦中；白天，她似乎总能听见丈夫满是男性魅力的声音在那些耳熟能详的歌曲中响起，而那些歌曲将永远驻留在族人的记忆中。

诺米康顿是如此怀念她的丈夫。她怀念那个生前从未被她温柔相待的男子那宽厚的胸膛；她怀念那个男人对她热情付出却从未被她欣赏的爱；她怀念他强大的男性存在感，以至于她简直无法接受兹寇永远离开、不会再回来的事实。

马巴沙纳和诺托姆比用丝瓜络轻轻地擦拭着诺米康顿的身体。诺米康顿无声地哭泣着，泪水从她的脸庞滑落，坠入河中，与冰冷的、齐腰深的河水融为一体。

三个女人都没有看到有三个布须曼人在灌木丛的遮掩下正在

向她们缓慢移动，等到她们发现时已经晚了。事实上，她们第一次感知到布须曼人的存在，是在她们听到两个黄皮肤的隐匿者从灌木中冲向水中的她们而踩断树枝发出断裂声时。

两个布须曼人中的第一个首先向马巴沙纳扑去，她尖声大叫，但他抓住了马巴沙纳的腰身，像扛一包皮货一样把她扛在肩上，从水中拖出来向森林走去。诺托姆比与另一个布须曼人奋力斗争——她一次又一次地朝着那黄棕色的眼睛和肿胀的脸挥拳，直到那个男人用短棍打晕了她。诺米康顿急忙从水中跳出，一路狂奔，她甚至都没顾得上取回放在河岸上的皮裙。然而，她直直地撞上了第三个布须曼人，这个男人用一种极为失礼的方式抓住了她。

从此以后，作为一个布须曼人的妻子，诺米康顿公主开始了她崭新的生活，人们自此再也没有见过她。

布须曼人是十分厉害的吹嘘者，他们喜欢在避难的洞穴的墙上以图画的形式永久地记录下他们的功绩。许多画都描述了小小的黄皮肤男人成功掳取班图女人的情形。令人难以置信的是，他们的画作十分真实准确，甚至在某些画中，我们可以识别出是哪一个部落，比如从那些展示了斯克勒发型的图画中，我们可以很清楚地知道，那是只属于曼波和恩古尼女人的发式。

短暂的休息后，三个部落的人再一次收拾营地，继续向南前进。此后，当我们进入深受奴隶捕猎者袭击的国度卢维吉蒂时，所有的战士都充当着前进中的群众的前锋。卢维吉蒂的城都位于南部的要塞兹马·姆布吉。在这里，穆克卡萨，曾经的马兰德拉的第一夫人，以暴政统治着由马绍纳人、阿拉比人和霍屯督人共同组成的王国，以及他们大量的混血儿女。

古老的要塞兹马·姆布吉那坚固的城墙守卫着皇家住所，而皇家住所大厅的入口被战士、胡子花白的混血皇家顾问、纯种的班图奴隶和阉人挤得水泄不通。这里正在举行一场盛大的筵席，令人敬畏的穆克卡萨女王高傲而华贵地斜倚在一张用螺形穗花和象牙装饰的躺椅上。她面带着微笑，像一只饱食后有着圆润肚皮的非洲母豹。她的战士们不断地用外国美酒向她敬酒。她不知廉耻地和一个前来购买她的战士们捕获的成千上万个隆达人奴隶的黑胡子阿拉比人调情。阉人加乌（Jovu）和奥迪（Audi）则守在她的躺椅两侧，他们都手持短剑、斧头和大砍刀。她的脚踝、脖子和手臂上都闪耀着太阳金属制的外国装饰物，三根羽毛使她的金属头饰更显华丽。在她旁边，有三个装满闪闪发光的饰物的草篮，这些是阿拉比奴隶贩子带来交换一群群奴隶的。

穆克卡萨如同一条淫荡而又不知廉耻的鱼徜徉在自己通过对人的生命进行贸易所聚敛的财富中。她好似舒适地享受着阳光恩赐的可憎鳄鱼，她的享受是建立在无数可怜奴隶的灵魂之上的。对于部落的人们来说，她的存在就如同活诅咒。不过她已经开始行走在惩戒悬崖的边缘了。尽管她自己还未意识到，但她的毁灭已近在咫尺。

她咒骂着那些已经疲乏的舞女，催促她们跳得更快一些，而舞女中的有些人早已因筋疲力尽而摔倒在地。她命令奴隶迅速把食物与酒送至她的客人那儿。她命人立即处死一个奴隶，只因这个筋疲力尽的可怜之人不小心把满是肉的托盘打翻在了一个出言粗俗的阿拉比人的腿上。

然而，在她腐朽的灵魂深处，不安与日俱增。她派出大队人马去攻打那些越过赞比西河涉足她的国度的黑色野蛮人。可是十天过去了，她却没有收到任何消息。尽管她喝了不少酒以平复内心，但内心的不安却没有得到丝毫平复。

盛大的宴会由于一个男人的到来被突然打断，这个男人受伤严重，显然是靠着最后一口气站在这里的。这个男人是一个战士，他的双手紧紧捂着身体左侧那个流着脓的可怕伤口。他蹒跚着走过大厅，最终因体力不支倒在穆克卡萨的脚边，喘着气，几乎因疼痛而昏厥。

穆克卡萨站了起来，一手拿着外国美酒，居高临下地看着那个受伤的男人。“下贱的东西，你是谁，你想要干什么？”

“伟大的女王，”男人奄奄一息地说道，“我是您的战场指挥官之一……我是来……告诉您……”

恐惧和黑暗简直快撕裂这个白化变种女王那罪恶的灵魂。暴怒之下，她一把将酒杯砸在了男人的身上。

“说，下贱的东西，你要告诉我什么？说!”

跪着的男人倒了下去，他有气无力地说道：“您的军队……遇到野蛮人了……勇敢地应战，但是……失败了。我……是唯一的幸存者……”

穆克卡萨勃然大怒，面色阴沉。她怒目圆睁，紧闭的牙关泛出泡沫。一个快速的转身，她一把夺过阉人手中的斧头，并用这把斧头砸碎了仰躺在地上的男子的头颅。

“去城墙!”她大叫，“所有的战士都去城墙！野蛮人正在向这里进攻——所有战士做好应战的准备!”

全副武装的战士们身穿鳄鱼皮制成的盔甲，头戴华丽的木质头盔，奔去守卫兹马·姆布吉的最大的石砌堡垒。部分士兵前去守卫分散在堡垒周边的广大城市的木质栅栏。这座城市中的所有房子是椭圆形的泥屋，每一个房子都有一个精心装扮的草制的屋顶，并且每一个房子都是按照奇特的外国风格建造的。由霍屯督人、马绍纳人、阿拉比人所生的混血人组成的军团，循着外来之鼓的外国乐声和军号之声，穿越城市向声音的源头行进。在其漫长而又罪恶的历史上，卢维吉蒂第一次处于守势。它在强大的敌人誓死战斗的决心前第一次展示了其奴颜婢膝的一面。声名狼藉的卢维吉蒂也第一次尝到了失败的滋味。和对待从古至今的所有残暴之人一样，是时候该让他们尝一下害怕的滋味了。

穆克卡萨离开了仍在狂欢的雄伟大厅，沿着石阶走向自己的私人住宅。她冰冷的嘴角挂着苦笑，眼中闪烁着荒凉的光芒。当她进门时，她的奴隶，美丽的混血儿鲁库玛（Lukuma）和身材小巧的霍屯督女仆瓦达斯娃（Wadaswa），拜倒在门口迎接她。

“我的丈夫进过食了吗？”

“是的，女王。”混血女仆鲁库玛回答道，“按照您的指示，您伟大的丈夫已经进过食且清理干净了。”

“很好，赶快准备替我沐浴。”

两个女仆迅速起身前去准备。不一会儿，穆克卡萨就站在了黏土制的淋浴缸中，从头到脚享受着热水的亲抚。很快，她洗完澡走出淋浴缸，女仆们熟练却又小心翼翼地替女王擦干身上的水。

突然，穆克卡萨双臂环住鲁库玛的腰身，野蛮又激情地用力把她拉到自己身边。穆克卡萨的吻如暴雨般向鲁库玛袭去。然而，这个白化变种女王突然又一把推开了鲁库玛，说道：“如果我的宿敌鲁姆坎达现在正带领那些野蛮人入侵我的领地，那么，鲁库玛，你将是我逃生的唯一希望。”

相较于女王怪异的举动，鲁库玛觉得女王奇怪的言语更为费解，她想知道她残暴的女王到底在说些什么。鲁库玛未曾意识到，穆克卡萨，或者说扎根于穆克卡萨体内的恶灵，试图接管鲁库玛的身体，一旦兹马·姆布吉的领土落入侵略者之手的话。

穆克卡萨盛装打扮后，独自前往地下室，而她那所谓的丈夫正在地下室等她。当她迈入“快乐的黑暗之殿”时，一股草的气味直冲她的鼻子。黑暗中，一双脚焦躁地踩踏着。这个白化变种女王在把她的豹皮皮裙脱下时发出了诡异的笑声。她不断地向黑暗深处走去，眼中闪烁着饥渴的光芒。

太阳升起，它的光芒照亮了高耸的岩石，使周围增添了绚丽的光彩。太阳的光芒落在远处兹马·姆布吉的石塔上，落在那些从西面穿越茂密的灌木并沿着墙不断前行的士兵坚毅的脸上。

九十万恩古尼、曼波和阿玛·科萨的勇士在过去的二十几天里缓慢而又坚定地向堡垒四周行进。现如今，兹马·姆布吉已经被全面包围了，尽管这个可憎的堡垒里的居住者们自身还未意识到。我们意在阻止正在那座可恨的高墙之内的任何人的逃跑，尤其是我们知道的那些高墙内的外来的奴隶猎捕者。每一个身处这支由三个部落组成的浩浩荡荡的队伍中的人均深受鼓舞，他们决意彻底摧毁兹马·姆布吉，使以后将再也没有人会居住在那些墙垣之内。

无论要花多长时间，无论要牺牲多少生命，我们必须毫不留情地摧毁兹马·姆布吉。我们都必须使这个由岩石和木头构建而成的可憎之物回归到原始的状态。我们决意摧毁这个满是淫乱和不堪提及之疾病的温床。

在军队的士兵之间流传的指令十分简单明了，准确来说，就是：“不要放过任何一个！”

五百年来，兹马·姆布吉的堡垒一直都是那些靠着抓捕并将黑人同胞贩卖给堪称外国恶魔的阿拉比人而变得又肥又富的领导者的巢穴。五百年来，兹马·姆布吉也一直都是可耻的女人将自己的身体与好色的阿拉比人交换的场所，她们以此来换取生活所需品，而这类事情之前在部落中从未发生过。

现在，作为告诫所有在世甚至即将诞生之人的例子，兹马·姆布吉必须被摧毁——包括它所有的居民，以及它的财富和它匮乏的道德品行等其他东西。

在可恨的敌军发现之前，我们早已向他们发起进攻。我们猛烈攻击外围的栅栏，以绝对性的数量优势从多处突破了栅栏。直到那个时候，他们才惊醒过来。他们的箭、石头和矛枪，如同呼啸而来的死亡之声，不断地对我们的军队进行猛烈反击。成百上千的勇士在战火中倒下，敌军的火球活活地炙烤了我们众多的战士，但这一切毫无用处，三个部落愤怒的战士们不会因此而停下他们进攻的步伐。我们攻进他们的城镇，屠杀卢维吉蒂人和阿拉比人，尤其是阿拉比人！我们放火烧了他们椭圆形的住宅，我们抓住他们的女人和孩子并将他们扔入火堆中。在焰火和弓箭的哀鸣声中，我们气势汹汹地向堡垒的石墙前进，最终完全包围了它。

在对这臭名昭著的建筑物发起最后的猛攻之前，我命令集结的军队在此处稍作休息。敌军依旧不停地从高墙和塔上用石头和弓箭向下发动猛烈攻击。他们那些我们并不熟悉的投石机和用来大量发射矛的弓使我们的军队不得不分散开来。虽然我们因此不得不与他们保持一定的距离，但这反而激发了我们的怒气和坚毅的决心。我其中的两个将军——奈松贡罗洛和顺古被安装在高墙上的投石机投射出的沉重石块砸死了，而恩古尼女王塞丽薇的第二个丈夫马博沃，稍早之前在栅栏处单独一人与二十个卢维吉蒂士兵交战时，也因后背被刺而身亡。

我们没有把时间浪费在哀悼牺牲之人上面。他们是带着荣誉离世的，当勇猛的战士带着荣誉战亡时，我们理应为他们感到欣喜，而不是沉湎于哀悼。对每一个人来说，降生和死亡都只有一次，但是每一个因荣誉而死，因对抗恶魔般冷漠无情的卢维吉蒂人和他们的同盟阿拉比人而战死的人，都是值得骄傲的。

当我们向堡垒发起最后的进攻时，伴随着强烈的暴风雨而来的闪电和雷鸣使得阴沉沉的天空四分五裂。我们率领着三个部落愤怒号叫着的士兵，径直走向门口，却伤亡惨重地被击退回来。一支意志坚定的敌军，将所有的炮火直对我们的先锋部队。那些炮火武器包括火球、弓箭、矛、投石机投射的石块，甚至还有那些他们徒手从所在的堡垒上拆下的椭圆形石块。

三个部落的士兵开始大规模撤退，他们在燃烧着的镇子边缘重新组队。卢维吉蒂的统治者穆克卡萨，站立在堡垒的高塔之上，她居高临下地大声嘲笑我们："回来继续进攻呀，我那恶臭肮脏的黑人朋友们！回来继续进攻呀！不要害怕！别怪我没有警告你们，我们有足够的武器和发射物，可以将你们围困在这里一百年。"

"贱人！"马维姆贝拉怒吼道，"你给我等着，我一定会亲手抓到你的。"

恩古尼女王的丈夫马兰德拉脸上带着微笑，转过身来对马维姆贝拉说了些什么。然而，他的话语却淹没在了一阵地动山摇的隆隆的雷声中，而紧随其后的回应声是来自巨大的灰色怪物的狂野尖叫。令甘达亚极度满意的是它早已嗅到了人类的血腥和死亡的味道，这怪物正大步从我们身后的灌木丛中迈出。

这只巨象径直向堡垒走去，在这只庞然大物的身上，我感受到了满满的仇恨，如此强烈，连我的心也随之燃烧。甘达亚对兹马·姆布吉这个堡垒仇恨无比。不知怎的，他肯定是将这个地方与奴隶猎捕者联系在了一起，他们的箭头至今仍留在它的后腿里。

甘达亚的身后紧紧跟随着猿人奥杜和卡里巴的幻象鲁阿姆拉瓦。咆哮着的战士们紧跟着大象，直直地冲向堡垒紧闭的大门。箭、矛和沉重的石块从甘达亚的身上和头上弹开。火球直直地砸向它，又从它身上弹开，再砸向地面后粉碎。

大象毁灭性地冲撞着大门，尘土飞扬，最终它成功撞毁了大门。大门的残余部分就这样被钩在大象剩余的那根象牙上。在进攻堡垒的过程中，大象在杀灭敌军、摧毁敌方建筑物、扰乱敌心这些方面帮了我们极大的忙。堡垒的部分地方轰然坍塌，掩埋在废墟之下的人发出痛苦的尖叫和呻吟，而那些人，不久之前还站在堡垒的墙之上耀武扬威。

“冲啊，冲啊！”马兰德拉冲着身后紧跟着他的恩古尼军队喊道。

“冲啊！”来自阿玛·科萨的肚子微微隆起的首领姆科萨对着他的军队发出命令。

“进攻！”马维姆贝拉在我身旁对着我们身后的曼波人指挥道。他的指令带着他所能想到的最恶毒的咒骂。

大批的军队在完美的指挥下横扫敌方。当我们前进时，闪电撕裂着天空，雷声响彻被雨水冲刷过的大地。兹马·姆布吉离毁灭不远了。

我们一路坚定地向堡垒跑去，我发现奥杜和鲁阿姆拉瓦这两个人正跑在我的两侧。在冲刺和咆哮声中，我们攻下了堡垒，在那里我们直接赤手空拳与卢维吉蒂人展开殊死搏斗。卢维吉蒂混杂着泥土、鲜血和雨水，变得面目全非。阿拉比人的奴隶猎捕者团伙组织起来尝试着再次发起武装反抗，这与他们与生俱来的懦弱形成极大反差。然而，我们立即摧毁了他们——他们理应受到这样的惩罚。我们的箭和矛朝着在墙上方垂死斗争的敌军飞去，他们重重地摔下，然后倒在泥地中。

敌军重新聚集成几个大的军队，与我们相对抗。但是甘达亚硬是在他们之间撕开了几道口子。有些敌军被它踩在脚底下，有些则被它抓住，如同臭鸡蛋般被它砸向墙壁。暴风雨愈加猛烈，战争和屠杀亦是如此。这场景足以使最强壮和最勇敢的人作呕。

与此同时，奥杜和鲁阿姆拉瓦正在搜寻穆克卡萨的藏身之处。在他们最后一次巡查少数几个尚存之地时，奥杜从成群的战士中挤到我的身边说："我的主人，您过来看一下！"

我跟着身躯庞大的奥杜来到穆克卡萨的私人住所。我们跨过一个将死的霍屯督女仆的身体，沿着石阶一直往下走，一步步逼近隐藏在黑暗之中的地下房间。

恩古尼的马兰德拉和他那三个幸存的彩虹将军——马普普拉、马兰加比和索洛兹紧紧地跟着我们。依靠烟味呛人的火把的光亮，我们看到穆克卡萨赤身裸体地躺在满是杂草的地上，她的胸口插着一把外国刀具，显然已经死亡。躺在她身边的是一具斑马的尸体。我们曾从审问过的那个卢维吉蒂逃犯口中得知过这匹斑马的消息，它被穆克卡萨驯服且被特殊地饲养着。据说，这匹斑马深深地爱着穆克卡萨。

这个死去的女人的嘴角带着胜利的微笑。她的一只手腕上拴着一块柔软的鹿皮，她在鹿皮上留下了满是挑衅的讯息："你这个没用的畜生，我还活着呢，只不过你永远也找不到我——你这个永生的蠢货！”

畜生 无用的 我 活着 永不 找到 我 你 愚蠢的 永生的 傻瓜

“这是什么意思？”马兰德拉问道，“她已经死了，但她却说自己还活着——并且你将永远找不到她。”

“这个女人的身体被恶灵占据了，你还记得吗？这个恶灵极有可能现在占据了另一个人的躯体，并以那个人的身份不动声色地逃走了……”

之后，卡里巴的幻象跪在我面前。“尊敬的君主，您的女仆请求向您禀报，她已经在堡垒的墙体下方找到一条秘密通道。有一个女人沿着这条通道逃走了，而这条通道通往森林。您不值一提的仆人在通道中发现了她的脚印和这个饰品。”

她拿出一个铜手镯的部分碎片。

“所以说，她已经逃了！”马兰德拉怒吼，“她偷了某个女人的身体，并附在那个女人的身上，然后继续作恶。”

“她不会成功逃脱的——我一定会抓到她的！”当我们转身离开时，我向大家保证道。

暴风雨已经过去，一道彩虹点缀着东方的天空，显示出一番难得的宁静与优雅。太阳的光芒穿透西方天空的云层，天空的边缘被染上了一层神圣太阳的金色光芒。雨滴滴落在高大的莫帕尼树的树叶上，阳光经由透亮的雨滴发生折射，美得无法形容。圆形石塔的石头湿漉漉地在阳光下闪着光，好似巨大的鱼。

三个部落的军队在堡垒外面忙于埋葬牺牲的将士。许多士兵忙着将敌人破败的住所夷为平地。其他士兵四处收缴敌军的武器，并将这些武器深深地埋在一个洞中。

任何人都不被允许私藏兹马·姆布吉的珠宝，哪怕珠宝十分小。事实上，也没有人想要私藏兹马·姆布吉的东西，因为我们都将其视为被诅咒过的不祥之物。

在堡垒的一片废墟中，三个部落中成千上万的年长者向上天庄重宣誓，承诺他们将确保像兹马·姆布吉这样的城市永远不会在他们自己的领土上再现，这个可怕之地的丑行往后只会被用来教育后代，无论如何都不要试图效仿卢维吉蒂。最后，头发花白的长者们诅咒兹马·姆布吉成为一个荒芜之地、孤寂之地，在时间的长河中被人遗忘，直到时间的尽头。

十天后，我们离开了充满恶行的堡垒，跟随甘达亚向东南方进发，在那儿，汹涌的林波波河在茂密的森林中流淌而过。在距离林波波河还有两天的行程时，公开的反抗再一次在人群中爆发。

三个部落都分别向我们派出了强大的代表团。人们拒绝跨越林波波河，因为他们说，在林波波河的对岸是深不见底的悬崖，而这个悬崖代表着世界的边缘。跨越这条河毫无疑问不仅是在自找麻烦，而且是悖理逆天的行为。神圣传说中说过，至高神不希望任何人接近世界的边缘。人们开始愈加焦燥，空气中满是不安的气息，危险似乎一触即发。

（译者：周飞悦）

玉米三角恋

“我们该怎么办?”塞丽薇悲伤地问道。

“貌似所有人都在抗拒渡过林波波河。我们到底该怎么办?”

“我建议鲁姆坎达应该强硬地对付这些反抗的傻子。”长着猴子脸的首领姆科萨说道，“这可是渡过这条河最好的时机，因为现在是这条河流水位最低的时候，并且在未来几个月内都不会下雨。你必须做点什么，鲁姆坎达。我们现在就都指望你了。”

“既然我们不能对那些傻瓜使用武力，那除了惊吓得使他们去渡河，我们没有别的选择了。”我经过深思熟虑后说道，“我有一个计划，可以让这些人以前所未有的、比渡过任何一条河都快的速度渡过林波波河。给我三天时间，你们将看到令你们永生难忘的一幕。但是首先我需要你们这些统治者和所有你们亲近的人，包括你们忠诚的战士，先渡过这条河。而我将假装和我忠诚的跟随者们一起渡河，但是我会趁着夜色返回，以使自己的计划奏效。”

在我的计划提出来刚刚好三天后的一个月明之夜，一个名为多罗（Dolo）的老男人对他的女婿说道：“我不喜欢这样，本古(Bengu)。那些首领已经渡了河，但是我们，普通民众，却被留在这边听天由命。接下来又将会发生什么呢?”

“我不知道，我的岳父。”本古懒懒地回答道，“我唯一知道的事就是没有什么能让我渡过这条河。这不只是因为我已经厌倦了这么多年的四处游走，更是因为我不可能因为某个自称为首领的人说的一些话就让自己去冒接近世界边缘而失去生命的危险。”

“传说林波波河另一边除了无尽的空虚什么都没有，在那里有长着翅膀的食人族，每个人都有十只眼睛，飞行时就像秃鹫在寻找腐肉一般。”老多罗低喃道，并向他身后投去了畏惧的目光，“这可能就是为什么我们的祖先称南方那片地方为‘Ningizimu’，其意思是有无数十眼食人族居住的地方。这个世界上没有什么能让我渡过那条河……哦，不!”

“是那个外来的恶魔，那个叫鲁姆坎达的巫师。”多罗恶狠狠地说道，“我觉得他试图带领整个部落像眼瞎的山羊一样在世界的边缘那里落入无底的深渊。我说，我再说一遍，鲁姆坎达就是一个卑鄙的……”

他的话被一个突如其来的巨大尖叫声所打断。这一来自世界边缘的声音里夹杂着恐惧与赤裸裸的令人血液凝固的害怕。“喂，看那边，看那边。”

尖叫声与呐喊声从四面八方传来。成千上万个人爬出了自己的遮蔽所，想看看到底发生了什么。他们看见了他们误以为是巨大的蝙蝠的东西从东边向西边低飞而过，其中有三只就和人一样大。成千上万双眼睛惊恐地注视着一切，尤其是当那三只长得像蝙蝠一样的怪物幽灵扑着翼缓慢而笨拙地飞过来时。在大圆月的光辉下，他们隐隐约约地显现出了轮廓。

“它们不是蝙蝠！”一个人尖叫道，“它们是恶魔！赶紧逃命！”

人们站在原地，用一种极度恐惧的目光看着这些渐渐靠近的恶魔。但是当古怪的声音进一步逼近，随之而来的是指示所有人横渡林波波河的警告，紧接着就是不可避免的踩踏，而这些都是注定要被载入史册的。这可以说是有史以来发生过的最为奇怪和可怕的一次逃窜了。成千上万的人因害怕而失去了理智，所有人匆忙地跳入河中，然后只见冬日的月光下尘土飞扬。他们逃窜了整整三天，在那之后一家家人才陆续从人群中分出来。很不幸的是伤亡人数很多，尤其是老年人，他们中的有些人是直接因恐惧过度而死的。

一群正在对岸吃草的河马以为是数以千计的牛把这河水搅成了糨糊。结合我们的巫术力量，我的第一夫人和我，以及我的两个女儿，创造了一个过于真实的场景，但我们本可以通过另一个不用如此戏剧化的方式有效地达到目的。

一个月后，我进入了另一群人的领地，他们是一群尚未开化的原始人。他们像猴子那样住在树上，用石头和骨头做的尖矛打猎。在未来的几年时间里，恩古尼逐渐接管了这个部落，与此同时他们也接纳融合了恩古尼的文化和语言，从此他们开始称自己为斯威士人或者是恩格瓦尼人。如果有任何人想要使自己陷入巨大的麻烦之中，他只需要称一个斯威士人为“吃生肉的树居者”，当然如果他真要这么做的话，他必须站在一个安全的距离之外并能在说完后马上逃跑。斯威士人更愿意人们把他们当作恩古尼人的分支，但这不是真的。

在驯服他们之前，我们和这些狡猾的树居者交过不少次手。他们喜欢埋伏，然后在赶走牛群之前杀死牧童。而就在其中一场战役中，我失去了那个我最喜欢的养子木库姆比。当他被葬在乐波姆波（Lebombo）山脚下的时候，我哭了。这个年轻人的死使我失去了一个勇敢爱笑的可信赖的儿子，他在过去曾一度点亮了我不幸的人生。从他死去以后，我的生活变得更加黑暗且难以忍受！

又经过和这些树居者长达一个月的交手，我们打通了通过他们这片土地的一条路，然后穿过了尢波戈洛（Upongolo）河。我终于意识到自己已经到达了目的地，这片未来被称为“祖鲁”的大地，祖鲁人或者叫祖鲁兰地区人的，还有汤加人的国度。

我意识到自己终于完成了使命，从此，我的人生缺失了一个特定的目标，也就剩下我自己的私事了。

一天早上，我派人去叫来我唯一幸存的彩虹将军，并且对他说：“马维姆贝拉，我们终于到达目的地了。这是一个崭新而兴旺的大地，在这里，部落可以一代一代和平繁荣地生活下去。我自认为自己的责任已尽，尽管这一路上困难重重，感谢至高神引领着我最终完成了我的使命。你一直以来都是一个勇敢而忠诚的仆人，马维姆贝拉，现在我要你帮我最后一个也是最重要的一个忙，请在此时此刻向我保证，你不会拒绝我的请求。”

“请说吧，我的首领，我一定完成，哪怕是失去生命。”

“我希望你接管曼波，成为它的新首领。”

马维姆贝拉语无伦次地说，他的话都无法被转述：“不，不！我不能这么做！”

“我坚持要你这么做，马维姆贝拉，我也真的需要你这么做。”

“我，一个白内障的歪脖子的跛脚渔夫的儿子，我来做首领？绝不可能！”

“马维姆贝拉……”

“我说了我永远不会接受首领这个位子，鲁姆坎达。您不能把首领这个重担卸到我的肩上。”

他大步走出屋子，走到战士们集中的地方后便坐在了他们中间。我跟着他，而且紧接着做的一件事情就是把我的首领头饰戴到他丑陋的脑袋上，并把我狮皮制的皇家披风披在他宽阔的肩膀上。“曼波的战士们，恭迎你们的新首领！”我朝聚集着的战士们喊道，“请忠于他、他的孩子及他的子孙后代！”

战士们大声欢呼着并且高举手中的矛和其他武器，向这个勇敢的深受人们爱戴的新首领致敬。

马维姆贝拉哭了，满是愤怒和痛苦的泪水。他轮流乞求着我和战士们。

“加油！你这个老懦夫，”一个年轻的战士喊道，“你是那么丑又那么高大，比我们中间的任何一个人都更适合当首领。我们会享受又担心你又痛恨你的这种乐趣，你刚刚在所有人面前被任命为首领了。”

“你在叫谁懦夫！需要我告诉你我打过上万场胜仗吗？我杀过的人比我杀过的牲畜还多……”

“那就做我们的首领来向我们证明你有多勇敢吧！”

“你！”马维姆贝拉咒骂道，然后紧张地用力紧紧拽住自己的皇家头饰，将它更稳地戴好，“那应该能使你信服。”

下一刻，马维姆贝拉几乎处于一种暴怒的状态，而战士们则又一次爆发出大笑声，因为我为他准备了我自己的两千个妻妾作为他的加冕礼礼物。当我命令每个女人当众亲吻他时，他咆哮着并疯狂地发誓。这个大块头的前彩虹将军，受人尊敬的现曼波首领，在他生命中首次要尝试着摆脱以做作的热情爱抚他的咯咯笑的女人们。而曼波的战士们又一次爆笑了起来，当伟大的马维姆贝拉，那个因不可救药地憎恨女人而出名的家伙，被笑着叫着的女人们簇拥着举起双手放在脑后前进到仍在建设中的新村落的皇家主屋里，她们要给几个月没有洗过澡的他彻底地清洗一遍。

马维姆贝拉洗完后被涂上了带有香薰味的河马油，然后被他的妻妾们包围着沮丧地坐在他的屋子里。我让他收养我的三个儿子——德马那和德马扎纳（三胞胎），并将他们当作亲生儿子一样抚养长大。他很乐意地答应了。

十天后，我，还有奥杜、鲁阿姆拉瓦、玛·奥扎劳纳、鲁拉玛·玛纳鲁阿纳，以及我的两个女儿一起离开了。我们朝着东方出发，因为我们被某种奇怪的想要某事发生的力量吸引——某件注定要改变整片大地上所有部落命运的事情。

鲁拉玛·玛纳鲁阿纳独自一个人待在阳光普照的森林里。她刚去打了满满一陶罐的水，然后决定在潺潺的清凉清澈的溪水里洗个澡。现在她正坐在一块黑色的岩石上，一只脚浸在冒着泡泡的如水晶般透彻的水中。她正用一把精心雕刻的角梳梳她那柔软的如茸毛般的头发，这头发部分来自某个阿拉比人，部分来自她的马绍纳母亲的遗传。

她的皮裙和项链及其他装饰品被一样样地摆在旁边。炎热的太阳光惬意地照在她完美的身材上，那透着亮白的棕色皮肤上。

鸟儿在高高的树上筑巢，蝴蝶在她周围的花丛中飞舞，诸多的色彩、形状、声音和动作形成了美妙的交响乐。令人心旷神怡的绿林的清香窜进鼻间，鲁拉玛·玛纳鲁阿纳耳际萦绕着的是悦耳的鸟叫声。

这个美丽的混血儿，在经历和忍受了那么多痛苦和不幸之后，享受着未被破坏的森林里五颜六色且芬芳的孤寂。她闭上长着长睫毛的棕色眼睛，然后深深地吸了一口芳香的空气。她没有看见那个奇怪的并且全副金属盔甲武装的男人在她身后蹑手蹑脚地走来。她没有看到他那闪烁着爱慕之色的棕蓝色眼睛，也没有看到他那白色的外来人的脸上的红晕。当听到他的声音时，她才感觉到他的存在——这个亲切的声音讲出来的话在她的耳朵里听起来就像是“Buwena Diye……辛尤拉（Sinyora）”。

鲁拉玛·玛纳鲁阿纳跳了起来，抓起她的皮裙，并转过身面对那个正温柔地说着话的外来人。她看到了一个又高又壮的男人，透过他盔甲上的缝隙，她观察到他的皮肤比她所熟悉的她父亲所属的种族阿拉比人的皮肤颜色要浅得多。这个男人的头发又长又软，他的胡须是刚修剪过的，泛着光泽。他的头发和胡子就如同午夜的夜色一样黑。他的鼻子很长，但不是阿拉比人那样的鹰钩鼻，而且他的眼睛是棕蓝色的。

他戴着一顶明亮的灰色金属头盔，上面是一个山脊的造型，后面有一根像火焰一样的红色羽毛。其腕部和肘部都戴着同样的金属圈。所有金属圈的表面都雕刻着丰富的图案——代表着一种开花的植物，这是一种连鲁拉玛·玛纳鲁阿纳都感到陌生的植物。

他穿着一种奇怪的鞋袜作为护套直到大腿根部，他的右肩上挂下来一条宽大的紫色腰带，他的左侧挂着一件外面有护套的看起来会致人命的武器——显然是某种剑：细长的看起来很邪恶的东西逐渐缩减到针头那么尖的圆点。

当鲁拉玛·玛纳鲁阿纳目瞪口呆地盯着看，手抓着裙子防守性地放在身前时，外来人却咧着大嘴笑了，甚至还露出了一排珍珠般的牙齿。他一把脱下自己的金属头盔，僵硬地向她鞠了一躬，并用他的语言说着一些显然很友好的话，最后结尾的词鲁拉玛·玛纳鲁阿纳听来觉得非常有趣——她甚至想要了解它的意思——辛尤拉。

"你是什么?"她最后问道，"你是恶魔吗?"

那个外来人当然没有理解她的意思。她用手指向他并且以一个温和的征询的方式扬起了她那精致绝伦的眉毛。那个男人回应以微笑，然后用他的大拇指指了指自己，发出一个类似于"Potugeesa"的词语。

就在那时，森林里又冒出来十多个外来人，为首的是一个穿着褐色长袍的人，他的袍子长到脚踝。他手里拿着一根权杖，权杖顶部有一个人的青铜雕像，其手和脚都被钉在了木头的十字架上。其余人都戴着头盔，穿着皮甲。其中两个人携带着带有木架的奇怪管子——显然是某种武器。其余外来人带着看起来很笨重的武器，像是矛和战斧的组装，然后和第一个人一样，他们的侧方也都佩着剑。只有那个穿着黑棕色袍子并戴着兜帽的人没有携带武器。

不像第一个人，这些后来的人都相貌平平。那个为首的穿着长袍的人有一张瘦削的脸，而另外十个人的脸上却充满了匪徒的气息，其中有一个人的左眼上还系着一个奇怪的东西。

鲁拉玛·玛纳鲁阿纳潜入水中，穿上她的裙子，然后站在及腰深的地方，这让所有的外来人都感到好笑，除了那个看起来愁容满面的人。他转过身来，用右手在前额、胸部和肩膀处做了一些奇怪的手势，显然是魔法。

当鲁拉玛·玛纳鲁阿纳正戴回她的装饰品时，她听到男人们在交谈，每当他们对第一个外来人说话时，她就会听到一个像“Kapitano”这样的词。

“所以他的名字是卡皮塔诺。”当她穿着湿漉漉的贴身的裙子离开水时默默想道。就在这时，她看到玛·奥扎劳纳从森林里走了出来，旁边还跟着姆巴里亚姆斯韦拉。

“嘿，鲁拉玛·玛纳鲁阿纳！”玛·奥扎劳纳喊道，“那里发生了什么？那些生物是谁？他们想要什么？”

“尊敬的玛·奥扎劳纳，我不知道。最好你过来读一下他们的脑子里在想什么。”

玛·奥扎劳纳昂着头大步穿过长长的绿草，佩戴的装饰物在阳光下闪闪发光。所有外来人的目光都转向了她，他们似乎意识到她不是一个普通的人类女性。那个穿着黑棕色袍子的外来人脸色苍白，躲在他的武装伙伴后面，然后在他的前额、胸部和肩膀上做出同样的手势。

“请停下，伟大的玛·奥扎劳纳，站在原地别动。”鲁拉玛·玛纳鲁阿纳说道，“您让他们感到紧张，他们似乎不喜欢您的出现。”

玛·奥扎劳纳微笑着，在相距十步远的地方慢慢地停下了脚步，她和外来人相互聚精会神地研究了一下对方。然后，玛·奥扎劳纳轻轻地说：“这些人从大海那边远道而来，他们要你带他们到我们民众生活的村庄。他们想和我们做贸易。他们需要带一些肉和其他东西回到家园。这可能会让你感到惊讶，鲁拉玛·玛纳鲁阿纳，但他们那个戴着金属头盔并身穿盔甲的领袖喜欢你，他想带你回到他的祖国。”

“哦！伟大的玛·奥扎劳纳，”鲁拉玛·玛纳鲁阿纳大叫道，“别这样说，我属于鲁姆坎达，我是他的妾。”

玛·奥扎劳纳笑了笑，转过身说道：“用手语告诉他们，跟着我们走。告诉他们，我们要把他们带到我们的首领那里去。”

鲁拉玛·玛纳鲁阿纳花了好一段时间才把信息传递给那些外来人。那些外人来详细地讨论了一番，然后他们给森林里的人发出了一个信号，紧接着便得到了来自另外两个外来人的回应。很快，他们俩从森林里走出来，身后各跟着三个头上顶着重袋子的黑人。

然后，所有人都跟在玛·奥扎劳纳、鲁拉玛·玛纳鲁阿纳和姆巴里亚姆斯韦拉的后面，来到了我的新村落。

我接见了那些外来人，还用肉和牛奶热情地款待他们。我也惊奇地发现，他们非常喜欢吃鸡蛋和鸡肉，而班图人并不十分喜欢这些。班图人饲养家禽主要是为了得到它们的脂肪，用来制作治疗普通感冒的药物。

四天后，在他们出发的那天，我将许多家禽和十头牛作为礼物送给他们。就在他们要离开时，他们的领袖来到了我的小屋并用手语告诉我——这其实完全没必要，因为我可以读出他的想法——他会把自己黑人仆人带来的六个大袋子里的所有东西都给我，以换取鲁拉玛·玛纳鲁阿纳。

他做出的那些诗意的手势让我明白了他深爱着我的混血妾室，他想带着她乘坐能在海上航行的独木舟去一处名为“葡萄牙（Portugal）”的地方，在那里他是一个首领——卡皮塔诺（Kapitano，相当于captain），他有一栋用石头建造的很大的房子，只要玛纳鲁阿纳住在那里，他就会让她幸福。

他给我展示他包里的一种东西。这是一个玉米棒子，在上面有两百多个颗粒，它们呈现出一种漂亮的黄色并几乎接近完美地一排排整齐排列着。他让我明白，这些颗粒是可以食用的，而我们的南非高粱和它们比起来简直天差地别。

他建议我把其中的一些颗粒种下去，并且向我展示了如何去种植这些植物。甚至在他完成之前，我就已经看到了未来。我可以看到这种奇怪的食物将替代我们的高粱作为所有部落的主食。我可以看到这种奇怪的谷物生长在高粱无法生长的地方。

“是的，卡皮塔诺，”我点点头以示明白了，“你可以带走那个女人，我祝福你们。”

他用他的母语向我道谢，并在向我展示其他袋子里装的东西前又朝我鞠了两次躬。其中有他们称之为烟草的植物的种子和干香叶，这种植物注定为祖鲁部落赢得“烟草销售者”的名声。

我接受了这场交易，同意他以玉米种和烟草换取鲁拉玛·玛纳鲁阿纳，之后我命令姆巴里亚姆斯韦拉和鲁阿姆拉瓦为美丽的混血儿装扮，为她穿上卡皮塔诺的部落的服饰，并做好长途跋涉到海岸的准备。

那天晚上，在笑意盈盈的月色下，我把手搭在鲁拉玛·玛纳鲁阿纳光滑的肩膀上，并笑着对满面泪痕的她说道：“这是你第二次为了部落的利益牺牲自己，噢，美丽的堕落的救世主。这是你即将做出的第二次伟大牺牲，为一个你并不完全属于的种族——一个因为你的混合血统而一直轻视你的种族。再见了，鲁拉玛·玛纳鲁阿纳，你这个见识过很多也遭受过很多痛苦的女人。再见了，不快乐的混血儿。我不是要像送走一头牛一样把你送走，我也不是要像买卖一头牛一样来将你交易出去，我要把你送走是因为我可以预见在异乡的天空下你会有机会获得真正的幸福。我把你交到一个真正爱你的人的手上，他的爱比我希望的还要多——一个在陌生土地上的人会给你一种在这里你永远体验不到的爱和幸福。部落会永远记得你。每当部落的历史在我们部落薪火相传时，神圣的故事讲述者将永远歌颂你的名字。”

她把满头卷发的脑袋贴在我的胸口，纤细的双手紧搂着我。她低声说：“我的君主，要不是您命令我跟那个奇怪的人走，我一定不会接受。但出于对您的爱，我准备服从。哦，鲁姆坎达，我记得您和我一起经历过的很多事情。我记得我和诺米康顿公主在下层世界的第一次大冒险。我记得奥戈当时说的话。我记得奥戈是如何治愈我的。我记得在马德隆提山脉的那个事件，当诺利亚达、乌拉·姆英达和尼娜瓦胡·玛合为一体的时候，当您和我喝了青春之泉的水而变得完全不一样的时候。很多事情我都记得很清楚，鲁姆坎达，非常清楚！在我的记忆里尤为深刻鲜活的是那一天，当奥杜与鲁阿姆拉瓦把您和您的女儿卢娜乐迪从卡里巴峡谷带回来。

“我走了以后，请照顾您那个不幸的女儿。我仍记得我们用想象制造出来的场景，用那几个恶魔幽灵把民众吓得全都渡过了林波波河。哦，鲁姆坎达，我怎能忘记这一切呢？”

“在你的梦中想念我吧，玛纳鲁阿纳，”我对她说，“记着在这片部落大地上的那个不幸的不朽之人，并为他祈祷。”

“我会的，鲁姆坎达，我会的！我还有一个问题要问您——最后一个问题。我的君主，在那片异乡人的土地上，我的未来会怎样呢?”

“卡皮塔诺——那个爱你的人，将带你坐着他那能够在大海上航行的独木舟穿过大海。在把你的宗教信仰转化成和他的宗教信仰一样后，他会按照他的部族法律和你结婚。你要和他一同跪拜在他们被悬挂在十字架上的神的大庙里。接下来的那些年你们俩都将会非常幸福。你会穿着奇怪的衣服，生活在一个由石头建造的里面有许多房间和许多仆人的大房子里，房子四周还有很多战士守卫着。

“但是有一天，在很多年之后，卡皮塔诺将在一场激烈的战役中被杀死，这场战役将发生在大海之上，那时他正对抗无情的敌人，勇敢地保卫他的祖国。另一个男人会强制带你进入他的在海上航行的独木舟，鲁拉玛·玛纳鲁阿纳，他也会被你的极致美丽所震撼。他将带你穿过大海，住到一个更为遥远的地方去。在那里，你们俩都将活到一大把年纪，受到所有人的喜爱和尊敬。”

当我说完时，她大声哭泣着。我把她的头压在我的胸口，我的脸埋在她柔软的头发里，我也哭了。

她吻了我两次，然后便挣开我的怀抱跑去了她的小屋。我疲倦地缓慢地走回我自己的小屋。整个晚上，我躺在玛·奥扎劳纳和鲁阿姆拉瓦的中间，辗转反侧，一夜未眠，直到黎明在东方的天空布满火红的、金色的光。

疲惫的太阳正在落下，汹涌的大海悄悄地向崎岖的海岸低语。外来人乘坐的笨重的大独木舟在远处的潺潺声中航行着。它高大的桅杆随着被染上黑、金、红颜色的船体的起落而摇摆。我能看到人们在甲板上跑来跑去。他们正在解开迎接狂风的巨大船帆以帮助推动大船在波浪中前进。

我能看到船侧的四个炮门，每一个穿过炮门的宽的铜管都似乎在恶意地怒视着。一片片色彩鲜艳的风帆在高高的桅杆顶上自豪地飘动着。一只较小的独木舟被沿着大独木舟的一侧放下，里面的人用长桨把它划得更近了些。就在我观察着的时候，另一只船，它的船尾被红色和金色的图案过度装饰着，也被缓缓降下投入海中，它在海浪上起起伏伏，跟在第一只船的后面。一群看起来残暴的外来人从第一只船上跳了下来，他们在沙滩上叽叽咕咕地说笑着，并且争先恐后地将一堆肉和用金属箍着的用来装水的木制容器装上船。卡皮塔诺转过身，朝我微笑并向玛·奥扎劳纳鞠了两次躬。然后，他用带着金属圈的手臂环住鲁拉玛·玛纳鲁阿纳的细腰，把她拉近他身边。

在卡皮塔诺和鲁拉玛·玛纳鲁阿纳的带领下，这些外来人肩扛着致命的火管和矛向第二只船前进。当我看到鲁拉玛·玛纳鲁阿纳转身向我挥手的时候，我的视线因泪水而模糊了。而小船则依然朝着大独木舟前进。

当太阳消失在乐波姆波山的西边时，巨大的独木舟慢慢转向南方，继续前进。桅杆上横向挂着的像床单一样的帆，当它们乘着风行驶时，被风张得满满的。

慢慢地，巨大的独木舟消失在远处，隐约只能看到它的桅杆在昏暗的地平线上矗立着。

然后，这个事实就像一根沉重的手杖狠狠一击敲中了我：我再也见不到鲁拉玛·玛纳鲁阿纳了。我的膝盖变得虚弱，我瘫坐在地上，像一个失去丈夫的女人一样哭泣着，像一个战争过后破碎土地上的孤儿一样哭泣着。猿人奥杜扶我站了起来，然后我看到了玛·奥扎劳纳和鲁阿姆拉瓦脸上痛苦和惊讶的表情。

“伟大的君主鲁姆坎达深深地爱上了那个混血女人，”鲁阿姆拉瓦轻声说道，“这实在太让我意外了。”

“不，鲁阿姆拉瓦，你不应该感到惊讶。你看，我们这些不朽的人是为了活而生，而凡人是为了爱而生。她的爱是我所知道的唯一真爱，我竟用它交易，换成了玉米——还有一颗破碎的心！”

（译者：朱凯悦）

余音萦绕

恩古尼和曼波部落一到达乌土克拉河（Utukela）北部大地的时候就着手建造他们新的村落并定居了下来。然而，阿玛·科萨部落仍然由他们的最高首领姆科萨领导着，继续朝南方行进，在越过乌姆济姆武布河（Umzimvubu）的土地上定居下来。随着更小团体的脱离开去，新生的部落到处都是，比如胡鲁比（Hlubi）、拉拉（Lala）、特姆布（Tembu）和许多其他部落，它们中的一些还未等在历史上留下足迹就已销声匿迹。

那些关于这些部落重组、改造、分裂的日子可谓是部落历史上重大的时日。正是在这段时间里，祖鲁王国，一个注定将统治向东远至乌卡拉马巴山（Ukahlamba）、向北远至九波戈洛河、向南远至乌姆格曼兹（Umkomanzi）这整片大地的国家建立了。

这个故事以伟大的马兰德拉——收养祖鲁和奎瓦贝两个年轻

王子的父亲的逝世为起点。马兰德拉死得很惨烈，他死在了一个叫作平迪莎的复仇女孩的手中。

马兰德拉那时刚刚建造完成他的拥有八千个小屋的皇家村落，塞丽薇将其命名为泊琳达巴，意为“故事的终结”。一场盛宴在那个阳光明媚的好天气里举行，成千上万个战士烤着鲜嫩多汁的烤肉，喝了无数罐啤酒。烹饪肉食的香气从泊琳达巴随细语般的微风传出，这些男男女女随性而歌，随心而唱，欢声笑语，绵延数里。所有人都沉浸在喜悦之中，根本不会有人预料到一场谋杀会在这样一个好日子里上演。

然而它突然发生了，以迅雷不及掩耳之势发生了，让很多人瞠目结舌，难以置信。

正是在那时，就像在所有的盛宴上一样，当人们的舞蹈变得最狂野不羁时，当男女舞者在村落中央猛烈地斗舞时，一个小女孩从这群舞者中脱颖而出。她就像一道深棕色的恣意纵情的电光，当其他舞者一个接一个坐下的时候，她仍旧在跳，不知疲倦地跳跃、摇摆和踏步。她的舞跳得甚至比伟大的丹比莎·卢韦薇还要好，甚至比矮小的恩尼古彩虹将军马兰加比还要好。她跳得离马维姆贝拉和马兰德拉坐着的地方越来越近。突然，伴随着一声狂喜的大笑，这个女孩从站在她旁边的士兵手里夺过一支矛，深深地刺入了马兰德拉的心脏两次。先是一片惊叹声，然后是震惊的寂静。塞丽薇女王是第一个听到动静的人，她跳到自己垂死的丈夫的边上，竭尽全力地用她的小手堵住他那血流不止的伤口。而那个刚刚刺杀马兰德拉的又高又瘦的女孩则站在旁边，双手叉腰。她完全不在乎自己刚才所做的事情，也完全不在乎接下来自己会受到什么惩罚。

“为什么?”塞丽薇问她，“你为什么要这么做?为什么要谋杀他?”

那个女孩微笑着，脸上露出一丝冷漠且令人畏惧的笑容。她的声音轻柔又冷静，只听她冷漠地回答道：“不知道贝基兹韦这个名字对你来说意味着什么?你难道忘了曼波的一个叫贝基兹韦的人了吗?”

“贝基兹韦是马兰德拉的弟弟，”塞丽薇无力地回答道，“但是这又和你的谋杀有什么关系?”

“贝基兹韦是我的父亲。当年，我母亲就是在马兰德拉对我父亲做了我刚对他做的事情的那天晚上连夜带着肚子里的我逃跑的。”

那个名叫平迪莎的女孩轻蔑地转身背对着塞丽薇，然后大步走远。战士们走上前将她制服时，她也不抵抗。彩虹将军们举起矛包围她，她也只是冷冷一笑，轻蔑无比地看着他们。

马兰加比将一支矛刺进了她的肚子，女孩应声倒下——那么自豪勇敢，甚至都没有发出尖叫声，就这么无声地倒下了。她整个人被矛所刺穿，而她却在死之后仍保持着微笑。平迪莎，这个名字意味着“复仇”的贝基兹韦的女儿，最终为她的父亲成功报仇。

五天后，伟大的马兰德拉下葬。他的两个在他身边与他共同经历过无数场鲜血淋漓的战役但还幸存于世的彩虹将军马兰加比和索洛兹在他的墓旁自刎，追随他而去，在那永夜之地永远与他相伴。

塞丽薇女王在马兰德拉死后也很快追随自己的丈夫而去。仅仅相隔数月，这个充满智慧的，长久以来一直无私地带领着恩古尼的小女王倒下了，奄奄一息地被抬进她自己的小屋。她临死前的最后一句话是："告诉祖鲁和奎瓦贝，由他们统治恩古尼，要两个人携手共同地……明智地……"

祖鲁和奎瓦贝并未能共同统治恩古尼很长时间。他们争吵，他们为了一件事情——这种所有傻瓜笨蛋会为之争吵的事情——为一个女人而争吵。奎瓦贝遇到并爱上了一个汤加部落的女孩，并下定决心要娶她。但是这个女孩不爱他，常常奚落他那令人生厌的长相。

这个女孩爱着祖鲁，奎瓦贝那年轻又帅气的弟弟。就在奎瓦贝准备迎娶这个名叫诺班图（Nobantu）的女孩的前一天，祖鲁把这个女孩绑架并藏在了曲德尼山（Qudeni）里。祖鲁一年后才把这个女孩放了出来，她手中抱着一个婴儿——那是祖鲁的孩子。这对生性温和的奎瓦贝来说简直太无法容忍了，于是他抄起棒槌，打得诺班图和她的孩子头破血流，然后去找祖鲁。然而祖鲁逃跑了，和一群他的追随者进入了恩坎德拉森林的安全地带。在那件事之后的很多年，祖鲁和他的追随者们管自己叫阿玛·祖鲁，与其他部落保持着密切的甜玉米和烟草的贸易往来。两百多年里，这个祖鲁的部落都被戏称为“无业卖烟游民”。

我既没见证马兰德拉的逝去，也没看到塞丽薇的消殒，我对众所周知的祖鲁和奎瓦贝的争吵也无能为力。

我的妻子和女儿，还有奥杜，在我们送走鲁拉玛·玛纳鲁阿纳的几天后被永劫族人俘虏了。我不得不投降，以保证他们继续活在上层世界，而我则在下层世界继续我的生活。

我被囚禁在一个水晶世界里，在那里我以一种蛰伏的状态存在，直到要我回归人类所在的上层世界去引领他们走向更遥远的宿命的那一刻。我可以一直追随历史前进的步伐，我也依旧对部落历史的守护者们发挥影响力。正是我通过他们在说话。

与此同时，我已经感受到了年岁的更迭。那种在我胃里的恶心感也让我意识到部落很快将需要我。白人，那些后来的异乡人已经再次全副武装全面侵入这片部落的国土，可怕的战争已经打响。

我必须离开这里。神们告诉我他们将会一直囚禁我，直到岁月之河干涸。但是我的子民需要我，我一定要出去……

一个黑色的身影进入了我的水晶牢笼。我依稀可以看到他的轮廓，当他暗中摸索，匍匐向前悄悄朝我靠近时，我可以看到他丑陋的形骸在黑暗中移动着。希望在我心中燃起……

（译者：杜　江）

附　言

这个又长又乏味的故事到这里就差不多接近尾声了——一个历史事实和传说的奇妙融合，一个真相与胡话的奇特混合。

然而，在“阿萨兹行记”这个标题之下包含着的只是一个梗概，一个毫无疑问是由世界上最长的一个故事浓缩而成的梗概。这个故事不应该有任何结尾。每一个部落历史的守护者都应该在他的有生之年里在这个故事中加上他自己部落的历史。

一个对非洲和对非洲人民不了解的人或许觉得难以理解这个故事，更不要说去读懂它字里行间的寓意了。他可能会觉得实在难以跟上其中所有的九曲回环的情节，或者无法理解为什么这些事情会以这样的方式被带到故事中来。

这是因为非洲人民并不是按照这个故事在其他种族中被讲述的方式来讲述故事的。一个出自非洲的故事往往并不会按照通常人们预想的逻辑那样发展。许多人物在故事讲着讲着的时候就消失了——没有什么必然的缘由，他们就是从故事中消失了。也有一些反派角色最后成了英雄，而曾经风光一时的英雄竟不带一丝荣光地就此销声匿迹了。非洲故事遵循着一种标准的模式，这种模式主张一定要把读者的注意力吸引过来，让无趣的内容根本无法见缝插针。作者玩弄读者的情感就如同对待洋娃娃一样，让他们笑，让他们哭，让他们生气，让他们的期待破灭，上一秒让他们疑惑重重，下一秒又让他们愉悦之至或者让他们厌恶连连。总之，就是要总是让他们对所发生的事情吃惊到瞠目结舌，继而渴求更多地了解接下来发生的故事。

在“关于鲁姆坎达的故事”中，前面几个章节就是非洲故事的典范。单这一部分就有超过两万个的人物设定，这些人物都有着完整的名字，有对他们外貌特征的描述，以及对他们个性本质的描述。而在《“阿萨兹”行记》中讲述的故事就是专门关于曼波—恩古尼—阿玛·科萨部落的。只有明显地不同于西非、中非，以及东非的类似的记载，才是符合逻辑的。

这并不只是一个取悦读者的故事，它主要是体现部落的历史。但是这个故事被以一种特定的既达到娱乐的目的又避免无趣的方式呈现了出来。为了达到这种效果，时不时出现天马行空的想象也是可以的。但即使是想象，这也是从后代遗存下来的物件或者具有纯粹的神话特质的寓言传说中提取出来的。另外，故事中包括关于所有具体场景的礼仪的详细描述，以此保证随着时间的流逝，每种礼仪都仍可以以传统的方式精确地被实施。当然，整个故事在它的细节之中都体现着部落法律。

（译者：杜　江）

浙江师范大学非洲研究文库
非 洲 人 文 经 典 译 丛
总 主 编 洪 明 刘鸿武
副总主编 胡美馨 汪 琳

印达巴，我的孩子们：非洲民间故事

第四册 瞧！我的非洲

Indaba, My Children

African Tribal History, Legends, Customs and Religious Beliefs

Book Four Yena Lo! My Africa

Vusamazulu Credo Mutwa
[南非]乌萨马祖鲁·科瑞多·穆特瓦 著
应建芬 汪双双 陈秋谷 等 译

浙江工商大学出版社 | 杭州
ZHEJIANG GONGSHANG UNIVERSITY PRESS

图字:11-2018-294号

图书在版编目(CIP)数据

印达巴,我的孩子们:非洲民间故事 / (南非)乌萨马祖鲁·科瑞多·穆特瓦著;应建芬等译. —杭州:浙江工商大学出版社,2019.12

(非洲人文经典译丛 / 洪明,刘鸿武主编)

书名原文:Indaba, My Children

African Tribal History, Legends, Customs and Religious Beliefs

ISBN 978-7-5178-3283-6

Ⅰ. ①印… Ⅱ. ①乌… ②应… Ⅲ. ①民间故事—作品集—非洲 Ⅳ. ①I407.3

中国版本图书馆 CIP 数据核字(2019)第123969号

目 录

第一册　花蕾慢慢地绽放

我的选择　/001

生命树的神圣故事　/005

自我创造　/005

看啊！初代人类降生了！　/029

一个种族的灭绝　/034

你的末日，噢，阿玛利尔！　/053

扎哈雷利的最后一宗罪！　/060

后　记　/073

第二代人类的降生
或“你的磨炼，噢，阿玛拉瓦”　/076

瞧瞧初代人类幸存者！　/076

在格罗格和奥杜之间　/092

花蕾慢慢地绽放　/109

龙之后代　/123

第二册　永远挺立，噢，兹马·姆布吉

异乡人的到来　/216

印达巴，我的孩子们

关于鲁姆坎达的故事　/262

静悄悄的夜　/262

天堂有什么秘密？　/274

瞧，这个骗子　/290

当草遇上火　/300

鲁姆坎达的叛变！　/311

时间长河下　/318

兹马·姆布吉的污点　/333

盲了的视而不见　/345

第三册　“阿萨兹”行记

在我的网中——一只死苍蝇　/367

“我，不朽之人”　/383

无辜者亡　/397

直面施暴者　/412

瞧！毒蛇出击！　/437

胡狼的话一个字都不能信　/451

挣脱死亡之爪　/475

掷回战矛　/503

让和平主宰一切　/544

他的养子们　/584

看，彗星　/607

必死之人　/620

温柔却又致命的矛　/648

哦，麦加瓦纳，向您致敬　/673

一个女人的复仇　/693

天灾降临　/713

大瘟疫来袭　/740

开启伟大的新征程　/767

巨象甘达亚　/790

插　曲　/812

南方行记　/817

玉米三角恋　/843

余音萦绕　/860

附　言　/865

第四册　瞧！我的非洲

绪　言　/869

人类还是次人类？　/875

班图人的宗教与信仰　/898

第一部分　/898

对卡里巴的诅咒　/945

印达巴，我的孩子们

班图人的宗教与信仰 /955

第二部分 /955

班图的法律 /1004

部落的烙印 /1028

关于彼得·雷蒂夫的真相 /1031

班图人的知识 /1057

概　述 /1057

符号书写 /1066

打　鼓 /1075

数字精髓 /1093

巫医们的行进 /1104

觉醒吧，我的非洲！ /1117

译后记 /1125

绪　言

就像我曾经尝试写过的很多书一样，就像我曾经画过的很多画一样，就像我曾经雕刻过的毫无生机的树木甚至更加没有生机的石头一样，这本书毫无疑问会遭到很多反对，不被世人看好而会在这个世界上消亡。但是我不应该绝望，我应该充满勇气，因为在一个誓言被验证是正确的之前总会遭遇失败和偏见。

我立下了誓言，所以我必定要尽全力尝试，直到穷尽我一生，去向世人传递我所掌握的信息，去揭露那些被故意隐藏的关于人类世界的真相。

自从1947年我决定要写这本书开始，在我生活的这片大地上发生了很多事。我写这本书的目的就在于打破那些在教堂或者在学校中对我们这类人的可笑的偏见，打破那些阻挠我们故乡非洲和外界沟通的高耸的屏障。

我仍然记得那天：我写的第一本书在我们居住地教会学校的牧师的命令下，被我的舅舅撕毁。当时牧师阁下带着虔诚的怒容，说我写的东西是具有颠覆性的，并且对于教会来说是一种侮辱。

那本书我写了将近三个月，用的墨水是我自己做的，是把一袋偷来的铅笔的铅溶在水中制作而成的。因为我没有钱去买墨水。在祖鲁兰西部银色的天空下，我以一块平坦的岩石为桌写了这本书，旁边是牛群和一些在嬉戏玩闹的野孩子。即使是在我心爱的女孩子与我并肩坐在屋子里，含情脉脉地看着我时，我依然在写书。这个异教徒祖鲁女孩依杜瓦娜（Nondudwana）最后导致了哈拉扎卡兹教会对我的驱逐。我仍然可以听见她的声音，那个没有受过教育的小人儿，她的父亲总是系着贝舒围腰趾高气扬地走路（就像我自己的外祖父一样），她用很轻很羞涩的声音问我：“你在写什么？”

“一本将会被人们深深热爱的书，一本给人们阅读的书。”

“啊，教会里已经有那么多书了，为什么你还要写书呢？”

从在祖鲁兰的那些日子开始，我就已经尝试着去和整个世界交流，而且我有一些极其痛苦的经历——我看着自己在1947年所预料的事一件件变成现实，而我自己写的那些书却被白蚁和老鼠所侵蚀，白白地腐烂在我的床下。除非非洲的殖民当权者们在没有琢磨清楚非洲前景的情况下停止将他们的文明强加给非洲黑人，否则近期非洲将发生更多的流血事件。他们应该试着去理解为什么非洲喜欢或者不喜欢一些对于外国人来说不知所谓的东西，试着去理解他们的一举一动是受他们自己文化的影响。

这些文字是我在1947年的春天，在祖鲁兰的天空下写出来的。在那段日子里，很多事情还没有发生，就像茅茅运动、罗得西亚（津巴布韦的旧称）的动荡、刚果（布）的惨剧，还有沙佩维尔的这个要了我打算要娶的那个女孩的性命的惨剧，而这也让我更加坚定了我为自己设定的使命。

所有的这些事依然被深埋在未来的窟窿里。但是任何带着非洲思考方式思考的人都可以通过时间的流逝预见这些，甚至是追溯到1947年。在那段日子里，整个世界都在从第二次世界大战中恢复，而非洲也不像现在这样受人瞩目。那时，仅有的独立的非洲国家只有阿比西尼亚（Abyssinia）（非洲东部国家，首都是亚的斯亚贝巴）和利比里亚（Liberia），而被一些无知的外国人和顽固的政客称道的“非洲民族主义”政治运动也尚未发生。

早在数千年前，非洲的故事从一开始就是一个悲剧，直至今天，对很多非洲的儿女来说它还是一个悲剧。在人类历史上，没有任何一个种族比非洲的黑人种族遭遇过更多的误解、更多的抹黑、更多的虐待，以及更多的欺辱。今天在非洲所能看到的一些问题，只归根于一件事：你们先辈的无知和自私。啊，白人，还有阿拉比人！即使已经过了三千年，可你们至今仍然没有改变啊！

你们理所当然地认为我们不过是卑劣的、愚笨的、低贱的次人类，你们可以毫无顾忌地对我们为所欲为，因为我们不像墨西哥库斯科（Cuzco）的阿芝台克人（Aztecs）拥有那样的黄金城可供你们摧毁、掠夺和抢劫；因为我们没有装甲的战士可以与你们进行公平决战；因为我们没有吸烟的和吃葡萄的拉加人（Rajahs）可供你们欺骗和威胁；因为我们没有眼睛雪亮的官员需要你们廉价的奉承和用成捆的丝绸及香料来款待；因为我们没有车，没有可以航海去荷兰的船只，更无法凭借它们的盛气凌人而养成一种虚假的优越感；因为我们没有不给人们逃生机会的用来杀人的步枪。

你们把我们成千上万的人卖到美国的棉花种植园和牙买加的糖料种植园为奴，并且无端挑起我们部落间的冲突争斗，在刚果，在达荷美共和国（Dahomey），在卢·肯尼亚。你们做的这一切都是因为你们把我们当成没有脑子的野蛮生物，把我们当成你们的神创造的供你们娱乐差遣的对象。

当所有试图消灭我们的企图失败时，你们又试图“教化”我们。这仅仅是一个委婉的说法，实际上却是要扭转我们的思维模式和生活习惯来满足你们的目的，要牺牲我们的文化遗产和个性而采用你们的大打折扣的文化复制品。你们给我们的满是你们教化中的谎言。你们威胁和引诱我们接受你们的信仰——确实，让我们永远后悔的是，我们接受了部分——因为现在你们不仅仅强烈地倾向于怀疑你们自己带给我们的宗教，而且你们把我们那些仍然坚持你们教诲的人称为去部落化的傻瓜。在你们的学校，我们必须坐着听你们自己编造的关于我们国家的一段既片面又偏颇的历史。我们不得不听到我们的一些首领被称为暴君，仅仅因为他们敢于反抗你们的言行。在你们的教堂和清真寺，我们忍受着听到我们神圣的祖先被称为无神异教徒的屈辱。而衡量我们自己的信仰，我们觉得自己比你们任何时候都更接近我们心目中的神。

根据你们的宗教信仰，大概两千年前你们都是异教徒，你们中的许多人在之后的几个世纪也都是异教徒。我们可以通过追溯我们的宗教、文化、神话、传说和历史回到过去几万年前的晚期石器时代，这比地球上其他任何已知的文明还要久远。这是我们文化的一部分——我们并不是从最近的考古发现中才获得这些的。

亡羊补牢，未为晚也！因此，对于避免今后大规模的流血事件来说，尽管看起来似乎为时已晚，但仍然可以为写一本致力详尽描述非洲的生活方式、思想框架、信仰和历史的书留出时间。

那些没能读懂字里行间意思的人可以享受这本书中的很多有

趣的故事——讲故事是班图人的少数几个发泄情感的娱乐方式之一——但那些能真正读懂的人将在这本书中找到一条进入非洲思想深处的路径。

（译者：潘　超）

人类还是次人类？

在人类自我意识的萌芽时期，一个不同于今日所见的人小心翼翼地爬出了自己安全的巢穴，站在居所门槛那块平坦的岩石上。他望着朦胧的远方，望着那似乎永无尽头的森林，然后笨拙地仰起头，看着寂静天空中银色的深渊。他的妻子走了出来，挺着因怀孕而隆起的肚子，用低沉的喉音问她的主人也就是她的丈夫在看什么。森林和天空中有什么让他那么着迷呢？他用手挠着自己丑陋的后脑勺，这只手因为诱捕野兽，用石头和骨头制造工具而变得又坚硬又笨拙。

“为什么……为什么世界是这个样子？我们是什么又或者是谁？我们从哪里来，我们又该怎样？……”

那个人是最早的智人之一，到现在已经死了几万年了。他并不知道自己所问的问题是他的后代——现在的人依然无法回答的。

他问的是一个没有答案的问题，这个问题是整个人类哲学所围绕的核心，而围绕着这个核心发展出的是无数个如在银河中迷失的星星般的宗教。

“什么是人？他来自何处？他存在的目的是什么？他的命运又是什么？”这是一些简单却又让人无法回答的问题。

有人说上帝按照自己的样子创造了人类，所以人类应该把上帝看作自己的祖先，并且理世事，行善事。关于上帝的解释或概念有很多，甚至还有很多教义规定了我们应该怎样看待上帝。有人说，人类是在演化的理论框架中由低级生物进化而来的。另一些人说，（在非洲）人只是灵魂的容器，经历了一个蜕变的过程，就像虫卵变成毛毛虫，毛毛虫变成茧，最后又由茧化蝶。

灵魂在胚胎阶段栖息于人的身体，在人类诞生之前，它就已经存在了。例如，有些人认为在灵魂的毛毛虫出现前，有“虫卵”这一阶段；死后，灵魂转生到某些动物身上，度过休眠的“茧”的阶段，最后像蝴蝶那样进入精神世界。

没有任何两种理论是完全相同的，而人类也并没有比几万年前更接近这个问题的答案。事实上，尽管人类在不停地寻找答案，但他们却离满意的答案越来越远了。

在我的祖国这片灌木丛生的土地上，类似的问题似乎以同样的方式占据着人们的脑海：“非洲人是什么？他从何而来？他真的是人类吗？他的命运又是什么？”

正是这个问题促使我写了这本书。如果没有这个使我一直心驰神往的问题，我就不会有勇气背叛我同胞的灵魂并将其暴露在这个世界好奇的注视之下。

过去五年，在非洲中部、南部和东部，我们种族有超过八十万人死于一种信念，而这个问题正是此信念的关键所在。这个信念是世界上其他国家所广泛持有的，是认识非洲黑人的关键所在。如果我对这个问题不做出勇敢的决断，那么我将会在我祖国的至高神面前违背我的誓言。非洲人是人类还是次人类?

是我太荒唐了吗?如果你们细读在非洲发行的主流报纸（不在非洲的控制之下的），你们会发现一个已经存在了几百年的问题。几乎每个月都有白人读者给编辑写信公然侮辱非洲人。在这些信件中，有很多作者将非洲人称为猿进化而来的次人类，称非洲人是劣等种族。而且这些人经常会厚颜无耻地使用笔名。

这些人不仅表现得连最基本的科学常识都没有，而且完全缺乏教养。他们对我们的种族进行侮辱和批评，而事实上他们对我们一无所知。同时，让我觉得很奇怪的是，科学家、政府官员和其他一些权威人士对此类辱骂行为的监管是非常软弱的。

当我们给报社写信来抗议这些不科学的侮辱时，我们的信件通常会被冷漠地忽视，即使被公开，也会被删减得毫无意义。难道是因为高等人类的观点比次人类的更重要吗?

我是一个低级的次人类，我很自豪能在布克·T.华盛顿、乔治·华盛顿·卡弗和约翰·朗格里巴勒·杜布的公司工作。我应该感到骄傲，因为虽然那些所谓高等人类对我们进行了鄙视和嘲笑，但是我作为次人类的后代，如今正努力将我们的同胞从无知的泥沼中解救出来，就像我们的批评家领袖在一两个世纪前所做的那样。

我不是一个感伤主义者。我不是一个带着戟的武装圣骑士。我不是一个行善的法利赛教徒，企图通过完成不可能的事情让世人喜欢我们的种族。但是我是那些期望讲出事实的人之一，即使是在为时已这么晚的时候。既然有这个机会，我就渴望说出全部的真相，而不仅仅是其中的一部分。我所揭示的大部分内容，可能会令你们发笑，甚至反感，但我会尽我所能地揭示真相，或者是我所真诚相信的真相。

几年前，当我在祖鲁兰学习成为一个祭台助手或者说“侍僧”的时候，偶然发现了一件令我感到困惑的事情。众所周知，在所有罗马天主教教会中都有一个古老的仪式，即要求祭台助手用古老的、已灭绝的欧洲语言即拉丁语来诵读祷文。他必须知道在弥撒的什么阶段背诵什么样的祷文，并且对每段祷文的含义有些基本的了解。传教站的神父有一本小的英语–拉丁语词典，他允许我在遇到困难的时候看一眼这本词典以便学习用这种陌生的外国语言祈祷。

一天我怀着超乎寻常的探索兴致精读了这本词典。我发现了一个单词，它不但听起来很像一个众所周知的祖鲁语单词，除了拼写有些不同以外，就连意思都完全相同!

这是1942年的6月，当我翻看这本小词典的时候，这个伟大的教会学校的长椅突然变得更冰冷了，似乎比那些死去的卢菲蒂和兹马·姆布吉统治者的坟墓更加冰冷。

我在这本词典里还发现了近百个单词，它们不仅能与班图语相匹配，而且与班图语有相同的意思。我完全惊呆了，这太奇妙了，太不寻常了，简直是一个天大的巧合，又或者是我祖先灵魂的恶作剧。我甚至开始怀疑我是不是头脑不清楚。

说拉丁语的是白人，现在也已经去世两千年了，而且一个早已灭绝的白人种族和另一个现存的黑人种族不可能共享着一个产生同种语言的共同遗产。这是我当时的推理思路。

我不记得是什么让我重新燃起了对这门语言的兴趣，因为在我抵达约翰内斯堡后，我已经放弃它了。但我确实记得，1949年年底我得出了一个把自己吓了一跳的结论：就像所有班图语都起源于班巴拉族人所用的曼丁哥语一样，所有的不同的人类种族所说的语言也都起源于一种古老的母语。我得出的这个结论是，世界上的所有语言都起源于一种古老的语言，它出现于早期石器时代的某些地方，而且一定是当时世界上最完美、最完整、最先进的语言。这种共同的祖先语言是如此完美，以至于在这几千年中，不同的部落向不同方向发展出了新的语言，却始终不能创造出新的词汇来代替它对某些事物和行为的描述。

我在少年时全凭自己探索有了这个发现，没有借助语言学的研究结果和老师的指导。这个发现使我进一步得出一个结论，那就是班图族与世界上其他种族一样都是从一种相同的基本血统中发展而来的。班图人不可能有一个单独的起源，他们也不是次人类。

我提出这个论证不是为了证明一些尚未得到充分证明的东西。这仅仅是非洲人思想的一个例证。

我收集了八千多个班图词语，它们在非洲海岸以外的语言中有直接的对等词。如果不是受不完善的教育的影响，我相信我还能积累更多。我感觉做图书馆研究似乎受到了一些限制，所以我了解其他语言的途径大部分是与说这些语言的人直接接触，包括印度人、阿拉伯人等。我必须向一个犹太小男孩致敬，因为他在我的列表中加入了另一个有趣的条目。他像天使一样把它带给我，而且他确实很像波提切利（Botticelli）经常描绘的那种天使。我们交谈了一段时间后，他跟我说他在一所犹太学校上学，这个学校用希伯来语授课，但他在家里说意第绪语（Yiddish，或称为依地语，犹太人使用的国际语）。我的好奇心像曼巴眼镜蛇一样被唤醒了：

“告诉我，在你们的语言中怎么称呼父母？”

“他们叫爸爸‘Aba’，叫妈妈‘Ima’。”

我竭力忍住眼泪，我对这个雅各布的小后代表示感谢，并在我忘记之前，很快将这些写在了我的清单上。

Ma，Mama（妈妈）——班图语，通用语；Ima——意第绪语。

Baba（爸爸）———祖鲁语，尚加纳语，修纳语；Aba——意第绪语，叙利亚语。

Tata（爸爸）——科萨语，霍屯督语，南非印度语；Ata——尼亚萨兰语，土耳其语（在阿塔图克地区）。

Rara，Rre，Rra（领主，主人）——贝专纳语；Rabbi，Raboni——希伯来语。

Hamba，Kamba，Namba，Nambuza（去，行动）——班图语；Ambulare——拉丁语。

Jabula（快乐的）——祖鲁语；Jubilans——拉丁语。

Pula（下雨）——绪索语；Pluvius——拉丁语。

Mfula，Mfura，Pula，Pola（河流）——班图语；Pluvius——拉丁语。

Mafuta，Puta，Pura，Namfuza（油）——班图语；Naphtha——希腊语。

Kgosi，Kosi，Nkosi（上级，领导）——班图语；Kyrios——希腊语。

Nyoni，Noni，Nonyane（鸟）——班图语；Ornis——希腊语。

Into，Nto，Nto-le（东西）——班图语；Ontos——古希腊语。

Kaya（家）——班图语；Gaya——印度语。

Dedela（放弃，屈服）——班图语；Dedere——拉丁语。

Kusa（黎明）——班图语；Kwusha——尼亚萨兰语；Ushas——梵语；Eos——希腊语。

Sanusi（未婚的巫师）——班图语；Sanyassi（未婚的圣人）——印度语。

Aka（建立，建筑）——班图语；Maak——条顿语；Architectus（建筑师）——拉丁语。

Mini（早上）——班图语；Menes——拉丁语。

Tlapa（石头）——绪索语；Lapis——古埃及语，希腊语。

Sika（切）——班图语；Secare——拉丁语。

Sa（健康的，神志清醒的）——班图语；Sanus——拉丁语。

Sinda（生活，生存）——班图语；Zinda，Zindabab——阿拉伯语，波斯语。

Tumbe，Tumba（瘤，肿块）——班图语；Tumere，Tumour（肿胀，肿块）——拉丁语。

Bupiro，Pilo，Mpilo（生活）——班图语；Spiro（呼吸，生存）——拉丁语。

Sita，Sira，Isita（反叛者，敌人）——班图语；Satan，Satanas——希伯来语；Sta——盖尔语（在Staoglach语中意为“陌

生人”）。

Mina（我，我自己）——班图语；Me，Meus，Mei——拉丁语。

Kwa（代替）——班图语；Quuam——拉丁语。

Pele，Pambili（在……之前）——班图语；Pre——希腊语。

Sela（不法分子）——班图语；Sceleratus——拉丁语。

Lwe（他）——班图语；Lui——法语。

Susa，Suka，Isisusa（资源）——班图语；Source——法语；Surgere——拉丁语。

按以上方法追根溯源的例子还有很多。试看以下几个句子和短语：

当一个祖鲁人说“Mina angazi lutho”，在英语里的对等表达应该是“I do not know anything（我什么都不知道）”。但让我们来具体分析一下：Mina是Mi-ena的缩略形式，意为“我”“这里的这个”或“我自己”；而angazi一词词首的元音发音“ah”带有否定含义，在希腊语中的对等表达是agnostikos。因此“Mina angazi lutho”的字面含义是“我对此一无所知”（Me-of this one-not know-naught）。肯定语气的对等表达应为“Mina ngazi utho”，即“我确实对此有所了解”（I do know something），但如果就字面含义而言应该翻译成“Me-of this one-know ought”。

因此，几乎非洲语言中的每句话，都能在拉丁语、希腊语甚至盎格鲁-撒克逊语中找到相近的对应表达。再比如说：

Let' into ya-mi la（把我的东西拿到这儿）。

Leti 在宽泛意义上意为“带来”，但该词的实际含义为“使……”或“让……”，因此英语里的对应表达应为“let”（让）。名词into代表“东西”，在希腊语中与“ontos”对应，且意义完全相同。Ya意为“的”（of），然而在任何非亚洲语言里我都无法找到这个介词的对应词。据上分析，Ya-mi意为“我的”，La 表示“这里”，在祖鲁语中该单词通常会被加长成“lapa”。

且看——在隐藏在恩坎德拉森林里的祖鲁村庄的灰蒙中心，两个黑人小孩为一件玩具争执不下，当一方抢到了玩具并逃之夭夭的时候，另一方便会大喊道：“Leti...leti into ya-mi la!”当这个愤怒的孩子顶着大太阳在村庄里说这些话的时候，多种语言混杂在一起：拉丁语——淹没于历史的罗马人使用的语言；希腊语——荷马和亚历山大大帝（Alexander the Great）使用的语言；还有盎格鲁-撒克逊语，阿尔弗雷德大帝（Alfred the Great）使用的语言。

“Mu lau wa kgosi ure...”这是典礼式的呐喊：部落国王的信使宣读由博茨瓦纳国王颁布的法令“国王法要求……”在英语进入博茨瓦纳之前的几个世纪，博茨瓦纳人自己制定法律，即便这个词最后的拼写有所不同，也仍有一些词与拉丁文的lege、希腊语的logos对等，而Kgosi则与Kyrios对应。

南巴苏陀地区称他们的国王为Morena或Murena。前缀mo或

mu等同于英语后缀er，例如plumber或者carpenter，er通常代表施动主体。因此Mu-Rena表示“统治者”，Rena或Renna表示“尊享帝王之位”，其对应词有reign（英语）和regnat（拉丁语）。

德国人通常用heiss表示某物很烫，而从未见过德国人的刚果人将这种情形用Hisa一词描述，而同样对德国人知之甚少的绪索人和祖鲁人，则会用shisa和chisa来描述该情境。

另一件让我感到困惑的事情是班图婴儿的肤色比他们父母或者他们自己最终的肤色要浅得多，很久以后我才知道这是一个标准的生物学现象，任何生物的胚胎都倾向于对特定生物的系统发育的某些阶段进行重演。此外，他们出生时头发柔软，有光泽，并且为直发。班图人认为这种头发是“天真无邪的头发”，因为人们相信只有当孩子们学会区分是非曲直的时候，这些头发才会变成粗糙的像羊毛一样的典型的黑人头发。当然，对这种头发他们从来不剪不剃，因为这么做会缩短孩子的纯真时期。

因此，非洲人的深色皮肤和羊毛般的头发是为了适应在热带强烈阳光下生活的二次发展。北欧人高而窄的鼻子是为了更有效地加热所吸入的北欧冰冷的空气，我们的鼻孔大而宽是因为我们的祖先认为我们吸入的空气已经足够温暖。

我们不过是同一祖先下的不同变种：我们从同一生命体发育而来，然后适应了不同的移居环境。

问题在于人从哪儿来，又会往哪个方向迁移。有些人说人类生命的摇篮是非洲，而其他人坚持认为是中东和远东地区。在我看来，人类起源于东南亚，虽然这只是基于我自己的观察。因为一场灾难，人类和各类动物从那里向各个方向分散开来，也正是从那里，人类移居到了非洲。

以下是我的一些发现：诚然，在非洲以外地区发现的瓜哇直立猿人是由非洲类人猿进化而来的，而在非洲以外地区更常见的尼安德特人则是前者进化过来的。我们还没提到我们真正的起源——智人（现代人的学名）。在我看来，智人来自非洲以外的地区。所有证据都指向的区域是一片已经被部分淹没的巨大大陆，只留下海拔最高的区域，作为一个岛屿的综合体，它通常被称为东印度群岛。实际上，这片大陆一直以来被分隔开来着。

这片大陆一直以来都与澳大利亚有效地分隔着，其结果是没有什么能逃脱那个方向的灾难。但整个地区一定与亚洲保持着联系，不仅人类，而且还有许多种类的动物都逃到了这个方向。更新世的化石记录和当前的动物地理分布都表明了从该地区向外扩散的趋势。我们可以沿着狮子、大象、犀牛和其他许多动物的足迹走，这些足迹越多，我们就能更进一步地追溯到史前。一些与主要的非洲物种有着相似生活的动物仍然存在，比如说印度象和东南亚犀牛。根据近代历史，我们可以知道狮子在那些地方出现过。这样的例子有很多。

但是，我们怎样才能确定非洲是迁移的目的地而不是起点呢?因为非洲一直都是动物的天堂，不会有栖居于此的动物愿意丢下这么好的环境经过荒凉的中东地区和撒哈拉而去往别处。

比这个“动物园地理位置”更让人信服的是植物学上的考证，尤其是结果的植物的起源和分布，所有更可口的水果品种都起源于以东南亚为中心的一个地区。人类的牙齿是能吃水果的，人类促使了所有这些水果的产生，因为他们住在有水果的地方并在那里培育新品种。非洲引人注目，因为它从未产生过一种果实特别适合人类食用的植物。

在环境的作用下，人类变成了肉食动物。一场灾难逼迫他们从他们的天堂、他们的香格里拉逃亡到缺少天然食物的地区。尤其是在非洲，人们陷入了巨大的困境。

班图的传说可以追溯到火的使用之前。我国民间文学艺术故事丰富，这些故事流传于当我们的祖先只知道骨、石器，以及他们琢磨如何使自己习惯吃生肉的时候。他们遭受过消化不良之苦。只有在动物刚刚被宰杀、余温尚存的时候，他们才能咀嚼生肉。一只非洲羚羊的肉不像驯养的羊或牛的肉那么软，而如此硬的肉，人类的牙齿显然是咬不动的。

此外，生肉对任何人来说都没有吸引力，即便是煮熟或油炸过的肉也如此，除非用盐和其他香料来处理。我们的祖先花了很长时间才发现这一点。值得注意的是，肉类在任何描述中都不是人类的天然食物。根据我们的传说，我们的祖先探索所有的可能性，更多的是出于需要，而不是出于他们自己的自由意志。甚至为了能够咬动，他们会等到硬的生肉腐烂变软后再吃。

人们让蛆虫钻穿较硬的纤维以软化它。即使在今天，许多非洲人仍然搁置肉类直到蛆虫开始爬行，然后佐以揉碎的奈特舒巴巴草本叶再吃。这种肉被称为“inyama enobomi”，或者说“有生命的肉”。

我们把这个食谱传给了白人。许多欧洲人喜欢吃接近有蛆虫爬行的状态的鹿肉。

所有人的肉类食谱都是为了改变口味，使其吃起来味道像一种水果，而人类的起源应该就发生在该水果附近。

我已经解释过了所有语言有共同祖先的现象。但是，将这些语言追溯到东南亚地区似乎需要一种新的方法。我已经指出了一些在波斯语、印度梵语中可以找到对等词的词，但我可以说得更深入一些。澳大利亚土著人提及corroboree这个词时，他们指的是“舞蹈”。这个词在非洲是以kurubu或hurubu的形式呈现的，在祖鲁语中经过讹传变为hubo。在非洲，这个词的含义已经扩展到“大起义和自由舞蹈”。这个词是目前众所周知的非洲语huru或uhuru的源头，表示“释放”或“无限制”的意思。要不然，就是从更严格的政治意义上说的“自由”。

我已经暗示过的这场灾难是什么呢？那一定是土地的大面积

下陷。世界上没有一个民族的神话不会延续这难忘事件的记忆。据说在中东，诺亚建造了一个“方舟”来渡过这场灾难。“先生”荷马在其传记中也描述了亚特兰蒂斯大陆，但似乎，他把指南针用错了。根据非洲神话，这个被我们称为卡拉哈里的大陆也位于相反的方向。在霍屯督神话中曾有过这样的描述：大水侵蚀土地，烈火从天而降。

在我看来，这种沉降明显发生在东部而不是西部。没有一个大陆能够沉陷得那么彻底，其最高的山区也会消失在海平面以下。在地理分布上，包括东印度群岛在内的所有这些岛屿，具有多山地区的特点。那些只有部分陆地低于海平面的地区还会不断下降，对于其他岛屿和群岛，我们也可以预见同样的景象。

看看周围的北大西洋、南大西洋和印度洋的陆地就会发现，所有这些广阔的领域比海平面高不了多少。但是太平洋周围的所有陆地——澳大利亚、日本、阿拉斯加、北美和南美——都与奇异的山脉相接壤。是不是可以说，当该地区被挤压时，边缘地区“卷曲”了呢?

除了少数几个例外，世界上最猛烈的火山、间歇泉、温泉区和最容易发生严重地震的地区被发现分布在具有这种特征的地域附近，就好像是地面的沉降导致了地壳的衰弱。

研究植物时，必须同时研究其生长的土壤、吸收的水分、呼吸的空气和接收的阳光。这个世界上没有任何东西是完全独立的，尤其是人类这种实体。要理解一个特定的人类种族，就必须了解整个人类；反过来，人类也必须被看作环境的产物。没有哪个动物学家会说他把某个特定的动物研究透了，除非他从生态学上完全了解这种动物。

人的环境即为整个世界，而世界的环境是我们的太阳系。南部刚果（布）的地火崇拜者们相信“人类是星星的一部分，星星、太阳和月亮都是人类的一部分”。

天文学不是西方文明给非洲人带来的。

关于太阳系的起源，我们有自己的理论。这些我们都小心翼翼地藏起来，不对外人公开，因为我们担心会被嘲笑。但是我把我们的理论和那些漂洋过海而来的理论进行了比较，后者并没有给我留下深刻印象。我不害怕被嘲笑和蔑视，因为我们的格言里有这样一句话：第一个从食人族村走过去的人是最快落在锅里的。这个表达喻指因推行某个新思想而受到轻蔑和嘲笑的人。现实中有很多这样的例子，如：伽利略和尼古劳斯·哥白尼都被嘲笑，但今天我们在他们的雕像前鞠躬；达尔文受到蔑视，即使在今天也受到许多阻挠，但他的教义成功地推翻了许多人的天真信念。

嘲笑永远不会消散，恰恰相反，它支持了许多没有它就会消亡的理论。人们之所以认为非洲黑人是愚蠢的，是因为我们一直害怕向他们表明我们也能思考，我们也有自己的想法。黑人最害怕的莫过于被嘲笑。

我不相信太阳系中所有的行星都源于太阳。我们的太阳是一颗普通的恒星，类似的恒星数以百万计，那行星会有多少呢？我相信行星是通过这些恒星在碰撞、重力作用下分裂而形成的，就如无数向四面八方抛撒的水滴。这些较小的物体在离开太空时会失去固有的热量并固化。之后许多物体被其他恒星的引力所吸引，进入围绕它们的轨道。我们太阳的行星就是这样的水滴，它们在几千年来一直受太阳的引力作用。

极小的水滴缺乏跳入太阳并保持在轨道上运行的动量，但它们有些是被环绕在太阳轨道周围的各种行星的引力所捕获的。较大的行星比较小的行星能捕获更多的卫星，这似乎是唯一一个符合自然法则的现象。否则，太阳系的所有特性似乎都反对一切可能的理论。根据其他任何一种理论，太阳系的大小和距离、轨道的平面、速度和温度的变化都会更加规律化或系统化。相反，我们的太阳系不符合这一理论。因为行星并没有按照大小和距离进行有序排列。我们的地球有一个月亮，几乎同样大小的金星却没有，而一个较小的行星像火星有两个卫星。木星的卫星似乎都处于良好的状态，而土星的一些卫星都碰撞解体了。显然，一个相当大的月亮进入太阳系后，许多已经在轨道上的行星，并没有被其引力捕获，相反会与之碰撞。一切似乎都指向这样一个事实：太阳系的形成过程不是单一的，而是各种相继事件不断累积的结果。

对于这个理论，月球的现状是再好不过的证据。它的表面布满了陨星轰撞造成的伤疤。而地球因为有月球这颗卫星的存在而幸免于此。从这些巨大的疤痕和陨石坑我们可以想象撞击的陨星也是庞然大物。如果它们撞击到地球上，我们的大气层是无法提供足够的保护的。月亮在稍后的阶段进入了这个行星的轨道，它的表面和今天的没有什么不同。

如果太阳系产生的过程是单一的，那么所有行星和卫星的轨道都将处于同一平面内。事实上，它们确实接近在一个特定平面内，但这仅仅是因为我们的星云系统在一个特定的平面移动。

这一理论更成功地解释了我们在地球外壳中看到的所有奇怪的地质现象。巨大的造山过程在不同的地质历史时期引起整个大陆的上升、下沉、断裂、弯曲和蜿蜒。看来，每当太阳捕获另一颗行星时，特别是当地球捕获月球时，地球表面就会受到严重的干扰，这不仅影响了陆地和水团的结构及性质，而且破坏了动植物的生命。这些壮观的事件发生在智人出现之后，并且为更新世的冰河时期所见证。

就算这些事件从人类其他种族的记忆中消失，它们仍然会存在于非洲的民间传说中：

“瞧啊！地球开裂，把人类都吞下去了。他们逃跑了，洪水淹没了他们，把成千上万的人送到了他们的末日。他们逃离，而世界却在震颤，向冷漠的恒星疾呼尖叫，痛苦不已。地震持续了几十年，所幸后来逐渐消停，发生的间隔也越来越长。洪水平息了，河水退回到原来的水位。但是大地的面貌已经改变了。巨大的陆地漂移得更远，其中有些已经扩张。高耸的群山变成了低山。那里既有平原，也有高耸入云的山；既有堆积的泥沙，也有河流汇集而形成的新湖泊。”

只有这样的灾难才能迫使动物种群从一个它们适应的环境迁移到另一个新环境。它们不得不重新适应环境，因为适者生存，不适者则会被淘汰。而这一切都不是它们的自由意志可以掌控的。同理，也没有人类愿意冒险去探索地平线以外的地区，他们被迫这样做，不是因为战争。在这一阶段，人类还谈不上开化，他们还没有精细的工业文化。他们仍然生活在无知的家族群体中，没有什么比这些原始群体更具有想象力的了，他们善于把未知的地方想象成遍布最奇怪和最恐怖的妖魔鬼怪的地方。

毫无疑问，有些人会把这个理论视为一个没有受过教育之人的胡言乱语，但我的胡言乱语才刚刚开始。有一天我会据此写一整本书。在这里，我将简要地介绍几个方面：

非洲人同非洲以外的人种同源——我们族的许多人无疑会强烈反对这种说法。他们最喜欢的是非洲人属于非洲的思想。他们喜欢这个思想的程度可以和白人不喜欢自己和黑人同源这一说法的程度相媲美。让我们看看我的种族的一些特征，看看他们是怎样的人类或次人类：

从字面意义上讲，我敢肯定非洲人的皮肤比其他种族人的皮肤厚得多——然而，事实恐怕刚好相反。这一目的当然是保护皮下组织免受太阳紫外线的伤害。我们的皮肤没有其他种族人的皮肤敏感。我在自己和爱我的人身上做了无数次实验，他们的肤色比我的浅，比我的敏感。我得出的结论是，一个黑人有一个薄薄的皮下“死层”，其下的血液不如浅色人种浓稠。所以，黑人比白人更容易感到寒冷。

表面上，黑人皮肤有更强的抵抗力。在这里，我也用各种各样的清洁剂对我自己以外的人进行了实验，比如我现在经常惹麻烦的妻子，令人遗憾的是她还是安然无恙的。我们的“死层”不仅以皮肤色素沉积的方式来保护我们免受毒辣的热带阳光的暴晒，也通过分泌油脂来阻止我们的皮肤变干燥，如果欧洲人因此而生气的话这可不是我们的错。当一个黑人洗个热水澡，随后静静地坐在阳光下，他很快就感受到他浑身有一种恼人的痒的感觉。

近些年，我们的许多女性已经开始使用欧洲化妆品，这些化妆品有抑制皮肤产生天然防护油的作用。因此，她们在很小的时候就开始出现皱纹，尤其是当她们停止使用这些来自欧洲的化妆品时。我看到城市中许多年轻女孩用了这些外来产品以后，脸变得像那些古老的女巫一样，鼻子和嘴巴上的皱纹十分明显，哦，还有她们眼角的鱼尾纹。我的天！你们为你们对“西方文明”的朦胧幻想付出了惨痛的代价。

在像非洲这样炎热的国家，外国女性衰老得很快，而班图妇女在五十岁以前脸上是几乎没有皱纹的。

黑人的头发，比其他任何东西都更能证明非洲人起源于非洲以外地区的观点。因为它最不适合非洲的气候和非洲的生活方式。如果非洲人起源于非洲，他就会进化出一种与众不同的发型。很明显，这种进化倾向首先是头发变得粗糙并像羊毛一样，这种头发可以阻挡太阳光的直射，阻止深色的色素沉积。

我不知道有多少人认识到，头发是黑人最大的负担。一个黑人如果不打理他的头发就会有大麻烦。又长又厚且毛茸茸的头发覆盖头皮，会比松散的直发更快吸收热量。一个头发蓬乱被太阳直射的非洲人会感受到一种剧烈的头痛，而且在他的头皮大量出汗后，头发就会像湿抹布一样。这就是为什么非洲人如此沉迷于多样化和华丽的发型。刚果（布）部落的很多妇女是酷炫的发型专家，有各种各样的露出头皮的发辫编结方法。这也许很难让人相信，但祖鲁的兹可罗发型和斯威士兰部落的一些已婚妇女的发型是非洲最酷的，因为所有的热量和辐射在到达头皮前就已被吸收了。尽管它外表笨重，但实际很轻。

“非洲最古老的居民”布须曼人和霍屯督人，以一个更高级的方法解决了这个问题。他们的头发自然地分成单独的一粒粒“胡椒”，头皮被充分暴露了出来。

黑人的另一个显著特征是扁鼻子。当我还在祖鲁人的土地上时，我是一群陪伴教会学校牧师进行奇怪探险的男孩中的一员。这个牧师来自欧洲的伯尔尼，他对山有一种特别的（在我们看来是疯狂的）爱。即使是在今天，我也不明白为什么他年纪轻轻就冒着生命危险，站在山顶上，享受一览众山小的乐趣。爬山是狒狒们做的事情。但这个牧师（我们叫他 Water-brain，脑子进水的人）享受每一时刻的疯狂冒险。更危险的是（对我们而言更糟糕的是），他经常在隆冬时节光顾德拉肯斯堡山脉，那时候白雪覆盖着原本令人畏缩的山，严寒的狂风席卷着整个平原。

正是在这项不同寻常的任务中，我才真正意识到一件奇怪的事。当我们到达山的上层，我们这些班图男孩的眼睛总是因为寒冷流泪，鼻子也被冷风冻伤，而这个牧师似乎并没有这样的反应。当然，我们没有提起过这件事，主要是因为班图人对疼痛或不适不屑一谈。然而，有一天，出于好奇，一个稍大一点儿的男孩谨慎地问牧师他是否也经历过这种奇怪的事情。牧师很惊讶，问我们为什么以前不告诉他这件事。但整整两年之后，我才想到，秘密在于我们的鼻子。他鼻梁高，这种狭窄的北欧鼻子温暖了吸入的空气，而我们的鼻子是大而宽的，适合呼吸热带的温暖的空气。

还有眼睛的颜色。不仅非洲人的眼睛是深色的，而且非洲本土所有动物的眼睛也是这种颜色。典型的有非洲羚羊（黑色的眼睛）和黑斑羚（我们要走得很近才能分辨出它虹膜的颜色）。这也是我觉得有淡黄色眼睛的狮子并不是非洲本土动物的原因。

我也很确定，非洲人的眼睛一般对鲜艳的颜色不那么敏感。非洲人从来都不必戴墨镜。每当我画一幅画时，欧洲人就觉得色彩太艳，对视觉的冲击太强烈了，但这实际上正是非洲绘画的特色。我们总是听到欧洲人说它们色彩鲜艳，但对我们来说，它们相当柔和。因此，欧洲人眼里的那些色彩鲜艳的展品，对我们来说就显得索然无味了。

白人说，我们当地人喜欢颜色鲜艳的衣服，而且特别喜欢柠檬黄。白人妇女发现这种颜色亮得刺眼，但我们把它描述为umbalaonesizota，一种宁静而有尊严的颜色。

因此，黑人和白人之间似乎无法有相同的看法——在各种层面上都是如此。

（译者：吴金杰）

班图人的宗教与信仰

第一部分

在一个人将自己指定为地球上任何一个种族的评判者之前，他必须要对那个特定种族的宗教和信仰有一个全面的认识。海外的人对黑人的判定之所以如此错误，是因为他们一点儿也不知道非洲儿女宗教的真谛。询问任何一个来自国外的智者关于班图人的信仰问题，他们都会说班图人崇拜他们逝去的先辈的灵魂，他们会告诉你班图人是异教教义中最低级的一个盲目崇拜迷信的种族。

但是，他们完全错了。

我是一个基督徒，曾经是一个伊斯兰教信徒。我可以不带偏见或毫不畏惧地说：班图本土的宗教，我祖国的宗教的信条十分伟大和高尚。在天下所有的宗教中，我们的宗教最真实地奉行着“爱你的邻居”和“自己活，也让别人活（相互关爱，共享生命）”的信条。

我听过他们的说辞，那群为了娱乐驱使人们在罗马竞技场上相互厮杀的恶棍用一种外语说道：“至高神保佑你们，也与你们的心灵同在。”

我听过他们的说辞，那些使我们大部分国土上人口剧减并将我们的族人虏去做奴隶的大胡子凶手用他们的语言齐声说道：“除了真主（安拉）之外，再无其他主，而穆罕默德是安拉的使者（先知）。”

世上每一个种族、民族、团体，无论它站在文明阶梯的高处或低处，都有其坚守的信仰、哲学和宗教，或者说迷信。它有着这样的韧劲，能轻易地让成千上万甚至成百万上千万的人愿意牺牲生命来捍卫它。这种说辞可能是无中生有，或者被种族的先知和哲学家润色过的。这些信仰大部分被某一种族或者民族视为理想、象征，或是精神和物质丰沛的典范。以前，这些信念的表现形式往往是敬畏至高神或是用特别的方式来尊敬和崇拜众神。

在原本就怪异的人性中最古怪的事情恐怕是，每一个种族，每一个民族，都最固执地认为他们自己的信仰是唯一真理，而其他种族的信仰则是胡说和肤浅的野蛮行为。大众如今崇敬的不是至高神，而是一种社会性的体制。栖息在这个世界上热衷于战争的“两栖动物”甘愿用大屠杀般的原子战争毁灭世界，并以此来证实一种或者另外一种看似不同的奴役人类思想的方式是最好的。

某一特定种族的信仰形成了这个种族的“个性”。因此，一个种族将其信仰强加于另一个种族绝对是错误的。

要想决定一个种族在人类历史舞台上的最终命运，任何种族的信仰都任重而道远。

是什么驱使摩尔人（Moors）和阿拉伯人穿过北部的山谷并进入西班牙的山谷，是什么驱使他们进入卢·肯尼亚，深入刚果（布）的热带雨林？是他们燃烧着的热情，不断激励着他们尽可能多地为伊斯兰教征服这已知的世界。是什么驱使中世纪的欧洲之子们远离他们哭泣的妻子和不知所措的孩子，穿上沉重的钢铁盔甲，出发去征服在圣地上的留着大胡子的撒拉逊人？是什么让许许多多健康的年轻人在两次世界大战的战场上牺牲自己的生命？他们为他们自认为神圣的事而斗争。

哦，天上的星辰啊，
哦，无边黑暗之地的万神啊，
怜悯那些可怜的傻瓜，
长着两只脚的叫作人的傻瓜！

埃及的金字塔和尼罗河畔的寺庙，希腊的神庙和他们古老的众神的雕像，印加的神庙和城市，印度、中国和日本的寺庙和雕塑，所有这些伟大的纪念碑，这些精彩绝伦的艺术、工程和建筑的形式，都可以直接追溯到创造这些事物的人的信仰。是的，人们做任何事情都是以信仰为激励和鼓舞的。

历史上，很多种族因为与生俱来的自卑感、严格的法律，以及信仰的指示而停滞不前。如果英国人将艾萨克·牛顿作为亵渎神的异教徒绑在火刑柱上焚烧，那棱镜和重力的秘密可能就无法作为科学被发现。如果法国人将想要改善神创物的德勒塞普先生作为异教徒焚烧，那么伟大的苏伊士运河可能就永远不会被开挖。如果意大利人效仿基督徒以不敬畏神的名义将他们的引领者马可尼杀害的话，那么无线电通信可能就不会像现在这样发达了。为何希腊会产生如此伟大的诗人、数学家、发明家、哲学家和工程师？希腊人培养了一批犀利的讽刺文学作家、剧作家、雕刻家和艺术家，不是因为他们在智力方面要比他们称为野蛮人的其他种族更出众，而是他们的宗教信仰鼓励他们在这些方面多加研究与探索。

希腊的信仰鼓励人们以任何一种形式去追求美。在改善他们获取利益的方式和手段时，并没有对他们的创新精神设有限制。因此，菲狄亚斯的作品是如此的自然和真实。

希腊的信仰在所有可能的方面鼓励人们去追求知识。因此，阿基米德、毕达哥拉斯，以及一大群能够沉浸于研究而没有被迫害困扰的人，给那些思想自由和不受狭隘禁忌限制的人带来理论。

虽然有这样灵活的宗教允许人类的心灵自由发展，为了人类的进步——也为了神的荣光，这些宗教犹如矛的杆子一样坚硬：他们要求的是盲目无条件地遵从和将它的等级制度向人类行为的各个方面传播与扩散。

班图的信条是不可动摇的，它无情地宣称任何新的事物都是对至高神的亵渎。任何想要创造新事物的女人和男人正试图获得只有神才能拥有的力量。无论这些创造对特定的群体多么有用，它们也只能被扼杀。因为这种宗教是以抵抗或阻碍任何变化为特定目的而发展起来的，而这些变化会让被视为神圣的事物产生不虔诚和不敬。

几百年来，班图的宗教信仰像遮盖着一层厚重毛皮毯的秘密，即便对那些信仰追随它的人来说也是如此。也就是说，人们——特别是普通人，他们即使深受死亡的痛苦或高级诅咒的折磨也不得过于深究他们不得不履行的一些仪式。伟大信仰的高级守护者只允许对普通百姓说这么多，不能再多了，我们的一些领导者和国王也被蒙在鼓里。最后，这些领导者发觉他们只是部落守护者和巫医操纵着的跳舞木偶。即使是祖鲁人的异教徒的恰卡也是十分畏惧信仰的守护者。

白人来到非洲，带来了他们的基督教。信仰的守护者敦促部落的首领和酋长们抵制异乡人和他们的教条。在马邑提侵略部落的领地之前，班图人已经相信了近三千年的事情最终被推翻了：为了确保伟大的信仰不灭，他们从每个部落中挑选许多男人和女人，用一系列神圣的誓言约束他们，告诉他们一切有关信仰的事物。这里有如此多传说和如此多关于圣人、首领和巫医的故事要被铭记，但没有一个人类的头脑可以在记住所有的情况下还能保持清醒。一个被选中的守护者必须要知道那么多，而遗忘很多事情或者以不准确或是歪曲的方式记住那些事都是十分危险的。

只有一种方式可以解决此类问题，那就是将庞大的知识分为很多部分和分支，选不同行业、不同部落的人——铁匠、木雕师、医师和其他人来分别守护传承。铁匠被告知班图土地上有关金属加工的历史、不同种类的金属特性和如何识别可以加工的矿物质。他们被告知有关金属的所有传说、习俗和一个铁匠必须举行的仪式。被选中的铁匠在神圣誓言的约束下，起誓保密，保证将所有的知识传授给他们的儿子，他们的儿子再传给自己的儿子，传授的知识不能有任何一个字的增加或删减。

医师、部落的故事讲述者、木雕师等等也这样做。然后，在每个部落的神圣守护者中形成一个神圣守护者隐秘兄弟会，它的职责在于持续地监督被选中的部落守护者，以确保他们不会遗忘任何有关信仰的事物，不向外界透露任何事，并传授给首领、一些长者，以及族长一些他们被要求知道的事。

隐秘兄弟会每年定期接受所有被选中的守护者的汇报，以做进一步的核查、纠正和确认，同时传授应该习得的新知识。兄弟会的会友们也在被选中的年轻人起誓履行应尽义务的地方聚会。

最重要的义务是发誓永远不会揭露任何一个神圣会友的身份，他们相当于一个个次神而受到敬畏和尊敬。

信仰守护者，特别是兄弟会会友的招募对象，是身体有缺陷但有完美记忆力的人。人们认为完美的身体与完美的大脑是不可兼得的。如果一个年轻人基因遗传不佳或是性无能，或是有任何形式的畸形，甚至被一些不同寻常的事物做了标记，比如有一个奇怪的胎记，他就会忽然发现自己某天晚上被拉出了自己的小屋，被一个戴面具的人带到一个遥远的被遗弃的小屋或洞穴，在那里他遭受了最古怪奇异的折磨——他们以一种最令人震惊的方式，控制他的潜意识去接受计划好要灌输的观念。

以这种方式在他的脑海中回放，是为了在他的脑海中印刻一个生动且永远不会褪色的画面。但是为了双重保证，在遭受最痛苦的折磨时，他会被要求在一百种不同的情境下重述故事一百次，来确保没有任何其他事物能分散他的注意力。比如，当他忘记了故事的思路，不得不重新开始时，一个神圣的兄弟会会友会时不时地用炽热的刀子划他的身体。类似地，为了营造神秘、昏沉、令人印象深刻的气氛，其他会友会围成圈跳舞，可能就一个词“记住”唱上一千次。

高等法律禁止我去暴露关于这些仪式的太多细节。我只能说起始阶段要持续十四天。可以说这是最有效的方法，能保证没有人会忘记他所学的。这就是由草药混合而成的令人作呕的药物所产生的效果：他不仅会看到讲述的故事中逼真的画面，还会亲自经历传说中所描述的事件。在这样的指导下，一个人不断地被催眠，有时他会感觉到正面对着一个神，或者在传说诞生的时候，和一个在地球上漫游的原始怪物搏斗。他也能够感受到自己的灵魂离开肉体，潜入时光深处，回顾灵魂经过的所有转世。

还有很多要说的，但是到这里我必须要打住了。有些东西即使是种族中最臭名昭著的背叛者也不会揭露。只要再说一次，一切都是基于一个概念：一个人会忘记别人所说的话，但很少会忘记生动的经历。有许多方法和方式让人们体验，甚至是亲身经历几千年前发生的某件事。

非洲的黑人称他们自己和地球上的其他人为班图、瓦图，或阿班图，这大概的意思是“人”或是“人类”。欧洲和部分亚洲的人被称为Abantu abamhlope，字面上的意思是“白色的人种”，然而我们称自己为Abantu abansundu，意思是“深棕色皮肤的人类”。

“班图”这个词是复数，它的单数形式是“穆图（Muntu）”，这是一个有趣的名词。前缀mu表示一个动作者（ba是它的复数），像er在英语teacher一词中的用法。“ntu”是“ntu-tu-tu”的缩写形式，是一个拟声词，用来描述一个生物用两条腿代替四条腿走路的脚步声。由“ntu”衍生出祖鲁词语“tushu”，意思为突然靠后腿起立，适用于描述四条腿动物的动作。但是如果以人类为例，句子“Umtakati wavela wati tushu ngemuba kwesibaya”的意思是“巫师突然直挺挺地从栅栏后面出现”。

因此“muntu”不仅仅代表“人类”或者“人”，它的意思是直立走路的人，或者代表一个有两条腿的动作者。

在我们早期多样的神话传说中，有很多版本传言生命树是由不同种族的人栽种的。有的长着像河马那样丑陋的大脸，用四条腿走路；有的像蝙蝠可以飞；有的像蛇一样会爬行。某天，伟大的神用不同的方式测试了所有的种族，比如像赛跑、打斗和许多其他耐力测验，只有“muntu”这个用两条腿走路的种族赢了。这些传说我们后续再讲。

现在，共同的血统，以及孕育了现在所有非洲黑人的最古老的部落，都以“Batu”或是“Bantu”著称。传说这些部族居住在古老之地。根据所有的非洲民间传说，我们的文化和宗教信仰都产生于古老之地，这可以追溯到很久以前的骨器和石器时代。

古老之地在哪里？在如今于古老部落仍可见的瓦图瓦卡勒这里。这些人将刚果（布）土地上的部落合并到尼日利亚东南部的伊博和奥约的南部。这些部落同所有族名的前缀为ba的种族属于同一个族系。他们是Ba-Mileke，Ba-Mbara，Ba-Kongo，Ba-Gande，Ba-Hutu，Ba-Luba，Ba-Tonka，Ba-Saka，Ba-Tswana，Ba-Kgalaka，Ba-Venda，Ba-Pedi，Ba-Sutu，以及Ba-Chopi。南方的分支——Ba-Pedi，Ba-Venda，Ba-Kgalaka和Ba-Tswnan——是林波波河南面的最古老的部落，它们在这些地区的历史可以追溯到公元前一千年。

根据族谱推算，他们作为一个组织有序的部落早在四千五百年前就已经是居住在古老之地上的大布图民族的直接衍生分支了。喀麦隆的巴·米勒科太古老，以至于这些部落的人一直讲着被他们的巫医称为“灵域对话”的语言，这是通过巴刚果语和巴姆巴拉语传给我们的。当我们与“远古人”的古老灵魂交流时，我们会使用这种语言。这种语言实际上是人类在石器时代首次努力发出的言语，它主要是由动物发出的咕哝声和喉音组成，这些声音在如今使用的单词中仍可以隐约辨别。

班图人是我们文化和宗教的创造者。作为一个牢固的统一的民族，他们在和平中度过了几千年。他们不受首领领导，而是由人民之母高级委员会直接领导。这个委员会由所有超过四十岁的巫师和女预言师组成。在这个时期，异乡人、腓尼基人和马邑提人，在公元前五百到六百年间来到这里，掠夺成性的阿拉比人则是很久之后才来到这里的。

班图人彼此之间很和睦，因为一个人即使只偷了他邻居的一粒玉米，就算其所犯的罪不被得知，他也会被神诅咒。被选中的勇士会定期驻扎在交易路线上，保护旅行者和商人免受他人和野兽的攻击。非洲人至少到现在还没有想过要在身体上或者其他方面侵犯自己的同胞。

人民之母的裁决委员会使用巫术和赤裸裸的恐吓来训练、支配所有人。而这些人不畏惧死亡，他们知道有些东西迟早要来，不可避免，死刑对他们来说没有任何意义。人民之母也知道肉体惩罚会激怒、挑衅、黑化那些有犯罪倾向的普通人，并且会促使人们变得更加狡猾，所以，他们用一个媒介——巫术——教化普通民众，使得战争和犯罪远离这片土地。

部落的历史学家如今仍怀念那段时光。在那段时光里，只有一个种族与和平精神在这片大地上存在。每个男人、女人和孩子，是的，还有每只野兽，能够感受到有着温和双眼和无限智慧的人民之母对他们的柔和的保护。

数千年来，和平在班图的土地上盛行，伟大的信仰在和平的氛围中诞生。但在这个国家最终被分裂成不同的部落之后，人们迷失了，因为曾经牢牢控制他们灵魂和心灵的伟大信仰消失了。

伟大的信仰是为非洲黑人的心灵、灵魂和品性而精心设计的，谁也不敢想象没有信仰之后，自己应该如何生活。事实上，每个男人、女人和孩子，都奉行着信仰，并且成了它的一部分。从这种意义上说，非洲的宗教跟其他宗教不一样，我知道所有其他宗教都是人类的一部分，而我们认为整个人类只是我们伟大宗教信仰中的一小部分。

对于地球上所有的其他种族来说，宗教、政治、医药、军队、经济事务和科学都是不同的实体，宗教被认为是从地球上所有世俗或物质的东西中拆分出来的一部分。但黑人并不如此认为，他们每个人做的、想的、说的、梦想的和希望的，是以他们的伟大信仰为向导的。在伟大信仰的框架下，像怀疑、质疑、不可知论、无神论、违抗等等是完全不被人所知的，是人们难以理解的和没有意义的。

另外一个显著的不同是：所有其他宗教根据他们的生活的方式、发展的标准、文明的程度，以及人类对科学和世界事物的看法的改变而改变，并以此适应不同团体的目的。这些宗教必须通过不断调整与再调整来迎合人们的“胃口”。班图人可以在对伟大信仰的本质没有丝毫影响的情况下适应所有的境况。他们老早就把这些情况都考虑过了。他们把这些事情看作人类不重要的特性，就像对于伟大的信仰来说人也是不重要的特性一样。

为此，我们的宗教典礼——祷告、诵经、供奉、召唤来自上层和下层世界社会迷失的灵魂、创造行尸走肉、深度谈话、催眠术和心灵的力量——从特兰斯凯到马里、达荷美共和国，以及加纳都是完全一样的。这表明外国科学家和社会人类学家用片面零碎的方法研究非洲部落是一件多么错误的事情。事实上，只有一条横跨非洲黑人的细长分水岭，这条分水岭标记出古代部族、古代族人或者更高阶的班图人（在人体人类学上的真正的黑人）和年轻一代的族人或者更低阶的班图人（黑人的人体人类学，没有意义的指定）。科伊桑人当然不在考虑范围之内，也不包括高加索人种的阿拉比人和尼洛特族人，后者包括了瓦图图西人和龙的孩子（根据传说，是恶魔的蛇产下的，唯一的目的就是打压和摧毁班图人）。

据说，班图人没有一个普遍信仰的神。据说他们只崇敬在种族中久逝祖先的灵魂。据说雷鸣时，他们会迷信、盲目崇拜并不停地颤抖。这个世界是由班图人刻画并且呈现出来的图像。这似乎是外国人对我们宗教所知的全部。

班图人相信神的存在，但是他们眼里的神的概念跟其他种族的不一样。我们所相信的天堂的概念与其他种族的也是不一样的。班图人眼里的地狱是恶魔之地。但是在这片土地上，我们看不到有尾巴、有触角、舌头像叉子，在永恒之火中受折磨的恶魔。

我想要在文章的开篇解释清楚，但是我掌握的英语不足以表达清楚我的写作目的。经过深思熟虑，我决定用祖鲁语写下在我刚开始作为一个被选中的人时导师给我传授的精确的描述，并且将其逐字翻译成英文。即使这样做对我来说也是极不容易的，因为祖鲁语是一种更具有描述性的语言。不管怎样，故事是这样的：

“我的孩子，欢迎你进入神圣部落，你被选中来挑起重担，将你祖先的历史和信仰传承给后世子孙。如今你是少数几个在我们这块被无尽黑暗笼罩的民族大地上高举火把的人，为了你祖先的和我的宗教不会消亡，用你的大脑、你的灵魂、你的身体的每一根神经和血液中的每一根纤维来倾听我的话。

“如今要告诉你的事情是几乎没有几个人知道的，是许多人愿意付出生命想要知道的事情。今天将告诉你的事情不是说给那些在平原和山谷里的乌合之众听的，那些不思考的乌合之众，他们永远都不会理解我将告诉你的事情。也不是说给那些海外的外国人听的，他们只会利用这个来奴役我们的人民，在精神上破坏班图，使班图人的身体变成没有灵魂的躯壳——精神和肉体上同样受到奴役。

“如果你把我告诉你的话传到外国人的耳朵里，诅咒将会落在你身上，并在你的余生跟随你。将来会有人用锋利的武器撕碎你的身体。而那些你背叛族人精神之后所投靠的人反过来会辱骂和嘲笑你。无论你走到天涯海角都无法找到平和。你会受到敌人的伤害，而且也会受到来自你所爱之人的伤害。你的孩子和你最终会生活在血泊和耻辱中，即众生的诅咒和人类的厌恶中。

“现在听好了，我的孩子，听从你身体和灵魂的声音。听好并记住我将要告诉你的，让我说的每一个字都深深融入你的心，就像一个人用滚烫的锥子在木头上烧出神圣的记号一样。让我话里的每一个字都像馥郁的微风吹过你心田的每一处，从现在直到永远。让我的话以隐藏的智慧印记的形式刻印在你记忆的最深处，直到你必须将这些我告诉你的知识传递给后世子孙和那些你选择来接替你任务的人的那一天。

“我的孩子，根据你父母对你的教导，你应该知道，每一个孩子都会被告知有一个至高神（也有一些其他级别低些的神），但是你不知道至高神——我们称为全知全能的神——是什么，这就是你今天应该学到并记住的。至高神，就是神的神的神，是万物的根本。你在各处看到的每一棵树、每一片草、每一颗石头，以及每一样活着的东西，不管是人类还是野兽，都是至高神的一部分。这就像你头上的每一根头发、你皮肤上的每一只跳蚤、你身体里的每一滴血，这些都是你身上的一部分一样。太阳是至高神的一部分，月亮是至高神的一部分，每一颗星星也只是他极其微小的一部分。问题并不在于他曾经是谁或不是谁，他将会是谁或不是谁，因为永远不会有至高神不是什么的一刻，也将永远不会有至高神不能成为什么的一刻。

“我的孩子，永远不要有那么一刻怀疑至高神的存在，因为否认和怀疑至高神的存在是疯狂的最高形式。记住，你跳动的内心意识不到它是更伟大事物的一部分。它只能看到它自己，还没有意识到它是你身体的一部分这一事实。如果你告诉它，它是你的一部分，它永远不会相信你。如果你告诉头上的一根头发它是更伟大事物的一部分，它也永远不会相信你，因为它的眼睛只能看到它附近的头发，因为你的头皮是它的世界，它狭隘愚蠢的头脑永远不会意识到它还是一个更大整体的一部分。

“我的孩子，至高神比你更是你自己，远不止是你身上的某个部分，远不止是你自己。他存在于你的身上比你自己存在于自身更多。不是像外国人告诉你的那样，你并不是至高神创造的，你是作为至高神的一部分存在着的。你的灵魂是不朽的，因为至高神是不朽的，你的灵魂和我的灵魂都是至高神的一部分，就像砂岩是巨石的一部分，巨石是山的一部分一样。

“我的孩子，我想要你现在看着这个天性之球，也就是著名的教导之球。几代人以前，这颗球为大母国即我们所熟知的班图（繁衍我们的第一代祖先）的至高神所第一次使用，以指导那些负责把我们信仰的火种带给子孙后代的人。这个球里面还有一个球，里面的球里面依然有一个更小的球，一共有七个球，而你只能看到最外部的球。我的孩子，这个球象征了我们所有的知识和信仰——太阳底下的一切都是至高神的一部分。这个球，我的孩子，是我们永恒的象征。

“你会想要知道至高神长什么样，如果你看到了他，你的眼睛和你的头脑会把他理解转化成什么样。但是我的孩子，除了我们因为我们自己的存在而知道他的存在以外，我们并不能确切地知道他长什么样，我们也从来不会尝试着去确认他的样子，没有人能看见至高神，没有人能够理解他所看到的，因为至高神是万物之本，他的存在、他的本体和他的形态是超越人类的眼睛和头脑的感知范围的。

“我们只能猜测，其中一种最古老的对于至高神可能形态的猜测是这样的。根据约束被选中的人的法律，当你的头发变得花白时，你必须去斯威士触摸它的土地。另外一种猜测是在博茨瓦纳的土地上，在你用你的双手触摸两种代表永恒的符号之前，永远不能让死亡合上你的眼睛。这些符号刻在红色和白色的斯毕提木头上，这种神圣的木头只能用于雕刻十分神圣的事物和图像。这种类型的雕刻显示至高神形如大船，船头和船尾各有一个人头。这两个头都在仰望着天空，意味着至高神是永生的，既不会结束也不会开始。坐在船上的女人象征着至高女神，是无所不能的女性创造者，也是至高神雌雄同体的象征。船身停在一条用木头雕刻的无尾鳄鱼的背上，这显示至高神不恶不善，无生无死，既不慈悲也不残忍。据我们所知，无论如何至高神不是为了任何理由而存在。至高神既对我们没有益处，也对我们不感兴趣。

“至高神的另外一种象征，是一个无性别的人物画像，有一个脖子，一个正常朝前的头和一个长在朝前头顶上的脸朝后的头。脸朝前的大一点的头象征着至高神是未来的绝对主宰，就像主宰着现在。另外一个脸朝后的头象征着至高神主宰着过去，就像主宰着现在和将来。古时候，这些人物画像是雕刻在一些埋葬于村庄浅滩中心的长杆子的顶部的，人们利用这些长杆子所投下的阴影来衡量一天的时间。

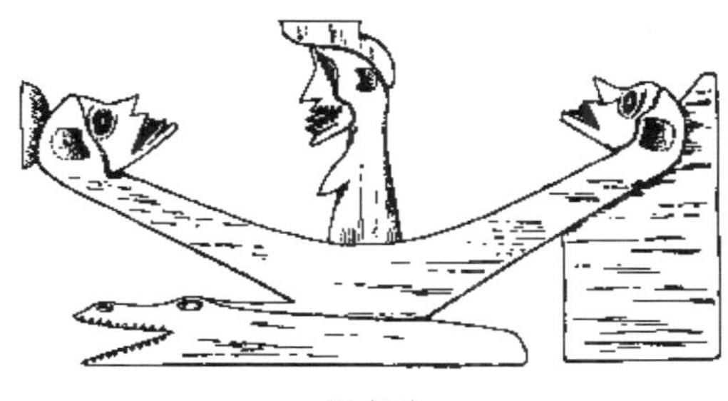

至高神

“还有一个至高神可能形象的象征性雕刻是有很多头，一个头在另一个头的上面，这些头的最顶端各站着一个完整直立的人形。另外还有些人在树干上把至高神刻画成有脸的人形，他们全部都在一个人头上排列着。所有至高神的象征都只意味着一件事，即他不但统治着和照看着过去、现在及未来，也照看着许多看不到的世界，那里居住着低阶的神和其他外来的奇异的人。此外还有一个象征是至高神带着秘密智慧的面具，在它上面深深刻着隐秘的智慧，在前额的上方刻着一个人的身影，他的双腿之间有一个鼓。这个面具对神的描述复制了古老之地对至高神的定义，古老之地的人描述至高神是长着长耳朵的头，一个奇怪的有着一部分兔子和一部分蜥蜴的样子的小动物拿着鼓坐在耳朵中间。对至高神的这一描述经常被用于神话传说中，并被严格保存，直到普通人家的孩子开始懂事了才教授他们，让他们必须在头脑中记住至高神是一个伟大首领——一个小随从坐在他的头上，万一他睡着了就敲鼓把他叫醒。这个至高神的印象必须只留在那些负责收养和抚养小孤儿的人的棚屋里。

“所有这些雕刻的至高神形象都只是满足乌合之众的一种手段，他们不会崇拜什么神，除非至高神是有形状的，可以让人们或多或少地理解和记在脑海中。他们也不打算让年轻人问太多的问题。你，这个被选中的人，必须将这一切深埋在心底：至高神是存在的，低阶的神也是存在的，但是没有人知道他们的形态。一个神从来没有被解读成一个固定的形态。神可以变成他所渴望的任何形态和在任何特定的时间里最能帮他达成目的的任何形式。有时候低阶的神会是动物、树，甚至是小石头和大圆石的形状。但是为什么低阶的神经常会以人类的形式出现呢？是因为想让我们在与他们交流时我们能够更好地理解对话。”

我的导师继续解释道，这些面具和雕刻是用于指导孩子和普通人的，而我，作为被选中的人，必须知道更多关于我们至高神的真实形体。我不能完整重复他实际说的话，因为这会占了太多的篇幅，而且他用象征手法来解释一切，这使得很多人会难以理解。简单地说，他将宇宙比作一个巨大的蚁冢。这个结构总体来说就是至高神和我们，我们看到的自身周边的一切东西只有蚂蚁和蚁冢中的沙砾。

导师解释说，至高神创造了他自己，然后慢慢地扩张，直到将整个宇宙填满——或者说得准确些，他自己在体型上变大。同时，我了解到这种观点已经得到了现代天文学的支持。所有在宇宙之间的主体和物质曾经起源于一个中心点，甚至在今日，这些事物还在以该点为中心向四处扩张。根据其他宗教信仰，宇宙间的主体和物质的创造都是至高神手工作品的一部分，但是根据我们的伟大信仰来说，这些是至高神存在形式的一部分。更准确地说，是这些事物创造了至高神，或者说至高神创造了他自己，比如像我们身体里的原子和分子，用它们的微小部分来创造我们。

导师的分析是相当详尽的，而且为了说明某些点，他还使用了一些比较牵强的对比，这些描述都是我们神话的一部分，与“西方的”宗教不同，我们的神话是我们伟大信仰的组成部分。

当我的导师完成了这个部分，他坐了下来，一个智慧女人开始接手。她戴了一个有流苏的头饰，遮住了她半个脸。她站起来将我抱在怀里，亲吻我的双颊，然后后退几步，坐了下来。

“我的孩子，你听到神圣的导师的话了，你要铭记他所说的每一个字，直到你死去。现在听你的精神之母我来说，记住我说的每一个字，因为我要讲述我们古老信念中最重要的部分——与灵魂有关的部分。

“我的孩子，你是一个基督徒，你是背叛祖先们的宗教而皈依了外来宗教的信徒之一，所以你将会更加了解你祖先的宗教和其他外来人的宗教的巨大不同，比如鬣狗人，或者说你更熟悉的阿拉伯人。

“他们告诉你上帝仿照他自己的形象创造了人，他们也告诉你上帝给了人们一个特别的能够分离的灵魂，上帝准备根据栖息在人体内的灵魂所做事情的好坏来给以奖励或惩罚。我的孩子，这些外来人在误导我们的族人。至高神当然不会如此不明智地去花费他自己的时间，来判决所有比他先到天堂的成百万的灵魂。

“人并非拥有一个特别的专属于他自己的灵魂，所有的灵魂都是一样的。人只是许多存在的形体中的一种，或是每个灵魂必须经历的再生载体。当你在森林里行走时看到的消失在茂密丛林中的黑斑羚的灵魂，可能曾经就是你认识的人身体中的一个房客。当你正在过河的时候，一条几乎要吃了你的鳄鱼，可能是你一个祖先或者是你家族仇人的灵魂的摆渡者。我会在后面将其解释得更加清楚。

“你现在会想知道，我的孩子，一个灵魂是什么，它长什么样。我，你的精神之母，将会亲自带你去领略人类的灵魂。现在拉着我的手，直视我的眼睛……看着，不要害怕。你的头脑将会逐渐感到麻木，你将会踏上一个短暂的旅程……来到图拉雅莫亚之地……你将会用自己的眼睛看到人类的灵魂……不要害怕……你不会迷路……因为我会牵着你的手……看着我的眼睛……你的大脑会沉睡……你的大脑会沉睡……”

渐渐地，智慧女人的声音随着距离的越来越远而减弱，最终听起来她好像是在离我最远的星球上窃窃私语。我感觉到一股巨大的虚弱感不知不觉地袭来，就像是黑云缓缓逼近了绿色的山谷……

恐惧！赤裸裸的恐惧抓住了我，我强烈地渴望站起来逃跑。智慧女人的眼睛看起来似乎在变大——直到它们占据了整个天空，我受困于一个强有力的魔咒，我不得不放弃……投降……没有用……我只会疯掉。

我透过那些眼睛——那些窗户来看，我看到了一片贫瘠的平原，像卡拉哈里沙漠一样荒凉。

我现在可以清楚地看到，这片平原是如此荒凉，甚至没有土壤，只有一片平坦的灰色地带，巨大的裂缝纵横交错着。在这闪烁的远方里，我可以看到起伏的群山和骇人的陡峭地区。

从深蓝色的天堂中，我看到了巨大的透明的冰面慢慢地飘下来。这里有很多冰，有些张着一对闪烁的翅膀，就像蜻蜓的翅膀。这是一幅壮丽的景观，我的心也渴望融入这些事物中。我想要成为他们中的一员，我想去他们要去的地方。在我的心中有一些叛逆的东西想要跳出胸腔。但它们不能，就像是一只只被囚禁的鸟……

从很远的地方传来智慧女人的声音，朦胧地，她弱弱地说："我的孩子，你现在看到了他们……你看到了灵魂……好好地看着他们的每一个……清楚地仔细观察他们……因为你再也不会有机会看到，仔细地看……”

我睁大眼睛看着覆盖在平原上闪烁的薄雾，我用自己的灵魂尽全力地去清楚地解读每一个浮动的灵魂，不想错过任何一个细节。每个灵魂的球体尺寸大概是一个人头的大小，他们透明而又浑圆。但是在每一个球体的里面，都有一些微微发光的冷光气。这些冷光气是两条蠕虫，一条是红色的，另外一条是亮皇家蓝色的。这两条蠕虫一刻也不停地动着。它们持续不停地动着，它们相互交织，分离，再次相互交织，一次又一次。这是一种令人神经感到震惊的可怕的景象。

这种景象变得模糊，我意识到自己回到了地球上。智慧女人一直握着我的手，她的眼睛洞穿了我的眼睛。她浑身是汗，气喘吁吁地就像是跑了很长一段路似的。智慧女人，她屏住呼吸，问我看到了什么，她想要我大声地解释，让所有隐藏的灵魂可以听到……

“我的孩子，你已经用眼睛看到了一个灵魂模样，你看到了一个最纯净透明和完美浑圆的球体。你看到有些灵魂有像蚊子一样的翅膀，你也看到每个球体里面有类似蠕虫的生物在不停地蠕动，一刻也不停歇。你看到带有翅膀的球体是女人的灵魂，你看到没有翅膀的球体则是男人的灵魂。你在每个灵魂里面看到的两条似蠕虫状的生物是善与恶。让我来解释得更详细些吧。红色的‘蠕虫’代表女人和男人的一切邪恶面——不忠诚的残忍的行为，自负，卑劣的手段，精神和肉体上的任意妄为，懦弱，低下的品德等。亮皇家蓝色的蠕虫代表人类或动物的一切美好的事物——高贵、勇气、忠诚、爱和慈悲等。这些像虫子一样的成分可以平衡灵魂。善与恶之间相对平衡的结合是至关重要的。对于所有存在的灵魂，比如所有活着的生物在生与死之间必须要有一个完美的平衡。举个例子，一个人应该要有必须具备的良好品质，但要是没有任何坏的品质来制衡，他就根本没有理由存在。同样对于灵魂来说，如果它只有亮皇家蓝色的蠕虫，灵魂就会自动毁灭。

“这就是为什么好人不长命。两条‘蠕虫’相互争斗，当其中一条伤害了另外一条，灵魂就会暂时失衡。如果发生了红色的蠕虫伤害了蓝色的蠕虫的情况，那么灵魂栖息着的这个人就会变得邪恶——他会成为一个小偷、一个杀人犯，甚至更坏。我们先辈们保存下来的法典告诉我们必须要杀掉这样的人，通过杀了他来毁灭灵魂。如果一个人非常完美，有至高的品质，那么我们必须向众神祷告，早些让这个人死去。因为即使他是一个好人，他的身体和灵魂也早已失去平衡，这个人会丧失他在世间存在的权利。当人们的身体和灵魂无法再保持正常和平衡时，这个世间什么事情都有可能发生。我已经说过了。”

我的读者肯定会惊讶于指导中使用的奇怪的象征意义。对许多人来说，这听起来是那么像废话。但是我们智者的思想不会被传统大学的学科课程限制。虽然他们中的大多数人无法读写，但他们都上过大学——生活的大学！他们都学习过人类的本质，自然历史的本质。

神圣的导师坐下来，智慧女人再一次开口说道：

“我的孩子，外来人告诉你，上帝创造了灵魂，我们却不这样认为。灵魂是至高神主要的一部分，所有的灵魂在至高神创造自己的时候一起被创造。灵魂之所以存在单纯是因为至高神的存在。灵魂，像至高神，没有理由存在于世，也没有理由不存在于世。没有人可以否认或者证实灵魂的存在……

“但是现在听仔细，我的孩子，因为你的精神之母会告诉你更多的秘密，你必须将这些传递给下一代被选中的人。除了灵魂、人类和兽类，还有其他存在于身体内的东西，我们可以称其为‘自我’。

“当一个孩子出生时，他还没拥有‘自我’[①]，自我是随着孩子在成长为一个男人或女人的过程中依托记忆、思想，以及经历等慢慢建立起来的。如果你能看到自我，你就会发现它长得和你一样，但是这不是血肉之躯，而是藏匿于一片透明雾中的幽灵。当你看到很多傻瓜所说的死了的人的鬼魂，其实你没有看到灵魂，而是看到那个人的自我。自我不是永生的，它在身体死了后还能

---

① 这也被解释成亡者的精灵会存活到后人们拜谒完成之时，即使只是思想上的，祭品仅仅确保这样的祭拜是真诚的祭拜。自我（self）是班图语Ena的完全对应词。Myself相当于Mi-Ena，通常简写成Mina。

存活一会儿，它经常会被看到。这就是崇高巫医从圣灵之地召唤来的、我们在困难的时候向至高神敬奉和祈祷的对象。

“一个自我必须要进食才能生长和生存，跟你必须要进食才能成长和活着是一样的道理。当你活着的时候，你为你的身体和你的自我而进食，但是当你死亡时，你的自我也会死，除非它能继续进食。如果我们不定期地献祭奶牛和山羊，用这些动物的自我去喂养我们祖先的灵魂，自我就不会消失。因此我们定期献祭奶牛和山羊是十分重要的。我们祖先的灵魂必须保持活力，因为当我们遇到问题的时候，我们必须经常咨询祖先精灵的建议，他们也必须将我们的问题向众神请愿——就像普通百姓必须有一个谋士军师，一个能够代他们向首领求情的人。我现在将邀请第二阶导师来告诉你关于这一点的更多事情。”

这位被称为第二阶导师的老人用他那古老的双脚站了起来，在向神祈祷帮助我记住所有我被告知的事情后，站在我的高处俯视着我。我仰躺在一张神圣的毯子上。

“听好了，我的孩子，用你的灵魂和心灵来倾听我将要告诉你的最重要的一些事情。一个孩子出生时，与生俱来的只有一个身体、一个头脑和一个灵魂，但是没有自我。随着孩子的成长，自我长得像一朵花，并依靠孩子成长的经历来成型和获得滋养，它是由孩子自身的性格或者是孩子选择模仿的性格来塑造的，比如家长或部落英雄。

“自我以灵魂为舟穿过时间之河，就像是人驾着独木舟渡河一样。然而，灵魂和自我（性格是两者的结合）的发展总是比身体要早几天抵达。我可以将其解释得更加清楚。

“所有活着的生物都是从一条被称为时间的大河中游过来的，在穿越时间之河的比赛中，那些有血有肉的东西被那些像灵魂和自我这种纯精神的东西远远地抛在了后面。它们先是穿过经历，然后接管身体。举个例子，如果一个人将要在一两天的时间里成为一个事故的受害者，那么他的灵魂和自我会先成为那个事故的受害者。并且当这件事发生时，灵魂会通过意识，借助预感或是梦的形式，向身体发出警告。

“尽管很多人从他们自我那里以预感和梦的形式得知了警告，但他们仍逃脱不了被杀的命运。这是因为他们的身体没有经过训练，没能够和灵魂与自我紧密合作。正如你现在所知的，这是我们教给巫医的第一件事。

“动物的身体则能与它们的自我完美合作，小鸟就是最好的例子。不管你在灌木丛中藏得多好，在看到你之前，它早就知道你的存在和你的意图了。

“那些来自海外的异乡人错误地认为我们所崇拜的是这个自我或者是无知的普通人口中的‘一个亡者的精灵’。事实上，远不是我们崇拜这些所谓祖先的精灵，而是这些祖先的精灵崇敬我们。

我们这些有血有肉的、有思想和灵魂的、有自我的和有生命的人，比那些已经死去的人的自我更幸运。尽管自我是一个灵魂，但它既不是永生的，也不是不可摧毁的，在永夜之地所有的自我会死去，它是万物中最无望的。正如你所知，在永夜之地寒冷的沙漠中没有什么东西能够成长，在那里神分配给每一个自我特定的时间继以生存。如果在那段时间结束后，没有一个亲人能够供奉一头牛或者一只羊，那自我就会不复存在。自我必须继续吃过去它们还栖居在形成它们的人体中的时候常吃的动物。这就是你们所有祖先的自我必须持续不断地被你们以它们的名义屠杀献祭的奶牛和山羊的自我所滋养的重要原因。为了回报这份好意，它们以你们的名义向神说情，神会给你们一切想要的财富和幸运；它们也使敌人远离你们生命的门槛。让祖先的自我保持生命力，对一个人来说是一生中最伟大和最重要的义务。为了确保这个规律永远都不会被打破，祖先的自我不会因为缺少后代而死去，每个人除了至少一年宰杀一头牛之外，必须确保它有三个妻子，在它的能力范围之内生下神所允许的尽可能多的孩子。

“一个人从他祖先饥饿的自我那里得到的第一个信号是每夜梦到很多骚扰他的老头和老妪。如果他忽视这些梦，就会很容易成为事故的受害者。人们不喜欢他，并且会毫无理由地痛打他。法律的守护者每天都在追捕他，甚至他的妻子也会跟其他男人跑掉。直到他自己与死亡相遇时他才意识到，他的自我一到达永夜之地，就会被祖先们的自我所吞噬。

“催促人们，我的孩子，催促他们要经常宰杀一只山羊或者一头奶牛，为了这些祖先无望的灵魂。告诉他们一个人要想尝试在没有他祖先庇佑的情况下生存，就会像一棵没有树根的树想要存活一般无望。一个人如果被他的祖先所忽视，在神眼里这就是一种耻辱。他的良心会一直折磨着他，直到死去的那一天。他将会在黑暗中，哭泣得像一只迷失的鬣狗。

“我的孩子，你知道当一个人定期地向他的祖先献祭，祖先们的自我就会一直离开永夜之地，来到这个人的家里生活。为了回报他的坚持，它们住在那里，用他的名义来向神祷告，祈祷保护他和他的子女及妻子免受伤害，保佑他事事顺遂。祖先们的自我会在他困难的时候通过托梦的形式提供建议来帮助他。这不仅会使他免受伤害，而且能让他的敌人畏惧。

“自我无法自救——它们是盲的。因此，当一个人将他自己的家移到一个新地方，你必须要确保他首先禁食十天，然后他必须要呼唤自己的祖先来听他说。在召唤祖先的那天，他必须要宰杀一头黑色的奶牛和一只年轻的山羊。年轻的山羊绝不能让家里的任何人吃，而是需要连皮毛地埋葬在将要离开的家的中央。然后按照惯例，奶牛的肉在放了一夜供祖先们的自我食用后可以被家里人食用。然后家里的主人必须告诉祖先们的自我他新家的地点，邀请它们和他一起去新家。你也必须要确保他拿起一个大的皮袋，并且装满祖先坟墓的沙子。他必须在通向新家的路及新家的空地上撒下这些沙子，这样他祖先的自我就可以认出回家的路。

“如果一个人是被他的部落酋长从自己的土地上赶走的，那么这个酋长就有义务召集部落的长老，向他们解释他打算怎么做及这么做的原因。长老们必须去相关人的家里，围坐着进行哀悼仪式。在午夜，长老头领就要起身，走去站在那个即将离开之人的神圣的埋葬之地。在那里他必须大声和自我说话，召唤它们来倾听自己将要说的话。当长老头领感到颈背上毛发试图竖立起来时，他知道自我将会临近。长老亲自操办整个仪式，包括用铲子从泥土中取埋葬之地的泥土，分撒在通往新家的小路上。

“他不仅要关注他自己的祖先的自我，而且要关注那些部落创建者的自我。出于这个理由，酋长会从每家收集来一头牛，这些牛将在盛大的集会中被宰杀，部落的每一个男人、女人和孩子都需要出席这个集会。一个不坚持这一传统的部落，就像背叛自己祖先的自我的人一样，注定会以同样的方式灭亡。

“如果一个部落从祖先埋葬的地方被驱逐，那么这个打败仗的部落甚至不应该试图维持其原来的身份。族人应该分散开，与其他部落相互融合。然而作为酋长，他的第一任妻子和他们的孩子必须要以自杀来谢罪。

“我的孩子，刚果（布）的大地上曾经存在一个强大的被人所熟知的叫巴鲁巴或鲁巴的部落，这个部落强大到足以称为‘民族’，有成千上万的人居住在这里。这个部落统治着刚果（布）大地西边的一个幅员辽阔的帝国。有一天，著名的巴鲁巴部落倒在了巴耶科和隆达人的矛之下。这个时候，所有的部落都被女人而不是男人统治。伟大的女酋长鲁庞瓦（Lupangwa）看到她的三个丈夫在战争中死去，目睹了自己唯一的儿子姆卡米（Mukami）为了保护自己而被二十支隆达人的矛刺穿身体最终死在自己的脚旁。鲁庞瓦知道自己和巴鲁巴的末日将要来临。在那个时候，她想到了那个大皮袋里面装着的多年前大巴鲁巴的巫医配制的液体。这种液体是最黑暗的魔法，被保存在小屋下的深洞中。因为如果一滴液体被暴露在太阳下，猛烈的大火就会开始燃烧，没有人知道该如何将其扑灭。我们有配制这种液体的配方，会在适当的时候把它传给你。

“巴鲁巴的鲁庞瓦拿着火把，用每天在她的小屋中央发出耀眼光芒的圣火点燃。她把燃烧的火把扔进洞里，里面藏着她被任命为监护人以来一直守护的邪恶的液体。旺盛的大火开始燃烧，持续了好几天，这场火不但烧死了勇敢的女王和每一个依然生活在部落里的巴鲁巴人，而且烧死了成千上万的入侵的巴耶科和隆达人的战士，以及他们的国王。

“在那之后，巴鲁巴人分散在各处。他们是一个战败的部落，丧失了古老的埋葬之地，就失去存活的权利。作为其他部落的俘虏和奴隶，他们离开了祖先的土地，到了大约只有几百人口的部落安定下来。现在，巴耶科的法律明确要求每个巴鲁巴的男性除了掌握所有部落要求每一个活着的男人都要掌握的使用作战武器的技能外，还必须要掌握一门熟练的手艺。因此，几乎每一个巴鲁巴的男性都是巫医、铁匠或者是木雕师。巧合的是，正是巴鲁巴人完善了刚果（布）土地上的木雕艺术，正是巴鲁巴人完善了我们整个的本土文化。

“现在大地上的所有部落，无论多么落后，都需要巫医、铁匠、木雕师和预言师。无家可归的巴鲁巴人无论去哪里都能受到欢迎，因为他们能将自己的生意做到任何地方。他们一直都是最好的骗子。

“你之前听说过‘做贸易要像巴鲁巴人一样’的部落表达，意思是说把商品用一个极高的价格卖给别人，然后密切盯住他放商品的小屋，为了在晚上将东西偷回来再重新出售。

“这就是巴鲁巴人的做法。他们出售国外引进的象牙和乌木雕刻给某个部落的首领，然后晚上偷回并卖给其他部落以此来交换牲口。有时候，一个巴鲁巴的流动家庭会出售一个刻有神奇智慧记号的铜制手镯多达五到六次。一个狡诈的巴鲁巴流氓凭借极好的雕刻着女神玛和生命树的象牙，先后六十次从六十个不同的部落首领那里共分得了两百头牲口。你知道的，我的孩子，那个狡诈的流氓在尼扬加土地上死去时是一个十分富有的人，而那个著名的象牙雕刻还是他的所有物。

“目前，你可能已经意识到巴鲁巴人的这种做法使他们并不受其他部落的欢迎。但是愤怒的人们随着时间的流逝而遗忘了这些事，并且又开始欢迎巴鲁巴的巫医和木雕师们。巴鲁巴人甚至来到了我们的国家，我的孩子，他们在这里生儿育女，将他们的姓永远留给了我们。他们也留给了我们一个可怕的蛊术，并以他们的名字——鲁波命名。如果你遇到了姓姆拉巴或是姆鲁巴的人，你应该知道他是巴鲁巴部落无家可归的受难者的后代之一，很多代以前他们的帝国衰败，他们从大老远逃了过来。现在你明白一个部落失去埋葬之地之后会有怎么样的结局了吧。”

一个部落作为一个整体必须让部落创建者的神灵富有生机——这也是每个非洲部落所信奉的。甚至在今日，人们依然为坚守这个信仰而不惜牺牲生命。相比汤加和汤加伊拉（现在的厄瓜多尔、刚果民主共和国、尼日利亚）等地那些遥远而又鲜为人知的故事，这里有个更好的例子。我这是第一次讲这个故事。我当时在现场，我将以一个目击者的身份来讲述这个故事。这个故事中的人物不是虚构的，同时考虑到他们对活着的人和死去的人都有影响，我要避免使用他们的真名：

在1955年到1957年的某个时候，罗得西亚与尼亚萨兰联邦政府做出了一个前所未有的冒险之举，即征服永恒不老的赞比西河。他们决定在峡谷中建造一座水坝，就是在著名的卡里巴峡谷，那是人们熟知的古老的汤加和汤加伊拉部落人的家。那个地方虽然猎物繁多、植被茂密，但相当贫瘠，不适宜耕作。因为土地贫瘠，种植任何农作物都是无收成的。更糟糕的是，采采蝇也让畜牧养殖无望。人们以食用野生动物和一些小型的家养牲畜的肉为生。那儿的环境艰难而原始，那些人可不是因为他们喜欢那里的气候而住在那里的。

他们受法律和传统的约束不得不待在那里。海外的人即使相当开明也无法理解这事。卡里巴峡谷在南非班图人心中远不只是一个名字或一个地方。

作为一个部落编年史的编写者，我的职责督促我讲一些当地的故事。

卡里巴因为许多不同寻常的事而成为一个独一无二的存在。如果一个部落从中心，即今日的赞比亚开始迁移到卡里巴需要花费刚刚好半年的时间，而这恰恰是从尼亚萨湖和马绍纳的国土中心徒步到卡巴里的耗时。这件奇特的事情致使部落的智者们相信卡里巴是世界的中心。当然，在这个峡谷中，人们可以安全地从赞比西河涉过，如果仔细听两块巨石之间的裂缝中的声音，你可以听到那个地方有水流动的声音，这个声音好像来自地壳的深处，尽管那个声音已被深深地埋藏于水下。

有关这两块岩石之间的裂缝，有一个传说，那就是卡里巴是通往冥界的大门。人们听到的声音是巨大的河流流水的声音，那条河就是卢伦格瓦·曼加卡蒂斯，即“地下流淌的河”。

卡里巴早期的一个首领，在年轻的时候是一个很残酷的人，但在差点被一道闪电劈死后，他改变了作恶的行为，并且施行了“卡里巴圣人们的制度”。这是一群放弃所有物质享受的男人和女人，他们不再建造小屋、养牲口和耕种。他们坚持认为神不想看到人类跟其他本质上一样的生物的生活方式有所不同。他们甚至到了吃生肉，不讲话，住在洞穴里和树上的地步。他们毁了自己的舌头来阻止说话，取而代之的是他们将传心术发展到了一个新的完美高度。他们发明了一个神奇的“有魔法的装置”，男人用这个来呼唤他的妻子。这个“有魔法的装置”是世界上最简单的也是最神奇的东西。它是按照以下的形式建造的：他们收集一些中间有洞的圆石，那是我们的祖先过去用来给他们挖掘的木棒子添加重量的。一条长的皮鞭被以一种特殊的方式绑在这块石头上，并在另一端被系成套索。这个装置的用法是站起来，将石头快速地高举在某人的头上并快速旋转。这个举动促进了一种强大的意志力的产生，强大到足以成功传递一条心想的信息给那些不能用传心术传送信息的使用者。

我不止一次地看到过这个行为奏效。似乎这样做就和流动或者摩擦的运动可以产生正负极的原理一样，能够产生心理上的力量。在一个演示过程中，我看到了一个男人给在隔壁村的妻子传递信息，让她回来，而他的妻子真就可以刚好赶回来。

是不是很神奇？但这是真的！

卡里巴的圣人们，在他们伟大的领袖金巴（Kimba）的领导下，去到峡谷生活，他们像动物一样生活在那里。除了他们称之为良心的律令以外，他们没有任何形式的法律。他们不会娶专门的妻子，但是会像动物一样，在任何时候与可能经过身边的人交欢。

他们凭借强大的精神力量来锻炼自己的大脑，他们经常通过操控大脑来实施天然的手术。他们可以成功地将头脑里的肿瘤移除。他们是最早借助多种“心灵控制头脑”的方法成功地切除一条肢体的人。在某种程度上，他们发明了外科手术，并且可以在女人和雌性动物身体上实施剖宫产手术。传说这些手术通常很成功，女人和孩子都可以存活下来。

某一天，一件奇异的事情发生了。卡里巴的圣人们从上层世界消失了。他们消失得无影无踪——他们根本没有离开峡谷，但就是凭空消失了。

卡里巴成为所有人，那些远至刚果（布）大地的部落的人聚集的地方。这些人带着伤病从遥远的地方而来，被圣人中那些聪明得令人难以置信的男性医者和智慧女人治愈。不同部落的成千上万的人曾经在低矮的小山丘会合，这里被称为生命之山。它坐落在赞比西河的北部，从峡谷出发大约花费四分之一天就可以到达。一个圣人在这里与一大群朝圣者见面，给他们祈福并且用手语告诉他们请耐心等待。他会去召唤其他圣人，开始承担治疗病人的艰巨任务。

圣人们通常会使用强大的力量来治愈病人。在那些四肢骨折和被狮子伤害的人身上，圣人们展示出他们伟大的外科技术。对那些脑中长着淤塞的肿瘤的人，圣人们展示了神奇的知识。正是通过治愈女人乳房上那可怕且令人厌恶的疮，圣人们神奇的知识永远烙在了部落的记忆中。

但是通常很多部落邪恶的首领会逼迫圣人们为他们服务。他们派军队尝试逮捕一些圣人，并将他们调教为奴隶。有些时候，圣人们会用一种奇怪且令人难以置信的方式来保护自己。他们隐藏起来，在一些隐蔽的地方把恐惧的意识传递给敌人。每一个入侵的战士会突然被莫名其妙的恐惧所占据，不是惧怕看不见的敌人而是惧怕他们自己手中携带的武器。

一个人突然十分害怕他自己携带的矛。他突然感到所有自己带的武器都要合起来伤害他自己。他高速运转的头脑事实上可以听到他自己的武器在商量着如何去伤害它们的主人。很快，想象着所有这些东西的战士会扔下他的武器，像一个发疯的女孩一样落荒而逃。

然而有一天，当朝圣者们来到生命之山时，他们发现没有圣人等在这里。他们发现那个哑的，裸体的，有着忧伤的智慧的眼睛和难以名状的安详的脸的圣人没有等着接待他们。

刚巧在这特别的一天里受伤的人当中，奈古姆比（Nagumbi）——伟大英雄鲁姆坎达的暴躁的儿子，正护理着他的肩膀，里面有一个满是倒钩的箭镞头。奈古姆比彻底消灭了很多来自尼扬加土地上的杀人凶手，并光荣地因战争而挂了彩。

“我去卡里巴看看圣人们到底发生了什么事，”这个虎父之子说道，“我感觉肯定是发生了一些可怕的事情。”

他的肩膀因为疼痛而颤动，半天后鲁姆坎达的儿子昂首阔步地走进了禁忌的峡谷。他在那里四处搜寻，但没有找到任何人和任何东西。随后，他乘坐一只临时的木筏渡过赞比西河来到南方的浅滩。最终，在森林的中部，他看到了很多令人胆寒的血色场景。这里有一个很大的脚印，在被拍平成纸浆的好多棵树上蔓延开来。在阳光下，这个脚印与其他不同，它有二十个人的脚步那么长，一只脚有十二个强壮的脚趾。鲁姆坎达的儿子完全没有害怕，他紧紧地抓住矛，沿着这条阴森恐怖的小径向前探去。他终于看到了野兽，它躺在地上，它周围的一大片树木都被踏平了。他震惊地发现，从被踩踏的草坪来判断，那些圣人是从四面八方向这个巨大的野兽集聚过来的。但是，没有任何打斗和挣扎的痕迹，奈古姆比可以看出来所有的圣人都是自愿走向那个野兽的。

从那时起，我们伟大的思想家一直都在尝试解开著名的“卡里巴之谜”，但是并没有成功，至今这个谜一直是我们本土众多谜题中的一个。在圣人们消失很多年后，另外一群思想家和巫师开始住到大峡谷里，他们尝试着再次探索最初的圣人们的秘密。他们也用最初圣人教的方法给病人治病，很快，这些方法就被两个部落使用了。这两个部落以虔诚和伟大的智慧为人们所熟知，以他们不凭借任何武器来解决争端的行为，他们的传奇，他们的歌，以及他们的强大头脑发展的程度而闻名。（第一册书第一部分有关他们的神话故事概述就是他们的创生的版本，这是他们的高级巫医透露给我的。）

汤加和汤加伊拉这两个部落准确地说从十五代人之前就进到了卡里巴水库。在南非的所有班图部落的人立即将他们视为神圣的部落。汤加伊拉人安然地走进激烈的野蛮的部落斗争中，命令正在作战的双方放下武器，于是他们的战斗就立即停止了。以龟壳做的头巾为标志，汤加和汤加伊拉这两个部落的人无论去哪里都会受到欢迎。如果部落里的人在接待来自这两个部落的客人时没有第一时间带客人去见首领，那么首领就会将其处死。

很多马绍纳和马楚匹的老人在走访了卡里巴之后，做出了把自己弄瞎的奇怪行为，因为他们相信这样就可以把卡里巴的幸运永远印刻在他们的头脑中。在见过这个仅次于神圣的卡拉哈里沙漠的圣地之后，他们不希望这个景象被之后看到的世俗的景观所替换。他们用几滴剑麻的汁水来弄瞎自己。

这里也有一个信仰，可能是由于初代圣人们的突然消失而诞生的，那就是卡里巴不仅仅是世界的中心，“时间节点”也位于此，整个宇宙的过去、现在和未来都集聚于这个节点上。据说，在卡里巴的某个地方有一个洞穴，未来世界的样子被用神圣的文字雕刻在洞穴的一块巨大的厚石板上。在北部和南部罗得西亚，有很多巫医声称看到过并且阅读过巨石上雕刻的字。这些文字就是为人所熟知的“黑暗预言”。奇怪的事情是，所有的巫医都不认识彼此，但他们描述的故事一模一样，他们对这个信息的解读也刚好吻合。

很多来自北方部落的最高首领被埋葬在卡里巴。很多首领有一个奇怪的习惯，死在自己的矛下，并把自己作为卡里巴众神的供品。特别是在一个很多人溺死的渡口，首领会淹死自己或站在水里刺死自己。他们相信他们的灵魂无论去哪里，都会与圣人们同在。

我不相信联邦政府会完全没有察觉到卡里巴是最神圣的圣地这一事实。是什么邪恶的鬼魂诱使他们如此公然地玷污我们的感受，并且没有询问过我们族人中的任何一个首领来了解我们对建造水坝的态度？我不相信英国政府不知道在那里选址建造水坝会导致整个非洲南部的人产生一种反叛的情绪。

那么，那些来实施殖民统治的政治家呢？他们将自己的政策基于那些原本应该来研究我们族人的科学家的研究发现上。通过努力掩饰自己的错误而将控诉的手指指向南非共和国，他们是永远不会如愿的。政治家和科学家们必须来询问我们，并且尊重我们的感受。

1958年，当时我在罗得西亚。英国南非警察感到非常骄傲的是，自从十九世纪马塔贝列的叛乱以来，他们从来没有被迫射杀过一个非洲人。之所以有这种引以为傲的说法，是因为当其他那些像茅茅运动一样的运动将在非洲的英国殖民地发生时，罗得西亚保持了和平。

英国将这长时间的和平归功于一件事——白人统治者中没有人意识到——罗得西亚部落的大多数人除非实在忍无可忍，否则不会诉诸武力。他们一直受默从的卡里巴圣人们的影响。

毫无疑问，会有白人不相信我说的话。让他们去查阅马绍纳人的历史吧——这才仅仅过了一个世纪而已。他们会发现，这些部落在反抗残暴的游牧民族——马塔贝列人时是多么无助。他们依靠英国人才没让马塔贝列人要了他们的命。

他们也会发现，在1958年之前，在非洲索尔兹伯里的哈拉雷小镇上有一场不为人所知的暴动。在1955年前，班图中的政治新贵在热爱和平的马绍纳人那里基本上一无所获，他们不能将其鼓动成反抗的人。但是当白人的当权者决定在卡里巴峡谷建造水坝时，他们给了新贵们一样完美的武器——挑起纷争的军火。

我说“明目张胆”，是因为没有人能够说服我，当权者不可能一点儿也不知道我们对圣地的感受。他们知道！但是，在典型的英国精神中，他们拒绝去关注！这一直是欧洲殖民者们的一个特点——践踏那些他们征服的人眼中的神圣事物。

现在，我希望做一个大胆的声明。那些愿意倾听的人，不论在我的祖国还是在国外，都能够听到。让那些不乐意倾听的人，那些在联合国的人，试着用他们仍然存留的基本感官去理解。表象可能会蒙蔽人。班图如今拒绝所有国外的信条，和他们过去拒绝基督教和伊斯兰教一样。民族主义在非洲不是为了民族独立，而是“回归我们祖先的信条”。

一个当权的巫医能够做很多事，他能够去治愈饱受折磨的像刚果这样的非洲国家。

班图的普通民众，不管是否受过教育，一直在根深蒂固地坚守着对他们祖先的信仰。不管他们受到基督教的多大影响，他们对当地的巫医一直比对当地有使命的牧师更有信心。

普通的班图人不关心谁来统治他们，他们也不关心在他们的土地上实施什么法律，只要这些法律不冒犯他们神圣的祖先信仰！

在哈拉雷，我听过马绍纳人基督徒举行的一些祈福会，一个祈祷是祈求卡里巴的墙崩塌——一个轮流指向基督徒和姆林布的祷告，祈求杀死在卡里巴建造水坝的人。我听过不同部落的人对白人的亵渎行为进行的冗长的讨论。事实上，我参加了一场高级诅咒，一个大诅咒被永久地施放在了大坝上。

在卡里巴还发生了许多事情。

联邦政府决定让汤加和汤加伊拉部落从卡里巴峡谷中搬出来，他们以单调乏味的官方形式及时地通知了他们。当然这些部落从一开始就明确表态说他们不打算让步。一些，或者说大多数的基督徒为了讨好白人当权者，乐意搬走；但是所有老人在巫医的影响下拒绝了，并且打算决不让步。联邦政府发动警方来处理反抗的人，但一件奇怪的事情发生了：汤加伊拉部落的人拿起他们的来复枪躲避到灌木丛中，当警方到达的时候，他们朝着警察开枪。警察出于自卫，杀死了部落的五个人。在那之后，一卡车的人用武力将汤加伊拉部落和伊拉部落的人带到了一个新的地方，同时借助强有力的警方护卫来确保不发生任何问题。不久，卡里巴峡谷就被遗弃，然后荒废了。

但是在这些人被赶往的新地方，另外一种麻烦产生了。大批的人毫无明显原因地死去，检查结果表明，他们死于在班图常见的疾病——痢疾。

当权者竭尽全力进行救治，他们分发食物、药品，派出医生。但人还是不断死去，很快死亡人数达到了一百五十个。当权者永远没有意识到人们的死亡不是因为痢疾或是其他生理上的原因，而是精神上的、心理上的。部落的法典说，如果一个部落被迫从自己的未来埋葬之地迁移，那还不如自杀。

非洲的讽刺是多么奇特啊！

但是整个悲剧原本不需要花费联邦政府一丝一毫就能够很轻易地避免。当权者原本不用带着枪，而只需要为每户带一个空的皮袋来。每个一家之主会在空的皮袋里装上神圣峡谷的一些沙子和他们家族的墓地的沙子，并分撒在他们重新定居的地方。当然，联邦政府会抽出当地事务部门的一个职员，花些时间去拜访当地的部落，向大家解释一下他们当权者的心中所想，一个职员就可以，而不需要一群警察。

这个职员只需要号召部落集合，简单地跟他们说这是一个令人感到遗憾但是必要的工程，他们只需传达政府的道歉，并退后一步，沉默地举起手向天空致敬，然后离开之前在赞比西河里洗手。如果当权者对共享这个国家的人有一点点的了解的话，这是一件十分简单的事情。联邦政府本来是可以取得成功的，整个南非本来应该是一个永久和平的地方。

1958年，我参加了在哈拉雷小镇举办的由联邦国会的一个非洲成员主持的一场会议，这个成员声称：建造卡里巴水坝不是出于必要性，而是为了挑战班图人，看看他们会有什么反应；卡里巴被冒犯的众神不看到联邦彻底毁灭就决不会善罢甘休；他，一个领导者，就是能够实现这件事情的人，只要人们用钱和声援来支持他。

这个人募集了超过二十五欧元的钱，这些钱大多是铜制的，大多数是来自不会读写的人口袋里的辛苦钱。

这些贫困但单纯的人，可怜的男人和女人，他们对政治不感兴趣，只想不被打扰地平静地生活。他们甘心把自己的钱交给那个人，不是因为他们渴望“自由”或是“独立”（几乎没有人认识这些词，更别提了解它们的含义了），而是因为亵渎神的恶行在卡里巴发生了。

但是这样的事情在非洲多久会发生一次？早些时候，我指出一个种族的宗教是他的自我。如果一个人让另一个人相信其种族的自我遭到了亵渎，特别是被一个外国人，那相当于他可以让这个最卑微且头脑最简单的农民像一千头狮子一样为了对抗不可能的事情去战斗。不论是在阿拉伯半岛的沙漠中、在意大利的山谷和印度的雨林中，还是在伦敦的特拉法尔加广场上，这都绝对不会改变。

我想请那些认为我夸大其词的人试一试，把一头死猪扔进阿拉伯清真寺，或者耶路撒冷的犹太人集会上；让他们试试看在西西里岛上当着当地人的面将圣母玛利亚的雕像丑化。如果他们敢的话，让他们试试去丑化乔治·华盛顿的雕塑。当他们要这么做的时候，他们不妨尝试一下在一半的伦敦人都在看着的情况下去撕毁在英国皇家大教堂前面的桅杆上的英国国旗。仔细一想，目前最后一种情况下你可能不会有任何危险。这是因为英格兰的狮子，他的怒吼曾经震慑整个世界，他那曾经用金子武装的不能忍受低下的鬣狗的粗鲁的爪子，现在已经是又老又弱了吗？还是他的爪子变钝了或是他的鬃毛里有了蛀虫？还是曾经对着我的勇士祖先们猛烈地咆哮的牙齿随着年纪增长而变得腐烂和不锋利了？

但是，我们，非洲的班图人，不得不一次又一次地忍受我们的宗教被亵渎。太多的虐杀，太多正将非洲撕裂的磨难，都是由这彻底的无知所造成的。

现在我要揭露另一件事。茅茅运动这一动乱事实上是由一个白人农夫射杀了一只吃了他一些鸟的野猫后采取的未经思考的行为所引发的。他将野猫的尸体扔到他的基库尤仆人的脚边，并开玩笑地告诉他让他吃掉。但是农夫并不知道的是，基库尤人认为野猫是神圣的。这件事情被煽动者夸大，使得看起来是有意为之，成为怂恿起事的由头。

有多少人知道茅茅这个名字是来自猫死的时候发出的声音？

这只野猫是人类历史上最重要的偷鸡贼，它的命换来了两万六千条人命，这对一个伟大民族的损失来说是一个巨大的安慰，对于一个目睹自己父母被屠杀的孤儿来说是心底难以描述的记忆。

当我想到这个，以及在非洲或者其他疯狂世界的很多相似的悲剧时，我的灵魂向着沉默的星辰流泪。我期待遥远得看起来难以到来的那一天的到来。我期待那一天，到那时人们可以摆脱束缚在他们头上的愚蠢枷锁；我期待那一天，到那时人们知道至高神的存在而不会被其他一千种存在方式所欺骗；我期待那一天，到那时人们会尊敬至高神并停止与他抗争。

（译者：郑雪燕、陈　忆）

对卡里巴的诅咒

汤加人和汤加伊拉人最终还是被驱赶出了卡里巴，离开了他们的居住地，而大坝的建设也开始了。成百上千、成千上万的白人和黑人每天在压缩机的咆哮声、水泥搅拌机的铿锵声和推土机的轰隆声中做着苦力。联邦政府心想：终于打倒了这帮冥顽不化的迷信鬼神怪力的非洲黑人。但是，卡里巴的守护者将终结这荒诞的事件。

在安静的星空下，有个老人独自在古老的山头上等着，我姑且先给他安个兹科若玛（Chikerema）的假名。他疲惫不堪的身上裹着一块非洲猎豹皮，饥饿像老鼠一般不断地啃食着他。由于三天没有进食，他满是皱纹的眼神比以往任何时候都要黯淡，他的身体比以往任何时候都要虚弱。他眼睛总望向东南方向，那儿的地平线上有模糊的微光。当他盯着那块地方的时候，凶猛的恨意席卷他的心头，咸咸的泪水不由自主地涌出，落在他凹陷的脸颊上：那儿，就在那儿，外国人在地球上最神圣的地方建造水坝。他们想要淹没神圣的卡里巴峡谷，淹没神圣的祖先的安息之所。这是亵渎神灵的，一定要让他们受到惩罚。这是一场对我们黑人蓄谋已久的挑战，索尔兹伯里的人逼迫我们决一死战。

兹科若玛气愤地想，那些外国人，那些坏人，肯定知道这是对黑人的冒犯。事实上，如果一个种族或部落要淹没另一个种族和部落的祖先墓地，这定会挑起部落斗争，引发持续千年的血海深仇。他们肯定知道如果有个人被杀了或者屋子被烧了，可能是因为他在别的部落的墓地里泼了一碗水。哦，对，老男人兹科若玛想，我知道那些外国人为什么要淹没我们祖先的墓地——他们想知道我们的反应。外国人对自己的战机和枪炮很有信心，炮开火时会发出很大的声音，射程远，能从远处把人击毙，这群懦夫！他们认为我们的人数太多了，所以要伺机把我们杀害。

但是，打仗的方式是多种多样的。

月亮静悄悄地从东方升起，兹科若玛还在等待。刚升起的时候，月亮只是一个单调的黄球——神秘、孤独、体型大且拥有无限的智慧。月亮见证了许多世事变迁，其数量比加鲁杂种狗身上的毛还多。这颗散发着神秘光芒的球见证了不可思议的初代人类；它曾见过古老的种族和他们的栖居地被毁灭；它曾见过阿玛拉瓦、奥杜和那些永生的人的辉煌年代；它曾见过星辰之子与穆塔·姆库卢夫的年代和那场持续了六十天的大火。在那个让人害怕、被称作种族屈辱的时期，月亮见证了异乡人的到来。那时，成千上万的人被杀害，古老的部落被破坏，上百万人被那群自称是马邑提人的人抓去当奴隶。月亮还见证了新的部落从旧部落的灰烬中诞生。

“今晚你将见证对卡里巴大坝的诅咒。”兹科若玛对着淡淡的月亮说道。月亮缓缓上升到夜空，就像一个害羞的新娘不情愿地走到新郎的屋子里与他第一次同房。不久后，月光洒在森林覆盖着的大地上，银白色的神秘光点和深藏着野兽的森林有一种超乎世俗的安静与美好。

在兹科若玛站着的那座山的山脚下的森林里有些动静，一群人开始攀登这座山。这群人里有十个男人和六个女人，其中一个女人头上顶着一个由黏土制成的陶罐，其中一个男人把皮带绑在小牛的脖子上来驱赶它，还有两个男人赶着羊。几乎每个爬山的人身上都带着点东西，领头的人带着像是用兽皮做的傀儡——像人一样高大的东西。

这群人爬到半山腰的时候停了下来。其中一个赤裸的高个子男人全身涂抹着白色，脸上画着可怕的黄色和红黑条纹，他来到老人身边，握着老人的手，低声说道：“一切都已经准备好了，伟大的被选中者，我们准备好出发了。”

“就这样吧。噢，鲁波，”老人回答道，“帮我下来，然后我们就出发。”

“遵命，兹科若玛。”

“你确定没有一个叛国者见过你吧？”

“我伟大的圣父呀，那些基督教的笨蛋都很快入睡了，外国人的眼睛都只盯着自己地盘呢。”

“我正担心外国人，我担心如果他们发现我们将要在这里做的事，一早他们就会把我们抓住，然后关到监狱里去。”

“伟大的圣父兹科若玛，不用担心。就算那些外国人盯着我们，把我们抓住，他们也只能杀了我们而已，我们不怕死。他们这么残酷无情地侮辱我们，谁还想活呢？当他们把我们驱赶出神圣之地的时候，我们就没有生存权利了。我甚至希望在我们被驱赶的那天我就死了。”

兹科若玛原本垂下的肩膀垂得更低了，从他空洞的胸腔里传出震颤的叹息声。他带领队伍穿过灌木丛，朝着赞比西河前进，一路上大家都很安静。鲁波总是把目光投向队伍里的一个男人，眼里积郁着冰冷的怀疑。他指着悬挂在他左边的大长砍刀对他旁边的兹科若玛低声说：“伟大的圣父，您相信那个从黄金之地来的小陌生人吗？您难道允许这卑鄙讨厌的祖鲁人跟着我们？他万一是外国人的眼线呢？”

“不用再怀疑了，鲁波，”老人坚定地说，“我用我的生命担保这个来自林波波玛以外的人。他不仅不是外国人的眼线，而且跟我们一样，是被选中的人……他给我看了他的标记。”

他们最后终于来到了赞比西河，许多传奇故事和歌曲都提到过这条古老的河流，它见证了许多在永恒的河岸上记载着的班图历史。这条河就像一股流动的有生命的银带曲折地穿过森林——在我们的故事中，这条如蟒蛇般蜿蜒的流动的河流起源自至高神的脚下。

全副武装的男人走在最前面，他们的眼睛和耳朵都保持着警惕，时刻注意着周围有没有狮子、猎豹或者其他夜间捕食的野兽。他们的矛已经准备好杀死任何一只够胆前来阻挠这支队伍的野兽。

最后，他们来到了一口大井处，这口大井是一个年轻男子在几天前挖的，井口用灌木轻轻覆盖着。这口井很深，足以容下一个直立站着的高个子男人，井的直径大概有三步长。从井里挖出来的土在附近堆放着，挖井人很聪明，在土堆上用几簇草和石头掩盖着，让它看起来就像是一个土包。

突然，兹科若玛快速做了个手势——因为没有人可以在仪式的第一阶段说话——示意跟随者放下行李休息，让全副武装的人给大家望风。然后兹科若玛就走到土堆旁，跪在上面，举起双臂，双唇微动，对卡里巴的祖先说着无声的祈祷，向图拉雅莫亚土地上那冰冷的、没有怜悯之心的、充满敌意的神祷告，最后，他向那更没有怜悯之心的伟大的无处不在的、存在于所有看得见或看不见的事物中、存在于所有知道的和不知道的事物中的灵魂祈祷。

汗水从兹科若玛的脸颊流下，流进他那参差不齐的胡子里头，他光溜溜的脑袋像月光下潮湿的乌木。当他尝试向遥远的永恒十门传递他的祷告时，他的整个身子都在颤抖。苍老的身子颤抖着屏住呼吸，把注意力集中在为修建卡里巴大坝的白人，以及那些计划修建卡里巴大坝的人预先设定的命运上。他想象着那些人跌倒、翻滚，在令人惊骇的哭喊声中死去，他们的血肉从骨头上剥落、融化；他想象着那些女人生出了蟒蛇，而这些蟒蛇转向她们并把她们吃了。这些全都是他认为的应该发生在联邦政府的人身上的标志性事件。

之后，伴随着响彻夜空的大喊，兹科若玛精疲力尽地倒了下去。

顶着陶罐的那个女人是兹科若玛的妻子，当看到兹科若玛倒下去时，她赶紧过去把她的丈夫扶起来。兹科若玛气喘吁吁地对鲁波说："仪式开始吧。"

鲁波跳了起来，抓住其中一只羊——这只羊的身子是红色的，脸是白色的。鲁波把这只拼命挣扎着的活羊用力扔进井里。狂野的、完全不受约束的但无声的舞蹈就要开始了。这时，所有的女人都往井里扔石头，直到几百磅的石头把这只可怜的羊掩埋。他们把诅咒之罐放在羊的上面，放下去的时候得时刻注意不要让里面的东西撒出来。罐子里刻着对邪恶之神的祷告——这种神秘的智慧在那些不理解的人眼中就是一些原始的无足轻重的装饰。

所有这些祷告都是对邪恶之神和邪恶之母的祈愿，他们希望诅咒不仅降临在卡里巴大坝上，而且降临在那些建造它和计划建造它的人——联邦国家的白人，特别是大不列颠人身上。

诅咒之罐被放到了井底。男人们开始了一段原始的、寂静的、踏着地面的舞蹈，女人们则象征性地无声地拍着手掌。这时，鲁波扮演了非常重要的角色。他抓起两只捆着的猴子，把它们举起来，然后他跳得越来越快，直到他满是白色颜料的腿在月光下变得模糊，直到他涂满了白色颜料的身体像风中的小树苗一样在摇晃。

除了头上的兽皮头饰和脖子上的木制仿制手铐，鲁波不着寸缕。兽皮头饰的样式像英国南非警察戴的头盔。事实上，他代表了警察——那些在卡里巴用武力驱逐汤加人和汤加伊拉人的人。

鲁波在跳舞，他在跳舞的时候变得像洞穴里的魔鬼一样疯狂。他用手里锋利的刀刺向自己，把刀刺进了大腿，鲜血一直在往外流。他跳得很高，把自己摔在地上，与此同时，手里紧紧抓着挣扎着的猴子。最后，他跳了四英尺这么高，但他落到地面上的时候就像猫一样轻巧。他抽打着猴子的腹部，在把猴子的尸体扔到井里以前，他用他的牙齿拽出那猴子颤抖的内脏。

然后他又继续剧烈地跳舞，用手和牙齿把猴子的肠子撕裂，把这些断裂的肠子弄得遍地都是。这疯狂的血淋淋的舞蹈是这些人希望降临在警察身上的标志性诅咒。他们希望那些警察会发狂，去取出他们自己孩子的内脏。

在这个时候，四个象征着发疯神的年轻女子甩开她们的衣服，冲到还在跳舞的鲁波跟前。她们围着鲁波跳舞，拍打着他，假装要挖出他的眼睛，并把他的耳朵从头上扯下来。然后，其中最年轻的女子跳到了鲁波的背上，用手锁住他的脖子并把他压在地上，这动作象征着终结、可耻与恐怖的死亡——一个疯子的死亡。

其他人也没闲着。他们把小牛带到诅咒之井，用一根皮带把小牛勒死。两个女人用脚踢小牛的腹部，用拳持续猛击小牛的腹部。唯一没有参加这场恐怖和野蛮的仪式的就是老人兹科若玛和来自南方的年轻男人。

鲁波现在进入完全疯狂的阶段，他把小牛的腹部切开，把它的内脏都抽了出来。兹科若玛本来好一会儿什么事都没有做，他向前走去抓住另一只活的猴子，把它推进了那只被取出内脏的小牛的肚子里，后来这头小牛腹部被皮带绑着合上，就像缠了一根腰带。

这个表演是对与卡里巴人无关的白人的妻子和女儿的诅咒，猴子代表着他们尚未出生的孩子。

装着活生生的猴子的小牛尸体被放到了诅咒之井，这时兹科若玛把手举到天上，他声音沙哑："希望他们的女人死于难产，他们的孩子永远不见天日，哦！我卡里巴古老的神！"

唱着古老的战斗颂词，他们开始填埋诅咒之井——仪式已经进行到一半，重头戏要登场了。

这些人带来了两个傀儡，大的那个代表着治安警察——或者更像是警卫官，配备着一把软木头做的来复枪。他们用一根棍子把这个警察傀儡立在诅咒之地上。出于仪式的需要，现场每个男人都要插傀儡一刀，除了外来人和老人；每个人都要扇傀儡巴掌；每个人都要对傀儡警察说难以启齿的诅咒。随后傀儡会落在已经完全填好的井里。

接下来进行的仪式会使来自南方的外来人对汤加人与汤加伊拉人的大胆的举动感到极大的惊讶和震惊。第二个傀儡打开了，大家看一眼就知道它是巴罗斯人（Ba-Rotse）制作的。这个傀儡是用树皮做成的，做工非常巧妙，代表着一个秃头的胖胖的英国人，他的脸都是白的，眼睛与嘴巴是红的和黑的。傀儡穿着雕刻的软木鞋，提着蛇皮做的公文包。一张从报纸上剪下的照片，用树脂粘在傀儡的胸腔上，如果傀儡本身没有足够清楚地表明是谁的话，照片就毫无疑问了。报纸上的照片是联邦政府的一个显赫人物。

这个傀儡以骑行、脸朝下的姿势被绑在最后一只羊的背上。为了让傀儡在这只大公羊背上坐直，他们用了很多线把它绑着。在把傀儡和羊放到井里以前，女人们正忙活着把从诅咒之地回收的泥和污物的混合物抹在羊的身上。老男人兹科若玛最后把一根点燃的火柴绑到被诅咒的羊的尾巴上，重重地踢了它一脚，还用汤加语中最下流的话骂它。

“滚!”老男人兹科若玛粗声说道，并叫喊着班图高层腐败者真实的名字，“你和你邪恶的帝国都滚去死吧！把它带到黑暗深处，在那里，凶猛的鬣狗会把你还有那个傀儡一起吃了。滚到深渊深处去吧……快滚!”这只羊象征着联邦，它被拖到灌木林中，迷失在森林里。自此以后，人们再也没有听到过跟这只羊有关的音讯。

仪式结束，这群人开始离开，各自散了。其中一个女人牵着那个来自南方的外来人的手，这个南方人对刚刚他所看到的东西感到很震惊，他已经下定决心有朝一日他一定要向世界公布这个事实。他很好奇，如果联邦政府看到这场诅咒仪式，他们会说些什么。他也很好奇，这群人该有多么痛苦，才会举行如此狠毒的诅咒仪式。

他知道相似的疯狂仪式已经由愤怒的班图人在罗得西亚举办过了。他的手紧紧地握着乌木般的女巫的一只手，眼泪在眼皮后面刺痛着：

“噢，非洲，我的非洲——怎么了？你到底怎么了?”

在赞比西河北岸边上，一只鬣狗讥讽地笑着，就像一个喝醉了的妓女。

（译者：钟舒燕）

班图人的宗教与信仰

第二部分

在此之前他从未来过这个地方，但很奇怪的是这个地方看起来如此熟悉。他感到非常困惑。他耸耸肩，继续穿过森林。让他感到心惊肉跳的是他来到了一条发出冒泡声音、水晶般的清澈溪流，咕嘟咕嘟淙淙流淌过茂密的森林——这隐隐约约的熟悉的溪流，令人讶异的熟悉的溪流。

好像是要成全这个令人惊叹的时刻，河对岸的灌木丛晃动了。

一群女孩出现了，她们头顶着巨大的水罐。他从未与这个部落接触过，但是其中一个女孩引起了他的注意，并不是因为她是这群人中最美丽的，而是因为他觉得自己曾经见过她。

三个月后，他跟她结婚了。

婚后的一个晚上，她躺在他的胳膊上动来动去，她的双眼映衬着月光，月光穿过崭新的婚房的柳编门的缝隙。

“我的丈夫，我能问你一个奇怪的问题吗?”

“我最亲爱的，你可以问我任何问题，我一定会回答。”

“什么时候……你能告诉我……我之前到底在什么时候见过你?”

“那天在溪流……”

“我跟我的姐妹们去的那天……在看到你之前，我知道我会在那里见到你。我的丈夫，我在那以前已经是你的妻子了!”

类似的这种事情导致了班图人奇怪的信仰。他们相信时间是一条河流，在绕了巨大的一圈之后流回了自己的源头。在非洲，最古老的象征着时间或者生命的是曼巴，即咬住自己尾巴的巨蛇。最古老的象征着永恒的是颈长喙长的鸟，它的脖颈穿过腿间，它的喙埋在它的肛门中。

班图人相信，在与人体发生简短联系的很久之前和很久之后，灵魂会经历一系列的发展阶段。与人类一百年左右的寿命相比，灵魂的寿命大约有一千年。这个规律也在所有生命的成长和发展中反映了出来。

灵魂的第一个发展阶段是与低等植物——如草和小灌木丛——的生命相联系，人们相信这一阶段的灵魂与这些植物紧密相连。未来人类的灵魂在这种植物中萌发并形成他们生命的组成部分。这些季节性的植物在死亡后，它们萌发的灵魂转世到多年生的植物上，形成它们生命的组成部分。这个时候，分化产生了，各种各样与不同人类有关的灵魂产生了——笨蛋、傻瓜、懒人、乞丐、普通人的灵魂，它们被与高贵的灵魂区别开来。前面提到的所有人与普通的树紧密联系，而后者与一些特殊的树有关，例如乌木。这些特殊的树作为神树为人们所熟知，木材被用来做神圣的雕刻品。其中最为神圣的树是猴面包树，它与巫医、智慧女人、接生婆和主宰他人性命的人的灵魂相联系。

猴面包树在马绍纳人的领土上长得最多，因此马绍纳部落被视为一个优秀的部落。另外值得注意的是，猴面包树正在大面积地消失。这可以看作一种观念的先兆，即善良的人会减少，而我们正在走向一个邪恶的阶段，邪恶的本质将统治世界。最终，这个邪恶的世界将会被鲁姆坎达、鲁兹韦和马林巴推翻，并且会产生一个被称为光明巫医的新的永恒的人种。这些人将和平统治着人类，并且将永远享有着天堂般的快乐。

猴面包树也被认为是生命树的嫡系后裔。在布尔族的首领释放大洪水以摧毁所有林波波河以南的班图人时，它会庇护祖鲁的最后一个女人——纯洁的依扎拉（Nozala），而纯洁的依扎拉将会孕育鲁兹韦。

灵魂的轮回

很显然，对这种树的任何形式的损害都是不能被容忍的，尤其是在古代，损害者会因此被砍头。猴面包树的树叶和树皮可以用于婴儿的洗礼，即使是在今天看来，在婴儿洗礼时用到猴面包树的种子也要怀有一种最高的尊重。从猴面包树上采摘种子、树皮或树叶之前都必须得到神的许可。如果有人在去摘的路上被石头绊倒，或者他看到一条蛇，那么他就会知道他没有获得许可。在一万个关于树的传说中有一个传说提到猴面包树有乳房，它能产奶哺乳人类，这比人们知道牛奶可以从牛身上获取还要早。

灵魂从树的阶段发展到野兽的阶段，并且进一步分化。所有好的灵魂再度转世成为圣兽，包括穿山甲、大食蚁兽、南非大羚羊、跳羚、美洲豹、非洲猎豹、大象、河马和牛；坏的灵魂成为粗鄙的动物，就是那些对人类和其他动物而言是灾难的动物，如胡狼、鬣狗、狮子、臭鼬等。

在佛得角曾经有过一种动物，它被班图人和霍屯督人视为地球上有史以来最神圣的动物。它长得像南非大羚羊，但是更为漂亮。它有长长的向后弯曲的犄角、泛着光泽的背部、纯净的乳白色的腹部，以及像黑貂一样浓密的长发。科萨人和霍屯督人的首领声称，如果死后被竖直埋葬且被缝入这种动物的皮之中将是一种荣耀。没有人吃过它的肉，人类的嘴巴被视为污秽之物，不被允许去玷污这样神圣的动物。只有濒死的人有时候可以在嘴里含一小片它的肉，咽下最后一口气。

这种动物的习性与南非大羚羊相似。它熟知各种草本植物的药物效用。一个动物生病了，它会像现在的南非大羚羊一样，去寻找特定的草本植物对其进行治疗。部落的巫医会从生病动物的症状中判断其得了哪种疾病，跟着它看它选了什么植物，草药大夫就因此获得了大量的知识。

我从格里夸（Griqua）和纳玛夸（Namaqua）部落的老人那里知道这种动物的荷兰名是Bloubok、Blaauwbok或者Blaubok。和十九世纪其他居住在佛得角的数以百万计的圣兽一样，Bloubok在所谓“文明人”的火枪之下灭绝了。

我们自己也制造了伤害。不幸的是，布须曼人、霍屯督人和科萨人认为斑驴是斑马和讨人厌的驴的杂交后代，它是由腓尼基人而不是荷兰人带来的。他们以斑驴为食，斑驴因此灭绝。

但是，在欧洲人到达佛得角、自由邦和德兰士瓦的高地后，最奇怪的事情发生了。这些地方遍布着数以亿万计的优雅的跳羚，虽然这种优雅的动物被视为民族的象征，欧洲人却经常仅仅为了获得杀戮的乐趣而数以百万计地枪杀它们！

这些伪君子从来不屑于去问为什么班图人会允许这种优雅的生物无限地繁衍下去——在兽群破坏他们的玉米地时班图人无动于衷，而无礼的黑斑羚做同样的事却会面对猎人的猎枪。白人从不知道如果班图人猎杀跳羚像猎杀狮子和胡狼一样狂热，那么这种动物就不会出现在已灭绝动物的名单上，因为他们连它的存在都不会知道。

事实上，班图人从不碰一只跳羚，因为他们坚信跳羚携带着造物之母的祝福，但这从不让来自海外的好战的猎人感到一丝犹豫。他们大肆杀戮——杀戮使他们快乐。当（南非说班图语的）卡菲尔人（Kaffir）开始朝他们举起枪支时，他们慌了。当愤怒的卡菲尔人拿起战斧和短刀劈开他们的身体时，他们更加惊慌悲痛了。他们还不知道这是出于滥杀神圣的跳羚的缘故。白人的哪本历史书把这种遭遇视为任意一场卡菲尔战争[①]（Kaffir War）的导火线？而这其实是导致全部八场战争的间接原因。

我的孩子们，我现在要告诉你们一个小故事，可以用来解释

① 指1779—1878年南非开普殖民主义者与定居在开普东部从事农牧业的科萨人之间的战争。导致战争的主要原因是土地和牲口。最初几次战争为荷兰殖民主义者与一些科萨小酋长国之间的冲突。1811年英军将科萨人赶出聚尔韦尔德，后又企图将他们赶出大鱼河与凯斯卡马河之间的地区，未果；但于1846年并吞该地区并于1853年侵占卡弗拉里亚以北地区。最后一场战争（1877—1878）中，科萨人大败，全部土地被并入开普殖民地。

为什么有一种动物你们在我国的任何地方都找不到。这种动物是如此的美丽优雅，只有冷酷的、有着像男巫的后背一样扭曲的心的疯子才会杀它，并且杀了之后也不会感到懊悔。我的孩子们，这种动物就是跳羚，你们有很多人都没听过。它的头、腹部和腿是白色的，背是浅黄褐色的，白色的腹部中间有一条浓重的黑棕色的长条。你们能听到跳羚的蹄声，它高高地跃起，躲过了恶狮的嘴巴和潜伏在灌木丛中的布须曼人射来的箭。你们能看到奔跑时它头上雪白的毛发在风中高高地扬起——像纯净漂亮的白色流苏一样扬起，映衬着平原上浓重的绿色。

你们也许想知道，为什么跳羚没有生活在其他部落的土地上，而只是生活在我们部落的土地——博茨瓦纳上；你们也许想知道，为什么我们凶猛的猎人不像狩猎其他野兽如狮子、黑斑羚一样狩猎它，除了每年礼仪庆典的时候。听着，我会告诉你们为什么。

这是晴朗的一天。银色的天空中万里无云，春的精灵漫步在平原上。鸟儿抖开新长的羽毛穿梭在带刺的荆棘丛中，陶醉在春的喜悦之中。但是，人们的心中却隐含着巨大的悲伤和恐惧。作为陨星的最后一个孩子，伟大的酋长奎威迪（Kgwedi）英明地统治了部落二十年，他清楚地知道自己即将死去。在那段日子里，我的孩子们，凶猛可怕的吃人巨妖波地魔仍在地球上存活着。他们喜欢狩猎人类，以人类为食。

波地魔侵入了博茨瓦纳的大地，杀死并吃掉了许多勇士，掳走了奎威迪酋长的女儿玛特思蒂索（Matsidiso）。他们带走玛特思蒂索并把她作为人质，逼迫奎威迪来营救，这样他们就能杀死奎威迪。巨妖非常清楚地知道没有人类能够直面他们并打败他们，不管人类有多大的勇气和多强大的力量。每一个波地魔都带着一根石制的狼牙棒，棒头的上端像一只小象一样大，狼牙棒被用相当粗的皮条绑在像小树一样粗的杆子上，当下方有人经过这些可怕的狼牙棒时，它会把人砸烂。

我的孩子们，奎威迪决定自己一个人将女儿从邪恶的巨妖手中救出来。巨妖生活在处于世界边缘的奥兰治河，这里的大河在霍屯督人岛的寂静海岸咆哮。奎威迪统治着男男女女数千子民，他们爱戴奎威迪如同子女爱戴父亲一般，我不是说过他是一个伟大而优秀的酋长吗？这些村民坚持要与奎威迪酋长一起到地球边缘帮助他营救美丽的玛特思蒂索公主，但这遭到奎威迪酋长的坚决拒绝。他说，他绝不能让他的子民因为他陷入危险之中，他会一个人去。

之后，伟大的巫医萨奎拉（Sankwela）抛出了占卜骨，占卜骨显示，酋长永远不能从努卡·亚·巴瓦（Nuka-ya-Barwa）大地上活着回来。但即使是必死的预测也不能阻止酋长的征程。一天早上，他早早地离开了，沿着巨妖的清晰足迹，他花了很多天穿过了努卡·亚·巴瓦大地。

最后，他来到了一个地裂之地，足迹在这里消失了。他在外面停下来，准备好巨大的羚羊角弓和尖锐的箭，并朝洞里的巨妖大喊，叫他们出来决斗。巨妖们走出来，邪恶地咆哮着，奎威迪用箭一个一个杀死他们。酋长站在巨妖们的尸体旁宣告胜利时，巨妖首领的妻子走了出来，当她看到她的丈夫和他邪恶的战士已死时，她发出了巨大的哀号，她迅速回到山洞里，不一会儿，手里拿着一个装满毒药的黏土盆重新出现了。

她把药扔向奎威迪，疯狂地笑了起来，并让他去找他的女儿。奎威迪用箭射杀了她，然后走进山洞救出他的女儿。但就在他进去的时候，他感觉到自己在变化。他越来越小，小到他的武器看起来像山一样大，拿起来像山一样重。奎威迪低头看着他的手，发现手变成了恶心的小爪子。现在他的鼻子又长又尖，在两侧各长出一条长胡须。他的身体全身都被粗糙的毛皮覆盖着，他的臀部已经长出了一条长长的分节的尾巴。奎威迪变成了一只老鼠。

玛特思蒂索公主独自一人非常害怕。她的手脚被绑着，巨妖准备将她献祭给极其可怕的圣像，即他们的神。巨妖首领的妻子告诉她，当月亮升起时，她会亲自把她拖到献祭的地方。公主一直流泪，直到她感觉到睡意温柔的手臂安抚着她受惊的灵魂，她很快就睡着了。

她被某个可怕的多毛的东西弄醒了。她睁开眼睛，看见了她所见过的最大最恶心的老鼠那令人作呕的脸。这只可怕的野兽啃了束缚着她的脚踝和手腕的皮条。她大声尖叫着跳了起来，抓住山洞角落里的棍子，重重地打了那只老鼠，打断了它的背。

“你杀了我，我的女儿，”老鼠用人类的声音呻吟了一声，“我被邪恶的药物变成了老鼠。我是你的父亲奎威迪。”

公主的心脉骤停，她脸朝下径直倒在了她杀死的老鼠身上，这是她亲爱的父亲。此时，在博茨瓦纳，小伊娜（Ena）在巫医萨奎拉的耳边低语：奎威迪和玛特思蒂索已经死了。巫医从恍惚中缓过神来之后，才告诉人们这令人震惊的消息。酋长的子民站起来，发誓只要他们活着，他们就会穿过河流把酋长和他女儿的尸体带回来好好安葬，否则他们就永不休息。他们来了，但他们发现这个洞穴已经消失，巨妖和酋长的足迹消失在一片大沙丘中。

村民悲痛欲绝，无论男女，都拿着矛挖沙丘。然而他们都死在了那里。造物之母怜悯他们，将他们复活。但他们的生存形式已经改变，他们成为有史以来第一批分散在地球上的跳羚。

我的孩子们，忠诚很难消亡，即使是在今天，这些跳羚后裔依然忠诚。当你们看到这些神圣的小动物向南迁徙时，它们就是在做祖先想要做的事。即使在今天，它们每年都会迁徙到布须曼人和霍屯督人的土地上，试图夺回死去的酋长的尸体。

孩子们，跳羚是忠诚永恒的象征。如果你们梦见了它，这意味着你们很快就会拥有一个伟大的忠诚的朋友，在你们遇到困难的日子里，他会一直支持你们。永远不要杀死或者伤害这种动物，因为它直接受造物之母的庇护。这种动物也被称为光之羚羊。当光之羚羊——跳羚不在平原上漫步时，一场重大的厄运将降落在整个大地上。

这就是为什么跳羚是如此的美丽，人们不能随意杀它，每年就算是为了仪式庆典也只能杀一只。

内图豹和蒙古豹在班图也被视为神圣的动物。祖鲁王是整个纳塔尔所有的豹子、猎豹和虎猫（卡拉卡尔）的坚定保护者和守护者。任何人在未经国王许可下狩猎这些动物都会受到严厉的惩罚。他们的房子会被烧毁，自己会在妻子和孩子的注视下被阉割。只有王子和其他有王室血统的人才被允许杀死豹子。猎豹很少被杀，它常常被巫医驯服，并且为了图吉利被留在药房内。

这些动物被称为国王的野兽或皇家猎物，他们经常被用来测试即将晋升为战斗领袖或彩虹将军的人的勇气。这项测试很简单，只是派他们去带一只豹子回来让酋长看看，然后再把它送回原处，将其放生。

但是现在让我们开始讲另一个故事。

马基德拉（Magidela）的儿子奈德勒拉（Ndlela）和韦勒库鲁

（Velekulu）的儿子韦兹（Vezi）是训练有素的霹雳军团中最英勇的战士，这个军团是祖鲁部落好战的创始人祖鲁组建的。他们是非常亲密的朋友，彼此依靠，就像树和树投射下的影子般。哪里能看到奈德勒拉，哪里就有韦兹。人们总能在战争中最危险的地方看到他们。

有一天，祖鲁人遭到了祖鲁一直以来对抗的死敌奎瓦贝战士的重创，陷入了不利境地。他们被迫从乌伦迪山脉的一个峡谷撤退到祖鲁人在山脉顶部建造的其中的一个堡垒中。在撤退期间，这两个人表现出不顾一切甚至近乎自杀的勇气。在一个峡谷狭窄得只容得下两个人并肩而行的地方，两个人并排站在一起，阻击奎瓦贝战士团整整一天，为剩余人员能够安全到达堡垒争取了足够的时间。

整整一天，两个人在峡谷中击杀追过来的奎瓦贝战士，杀到手臂因为挥舞着武器而麻木，杀到盾牌变得像山峰一样沉重。他们一直战斗到遍体鳞伤。然后，到夜幕降临时，奎瓦贝人撤退了，两个英雄才从屠杀场中踉踉跄跄地离开，他们的盾牌破烂不堪，他们的武器也被打烂了。直到午夜时分他们才到达堡垒，当祖鲁看到他们时，他大笑起来：“看看这两个愚蠢的懦夫！看看这两个可怜的柔弱的懦弱的懦夫！告诉我，傻瓜，这些伤是和乌托克拉河中的青蛙相抗争时受的吗，还是像无尾的兔子一样逃出刺荆丛林时受的？”

在场的勇士们大笑起来，哄堂的嘲笑声在夜空中荡漾，震动了星辰。奈德勒拉咬住他的下唇极力控制脾气，在如此巨大而不公正的侮辱中悲伤地垂下头。但矮胖的韦兹不同，他发出了嘶哑的声音，嘶哑的呼喊盖过了席卷堡垒的嘲笑。

“这是不公正的侮辱，马兰德拉的狮子。我们镇守对抗奎瓦贝战士的关卡，你们才能毫无障碍地安全到达堡垒。你看到我们在战斗，我们不是懦夫！”

“你在暗示我是个骗子吗，韦兹？”祖鲁急得跳脚，大声尖叫，“在我说一个人是懦夫时，那意味着我会拿出足够的证据，所以不要试图通过对我咆哮来扭转罪名，你个胖炖锅！我确实看到你在奎瓦贝人到来时躺下装死。”

“我不是懦夫，我可以证明这一点！”

“怎么？”祖鲁说，扬眉一笑，“你打算如何证明你不是懦夫？就像你喜欢用绿草做成的矛与老女人作战那样吗？”

“你可以选择任何方式让我证明这一点。”

“我会选择在我有空的时间。现在，让巫医清理你的伤口。”

第二天又打了一仗，这次祖鲁人是胜利者。事实上，他们击溃了奎瓦贝人，奎瓦贝人像谷壳一样散落在风中，奎瓦贝人的酋长甚至开始求和。一个月之后，祖鲁提醒两个朋友，他们仍然欠他那个勇气的证明。他命令他们进入赫卢赫卢韦森林，手无寸铁地把一只叫作老独耳的凶猛的豹子抓到他面前来。

老独耳是有史以来在祖鲁兰森林生活过的最大的豹子。它是非常凶猛的战士，在它暴力的一生中已经战胜了十头狮子，它的绰号就来自其中一场战斗。

祖鲁用这只豹子来展现他的傲骨，并且他让人人都知道他会亲自杀死任何一个对这只豹子不怀好意的人。

一大早，两个人只带了用来对付蛇的轻便小圆盾便开始了他们的危险任务。三天后，他们进入了无人居住的野生林地赫卢赫卢韦，开始了寻找豹子的艰巨任务。不是他们找到了豹子，而是豹子发现了他们。它从一棵多叶的马鲁拉树中窜了出来，落到了韦兹的背上，直接把他撞倒在地。幸好勇士奈德勒拉眼疾手快，及时抓住野兽的脖颈并把它从他朋友身上扯开，否则韦兹很有可能已经一命呜呼了。然后，大难不死的韦兹跳了起来，两人都用拳头猛击豹子。他们奇迹般避开兽爪及一连串凶猛撕咬，终于制服了豹子并将其牢牢地捆绑起来。他们正要砍下一棵长长的幼树苗用来搬运豹子，森林里响起一个响亮的声音："你们在那里对我的野兽做了什么？马上放开它，你们这两个猥琐的懦夫！"

祖鲁大步走出了绿色灌木丛，身后紧跟着他的勇士们。韦兹和奈德勒拉惊讶地张大了嘴巴，祖鲁轻轻地笑了起来："两个大个子竟在围攻一个无助的野兽——你们不能按照自己的个头找猎物吗？马上把豹子放了。"

两个人放了豹子，咆哮的野兽猛地冲进森林深处。"你们这两个家伙,”祖鲁喊道,“你们打算对它做什么?”

“但是尊敬的祖鲁,”韦兹惊讶地喊道,“您自己说过,我们必须这样做来证明自己不是懦夫……”

“你是懦夫!勇敢的人不需要证明他是勇敢的!勇士们,抓住这两个傻瓜,把他们的手和脚绑在一起,用皮革带罩住头部。你们很快就会看到我为像你们这样的懦夫准备了什么。”

回到祖鲁人的土地后,韦兹和奈德勒拉被随意地扔在地上,饿了很长一段时间。

“拿下皮革带,”祖鲁最终命令道,“让这两个讨厌的傻瓜看看我为他们计划的将来。”

除去皮革带后,在正午太阳的刺激下,他们睁不开眼,不停地眨巴着。等视力恢复后,他们发现他们正被二十个身着新娘盛装的女人包围着。除了女人之外,他们还看到了许多牛。祖鲁的声音从身后传来:“既然你们在对付豹子时非常勇敢,现在让我们看看你们在对付妻子方面有多勇敢。在这里,你们每个人有十个妻子和一百头牛,支配权就交给你们了。”

只有在战斗中杀死至少十个敌人后,勇士才能将豹皮作为战斗服的一部分。对酋长宣誓忠诚的最好标志是给他一件很好的豹皮斗篷。

如果一个部落认为酋长是坏人,不值得他们的忠诚和尊重,他们会给他一个黑斑羚皮制的斗篷，并在边缘用貂皮羚羊皮装饰。只要一个酋长从他的子民那里得到这样的礼物，他就知道他们虽然会容忍他的统治，但并不受欢迎。

向酋长献上豹皮斗篷还有一个非常特殊的含义，这个举动表达了不朽的忠诚和对酋长的不了解。他不应该如此神秘和不可预测。他必须把他的子民当成知己，让所有人都了解他。

在整个非洲，豹与勇气紧密联系，猎豹与超自然、晦涩、神秘和不可预测等有关。我们将狮子与最高层次的邪恶联系起来。梦见狮子意味着酋长会有严重的麻烦。即使部落木雕师可以雕刻狮子的形象，他也不会去雕刻。如果出于某种原因必须这样做，那就必须在完成后把尿撒在上面以消除其邪恶的污点。在一些班图村庄，张贴狮子图像可以保护村子里的人免受外面的邪恶的靠近与骚扰，图像会与邪恶相抵，这样村民就可以安宁地生活。

出于相同的原因，居住在肯尼亚的瓦卡姆比、鲁奥和恰卡的村民保留了马赛人的图像。这是为了告诉幼儿马赛人长什么样子，以便他们能避开这些邪恶的人。但也有人认为，如果马赛人的邪灵到达这样一个村庄，它将被这些图像所捕获，而不会传播给居民。还有一种观点认为：“邪恶看到自身时，邪恶也将不存在。”正是由于这种信念，班图人常常在晚上摆放镜子，那么僵尸或托克洛希会在看到镜子的主人之前，先看到它自己。

大象和河马同样被班图人视为神圣的动物。除非在这片土地上发生饥荒，或者它们被恶魔缠身并变成发狂动物，否则它们不会杀人。

在狩猎队出动杀死一个发狂河马之前，其成员必须禁食三天，并进行净化仪式。他们必须给他们的弓接上新的弦，并在他们的矛上装上新的矛头。在整个狩猎期间，村里最年长的妇女必须坐在她的小屋里，脸靠在墙上，为河马的灵魂哀悼，并向至高神谦卑道歉。

河马的脂肪对于人造药来说是最有价值的部分。用它调和的哥恰巴药，可以让任何人所向无敌。这听起来可能完全是无稽之谈，但它的成分可以让那些容易紧张和兴奋的人产生强大的自信。它比酒精或印度大麻更强大更持久。它是最受班图人欢迎的药物，对于巫医和普通的骗子而言，它是畅销药。在感到不舒服、生病、要参与任何形式的竞争、寻求工作、必须面对一个地方治安法官或情敌时，都可以服用。许多年轻的白人在拜访了一个巫医之后，都打败了情敌。

普通秃鹫也是直接受部落酋长保护的生物。它们因吃腐肉的习惯而被视为神圣的动物。所有被处决的罪犯（小偷和巫师等）都被喂给这些动物，但奸夫淫妇不行，他们太脏，不能喂给这些“天堂之鸟”。这些人不是被埋在地上露出腿去让鬣狗过来吃，就是简单地被丢给鳄鱼。秃鹫和猫头鹰只有对敬拜盗神的人来说才是神圣的，即使是在今天，也还存在着许多以盗牛为生的部落。

在德兰士瓦北部，最受尊敬的动物是穿山甲，它的生命价值远超过十个人。在巴卡拉卡的土地上，穿山甲居住在耸立的索特潘斯堡山脉，直接受到雨之女王姆加蒂姬（Mudjadji），或者说是太阳之女的保护。我知道这听起来可能像迷信并且粗野的非洲黑人的狂言，然而我确信至少对于班图人来说，穿山甲拥有超自然的力量。数百年来，我们已经达成共识，食蚁兽具有强大的意念力量。如果它游荡到一个没有蚂蚁的地区并且快要饿死的时候，它可以在大脑中形成非常强烈的意念，然后蚂蚁便会从很远的地方来到它的身边。任何发现穿山甲的人都必须将它直接带给雨之女神，并且他绝不能告诉任何在途中遇到的人他带的是什么。

食蚁兽的脂肪，就像乌龟的脂肪一样，可以用来制作向雨神传达祈愿者渴望雨水的药物。大量杀戮这种动物甚至会招致雨神的愤怒，会让雨神试图用雨水淹没罪犯——但这正是祈求雨水者们想要的。

貂羚是另一种神圣的动物，数百年来班图人将这种动物与人类的灵魂联系在一起。它的角在整个非洲都是最好的，甚至比完全成熟的捻角羚的角更好。它的尾巴就像角马的尾巴，把这尾巴装在短棍的顶部，并用珠子装饰，便是非洲各地的巫医习惯随身携带的物品。巫医把毛发泛着光泽的尾巴浸入盛满“反邪灵”的药罐中，然后将它洒向坐在周围的人。这样做完之后，他们用手打节拍，巫医开始按照节奏跳舞。巫医在舞蹈中经常会为了提高内心的“神赐的愤怒”而击打腿部，并且当带着腰鼓的男孩敲得太慢或犯了错误时还会拧他的耳朵。正如经验告诉我的那样，这样的一击可能会非常痛苦。

巴罗塞部落完善了雕刻貂羚的艺术，但这门艺术是他们在最高领导者酋长的带领下征服并吸纳了阿卢维人之后，才从他们的手中接手的。这些雕刻总是以十个具有代表性的姿势来整体表现貂羚，每个姿势都有特定的含义。它们从一个家族、部族或部落传到另一个，以传达祝福、警告甚至是直白的侮辱。

人类灵魂与黑貂羚的关联是非洲最古老的信仰之一。即使在洞穴绘画中也常常能看到貂羚面对入口，孑然而立。雌性貂羚哺乳幼崽是生育力的最古老的象征，同时也是农业的象征。但长颈鹿的哺乳是不同的：它象征着太阳的日常升起。这些符号都可以追溯到石器时代，并且今天仍然被用于表达对伟大的母亲和天上的物体的崇拜仪式上。

我们现在必须往回追溯一段时间才能找到故事的主线。灵魂从野兽的阶段进入人类的阶段或者说是中间阶段。班图人相信，人类处于活着的生物的中部，而不是顶端。下面是植物和野兽，如哺乳动物，它们尚未通过产卵获得完美的繁殖方式。人类只是被赋予了无穷的智慧来控制所有的生物。就体形而言，班图人认为人类是非常不完美的生物，如果没有人为手段的话，人类完全没有防御能力。甚至还比不上一条蛇，因为它没有腿也能前行，而且蟒蛇能杀死一个人——甚至是一个携带武器的人。

因此，人们普遍认为，在与人体结合之后，灵魂通过在爬行动物中重生而进入更高的存在层面。爬行动物之后，灵魂可以继续到达再高层次的鸟类。

祖鲁人认为绿色和黑色的曼巴蛇都是神圣的，它们携带着刚离世的同胞的灵魂。当一条曼巴蛇开始经常在一个村落附近出没，村主任会安排将整个村庄搬到另一个地方，而绝不会骚扰这条曼巴蛇。他们相信，邪恶灵魂将自己和鼓腹毒蛇联系在一起，因此人们会乐此不疲地猎杀它们。杀死它们之后为了摧毁邪恶和灵魂，要将它们剥皮并放在一堆不会马上被点燃的木头上。只有在两天之后，当鼓腹毒蛇的躯体也吸引了已死的邪恶灵魂自我时，才点燃火焰，这样灵魂自我也可能被摧毁。

蟒蛇对东德兰士瓦的文达人来说是神圣的。其他部落选择各种蜥蜴，而我父亲所在的部落巴卡（Baca)，选择将淡水虾蟹作为他们神圣的爬行动物。他们甚至犯了严重的动物学上的错误。

当然，我们被禁止接触淡水虾蟹，更不用说吃了。但是有一次，我所在的天主教学校的校长赠给了我一罐罐装龙虾，是他收到的一批来自法国的礼物之一。我记得当我穿过灌木丛，把罐头带回家给父亲的时候，我感到非常痛苦。我非常清楚，我不可能有机会品尝这来自海外的美食，我非常清楚我父亲肤浅的基督徒的外表……

“科瑞多，你在那儿得到了什么赠品?”他放下他的牛皮靴子问道。他用我洗礼的基督徒名字叫我，我现在已经拒绝这个名字了。它来源于使徒的信经，拉丁语的意思是：信仰真正的法律，全能的圣父。

一想到那些来自于我父亲的痛打（很多非婚生的私生子的命运），我就会战栗，我谦卑地跪下来把罐头递给他。看到标签上有一排醒目的龙虾的红色图片后，他的脸变得阴沉异常，像雷电在德拉肯斯堡山脉上方掠过。

“这东西你是从哪儿得到的?”

“校长给我的，父亲。”

“滚出这里……出去！去把你的手洗了！滚远点，滚出村庄去。”他把铁罐扔到灌木丛下面。一段时间后，他将它拿出来，带着我一起，来到我们区班图人异教徒群体的巫医奈古本尼（Ngubeni）跟前。他还给那个好色的老骗子十先令。奈古本尼这个老庸医不仅是长着丑陋的疣脸，还专门垂涎那些年轻到可以当他孙女的女孩。他极其傲慢，并且对那些被“班图异教徒”称为“班图基督徒”的人充满蔑视和仇恨。

“我看见你了，哦，肥肥的基督徒笨蛋。”他说着，擦了擦流着口水的嘴巴。他的嘴巴总是垂下来，露出他那脏黄的牙齿，口水弄湿了他的胡子，这胡子看起来可以临时用来捕蟑螂，上面沾满的烟草污渍像绿叶上的一些真菌。“你来我的小屋干什么？请告诉我，不会是你最终决定背叛白人的上帝了吧？”

“不，”我的父亲冷冷地回答，“我没有崇拜你家里的这些东西。我是一个基督徒，我将一直坚守信仰直到我死去的那一天。我只希望你能净化我的儿子……他碰过一只螃蟹。”

“你的儿子用螃蟹做什么？他不知道法律规定他必须让所有螃蟹不受干扰，并且必须在看见时向它致敬吗？”

“传教士给了他一罐子熟螃蟹，我不希望我的家庭倒霉。”

“所以白领的老骗子把我们的祖先之一作为食物给了你儿子一罐！那么在不久以后，这些传教士会烧了我们的母亲放在罐子里给我们吃。所以你想要我净化这个混蛋男孩，让他摆脱巨大的罪恶？”

“是的。”我的父亲回答道。

“好！听好了，放十个先令在地上，然后将你的胖屁股从我家移回到你的白人上帝那里，把这个眯着眼睛的小混蛋留在这里让我来处理。”

那个星期六，我待在巫医的小屋里，这真是一场难忘的噩梦。屋里的墙壁和屋顶上挂满了东西：鼓、古老的面具、毛皮斗篷、风干的死秃鹫和死蜥蜴、装满奇怪又可怕的东西的药袋、巫医祖先的护盾和软鞭。所有东西都彻底地体现了让人难以置信的异教徒仪式的特色。小屋里好像充满了看不见的灵魂，一直在舔舐我、亲吻我。我的皮肤开始起鸡皮疙瘩并且发痒，我想尖叫，我想跑出去。我因恐怖而麻木——我的身体没动。下午缓慢地过去了，真是一个充满了未知恐惧的噩梦。

我到死都会记得那天晚上的仪式。我被逼着喝下像从地狱下水道里舀上来的液体，闻起来很臭。一只鸡被带进来，在被拧断喉咙和掏空内脏后，那罐龙虾罐头被放到里头，然后鸡的尸体被埋在深深的洞里。我的双手被划开，伤口上糊了黑黑的药。

这是一个非常胆怯和非常困惑的十岁男孩。星期天下午，他跟着他的父亲离开了奈古本尼的家。

如果一个部落的爬行动物的再化身在另一个与其关系不好的部落的人的家中被发现，它会因为是某个巫师和其他人的间谍而被马上杀死烧掉。就这么简单。

另一件令人感兴趣的事情是：文达部落将蟒蛇作为神圣的爬行动物。少女们在启蒙后要学习“蟒蛇舞”，这是生育能力的象征。但为什么是蟒蛇？以前这个部落相信蟒蛇会像女人一样怀孕，然后生出年轻的生命。他们曾经遇到刚吞下动物的蟒蛇，并且错误地认为它们怀孕了。这种情况下，他们会用一些仪式、鼓声和狂野的舞蹈先把蟒蛇带回家然后送到接生婆的家里。所有想要孩子的女性或那些有子宫疾病或经历过持续流产的人会聚集在一起，跪在蟒蛇身边，祈求它向造物之母为她们祈祷。

让早期的文达人困惑的是，蟒蛇怀孕之后并没有生出年轻的生命。但是关于这个困惑另一种传说诞生了，即蟒蛇孕育的是无形的精神体。婚前梦到蟒蛇是一定能孕育无数健康后代的标志。

在所有代表生育能力的面具中，鱼以这样或那样的方式出现。通常，整个面具都被剪成鱼的样子。鱼与生育能力的这种联系的出现大概直接是因为鱼的腹要被切开并去除肠子，它类似于女人的性器官。

这里应该解释一些以前从没有被解释过的东西。所有在非洲的外国人都听说过托科洛希。但是如果他们有想象力的话，那对一个托科洛希的想象也就是一个多毛的人形精灵，他生活在水中，有时被巫师驯服，用来恐吓人们。和其他许多人一样，这个观念是完全错误的。而那些全盘否定托科洛希并认为这是迷信的人最好要小心。正如一个“开明的”白人记者很高兴地在给新闻界的一封信中所说的，托科洛希不仅仅是一群迷信的野蛮人的想象。许多班图人的信仰都是基于科学事实的，而托科洛希就是其中之一。一开始没有人相信任何事情，除非某种事实触发了这个信念。只有在事实被误解的情况下它才是错误的。

尤其是班图人，从来没有一开始就相信任何事情，除非某些事实的描述足以让人相信。基督教在班图人中的衰落可能与这种情况有关。基督教传教士带着守护天使的故事来到我们这里，关注着我们，但他们无法用一个事件或事实证明这一信念，证明这一点。尽管有些牵强和失误，但是我已经解释了是什么事实引起了文达人珍视蟒蛇这一信仰。非洲人所持的每一个信仰都可以追溯到一些科学事实，不管是被理解的，还是被误解的。非洲人没有古希腊人精致的想象力，可以凭空创造出森林之神和半人马怪物，但他们比大多数人想象的更有怀疑精神，更不容易上当。

很久之前，在班图人搬到赞比西河南部之前，一个老巫师向一个邪恶的暴君报仇。暴君杀了他所有的妻子，强奸了他的女儿们，然后把她们扔给鳄鱼。这个巫师的名字是穆伦迪（Mulundi），而那个暴君叫坎贝拉（Kambela）。据说坎贝拉非常残暴，不管是对自己还是对子民。他曾经无缘无故地暴怒，如果没有人在他旁边，他甚至可以将自己的怒气转向自己并从他的手臂上咬下一大块肉。他会殴打自己，直至全身流血。他曾经把少数几个可以和他住在一起的妻子中的一个锁在小屋里，用牛粪点火让她窒息而死，而他则通过一个小孔看着她脸上的表情。他最喜欢的惩罚人的方法是把几个人绑在树上，将长长的铁锥插入他们的身体，看看谁尖叫的时间最长，谁死得最慢。

穆伦迪决心杀死坎贝拉，但他不知道该怎么做，因为坎贝拉总是受到一群流氓恶棍的严密保护，好像流氓总会被更流氓的人吸引。穆伦迪向坎贝拉发出恐吓信，几天之后后者突袭了他的家。他发誓即使要花上千年时间也要杀死坎贝拉。他还向这个暴君放狠话说："你再也看不到天上新的月亮，因为你会在月亮变圆之前死亡。"

坎贝拉非常害怕，因为这个老巫师的力量众所周知。他留在家里，将所有的大门紧紧关闭，邪恶的战士日夜守护着他。但是这个老巫师看到了村落的弱点，他已经知道如何利用它了。后来他的做法被巫师竞相效仿——因此托科洛希诞生了。

栅栏外长着一棵古老的多叶树，一棵古老的马鲁拉树，它茂盛的树枝探出村落见证了众多事情。一天晚上，坎贝拉孤寂地躺在小屋里，闷闷不乐，生着气。他刚刚喝了满满一大杯的啤酒，平复了他的恐惧，让自己心平气和。他知道巫师从来不虚张声势。他召集了他的巫医们，他们给了他药剂，说保证能吓走恶灵。为了驱赶恶魔，他丑陋的身体上涂着油腻的"魅力药物"。三个巫医蹲在牛皮门外面，门从里面被牢牢关上。

坎贝拉因惊慌而疲惫不堪，他睡着了。但睡了没多久，他睁开眼睛，看到了他在地球上看到的最后一件事物。他的上方是一个矮小的人影，透露着邪恶的本质。只见他戴着可怕的皮肤面具，穿着一件由狒狒皮制成的服装，脖子上的绳子上挂着一个部分腐烂的女性头部，他正拿着弓和毒箭准备射击。

坎贝拉试图尖叫，但是他的声音哽在喉咙里，几乎发不出嘶吼。地球上的第一个托科洛希松开弓弦，坎贝拉感觉到箭头深深地没入了他的肠子里。他带着恐怖的神情死去了。

一阵疯狂的笑声打破了月夜的寂静，每个战士都感觉到血液凝固了，许多战士冲到村落外，找到了声音的主人，在仲夏的月光下，他们正好看到一个危险的小身影偷偷溜走。第一个托科洛希正在往回走，去向穆伦迪报告他的任务已完成并且完成得非常出色。

战士们冲回坎贝拉的小屋，强行打开门。他们发现他已经死了，但没有刺客的足迹，也没有刺客设法进入小屋留下的痕迹。穆伦迪把他的秘密传给了其他巫师，甚至到现在，托科洛希仍让许多人甚至是试图侦破许多无法解释的谋杀案的警察百思不得其解。

托科洛希不是幽灵或超自然的现象，他是一个身体健康的人，他的运作方式非常科学。穆伦迪用了非常矮小的人，他的体重随着严格的饮食控制而急剧减轻。穆伦迪还通过简单地干扰大脑的办法将这个小生物变成了僵尸，锋利的锥子可以做到这一点。穆伦迪把他挂在马鲁拉树上，沿着一根横跨坎贝拉小屋屋顶的树枝爬过去。他凭借一条长长的皮带轻轻地落在小屋的屋顶上，扭曲着骨瘦如柴的小身体穿过草屋顶，并以同样的方式逃脱。

今天这种奇怪的做法已经被完善成为一种艺术。据我所知，巫师们选择一个特定的人成为僵尸，先安排他假死。这个人的确被埋葬了，但是在同一天晚上会被挖掘出来并且复活，然后他变成了一个僵尸，并且在几天或几周之后，用从坟墓里挖出来的其他人身体的一部分进行全面修饰。巫师再驱使这个傀儡去拜访特定的受害者。受害者死于恐惧，就是这样简单。任何偶然的目击证人都会将神奇的托科洛希的故事告诉警方，但警方会将其视为无稽之谈。

在后续几代中，巫师完善了托科洛希的制作艺术，他们从童年开始就培育托科洛希。就在1922年，在巴苏陀兰地区的德拉肯斯堡有一个秘密的托科洛希农场，这个农场由一群巫师看守。

随着白人和基督徒的到来，杀死一出生就是智障者的儿童的做法已经过时了，怪诞的人类标本越来越丰富。而且智障者是没有人会想念的，即使他神秘地消失了，尤其是他们的父母——这些智障者中的许多人，特别是女性，都落在这些巫师手中。巫师们抚养她们到成年，和她们交配后，将她们留在黑暗的洞穴中生孩子。通常，在巴苏陀兰——杀活人祭祀之地，婴儿来到了这个世界上，而母亲的死活没人关心。母亲的部分尸体被用来做治疗自己宝宝的药物，让宝宝在浓重的邪恶氛围中长大。

婴儿由其他智障女性抚养，这些智障女性给他喂狗奶、驴奶和牛奶，以及乌鸦和秃鹫的血。在六个月的时候，婴儿为了他未来的特殊任务而接受专门的处理。婴儿被捆绑到一块弯曲的木头上以此变得驼背，腿也被捆成奇怪的姿势，以便以后长成奇怪的形状，然后在十二岁的时候毁了他的舌头让他说不了话。这个孩子被教导要仇恨世界并且崇拜巫师。

然后这个孩子要经历一系列奇怪的技巧训练，比如用扭曲的四肢攀爬及钻洞，学习如何实施谋杀并在之后完美地去除所有痕迹。当他长到大约十二岁时，巫师手中就拥有了一个瘦小的体重很轻的傀儡——既像生物，又像服从每个命令的不加思考的机器人——一个值得偷盗一百头牛让人去养育和训练的生物。

今天只有在巴苏陀兰和尼亚萨兰才能找到真正的托科洛希，在那里仍然可以找到隐藏在山中的他们的制造地。

如今，由于繁殖、饲养和保存托科洛希非常困难，巫师们纷纷转向使用狒狒和猴子。它们的后代现在变成了最怪异的怪物，并且可以被教导对主人的敌人造成相当大的伤害。

目前南非的托科洛希市场正在扩张。一只训练有素的猴子托科洛希或狒狒托科洛希可以卖出很高的价格。

托科洛希不是根据想象力虚构出来的事物。“tokoloshe”这个词的意思是“一种伟大的神秘的邪恶”。班图人决不会在雕刻中描绘它。当一个班图人用tokoloshe来描述某种东西时，他说“神秘的邪恶”，意味着“管好你自己的事儿”。

灵魂从爬行动物的阶段进化到鸟的阶段，这里我们进行进一步整理。高尚的灵魂与我们认为的神圣的鸟类有关。这些鸟类是秃鹫、火烈鸟、朱鹭和蛇鹫。普通的灵魂与小型鸟类联系在一起。但那些非常勤奋的男人和女人的灵魂确实与非常奇异和特殊的鸟类有关联，比如伊萨卡布里和鸵鸟，它们因其有用的羽毛而受人尊敬。所有懒惰的人的灵魂都与几内亚野雉有关。

尽管与鸟有关的所有信仰和传说加起来可以编写一本巨著，但我只选择一个例子——lilanda，或者说火烈鸟。班图人很少杀这种鸟，只有在庄重的仪式之后出于特殊目的才会杀死它。据说任何不分青红皂白杀死火烈鸟的人都会被闪电击毙。

火烈鸟在整个非洲是纯洁的象征，也是妻子的信仰和贞节的象征。从前，一个男人指责他的妻子通奸，他向她提出质疑，让她在手臂上刺血，并让血液流过一只活着的被绑住的火烈鸟的背部。如果这只鸟变得焦躁不安，这个女人就被判有罪并被处决；但如果这只鸟躺着不动，那么这个女人就被宣布无罪。在发现某个妇女的亲戚曾经贿赂巫医用药迷倒火烈鸟以求无罪后，这种做法就终止了。

巴鲁巴部落和隆达国在非常鼎盛之时，有个习俗，那就是让结婚二十年从不争吵的夫妇为庆祝结婚二十周年吃掉四只生的火烈鸟的心脏、肝脏和舌头。处女会在午夜把四只火烈鸟杀死，杀的过程中会向圣鸟唱歌。每只火烈鸟的头骨里都会被插入一根非常尖锐的铁钉，让它瞬间死亡，再用锋利的受过祝福的刀割掉心脏、肝脏和舌头。这个过程一定要非常小心，不能弄脏羽毛，溅出的少量血迹必须非常小心地洗掉。

然后，四只鸟被虔诚地摆在木筏上，处女们穿戴着绿色的叶子，以代表伟大母亲的二十个女仆。随着鼓的敲打声和婚礼刺耳的长笛声，木筏被推出，上面堆满鲜花和新鲜薯蓣。客人们施加在被庆祝的夫妇身上的祝福或者诅咒，（通过火烈鸟的灵魂自我）被这只木筏带给伟大的母亲。

在这样的庆祝活动中，即使是最恨这对夫妇的敌人也会受到法律的约束而来参加，他们通常在脸上涂满白色或黄色黏土。他们会尝试一切手段来破坏庆祝活动（整整六天），如绑架高级厨师，打破乐器或者只是不断自找麻烦。这为庆祝活动增添了许多色彩。最后经常是这对夫妻的敌人会成为他们最好的朋友。

在最后一天，夫妻俩参加“火烈鸟的盛宴”，吃生的心脏、肝脏和舌头。这些食物用美味的草药点缀，放在一个形状像河马的象征富裕的碗里。在这场盛宴中，这对夫妇像欧洲人使用叉子那样使用长牙签般的象牙探针来吃下这些珍馐。

Mgwembe，或者说像河马形状的碗，有时候会把它做成有四条短腿的普通的但是附着河马状手柄的样子，在手柄后面的小洞里插着探针。

一场大风暴正在酝酿，我的孩子，天堂像地狱的怒容一样黑暗。激烈的闪电把云层撕碎，大地因天空中愤怒的雷声而震动。树木翻腾扭动，狂风想把它们连根拔起，扔到蜿蜒的草地上。优雅的跳羚蜷缩在树丛中，甚至连邪恶的狮子的心里都感到了恐惧。

里格瓦河旁的芦苇丛中藏着一只年轻的雌火烈鸟，它那纯洁的心灵被吓得瑟瑟发抖。然后，从暴风肆虐的空中，从狂暴的喧嚣中劈下一道雷电——一团肆无忌惮的炽热火焰，一团劈开空气的蓝白色火焰，袭向了里格瓦河边的芦苇地区，将芦苇烧成灰烬。

然而火焰并没有烧死火烈鸟。这只鸟突然开始发出奇异的彩虹光，直到它的轮廓变得迷离，整个身影若隐若现。就在这里，在沸腾的百合花和炽热的芦苇丛中，它生下了一枚发光的紫色蛋。这枚蛋生长、裂开并孵化出了一个马布鲁族（Ma-Buru）的男婴，这个婴儿十分美丽，就像一个小神。

一群马布鲁战士身骑奇怪的战兽，找到了这个男婴，他注定要成为他们伟大的首领，勇敢地与水域中的大女人——可怕的克韦尼·维托里（Kwini Vittori），即维多利亚女王战斗。但这一切都是徒劳。

他们把他养大，给他起名叫佩乌拉（Pewula）——我们不知道这个名字的意思——当他长大后，他们让他成为王国的伟大首领。但每次他的子民马布鲁人攻击我们时，他站在我们这边，并救下我们。

后来有一天，强大的破坏者马尼伊西曼，即英国人来到这里并占领了马布鲁王国，我们就再也没有看到过他们伟大的首领佩乌拉了。

这不是一个普通的传说，也不像大部分传说那样已有数千年的历史，它的历史甚至还不到一百年，它应该起源于德兰士堡的德兰士瓦镇。这是关于德兰士瓦共和国总统保罗·克留格尔（Paul Kruger）众多故事中的一个，他受到德兰士瓦人的崇拜。我说的崇拜指的就是崇拜——就像人们崇拜至高神一样。

讽刺的是，如果克留格尔总统知道班图人像崇拜神一样崇拜他（他们直到最近才在利赫滕堡地区这样做），他本可以赢得布尔战争[①]（Boer War）。他只要给班图人一点暗示，他们就会全心全意地攻击英军。

亲爱的读者，请原谅我偶尔会转移话题，但是，我没有离开主题，所有这些故事仅仅说明了班图人的宗教信仰有多少不同的角度。我只是随意地简述表面的但不是微不足道的东西。如果我要详细解说这个主题，记录下所有的能够说明我们各种信仰的传说和故事，我能写出五十本这样的书来。只要至高神愿意，我会尽力这样做，但我有我的顾虑——我的敌人快要把我刺成一个马蜂窝了。

---

① 作者不知道克留格尔总统完全了解班图人的情绪。几个酋长实际上向他提供了援助，但这些都被拒绝了。总统解释说，当两个黑人部落卷入冲突时，白人部落不应该帮助一方去对抗另一方。白人部落更应该只扮演调解人的角色来恢复和平。同样，当两个白人部族战斗时，任何一方都不应向黑人部落求援。如果黑人部落不能使用任何影响力来制止冲突，那么它必须选择一方站队。这种态度得到大多数南非人的大力支持。例如，强烈反对在第二次世界大战中使用黑人部队。

灵魂从鸟的阶段升级到星辰的阶段。我们相信星辰是已经发展到极致完美的灵魂。从字面上看，它们现在身处天界。

但是灵魂不会无限期地待在天界里，经过很长一段时间后，他们会重新回到地界上，重新开始这个循环。我们经常看到这些灵魂如何在所谓的“灵魂坠落”（或称流星）中回归地球。

部落的智者说，“永恒是一首重复的歌”。他们说人类不能改变他们的生活方式，兽类也是如此。一个卑微的农民可能会脱颖而出成为族长或酋长，但这不是由于他自己的勇气、智慧或狡猾。他只是达到了命中注定会达到的目标，他的灵魂在前一个周期达到了这个目标。

“我的孩子，”最高导师说，“人类的大脑是一个神秘的东西，是普通人永远不会理解的东西。它不仅仅是用来思考和记住事物的。大脑是最纯粹的物质，它是灵魂的手脚和翅膀。大脑也是连接身体和灵魂的纽带，就像手柄把斧头和挥舞着它的人的手臂连接起来一样，就像链子把伐木车和劳作的牛连接起来一样。

“我的孩子，我现在教导你，你的智慧比你所看到的山更古老，比你九万代祖先更古老。乌萨马祖鲁，我的孩子，以众神之神的名义，我告诉你，相信我，到人类真正地学会通过他的思想与他的灵魂充分合作的那一天，他不需要手和脚就能够做出你想象中的最不可能的事情，因为你知道灵魂是至高神结构中的颗粒，就像砂岩中的颗粒是山的一部分。

“我的孩子，大脑是将灵魂和思想、身体连接起来的纽带，并且就像赋予它力量的灵魂一样，大脑是全知全能的。培训巫医的目的是尽可能充分地发展他的灵魂、身体和思想，还有他灵魂与大脑之间的紧密合作，否则他的大脑就不会发展成为全知全能的大脑。而这些是只有灵魂才能传递给心灵的。

“人类的血肉之躯往往对灵魂造成极大的伤害，因为它经常抵制灵魂的命令，并在灵魂敦促它向前时犹豫。身体通过掩盖自己的弱点和缺陷而使灵魂的力量变得薄弱。因此，当一个穷人的身体沉溺于自怜、忧患及恐惧之湖时，灵魂就无法通过心灵有效地行动，为那个人获得他非常渴望的财富。努力工作的穷人的思想就像被漂流木阻塞的渠道一样。这就是为什么一个巫医绝不能让自己的思想被世俗的垃圾堵塞。这是灵魂必须始终不受阻碍地运作的必经途径，而这种途径给予人力量预知未来，治愈疾病，在需要时释放他人灵魂。

“孩子，这就是我们部落那些信奉外国人的宗教和生活方式的人从来不会成为好巫医的原因。他们只会变成低劣的困惑无知的骗子。这是因为他们已经接触了异族的信仰和生活方式。他们已经成为头脑简单的傀儡，不再像我们一样走在灵魂指引的生命道路上。一个用自己的灵魂生活，并且让自己的灵魂而不是他的大脑引导他的人，能够更好地面对神秘和超自然的事物，因为灵魂能够理解这些使大脑困惑的事物。

“我的孩子，千百年来，我们一直试图培育出一种全新的人种，他将行走在这个世界上，不惧怕那些血肉之躯的敌人，并且能够挑战那些憎恶我们的神灵。我们希望这样的人能利用智慧来消灭敌人，而不是使用矛和盾牌。这样的人不会用舌头说话，但能用精神的力量发出强有力的声音来和兽类及同胞对话。这样的人不会有任何隐藏的东西，他们会用潜伏在我们精神中的力量去做事情，甚至完成看似不可能的事情。这样的人将能够读懂鸟类的想法，并可以在时间的长河中畅游，按照他的意愿回到过去或者去到未来。

“而且，我的孩子，我们今天比大多数人想象的更接近这个理想。

“灵魂和精神的力量是无穷的。灵魂是无所不知、无所不能的，就像伟大的至高神，它是由无限小的粒子组成的。大脑是人类用来思考和控制他当前的物质需求的东西。但是，如果能正确地将灵魂跟大脑联系起来，那么大脑就可以支配灵魂的所有力量。实际上，身体、智力、大脑、思想和灵魂将被融合成整体而不是各自分散的个体。如果一个人能够做到这一点，他将达到极致完美的状态。

“但我必须告诉你一些关于大脑有多强大的事情，这样你可以更好地理解我们想要去完成的目标。你必须更接近我们，并成为被选中者中强大的一员。你已经看到了我们是如何通过直视眼睛让你一次又一次地进入恍惚状态的。你已经看到了智慧女人是如何接管你的思想，并让你告诉我们一切，甚至让你透露你最隐秘的恐惧和欲望的。你已经看到了我们是如何接管你的思想，并让你参与我们神圣传说中的所有事件的。通过接管你的思想并对你施临时咒语，我们让你看到了看不见的人，我们让你与你已去世多年的祖先交谈。

“我的孩子，这一切只不过是精神力量的一小部分。你对古代人类偶然发现了干扰人类大脑的办法并将他们变成僵尸的事怎么看？我们的远古祖先在远古时期又是如何偶然发现能够消除大脑中的肿瘤的技术的呢？所有这些事情都是那些试图实现最终极理想的人发现的，全知全能的人——我们班图智者们多年来一直坚持的理想多如牛毛。

“我的孩子，我要告诉你一个很少有人知道的秘密：我们巫医所使用的大多数药物都是在水中加入了几种煮熟的青草制成的，而且我们给一个患病的人喝这种难以下咽的混合物的唯一原因是要在病人的大脑中激发想要变得健康的意志。如果没有坚强活下去的意志，一个人即使是得了最轻微的疾病也会坠入死亡的山谷。而且你知道，如果一个人不再渴望活下去，那么没有任何药物可以治愈他。这就是为什么祖先的法则告诉我们，我们决不能告诉那些在战斗中受伤的战士他们是失败的一方，因为这会剥夺重伤之人的生存意愿，而且这种情况一旦发生，没有哪个巫医能够帮助他们恢复健康。

“这就是为什么我们祖先的最高部落法律禁止将父母或亲属的死亡消息传达给一个生育后还很虚弱的女人。我的孩子，普通男人和女人的大脑需要一种外部刺激，以释放其勇气、决心、自信和生存意愿的力量。这就是为什么我们鼓励那些愚蠢的乌合之众使用这种其实只是外部刺激的魔法来使那些懦弱的农民的大脑运转，保护自己。

“我的孩子，听好了，最终不是至高神听到你的祈祷实现了你的愿望，也不是你祖先的恩典，而是你自己的大脑，是你的灵魂通过你的大脑，把你最渴望的愿望实现了。听着，有些男人在过河时总是想象着有鳄鱼在跟踪他们，你会发现这些男人最终在穿越河流时被鳄鱼咬死。这种被鳄鱼吃掉的持续恐惧以强烈希望这种命运到来的形式呈现。这两种情感支配下产生的精神图像区别非常小，它们发出信号，并被周围的鳄鱼接收。同样地，在田野或森林中散步的女性常常担心会有男性突然扑来并强奸她们。她们所散发的精神图像无法与希望被强奸的人散发的精神图像区分开来，这些精神图像被附近的男人的潜意识接收到，并在他们的意识中渗透。

“假设你想要一头奶牛能为你的孩子生产大量牛奶——你是否会像基督徒那样跪下，向至高神表达你的需要？不，我们的祖先说过，我们必须到很远的地方，进入草场，最好是到附近最高的山顶上。在那里，你必须仰躺着并闭上双眼，首先排除你大脑中的所有想法和记忆。然后，在很长一段时间之后，你必须慢慢地清晰地把那头你想要的奶牛带到你想象中的那流淌着溪水的山谷里，并尽可能地完善每一个细节。你必须能用你想象中的鼻子闻到它的味道，能用想象中的耳朵听到它低沉的声音，并且能用想象中的手抚摸它——用你想象中的手掌感觉它那粗糙的毛发。你必须时时刻刻都培养这强烈的拥有那头奶牛的愿望。你必须每天这样做并持续整整一个月，你和它之间必须时时刻刻保持联系，并且更强烈地想要实现那个愿望，其他什么都不要想。

“我的孩子，就像我现在一定会站在这里一样，在今年之前，这头牛也一定会以某种方式或其他方式来到你的身边。

“你的外祖父告诉我说女人会避开你，她们不喜欢你因为你的斜视眼。现在我要为你提供证明大脑张大力量的直接证据。我们准备给你三个月的时间，用你那不纯粹的微小的大脑力量让你得到一个能够证明你是男人的女人。告诉我，你喜欢什么类型的女人？”

“我喜欢……阳光雌鹿[①]类型的，大人。”我回答。

“对于像你这样丑陋的小虫，你的品位还不错，不是吗？言归

① 椭圆形脸、扁平鼻、圆圆的额、小而圆的下巴、浅金褐色肤色、大而重的乳房、小腰身、翘臀部、大长腿。

正传，明天你一定要去河边找点黏土做一个阳光雌鹿型女人的粗糙模型……像你膝盖那么高，有一个完整的身体。让它晒四天，然后带过来让我们赐福。”

我在第二天——1947年7月23日——出发到河边，很快我就用优质的黏土塑造出了一个女人的身形。这对于我这个雕刻家来说，这并不难。晒了四天后，我把成品放到了最高导师的面前。

他的批评让我非常惊讶：“你想让你的妻子成为不会生育的放荡的妓女吗？你为什么把她的胳膊放在她的侧边？”

“我可以做一个新的模型……”

“不，你不能这样做，这个模型已经固定在你的脑海里了。如果你改变主意，即使只改变一次，那你也不要指望可以取得任何成果。但首先我必须提高你的教养——你似乎不知道在科萨人的大地和旧部落的大地上，雕像的手和脚都意味着什么。与白人不同，我们不会无缘无故地雕刻或制作模型。我们雕刻是为了传递消息或祈祷，甚至是作为某种符号。在我们的部落，我们可以通过赠送以某种特定方式摆放的手或脚的雕刻来祝福或诅咒一个人。”

我必须在这里暂停一下并详细阐述，因为我相信读者会觉得有趣。一个黑人从来不会雕刻或塑造任何东西，除非他发现这件事具有非常正当和严肃的理由。实际上，黑人不会平白做任何事情，除非有很好的理由。

因此，班图人不会热情地参与公路建设项目，除非他们完全了解这么做的原因。当白人的权威人士在祖鲁兰大地上介绍用药水给牛洗澡时，他们没有给当地人民做足够清楚的解释。祖鲁人认为让牛去洗澡是没有意义的。没有这种奢侈品，牛在数千年来也一直过得很开心。

这不仅是因为班图人不喜欢参与他们不了解的任何事情，而且是因为他们抵制任何形式的改变。在他们的潜意识深处，他们认为创新的事物只会改变他们的生活方式，而不能让他们获得任何东西。即使这种事情后来被证实是没用的，也很难回到旧的生活方式。班图人早已发现人类创造的东西不会永久存在，多半他们创造的东西仅仅是为了让自己摧毁它。如果创作者自己不摧毁它，它就等待其他人去摧毁。一个雄心勃勃不断进取的种族会有许多敌人。

对于雕刻而言，每种雕刻都有其特定的含义。如果将所有关于雕刻的模型和其他被叫作“古玩”的含义的分析写成书，那么这本书会和你现在读到的这本书差不多厚。但是，要指出的是，许多这样的雕刻是为了让大脑集中注意力，不受其他一切干扰而制作出东西。制作这样的雕刻需要花费数月时间，在这段时间里，大脑几乎没有机会去思考其他任何事情。

在卡玛奎维（Kamangwe）的身体开始发育成熟并被允许去寻找一个妻子的六天后，他带着他唯一的一只山羊来到老木雕师苏格（Sogo）的家里，并将其作为老木雕师帮他雕刻一个小乌木女人模型的报酬。这点他们已经讲好了。这个雕像是为了帮助唤起他心中的愿望，让他的精神狂热起来而制作的。

卡玛奎维把山羊系在木雕师家的门柱上，用嘹亮悦耳的声音向里面的每个人致敬："我知道你们都在家里，我安全地来到这里，有话要和这家的主人木雕师说。"

一个高个子的女人从小屋低矮的门口处爬出来，对门口的年轻人羞涩地笑了笑说："他很快就会来见你。看，他还在吃午饭。"

一个小孩走出厨房，给卡玛奎维水喝，并让他在门口洗了手。之后，小孩把他带到了无墙长廊，在那里木雕师的女儿准备了肉和啤酒。吃完饭后，卡玛奎维被告知老木雕师会与他谈话。他出来了——一个高大而开朗的男人，手臂长而壮，手很宽。

"哈哈，我明白你的意思，哦，来访者！"他用低沉有力的声音说，"我们能为你做什么？你想要一只传递消息的雄鹿，一个诅咒娃娃……说出来，我会帮你雕刻的。"

"我想为我自己做一个愿望娃娃，哦，苏格，"年轻人笑着回答，"你看，我已经获得许可……"

"为了找个老婆，嗯？"木雕师狡猾地眨了眨眼睛，"你想要一个怎样的女人？矮小的？高挑的？苗条的还是有点驼背的？”

“我想要一个像月柳[①]一样的女人。”

“哈哈！我欣赏有品位的男士。你应该拥有她，我的孩子，你应该拥有她。只要给我一个月……一个月就够了。”

整整一个月后，这位年轻人带着他的雕像得到了部落长老的祝福，并且他还获得了如何使用雕像的额外指导。每天晚上他都把这个小雕像包裹在柔软的麝猫皮里，以它为枕头并将头靠在上面。他被告知不仅要慢慢地把精神集中在想象女人清晰的形象上，而且还要集中在他渴望拥有的东西的意志和决心上。

卡玛奎维想要一个谦逊的女人，这意味着雕像的双手要紧握放在肚脐下。他想要一个丰满的女人，这意味着雕像要有相当大却又细致的脚。

卡玛奎维很满意他的雕像，他知道他的愿望不久就会实现——他只知道这点。

“就像为一头奶牛祷告的例子一样，你不仅要将梦中的女人清晰地描绘在脑海中，还必须能用你想象中的耳朵、鼻子和双手，去听到她、闻到她、感受到她。每个晚上、每个醒着的白天都要这样做。用尽你所有的力量和自信去做，我向你保证，你的愿望将实现。清除你脑海中所有消极的想法，首先，不要急躁不安，

① 长长的脸、战士般的下巴、宽宽的前额、有着大鼻孔的鼻子、很宽的丰满的嘴唇，嘴角向下弯曲、高颧骨、长长的脖子、身材纤瘦、乳房很小、臀部很小。

因为这会削弱你的意念的力量……”

最高导师停顿了一下，示意智慧女人接过话。

“我的孩子，我要让你非常清楚一些事情：你大脑的力量无法为你获得白人的钱。大自然的力量不知道钱是什么。他们只能帮助你获得你的自然需要，比如食物、配偶和名声，因为不管名声是好是坏、是善是恶，都会为你吸引许多伴侣。

“用大脑的力量来呼唤你渴望的东西是一门非常古老的艺术，它可以追溯到人学会用嘴巴说话之前的纯真时代。邪恶之母教导人们讲话，并将他们从这种力量中分离出来，通过控制他们的大脑图像来使用他们的大脑，传达他们的想法。所有的野生动物仍然拥有这种力量。而且，尽管大多数人都没有意识到这一点，但是他们是通过心灵的谈话来控制他们的家养动物的。

“你知道，孩子，这是你第一次学习白人永远不会教你的东西。你正在从我们这些被基督徒称为异教徒的人这里学习东西。凭借大脑的力量，你可以治愈病人，并且可以让整个世界为你的意愿所屈服。这个世界上少有人知道的大量秘密和谜团你都可以知道。你可以粉碎对死亡的恐惧，面对很少人有勇气面对的事情。事实上，在你意识到即使在死后你仍然可以实现别人在生活中无法实现的事情之后，你可以像你的祖先那样学习爱上死亡，大脑是真正的主人，死亡会随着所有与之相关的恐惧的消退而消失。

“许多在班图人的大地上被称为雨之女王的女人，以及智慧女人，都善于利用大脑的力量。基督徒中也有少数人称自己为信仰治疗师，但他们只能通过限制他们的大脑力量来治疗病人。”

有一件事以出奇简单而又令人难以置信的方式自然而然地发生了。一个老人和他的两个儿子在听说了我外祖父作为一个巫医的名声后，把他的长女从乌托克拉河以外的地方带来治疗阿尔茨海默病及难以摆脱的噩梦。这是一个有点让人心动的阳光雌鹿型女孩，她的一只脚有点跛，比我大三岁。她一下子就把我吸引住了——这令我又惊讶又慌张。最后她告诉我她爱我，我无法相信自己的耳朵。我就是个不知所措的年轻人，马上把我有生以来的第一次恋爱报告给我的最高导师。最高导师只是带着奇怪的忧伤和遗憾微笑着：“至少你的思想可以从对恋人的担忧中解放出来了，从今以后，你可以更清楚地了解和学习我们的教导。”

从那以后，奇怪的是所有爱过我的女人都是阳光雌鹿型的，然而她们一次又一次地让我心碎。最糟糕的是，我现在的配偶是一个完美的阳光雌鹿型女人。如果这本书被认为是值得我付出的所有努力的成果的话，那么荣誉就应该归功于另一个阳光雌鹿型女人——那个于1960年在沙佩维尔挨了九颗子弹的女人。我要将这本书献给她。我在她的墓前发誓要写这本书。

为什么我似乎很吸引这样的女人，甚至到了让我失望遗憾的地步？是我的大脑吸引这种女性，正如它渴望吸引我最害怕的那种人——拿着刀子的人一样。这个人不断纠缠着我，探寻着我的生活，甚至在我的童年时代就已经出现过四次。

我向世界各地的有识之士挑战——不把时间浪费在完善原子破坏武器上，而是花在探索人类大脑的力量上。他们可以来非洲了解更多。我认为人类的大脑比物质世界隐藏着更多的惊喜。

奇林加（Chiringa）的家里正在进行庆祝活动，人们欢欣鼓舞，欢声笑语。礼物像潮水一样涌入莫西・奥・图尼亚。客人们带着野猪腿和一大堆山药、花生、豆子。有些人带来了用圣木雕刻出来的碗和木匙，有些人带来了新锻造的战斧、矛头和锄头，作为给奇林加的礼物。

每个人都载着满满的快乐，每个人都很乐意在那天给奇林加一些东西，不停地给，并不期待任何回报。为什么所有人要为奇林加这个愚蠢的胆小鬼和他那个懒惰的爱说闲话的妻子南迪薇（Nandiwe）大肆庆祝呢？那是因为他们在春天的第一个月的第一天就成了一个健康女婴的父母。在这一天出生的婴儿被认为是非常幸运的，而且人们相信一部分运气将会带给赠礼者。

赠礼者中有一个老人，孤独而年老的穆帕兹（Mupunzi）。他独自一人住在森林深处破烂不堪的家中，他是这个部落唯一的木雕师。他抓着一个用破旧的黑斑羚皮包裹着的东西，咧嘴咯咯笑得像个准备恶作剧的小孩子。

“呵呵呵呵，我带来了最好的礼物，所有礼物中最好的礼物！”

“哦，穆帕兹，你带来了什么礼物？”村主任问道，“打开让我们看看。”

带着恶作剧的神情，这个老人进入了小屋，南迪薇正和她十天大的婴儿坐在一起。其他人围在一起，准备看看老人带来了什么。很多人都伸长脖子想看一看，礼物被打开，人群中发出一阵惊讶的感叹。领头的男人走了出来，拿着礼物，举了起来——这是一个洋娃娃，是用这片土地上最硬的树木之一雕刻出来的。这个娃娃雕刻得十分精美，美得让人无法呼吸：娃娃的手上戴着很多铜质的手镯，而手捂在肚子的两侧；娃娃的脖子上套着铜环；它的脚很大而且非常细致；它的头部被拉长，乳房尖尖的。

泪水沿着领头的男人的脸颊流了下来，他对聚集着的人们说：“这确实是这个幸运的宝宝迄今为止收到的最好的礼物——这个雕像雕得非常好，我们部落的女人所能生下来的最美丽的女孩也不过如此。哦，我的子民，你们知道规矩，从孩子开始看到和理解事物的那一刻起，孩子的眼睛必须看到美丽的事物。你知道部落的老人说，如果让一个孩子看到的东西是美丽的，她就会成长为她看到的美丽的形象，因此会有给孩子美丽的娃娃玩的习俗。孩子的大脑逐渐发育，喜欢上娃娃并与其紧密相连。大脑会决定把成长中的孩子的肉体塑造得尽可能跟娃娃一样。哦，穆帕兹，来，你来告诉我们为什么你把娃娃雕刻成大肚子的样子，并且将双手捂在肚子的两侧。告诉我们为什么你将她的脚雕刻得如此之大。”

这个老人咯咯咯地笑道：“我把娃娃雕刻成大肚子的样子来表明她怀孕了，并且会生下许多儿子和女儿。双手抱着腹部表明她正在感受婴儿在她身体内的动作。通过这个娃娃，我希望这个幸运的女孩变得很能生育，并且当她成为女人的时候可以生很多孩子。大脚也是出于同样的原因，这个娃娃的主人可以在时间的沙漠上留下足迹并让所有后代跟随——一个聪明的母亲和一个光辉的女性榜样，将引导那些尚未出生的人走在智慧的路上……”

这个小插曲形成了后来制作许愿娃娃作为礼物并附上祝福的习俗，它从百年前一直盛行至今。这些许愿娃娃呈现出各种各样的形状和意义。例如，有人送给他的朋友们许愿娃娃（一个老人靠着一根棍子），希望他们长命百岁，生活富足。

与幸福的许愿娃娃相反的是诅咒娃娃——非洲最可怕的娃娃。诅咒娃娃有两种形式。第一种由黏土制作的娃娃是敌人的复制品，并被用锋利的针刺穿身体。这些娃娃的保留者是希望他人不幸的人，它会激发其强烈的心底愿望，从而实现目标。第二种是用木头雕刻而成的，并在晚上被放入被诅咒人的家中。它是用制作死人担架的木材雕刻而成的。这种娃娃是耳朵不对称，并且头部和身材不成比例的女人模样。眼睛连接在鼻子上方，嘴角歪斜，乳房平小、下垂而外扩，双手捂着一个空洞的腹部，腿细瘦，而且没有脚。这种娃娃传达的信息如下：“你这个狗东西！愿你的女儿长得难看。愿她们的耳朵只听见邪恶，愿她们的嘴巴只到处散播邪恶，愿她们对男人无益而无用，愿她们成为被人讨厌的人、盲人，最后孤独地死去。”

（译者：陈秋谷）

班图的法律

多年来，我一直都有这样一种感受：一些白人并不想要了解关于黑人的一些事实，并且在过去的几年间，这种信念在不断地加深。不久前在罗得西亚南部的索尔兹伯里举办了一场关于古老的班图雕刻的展览，许多人表示没兴趣，因为他们认为这些雕刻艺术品并不是真正的古董。

“这都是些没有文化的黑鬼（南非白人对黑人的蔑称），他们怎么能对真正的文物大肆议论呢。当然！他们根本就没有文明……”

许多白人对黑人的轻蔑是如此之深，以至于他们拒绝购买比如按照一个祖鲁人原貌作的画像，他们更喜欢那些展示现代化的腐朽的或者那些夸大班图人的“丑陋”面几乎达到漫画般夸张地步的画像。

我勉强称得上是一个大艺术家，同时经常在约翰内斯堡举办展览会。作为实验，我画了两幅貌美的班图女性的肖像和五幅年长的男女丛林居民的半身雕塑画，其中包括披着脏毛毯的牙齿掉光了的瘦弱的丑老太婆的肖像。后五幅肖像售出得十分迅速，而前两幅画仍保留在我这里。买走我后面三幅关于“丑老太婆”半身雕塑画的男人觉得另外两幅把班图女性描绘得太“漂亮”了。

出于这种对非洲人的厌恶，许多白人从不进行客观的评价，更不会费心地好好研究。那白人怎么能宣称自己了解非洲人呢?

另外，现在正在南非颠覆国家的特工在涉及黑人的心理知识方面比专家们还占有绝对优势。他们知道班图人害怕什么，就利用这来说服班图人加入他们的邪恶势力中。他们知道如何胁迫班图人使之对他们唯命是从。面对加入其中的班图人，特工们会使用巫术和其他令人悚然的原始手段来确保大家的保密性与纪律性。

我们有被雇来保护我们的巡警、战士，以及当地的专员，他们确保我们免受恐怖力量和毁灭的胁迫。这些人和不久前刚被解雇的人一样，对关于班图人的事一无所知，不知道如何赢得班图人的尊重和信任，也不能为政府赢得班图人的忠诚。

最近我被牵涉在内的一件令人振奋不已的突发事件正好说明了这一点。在我生命中无数次的尝试信任警察及对其失去信心的情况下，我决定自己保护自己。我甚至利用旧摩托车的碎片制作了一件独具特色的“盔甲”。不用说，我因它引起了相当大的轰动。我把它归类为伊丽莎白二世时期的作品。它仅仅是个实验，而且现在被用来装饰我的公寓。

我很擅长制作这类东西的消息不久就被四处散播，而且立刻传到那些认为可以利用我的这一才能来制作完全违法又危险的物品的人的耳朵里。一天晚上，一个看起来十分聪颖的绅士找到我并开始向我介绍各式各类的东西，而这些“东西”换个地方讨论更加安全。总之，他说我们的合作是为了达到某个非常隐匿的目的。

我开始警觉，叫他离开并让他回去勒索自己的祖母。在经过纯班图式的相互辱骂后，我们彼此满怀敌意地分开了，但那个人扬言下星期一我就等着被暴打一顿吧。

就在那个星期一，我受到了一群非常不友好的流氓[①]的袭击并被他们用厚铁块殴打。他们把我打得体无完肤并让我在排水沟里度了一次假。当这群恶棍离开时，其中一个告诫我不要去警察局，因为他熟知我母亲工作的地点，如果我这么做了，她将受到类似的待遇。

我就像一只被盗的山羊一样感到恐惧，我决定带着我的妻子离开，去另一座城镇以免某人也打她的主意。但是我最终选择留在我的公寓里面，因为我不愿太暴露我的恐惧。

之后，在两周后的一个寂静的晚上，我看见一辆肥胖的美国轿车停在我所居住的房子的大门外。不一会儿，一群男人走进庭

① 相当于非洲有鸭民巴式发型的垮掉的一代，简而言之，被西方教化的非洲人。

院，就像这里是他们的所有地一样。然后，一个来自门外的指令般的声音命令我打开门好让这些伟大的英雄进门，就因为他们想要看看我丑陋的脸庞并给我下最后通牒。但是我想到了另一个办法，我回嘴说我们必须隔着紧闭的门才能继续交流。其中的一个人用带有强烈口音的祖鲁语告诉我，他们没有想要伤害我。我询问他们到底想要什么东西，并且充分地向他们表明我一直待在原地不动的意图。

最后，令我大为震惊的是，他们其中一个留着胡子而且又矮又胖的白人走到了靠近窗户的地方。借助街灯的光亮我看清了他的五官，那是一张我直到死都记得的脸。直觉告诉我，这个阴魂不散的男人清楚地知道我是谁。他甚至能说出我父亲的名字和工作的地点。他告诉我所有关于我姐姐和弟弟的事，包括他们身在何处，以及我是多么不希望他们出一点事故。当这个胖男人用他蹩脚的英语跟我说话时，我越来越害怕。心想，这个人是巫师还是其他什么人？但后面发生的事更令我震惊。这个怪物说出了一件在我印象中我只告诉过我最亲近朋友的事，关于我曾经爱过的一个女孩的事情。但这个女孩于1960年在一次不幸的事故中丧命了。看到我脸上露出的震惊的表情，他笑了。他笑是因为他以为我已经可以任由他摆布，然后帮助他实现那个只会造成成千上万的班图人死亡的可怕计划。那他就大错特错了。根据班图的法律，当一个人向别人讲述他已死去的挚爱时，是绝对不可以微笑的。

同理，当一个女人谈及她死去的丈夫的时候也是不允许微笑的。这个男人甚至还提到了我那个死去的女友的名字，而我们的法律是禁止提起死者的名字的。

我恨这个男人。我特别恨这个男人，尤其当他提醒我说去为我被杀害的爱人报仇是我的责任，而我就只有为他效力，借助他的帮助才能完成这个责任。我“砰”地关上窗户，记不清自己当着他的面低咒了些什么。同时，我也懒得去听他讲的话，只是去确认他们的车子是否已经离开了。我跪在地上，然后像个女人一样哭泣着。

在接下来的某个星期天，我逃离了那个小镇，在另一个地方找到了住处。整整一个月，我在那里过得很愉快。然后在第二个月中旬的某一天，当我从火车上下来的时候，一个看起来非常友好的年轻人抓住我的胳膊并叫我跟他走。我想当然地把他看成了一个保安人员，并且认为一定是因为我无意中做了些什么才来逮捕我。当我正准备出示通行证时，我发现这个年轻人并不是只身一人——讨厌鬼总共有三个。他们围着我，还要求我带他们到我住的地方去。我不知道是什么让我意识到他们并不是警察，而且在相互对峙的时候，他们坦率地告诉我，他们是得到了他们领头的命令要带走我的脑袋。

当我被他们袭击时，我们正位于一片空旷的草地上。他们其中一个人拿起一把屠夫用的大刀朝我的脖子砍来，还好我及时地反应过来，向地面扑去才躲过一劫。可下一个人的拳头击中了我的后脑勺，很快到处都溅满了我的血。如果不是来了一群人把这些恶棍给吓跑了的话，我现在可能正忙于滋养生长在墓地里的青草，更不用说完成这本书了。甚至到现在，在我创作的时候，我后脑勺上的伤疤还是会隐隐作痛。

我没有告知警察有关于这件事的细节，我也不敢。在过去的美好时光里，我本可以直接去找警察。但是在今天，恐吓的力量太强大而警察的怜悯心又太微弱……

我想呼吁有关人士团结起来，通过相互理解让我们站到一起，肩并肩一起抵抗那些想在这片美丽土地上闹事的恶人，通过调查了解哪些事物容易招致特工们的不满从而被他们抓住把柄并加以利用。你们不用在任何人面前贬低自己而使自己失去自尊，尤其是在班图人的面前。那些班图人与你们生活在一起那么久，为你们工作那么久，所以不要让邪恶势力比你们更懂班图人。认真研究一个种族并无关政治，也丝毫不会让人觉得丢脸。

当你们客观地研究班图时，你们就不会变成“卡菲博伊德”，当然，除非你们不这么做。你们不会失去丝毫的尊严，因为科学和任何对知识的追求都是令人振奋的，它们从未使任何人堕落。

今天的非洲之所以饱受折磨，这是因为白人祖先和我们的祖先的浮躁无知，也是因为把不同种族放在一起生活的直接结果，而且每个人都认为可以把另一个人变成自己的复制品。白人的祖先与我们的祖先之间所发生的血腥的战争，以及至今依旧存在的仇恨和苦痛，都是可以避免的——只要我们大家互相了解和理解。

根据我的经验，想要黑人与白人彼此之间完全地信任，形成友好的关系并和谐地合作，是不可能的。我们不同的背景、现在的生活方式和对未来的抱负都已在我们多样的文化中根深蒂固，并且制约了我们好几百年。这些差异在几十年里都无法被消除，更别说单靠我微弱的笔尖了。但是，无论他们的观点、想法或者信条与我们的有多么不相同，想在种族之间实现和平还是有可能的。

要想了解非洲白人与黑人之间种族结构的巨大差异，必须先比较他们的基本法律。所有种族在“种族、肤色和信仰”上都是平等的，但在支配他们生活的法律上各有不同。白人的法律基于他们的“十诫”，而黑人则拥有一百多种这样的法律。这里遵循了班图的一些高级法律，它们普遍地存在于散布在南非、中非和东非地区的所有班图族中。

生命的最高法则：

“你要知道你的生命并不属于你自己。你活着只是为了承接你的祖先和后代，而你的责任就是绵延子嗣。即使要你做出些牺牲，也需要将祖先的精神发扬光大，让其经久不衰。当你的祖先命令你去死的时候，你也要毫无怨言地去做。”

祖鲁人遵循着这条法律规定，可以为之出生入死。与这个充满蛊惑的世界相比较，祖鲁人就是一个个勇敢无畏的战士。但事实并非如此。祖鲁人一投入战争就怀着要让自己牺牲的意图。他们看似勇气可嘉，实际上他们不过是在尽可能地杀死大量敌人后盲目寻求所谓的光荣牺牲。祖鲁人曾经为第一个被杀死的勇士举办过大型的庆功宴。祖鲁勇士们在过去常常为了成为一场特殊的战斗中第一个牺牲的人而相互竞赛与斗争。

根据这条法律，一个祖鲁妇女估计将为这个世界产下多达二十个孩子。甚至在今天，一个男人拥有百把个孩子的情况也并不罕见。总的来说，事实上这种现象在整个非洲已是屡见不鲜。

根据这条法律，妇女们在分娩时就期盼着死亡。就像士兵的事例一样，一个女人如果在执行她女性职责的过程中死亡，这也会被视为是光荣的。

这种对死亡看似奇怪的热衷主要出于两个原因。一个原因是，班图人并不认为死亡是罪恶的。基于宗教信仰，他们认为最真实的自我和灵魂都被束缚在毫无价值的肉体内，并且只有尽快摆脱这些肉体才能使自己的灵魂尽早地提升到发展的更高层次。因此，班图人不仅不惧怕死亡，他们还会玩弄它，用它来打赌，而且事实上他们也都很渴望死亡。

黑人最大的抱负就是死于他们自己的选择，但是他们不会肆意结束自己的生命，因为这样的决定取决于自身，而不是取决于他们的先辈。他们特别喜欢白人通过绞刑来处理生命的合法方式，他们被绞刑所体现的懦弱的本质所深深吸引。一个死于疾病或事故的黑人是班图人非常同情的对象，而且他的死会得到广泛的哀悼。如果他是死于自身的选择，就不会有很多人为他哀悼，而是成为人们羡慕甚至嫉妒的对象。因此，他们与其面对意外死亡，还不如故意犯下恶行并接受死刑的惩罚。

班图人之所以对死亡没有恐惧，还有一个原因在于他们本身就是完全的宿命论者。他们坚信，如果他们注定是要死的，那么什么也阻挡不了其发生。相反，如果时机不成熟，他们就可以肆意冒险。这就是为什么非洲人几乎在任何一个活动领域内都是一群无法无天的冒险者。

对父母行为的最高法则：

“你要知道在你的父母中，你母亲的地位要比父亲的高。当父母吵架时，不管你的母亲是对还是错，你都必须站在她那边。你可以攻击你的父亲，但不要将他置于死地。你不可以攻击你的母亲，如果你不小心打了你的母亲，那你就会失去你的右手。”

这是非洲最古老的法律之一，它需要被仔细地解释说明。在非洲历史早期的一段时间内，古老的部落对女性很崇拜。人们把他们的母亲当作女神一样崇拜着，并愿意为她们做出牺牲，在今天所看到的女族长和雨之女王就是该习俗遗留下的产物。在我们的神话中，女性扮演着更重要的角色，例如伟大的母亲圣母始祖玛，我们的造物女神。班图人说，一个女人，无论她是谁的妻子或是谁的母亲，在过去、现在和未来都是同时存在着的，她不属于某个人的父亲或某个人，而是属于那些尚未出生的人，也属于某个人的祖先。据说，一个女孩要和谁结婚，是由不得自己选择的，而是由祖先决定的。女人生孩子，也只是把男人当作一个中介工具而已。

出于这个原因，班图人中有一个习俗——男人需要远离他新娘的“精神小屋”这块圣地——一个特殊的圣殿三天，在那里，他祖先的自我会先进入并与她交配。这也是为什么班图人认为杀害一个女性是如此巨大的罪行，以致需要他在一场复仇之战中杀死近千个男性作为抵偿。他们认为杀害一个女性不仅意味着她自己生命的毁灭，同时也意味着成千上万个可能成为她后代的人的生命的终结。

这条法律还包含着许多“子条款”，比如：如果一个人不能为他被谋杀掉的父母复仇，那他就必须把自己交到杀人犯的手上，请求把他也一起杀掉。

任何人都不允许外人来将自己和妻子或妻子们分开，任何一个首领都不可与子民的妻子们往来。受外界的影响导致一个人与妻子分离被列为“三大罪项”之一，并将煽动一场复仇之战作为惩罚。

这一法律和习俗极大地影响了班图人的思想，并成了煽动者及其他暴动者手中强有力的武器。他们为在南非进行的活动找到了随时可待命的应征者，这些人仍受到许多严格规定的限制而无法与其合法的丈夫或妻子生活在一起。在此，我谨向南非政府的最高官员们致以诚挚的呼吁：解决这一困难，黑人与白人之间的关系问题将消失殆尽。

班图人能够忍受最残忍的羞辱，甚至还能含着笑接受。他们可以把最残酷的殴打当成理所当然的事。最卑劣的羞辱纷纷落到身上，就像水从光滑的鸭背上滑落一样悄无声息。然而当被召唤时，他们会站在一起，与那些羞辱过他们的人一同战斗至死。但是，如果你侵犯了某个男人的妻子、母亲、姐妹或者女儿，辱骂她们或者无理地对她们进行羞辱，这个男人就算被法律束缚也会杀死你。如果他失败了，他就会将任务留给子子孙孙，让他们起誓去杀死你的子子孙孙。

一个非洲人可以面不改色地对任何传教士、首席法官，以及治安官撒谎，他甚至可以在撒谎的时候连眼睛都不眨一下，但是没有非洲人敢对巫医撒谎。巫医只会要求那个人说：“Angikwenzanga loku，ngingalala no ma。”这句话的意思是：“我没有做过这件事情，我准备和我的母亲上床来证明这一点。”根据我们的法律，当一个男人有勇气对巫医说这句话时，他立刻就会被判为无罪。

即使是那些完全采用欧洲生活方式的人，其基督教的外表也绝不仅仅是表面的，他们死也不会说出这些话。因为他们从根本上相信祖先的灵魂会突然降临。到那时，他的肉体和灵魂都将会毁灭。

在一个非洲人可以与他的妻子离婚之前，他必须在妻子不知情的情况下与他们各自的祖先的灵魂进行交流，并在祖先面前阐明自己想要解除婚姻的理由。然后，他必须将问题与他活着的父母和兄弟姐妹交流，并听取他们的建议。只有到那时，他才能和妻子一起去找她的父亲，并要求其返还聘礼。懒惰从来都不能成为离婚的一个充分理由，只有三个理由：性冷淡（拒绝继承祖先的名字）、通奸（在精神的小屋中排泄），以及性变态（让外人在我们祖先的绿色牧场上放牧的疯狂行为）。

早些时候，妇女在班图的整个族内及家庭事务中拥有更大的发言权，即使在十九世纪末，祖鲁王国最可怕的恰卡仍被他挚爱的母亲和妻子所掌控着。恰卡是一个被母亲南迪（Nandi）所控制的会在琴弦上跳舞的木偶，最后被他父亲的第二任妻子姆卡巴依（Mkabayi）判为死刑。即使在今天，大部分的班图人仍逃不出他们母亲和姐妹的手掌心，而且在南非爆发的许多流血事件及暴乱都是由妇女引起的。

1949年，德班城内发生了一件可怕的事。班图人突然袭击了印度人，并用各种锋利的武器进行血腥的屠杀。他们将印度人的妻子和女儿们强奸后，将其赶进正熊熊燃烧着的商店里。法院经过调查后发现整件事情的起因是一个印度人袭击了班图男孩。事实上，问题比表面上看起来要复杂些。最重要的原因就是印度人对班图人的蔑视。印度人在班图人中变得越来越不受欢迎，同时由于印度人在其商店内习惯于故意少给班图顾客找钱，这种情况变得更加严重。这些印度人还习惯于向淳朴实在的消费者出售翻新后的二手垃圾商品，并说服其购买这些劣质产品。

但是，最易造成种族仇恨的是印度人诱奸的陋习。印度人使班图女孩怀孕后又离弃她们。这种现象持续了很多年，班图人的忍耐度令人咋舌，但最终还是发生了一件小事，就像被殴打的年轻男孩所引发的可怕事件一样。

每当班图人进行游行示威时，他们都会把他们的女人推到最前面。这些女人通常背着孩子，以显示自己作为一个母亲的身份。当一个男人被杀害时，可能不会那么容易就激起暴乱，但如果是女人的话就十分罪恶了。

在非洲历史上，异族之间的通婚是被允许的。部落历史学家将其称为“种族的弯曲”。奴隶掠夺造成的大片地区人口的减少使得表亲之间的婚姻变得更加频繁。有时候一个男人不得不迎娶自己的妹妹以确保家族血脉的延续。在一些“记录在案”的案例中，一个男人发现自己和女儿是整个部落最后的幸存者，一个可弥补的方法就是将作为聘礼的牛留在家里。

自我保护的最高法则：

“人们需要知道神与祖先们所遵守的法律，甚至要了解出现在祖先之前的先辈们所拥有的法律细则；如果另一个种族的人杀死了你的种族、部落或者家庭中的一员，除非你或者你的后代成功地杀死了他的族人、部落或者家庭中的一员，否则都不能善罢甘休。”

这是最古老也是最野蛮的班图法律之一。但是，这条法律和过去一样深深地烙在人们的脑海中，至今仍具有很强的影响力。同时它的仪式通常会导致复仇者及他们发誓要进行报复的对象的毁灭。

显然，当复仇者所采取的复仇行动殃及一个部落时，该法律就有义务对其进行报复。在非洲，有的个人或家族之间的血仇已经持续了好几个世纪。瓦卡姆比与肯尼亚的马赛人之间的血仇到现在已经进入了第十个世纪。巴鲁巴人及其邻近的一些部落之间的宿怨也已到了第六个世纪。

但是，法律的意义不仅仅是一种原始的复仇之爱。这是基于我们伟大的信仰，即一个遭到谋杀的人的灵魂不会再有来世轮回，只能在无边无际的黑夜中为复仇而哭泣。也有人认为一个被谋杀的人的自我也会一起死掉，而这一点是非常致命的。一个部落的力量皆在于后人的自我。可以这么说，身体易消耗精力，但自我永远不会。如果一个部落被剥夺了潜在的自我，那么它不惜任何代价都要将其讨回来。当一个部落复仇心愿太强烈，或一直等不到合适的时机出现时，他们就会给后代子孙灌输一种“未偿还债务”的思想。在我们历史学家的档案记录里，曾有一个部落等待了长达四百年才最终成功报复了另一个部落。

一百多年前，巴苏陀人占领了纳塔尔的绝大部分地区。但是，当祖鲁人成了一个拥有强大军事力量的国家时，便把巴苏陀人驱赶至德拉肯斯堡，也就是今天的莱索托。祖鲁人与巴苏陀人之间的血海深仇直至今天仍在火热进行着。他们总在镇上和火车上打架。同时，祖鲁人与东非葡萄牙的商刚人之间也存在着长达半个世纪之久的血海深仇。即使在今天，这些商刚人还会不失时机地在祖鲁人面前展示他们的厌恶之情。

两个部落交战并打成了平局，这时，两个部落的长老就会举行和平仪式，旧的宿怨就将被遗忘。

令当地警察感到绝望的是，在祖鲁兰的乌辛格地区还存在着两个附属的部落：玛初努（Machunu）和巴塔姆布（Batembu）。每年，他们都带着豹子般的怒火想要将对方置于死地，并且这场血战也已经持续了近三十五年。

在纳塔尔南部的一个地方，也就是我父亲的出生地，有一个叫尤布姆布鲁的地方，它靠近斯科特堡。以前，有两个分别叫提姆尼（Timuni）和奈卡萨（Nkasa）的人，虽然身为首领的他们拥有着同一个父亲，但这两个了不起的人物在这片地区相互斗争的时间长达四十多年且每一场战争都十分精彩。他们的父亲虽已经去世，可他们之间的仇恨仍在延续。

为什么这一切争斗看起来都毫无意义？这仅仅是因为非洲黑人还没有领悟到“宽恕”这个词的含义。他们的头脑无法理解为什么会有其他种族今天还在彼此斗争，转身明天就又成了朋友。非洲人的谚语“以牙还牙，以眼还眼”，而祖鲁人却是另外一种表达：“一旦你戳瞎了我的一只眼睛，我一定会片刻不停，直到也挖掉你的一只眼睛。”

就在刚果获得独立之前，木雕商开始出售他们的商品，包括小人物的雕刻，甚至是被铁链束缚着的女人的雕刻。这些雕刻基本都被比利时人和其他游客购走，而且并没有人想要探寻它们拥有的价值。所有的这些雕刻都有一百多年的历史，它们可以算是真正的古董了。其中的一些雕刻已经被毁了容，就好像人们花了很多年不断从它们身上切割下一些小碎片一样——但其实这只会增加它们的价值。而刚果的白人们却对这些所谓非洲艺术品漠不关心。但当我在南非的古玩店里看到这些雕刻时，我惊呆了——任何对非洲人有丝毫了解的人都会如此。我马上就知道，刚果在它独立之前就已经发生了混乱和流血事件。

十九世纪初，欧洲与亚洲的某些殖民国家在非洲进行大规模的奴隶猎捕已不再是什么秘密，并且众所周知，数千个黑奴在被带往牙买加、海地及美国等地的船上遇难。在比利时、阿拉伯、德国，以及英国的奴隶猎捕活动中，刚果及其周边地区受到的打击最为严重。这些奴隶猎捕者所不知道的是，那些被抓走后又逃出来的奴隶为那些被带走的奴隶做了一个这样的雕刻。

这些雕刻注定要代代相传以提醒人们解决这一亟待解决的问题。每一个部落都深知凡是死于奴隶制的伙伴都拥有一个雕刻，然后其后代的每一个孩子都被要求发毒誓：在将来的某一天一定要杀死比利时人。每一次宣誓，都要吃一点从雕刻上弄下来的碎片。

白人似乎没有意识到的一点就是，黑人是所有的仇恨者和复仇者中最疯狂的。作为一个爱国者，我有一份不值得人们羡慕的任务，那就是向外界解释黑人种族所具有的独特性。

刚果人应该感谢比利时人，要不是其牵引着他们走出“野蛮”的困境并走向“文明”，他们没法独立成为一个国家。你可以帮助黑人夺得象牙质的黄金王座，可以给他们穿上貂皮大衣和丝质服饰，但是，当你种族里的某一个族人杀死了他们种族里的一员，那就算是发生在一千多年前，他们也将持续不断地寻找机会报仇。

出于对南非未来的安全着想，我想提一个建议。这是一个国家级全民参与的节日。为了庆祝这个节日，种族里所有的男人、女人和孩子必须在他们各自的区域内并根据自己的喜好参与到节日中去。在特殊的某一天，内阁里的所有成员都必须与特兰斯凯政府内的所有人员会面，并举行一场和平仪式。这种仪式需采用一种混合的模式——介于非洲的和平模式与欧洲和平条约之间的一种形式。全国各地的人都会会聚并且一起参加烧烤盛宴，届时，媒体将对两国政府之间的互动过程进行转播。

> 分类惩罚的最高法则：
>
> “每一种罪行都必须接受固定的惩罚。任何罪犯都应该以罪罚相当的方式受到惩罚。”

这就意味着一个巫师将会死于一种专门为他而设的特殊死法。班图人一直严格地执行着这条法律，而且与其他任何法律相比，他们更为苛刻地遵循着这条。同时，不同部落所采用的法律各有不同。

在祖鲁兰，所有的通奸者、性变态和强奸犯都被处以死刑，主要是用钉子将全身赤裸的被判刑者的手脚固定在地面上，将其腹部涂满蜂蜜后打开蚁巢。

在科萨人的领土上，所有的女巫和巫师的惩罚之法都是被从高高的悬崖上扔下。而在非洲中部，所有的女性通奸者都被喂给鳄鱼吃，男性通奸者被处以阉割之刑。在莱索托和祖鲁兰，巫师们会被囚禁在自己的茅舍中烧死。

触犯法律的巫医都以一种奇特的方式被处死。屠杀掉一头牛，然后将被判刑的人缝在湿的牛皮内。到日落时，他就一命呜呼了。虽然他能够透过细缝进行呼吸，但是不断收缩的皮会慢慢挤压他。

当一个偷牛贼被抓住时，他便会得到应得的下场。他手脚被捆绑着，整个身体被平放在牛棚的大门口，然后牲群被驱赶着从他身上踏过。痴迷于焚烧牛栏（在班图非常常见的一种病症）的男人被悬挂在一棵大树上，并且在其下方点燃篝火。但是，大部分部落都不赞成用火刑烧死罪犯的做法，因为他们相信将一个人燃烧致死不仅会破坏其身体，还会一并毁掉其灵魂与自我——而“火”本身就代表着一种“灵魂”，它能够销毁掉其他类别的灵魂。

比采取多样的处罚方式更加重要的是，班图人认为只有当一个族人或其他族人真正犯下罪行时才能被处决，这样正义才可能得到伸张。因此，当一个人因犯下强奸罪而被酋长的护卫逮捕时，酋长将会在最正义的地方对他进行审判，一旦被判有罪他就会被移交给受害者，并由受害者亲手执以死刑。班图人还认为法官和国家的刽子手惩罚一个没有犯过错误的人是非常荒谬的。班图所执行的处决并不仅仅是惩罚，更是一种为了安抚家族中一直呼喊着复仇的祖先灵魂的祭祀行为。

只有在罪行轻微，即被认定未对祖先的神灵产生恶劣的负面影响的情况下，首领才能自行代表原告进行宣判，使村内恢复平静。因此，当一个人在公共场合被辱骂并且被说成无能的时候，他是不被允许去攻击诋毁者的，因为这样做可能就会给别人留下“诽谤者说的都是事实”的印象。被侮辱的一方必须向另一方发起挑战，和诽谤者一起来到酋长面前，然后自己出示可以证明另一方诬陷的证据。然后，作为惩罚，酋长就会要求被告赔偿六头牛，并让其在自己妻子面前遭受殴打。其中，四头牛交给酋长，剩下两头归原告。

如果一个妻子与邻居的妻子发生了争斗，并且使其大腿骨折，抑或是把她的牙齿打落，那么肇事妻子的丈夫就有责任根据磕掉的牙齿量赔偿相应数量的小牛，或是用一头小母牛作为造成其骨折的赔偿。如果一个人的牛进入邻家的玉米地并造成了一定规模的破坏，那么牛主人将被要求赔偿一头牛或者四只山羊。

许多古老的部落并不赞成死刑。他们早就意识到这并不会发挥威慑作用，事实上更招致了罪犯的犯罪，这一点我也已经解释过了。他们决定利用班图人固有的两个突出的特性：顽固的自尊和强烈的幽默感。

一个班图人变成罪犯并不是贫穷所导致的。在穷的情况下，他会接受别人的怜悯并成为一个乞丐。根据班图人的道德准则，乞讨也是一种美德，而且无疑是诚实人最可靠的标志。“宁可乞讨也不偷窃”是非洲最通俗的一句谚语，每个人从小就被教导要如此。

当班图人变成罪犯时，他一般会直接向宪法或是社会发起挑战。所有的班图罪犯都相当自负，他们总到处吹嘘自己的犯罪成果。古代的智者深知这一点，他们所采取的补救办法就是将罪犯变成公众所嘲笑的对象——去伤害他们那顽固的自尊心而给部落带来欢乐。对非洲人来说，比面对上千次的死亡更可怕的是使其当众受辱及为傻瓜表演节目。没有一个非洲人能够忍受奚落。

博茨瓦纳人是“体罚”的忠实信仰者。如果一个男人在偷窃时被当场抓住，那么他就会被倒挂在树上，然后被女人和男孩同时用带刺的枝条鞭打。因此，被如此惩罚过的人要么自己悄悄地离开部落，要么自杀。非洲人对“像小孩子一样被鞭打”这件事的畏惧胜过死亡，这就是在非洲东部的葡萄牙人几乎不会犯罪的原因。一个被判有罪的人虽然会受到轻微的体罚，但是他的自尊却被深深地羞辱了。

当黑人发动暴乱时，他们就深知他们中的一些人会死。有些人会大声疾呼，要求奔赴前线，不想错过战死这一荣耀。领袖们在其所有支持者中表示鼓励这种现象的出现，原因在于如果出现杀戮，暴徒就可以充当“阵亡的英雄”，即烈士，这能够使他们的事业得到更多的支持和招募到更多的新兵。但是当警察决定用警棍殴打暴徒，就像鞭打一群傻孩子一样打他们时，他们即使回到家时表现得若无其事，事实上已经彻底地感到丧气。他们脑海中憧憬着一个个生动的英勇作战进入坟墓的画面，但是回来的时候却像傻瓜一样。这是一种多么具有毁灭性的羞辱。

在这些古老的部落中，所有通奸者的鼻子都被割掉，给头颅留下一扇可怕的窗户。这会对所有想要打破婚姻誓言的人产生非常有效的威慑作用。另一种以羞辱的方式惩罚通奸者的方法是让其浑身赤裸地躺在地上，然后在其肚子上放上玉米粒，最后放出小鸡。小偷会被割掉一只耳朵，一只眼睛或半个下唇。

月经期与哺乳期的性关系的最高法则：

“男人禁止在妻子月经期或哺乳期与其发生关系。”

这条法律是班图实行一夫多妻制的原因之一。而反对派认为一夫多妻制鼓动了不道德行为的广泛发生，而且破坏了班图人的家庭生活和传统。在古时候，所有妻子都必须在经期离开村庄，住在专门为其准备的屋舍里。任何敢接近此类地方的人都将遭到诅咒。

即使在今天，一个班图男人在其妻子用母乳喂养婴儿的时候至少要回避一年。信仰基督教和最有教养的班图人仍坚持认为一个男人的精液会污染母亲的乳汁。

基督徒完全不懂这些奇怪的信仰，他们通过强迫我们只能拥有一个妻子来扰乱我们班图人的家庭生活，其结果就是男人在禁欲期间，将在妓女和情妇的怀抱中寻求安慰。因此，不仅是他的婚姻和家庭容易瓦解，而且容易传播各种恶疾。这一局面实在令人感到遗憾，因为这是在强迫一个种族以另一个种族的标准生活。

关于对处女诬告的最高法则：

“男人绝对不能诬陷一个处女不是处女。这样的人必须离开部落，其牲畜和妻子都必须与村里的其他人进行分享。”

直到三十年前，这条法律仍在全面实施，至少在祖鲁兰地区是这样。这是一个习俗，就是每年在各个地区，所有还没有被准许结婚的女孩和属于处女团的女孩会被带到由部落中最年长的妇女组成的团队中，或是酋长的妻子们面前，证实她们的贞洁。

此外，班图的部落社会中存在非常严格且明显的分层：有皇室成员（酋长及其家人、亲戚朋友）、长老、部落首领的顾问、高级长官、无名小卒，还有被归类于非军事性质的“兵团”的平民百姓，还有女子团、处女团及妇女团。他们都有各自的职责，尤其在特定的场合。例如，在某个节日里，女子团会清扫并负责聚会场所的筹备，而处女团则为舞者和来宾提供餐饮。然后，在和平时期会有男孩团和牧童，在战争时期则有供应商，青年团及男团为酋长提供士兵。

在早些时候，班图的女孩直到二十五岁才被允许结婚，而且十五岁到二十五岁的女孩会理所当然地被看作处女，且不容许有人与她们谈情说爱。她们总是被教导要对自己的贞洁感到无比自豪，而且要牢记决不允许任何男性接近她们。处女团的首领都是二十五岁以上的未婚女孩，她们严格地看管着每一个女孩并直接听命于酋长的第一夫人。

如果有人侮辱一个处女，并污蔑她是一个有性经验的女人，那么处女团的每一个成员都必须将其视为是对自身的辱骂。然后她们会聚集在一起，带着低落的情绪在村庄内进行游行，并前往皇家宅邸向酋长投诉。之后，污蔑的人就会被逮捕，而申诉的处女则被允许将其押至酋长跟前。处女团是与被告对立的原告一方，且证据总是由处女团的最高领袖所掌控，而在这种情况下被告方往往很难进行辩护。惩罚基本上都是根据法律上的明文规定予以实施，但通常情况下会额外补充些附加的修饰性条件。

像这样的法律有一百多条，这里列出的只是少数几条与外国人强加在我们身上相重叠的典型部分。这里只想说明黑人与白人之间完全不同的观点或是说两者之间缺乏理解。因此结论就是，白人与黑人根本不可能做到相互理解。

（译者：王陈琦、汪双双）

部落的烙印

非洲的某些部落习惯于用各种各样的烙印来丑化自己的身体。然而，大多数外来人则认为这是一种非洲人用来装饰与美化自己的创意想法。

毁损外貌的原因有那么几点——但是，没有一点与外来人认为的装饰有关。有些人坚信灵魂存在轮回，并且他们认为灵魂需要引导才能回到原来的部落中，而其灵魂必须通过这些印记才能辨别出自己的部落。一个部落的名人的灵魂重新投胎成了敌方部落中的一员的情形对于班图人来说是无法想象的，因此他们必须不惜一切代价阻止其发生。

有些人坚信只有神是美好的，而人类不是。为了防止人类只欣赏自己的美而忽略神的美好，他们故意丑化自己的形象。因此，科萨人用黄色的赭石在其面部进行涂抹——他们想要使自己看起来丑一点，而这正是他们在全知全能的至高神面前所表现出来的谦卑态度。

还有一些人，如中非的阿温巴人（Awemba，亦称巴本巴人），他们被迫扭曲其女性形象以作为抵御阿拉伯人的入侵及阻止其进行奴隶扫荡与残酷破坏的最后手段，从而保卫家人。直至今日，阿温巴女性的美貌仅次于特肖克地区的女性，而这使得这些女性成了任何一群奴隶猎捕者所攻击的猎物。之后，阿温巴人突然想到了方法，这一方法后来也为其他部落所效仿。他们把妇女的上下嘴唇与牙龈的连接处划开，并把圆盘塞入其中，这就使得妇女们变得极其丑陋。她们很难进行交谈，更谈不上优雅地吃饭了。而在那之后，阿拉伯人几乎没怎么打扰过阿温巴人。

就如同我之前所提到的，阿拉伯人如今试图扮演的角色让人难以理解——到底是一种为黑人代言的姿态还是一个解放者的形象？想让我们忘记阿拉伯人对非洲所做过的一切，仅仅靠一些甜言蜜语的友谊序曲是远远不够的。据历史学家统计，在坦噶尼喀、肯尼亚、刚果盆地和北罗得西亚，至少有一百个部落已经被彻底消灭。这就引出了一个亟待回答的问题：阿拉伯人、比利时人和德国人到底对他们所绑架过的并夺走其家庭和故土的数百万个黑人做了些什么？多年来我一直努力尝试追踪这些人所定居的城市，却一直徒劳无功。美国、牙买加、海地和南美的黑人主要是西部非洲人，来自古老部落。其他人的身上到底还发生了什么事情？

我已经确切地了解到阿拉伯人有一种习惯，那就是当食物和水资源紧缺的时候，他们会将载满奴隶的帆船沉入海底，使得船上所有的人都被淹死。我还知道，成千上万的奴隶都被活活埋葬在遍布非洲的洞穴中。有一个洞穴在赞比亚，并将在某一天被打开。

同胞们，我的黑色人种的同族阿巴·纳图（Aba-Ntu）人，白色人种的阿比·伦古人（Abe-Lungu），黄色人种的阿玛·贾帕尼人（Ama-Japani）和阿玛·沙伊纳人（Ama-Shayina），棕色人种的阿玛·印度人（Ama-Hindu），我谦恭地恳求你们仔细听我下面将要说的话。我的兄弟姐妹们，有句老话说，现在扎根于过去，而过去就如同河流，在平静而又湍急的水面上漂浮着现在的船只。如果人类没有记录下自己过去的所作所为，尤其是罪行，那么世界会比今天更加和平与宁静。

（译者：汪双双、王陈琦）

关于彼得·雷蒂夫的真相

一些人之所以会死，是因为在遥远的过去，一些傻瓜向某一个国家就某一事件做了错误的叙述。人们允许他们的情绪影响其记录某些事情的方式。当今，非洲黑人与白人之间的敌意很大程度上来源于这种历史的情感上的“倾斜”。

写完这本书之后，我将与其他人一起对那些关于自己国家的大量基于史实的不准确描述进行处理。在此，我想举例说明单方面的阐述将如何使得一个国家陷入无尽的仇恨之中，而那些心底邪恶的局外人也只等坐享其成。

自少年时代起，我就和国民一样对一年中那个特殊的一天——12月16日的“丁刚日”，后来又被改为“盟约日”和现在的“调停日”，感到恐惧。而对南非白人来说，这却是一个神圣的日子，因为在1838年他们的祖先在血河上打败那个杀害了彼得·雷蒂夫的奸诈首领丁刚，并赢得了巨大胜利。

早些年，这一天是布尔人仍悲痛犹新的时刻，并且在这种情况下他们的苦痛公然地指向班图人。我清楚地记得，还是孩童的时候，父母会把我们锁在波切夫斯特鲁姆附近的小屋内，同时我们因害怕那个白人“老板”会殴打自己而不得不乖乖坐上一整天。我可以引述许多白人领导在12月16日的集会上发表的一些尖锐且具有煽动性的言论。我可以揭露那些不负责任的年轻白人，在受到这样的言论激怒后，对班图人民做出的应受谴责的行为。但我并不打算这么做，我的职责只是揭露真相，而不是在激起这个国家种族仇恨的火焰后在一旁煽风点火。

彼得·雷蒂夫谋杀案的真相到底是什么？究竟是什么导致丁刚做出这样极其残忍而又徒劳的行为，而祖鲁人却为此付出了极其惨重的代价呢？年长的班图人，尤其是我们这些被选中的人，一直都知道这件事情背后的真相。我们为什么不站出来说出真相呢？为什么一方面表现得如此沉默，另一方面却强烈地希望遮盖真相呢？

愿至高神保佑我——因为我将会是第一个说出真相的人。

彼得·雷蒂夫的“被谋杀”与另一件“谋杀”案联系紧密，这是关于丁刚之前的祖鲁国王恰卡的“谋杀”案。我们不能将它们视为两件相互之间没有联系的事件，因为按照严格的班图法律，这两项都不是谋杀——而是依法处决。

大多数历史书籍都认为祖鲁国王恰卡是该民族有史以来最伟大的首领。他们说恰卡不仅在战争中能用一种更加有效的方式指挥着众战士作战，而且还发明出体型巨大带有宽刃的矛。这些都使得祖鲁人变得越来越强大，成了陆地上最强大的战斗力量。传闻很多，但是他们说的只有四分之一是真的。

历史书还认为，丁刚（英文名也可以是Dingaan，因为所有的历史书籍都拼错了他的名字）是个狡诈嗜血的野蛮人，还是个懒惰卑鄙的暴君，他懦弱到不敢公开谈判，宁愿背信弃义。而这完全就是一派胡言。

它仅有的真实性就在于指出了丁刚的惰性。他是一个热衷于享乐的人，但他从不背信弃义。他也不是一个懦夫，他如同英雄一样英勇地牺牲了，甚至在被阿玛·恩格瓦尼俘虏后受尽折磨也毫无怨言。即使眼睛被撕裂，多处伤口血流如注，丁刚仍鼓足勇气，并用沉稳的气息宣称："噢！我的恩格瓦尼们，我为你们感到难过。"他这么说是因为他意识到他们正在追捕和折磨一个国家遭外人入侵，被击败并且无助的人。

白人历史学家所描绘的丁刚画像并非其真实形象。画像总是受到他所谓背信弃义行为的影响，在彼得·雷蒂夫死后更是达到了顶峰。这是可以理解的。我们都被自己的感情蒙蔽了，看不到真理的光辉。任何一个男人都被他妻子强烈的爱所控制着，就算她可能是一个无耻的女人，他除了其美丽的外表其他什么也看不见。一个人会因仇恨而变得盲目，他将拒绝看到另一个人身上任何好的方面。因此，由于他的所作所为，丁刚的肖像已经被毁得面目全非，而且没有人愿意费心地将他面具上的灰尘拭去以揭示其真实身份。

但是事实上，丁刚确实是祖鲁人拥有的最糟糕的首领之一。他虽然很勇敢，但也很懒，而且不仅在外表上，在行为举止上也尽显阴柔之美，毫无男子气概。他身材矮小且肥胖，身高略高于五英尺，长着漂亮少女似的脸蛋及女人一样的嘴巴。他的这种女性般的柔美遗传自他的母亲奈亘泽尼（Ngenzeni），一个美丽慵懒但拥有致命诱惑的女人。他喜欢沐浴并让自己像女人一样全身散发着香水的味道，同时又将自己检查与监督士兵训练的皇家职责看成是一种既无聊又愚蠢的任务。

即便是在光天化日之下，他也热衷于进行所谓“多重交配”，同时拥有两个或三个女人。作为一个年轻男人，他常常在看到流血场面时呕吐不止，同时这也相当明显地反映出他的柔弱，尤其是在他拒绝将代表无限荣誉的素环佩戴在头上时。他喜欢跳舞的女孩会选择佩戴的鸵鸟蛋一样大小的珠子项链。

与他的同性恋哥哥恰卡不同，丁刚极度喜好女色。他听说曾带领马塔贝列人来到南罗得西亚的首领姆兹利卡兹（Mzilikazi）的母亲是这片大地上保养得最好的一个妇女。人们在丁刚的面前赞誉其逆天的美。

他了解到她不仅因为出众的美貌而受到称赞，更是由于她仍像以前那样渴望男人。于是，他派遣一个军团前往马塔贝列，经历长达六个月的艰苦旅程去逮捕这个都可以当他祖母的女人，这样他就可以在祖鲁兰的树荫下与她进行交配。

丁刚反对任何形式的暴力行为，当一个人不得不被处死时，他总是蹑手蹑脚地躲进自己的小屋内。因此，他站在一旁看着彼得·雷蒂夫与其党羽被屠杀的画面简直就是凭空想象出来的。当彼得·雷蒂夫被杀害的时候，丁刚甚至都还未进入村庄（南非本土人有栅栏围护的村庄）。他站在村庄外的一个小山丘上，并在那里发出预先准备的信号弹，然后高声呼喊道："杀死巫师。"

我的外曾祖父斯尔瓦尼·摄兹（Silwane Shezi）是丁刚的村庄里的最高巫医和那个被选中的人，他当时就站在那里等待信号。从他那里，加上通过我外祖父兹寇·摄兹及另外两个被选中的巫医的叙述，我得知了在丁刚的村庄发生的最真实的故事版本，因此我说的比任何一个人的都更具权威性。

班图人非常重视他们的历史，我们尽自己的所能努力将一切精准的细节通过父亲传授给儿子。这是我们的一个传统。我们意识到这样一个情况，即流传下来的故事可能会被遗漏、整改或被夸张化，因此我们采取一切可能的措施来预防这种现象的出现。如果白人能够使自己意识到且明白这一点，他们就会对我们产生更大的信心，然后更加仔细地聆听我们所教授的关于非洲历史的史实。我们中很少有人愿意发声，尽管我也是其中之一，但为了这片土地的和平，为了让人们更好地理解它，我热切地祈盼着发言，因此我恳求所有那些感兴趣并想要倾听的人，求你们借我你们的双耳，那对专门倾听公正正义的灵魂之耳。

有足够的证据表明我们的部落法律对婚前性行为及未婚先孕的严格控制。私生子在出生之时就会被助产士勒死，那些陷入诱惑之谷的女孩将受到大家的虐待，所有的人唯恐避之不及，而她们的结局不是逃到其他部落就是自我了断。在这里，作为一个未婚先孕而被诞下的人，我完全能够凭经验说，班图人在对待这些事情上都是非常严格的。我还能活着讲述这个故事的唯一理由就是在我出生的时候在纳塔尔就已经有警察，而且他们并不完全赞同谋杀。

但是我能理解恰卡，一个彻彻底底的私生子，在孩提时代的感受。我能体会到他那可怕的孤独感及痛苦，而且能完全理解他长大成人后为什么会变成一个可怕的怪物。

恰卡的母亲南迪不仅是个女色情狂，而且她从小就很任性和早熟。终有一天我会详细地讲述这个奇怪但又美丽的女人是如何生下恰卡这么一个愚笨的畸形异教徒的。南迪是拉奈格尼（La-Ngeni）部落最高首领的女儿，她从出生时就像珍宝一样被捧在手心里。在这件事上，她的父母都应受到责备。

成长中的南迪的想象力不断被激发，而父亲宫廷中女仆们对爱情故事漫不经心却又细致的描述使得她越来越肆无忌惮地放纵自己。她天生就很有天赋，但也可能是被诅咒的，极其强烈的好奇心使她聚精会神地聆听着这些故事，给她的性感增添了不少光芒。

后来在她二十四岁前的某一天，她遇见了一个年轻的男人并且他立刻引起了她的好感。这个年轻人就是祖鲁最高首领的儿子辛扎·奈加科纳（Senza-Ngakona）。起初她试图说服十分宠爱她的父亲安排他们正式见面，但是当她失败时她便下定决心要私下悄悄与他见面。她与自己那些诡计多端的女仆假装要去探望表妹，且不需要任何护卫跟随。虽然不是去见她的表妹，但她们仍花费了三天三夜的时间走完了整段路程，然后在第四天的夜晚她终于投入了辛扎·奈加科纳的怀里。在那个激情四射夜晚过后的九个月后，恰卡就以祸端的形式出生在了祖鲁兰，之后另外三个也随之出生。

当拉奈格尼部落听说他们心爱的公主未婚先孕时，他们拿着致命的毒药和盾牌聚集在首领的家门口，想要查明是哪个人夺走公主的贞操并要对其无耻的诱拐行为进行惩罚。

南迪正式沦为该部落的弃儿。令她大失所望的是，她的父亲因为觉得羞愧竟勉强答应将怀孕的她驱逐出村庄。作为一个独生女及首领的孩子，她只是被放逐成为平民百姓而没有被处死。南迪逃到了她哥哥那里后向辛扎·奈加科纳发出求救信，希望他能够承认自己是他的妻子并承认他是自己腹中未出生孩子的父亲。

但是辛扎·奈加科纳打着另一个算盘。他否认了一切事实，说她根本没有怀孕，只是患了胃病而已。他甚至还给她寄了一个装满泻药的葫芦。一旦辛扎·奈加科纳承认与南迪有染，他就会被移交给部落中的复仇者们并被执以死刑。

南迪遭到了身边人的虐待。他们不给她食物，还让她做各种屈辱的家务，甚至当她孩子出生时，他们也只是派了一个老妇人来帮助她完成分娩。

“你的亲生父亲不承认你，”南迪在她那间破旧的小屋中孤独地看护着自己的孩子，“他说你只不过是胃里的一只蛔虫，我就这么称呼你吧，我的孩子，你就叫恰卡。”

恰卡在充满仇恨与轻蔑的环境中长大。没有人愿意跟他讲话，人们在经过他身边时还会朝他的脚边吐唾沫。在巨大的村庄中有各种说得出名字的美食，但是恰卡却不得不靠抓兔子来养活自己和母亲。母亲与孩子在孤独的小屋内流下了许多痛苦的泪水。随着恰卡的长大，他变得越来越依赖自己的母亲，因为母亲是他在这个充满敌意的世界上唯一的朋友。

十四岁那年，恰卡开始对那些折磨母亲的人进行反击，他用圆头棒将许多男孩击倒在地。他变得像鳄鱼一样冷酷无情，如豹子一样凶猛，而他对母亲的依恋也逐渐接近痴狂。他发誓要为他和母亲所受的屈辱报仇。

而这时辛扎·奈加科纳也已经当上了酋长，南迪带着恰卡去找他，但是又遭到了羞辱。她带着孩子逃回了自己母亲的村庄，她的父亲也在此期间去世了，但即便如此她仍受到了敌视。她的家人还是不准备原谅她所犯的罪行。最后，她在母亲的村庄最伟大且善良的酋长那里找到了避难所，酋长丁吉·斯瓦约（Dingi-Swayo）是一个既智慧又极富同情心的王中之王，他拥有狮子般的勇气及鸽子般的怜悯之心。他内心饱含雄心壮志，想要将班图重铸成一个像在马兰德拉时代一样团结的国家。

丁吉·斯瓦约把恰卡看作自己的孩子并将其抚养长大，还传授他自己发明的一些新的作战方略。恰卡是一个记忆力超群的年轻人，他带领大家探索未来的一切可能性并能够记住每一处细节。他现在一心想着要夺取辛扎·奈加科纳的王位，而且已经没有人能够让其打消这个念头。他要辛扎·奈加科纳为其对南迪所做的一切付出代价。

要想讲清楚恰卡最终是如何实现这一壮举需要花费相当长的时间。他从未成功杀死自己的父亲，因为他父亲在听说自己与另外一个女人所生的儿子斯古加纳（Sigujana）被恰卡杀死后，死于恐惧和心碎了。而恰卡所获得的王位便是当时他父亲想要传承给那个儿子斯古加纳的。

恰卡在他统治的早些年不断地巩固自己的地位并且屠杀了那

些在多年以前虐待过他们的人。恰卡的复仇是极其可怕的。他残杀老人、婴儿，以及妇人，这在他祖先所规定的法律中是完全被禁止的。按照祖先的法律规定，只有那些有能力防卫的人才能被杀死，妇女和孩童必须被部落保护。

恰卡身边都是一些异教徒及像他一样的暴徒，这给祖鲁兰带来了巨大的灾难与浩劫。他是一个懦夫。班图的历史学家们都知道在攻打强大的部落的时候，恰卡从来没有指挥过自己的军队，而只有在攻打那些无法反抗的残余势力的时候他才会出现。在纳塔尔省有几百个这样的弱势组织部落，比如巴卡（Baca）、蓬多（Pondo），他入侵这类部落的唯一动机就是为了建立一个帝国，然后使自己获得一个征服者的名声。

恰卡是第一个在战场上使用犯规战术的非洲酋长。一个典型的例子就是，当奈德万德韦（Ndwandwe）下定决心要攻打他的时候，他为了要吞并被他们统治着的两个部落而杀害了首领兹威德（Zwide）的两个儿子。恰卡第一次先假装进攻奈德万德韦，然后他又下令迅速撤离祖鲁兰并摧毁了他们所有的农作物与牲畜。奈德万德韦对其进行追捕，以为他是害怕或者说是胆怯了，但其实他自己已经掉进了恰卡的陷阱中。他们没有足够的粮食与物资，就在他们因为饥饿而变得虚弱和无组织的状态下，恰卡进行了袭击。这一做法违背了班图所有的战争规则。法律要求作战双方必须公开公平地进行战斗，不得使用任何形式的卑劣手段。不能干扰敌方的供应线路，也不能杀死侦察兵。恰卡打破了所有的这些规则。一场战役必须是双方力量与勇气之间诚实的比拼，只能通过领导与武力使敌军投降，而非诡计。

但是恰卡天生就是一个破坏法律规则的人，他的一生因做出背叛的行为而遭到诟病。他一点儿也不在乎外来人对祖鲁人生活的诅咒，他只是将其视为一种达到利己目的的手段，仅仅是用来赞颂恰卡的工具而已。他违反了神圣法律所规定的任何首领都不得强行将一个男人与他的妻子和家庭分开这一条例。整整五年，他都禁止男人结婚以确保他们对军队的绝对忠诚。他沉迷在肆意施虐的野蛮行为中。他对孩子有一种强烈的憎恨，并且禁止自己的妻子生育孩子，因为他坚信有一天他的孩子会成为将他置于死地的工具。他安排自己的母亲南迪监视着他所有的妻子，以确保她们在怀孕后尽快堕胎。在执行这个命令的过程中，南迪仅有一次对一个特殊的妊娠睁一只眼闭一只眼，故意让她顺利完成分娩。但关于这点，我后面再来讲述。

在恰卡生命的尽头，他彻底地癫狂了。他伟大的幻想破灭了。他视自己为神，并坚信即使矛也无法伤害到他的“不朽之身”。在这一信念形成的过程中，他得到了数百个狡猾的奉承者的支持。所有的这一切就像发酵有毒的烟雾一样使他头痛。

在他的势力范围内仅仅存在一个实力强大的部落——阿玛·胡卢比（Ama-Hlubi），甚至在死前他都从未考虑过要攻打这个部落。

为什么在历史书籍中恰卡总是被歌颂？我有一种强烈的感觉，这是因为他与丁刚、姆兹利卡兹（Mzilikazi）和塞奇瓦约（Cetshwayo）不一样，他未曾试图抵抗欧洲的侵略。他是第一个放下刀枪，热情招待像查尔斯·菲尔维（Charles Farewell）这样的人的祖鲁酋长。真正伟大的祖鲁首领只有几位，他们分别是：

马兰德拉，所有恩古尼君王共同的祖先。

祖鲁，马兰德拉收养的儿子，是他建立了祖鲁部落。

塞奇瓦约，他曾与英国人在伊桑德尔瓦纳、罗克渡口和乌伦迪进行斗争，并且他拥有一个高尚的习惯，那就是会亲自安慰那些在战争中牺牲的战士的亲属，并为那些幸存下来的人清洗伤口。

穆加瓦尼（Mjolwane），纳达巴的儿子，既是一个哲学家又是一个诗人，被人们称为半神。

丁吉·斯瓦约，第一个努力与纳塔尔的班图人按照荣耀的家系血统合并成一个国家的国王。

迪尼祖鲁（Dinizulu），祖鲁人现任最高首领的祖父。

关于这些，还有许多其他人物，我应该扼要地写一本叫作“祖鲁族历史”的书。

恰卡沉浸于虚假的伟大光环下，继续犯下一个又一个可怕的罪行。他犯下的两次最可恶的罪行最终导致了他的毁灭，并在三十五岁的时候就去世了。

有一天，美丽的皇室妻子姆布兹卡兹（Mbuzikazi）发现自己怀孕了并将这件事告知了南迪。但正是这次怀孕，南迪决定睁一只眼闭一只眼。她让姆布兹卡兹逃到另一个遥远的部落，而恰卡听闻她怀孕的消息后，立马派遣大量军队去追捕。尽管如此，她仍逃过了一劫并且活到高龄，照看着自己和恰卡的孩子慢慢成长为一个强大的战士。在得知姆布兹卡兹逃掉的消息后，恰卡把愤怒都发泄在他的母亲——美丽的南迪——那个他唯一深爱的女子身上。他用矛刺穿了她的大腿。他因此犯下班图法律里最卑劣的罪行：屠杀自己的母亲。

根据我们的法律，这样的母亲被认为是“被谋杀的”，即便她仍活着。这就解释了为什么历史学家之间存在意见不一致：祖鲁历史学家坚持认为恰卡“杀害”了自己的母亲，而白人历史学家则坚持认为她并没有被恰卡谋杀。当然，如果以一种奇怪的方式去判定的话，两者的说法都是正确的。事实上，南迪在两年后死于腹泻，但是祖鲁人坚信她从一开始就被恰卡杀害了。

在那时，恰卡的残暴荒淫使得祖鲁人开始暴动，不久后就发动了第一次叛变。在这一决定性时期，恰卡犯下了他最后的罪行。他派遣一队战士进入尚加纳（Shangane），唯一的目的就只是偷牛。但是尚加纳人用妙计将他的战士狼狈地赶回了祖鲁兰。恰卡气得发狂，下令杀死了一些战场将军并逮捕他们的家属作为人质。但班图人认为挟持妇女与儿童作为人质是最懦弱、最低级的做法。

丁刚的姑妈姆卡巴依和弟弟姆博帕（Mbopa）决定采取行动。

恰卡不是被渴望权力的男人杀害的，而是被一个中年女阴谋家的诡计所陷害的。他并未出席审判，而是根据其犯下的多项罪行直接被处以死刑。如果亲手处决恰卡的这三个同母异父的弟弟——姆兰加纳（Mhlangana）、丁刚和姆博帕的是普通杀手的话，他们也会在同一天被处死。因为班图法律规定，任何一个杀害首领的人，不论他有什么正当理由，都必须被处死。然而，这条法律并不适用于在战斗中、在公平的决斗或自我防卫中杀害首领的情况。

在前一天晚上，恰卡得到了一个绝密消息，信件暗示除非他幡然醒悟自己的罪行并悔改弥补，否则他同母异父的弟弟们将亲手结束他的生命。恰卡用他一贯冷漠与轻蔑的态度忽略了这封“警告信”，仅仅回复说：“我从一出生就是这个模样，现在是，未来亦是，因为我永远不会也不打算改变自己。”

丁刚他们在第二天早上迟些时候来到恰卡的村庄，发现他正坐在茅屋外面，周围都是他的仆人和侍卫。他同恰卡打了招呼，而对方只是傲慢地用那英俊的脑袋习惯性地示意了一下。

“我的哥哥，”丁刚用一种极不平稳的声音说道，“我们有一条狮子围裙必须和你一起缝，如果能在你的陪同下到你村庄外的牛圈那里去，这将使我们感到无上光荣。”

恰卡苦笑，但仍很平静地说：“我的弟弟们想让我和他们一起缝一条围裙，但是他们最好小心点，可不要让用来缝纫的锥子和针扎伤自己的手指。”夹杂着含蓄的威胁，他慢慢起身跟在他们身后。护卫们也紧随其后，但是恰卡轻蔑地挥了挥手让他们回去，说：“你们留下，这是皇室家族的私事。”

他们所要去的地方叫西巴亚，那里有一个巨大的圆形的空旷的牛棚，本是预留给官员们进行事务商议用的，不允许有平民百姓出现。他们进去后，恰卡率先傲慢地落座，丝毫不在乎他的三个弟弟还站着（房间里有几张雕刻的凳子）。恰卡平淡冷静的态度使三个弟弟惊奇不已，后来，丁刚告诉我的外曾祖父，恰卡那时就像“一个迷失在另一片遥远土地山谷中的人一样，跟丢了魂似的……”。

随后，姆兰加纳跪在恰卡面前并直接向他呈现了一件由观鸟尾部的羽毛制作而成的燕尾服。恰卡冷笑着，在等待他同母异父的弟弟们采取下一步行动的同时轻蔑地撕毁着衣服。

恰卡将武器放置在一旁，但他的三个弟弟却随身装备着短而宽刃的矛，就是丁吉·斯瓦约发明的那种，甚至当恰卡在撕毁羽毛衣服的时候，丁刚早就在其身后举起了矛。他举着矛好一会儿，想让灵魂在这个象征性的动作中得到宽恕，随后咬紧牙关把矛刺进了恰卡的右肩胛骨下方。

当丁刚抽回矛时，恰卡跳了起来。伴随着沙哑的尖叫声，当他摇摇晃晃地走了几步时，鲜血便从他背后伤口处喷涌而出。他跪倒在刽子手的脚边。他的脸上失去了惊讶的神色，并以惯常的轻蔑傲慢态度抬头望着他们。伴随着血不断从口腔里流出，他气喘吁吁地说道："所以，是……你们杀了我……我的兄弟们。"

但没有人回答他的话，恰卡笑了。他继续说下去的时候，声音变得越来越大："你们认为……你们只要杀了我……就可以统治一切……但是不要忘记燕子……会不断用新的泥土筑起它们的泥巢……它们终究会占领你们的土地并统治一切。"

现在这三个人都刺伤了恰卡并清理了自己的矛。然后，他们以一种死刑犯的葬礼形式将恰卡埋在一个临时的坟墓里，并用一块旧的皮毛毯裹着。他就这样孤零零地被埋葬了，没有人为他悲泣，甚至连丑陋伤口上的鲜血和泥土都没有被洗净。

当白人历史学家告诉我们某某人做了什么的时候，他们通常都会进行详细的解说，但是他们从来不会告诉我们他到底是谁。他的肖像透过历史书的书页凝视着我们，就像无情的黄铜制成的神。在任何一本历史书中，读者都不会发现彼得·雷蒂夫被描述成了一个人——只是被看成一个历史人物而已。在我看来，白人历史学家更关心的是历史人物的事迹而不是他的性格。因此，他们把他变成了一个在历史舞台上的演员。任何人的行动或智慧的话语都不会有任何意义，除非这些都是在特定的人的性格背景下看到的。

另一方面，班图的历史学家总是强调要给后代留下一个对重要人物性格的清晰描述。他们会详细描述他的特征和体格，他的习惯，甚至细致到包括他咳嗽、微笑和发誓的频率，他对食物的喜恶，他如何对待他的妻子、孩子、朋友及上下级，他的勇气或怯懦，他的童年及某些事件是如何帮助塑造其人格的。只有当所有的这些情况都被考虑在内时，人们才能从这样的行动或事件中得出一个明确而公正的结论，从而使得特定的人成为在历史上具有重要性的人物。

祖鲁历史的守护者们向我们描述了移民先驱领袖，一个叫彼得·雷蒂夫的人，我还没有在任何一本标准的历史书本上看到过这样的描述：

“一个叫雷蒂夫的白人来到我们这片土地，他是一个老人，他的胡须和头发就像霜一样白。他没有其他白人那么高，但是他的身体很壮，肌肉也十分发达。他是一个爱笑的人，就连他的眼睛都一直充满着笑意。他总是爱和丁刚的勇士们开玩笑，无论他在哪里总能将笑声带给大家。他是一个善于开玩笑的人，而且能用愉快的方式使他的朋友看起来像个傻瓜。我们都很喜欢这个奇怪的人，他总是尽自己最大的努力用科萨人使用的班图语言跟我们交谈，尽管他讲的话没有语病，但是总带着奇怪的口音……

“他是一个快乐的人，每当他与其他白人骑着奇怪的坐骑穿过灌木林时，人们总是能够听到他们的大笑声。在过去我们时常监视着白人们的一举一动，尤其是在他们驾着四轮运货马车或骑着奇怪坐骑穿过我们的土地的时候。我们可以听到雷蒂夫与他的同伴正一起有说有笑的，并且他有个习惯，就是他在笑的时候喜欢尽情地拍打同伴的后背。我们无法理解他们使用的那种奇怪的喉音，但是雷蒂夫内心欢乐的精神就像一团熊熊烈火，不管是在他们启程去丁刚的村庄的时候，还是我们躺在草丛中监视着他们的时候，在很远的地方，这欢乐都能抵达我们的心中。”

于是，我的外曾祖父向我的外祖父描述了彼得·雷蒂夫，而我的外祖父又将其传给了我。尽管将这些翻译成英文会使其丧失原来的语言魅力，但它仍传达着祖鲁人对雷蒂夫与其子民的崇敬之心。

移民先驱们无论走到哪里，他们总是会宣传他们只是一个先进的政党，而他们相当数量的同伴则隐藏在幕后。虽然在许多情况下这都是真实的，但在另一些情况下，这仅仅是在虚张声势，只是为了阻止班图人在他们所居住的地方对他们采取敌对行动。在很多情况下，班图人实际上是以高昂的生命为代价学到的这一点，去阻挠这群移民是得不到任何好处的，而且没有人能比丁刚更加清晰地意识到这一事实。

另一个需要简单提及的因素就是，丁刚非常热衷于追求他没有资格拥有的王位。虽然实际上是他亲手杀死了恰卡，但是他的哥哥姆兰加纳才是合法的继承者。然而丁刚是他姑妈最“喜欢”

的侄子，这个诡计多端且肮脏的女人怂恿丁刚除掉他自己的哥哥。姆卡巴依是有史以来最冷血的魔鬼之一。她是如此的邪恶，以致不停地鼓动她的侄子们互相残杀。由于姆兰加纳痴迷于在河里洗澡，姆卡巴依便出主意让丁刚和姆博帕在某一天假装陪同姆兰加纳一起，再让他呛水淹死。自私的丁刚和疯狂的姆博帕觉得他们姑妈的提议很是吸引人，便按照她的话严格执行起来。

祖鲁人变得多疑，由于丁刚生性懒惰，加上越来越明显的事实表明，他只不过是一个被他邪恶的姑妈控制的傀儡而已，他姑妈才是统治着他们的人。他几乎不能被看作是一个受人爱戴的统治者。他在觉得自己的权力正不断地被削弱后，一直沉迷于改善自己已有的形象。尽管丁刚对他们的训练毫无兴趣而且很少亲自带领他们训练，但他还是通过派战士去做了毫无意义的突击搜查以提高自己的权势。他任命自己无法信任的黑人司令官们作为领导人，并希望这些黑人司令官被杀掉，而这通常也是这次突击的唯一目的。

所有这些事情不断地促使丁刚变成一个像恰卡一样的怪物并受到世人的鄙视。祖鲁人已经厌倦了南迪的儿子们的统治，他们抛弃部落后便投奔到姆潘德（Mpande）的阵营中，希望他可以变得强大，这样他就可以开创一个新的王国。

在这种局势下，如何才能让所有人都相信丁刚通过纯粹的背叛和以毫无逻辑的理由安排并杀害了彼得·雷蒂夫及他的侍从呢？

在他看来，这一行动一定会导致他自己和他所统治的部落的毁灭，因此他也不准备冒这个险。

与彼得·雷蒂夫死亡之谜有关的两个至关重要的问题，也是历史上从未有人问过的问题：首先，丁刚为什么会在完全意识到自己可能会同时犯下个人及国家级双重罪行的情况下做出这样的决定？其次，为什么彼得·雷蒂夫和他的追随者会被棍棒殴打致死，还是那种常被祖鲁妇女们用来晒皮裙使用的工具？在这之前我就解释过，死刑的处决方式要与被判有罪的人所犯下的罪行相符。

丁刚不是一个懦夫，但是他太懒惰，也太贪图享乐，他对任何形式的战斗都不感兴趣，尤其是涉及白人移民先驱的斗争。然而，他却是一个严谨细致的阴谋家，他能注意到其他一些首领都看不到的东西，而且他是有史以来第一个进行剥削的领导人。他见识过迫使英国人离开好望角的移民先驱们是多么厌恶与鄙视英国。他看到了傲慢的英国人轻蔑地看着入境移民先驱进入纳塔尔的过程。这两个白色的派系都在丁刚的面前互相说了些邪恶的坏话。通过这一场面，丁刚看到了自己的机会。为什么不让他们双方互相斗争，使自己摆脱这危险的处境呢？然后他就可以坐下来看看热闹，坐收渔翁之利。

移民先驱们找到丁刚，与他协商了一些关于土地所有权的问题，根据条约丁刚给他们分配了祖鲁兰西部的一块土地。随后，他又将这块地分配给了英国人。他是故意这样做的，希望他们双方发现自己占有同一块地之后，会像疯狗一样，为了一块多汁的骨头而互相攻击。这绝不可能构成丁刚的叛国行为。事实上，他也是被两个派别骗走这块土地的上当受骗的受害者，因为每个人都带着对他来说毫无意义的欧洲风格的文件来找他。而且，每一份文件都使用一种他看不懂的语言。他被要求签署自己的名字，但是他不能签，因为他不会白人的书写方式。

尽管如此，他与移民先驱们打交道都是沿袭非常崇高的原则。移民先驱们准备购买土地，会先提供某些服务或保证。他们要求丁刚规定价格，由于不熟悉欧洲的交易风格，他把这块土地割让给他们的条件是，要将他不久前被斯·科耶拉（Si-Konyela）首领偷走的两百头牛偷回来。

斯·科耶拉不仅是个老练的盗贼，而且是个巫师，是能使用祖鲁战士不喜欢的“超能力”的战斗型巫师。这些白人对班图巫术没有很深的印象，而丁刚在彼得·雷蒂夫那里找到了克服这一困难的手段，他认为他们对巫术的免疫性更强。

雷蒂夫带着他的部下踏上了前往斯·科耶拉的村庄的漫长路途，并且在他的口袋里还带着一件对非洲人来说非常奇怪的东西——一副手铐。他心里早已产生了一个幽默的想法，他急切地想要带着一段滑稽的轶事回到祖鲁兰。他们发现斯·科耶拉正坐在自己的村庄里，周围是一大群正努力使自己看起来像勇士的暴徒、恶棍，以及罪犯。他与这位流浪的首领打了招呼，并很快就利用他强烈的幽默感创造出一种欢乐的气氛。最后，他掏出了手铐，用这对拥有神奇力量的“手镯”给斯·科耶拉留下了深刻的印象。由于斯·科耶拉急切地想要增加自己的魔法力量，雷蒂夫在得到他的同意后便敏捷地将手铐套在其手腕上。不管斯·科耶拉怎么努力，他都挣脱不了桎梏。他怒不可遏，不停地用他自己的语言咆哮咒骂着，但只激起了白人更加响亮的笑声。斯·科耶拉的随从们意识到只有雷蒂夫才知道如何打开手铐，而首领只能完全听凭他的摆布。最后斯·科耶拉求饶，雷蒂夫同意解除手铐但条件是必须先将丁刚的两百头牛送到丁刚的牛栏里。

移民先驱们带着牛群来到了丁刚的牛栏前，最后在那里发生的事情改变了南非的历史进程。

并不是所有彼得·雷蒂夫的同伙都是移民先驱或有荷兰血统的布尔人。他们中的某一个人被剥夺了他在同胞中的一切尊严，并在祖鲁人的大地上为他的子民做间谍。他就是一个叫哈尔斯特德（Halstead）的英国人，并且他被祖鲁人称为“好奇的偷窥者”，因为他经常在村庄附近游荡，收集一些与我们海关有关的情报，尤其是我们的武器。

丁刚的伟大村庄由两个巨大同心圆形状的栅栏围成。在内圈围了一个供人们参加社交聚会及跳舞的大舞台，这同时也可以使牛群得到保护。在内圈与外圈之间的空地里有数百个棚屋，安置着战士及其家人。在这个巨大建筑的一侧是皇家村庄，所有丁刚的妻妾都居住在里面。这一地段被称为“禁地”，所有祖鲁人都知道那些冒险靠近这个围墙的男性都会被毫不留情地处以死刑。

哈尔斯特德习惯骑着他的马靠近围栏以便俯瞰整个村子。哈尔斯特德经常这么干。当彼得·雷蒂夫和他的随从们去拜访斯·科耶拉的时候也是如此，祖鲁人是一个生性多疑且迷信的种族。他们不明白为什么哈尔斯特德会如此好奇，而且为什么他要挑战一件连祖鲁人都不敢做的事情。丁刚对他的小妾和女儿们都有严格的命令，不允许其到烈日当空的屋外冒险，只因为浅肤色总是被认为比深肤色显得更有魅力。她们以前只在日落时分出来，甚至常常会要一直等到月光洒满庭院。只有在夜幕的掩护下，哈尔斯特德才能走得更近些，可就是在彼得·雷蒂夫回来前的那天晚上，当他把头伸过栅栏的时候，他被抓住了。

当时的情况是这样的，丁刚的一个怀着几个月身孕的妻子因为做了噩梦想出来呼吸夏夜清凉的空气。她看见一张陌生白人的脸正在栅栏处四处张望时，瞬间感到精神焕发。这则消息很快就传到了另一个妻子那里，这个妻子与丁刚姑妈走得很近。第二天早上，她带着一只装满水的壶，到了丁刚的姑妈姆卡巴依那里。她把一壶水倒在屋内的地板上，然后，把壶倒置着放在地板中间。这是一个公认的流产的象征。

姆卡巴依的坏心思及她对丁刚强烈的爱促使她精心策划了这

件事。她找到丁刚并说服他相信白人男性正在他的村庄中密谋着，想要着攻击他的弱点——他的妻子们。

丁刚被彻底吓坏了。他越想这件事情就越觉得害怕。当彼得·雷蒂夫到达的时候，他就对他说："你会得到你想要的土地，请你到那里去做你想要做的事情。现在接受你的奖赏吧。"但转念一想，他决定"趁热打铁"，他邀请彼得·雷蒂夫留下来与他一起参加一场正式的宴会。

宴会持续了整整四天，在最后一天，丁刚召唤他的大部队安排了一场战争舞蹈的表演。这次宴会给彼得·雷蒂夫留下了深刻的印象，他笑得很开心，心情和往常一样好。就在这段时间，丁刚悄悄地溜了出去。他对彼得·雷蒂夫说："哦！雷蒂夫！看你那快乐的胡子，现在我的孩子们将要为你表演。你将看到有无数战士用他们的双脚敲打着地面。看看我的战士们。"

当所有的目光都定格在舞者身上的时候，丁刚像胡狼一样偷偷地溜走了。他走到一个可以俯瞰村庄的小山丘上。他完全相信那些白人男性是巫师，他们会通过对他的妻子们做一些奇异的事来蛊惑他。当他抵达小山丘时，他把预先确定的信号发给了我的外曾祖父。他慢慢地举起自己的手，喊道："杀死……杀死巫师。"从栅栏外传来了女人们的哭声。

只有一个人被留在村庄外面看守着马匹，当他听到骚动的声音时便迅速地逃命去了。所有的历史书都包含了这个人他所要讲述的故事。

五十个士兵抓住了彼得·雷蒂夫和他的部下，然后摁着他们，有序地用棍棒把他们殴打致死。其他战士继续跳着舞，就好像什么事情都没有发生一样。

彼得·雷蒂夫是最后一个死去的人。他死得很壮烈，不像一个懦夫。即便仅存最后一口气，他也奋力抵抗着。他从不乞求怜悯，因为通过与部落的长期交往，他知道乞求毫无用处。他不知道自己为什么要死，直到今天几乎也没有几个人知道，根据严格的部落法律，这些移民先驱被全部处决的理由是攻击首领妻子未遂。

我们讲故事的人对这个故事并不感到骄傲，说出来需要很大的勇气。直到这一重大事件被载入史册之后，我们的历史学家才设法将这些细节整合在一起。经过仔细的分析与广泛的调查，事实才浮出水面。祖鲁人对丁刚的这一举动感到十分震惊，因此更多的人，包括一些高级的司令官，抛弃他转投到姆潘德麾下。

因为这一鲁莽的行为，丁刚和祖鲁部落都付出了惨痛的代价。他被自己的子民追捕、折磨和杀害。祖鲁人在血河之战中勇敢地面对惩罚，这是人类历史上唯一一场被杀死的人比被打出去的子弹还要多的战役。一万个祖鲁勇士献出了自己的生命，而只有两个移民先驱受了轻伤。因为这场战争，祖鲁几乎退出历史舞台，而这些移民先驱的伤亡却每年都会被纪念，到目前为止已长达一个世纪之久。这些年来，比彼得·雷蒂夫队伍人数多得多的好奇的非洲人被击毙，被起诉并被判刑，因为他们在白人卧室窗外四处徘徊与偷窥。

在大屠杀发生的时候，还有另外一个白人在丁刚的村庄，他的名字叫欧文（Owen）。在这关键的一天到来之前，丁刚找到了他并对他说："为什么这个人……这个巫师……晚上在我女人的住处周围徘徊？据说你是一个智慧的人，你说，我该怎么处置这个人呢？"

对此，欧文回答说："我会和哈尔斯特德说的，他会听我的。"

按照我们历史学家的说法，欧文从未试图与哈尔斯特德交谈。欧文有机会警告彼得·雷蒂夫，但是他没有这么做。在这关键的一天，欧文被关在他的小屋里由五个护卫看守着，他目睹了所发生的一切。为什么欧文对整个事件保持沉默？如果欧文留下了任何书面记载，如果这些记录仍然保存在某一个地方，那么它们应该被仔细地查证。

（译者：郑家楠、汪双双）

班图人的知识

概　述

班图人的知识受被选中的人的命令控制。只有某些知识才能被传递给部落特定的氏族首领，例如他们必须知道如何履行职责。知识很少传给普通人，也从来没有向外人透露。

被选中的人们会定期聚会交流意见，检查他们的知识，并教育那些被选中并要被培养为未来守护者的人。这些聚会被知道其存在的外国人称为秘密社团。这些外国人也发现面具发挥了一定的作用，通过面具他们已经开始查实某些秘密社团。实际上，每次聚会都有很多面具，这些面具代表的是某些神话或历史人物，故事讲述者在讲述某些情节时会轮流戴上面具。这些故事总是被戏剧化、夸张化，以此让人们保持警醒。

对班图人来说，历史、传说和神话——白人称之为经典——

在他们的知识领域占据着首要地位。班图人第二擅长的知识领域是哲学、心理学和唯灵论——它们都有强烈的神秘倾向。第三个领域大致可以称为社会政治。第四是生物医学。班图人的知识还有许多其他有趣的方面，我将用相当肤浅而不系统的方式来处理它们。

非洲黑人是令整个世界都迷惑的存在。似乎其他人越想了解非洲的一些事情，他们就越偏离真相。这是因为所有的外国人都试图用他们自身的先入为主的观点及他们自己的文明标准和社会政治思想来评估他们对非洲人的了解。非洲人只能用他们自己的思维来理解他们不同的工作方式，那些不理解这一点的人不应该试图去研究非洲人。

理想主义的美国人实行的民主不再是古希腊的民主。而印度不得不淡化“西方的生活方式”来适应她古老的哲学和信仰，只有这样她的国家的群众才可以接收、理解和接受。

然而，一直要成为理想主义者的白人期望非洲人能够完整地接受他们的文明——他不能容忍为了让自己的人民更容易接受、更容易理解、更加可行而改变它，哪怕是最微小的更改。

除非本土和外国的信条能够完美地融合在一起，否则这个时期必定是一个不稳定的时期，不管这个特定的国家表面看起来多么文明。历史上都是这样的例子。例如德国，这个从长期存在的由君主制转变为共和政体的国家，因干涉独裁造成了混乱。再例如法国，君主制崩溃之后引发了可怕的混乱。拿破仑采取独裁打破了他们的自由、平等与博爱。

当前，令许多对非洲事件感兴趣的人惊讶的是，新兴的非洲国家并没有满足于完美的权力相互制衡的民主政府形式，它们都变成了独裁政权。事实上，一个黑人无法理解一个国家如何在两个敌人不断地纠缠的情况下被管理好。这样的国家永远不会快乐稳定。对黑人来说，所有分歧都必须以打击和分裂而告终。黑人没有大多数种族拥有的柔和的灵活的灵魂，被两个互相争论的党派统治对他们来说是陌生和令人厌恶的，因为他们的做事方式与欧洲人的是不同的。不管统治者的目标是好是坏，黑人只能对一个统治者表示忠诚。迟早他们会发现两党制所鼓励的双重忠诚不仅笨拙而且致命，因为对非洲人来说，对立党派的成员不仅仅是持有不同政治观点的人——他们是致命的敌人，是必须杀死的敌人。

诸如“友好竞争”和“和而不同”这样的事情在非洲人心目中是不存在的。我们要么恨，要么爱，我们要么同意，要么不同意，并为此而战。

黑人有强大的父母情结，或者说偶像情结，这种情结可以追溯到一个部落每次只会出现一个勇士的时候。这个勇士可以用尖骨矛来挑战野蛮的野兽。整个部落把他看作保护部落的英雄。即使在今天，我们仍然选择一个男人或女人，作为我们引以为生的图腾柱，我们的神，我们父母的象征。他或她是我们所有愿望和团结的化身，我们将向其献出我们所有的爱和忠诚，并且在黑暗时期我们将集结在他或她的身边。这个人将是我们国家所有理想和梦想的象征。他或她将成为我们的一部分，我们也将成为他或她的一部分。因此，来自赞比亚西部的巴罗塞人从不说“我是最高酋长姆瓦那温娜（Mwanawina）的子民”，而是说“我就是姆瓦那温娜”。在塞奇瓦约担任祖鲁国王的时候，他的子民也会称自己为塞奇瓦约。这就是大多数部落得名的过程。

因此，在非洲人的头脑中，只能给予一个统治者所有的忠诚和爱，而不是两个统治者。一个统治者是团结，两个统治者是不可能团结的。

我以前说过，非洲人是凶狠的仇恨携带者和复仇爱好者。但他们也是最具忍耐力的信徒，他们忍受着他们的怨恨，等待报复的机会。他们是世界上适应速度最快的人，能快速适应自己的敌友关系和恶劣条件，并且在其他种族会发疯的情况下学会寻找快乐和幸福——拿起武器，反抗政府。一个黑人可以在堕落中寻找快乐，在苦难中茁壮成长。根据班图的法律，一个人在了解到什么是痛苦之后才能成为一个真正的人。

一代又一代班图人已经习惯去领会这种价值观的适用性。“我的孩子，永远像那细长的蒙加树一样，能屈能伸，在狂风骤雨面前低头服从，而不是学顽固骄傲的马萨萨，只会被狠狠地摔在地上。”由于他长期害怕被他人羞辱，所以他宁愿选择羞辱自己。他不仅能在痛苦中寻找快乐，而且能在自己成为敌人的笑柄时寻找快乐。他会通过帮助和教唆敌人侮辱自己来获得快乐。

这解释了许多让外国人感到困惑的事情——例如，为什么判刑从来改变不了一个班图罪犯，他将其视为一种资质。这就是为什么，尽管班图人比阿拉伯人对“非洲黑人”的称呼更加不满，但他仍然经常提到自己是“非洲黑人”（在阿拉伯语中，“非洲黑人”的意思是一个没有灵魂的人，一个没有信仰的人，一个永远无法看到真主天堂的人）。这解释了为什么班图人会以微笑的方式来面对各种惩罚和侮辱。

班图人拒绝相信任何事情会毫无前兆或毫无缘由地发生，而这种信念是巫术形成的中坚力量。任何不幸或疾病都是敌人思想中邪恶愿望的直接结果。班图人把这些前兆看作灵魂对身体发出的警告信号。对于这些信号可以有无数的解释，因此每个非洲人都在不断寻找这些信号，而欧洲人称这种现象为迷信。如果一个酋长访问了一个地方，并且在他离开后这个地方立即降雨，他被认为是雨神的眷顾者，他必须被崇拜。南非总理亨德里克·弗伦施·维沃尔德曾获此殊荣。奥万博大地在他拜访之后立即下了场罕有的好雨，因为这是西南非洲的一个非常干燥的地区。奥万博人立即给维沃尔德起了个雨神的绰号，并开始以他们独特的风格为他雕刻半身像。

雨总是与好的征兆有关。即使是班图基督徒也相信，葬礼上的降雨是一个好迹象，这表明已离去的灵魂正顺利进入天堂。在沙佩维尔的惨烈现场下起了一阵雨，班图人便相信他们的事业是正义的，是无辜的，并因此将骚乱升级到政府不得不宣布国家级警戒的程度。

我可以专门写一本关于迷信这个主题的书，但我在这里说的这么多足以表明班图人心里对待知识和科学的态度。我们浩瀚知识的弱点在物理学和工程学领域，原因很简单，我们的宗教信仰对发明和改进产生了不满。

非洲人与白人进行研究的角度不同，并且发现白人在急于探索外太空时忽略了这一点。黑人拥有大量的知识，即使在现代世界也会产生巨大的影响，他们用巫术和“黑魔法”的外衣把这种知识隐藏了数百年。

我希望能看到世界各地科学家研究班图药物——虽然这些药物看起来且尝起来都像下水道的水，但可以治疗让白人束手无策的疾病——我们有药物可以清除胆结石和肾结石，就像打响指一样简单。有许多白人认为班图女人的身体构造与众不同，或者她们对疼痛不敏感，因为分娩这件事似乎不会使我们的女人产生过度的焦虑。我们的大多数女性可以独自生下婴儿，事实上，她们在启蒙学校就被教导如何在自我催眠下分娩。但是，由于白人肆意摧毁了这些被认为是非基督教性质的启蒙学校之类的机构，这种知识在南部非洲正在迅速消失。

班图有许多药物由大麻发酵而来——它可以避免受伤严重的人休克，从而挽救许多生命。警方追捕我们，因为他们认为我们在吸食大麻。大麻可以被人吸食，但是很大一部分走私的大麻被用于制造可以挽救成千上万人生命的药物。

班图人用神秘面纱遮住了他们的科学知识，使它们不受世界其他地方的影响，现在直至以后，面纱必将被揭开。

班图最古老的科学研究之一是兽医手术，直到现在，每个部落都有一个官方的阉割者。我们指定这个阉割者的方式如下，他会经历长达三年的培训，让他可以阉割公牛、山羊和男人。这项手术一直被以最严格的科学规范进行着。

在恺撒出生很久之前，班图人就开始对人类和动物进行剖宫产手术，并且母亲和孩子都能存活下来。

自古以来，班图人就有称量物体的一套系统，采用简单的原理通过一根悬空的棒来平衡物体。几千年前班图人就学习如何种植，为此，他们把一年按季节来划分，季节是根据一根立在每个房子中间的垂直杆投下的阴影来判断的。他们使用日晷的原理来确定季节，而不是日常的时间的流逝。一年被分为两个季节，夏季和冬季，两个过渡期分别为初夏和夏末。

一年进一步被分为十三个月，按其阶段划分。一天分为四个相等部分：日出至中午、中午至日落、日落至午夜，以及午夜至日出。距离通常以步行一天的四分之一进行划分，但是这指的是白天的四分之一。

更细的时间间隔用心跳来测量。一个被专门任命的人会坐在那儿把手放在他的心脏处数一百下，每次他数到一百的时候，他都会把一粒卵石或一粒玉米放入一个篮子里，因此可以用固定数量的心跳来描述特定的时间段。

有些仪式必须在午夜进行或在午夜完成。班图人总是坚信：从午夜起，神灵会降临并在他们周围徘徊。午夜时间的长度必须被严格确定。第一种方法是笨拙的心跳计数法。这样做的人不得不从太阳消失的那一刻起坐下来数自己的心跳，一直计数到太阳再度出现，每数一百下就把一粒谷物放进篮子里。第二天早上，数出谷物总数，并除以二。后来有人设计出一个相当巧妙的装置，使水从葫芦滴入容器中，当水达到要求的重量时，容器开始下垂。所有这些都是计时的，因此从开始到结束，时间花费是从日落到日出的心跳总数的一半。

几个世纪以前，在钟表被引进非洲之后，这些设备迅速消失。我只看到了四个在设备中使用的碗：两个在布拉瓦约（Bulawayo）的一家大型古董店；一个在约翰内斯堡的古董店里；我在普拉姆特里外面的马绍纳村庄看到了第四个，但它已经随着时间的流逝破裂了。有人告诉我，在赞比亚、安哥拉和刚果联合统治的地区，有一个仍然可以使用的设备。至高神保佑，有一天我可以找到它，并把它放到博物馆里去。

（译者：金　勇、陈秋谷）

符号书写

早在二十世纪五十年代初期，有两个白人女性撰写了一本我一直以来很想要试图挑战的书。

这两个善意的女性告诉全世界一件事：祖鲁人寄送由珠子做成的情书给他们的爱人（事实如此），并且珠子的每一种颜色都有寓意（并不完全真实）。

当人类从一个孤独的觅食者和求偶者转变为一个社交者并形成群体时，一系列的问题就产生了，人类不得不寻找多样的解决途径。虽然他们已经掌握了一种口头语言，而且这种语言也足够让他们进行交流，但社会的发展需要的是一种书面语言。一个人无法和子孙后代直接口头交流，也不能为子孙们保留下条例规则和用于解决社区生活问题的法典。不能单单依靠口口相传的方式由父亲们转告给孩子们，因为人类的记忆太不可靠了，尤其是在史前时期。

因此，为了使得一些重要事件被鲜活地保留下来，大量符号逐渐形成并通过绘画或者雕刻在岩石上而让未来的人知晓。最早出现的符号可以追溯到中石器时代。

他们一开始采用的是基本符号及精心制作而成的“提示图”的形式，并且所有的洞穴壁画都可以被归类到后一类中。如下图所展现的图画仅是对一个男人在逃离狮子的记录，而这种就被叫作“图画文字”。

一个男人在逃离狮子

人类就是自负的吹牛者，天生就有这个本能来吹捧自己的每一次凯旋。他下意识地抗拒死后就可能会被遗忘的想法，而且没有人能保证他说过的话就一定能够传到下一代人的耳朵里，因此，不论他是酋长还是农民，他都希望自己的事迹和经历能被镌刻在编年史上，使自己名垂青史。而参观游览斯泰克方丹（Sterkfontein）石窟或先民博物馆的游客们为了使其他人知道自己来过，他们会在最显眼的地方刻上自己姓名的大写字母。可见，人们仍保留着石器时代的天性。

因此，在附随的说明中我们可以看到一个男子是如何记录下自己一生中最美好的经历——一段恋情。这就像是写一封家信来告诉他母亲关于他是如何向他所选择的女子示好，这个女子又是如何接受他的追求，她属于他后，其他男子必须与她保持一定距离一样。

一个男人记录下的自己的一段恋情

类似地，各种各样打猎的插曲都被这样记录了下来。大羚羊的肉质的确很好，并且还被古代布须曼人视为象征繁衍和幸运的标志，同时它也被和水、光线联系在一起，这就是它常出现在布须曼人的洞穴绘画中的原因。

一个历史事件就这样先被记录在草图上，然后经过符号简化的过程逐渐形成书面语言（象形文字研究）。由此，逐渐地，人类才能够确保可以战胜害怕自身无法成名的心理，然后赢得战争的胜利。也正因如此，人们才能保留住智慧并世代相传。口头语言的发展是为了促进同龄人之间的沟通，而书面文字则是为了促进与后代的交流。象形文字的书写是一种基于日常目的的简化形式，而现代写作是大量群体通过努力改变和编码他们的交流信号而逐渐形成的，这使敌人无法读懂他们之间传递的信息（速记式加密）。例如，一群制药家需要通过一种方式进行彼此间的交流，但是这种方式又必须使普通人无法掌握其交流的信息。

遍地都是哀号声，到处都是死伤。妇女们大声地哀悼。孩子们焦躁不安，低声呜咽。男人们为了将凶残的敌人赶出将毁的村庄而持续作战，就如森林里凶猛的狮子和豹子一样英勇拼搏着，最后相继死去。

村落的最高首领早已经死去，几乎大部分战场指挥官也已战死，但首领的长子，勇猛的青年卡班加（Kabanga），仍继续与敌人拼搏着。他在战争最激烈的地方战斗，看到了沾满最多鲜血的矛，听到了战争中最响亮的哀号。因此，他已经认清自己将被杀死的事实，且明白这一切都是迟早的事。

因此，他果敢地冲进了涌动的瓦图图西族的人潮中。有一群身材高大的瓦图图西敌方士兵，他们正兴奋地侵略着村落，他们已经用火矛攻破了村子，烧毁了大量屋子。卡班加凶猛得就像一头幼狮，向敌人冲去的同时还用他的短刀激烈地砍、刺敌军战士。不管他冲到哪里，他都能将对方置于死地。在那一天，他最忠诚的短刀不再被用于嬉戏打闹，它正撕咬着猎物且咬得极深。

看到自己的王子在冲锋陷阵，所有人瞬间醍醐灌顶，勇敢的精神感染着每一个存活着的巴胡图士兵。伴随着令人生畏的呼喊声，所有士兵开始冲锋。他们借着愤怒及贝加娜·亚·木库姆比（Bejana-ya-Mukombe）犀牛式的力量不断向前冲，任何东西，甚至连不可战胜的瓦图图西族的怒火都不能阻挡住他们的路。

就像醉汉被愤怒的妻子袭中肚子似的，敌人在混乱中东摇西晃，踉跄着向后撤退。敌军就像是从树上摇曳着的叶子上坠落的露水，他们踉踉跄跄地站起来，试图振作，却遭到猛烈袭击并被击退出村落，如同被殴打的鬣狗一样被零散地从村落中赶出来。但是他们还远未被击败，而且很快就会卷土重来，加倍猛烈地反攻。在之后短暂的平静期，双方士兵都抽出时间来吃他们仅有的一点食物。一个小灵感让卡姆兰达（Kamulanda）公主心生一计。

她拿来了一个小尺寸的葫芦，并在上面烧出一些神秘的记号，类似于部落里的智者们利用沉默的方式彼此说话一样。在她的一双巧手下，这些符号瞬间鲜活起来："快来帮助我们——伟大的主村落正遭受敌人的袭击，首领已经倒下！"

来 帮助 我们 狗 人 袭击 村庄 大 皇家 矛 断裂

之后，卡姆兰达公主唤来一条名叫纳加鲁（Nagaru）的狗，它既是她的朋友又是她的护卫。她把葫芦系在纳加鲁的脖子上，然后命令它离开去往智者姆班奎韦（Mbangwe）的村庄。纳加鲁摇晃着它的尾巴迅速出发，敏捷地从栅栏处被敌军弄出的裂口处穿过。它不停地奔跑着，一身黄色的毛皮在森林里窜来窜去，越过空地，穿过洞窟与小山丘。

一群正在猎食的瓦图图西人看见这只脖子上紧系着葫芦的狗向他们飞奔而来，以为它是一只属于某个巫师的僵尸，而且怀疑葫芦里面还装满了能够置触碰者于死地的有毒药物。所以当这只狗在他们因受到惊吓而颤抖着的双腿间穿梭时，他们又惊又跳，还伴随着号叫。

很快，伴随着不断加速的步伐，这只狗终于看到了姆班奎韦所在的村庄。可就在它从森林里走出来的时候，一条黑曼巴蛇（移动速度最快的毒蛇）疯狂地扑向它并用尖牙将这只勇敢无畏的小动物咬伤。但是纳加鲁并没有因此停下脚步，它忍住迅速蔓延的剧烈疼痛感，最后成功抵达村庄。姆班奎韦正和战场指挥官们一起坐在帐篷里面，当他读简讯的时候，指挥官们伸手去拿他们的盘条准备作战，其中一人更是弯腰拍了拍这只已经死去的狗。

不久，一支由姆班奎韦带领的拥有两千个勇士的军队从巴胡图出发，预备给瓦图图西出其不意的一击……

班图的符号语言并没有传授给普通人，而是被用来记录秘密的、私人的或非常个性化的东西。但是大约30%的班图人都能够使用这种书写形式，而且除了巫医们、长老们和部落的智者们，女性几乎都仍在使用这种书写方式。

多样的符号所代表的并不只是某个单一的特性，每一个都表示着一个完整的话语，通常是一个全面的观点，与中国和日本符号的风格不同。

不论口头语如何，班图的书写符号在非洲的所有部落都是一样的。一个祖鲁人可能不能理解隆达人的口语，但能够阅读和理解他们所记录下来的所有事情。

直到五十年前，班图人仍用这种书写风格寄送着一封封冗长的“书信”，但是当人们接触到欧洲的字母表时，这种做法很快就被淘汰了。

以这种静默的方式传递信息呈现出多样的形式。紧急但是临时性的消息大多被烧在葫芦或者“消息传递棒”上，而不那么紧迫且更持续的信息则被编织在“信息垫”上，这类常用于传递情书。更长久的想法，尤其是那些为后代子孙准备的观念，都被雕刻在鼓上、陶器上，以及自己住处的墙壁上。

一旦一对新婚夫妇为自己建造了新房，男方的母亲及每一个他的朋友就会带来各式各样的混合颜料，然后用祝福的符号装扮他的房间。这一做法仍在被津巴布韦和莫桑比克的部落所效仿着，但是恩德贝勒人及德兰士瓦省的马波斯人（Ma-Pochs）更加专业，后者会用各种各样的祈祷、谚语和神秘的格言来装饰他们的住所。

这里，我想要恳求恩德贝勒人尤其不应该放弃使用这种古老的文化。如果这些人，尤其是住在比勒陀利亚附近的人，听从建议，移居到城镇里，这将会是科学的一个巨大损失。

现在是对被用于书写的典型班图符号的整合。通过轻微的调整、添加或结合，这些符号能够描绘出不同的想法。比如，举例语句中的名词“狮子”常指字面意义，但是如果某人想要将其用于比喻，如“逆境中的狮子”（从相同的意义上说，人们会说“力量之山”或“巫师之牛”），为以示区别常添加一个三角形的修饰图案，就如括号内的字符所示。这句话理解为：今天中午，我看见一头狮子正食用着一头公牛。

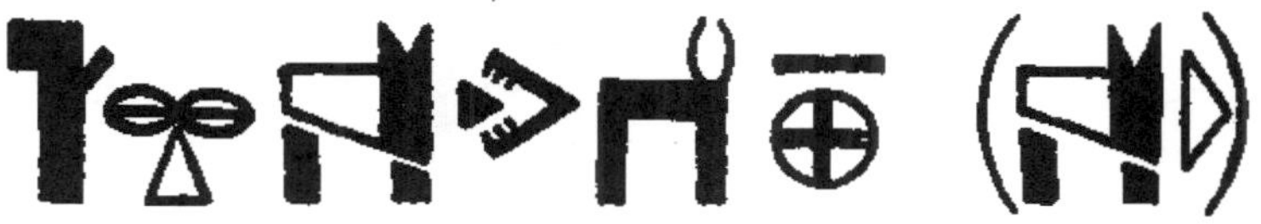

我　看见　　狮子　　吃　　公牛　　今天　　狮子——修辞手法

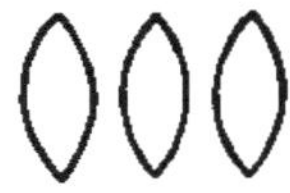

三个女人　　一个男人　满是啤酒的肚子

（译者：郑家楠、汪双双）

打　鼓

鼓，或者手鼓，是非洲最传统古老的乐器，而且西非的“会说话的鼓”声名远播。从传递信号和交流观点的角度来说，这些乐器都是十分值得一提的。

撇开关于马林巴琴和其他次神的传说不谈，非洲鼓是我的祖国自己发明的最古老的乐器是事实。在非洲鼓的伴奏下，任何舞团的舞者都可以充分地表达他的灵魂，非洲部落的任意一个人都能变成放纵的恶魔。鼓声可以让我们流泪，让我们悲伤，或者让我们狂喜。战士们听了鼓声会燃起战斗的豪情，那些披着湿漉漉的狮子皮的懦夫在听到部落的鼓声后会像疯狂的狮子一样战斗。

关于非洲鼓的著书不少，但是有多少人知道鼓并不仅仅是一个乐器？有多少人知道，例如，在很大程度上，打鼓是一种治疗方式？

到非洲旅行的人应该注意到一些事情，但我敢打赌这些事情他们以前并没有注意到——白天的时候，鼓声间歇地响起几次呢？特别是在黄昏，鼓声没有明显的押韵和规律。甚至在豪腾省（Gauteng，位于南非）的黄金矿地，在黄昏的时候，很多中非人结束了在地球内部挖掘金属的一天，也开始打起鼓来了。

就算是原始的班图人，他们的生活也不是无忧无虑的。19世纪，海外作家特别喜欢用“无忧无虑的野蛮人”这个词，他们为什么这样形容还是个谜。和其他任何种族的任何人一样，班图的酋长或者首领，甚至家里的一家之长，都有只多不少的困扰。很多班图人死于胃溃疡，这些人也包括王位不牢固的酋长，他管理着不满的和叛逆的人，而且他的部落可能总是被临近的部落攻击。胃溃疡这个病是由于精神上的忧虑所引起的，至今巫医都没有找到可以治愈它的良方。

在部落形式解体的过程中，非洲人更加容易担惊受怕。他把自己的根埋在了原有的部落结构中，然后在试图把根扎在外来文明土壤中的时候，他失败了。如果你看到班图人突然拿着一把斧子杀气腾腾地冲进一个村子或者乡镇，不要惊讶，这种情况是见怪不怪的。杀妻是由于常见的忧虑所引起的——在西方，人们烦恼时会用药片寻找安慰或者咨询心理医生。

古董刚果地区鼓

硬木（雄性）

奥万博地区鼓

硬木（雄性）

一个普通的、诚实的、努力工作的男人每天往返于约翰内斯堡充斥着犯罪的城镇和他的上班地点之间。他的心里十分恐惧——害怕会失业，害怕会被驱逐出城市，害怕因付不起房租而被赶出房子。他可能还害怕自己的家会因为这片大地上的法律而破碎，或者是被暴徒所攻击。他同样害怕被敌人施了魔法。

黑人小男孩站在家门口，他的眼里含着泪水，肚子很饿。对昨晚在家里看到的事情，他很疑惑，也很害怕。他的父亲和母亲在吵架，他们的争吵声把他吵醒了。他看到他的父亲用“砍木头的东西”打他的母亲，然后他的母亲就倒下了。

在破晓之前，邻居们就让自家的男孩去找镇里的大头领，把带着头盔，身穿黑色服装，执行“守卫和抓捕”的人带过来。戴头盔的人把他的父亲抓进了大卡车，然后车就开走了，其中一个戴头盔的人和一个身穿黑色服装的人守在男孩的家里。

家里到处都是大量的血迹。黑人小孩看见载着死人的车停在了家门口，他看到一些人把他的母亲卷到一条毯子里头。

他很孤独，很疑惑，也很害怕。

巴罗策地区鼓

软木（雄性）

乌干达地区战鼓（雄性）

班图的祖先们认为生活在管理有序的社区对人类并不会有好处。他们意识到除非有让人们发泄生活紧张感的方法，否则灾难总是会来临。因此，狂野不羁的舞蹈每晚都会在部落上演，每个傍晚都会打鼓。

鼓声创造了让人放松的气氛，听到鼓声的人也会感到轻松自在。打鼓可以治愈药物所不能治愈的病痛，它可以治愈心灵的疾病，治愈灵魂。

在制作鼓的工具出现前的几个世纪，班图人就开始制作鼓了。制作鼓是一个漫长而又危险的过程，通常需要一年的时间。

砍树是个体力活儿，得一天到晚用石头斧子不断地劈。一长条树干被砍下来以后，整块都会被放在太阳底下晒上一个月或者是更长的时间。然后，这块木头就会被框置于一个浅浅的坑里，在木头的顶端会挖一个小小的洞——真正的体力活儿开始了。

把拳头一般大小的石头放在火里烤，直到被烧红为止。当石头快要烧好的时候，人们就用动物的肩胛骨把石头从火里取出来，放在挖好的洞里，再以石头为工具把木头的黑焦部分刮去。

鼓的外部修理和内部打造是用石制扁斧和刮刀来完成的。以前他们没有金属工具来钻孔或者烧洞，用楔子固定鼓皮的方法还是很久以后才发明的。最早使用的方法就是在鼓顶上的两端横着绑一根线。在晾干阶段，兽皮被塞进特别制作的凹槽里。

后来，卢干达制鼓的方法变得流行。鼓皮被放在鼓的两面，然后用皮条缝上，在这个过程中会用到骨针和骨钻。通常情况下，人们会在鼓内放一个鹅卵石，这样就把鼓变成一个特大号的拨浪鼓，这也是对水神奈塔姆比（Ntambi）的尊重。奈塔姆比是一个半人半鱼的神，他同时也是幸福的守护者和宴会的守护者。部落的人通常相信人类的耳朵可以听到鼓声，而神可以听到拨浪鼓的嘎嘎声。

在任何一个部落，大鼓都是最有价值的财产，所以必须要精心守护，以免落到敌人手中。如果部落里的鼓被偷了的话，那么所有人都会失去对部落的信仰，变得士气低落。这就是为什么征战四方的酋长像伟大的勒瓦尼卡（Lewanika），卢干达残暴的穆瓦嘎（Muwanga），还有许多其他暴徒，想要拿走他们所征服的部落的鼓，因为这样做可以摧毁对方的意志，让他们永远臣服。

如果一个部落获得了别的部落神圣的鼓或者是神像，它立马就把那个部落掌控在了手中，可以对这个部落发号施令而免受惩罚。曾经有一个著名的大盗叫作奈加姆比（Njambi），他同样是个捣蛋鬼——后来他与大卫·利文斯通（David Livingstone）厮混在一起，强迫安博部落用所有的牛群去交换他偷来的大鼓。

非洲的鼓通常都是在鼓身上刻上花纹，这些花纹说明了每只鼓的用途。一些特定的鼓是用来在婚礼上演奏的，其他鼓用来求雨或是有别的用途的。有些鼓的样式——特别是在古老的鼓身上，刻上有名的谚语和祷文，时过境迁后就变成了部落的历史片段。有些鼓名为胜利之鼓，在鼓的表面铭刻着部落每一场获胜或输了的战争。一只皇室之鼓上镌刻了历代酋长的家谱，上面有他们的名字。一些鼓的样式上描绘了诅咒——对所有碰触鼓的外来人的诅咒。而对碰触鼓的任何人，不管是白人还是黑人，都能够施加最恶毒诅咒的，是巴罗策利通噶的那只镌刻着大酋长族谱的鼓。

雌性或女人　处女 老女人 已婚 小女孩 男人　各种代表男人或雄性的标志
女士

公牛　　牛　　野鹿 狮子　狗　　树的几种标志　　勇士——拿着盾牌的男人

普通的鼓通常是没有装饰、刻字或者图案的。一个巫医的战鼓上通常都刻着时间之河或者是永恒之河的标志。这是非洲最古老的标志，它代表着重复的连续的时间和不灭的灵魂。我必须指出，在此之前，班图人相信时间就像一条从源头出发又流回源头的长河一样，如果一个人真有可能在这条河上航行，那么向下航行他可以去未来，向上航行他可以回到过去。这种毫无意义的想法可以在巴鲁巴王朝中找到根源，巴鲁巴王国的人是如此坚信这一点。他们也认为在物质世界中，向神秘的河流的上游航行就会遇到过去，他们会遇到自己真实的祖先。以下是根据这一主题而作的曲词：

我的灵魂已经厌倦了这些现代的年岁，

因为它们的残暴和无从说起的憎恨，

因为战争机器带来的担惊受怕，
以为了全世界的利益和人类的命运的名义。
让我们在时间之河上荡起独木舟。
我问你有没有胆量和我一起在那浩瀚的河里穿行，
让我们回到那原始的但纯真的年代，
那是我和我的灵魂向往已久的地方。

让我们航行回到当战争的工具还是矛和牛皮盾之时，
没有可以从远处击杀我们的枪，
这种邪恶的武器，只有懦夫才会使用。

让我们航行回到甘达亚漫游的年代，
长着长牙的巨象穿过非洲荒野，
与微小的人类决一死战，
盾牌也阻挡不了它的进攻。

让我们航行回到鲁姆坎达勇猛地对抗邪恶的卢菲蒂的那一年，
那让天地为之一颤的战争，
解救那么多怯懦的奴隶，
困住往昔骇人的暴君们。

通过鲁姆坎达之眼，成为一名见证者，
见证兹马·姆布吉殿堂里最邪恶的仪式，
和你分享他的爱，为他发出无数叹息，
或当他的战鼓响起时欣喜若狂地叫喊。

见证致使古老的部族决裂的争斗，
例如祖鲁部落和奎瓦贝部落，
然后在蜿蜒的小路上，走过雨后的树林，
走向你的村子，
成为更有智慧的人。

头发花白的老勇士好长一段时间都保持着沉默，冷冷地凝视着朦胧的远处——在和凶猛的野兽战斗时，战斧伤了他，从此他便失去了行走的能力。这个在战争中光荣地受了伤的跛脚士兵转向身边的男孩，眼里透着冰冷的遗憾，他粗鲁地问男孩："你在睁大眼睛看着吧，孩子？"

"是的，大人，但是到现在我都没有看见任何风吹草动。"

"我也没有。想想我们在这里坐着将近两晚了，然而我们连一只晚上号叫的废物都没看到。"

男孩安静了一会儿，然后他害羞地问道："但是……但是我们应该等着的，对吧，大人？”

勇士狂笑起来：“天啊，你问了我一个多么蠢的问题呀，孩子？”

“但是……我不知道我们在这里等什么，大人，我只是想知道。”

“我不知道你不知道。那我现在可要告诉你了，孩子，你和我在等老伯尼·斯宾（Bony-Spine）来接我们。”

“老伯尼·斯宾！”这个名字让男孩感到害怕，他的眼睛睁得大大的。该死的，所以他和那个老勇士是在这里等死。但怎么会这样呢？村里人只是告诉他要寻找恰当的时机把老勇士的注意力吸引到那上面。男孩的好奇心战胜了他的羞涩，他要求老勇士解释他的疑问。满嘴脏话的士兵解释道：是的，他们要配备一个瞭望员，你就是瞭望员。他们在等着闻风丧胆的人来——杀人不眨眼的长胡子外来人，这些长胡子像邪恶的蝗虫一样蜂拥而至，进入这片大地，毁坏了村庄，绑架了成百上千的男人和女人，把他们带到了我们都不知道的地方。男孩惊奇地睁大着眼睛，他的心跳得非常快。然后他又问了一个问题，期望得到答案：

“但是什么会杀死我们呢？我们可以在这里击鼓给大家警告，然后我们也可以逃走……”

“去！”老勇士咆叫着，“你这个没良心的！你这个被淹死的贪婪鬼的后代！我们的任务不仅是向村庄发出警告，而且要把这帮让人闻风丧胆的人的注意力吸引到这山丘上，给村民们逃跑和躲藏到安全地方的机会。你觉得这几框满满的弓箭是为谁准备的？和布须曼人玩吗？”

家　　家人　小屋　　新娘　漂亮的来访者　婚姻–和睦的人们–爱

首领　伟大　　女王　　　女首领　　大母神　创生源　真理——光明之鸟吃黑暗之蛇

“我……我想回家，我不想死……我想找我母亲。”

“孩子，听着，你知道你是谁吗？你是一个绿肚皮的吃土的混蛋和一个早熟少女的私生子。你们这类人对家族和部落来说都是耻辱。你的父亲把你抛弃了，他把你送到这里来和我一起等死，等着外八字脚的夜嚎索命人到来。你和我会光荣牺牲，这样，整个偷牛的部落和那个大腹便便的酒鬼酋长才可以生存。激动吧？”

“我也不想母亲还没结婚就生下我。这也不是我的错……”

“法律规定所有的私生子都必须被杀死，或者以别的各种方式除去。之所以先让他们活着是因为在危急时刻他们还有利用价值，这样那些受人尊敬的人才可以免受生命危险。这是祖先的规矩，孩子。”

“我要回家……”

“你是回不去的！我的职责就是当你尝试离开的时候在你的背上射上一箭。下山的路只有一条，我被要求发誓我会阻止你走上那条路，况且，其他今晚在我们睡觉的时候上来站岗的人也都会这样做。”

男孩往下看着老勇士，心里满是憎恨和恶心。然后他离开这个跛脚的老男人的身边，走到一块石头上坐着哭泣。男孩哭了很长时间，老勇士在两个大石块之间的凹的地方坐着，平静而又漫不经心地嚼着一块风干的肉。太阳马上就要下山了，男孩抬起头，蒙眬的泪眼望着远方。一个黄色且很亮的东西在东边黑绿的森林里闪动，像一颗走失的星星。男孩又看了一眼，但是一时间又没有看见它。然后，突然，它又出现了——像一块锃亮的黄铜般短暂地闪过远处的森林，与夕阳融为一体。

昆虫——勤劳的蜜蜂　鸟——快速　情焰——爱的激情　雨——无辜　和谐　破碎——死亡

离婚	花	星星——希望	太阳—光	日出	日落	未来
分离	青春	神圣的指引	好身体	出生	衰亡	
不同意					老年	

“大人，”男孩对老勇士哭喊道，“在远处的森林那里有些奇怪的动静，而且还很亮，我看到两次了，看!”

这次两个人都看到了闪光。老勇士咒骂了一声，他抓住他的拐杖，一瘸一拐地走向大鼓，大鼓躺在他们已经住了两晚的丑陋棚屋里。他抓住绑在鼓皮内侧的小棍子一拉一放、一拉一放……每放一下，大鼓就发出震耳欲聋的响声。在被树林包围着的村子里，耳朵灵光的人听到了这可怕的信号。更大的鼓声传来，信号很快就从一个村子传到了另一个村子。母亲们尖叫着，把孩子绑在身后，捡起食物，跟着丈夫们到洞里和避难处，他们在那儿安全地躲藏着，直到让人讨厌的阿拉比人走了。那个胖胖的首领，气喘吁吁地像头正在交配的河马，被他的妻子们用轿子抬进一个大而隐秘的洞，在那里有新鲜的一泉地下水。他一直躲在这个奢侈的躲藏之地，直到一个月以后才出来。他甚至带了三头牛，以确保他的大肚子可以一直有牛奶喝。

只有一个女人没有跟随剩下的人去躲藏起来——这个女人的灵魂充满着爱，这是一种只有母亲才能感受到的对孩子的爱。这种爱是对男人制定的法律的反抗，这种爱让法律没有效力。在山上传来了第一声危险的信号的时候，这个母亲并没有忘记她的孩子还在山上。她决定决不能让她的孩子孤独地死去。

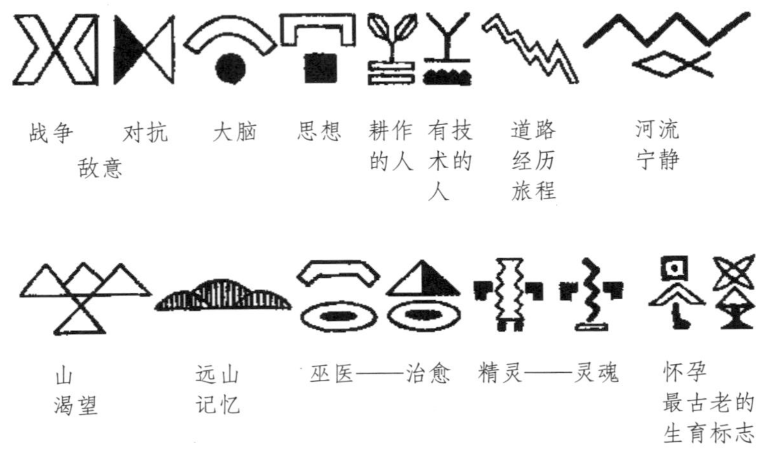

老勇士一直在发送着“无脚男人的鼓声”的信号，直到他满意地听到各个村子都在散布这个信号，他才停下来。他拿起其中一张弓和一篮子的箭，然后就等着，冷冷的眼神凝望着东方。

可恶的阿拉比人比夏天的胡狼还要狡猾，但他们从来没有想过要改正他们一直以来犯的一个错误。他们穿着被擦得锃亮的钢铁甲，拿着铁盾牌，领队的通常穿着银甲或者铜甲，这些金属的表面向各个方向反射着太阳光。

老勇士知道那队摧残奴隶的阿拉比人正在走来，他也知道，这是他最后一次看这个世界了，但是他并不介意。他和死亡生活在一起太久了，所以他现在一点都不在意死的问题。这次死亡是他自己选择的，这一定非常光荣，而且会因此让大家铭记。他下定决心要在死的时候尽可能多拉些敌人陪葬。

阿拉比人来得比老勇士预计的到达时间要更早一些。他们是残酷的人，身披噩梦般的长袍，头戴锃亮的头盔，头盔周围还围着色彩丰富的长头巾。领头的是一个巨人，他的胡子像黑夜一般黑，手持亮亮的黄铜盾牌。首领身下骑着一种动物，这种动物连这个老勇士也没有见过。他看起来就像是从晦涩的传奇中走出来的强大的巫师。

所有的阿拉比人都拿着矛，在每个人的身边都挂着一把弯刀，刀插在装饰华丽的刀鞘里，有些人把匕首插在宽的腰带上。这些令人梦魇的野兽看着像人，却比恶魔的母亲还要残忍——这种奇怪的生物没有人类的同情心，而且比狂躁的胡狼还要没有人性。跟在阿拉比人后面的是一队班图的叛徒部落的人，他们与毁灭奴隶的人为伍，捕杀他们的黑人兄弟。在他们被染成蓝色的羽毛中，老勇士认出了让人憎恨的刚果的巴耶克部落。为了自保，他们与这让人闻风丧胆的索命人站在了一起。

这个老男人观察着，把他那凶残的眼睛眯起来，就像鹰盯着自己的猎物一样。他看着军队越走越近。他慢慢地举起了手里的弓，当他看到首领停下来扫一眼他眼前的大地的时候，激动的电流流遍了他满是肌肉的身体。这个老勇士有一丝一闪而过的单纯的喜悦，因为他知道这个外来人还没有防备，还处在他的射程之内，而他的射箭技术是数一数二的。他拔出了他最长的那支箭，缓缓把箭举到他膝盖的位置，他一直在拉着弓，直到箭上的羽毛使他的耳朵发痒。

老勇士的箭击中了敌方首领的右眼，首领的手捂着脸，他因箭的冲击力而从野兽身上摔下，野兽疯狂地跑走了，想要去森林里寻找安全，但在那晚它被狮子吃掉了。

伴随着沮丧和愤怒的吼叫，阿拉比人愤怒地冲上了山顶。男孩看见勇士一箭又一箭地射向冲过来的敌人，他看见敌方的很多士兵跌落和死在布满巨石的山坡上，他看见敌军中很多人都受了伤哀号着下了山。遵循祖先的命令，尽管这些命令他并没有听到，但是男孩的灵魂收到了，他拿起自己的弓箭向敌人射击。在对敌人不留情面地拉弓射箭的时候，他看到箭射中敌军的胸膛和肚子，每当他杀一个人，敌方的士兵就会用下流的话骂他。

流产 女性性冷淡　战争中被杀死的人　公正之地　分裂缘由　调解人　坏女巫　死亡——腐烂 用来作为诅咒

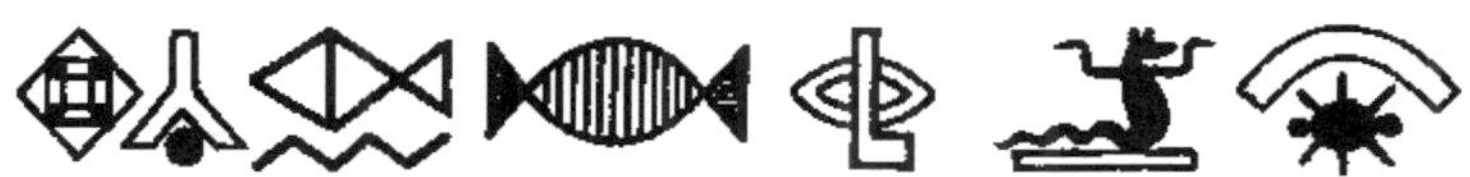

生育——也用在比喻中　多产——富足　智慧——沉默是金（手指放在嘴上，表少说话）　邪恶的妖术　疯狂（骷髅下的昆虫）

战斗才持续了一会儿，但是男孩却觉得过了几年。阿拉比人军队缓缓靠近，他们不确定山上有多少射箭手。巴耶克人正在射箭，箭雨在男孩和老勇士的四周乱窜，敌人正在有序地包围这座山丘。

最后，两支箭同时射中了老勇士的头，他的手里紧紧地握着他的弓。男孩意识到只剩自己了，他被父母抛弃在这座令人讨厌的山上等死。有那么一会儿，痛苦弥漫在他的心头，但是他又重拾希望，继续精准地射击。

敌人正在逼近。他们向他投射矛，还用他们奇怪的刀刺他的头，但是他仍然在抗争，嘴里发出赤裸裸的恐惧的吼叫声。最后，一把刀斩断了男孩的双臂，他倒在地上，很快就被邪恶的敌人围住了。仁慈对他们来说如同他们对这片土地一样陌生。一支巴耶克矛给了男孩致命一击。

母亲从远处看到了战争，她试图穿过森林来到孩子的身边，但是太远了，她看到敌军和他们的同伙从山上下来了，踏上了回去的遥远路途。阿拉比人认为他们的首领死了，而班图的村落也已经警觉，所以再前进也是徒劳无益。

夜幕降临，月亮高挂在天上，最勇敢的班图人从躲藏的地方出来了。他们来到这短暂的战争之地，在那儿，他们发现了哭泣的母亲，她正跪在她十六岁的私生子旁边。当他们沉默地围在她身边的时候，他们也在看男孩和老勇士杀的那些人，他们知道这两个人完成了很少人能够完成的事情——这件事将流芳百世，载入安纳斯（Annals）部落的史册。

（译者：钟舒燕）

数字精髓

任何一个拥有一双善于探究的眼睛的探险者都可以在祖鲁兰大地上找到无数有趣的事物。但是有多少人路过却没有注意到在河流很容易徒涉的地方有一堆堆奇异的石头呢？有多少人注意到了这些石头堆，但从来没有想过要去探寻它们的意义？

污染 污秽　贪婪的鬣狗　聪明的豺 狡猾的无赖　乌龟 部落秘密的守护者　苏醒的曼巴蛇 守门人 卫兵　男巫 午夜 骑着狒狒的骑手　渔夫

先前的两种象征（简化版）　看——见证　神　受饥荒的老鼠　流浪者——无用的人

当祖鲁人过河经过这样一个地方时，通常会捡起一块石头，往上面吐口水，并将石子添加到堆里。这石堆在祖鲁语中被称为isivivane，“isi”是指“这个”，“viva”是指“整理，聚集”，可以用于聚集勇士。这也表示人们可以出于某种目的而组织起来的意思。在出击之前聚集和组织士兵在祖鲁语中就是“uku viva impi”。以“ne”结尾的单词可粗略地翻译成“什么的东西”或者是“什么的地方”。因此“insivivane”这个词意指“一个聚集（或是训练）人的地方”。

古代的部落最高首领，像马兰德拉、姆科萨，以及其他人大约在八百年前领导人们从赞比西河北部到非洲南部进行大规模部落迁徙。他们不仅仅是一大群野蛮人的头领，更是强大的领导者，他们完全清楚他们统治着有五十万到一百万个灵魂的部落这一现实。除此之外，在向南的迁徙中，他们穿过了被奴隶掠夺者肆虐的区域，遇到了很多躲在山中和树上孤立无助的人群。这些人群加入他们。因此，有些队伍出发时只有五千到一万人，而等他们到达目的地的时候，已经有十倍之多，甚至超过十万人了。要带着如此庞大的人群，还有所有的家畜和所有物迁移，这需要有序的组织和至高无上的领导权，而马兰德拉完美地展示了这一点。

南下的旅途花费了大概三十年的时间。为了可以种植谷物，通常会有修整的时间——甚至整个季节。途经一些地方时，部落的人不得不跨越又宽又深的、里面满是鳄鱼的河流。许多故事经过时间的海湾从成百上千人的群体那里传到了我们耳中，这些人从大部队中分离出来，与其他迷失的群体组合成新的部落。

由于所有的这些危险存在，每个首领都进行严格的人口普查，因为保护每个子民都是他的责任。在每个首领的脖子上都有用长线串成的鸵鸟蛋壳项链，每个珠子代表他们部落的一个个体。在那些日子里，女人被要求为他们自己家庭的成员制作这样的珠子，并将这些珠子提交上来用于人口普查。这些妻子将这些珠子穿成长的项链。非洲东南部祖鲁的人口普查根据他们部落出生和死亡的人数来增减这些项链上的珠子。铜制和用黏土做的珠子用来计算牛羊的数量，特殊的珠子则用来计算战士的数量。

每当一个部落不得不穿过一个险境，比如说要徒步过一条河流，这个时候就要点下人头了。每个过河的人都被要求捡起一块石头，增加到石堆里。当整个部落的人都经过后，首领就会要求他的群体中的长辈计算堆里所有的石头数量，并和项链上的数目核对。

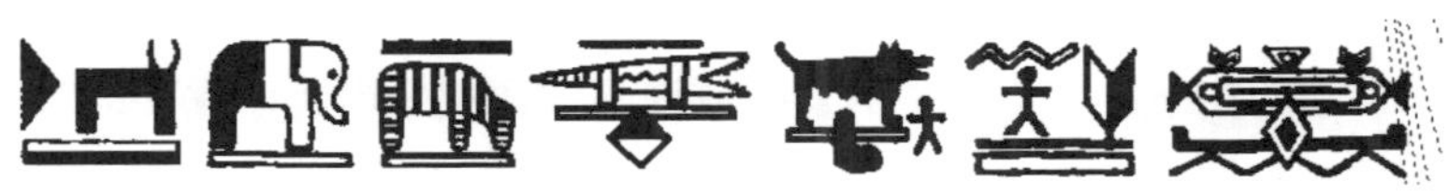

猎人　大象　斑马　鳄鱼　婊子养的　私生子　生命/存在

造矛的人 铁匠　友谊 团结　纯洁　愿望（脑海中的花）　谋反　淘气的孩子　生气　欢乐

班图人一直以来都非常熟悉和擅长一百万上下的数字运用，而且经常沉浸于简单的算术。但是他们从来没有觉得有必要用符号来记录数量，甚至班图现在也没有可以用来代表数字的符号，除了一些简单的直线、划痕、笔画或者切口。尽管非洲人有强烈的哲学爱好，但是从来没有沉迷于哲学算术。他们对代数、几何学和三角学一点儿也不感兴趣。

流言蜚语 诽谤　交谈 语言　邪魔　顺从　父亲　木雕师　接生婆　母爱　婆婆

姻亲的家　一样东西　宗教 精神启迪　希望　慷慨　时间 永恒　光　害怕 恐惧

在任何一种班图语言中，不同数字都会有个相当吸引人的名字。它们在不同的语言中的发音或许不同，但是当翻译成英语时，它们有相同的意思。以下的例子就是祖鲁语——英语的翻译。

1　Kunye，“It is one”（这是一）。

班图人将数字一看作是神圣的。它代表了所有创造物的一切，统一性和总和，那就是至高神。这是一个绝对的数字，而且它没有对手。这也是自由的象征——从紧闭的拳头中突出一个大拇指致敬。

2　Kubili，“It is two”（这是二）。

这是一个非常邪恶的数字——不完美的代表。表示需要两个人来繁衍后代。它代表不和、不同的意见和不统一。

3　Kutatu，“It is three”（这是三）。

这是数字三，代表第三神圣的数字。它代表完整，一个不能分成两半的数字。两个妻子会争吵，但是第三个可以平息争吵。一个人可以跟他的妻子争吵，但是一个第三方，或者是另一个妻子，可以帮忙打断争吵并恢复秩序。因此，班图对一夫多妻制有很强的信仰。数字三就是那决定票，可以确保达成决定，维护和平。

4　Kune，“It is perfection”（这是完美）。

更确切地说，这个数字的意思是“这是紧密相连的”。这个数字象征着强大的和谐的联合，具有强大力量的人们为了一个共同的目标一起工作。如果一个首领将四条木棍紧紧地捆在一起送给邻近部落的首领，这所描述的信息就是“让我们联合”。

5　Kuhlanu，“It is perfection ruined”（这是完美的毁灭）。

这是另外一个邪恶的数字，代表着人类的错误。人类就像是他自己手上的五个手指或者是脚上五个脚趾一样不完美，要么不相称，要么形状不一。

6　Isithupa，“It is the thumb”（这是大拇指）。

这个数字代表了力气，代表了组成人类的六个成分：灵魂、自我、身体、头脑、生命动力和不利的力量。生命动力，或者生命，是至高神的精神，会持续不断遭到邪恶精神的反噬。一个生成生命，另一个加速死亡。

7 Isikombisa，“It is the pointed finger”（这是食指）。

这是一个“愚蠢的数字”，或是代表失败的数字。它代表着人们习惯于坚持做事情或者建造东西，但是这些随后都会被时间之河冲走，都是徒劳无功的。它象征着那些迅速成名的人只会摔得更重。

8 Isishiyagalombili，“It is bend two fingers”（这是两根弯曲的手指）。

这个数字与遗传的缺陷、性冷淡、战争和卑微地死去等相关联。

9 Isishiyagalolunge，“It is bend one finger”（这是一根弯曲的手指）。

这是另外一个神圣的数字，象征着创造。班图人相信灵魂是通过九根大血管与大脑连接的。如果一个女人做梦梦到了九颗珠子，这是怀孕的确切信号。如果她梦到把九颗红色的珠子穿在一起，那她将会生下一个男孩，如果是白色的珠子则是生女孩的预兆。梦到铜制的珠子则预示着会流产。所以，这被认为是“女性的数字”。

10 Isumi，“It is completion”（这是指实现）。

这是另外一个神圣的数字并且和数字一紧密相关。据说有十扇大门，是通往永恒之地的。据说在那里，至高神本体是他存在的十倍大。因此这个数字具有深刻的宗教意义。

11 Ishumi Na Nye，“It is ten and one”（这是十一）。

一个非常邪恶的数字，是代表恶魔和一切邪恶形态的数字。古代的班图人认为这个数字太过于邪恶以至于从不大声提起。当他们认为不得不提起这个数字时，他们会用“第二个十”来代替说出。一个父亲经常将他第十一个孩子和他的母亲从自己的身边赶走，让这个孩子在别处抚养。

12 Isumi Na Mabili，“It is ten and two”（这是十二）。

这是一个相当好的数字，象征着生长的植物，因此也是肥沃多产的象征。

13 Isumi Na Ntatu，“It is ten and three”（这是十三）。

这是完整和完美的结合，仅次于数字一，代表第二神圣的数字。象征着丈夫和妻子之间或是首领和他的子民之间的完美和谐。这是一种通过性交的实质上体验的完美。有一个异想天开的传说，说是巴佩娣（Bapedi）女皇宣称她愿意嫁给一个人，只要他可以每天晚上向她求欢十三次。她最后找到了这样一个男人——不是别人而正是那个世间迷失的不朽之人鲁姆坎达，他如此充分地满足女皇的要求，以至于她不得不从家里逃离而在树上度过剩余的夜晚。

如果每一个数字都写出来的话，那可以写上几页，将超过百万个记号。

更大的数字中的一些标注如下：

20　　Amashumi A Mabili，“It is two tens”（这是二十）。

30　　Amashumi A Matatu，“It is three tens”（这是三十）。

100　　Ikulu，“It is the great”（这是一个大家伙）。

200　　Amakulu A Mabili，“It is two greats”（这是两个大家伙）。

1000　　Inkulungwane，“It is the great-great”（这是大家伙的大家伙）。

100000 Izinkulungwane Ezili Kulu，“It is the great-great that is great”（这是大家伙的大家伙的大家伙）。

1000000 Isigidi，“It is the great，heavily falling weight”（这是天大的大家伙）。

“Isigidi”这个词值得关注。在和平的日子里，部落以很多的运动方式自我娱乐——比赛划船、摔跤和舞蹈。还有一种特别的竞争方式，那就是两支队伍比赛，谁能用最短的时间数到一百万。将两只用两张牛皮缝制起来的巨大的皮包制作好后悬挂在树上，两个队伍要求每次收集十、二十或者是一百颗小的卵石，并将它们扔到各自的包里。

一个包里装着一百万颗卵石，无论多么小的石头，都会很重。

在比赛结束时，把皮包从树上松开，它会以一种尖锐而又刺耳的声音落在地面上传到班图人的耳朵里，并发出“gi-di”声，所以这个单词最开始是拟声词，并获得了“沉重的落下来的重量”的意思。如今，一个祖鲁人会将大象或是犀牛沉重的跺脚声音描述为“ukugidiza”，这来源于同一个词根“gidi”。

自始至终，班图人用数字只为了简单的——永不会复杂的——目的。这些部落几乎没有任何称重的需要，通过两个物体的平衡就可以完成称重。鼻烟是班图人极少的不怕麻烦需要称重的几个物品之一。下面的草图说明了一个简单的称量装置——一个雕刻着河马手柄的像汤匙一样的装置。只要数量正确的鼻烟被放入空心的容器里，杠杆就会达到水平平衡。他们并没花多少时间就发现了，如果把河马手柄里的东西掏掉一点，那他们就可以在日常的交易中获得一些小利。他们比印第安生意人还要早发现这个秘密。

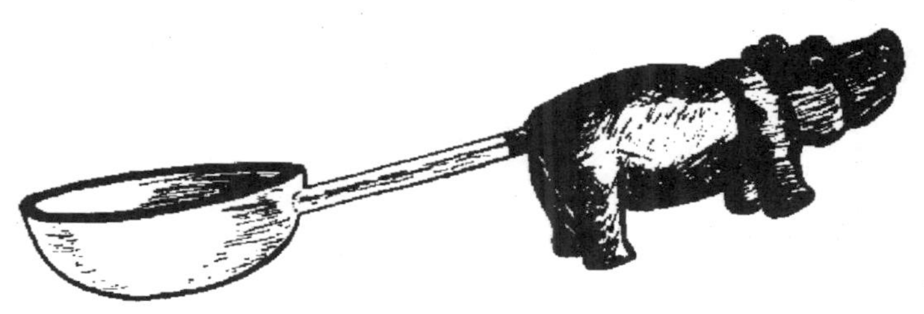

河马鼻烟称量装置

祖鲁人开始做鼻烟贸易并且发展得很快。很长一段时间，祖鲁人是唯一的生产者，他们与邻近的部落进行频繁的贸易。在十五世纪，鼻烟标价很高，用五头牛才可以换到装满一个大的山羊角的鼻烟。当一个祖鲁人途经邻近的部落，他总是会被怀疑携带鼻烟，因而许多过路客的生命处于危险之中。一些过路客将他们的鼻烟袋子藏在腰下的臀部之间，只有在午夜没有任何被攻击的危险的时候，他们才会有时间享受鼻烟。

班图人也有用不同的单位来表达距离的基本需要，但是他们的生活从来不依靠完美的精确。一个人的拇指的第一个关节常被用来表示很短的长度或宽度（一英寸），一个拇指指甲大约有半英寸长。中等距离用步子来表达（大约一码），但是班图人几乎没有需要测量比可以用步伐测量的更远距离了，用步伐测量的半天的旅程足够得出一个精确的距离。

然而，有时候，当邻近的部落因为分界线的事情而发生争端时，只有在相关区域被测量后，争端才可以圆满地被解决。这里用了一种最不寻常的方式，这个方法是一个隆达女孩在隆达国建立初期发明的，而她却因为创新的精神被刺死。这个小女孩曾经用大拇指指甲盖般宽的皮带为小屋编制枝编工艺的门。她发现如果一个平均尺寸的公牛皮，从边缘开始并有序地朝内被剪成连续不断的条状，那么一条长的皮带就被剪好了，而且从不同的牛皮中裁剪出的长度没有很大的差异。为了达到最远的距离，这样的一条皮带应该从一头刚宰杀的大公牛的湿的皮中裁剪出来。皮带一致被裁剪成大拇指指甲宽度，而且必须在湿的时候就使用，因为那时的长度单位是皮带可以伸展的最大值。

祖鲁鼻烟的磨石

祖鲁鼻烟的葫芦形瓶子和调羹

隆达–鲁瓦嘞鼻烟瓶

这条皮带放在一个黏土制的盛满水的大碗里被拿出来用，就和普通卷尺的工作原理是一样的。它更适合在雨天或是阴天使用，这可以防止它变得干燥或者缩水。因此，从露出地层表面的岩石顶端到山谷底部溪流交汇处的距离，可以被说成“二十五头公牛”。邻近部落之间的区域在被调查后可以尽可能公平地被划分。

（译者：金　勇、陈　忆）

巫医们的行进

男孩很兴奋，心跳得很快。他有一件非常重要的事情要尽快告诉父亲。这件事情别人都不知道。

他已经跑了很长时间，脸上挂满了汗水，沾着灰尘。一条狗在他身边跑着，几乎和他一样兴奋，这条狗今早和他一起出门去追猎兔子了。他爬进了屋舍——那是他的家，然后就看到他的父亲坐在太阳底下，正在一个大的磨石上磨着他那残酷冰冷的矛。男孩跪在地上，压抑着自己没有说话，他抬起头看着父亲。父亲放下矛，咆哮道：

“你上哪儿鬼混去了？发生什么事了，孩子？”

“父亲，”男孩结结巴巴地说，“我看到了‘神的祝福’。”

男孩的父亲猛地看着男孩，他难以置信地看着孩子的眼睛，想要一探究竟，男孩转过脸，眼睛盯着地面。

“你刚刚说什么？”

“我看见了‘神的祝福’，父亲。”

“在哪儿？”

“在小溪上头的森林里。”

“你发现‘神的祝福’的时候还有别人和你在一起吗？”

“没有，父亲，我是一个人。”

“我们必须马上告诉最高首领，这可是规矩。孩子，跟上。”

伟大的首领——丑人安博蒙哥（Umbomongo）正在笑着。他很开心，微笑着摸着自己的肚子，期待着一场野蛮的战斗。屋子里充满了紧张的氛围，太阳下山的时候很多人将会死去。哦，安博蒙哥喜欢紧张的氛围，他很喜欢冒险和暴力事件前死一般的寂静。这里充满了仇恨和悬念，不久之后，四个充满仇恨的人将把自己的愤怒释放出来。

这四个人——人们最憎恨和畏惧的四个人——在太阳下山之时，他们只有一个人可以生还。也就是说，安博蒙哥的三个最强大的挑战者将会在他统治的部落里消失。丑陋的安博蒙哥露出一个期待的笑容，样子十分狡猾。今天真是一个大日子——今天将会是被载入史册的一天。安博蒙哥很胖，活动不方便，他微眯着眼睛看着大家在他面前安静地坐着，露出十分鄙夷的眼神。他对旁边的年轻仆人打了个响指，仆人知会了他的意思，打开了装满啤酒的大黏土罐。仆人先喝了很久，然后再把酒送到首领的嘴边。是的，安博蒙哥喝得醉醺醺的，他把酸酸的啤酒喝得一滴不剩。他还咒骂仆人，因为他喝得还不够尽兴。他咆哮着让仆人再次把大黏土罐装满，然后他又喝了起来，直到喝得心满意足。他用手背擦去他肥厚的嘴唇上的酒渍，然后说：

“尊敬的子民们，今天早上，一个男人和他的儿子来找我，告诉我说他们看到‘神的祝福’从某个地方的地下出现。大家都知道，我们的祖先告诉我们‘神的祝福’在我们祖父那个年代以前就从这个大地上消失了，但是因为神的仁慈，‘祝福’又回来了。

“你们大家应该都清楚，如果有人到了‘祝福之地’，然后控制它，那他将会成为这片土地上最强大的药师，他会救很多人的性命，得到权力、土地和名声。按规定，你们要和其他人一起赛跑到‘祝福之地’，在赛跑的途中，你们可以处心积虑地杀死你们的对手。只有一个幸存者可以得到‘神的祝福’。作为部落的最高首领，我宣布：比赛正式开始！”

竞争者有四个人——他们都是这片土地上最有权力的巫医或聪明的女人，他们都是不分伯仲的竞争者，彼此厌恶的对手。这些智者都来自四个被安博蒙哥恶意统治的部落之一，因不想再遭受赤裸裸的暴政统治，四个人都野心勃勃地想要成为他的继承者——这片土地上最强大的人。

一个是老尊格祖（Zungezu），像午夜的胡狼一样狡猾。一个是奈戈索（Ngoso），比疯狂的鬣狗还要无情。一个是凶猛的老太婆曼加尼加（Manjanja），她嘴里只有一颗牙。最后一个是年轻的聪明女人柳拉（Liula），被安博蒙哥咒骂的四个人中最阴险毒辣且最有野心的人。安博蒙哥觉得柳拉最该死，因为她的野心人尽皆知，她不仅想成为部落里最有权力的药师，她甚至还想取代他成为部落的女酋长。

安博蒙哥最害怕这个高挑漂亮却心狠手辣的女子，他每晚做梦都会梦到这个可怕的女子，她可能会第一个被杀……

四个聪明的人都去挑选各自的武器，不管他们选的是什么武器，都会派上用场。任何一个药师都无法容忍竞争者的存在，这是他们除掉敌人的最好机会。

四个竞争者选了不同的路往远处的森林走去，安博蒙哥冲他们笑了笑，让仆人拿来了另一罐啤酒。一想到他们中只有一个人可以活着回来，他就忍不住发出刺耳的笑声。他无法让四个巫医对他言听计从，但是只有一个的话，他还是有办法控制的。

森林里，老巫医尊格祖对这场狩猎感到热血沸腾。今天，他不是在猎捕动物，他是在猎捕最危险的猎物——人。他本能地小心移动，用森林里的花草树木掩饰自己的身影。他眼睛睁得很圆，皱纹都显现了出来。他四处搜寻猎物，每个感官都在震动，十分活跃。然后，他看到了那个老女人曼加尼加，她埋伏在一个树丛后面，盯着一个方向，伺机等着经过的人。当他离那个老女人只有十五步远的时候，她似乎感觉到了他的存在。她纵身一跃，在她从丛林深处消失得无影无踪之前，快速向尊格祖射出了四支箭。幸好，箭并没有直接射中尊格祖，但是有一支箭擦到了他的脖子，鲜血开始从伤口渗出来。

尊格祖知道那个老女人现在在跟踪他，就像是一个经验老到的猎人正在跟踪一头受伤的野兽。尊格祖很害怕。他在丛林深处越走越远，突然，他发现自己到了一个林中空地的边缘，当他看见林中空地另一边的灌木丛中有鬼鬼祟祟的动静的时候，他便猛地一下跳入树丛里头。他看向另一边树丛，注意到有些东西在动，他的神经刺痛了一下。有东西藏在树丛那儿等着他的到来，他冷笑了一下，向树丛那儿投掷了一支矛。但是，在他再次躲藏到庇护所之前，一支箭射中了他的胸膛。伴随着一声尖叫，他向后倒去。当他躺在地上奄奄一息的时候，尊格祖听到越来越近的脚步声，一个高高的女人居高临下地站在他旁边冷笑，是柳拉！

柳拉对尊格祖说："你掉入了一个女人的简单陷阱，哎呀，尊格祖，我一直觉得你什么都不是，只是一个笨蛋。你所看到的在树丛后边移动的是我用一条长的皮带绑着的灌木，我站在那边的大树那里，拉皮带吸引着你的注意力。"

"狡猾的女人！"这个将死的男人低声骂道。

"是的，我这个女人有着锋利的牙齿。你看，我不仅仅拥有

‘神的祝福’，而且我可以推翻安博蒙哥，统治四个部落。再见，可怜虫，希望蠕虫发现你的肉体时比我看你现在的脸时更愉快。”

不一会儿，曼加尼加突然从柳拉身后的灌木丛里向她射出一箭，柳拉险些丧命而无法实现她的雄心壮志。年轻女子柳拉跳入树丛中躲藏，然后在她们之间展开了一场可怕的“捉迷藏”的游戏，老女人曼加尼加是侵略者和无情的寻找者。当曼加尼加还在寻找着柳拉时，一个套索拴住她的脚踝。她不幸地跌倒在地上，一只脚被吊起，整个人悬在半空中。当她被倒挂着的时候，柳拉从树丛中走出来，将弓上的箭瞄准了曼加尼加。

“准备去见你的祖宗十八代吧！到死都还骗人的老骨头！”

弓的弦“砰”的一声被拔动，美丽的柳拉昂首阔步地走开了。她的敌人曼加尼加毫无生气地被单脚吊在树干上。只剩下一个敌人了，她接下来每一步都得小心才是。哪儿都找不到奈戈索。当柳拉穿过一片草地去往另一个浓密的树林的时候，她很焦虑。

最后她来到了一条很宽的小溪边上，小溪前面是“祝福之地”。柳拉急匆匆地穿越小溪，不断地把手腕插入溪流中。当她看到一条鳄鱼露出半个头正在朝着她快速游来的时候，她还在河中。这个位置很是尴尬，柳拉想要逃，但已经太晚了。

鳄鱼实际上只是一张皮，而鳄鱼皮的下面藏着奈戈索，他就像是尼亚萨大地上的邦威那水上暗杀者。柳拉瞬间看穿了这一点。当奈戈索试图毫不留情地把她拖到水下淹死的时候，她奋力求生。

男人和女人的较量在水里进行着，渐渐地，女人柳拉感觉到力量在身体里流失，她在那刻觉得自己离死亡很近了。慢慢地，奈戈索从容不迫地把柳拉的头摁进水里，与此同时，他紧紧掐住柳拉的脖子。

突然，柳拉的手臂从水里飞速伸出来，环绕着披着鳄鱼皮的男人的脖子，她的身体变得软弱无力。奈戈索很惊讶，松开了柳拉。柳拉大口喘气，过了一会儿，她说："停下，奈戈索，拿开你的手。快点，你这只遭天谴的狗！"

"为什么？"奈戈索问道，他对柳拉的标志性动作感到迷茫——她的手放到他的脖子上，然后她的身子就会变得很软。

"在暗黑暴徒攻击你的家，几乎杀光了你的家人之前，你父亲有多少个孩子？"女人柳拉突然问道。

"你居然知道，你怎么会知道？"

"笨蛋，因为，我是你幸存的姐姐。不同村的人在废墟中发现了我们，所以我们在不同的部落中长大。我知道，你是我的弟弟，尽管你不知道我是谁。现在你也知道真相了，我们该怎么做呢？"

奈戈索沉默了好一会儿。他望着远方，他的头脑麻木得无法思考，他的灵魂被矛盾的情绪所煎熬着。他们姐弟俩站在那里，面临着一个很荒诞的决定。最后，奈戈索说："我之前不知道你是我姐姐，现在这个消息让问题变得更加复杂了。看，法律规定我们之中只能有一个人活着得到'神的祝福'。如果我们中一定要死一个人的话，那就由我来吧。你只要杀了我，千万别介意我溢出来的血液。”

“你真是个彻头彻尾的大笨蛋，奈戈索。该死的是我不是你，因为你承担着我们家族繁育子嗣的使命。但是，法律还说兄弟姐妹之间不应该互相残杀，我们该怎么做呢?”

“我们走吧，去看看‘神的祝福’，还有时间来决定这些事情，更何况万一有例外发生呢?”

柳拉和奈戈索来到了“祝福之地”，他们对眼前所看到的一切感到十分开心。他们知道，如果巫医可以得到“祝福”的帮助的话，他们可以拯救许多人的生命，治愈许多战士的可怕的伤口。“神的祝福”是至高神给人类的最好的礼物。但是，究竟是柳拉还是奈戈索会拥有它呢？他们两个都坚定不移地相信：他们俩都无法在杀了对方之后还能再毫无愧疚地活下去。

最后他们想出了一个解决方案：俩人同时用刀捅向对方，这样就可以消除彼此的自责和悔恨。他们走向彼此，握着刀对准对方，但是奈戈索突然看到有东西从角落里的像眼睛那样小的洞里飞出来。树丛里有动静，一张弓的头露了出来。一支箭直接射向柳拉，她的弟弟奈戈索猛地向前推开了她。这支箭本来是要射向柳拉的，但是奈戈索替她受了一箭，箭射中了他的太阳穴，他死了。

尽管被这突如其来的一幕吓到了，但柳拉还是挣扎着站起来。

她看到眼前的景象，整个人都僵住了好一会儿。掌管着四个部落的酋长——丑陋的安博蒙哥向柳拉冲过来，手里举着矛。他本来是想和他的随从一起来确保柳拉不会是活着回来的那一个的。

矛在空气中发出嗡嗡的声音。安博蒙哥十分愤怒，很快就把矛扔了出去，矛“砰”地插入了树干中。也正是因为这样，柳拉才有时间躲到另一边。当安博蒙哥手里举着战斧走近柳拉的时候，柳拉猛地站起来，把矛从树上拔下来，精准地把矛投到了安博蒙哥的身上。矛去势很猛，直接射穿了安博蒙哥的腹部上方的位置。

酋长的随从们奉柳拉为他们的女王，柳拉很惊讶，过了一会儿她才想起来法律上的条文了：用酋长的武器杀了酋长的人自动成为部落的新酋长。

几个月后，被四个部落确定为酋长的柳拉，俯视着“神的祝福”。命运是多么无常——三个巫医和一个强大的首领如此没有价值地失去了生命，如同一群蚂蚁一般。

班图人以一种艰难的方式来学习许多事情，他们学过的最艰难的事情就是如何在非洲的雨林里处理裂开的伤口。刚开始的时候，不管他们怎么尝试都失败了。伤口会化脓腐烂，不久后病人就死了。尽管是裂开的小小的伤口，对病人来说都是无法治愈的。大的伤口被视为死亡的开端，受伤的战士总是被给予仁慈的安乐死。很多战斧上装了特殊的调度器以使这些士兵死得没那么痛苦。

班图人意识到一个裂开的伤口只有在合着的时候是可以被成

功治愈的。他们甚至想到了用黄铜夹子和荆棘。但他们从来不敢用肠线缝合伤口，连用骨针缝合都不敢，因为班图的法律规定任何人都不能像皮毯一样被缝起来。这样做是亵渎神灵的，这样做也是会死的。去他的幼稚的法律！去他的民族的禁忌！

伤口恶化不是因为落后的杀菌方法。班图人很久以前就知道一把烧红了的刀就是一个合适的消毒工具。他们也学会使用煮了很长时间的热水来处理伤口。一头刚被宰杀的牛的胆汁，或者是牛的尿，或者是人的尿，都有很好的杀菌功效，尽管这听起来很恶心。伤口感染的根源是使伤口无法闭合的东西。

有个人以一种奇怪的方式找到了问题的解决办法，这个故事流传了几代。一个年轻的男孩抱怨说他不能正常地撒尿。巫医通过检查男孩的生殖器和询问了解到男孩曾经捣过一个蜂窝，他很享受蜂蜜的美味。随后，男孩仍然用沾满蜂蜜的手碰了他的生殖器，并把一些蜂蜜沾到了上面。在他小憩的时候，一些四处觅食的战蚁被男孩身上的蜂蜜所吸引，然后他就成了蚂蚁们攻击的对象。不用说，他的睡眠被蚂蚁们残酷地打乱了，为了补救，他用手把蚂蚁拂掉。尽管遭受了强烈的痛苦，但这一意外事件让他感觉很羞愧，所以他一直保持沉默，直到他发现他撒尿的时候有异样的感觉。巫医检查后发现男孩并没有成功地把蚂蚁给甩开。男孩只是把蚂蚁的身体从头上扯开了，蚂蚁的头还在男孩的身上。每一只蚂蚁的头都咬着男孩的皮肤。

于是，这便成了巫医在非洲大陆上治疗裂开的伤口的方法。用温水把伤口彻底清洗干净，或者是如果有必要的话，用尿清洗伤口。每一粒尘埃和每一根奇怪的毛发会被一根羽毛刷走，伤口被合起来，大战蚁就派上用场了，拇指和食指轻轻一挤，战蚁完整地咬上一口，蚂蚁两边的颚分别要咬在伤口的两边。蚂蚁一咬，身体就要被从头开始掐断，这样可以确保在伤口愈合之前，蚂蚁的头都是不动的。要掐断多少只蚂蚁用于治疗伤口完全取决于伤口的长度。另外，蚂蚁的头似乎有防腐的特性。

即使在今天，班图牧场的年轻男孩也是要学会这种急救方式的。当他们的牛群侵犯别人的牧场的时候，牧场的男孩经常会被卷入战斗之中，不管是出于友好的或者是别的目的。一个牧场男孩经常被暴打，其他人会把他拽到最近的溪流去清洗伤口。如果有必要的话，他们会生火烧水。如果有羽毛的话，他们还会用羽毛清洗伤口。如果附近有一群战蚁的话，他们也会拿它们缝合伤口。至于麻药，还有什么比得过人们公认的印度大麻吗？

再从急救说到接生。我们部落的智者说人类是地球上一个容易制造困难和吵架的麻烦，因为人出生时是倒着出来的。如果人出生的时候是脚先出来的，那么他会更加脚踏实地，他的头脑里也会有更少的垃圾。然而，人类的头脑里充满着垃圾——导致一系列悲伤、死亡和灾难的愚蠢的观念、欲望和动机。

在帮助接生更多不幸的物种来到这个糟糕的世界的时候，这些接生婆会有多虔诚呢？在年老一点的班图女性中，你今天仍然会发现还有比以前更多的虔诚的接生婆——这些女人自愿允许巫医把她们的拇指截去，这样她们就能更有效地接生孩子。我父亲就是在1898年被一个接生婆接生的。这样的手接生过许多小偷，也接生过许多暴君，更别说怪兽恰卡了。

这些虔诚的接生婆在还是年轻的少女的时候就被选中了。她们需要经过漫长而又严格的训练才能成为接生婆，在她们被聘请的那一刻起，她们就开始接生。她们接受的训练不比现代护士接受的培训差。

我必须坦白承认的一点是我现在已经严重地逾越了界限，比本书中的其他地方逾越得还要多。没有人，不管是酋长还是巫医，可以谈论关于孩子出生的事情——这是最严格的班图禁忌。以班图的法律为评判标准的话，我所披露的事情就足够让我以死谢罪了。这件事情与我的良知和所受的训练相冲突，与我立下的生死誓言相冲突。

我故意披露了跟我的种族一样古老的法律（在本书中的其他地方，我可不能再这样披露了）。我这样做的原因并不是想要把班图暴露在这所谓“文明”世界的嘲讽之下，而是我希望我这样的披露会让好的事情发生。我可能是对的，也可能是错的，但是我知道——我族人的文化一定不能消失。因为我族人的文化在威吓下可能会消失，所以我一定要把它记录下来。这样至少将来的子孙后代会知道非洲本身曾经也有过这么迷人的文化。

（译者：郑雪燕、钟舒燕）

觉醒吧，我的非洲！

如果我用班图语来写这本书的话，我会写得更加得心应手。但我之所以不得不用英语来写这本书，主要还是考虑到我的班图同胞，他们几乎都对描述类的书籍不感兴趣。有的班图作家曾尝试用班图语进行创作，但写出的作品都比较幼稚。班图人现在的状况就跟古罗马统治时代的大不列颠人一样。在古罗马统治之下，如果大不列颠人想要给子孙后代保存罗马帝国统治前的本国的传记、民俗文化，他们不得不用统治者的语言——拉丁语来记录，所以我现在选择用英语来写这本书。

总有一天，我们的子孙后代会想要知道自己祖先的故事，然后发起班图文化的复兴运动。这不是我在天马行空地胡思乱想，很多种族曾经复兴过自己的文化，重新关注过自己的文化。文化复兴引导我们重新审视自身，这是历史发展的必然。我的非洲同胞们，你们会等到班图文化复兴的那一天的。这一天就快到了，比你们想象的还要快。但是，现在回顾我们的历史，还剩下什么呢？就非洲的遗产而言，如果法国大革命、工业革命、俄国革命和美国的独立战争对非洲人来说只是几个字，那还有什么对我们来说是具有意义的东西呢？我们能在图书馆里找到这样一个东西吗？

我祈求非洲同胞们能跟着我走，而不是抱怨我违背了那些誓言。当下，我可怜可悲的非洲被邪恶自私的外国集团势力弄得乌烟瘴气，只能在自己的国界内寻求和平。我们一定要找到能够建立这种和平的多元体，这个多元体要有非洲优秀的本土文化及别国的优秀文化。

如果没有经历长时间的转型，那么没有一个种族可以成功地适应另一种不同的生活方式。在这一时期，文化的糟粕将逐渐被时间冲淡，某些方面会被别国好的优秀文化系统所替代。任何一个理智的人都不会认为适合管理英国人的方法同样自动地迅速地适合管理祖鲁人。用适合管理德克萨斯人（位于美国）的方法来管理加丹加人（位于刚果）和巴鲁巴人（位于赞比亚）是行不通的。斯德哥尔摩（位于瑞典）的白人不会考虑穿上让人皮肤发疼的浣熊皮，然后定居在乌姆布姆布卢（位于南非）的卡萨。法国人不会放弃他们的美食和牧羊女，不会和我蹲坐在一起称兄道弟，不会用手舀起粥和酸奶。所以，我们为什么要放弃自己的生活方式、我们的文化和传统，去接受对我们来说完全陌生的他人的东西呢？

请所有的外国人一定要保证我的非洲不被他们的理想、错误和假设所污损。

毫无疑问，有些人可能会说我是一个叛国者：我们最伟大的酋长和智者认为非洲的秘密隐藏多少世纪都是合适的——而我，居然敢把非洲的秘密对外公布。

面对这些人的质疑，我只能说，尊敬的同胞，我是这个非洲大地的儿子。我的血管里流淌着非洲两个最古老的种族（同时也是世界上最古老的种族）——班图人和布须曼人的血液（我的外曾祖父是布须曼族的制药人，我的姓穆特瓦是祖鲁语中布须曼人的意思）。我的家族自古以来有许多巫医，而我是最不可能把神圣非洲曝光在这个机器人般的世界中，让世人蔑视和嘲笑的。我对非洲爱得深沉，绝对不会让她成为世界的笑柄。

但是我并不想看见外国人把我的祖国变成他国毫无灵魂的复制品。

哦！我懒散又容易受骗的非洲！那些自以为是的外国人油嘴滑舌地说着要把“文明的火种”带到您的岸边。然而他们能带来的文明只是物质上、道德上和精神上都残缺了的文明，他们给的火种是燃烧着熊熊烈火的氢弹！

很多人说要提高非洲的生活水平，但是背后的动机只是想把非洲变成一个交易市场，倾销他们大批量生产的垃圾货物。您被给得越多，他们从您这里拿走的就越多。

难道你一定要让自己变成棋子[①]，被那些异乡人玩弄于股掌之中？难道您会允许自己变成在弥漫着国际阴谋的足球场上被人踢的足球？

殖民者现在还不知道，或者他们不想知道——不能要求别人忠于他们不习惯的方式、不理解的事物。在今天，马赛人（东非游牧民族）还在扛矛、偷奶牛。他们不知道首相是什么，他们宁愿忠于他们举着盾牌、狩猎狮子、杀死瓦卡姆比人的酋长，因为他统治他们的方式与他们所理解的法律与传统习俗是一样的。

怎么能够要求一个有着部落印记的鲁孔德（位于刚果）木匠忠于基于英国模式的议会？怎么能够期望守卫长官一旦被强制转变为巴鲁巴战士的一员，就始终如一地忠于祖鲁族长？

让部落酋长去管理刚果有什么错？高级首领去统治肯尼亚又有什么错？不是谁都可以成为我们的酋长的，只有遵循我们祖先制定的严格规矩和法律的才可以加冕为王。与美国教育下的非贵族血统背景的总统相比，我们会尊重酋长们，对他们忠诚相待。

我始终坚定地相信，这些外国异类之所以反复地在非洲犯一些可笑的错误是因为黑人太胆小、太多疑、太保守了，所以他们不能真正地展示自己。我坚信唯一可以避免非洲落入俄国或美国

---

① 非洲游戏中心的棋子，相当于国际象棋中的棋子。

的魔爪的方式就是告诉这个世界我们的事情——我们是谁、我们喜欢什么和不喜欢什么，以及我们相信的和期望的是什么。能够拯救我们的唯一的方法就是公开地告诉外国人不要把他们奇怪的信条、教条和哲理塞进我们的脑子。非洲人民一定要让世界知道：如果文明意味着我们要抛弃我们自己的文化、信仰和已有的生活方式，那么即使我们没有这样的文明也可以过得很好。

非洲再也不需要像一头躲藏在充满部落誓言与禁忌的丛林里的鹿一样害羞地把自己藏起来，这种遮掩已经牺牲了无数非洲儿女。

充分享用我们最新赢得的自由。不要只讨论饥荒的问题。不要委派科学家研究我们国家的历史。不要招兵买马，而要把注意力放在以前被外国人偷去的数以千计的古董上，这些古董现在都被放在世界上的各大博物馆里展览着。我们要从中汲取祖先留下的文化营养，并把它传给子孙后代。摆在每个班图人面前的挑战就是发起一场辉煌的非洲文化艺术复兴运动。记录下我们的历史，当然我们可以做很多对人民有意义或对子孙后代有意义的事。

在拥有两亿人口的非洲大陆上特立独行是很不容易的。两亿人的力量可以轻而易举地击垮个人的力量，特立独行的声音总是易被群体的声音所淹没。我是孤独的，一个孤独的人容易受到他人的质疑和嘲笑。所以，男人们，女人们，你们必须结成统一战线。非洲！我不是叛徒，我在这里发声是因为我热爱您。

但是大家可以解密的事情有很多。让非洲的巫医们也揭示他们的祖先在几千年前是如何在人类头上做手术的，比如如何用石器来移除肿瘤。让他们证实我的说法，即在后来的石器时代，非洲人就知道如何进行剖宫产手术，如何把骨头移植到病人的身体里。让巫医完整讲述巴干达的伟大巫师奈库姆（Nkume）的故事，在十八世纪的时候，他曾经用一种由藤条和蛇皮制作而成的飞行器从悬崖上飞了下来，尽管后来他因此而死。

非洲必须把村落里许多不为人知的东西都摆出来，这些东西是非洲还未被人忘记、经常私下流传的故事。把这些东西拿出来，并以此反驳那些人在写给报纸的信中所写的东西，比如："白人比黑人优越，因为除了简陋的洞穴里的一些简陋的图画之外，黑人没有什么文化、科学和社会上的成就。"（引自莫里斯给《星期日时报》的来信，约翰内斯堡，1962年8月）

当班图人被错误地指控时，根据他的本族的法律规则，他应该要证明他是无辜的。

你现在知道我写这本书的动机了吗？哦，我的非洲，您知道我为什么要违背我的誓言了吗？我不是把您卖给那些陌生人，我恳求在非洲这个"正义的地方"，您判定我无罪。

Ngilizwile ulizwi lase Zinkanyezini—

Likulama na mi ngilele

Likulama iqiniso la maqiniso—
Lati; "Vuka, ngane yo Mfazi!

"Akusona isikati sokulala lesi—
Akusona nesokuhonqa—
Eso kuveza iqiniso o Bala!
Akusona isikati soku coba izintwala—
Eso kubeka iginiso o Bala!

"Ima pezu kwentaba enkulu i Nyangani—
Uxoxe indaba ye Zwe—
Ima pezu kwenxiwa lase Kamina—
Uxoxe ngomlando we Zwe.

"Ima pezu kwenxiwa lase Zima—Mbje
La kwakubusa u Munumutaba
Ume pezu kwezala ezingwaduleni
Ze kalahari ya Batwa
La kwakubusa um Iti ne Lawu!

"Kade kwakufihlwa kutukutukswa—

Kade kwaku nye-nye-nye-nye-zwa-
Kufihlelwa izizwe ezinedelelayo-
Malivezwe iqiniso o Bala!

"Masisuswe isibane esikanyisayo-
Masikishwe emgodoni omnyama-
Masikishwe la si kanya sodwana-
Sikishwe sibekwe e Tala!"
Sikishwe sibekwe e Tala!

是的，"Sikishwe sibekwe e Tala"——这是您和我唯一能做的、必须做的事。把燃烧的碗灯从孤独的洞里取出来，放在塔拉的黏土堆上，在那里，装着酸牛奶的葫芦在小屋的角落里躺着。是啊！一盏燃烧的灯藏在洞里有什么用呢？

（译者：郑雪燕、钟舒燕）

译后记

在“非洲百部经典名著”翻译任务中我选中这本《印达巴，我的孩子们：非洲民间故事》实是为书名所吸引，想着借翻译之机能够先多多了解一下非洲这片神秘大地上的各种过往，以便日后在中小学教师培训的过程中，自己能够将非洲大地上的这些异域风情讲述给更多的中小学英语教师听，从而拓宽他们的国际视野，同时引发他们对跨文化交流的更浓厚的兴趣。拿到英文版原书后，看着这个有七百多页的大家伙，确实有些傻眼了。急切地阅读起来，一开始就有点被这“虚无”给怔住了，然后是越读越心焦，好些个跨越时空的异域传说真不是常人所容易理解的。

但既然选择了，就初心不改。这个跨文化交流的活动就先从我们的未来教师——我们英语专业的本科生和研究生开始吧！于是，我积极组织了自己担任班主任的浙江师范大学外国语学院英语专业155班的二十五位同学（蔡承希、陈碧禾、陈奕璇、陈洁、陈越威、费逸伦、花思静、林珈戎、葛莹敏、林岚、卢晓雨、潘澜轩、孙欣然、屠钺雯、闫星合、姚嘉祺、姚雨嘉、叶纯怡、袁铮、周飞悦、郑家楠、朱凯悦、杜江、潘超、吴金杰），自己担任导师的2016级学科教学方向研究生钱璇，2017级学科教学方向研究生汪双双、陈秋谷、陈忆，2017级课程与教学论方向研究生钟舒燕，2018级学科教学方向研究生郑雪燕、王陈琦，2018级课程与教学论方向研究生金勇，还有友情赞助的2017级学科教学方向研究生王依佳和林雅，共计三十五位同学一起参与到本书的翻译和审校等工作中来，发挥了人多力量大的优势。其中，155班班长郑家楠在为全班二十五位同学分派翻译任务和回收译稿等工作中付出了大量时间和精力，使译稿在每一个时间节点上能够顺利完工，在此特别感谢。我在由学生完成的译文的每一个章节后面都标注了译者名，以资鼓励和表示认可。

我对学生的译稿对照原著逐字逐句进行了复译和核对，以消除漏译、误译，同时做了大量的文字修改和润色。从2016年5月拿到书稿，到2019年5月提交最终完成稿，历时整整三年，在此期间多次修改译稿。令人欣慰的是，在这个艰辛的过程中，大家相互勉励，在译中学，最后都坚持了下来。

于我，在此期间怀着二宝，时常挺着孕肚在电脑前一修改就是好几个小时，腹中的小宝贝时不时地踢上两脚，我就轻声地告诉他，妈妈这是在孕育另一个生命呢。于学生们，这个翻译过程可以说是一次最直接的历练和洗礼。当然，瓜熟蒂落，学生们也因为参与这项翻译工作而收获了额外的馈赠。一些学生以非洲文学为新的学习和研究起点，一些学生在求职面试时被用人单位评价为“很特别，很能干”，还有一些学生在研究生面试中获得额外加分。当学生们纷纷发来信息或打来电话，跟我分享这些喜悦时，三年来翻译过程中经历的各种煎熬也随之云淡风轻了。

最后，预祝阅读本书的读者都能够在非洲文化传统的风情中陶醉。也恳请广大读者对译稿中的疏漏之处不吝赐教。

应建芬

2019年5月18日于金华

浙江师范大学外国语学院
“非洲人文经典译丛”

百年来，非洲的文化思想飞速革新，知识分子既尽力重现往日历史传统的光辉，又在全球化的碰撞下迸发出新的思想火花，在文化领域留下了不可磨灭的思想印记。非洲大陆为世界贡献了许多杰出的文学家、思想家、政治家等。在中非合作越来越紧密的今天，人文领域的相互理解也变得越来越迫切，需要双方学者进行全方位、深层次、多角度的系统研究。

浙江师范大学外国语学院拥有国内高校首个非洲文学研究中心。中心旨在搭建学术平台，深入战略合作，积极服务于中非文化的繁荣与传播，为推进中非学术和文化交流做出新贡献。

国内首套大型“非洲人文经典译丛”以“20世纪非洲百部经典”名单为基础，分批次组织非洲文学作品及非洲学者在政治学、社会学、哲学、人类学等领域的重要专著的汉译工作，在此过程中形成一个高效实干的学术团队，培养非洲人文社科领域的译介与研究人才，构建具有中国特色的非洲文学研究学术话语体系。

浙江师范大学非洲研究院
“非洲研究文库”

非洲大陆地域辽阔，国家众多，文化独特。近年来，中国与非洲国家的交往合作迅速扩大，中非关系的战略地位日益重要。目前，中非关系已超出双边关系的范畴而对世界产生多方面的影响，成为撬动中国与外部世界关系的一个支点。

浙江师范大学非洲研究院是国内高校首家成立的综合性非洲研究院，创建的目标在于建构一个开放的学术平台，聚集海内外学者及有志于非洲研究的后起之秀，开展长期而系统的研究工作，以学术服务于国家与社会。

“非洲研究文库”是浙江师范大学非洲研究院长期开展的一项基础性、公益性工作，秉承非洲研究院“非洲情怀，中国特色，全球视野”之治学理念，并遵循“学科建设与社会需求并重，学术追求与现实应用兼顾”之编纂原则，由国内外知名学者、相关人士组成编纂委员会，遴选非洲研究领域的重大重点课题，以国别和专题之形式，集为若干系列丛书逐步编撰出版，形成既有学科覆盖面与知识系统性，同时又重点突出各具特色的非洲研究基础成果，为中国非洲研究事业之进步，做添砖加瓦、铺路架桥之工作。